DORIS LESSING

Werkauswahl

Band 3

DORIS LESSING

Schritte im Schatten

Autobiografie 1949–1962

Aus dem Englischen von
Christel Wiemken

| Hoffmann und Campe |

Redaktion der Werkauswahl: Barbara Christ

Die Originalausgabe erschien 1997 unter dem Titel
Walking in the Shade bei HarperCollins, London.

1. Auflage 2008

Satz: pagina GmbH, Tübingen
Druck und Bindung: Friedrich Pustet, Regensburg
Printed in Germany
ISBN 978-3-455-40061-8

I used to walk in the shade
My blues on parade
Now this rover
crossed over
To the sunny side of the street

»On the Sunny Side of the Street«
(Shapiro, Bernstein and Co.)

Einzelne sowie Gruppierungen von Menschen müssen begreifen, dass sie nicht imstande sein werden, wirkliche Reformen der Gesellschaft anzugehen oder andere Menschen als vernünftige Wesen zu behandeln, solange der einzelne nicht gelernt hat, die vielfältigen Muster der ihn beherrschenden formellen und informellen Zwangsinstitutionen aufzuspüren und diese einzukalkulieren. Egal, was seine Vernunft sagt, wird er stets wieder auf die Zwangsinstitutionen zurückfallen, solange das Muster in ihm wirkt.

Idries Shah, *Karawane der Träume*

DENBIGH ROAD
W 11

Hoch oben an der Reling des großen Schiffes hielt ich meinen kleinen Jungen auf dem Arm und sagte: »Sieh mal, das ist London.« Das Dockland: schlammige Wasserläufe und Kanäle, graue, verrottende Holzwände und Balken, Kräne, Schlepper, große und kleine Schiffe. Das Kind dachte vermutlich: Aber Schiffe, Kräne und Wasser, das war Kapstadt, und jetzt heißt es auf einmal London. Was mich betraf, so lag das wirkliche London noch vor mir, ebenso wie der Beginn meines wirklichen Lebens, um Jahre verzögert, weil der Krieg meine Reise nach London verhindert hatte. Ein reiner Tisch, eine neue Seite – die Zukunft gehörte mir.

Ich steckte voller Zuversicht und Optimismus, obwohl mein weltlicher Besitz zu vernachlässigen war: nicht einmal 150 Pfund Sterling; das Manuskript meines ersten Romans, *Afrikanische Tragödie*, den ein Verleger in Johannesburg gekauft hatte, der keinen Hehl daraus machte, dass es noch lange dauern würde, bis er es herausbrachte, weil die *Afrikanische Tragödie* so subversiv war; und ein paar Erzählungen. Ich hatte ein paar Koffer voller Bücher, von denen ich mich nicht trennen mochte, ein paar Kleider, ein paar nicht sonderlich wertvolle Schmuckstücke. Ich hatte das bisschen Geld abgelehnt, das meine Mutter mir angeboten hatte, weil sie selbst so wenig hatte, und außerdem war der ganze Sinn und Zweck dieser Reise, von ihr loszukommen, von der Familie und von diesem grässlich provinziellen Südrhodesien, wo jede ernsthafte Unterhaltung, wenn sie denn überhaupt zustande kam, sich immer nur um die Rassenschranke und die Unzulänglichkeiten der Schwarzen drehte. Ich war frei. Ich konnte endlich ganz ich selbst sein. Ich hatte das

Gefühl, mich aus mir selbst neu geboren zu haben, mir selbst zu genügen. Ist das eine Heranwachsende, die ich beschreibe? Nein, ich war fast dreißig. Ich hatte zwei Ehen hinter mir, hatte aber nicht das Gefühl, *wirklich* verheiratet gewesen zu sein.

Außerdem war ich erschöpft, weil das Kind, zweieinhalb Jahre alt, während der einen Monat dauernden Reise immer um fünf Uhr in der Frühe mit Rufen des Entzückens über den neuen Tag aufgewacht und abends um zehn nur widerstrebend eingeschlafen war. Dazwischen war es keine Minute still gewesen, es sei denn, ich erzählte ihm Geschichten oder sang ihm Kinderlieder vor, was ich jeden Tag vier bis fünf Stunden lang getan hatte. Für das Kind war es eine wundervolle Zeit gewesen.

Außerdem beschäftigten mich diese Gedanken – oder vielleicht sollte man besser sagen, Gefühle –, die jeden Neuankömmling aus dem südlichen Afrika verstören, der noch nie gesehen hat, wie weiße Männer ein Schiff entladen, schwere körperliche Arbeit verrichten, denn das hatten dort nur Schwarze getan. Eine Menge Weißer, die Weiße wie Schwarze arbeiten sahen, fühlten sich unbehaglich und bedroht; was mich betraf, war es nicht so einfach. Hier waren sie, die Arbeiter, die Arbeiterklasse, und zu jener Zeit glaubte ich, dass die Logik der Geschichte unweigerlich dazu führen würde, dass sie die Herrschaft über die Erde übernahmen. Sie, diese zähen, muskelbepackten, schwer arbeitenden Männer da unten, und – natürlich – Leute wie ich waren die Vorhut der Arbeiterklasse. Ich schreibe das nicht, um es lächerlich zu machen. Das wäre unredlich. Millionen, wenn nicht sogar Milliarden von Leuten dachten ebenso, sprachen diese Sprache.

Ich habe viel zu viel Material für diesen zweiten Band. Nichts ist langweiliger als eine ausufernde Autobiografie. Ein kleines Buch mit dem Titel *Auf der Suche*, geschrieben, als diese Zeit mir noch sehr nahe war, ergänzt das Bild der ersten Monate in London, sofern es gewünscht wird. Was ich in diesem Buch gesagt habe, entspricht der Wahrheit. Ein paar Charaktere wurden aus Gründen des Persönlichkeitsschutzes verändert; das geschieht auch jetzt. Aber es besteht kein Zweifel daran, dass das Buch, wiewohl »wahr«, doch nicht auf die gleiche Weise wahr ist wie das, was ich heute schreiben würde. Es ist eine Frage der Gestimmtheit, also keine einfache Angelegenheit. Dieses kleine Buch ist mehr wie ein Roman; es hat die Form und das Tempo eines Romans. Für das Leben kommt es zu glatt daher. Aber zumindest in einer Hinsicht ist es angemessen: Als ich in London eintraf, kehrte ich zum Sehen und Fühlen nach Kinderart zurück; Menschen, Gebäude, Busse, Straßen stürmten mit ihrer die Kinderseelen verstörenden Unmittelbarkeit auf mich ein. Alles war übergroß, sehr hell, sehr dunkel, übel riechend, laut. Heute erlebe ich London nicht mehr auf diese Weise. Damals war es eine Stadt voll Dickens'scher Übertreibungen. Ich will damit nicht sagen, dass ich am Rande des Surrealen London durch eine Dickens'sche Maske sah; eher hatte ich Teil an Dickens' grotesken Visionen.

Das London der vierziger und frühen fünfziger Jahre ist verschwunden, und heute kann man sich nur noch schwer vorstellen, dass es jemals existierte. Ungestrichen, die Häuser schmutzig, voller Risse, grau und öde. Es hatte schwer unter dem Krieg gelitten, einige Gegenden lagen vollständig in Trümmern, mit Löchern voll schmutzigen Wassers, und immer wieder wurde es heimgesucht von plötzlichem, dunklem Nebel – das war vor dem Clean Air Act. Niemand, der nur das heutige London mit seinen ordentlichen, sauberen Gebäuden kennt, mit gut besuchten Cafés und Restaurants, gutem Essen und Kaffee, mit Straßen, die bis nach Mitternacht belebt sind, mit zumeist jungen Leuten, die ihr Leben genießen, kann sich vorstellen, wie London damals war. Keine Cafés. Keine guten Restaurants. Die Kleidung immer noch von der Kriegsknappheit geprägt, düster und hässlich. Um zehn waren alle Leute in ihren Häusern verschwunden und die Straßen leer. Die Dining Rooms, während des Krieges subventioniert, waren im ganzen Viertel oft der einzige Ort, wohin man zum Essen gehen konnte. Sie servierten gutes Fleisch, fürchterliches Gemüse, Kinderpudding. Die Lyons-Restaurants waren der Höhepunkt der Esskultur für gewöhnliche Leute – ich erinnere mich an gebackenen Fisch, Pommes frites und Rührei auf

Toast. Es gab gute Restaurants für die Wohlhabenden, sie neigten dazu, sich aus Verlegenheit zu verstecken, weil dort während des Krieges die strengen Gesetze der Rationierung erheblich gelockert worden waren. Nirgendwo auf den Britischen Inseln konnte man eine anständige Tasse Kaffee bekommen. Die einzige zivilisierte Annehmlichkeit waren die Pubs, aber die schlossen um elf, und für die Pubs muss man das richtige Temperament haben. Oder vielleicht sollte ich sagen, man musste, denn sie haben sich so stark verändert, vermitteln dem Außenstehenden nicht mehr den Eindruck, so etwas wie Clubs zu sein, jeder nur für seine Mitglieder oder Stammkunden, wo Außenstehende bestenfalls geduldet werden. Die Rationierung bestand noch. Der Krieg dauerte an, nicht nur an den von Bomben beschädigten Orten, sondern auch im Denken und Verhalten der Menschen. Jede Unterhaltung neigte dazu, früher oder später auf den Krieg zu kommen, zwanghaft, wie ein Tier, das sich immer wieder an einer wunden Stelle lecken muss. Vorsicht und Müdigkeit bestimmten das Lebensgefühl.

Am Silvesterabend 1950 rief mich ein Amerikaner aus der Verlagsszene an und fragte, ob wir uns gemeinsam in den Trubel zur Jahreswende stürzen wollten. Ich traf ihn um sechs Uhr in meinem besten Kleid am Leicester Square. Wir hatten mit einer fröhlichen Menschenmenge gerechnet, aber es war niemand auf den Straßen. Ungefähr eine Stunde verbrachten wir in einem Pub, fühlten uns aber fehl am Platz. Dann suchten wir nach einem Restaurant. Es gab die teuren Restaurants, die wir uns nicht leisten konnten, aber nichts von dem, was wir heute für selbstverständlich halten, die chinesischen, indischen, italienischen Restaurants und die von einem Dutzend anderer Nationalitäten. Die großen Hotels waren sämtlich ausgebucht. So wanderten wir kreuz und quer durch Soho und um den Piccadilly Circus herum. Alles war leer und dunkel. Dann sagte er, zum Teufel, lass uns ein bisschen Spaß haben. Ein Taxi brachte uns zu einem Club in Mayfair, und dort schauten wir dann zu, wie sich die Nachfolger der Bright Young Things betranken und sich gegenseitig mit Brot bewarfen.

Als das Jahrzehnt zu Ende ging, gab es Cafés und, den Italienern sei Dank, gutes Eis und gute indische Restaurants. Die Kleidung war bunt, billig und respektlos. London erstrahlte wieder in neuem Glanz und war fröhlich. Den größten Teil der Kriegsschäden hatte man beseitigt. Vor allem aber gab es da eine neue Generation, die nicht vom Krieg zermürbt worden war. Sie redeten weder über den Krieg, noch dachten sie an ihn.

Das erste Haus, in dem ich wohnte, lag in Bayswater, das damals ziemlich schäbig war und wo man sich die Vornehmheit früherer Zeiten kaum noch vorstellen konnte. Jeden Abend zogen Prostituierte in den Straßen auf. Ich musste mir die Wohnung mit einer Frau aus Südafrika und ihrem Kind teilen; diese ziemlich unerfreuliche Erfahrung ist in *Auf der Suche* eingegangen. Unsere Wohnung war groß und gut möbliert. Zwei Zimmer waren an Prostituierte vermietet. Als ich das herausfand – ich begriff nicht sofort, wer diese elegant gekleideten Frauen waren, die mit Männern die Treppe hinauf- und hinuntertrippelten – und die Frau aus Südafrika zur Rede stellte, weil ich der Überzeugung war, dass das nicht gut für die zwei kleinen Kinder sein konnte, brach sie in Tränen aus und sagte, ich sei herzlos.

Ich verbrachte sechs Wochen damit, nach einer Bleibe zu suchen, in der ein kleines Kind willkommen war. Eine Hitzewelle ging über das Land, und ich konnte nicht verstehen, weshalb die Leute sich über das englische Wetter beklagten. Meine Füße ließen mich auf dem heißen Pflaster im Stich und beinahe auch meine Moral, aber dann erklärte sich eine italienische Familie bereit, mich und das Kind aufzunehmen. Mein Hauptproblem war gelöst. In die Denbigh Road also. Peter wurde in einem städtischen Kindergarten aufgenommen. Vom ersten Tag an hatten die Verhältnisse, in denen wir gelebt haben, ihn gelehrt, kontaktfreudig zu sein. Darum ging er gern dorthin. Sobald er aus dem Kindergarten zurückkam, verschwand er sofort ins Souterrain, wo es ein kleines Mädchen seines Alters gab. Das Haus, für mich deprimierend, weil es so trist und schmutzig und vom Krieg beschädigt war, war für ihn ein Glücksfall.

Anfangs wohnten wir in einer Dachkammer, die – bildlich

gesprochen – so klein war, dass ich nicht einmal eine Schreibmaschine aufstellen konnte. Ich schickte ein paar Kurzgeschichten an die Agentur Curtis Brown, auf gut Glück aus dem *Writers' & Artists' Handbook* ausgewählt, und Juliet O'Hea schickte etwas zurück, von dem ich erst später erfuhr, dass es ein Standardbrief war; ob ich nicht einen Roman hätte oder daran dächte, einen zu schreiben? Ich antwortete, es gebe da einen Roman, aber er sei bereits von einem Verleger in Johannesburg gekauft worden. Sie wollte den Vertrag sehen und war schockiert und sehr wütend, als sie ihn gelesen hatte – sie wollten fünfzig Prozent von sämtlichen Einnahmen haben, als Entgelt für das Risiko, das sie mit diesem gefährlichen Buch eingingen. Juliet O'Hea schickte ihnen ein Telegramm, in dem es hieß, dass sie sie, wenn sie mich nicht sofort aus dem Vertrag entließen, als Gangster bloßstellen werde. Sie verkaufte das Buch übers Wochenende an Michael Joseph.

Pamela Hansford Johnson war Michael Josephs Lektorin. Sie schrieb ein begeistertes Gutachten, verlangte aber, dies und jenes müsse geändert werden. Da ich Jahre damit verbracht hatte, das Buch zu schreiben und zu überarbeiten, widerstrebte es mir, Änderungen vorzunehmen, zumal ich mir die Schulter gebrochen hatte. Wie? Darin kann man nichts weniger als ein psychologisch bedeutsames Ereignis sehen. Ich war am Leicester Square, wo ich mir zusammen mit einem jungen Mann den Film *Kinder des Olymp* angesehen hatte. Wir waren überaus romantisch ineinander verliebt gewesen, als er in Rhodesien bei der Royal Air Force stationiert war. Unser beider Leben hatte Wege eingeschlagen, wie sie unterschiedlicher nicht hätten sein können: Er war im Begriff, sich dem britischen Industrieverband anzuschließen, und ich war immer noch, mit unguten Gefühlen zwar, eine Rote, wenn auch kein Parteimitglied. Ich kam aus dem Kino und trat direkt in noch halb flüssigen Asphalt, der von Arbeitern, die sagten, ich hätte aufpassen müssen, wo ich hintrete, gerade auf die Straße aufgetragen worden war. Gottfried Lessing war mittlerweile in London eingetroffen, wo er zu bleiben gedachte, und wohnte zusammen mit Dorothy Schwartz aus Salisbury in einer großen Wohnung in der Nähe der U-Bahn-

Station Belsize Park. Er nahm Peter für sechs Wochen zu sich, während meine Schulter heilte.

Die Rückschau hat meinen Erinnerungen an diese Zeit einen sorglosen Ton verliehen, denn wenn sie auch schwierig war, so wurde ich doch mit allem fertig. Diese kleine Szene zeichnet ein anderes Bild: Ich stehe auf dem Bahnsteig der U-Bahn-Station Queensway. Mein linker Arm liegt in einer Schlinge, und meine gelbe Wolljacke ist darüber zugeknöpft. Ein Knopf springt ab, ein Windstoß hebt die Jacke von meiner linken Schulter, und ich stehe, bis auf meinen Büstenhalter entblößt, auf dem Bahnsteig. In London kann man nackt die Oxford Street entlanggehen, fast ohne eines Blickes gewürdigt zu werden, und meine Verlegenheit ist unnötig. Ich versuche vergeblich, mich wieder zu bedecken. Eine Frau taucht aus der Menge auf, dreht mich zu sich um, holt eine große Sicherheitsnadel aus ihrer Tasche und befestigt die Jacke an der Schlinge. Dann steht sie da und mustert mich. »Gebrochen, stimmt's? Also, ein Bruch braucht zweiundvierzig Tage oder sechs Wochen, was immer das kürzeste ist.« Ich bringe kein Wort heraus. »Nur Mut, vielleicht wird es nie zum Schlimmsten kommen.«

»Das ist das Schlimmste«, bringe ich hervor. Sie lacht, dieses anarchische, verdrießliche Was-kann-man-schon-erwarten-Lachen, das man noch immer von Leuten hören konnte, die die Luftangriffe miterlebt hatten.

»Wirklich? Nun, wenn das das Schlimmste ist, was Ihnen passieren kann, dann ...« Sie gab mir ein paar aufmunternde kleine Klapse, dann schob sie mich sanft in Richtung Zug und half mir hinein. »Fahren Sie einfach nach Hause, machen Sie sich eine gute Tasse Tee, dann sieht alles gleich viel besser aus«, höre ich, als die Türen zugleiten.

Ich schickte die *Afrikanische Tragödie* in derselben Verpackung an Michael Joseph zurück, in der sie eingetroffen war. Ich bekam einen Brief, in dem man mir zu den wertvollen Änderungen gratulierte, die ich vorgenommen hatte. Ich habe das nie aufgeklärt.

Wenig später schrieb Alfred Knopf aus New York, sie würden

das Buch herausbringen, wenn ich es so abändern würde, dass eine eindeutige Vergewaltigung darin vorkäme, »in Übereinstimmung mit den Sitten des Landes«. Das war Blanche Knopf, Alfreds Frau, und die Knopfs waren damals die Sterne am Verlegerhimmel. Ich war wütend. Was wusste sie über die »Sitten« im südlichen Afrika? Außerdem war es einfach grob. Im Zentrum der *Afrikanischen Tragödie* standen die unausgesprochenen, unaufrichtigen Verhaltenscodes der Weißen, denen zufolge nie etwas gesagt, aber alles verstanden wurde. Das Verhältnis zwischen Mary Turner, der weißen Frau, und Moses, dem schwarzen Mann, war bewusst so dargestellt, dass nichts *eindeutig* war. Das geschah nur bis zu einem gewissen Grad aus dem Instinkt für literarische Zusammenhänge. Tatsache ist, dass ich nie entschieden habe, ob Mary mit Moses Sex hatte oder nicht. Mal stellte ich mir das eine vor, mal das andere. Während es an der Tagesordnung war, dass weiße Männer Sex mit schwarzen Frauen hatten, und die ständig größer werdende Zahl der Mischlinge beweist es, habe ich nur ein einziges Mal davon gehört, dass eine weiße Frau Sex mit ihrem schwarzen Diener hatte. Die Strafe – für den Mann – war Erhängen. Außerdem waren die Tabus in ihrer Wirkung unglaublich machtvoll. Wenn Mary Turner mit Moses Sex gehabt hätte, diese arme Frau, die auf ebenso fatale wie gefährliche Art an ihrem Selbstbild als weiße »Madam« festhielt, dann wäre sie unweigerlich daran zerbrochen. Gut, sie war bereits *gebrochen*, sie war verrückt. Sie wäre dann aber auf andere Art verrückt geworden. Sobald ich als Faktum benenne, was, als Möglichkeit belassen, eine viel eindringlichere Wirkung zu entfalten vermag, drängen sich mir Wendungen und Worte auf, die eine andersgeartete Verrücktheit zur Folge haben müssen. Nein, aufs Ganze gesehen glaube ich, sie hat es nicht getan. In jedem Fall gilt: Als ich das Buch schrieb, war ich mir sicher, dass sie es nicht getan hatte. Die Entstehung des Romans verdankt sich folgender Begebenheit: Ich wurde auf den Veranden Zeugin geringschätziger und Unbehagen auslösender Unterhaltungen über eine Farmersfrau in der näheren Umgebung, die »ihrem Koch erlaubt hatte, ihr das Kleid am

Rücken zuzuknöpfen und ihr das Haar zu bürsten«. Das wurde, wie ich glaube, von meinem Vater korrekt als ein Höchstmaß an Verachtung für den Mann beschrieben: ähnlich den Aristokraten, die sich vor den Dienstboten alle möglichen intimen und schmutzigen Dinge erlauben, da diese in den Augen jener keine menschlichen Wesen sind.

Für mich war die Forderung der Knopfs Heuchelei: Eine Vergewaltigung hätte damals nur den Schock des Neuartigen ausgelöst. Ich sagte, ich würde das Buch nicht ändern. Dabei wurde ich voll und ganz von Juliet O'Hea unterstützt, die sagte, natürlich bräuchte ich kein Wort zu ändern, wenn ich es nicht wolle, aber es sei immer der Mühe wert, über das nachzudenken, was sie sagten. »Schließlich, meine Liebe, haben sie manchmal recht.« Sie fand aber, dass sie diesmal unrecht hatten. »Keine Sorge, wenn sie es nicht nehmen, besorge ich Ihnen einen anderen Verleger.« Sie nahmen es trotzdem.*

Ich hatte nur noch sehr wenig Geld übrig. Die 150 Pfund Vorschuss von Michael Joseph wurden sofort von Miete und Gebühren für den Kindergarten geschluckt. Ich nahm für ein paar Wochen einen Sekretärinnen-Job an, wo ich praktisch überhaupt nichts tat, weil es ein neues Ingenieurbüro mit jungen, unerfahrenen Partnern war. Ich hatte Peter aus dem städtischen Kindergarten herausgenommen und in einem ziemlich teuren Privat-Kindergarten untergebracht. Wie sollte ich das bezahlen? Aber meine Einstellung war immer: Beschließe, etwas zu tun, und finde dann Mittel und Wege, dafür zu bezahlen. Bald wusste ich, dass ich ziemlich dumm war. Ich war angeblich Schriftstellerin; Verleger fragten behutsam an, was ich schrieb. Aber ich hatte

* Ich sollte bald darauf eine kleine, unerfreuliche Lektion über die Realitäten des Verlagswesens erhalten. Die erste Taschenbuch-Ausgabe der *Afrikanischen Tragödie* hatte auf dem Titel das grelle Bild einer Blondine, die sich entsetzt zusammenkauert, während ein riesiger Niggerbock (die einzige Art, ihn zu beschreiben) über ihr steht und sie mit einem Panga bedroht. Meine Proteste in dem Sinne von: »Aber Moses, der Schwarze, war kein großer, dämlicher, mordlustiger Gangster« wurden übergangen mit: »Sie haben keine Ahnung, wie man Bücher verkauft.«

keine Energie zum Schreiben. Ich wachte um fünf Uhr auf, mit Peter, wie immer – er fuhr noch Jahre fort, um fünf aufzuwachen, und ich mit ihm. Ich las ihm vor, erzählte ihm Geschichten, machte ihm Frühstück, brachte ihn mit dem Bus in den Kindergarten, ging zur Arbeit. Dort saß ich herum, tat nicht viel oder schrieb allenfalls heimlich eine Kurzgeschichte. In der Mittagspause ging ich einkaufen. Um fünf holte ich Peter aus dem Kindergarten ab, fuhr mit dem Bus zurück, und dann kam für ihn der übliche ausgelassene Abend im Untergeschoss, während ich die Wohnung sauber machte. Er schlief erst gegen zehn ein. Aber da war ich dann zu müde, um noch arbeiten zu können.

Ich gab den Job auf. Inzwischen rief der Verlag an – zweimal –, um mir mitzuteilen, dass sie nachdruckten, und zwar noch vor der Veröffentlichung. Ich sagte: »Oh, gut.« Ich dachte, das passierte jedem Schriftsteller. Ich hatte nicht die geringste Ahnung. Sie glaubten, dass ich meinen Erfolg für selbstverständlich hielt.

Michael Joseph lud mich zum Lunch ins Caprice ein, damals das eleganteste Show-Business-Restaurant. Ich war innerhalb des Hauses aus meiner Dachkammer in einen großen Raum umgezogen, der einmal schön gewesen sein musste und es auch wieder werden sollte, jetzt aber schmutzig und zugig war, mit einem unzulänglichen Kamin beheizt. Das ganze Haus war infolge der Luftangriffe voller Risse und undicht. Es gab noch ein kleines Zimmer, in dem Peter schlief. Das Caprice war eine Pracht mit rosa Tischtüchern, Silber, Glas und gut gekleideten Leuten. Michael Joseph war ein gut aussehender Mann, weltläufig, hier zu Hause, und er redete von Larry und Viv und sagte, es sei ein Jammer, dass sie heute hier nicht speisten. Michael Joseph, aus irgendeinem Grund nicht kriegstauglich, hatte den Verlag während des Krieges gegründet, entgegen dem Rat aller möglichen Leute, denn er hatte nicht viel Kapital. Der Verlag hatte sofort Erfolg, vor allem deshalb, weil Michael Joseph zuvor bei der Agentur Curtis Brown gearbeitet hatte, und Juliet O'Hea, seine gute Freundin, sorgte dafür, dass ihm neue Bücher zugeschickt wurden. Er genoss seinen Erfolg, ließ ein oder zwei Rennpferde laufen, war Stammgast in Londons eleganten Lokalen und begrüßte ständig Leute an anderen Tischen. »Ich möchte Ihnen unsere neue Autorin vorstellen – sie kommt aus Afrika.«

Zweck dieses Lunchs war nicht nur, dass Autoren sich geschmeichelt fühlen sollten, sondern vor allem, sicherzustellen, dass diese spezielle Autorin nicht von ihm erwartete, für das Buch zu werben. Er erzählte mir Geschichten wie die, dass ein bestimmtes kleines Buch, *Die Schneegans* von Paul Gallico, während des Krieges erschienen, schon vor Erscheinen mehrere Male nachgedruckt worden war, allein durch Mundpropaganda. »Werbung hat keinerlei Auswirkungen auf das Schicksal eines Buches.« Alle Verleger reden so.

In manchen Militärakademien muss man sich als Prüfling in die Situation eines an der Front kommandierenden Generals hineinversetzen: In einem Bereich halten sich seine Truppen gerade noch, in einem anderen werden sie in die Flucht geschlagen, in einem dritten treiben sie den Feind zurück. Preisfrage: Wohin soll er, mit begrenzten Ressourcen bedacht, seine Reserven schicken? Die korrekte Antwort muss lauten: In den erfolgreichen Sektor, die anderen sind ihrem Schicksal zu überlassen. Offenbar liefern nur wenige Leute die richtige Antwort; sie lassen sich von ihrem Mitleid mit den minder erfolgreichen Soldaten in die Irre führen. Verleger gehören zu den Leuten mit der richtigen Antwort. Ein bereits erfolgreicher oder bekannter Autor bekommt Anzeigen, aber von sich abmühenden oder unbekannten Autoren erwartet man wie selbstverständlich, dass sie schwimmen – oder untergehen. Wenn die Öffentlichkeit in der Untergrundbahn Reklame für einen Roman liest, dann sieht sie, wie Reserven in den erfolgreichen Sektor des Schlachtfeldes geschickt werden. Sie sieht, wie aus einem Roman, der ohnehin schon ein Erfolg ist, ein Bestseller gemacht wird.

Von der Atmosphäre des Caprice ermutigt, sagte ich zu Michael Joseph, wenn es etwas gebe, das ich mehr liebte als alles andere, dann seien es Schokoladen-Eclairs, und kaum war ich in meinen Slum zurückgekehrt, da hielt auch schon ein langer schwarzer Wagen vor meiner Tür, und von dem Chauffeur wurde eine hübsche rosa Schachtel abgeliefert. Sie enthielt ein

Dutzend Schokoladen-Eclairs. Sie wurden bei einem der ohnehin schon sehr üppigen Familienessen im Erdgeschoss verspeist.

Nichts, was ich in diesem Haushalt erlebte, entsprach meinen Erwartungen – Rationierung, verdrossenes Durchwursteln, sogar halbes Verhungern. Ich bekam Pakete mit Nahrungsmitteln nach England geschickt. Die Frau des Hauses, Italienerin, war eine der großartigsten Köchinnen der Welt. Ich glaube nicht, dass sie je ein Rezeptbuch in der Hand gehabt hat. Sie ging mit sechs Lebensmittelkarten zu einem Laden in Westbourne Grove, damals eine heruntergekommene Straße. Aber sie bekam immer das Drei- oder Vierfache der ihr zustehenden Menge an Butter, Eiern, Käse, Speck und Kochfett. Wie schaffte sie das? Sie reagierte verächtlich, als ich sie danach fragte. Es wird Zeit, dass Sie wissen, wo es langgeht, sagte sie. Es gab da zwei korrupte Polizisten, die ständig auftauchten und Butter und Eier von ihrer Beute bekamen, zum Dank dafür, dass sie ein Auge zudrückten. Hatte ich an diesem gesetzwidrigen Treiben teil? Selbstverständlich, ich übergab ihr unsere beiden Lebensmittelkarten. In dieser Situation auf so etwas wie Tugendhaftigkeit zu bestehen, wäre nicht nur mir absurd vorgekommen, diese liebenswerten Gauner hätten das auch nicht verstanden. Außerdem wurde in den Zeitungen bereits lautstark das Ende der Rationierung verlangt. Es bestehe keine Veranlassung mehr dafür, hieß es. Nie habe ich so gut gegessen. In der Miete war zwar das Essen nicht mit inbegriffen, aber wie die meisten guten Köchinnen konnte es unsere Hauswirtin nicht ertragen, jemandem, der sich an ihrem Tisch niederließ, nicht mit zu verköstigen. Ich aß zwei- oder dreimal in der Woche unten, Peter an den meisten Abenden. Sie verlangte Geld zum Einkaufen, wenn sie selbst keines mehr hatte. Sie hing einer Ökonomie an, die nicht nur mich, sondern auch andere Leute im Haus mit einbezog in ein kompliziertes Schema von Borgen und Ausleihen – Zigaretten, ein Kleid oder ein Paar Schuhe, die ihr gefielen.

Als ich Bekannten aus der Mittelklasse von den korrupten Polizisten und der Butter, den Eiern und dem Käse erzählte, reagierten sie verschnupft, wurden wütend. »Unsere Polizisten sind nicht korrupt«, sagten sie. Sie betrachteten meinen Ausflug an diese fremdartige Küste – die Arbeiterklasse – als typisches Unternehmen um meiner Kunst willen, der Erfahrung halber. Sie warteten auf kleine Anekdoten über die komische Arbeiterklasse, im Geiste der versnobten *Punch*-Cartoons über Dienstboten.

Von da an wurde ich, bis die Behörden Jahrzehnte später zugaben, dass mit unserer Polizei nicht alles zum Besten stand, von fast jedermann mit eben der feindseligen Ungeduld behandelt, mit der man mir auch begegnete, wenn ich sagte, dass Südafrika für die Schwarzen und die Farbigen eine Hölle sei – denn das hatte sich immer noch niemand eingestanden, trotz Alan Patons *Denn sie sollen getröstet werden*, das gerade erschienen war, kurz vor der *Afrikanischen Tragödie* –, und erst recht, wenn ich betonte, dass Südrhodesien genauso schlimm war wie Südafrika, nach Ansicht mancher Schwarzer sogar noch schlimmer. Solche Dinge sagten nur Unzufriedene und Rote.

In dem Haushalt in der Denbigh Road interessierte sich niemand für Südafrika. Nichts war von Interesse, was außerhalb dieses kleinen Straßenareals lag. Von Besuchen in dem lediglich eine Meile entfernten West End sprach man wie von einer bedeutsamen Exkursion.

Die Ausgelassenheit, die, wenn man so will, gute körperliche Befindlichkeit dieses Haushalts galt damals keineswegs für die Allgemeinheit. Die Briten waren ein erschöpftes Volk. Gleichgültig. Ihre nationale Mattigkeit, diese Nachwirkung des Krieges, als ob die Schrecken oder Entbehrungen des Krieges lautlos und unsichtbar an ihnen zehrten, Energie verschluckten wie ein schwarzes Loch, wurde von etwas ganz anderem aufgewogen. Das ist es, was mir aus heutiger Sicht an dieser Zeit am bemerkenswertesten vorkommt – der Kontrast. Auf der einen Seite die Niedergeschlagenheit, ein Patient, der durchzuhalten versucht, auf der anderen Seite aber ein Zukunftsoptimismus, der so weit von dem entfernt war, was wir heute zu denken gewohnt sind, dass er fast das Symptom einer allgemeinen Torheit zu sein schien. Nichts Geringeres als ein neues Zeitalter dämmerte herauf. Sozialismus war der Schlüssel. Den von überall her zurückkehrenden Soldaten war alles versprochen worden, die Atlantik-Charta (damals zynisch aufgefasst) war lediglich die Zusammenfassung dieser utopischen Hoffnungen, und jetzt, wo sie zurückgekehrt waren, würde eine Labour-Regierung dafür sorgen, dass sie das Versprochene auch bekamen. Der National Health Service war die Errungenschaft, auf die man am meisten stolz war. In den dreißiger Jahren konnte eine Krankheit oder ein Unfall eine ganze Familie ins Elend stürzen. Die grauenhafte Armut von damals hatte niemand vergessen. All das war jetzt überstanden. Es bestand keine Veranlassung mehr, sich vor Krankheit, Arbeitslosigkeit und Alter zu fürchten. Und das war erst der Anfang – alles versprach in Zukunft noch besser zu werden. Man traf immer wieder Ärzte, die Praxen eröffneten, die dieses neue Bewusstsein verkörperten, Ärzte, die sich als Baumeister einer neuen Ära sahen. Sie konnten Kommunisten, Angehörige der Labour Party oder Liberale sein. Allesamt waren sie Idealisten.

DER ZEITGEIST, ODER WIE WIR DAMALS DACHTEN

Vor allem, eine neue Welt war im Entstehen.

Großbritannien war immer noch das Beste; das war ein so tief verwurzelter Bestandteil dessen, was die Menschen dachten, dass es als selbstverständlich galt. Schulbildung, Essen, Gesundheit, überhaupt alles – das Beste. Das Britische Empire, damals in den letzten Zügen – das Beste.

Die Zeitungen waren voll von Warnungen hinsichtlich des Wiederaufbaus des Gebiets um St. Paul's, das in Trümmern lag. Wenn dieser Wiederaufbau nicht geplant werde, würde ein scheußliches Chaos die Folge sein. Er wurde nicht geplant, und es entstand ein scheußliches Chaos.

Unsere Gefängnisse waren abscheuerregend und eine Schande. Fast vierzig Jahre später hat sich daran nichts geändert. Gefängnisse haben es nun einmal so an sich: Sie sind

Bestandteil des Problems. Liegt es daran, dass die Briten es im Innersten ihres Herzens mit dem Alten Testament halten – Auge um Auge, Zahn um Zahn? Vergeltung, das ist es, woran die meisten Leute glauben. Während ich dies schreibe, werden Mütter kleiner Kinder ins Gefängnis gesteckt, weil sie ihre Fernsehgebühren nicht bezahlt haben. Ihre Kinder kommen in Heime. Die meisten Leute, die zum ersten Mal davon hören, schreien auf: Nein, unmöglich, dass so etwas passiert! Aber Dickens wäre nicht überrascht gewesen.

Mildtätigkeit wurde vom Wohlfahrtsstaat für immer abgeschafft. Niemals wieder sollten Arme durch Almosen von anderen gedemütigt werden. Heute würden wir am liebsten den gesamten Apparat der Mildtätigkeit, die Stiftungen, die Verbände, die Komitees, abbauen. Keine Almosen mehr.

In der U-Bahn-Station Oxford Street beobachtete ich, wie ein tyrannischer kleiner Beamter einen erst kürzlich eingetroffenen Westinder beschimpfte und beleidigte, weil dieser nicht mit dem Fahrkartenautomaten zurechtkam. Er war genau wie die Weißen, die ich während meines Lebens in Südrhodesien beim Anbrüllen der Schwarzen beobachtet hatte. Er kompensierte sein eigenes Minderwertigkeitsgefühl.

Alle ausländischen Besucher, vor allem die Amerikaner, sagten, wie liebenswürdig, höflich – zivilisiert – Großbritannien sei.

Und nun – was sollte ich als Nächstes schreiben? Was die Verleger wollten, war ein Roman. Was ich schrieb, waren Kurzgeschichten. Alle spielten im »Distrikt« – Banket, Lomagundi –, und ihr Thema war die Gemeinschaft der Weißen, wie sie sich selbst wahrnahm, sich abkapselte und wie sie die Schwarzen um sich herum sah. Ich würde den Band *This Was the Old Chief's Country* nennen. Juliet O'Hea sagte, wenn ich das unbedingt wolle, dann natürlich, aber kein Verleger werde begeistert sein von Kurzgeschichten, weil sie sich nicht verkauften. Ich überzeugte sie vom Gegenteil, denn sie verkauften sich gut, sehr gut sogar, und haben sich bis heute gut verkauft. Aber es war ein Roman, an den ich denken sollte. Also dachte ich lange und angestrengt über das Buch nach, das *Martha Quest* werden würde.

Die *Afrikanische Tragödie* war ein Erfolg, weil die Leute mich für eine Schriftstellerin hielten. Ich wusste, dass ich das einmal werden würde – davon war ich, wie ich heute weiß, schon als Kind überzeugt. Das hatte ich vergessen und geglaubt, die Entscheidung zum Schreiben wäre erst später gekommen, aber als *Unter der Haut* herauskam, erzählte mir Daphne Anderson – die mich aus der Klosterschule kannte und einen bewundernswerten Bericht über ihre Kindheit, *Toe-Rags*, geschrieben hatte –, dass sie sich erinnerte, wie wir, auf meinem Bett sitzend, uns im Schlafsaal darüber unterhalten hatten, was wir einmal werden wollten, und da hätte ich gesagt, ich wolle Schriftstellerin werden. Ich muss damals zehn oder elf gewesen sein. Aber die Existenz als Schriftsteller ist ein Phantom, ist eine Sirene, die unzählige junge Menschen tröstet und denen Stärke verleiht, die auf hoher See sind, es wissen und einen Weg jenseits der Anpassung an die Verhältnisse suchen. Ich gab meinen Job in der Anwaltskanzlei in Salisbury auf, sagte, ich wolle einen Roman schreiben, denn irgendwann musste ich aufhören, darüber zu reden, und es tun. Außerdem war mir klar geworden, dass die idealen Umstände – wie Einsamkeit, Zeit, Sorgenfreiheit – nie eintreten würden. Worüber sollte ich schreiben? Ich hatte viele Ideen für ein Buch. Ich versuche mir zu vergegenwärtigen, wie ich herumsaß, stundenlang im Zimmer hin und her wanderte und, unerlässlich, meine Gedanken schweifen ließ, mir Zeit nahm, und das alles instinktiv. Aus den vielen Ideen schälte sich eine heraus … wurde stärker … ich erinnerte mich an die Unterhaltungen auf den Veranden, Nährboden für tausend mögliche Geschichten, ich erinnerte mich an den kleinen Zeitungsausschnitt, den ich all die Jahre hindurch aufbewahrt hatte. Und so schrieb ich die *Afrikanische Tragödie.* Erste Romane sind gewöhnlich autobiografisch. Die *Afrikanische Tragödie* ist es nicht. Dick Turner, der gescheiterte Farmer, ist eine Gestalt, die mir zeitlebens immer wieder begegnet war. Lediglich eine Minderheit der weißen Farmer war erfolgreich. Die meisten scheiterten. Einige mühten sich jahrelang erfolglos ab. Andere hassten das Land. Manche liebten es, wie Dick Turner. Wieder andere waren Idealisten – wie mein Vater, der, wenn er heute Landwirtschaft betriebe, Dünger und Pestizide ebenso verschmähen würde wie Pflanzen, die den Boden auslaugen, ein Freund der Tiere und Vögel. Das Vorbild für Mary Turner war eine Frau, die ich viele Jahre gekannt hatte, eine der Frauen aus dem Sports Club. Wenn wir einen Ausflug in den Busch machten, um ein Picknick abzuhalten oder einfach nur dazusitzen, um ihn in uns aufzunehmen – denn das taten viele Weiße aus der Stadt, als wäre die Stadt lediglich eine unglückliche Fügung und der Busch der Ort, zu dem sie gehörten –, dann pflegte diese Frau, die sich ihr jugendliches Aussehen bis in die Vierziger bewahrte, eine nette Frau, jedermanns freundliche Schwester, auf einem Felsblock zu sitzen mit hochgezogenen Beinen und eng um die Knie geschlungenen Armen, über jene hinwegblickend, um zu sehen, ob eine Ameise oder ein Chamäleon oder ein Käfer an ihrer Hose hochkroch. Wenn sie so viel Angst vor dem Busch hatte – weshalb hat sie dann an diesen Picknicks teilgenommen? Sie tat es, weil sie nett war und als Frau immer das tat, was die anderen taten oder von ihr erwarteten. Sie war im Grunde eine Frau der Stadt, der Straßen, der hübschen, gezähmten Gärten ... Ich beobachtete sie und fragte mich, was in aller Welt würde sie tun, wenn das Schicksal sie auf irgendeine Farm verschlüge, nicht eine der neuen, großen, reichen Farmen, sondern auf eine, die sich gerade über Wasser halten konnte, wie die Farmen, die ich gesehen hatte, und ich ließ die Namen der armen Farmer in meinem Kopf Revue passieren und sah die schmalen Ziegelsteinveranden, die Wellblechdächer, die sich in der Hitze und der Kälte ausdehnten und zusammenzogen und aufrissen, sah den Staub, hörte das Kreischen der Zikaden ... und dann hatte ich es, ich hatte sie, ich hatte Mary Turner, die Frau, die den Busch und die Eingeborenen und alle natürlichen Prozesse hasste, die Sex hasste, die es sauber und ordentlich mochte, deren Kleid immer frisch gebügelt war, wenn sie es anzog, die bei Partys eine Schleife in ihrem Klein-Mädchen-Haar trug.

Und jetzt, in London, stellte sich wieder die Frage: Was sollte ich schreiben?

Ich gelangte an einen Punkt, an dem mir bewusst wurde, dass mein frühes Leben außerordentlich gewesen war und den Stoff für einen Roman abgeben würde. Wie außerordentlich es war, begriff ich erst, als ich das südliche Afrika verlassen hatte und nach London gekommen war. *Martha Quest*, mein drittes Buch, war mehr oder weniger autobiografisch, obwohl es erst beginnt, als Martha vierzehn und ihre Kindheit vorüber ist. Erste Romane, besonders die von Frauen, sind oft Versuche der Selbstvergewisserung, ungeachtet ihrer literarischen Qualität. Obwohl ich meine Jugendjahre mit jedem neuen Menschen, den ich kennenlernte, deutlicher vor mir sah, war ich verwirrt, denn eine beiläufige Bemerkung konnte Dinge infrage stellen, die ich jahrelang als gegeben hingenommen hatte. Obwohl ich sicherlich, amerikanisch gesprochen, »wusste, wer ich war«, hatte ich keine Ahnung, wie ich mich als soziales Wesen definieren sollte. In Klammern – und das muss sein, weil wir hier an einen ganzen Horizont von Fragen rühren –, dieses Geschäft des »Herausfindens, wer ich bin« (und das war damals eine wirklich amerikanische Angelegenheit) hat mir immer zu schaffen gemacht. Was meinen die Amerikaner damit? Zweifellos können sie doch nicht ohne ein gewisses Selbstwertgefühl existieren? Ein Gefühl des »Hier bin ich, hier drinnen«? Wie kann man ohne das Bewusstsein leben, ein inneres Gefühl für das zu haben, was man ist?

Was ich nicht wusste, war, wie ich mich selbst zu definieren, mich in einem sozialen Kontext zu sehen hatte. Oh ja, das sagt sich leicht dahin, ich war ein Kind am Ende des Raj – aber dieser Ausdruck war damals noch nicht gebräuchlich. Dann eben am Ende des Britischen Empire. Ja, ich gehörte zu der Generation, die über das Schicksal ihrer Eltern inmitten der Folgen des Ersten Weltkriegs groß geworden und dann ebenso stark vom Zweiten Weltkrieg geformt worden war. Aber da war eine Lücke, etwas fehlte, war verschwommen – und das hatte mit meinen Eltern zu tun und besonders mit meiner Mutter. Ich hatte sie ständig und auf unerbittliche Weise bekämpft, und das hatte ich tun müssen – aber um was war es bei alledem gegangen? Warum hatte ich es getan? Und – wieder in Klammern – ich war nicht in der Lage, diese Frage vollständig zu beantworten, bis ich in den Siebzigern war, und auch da vielleicht nicht endgültig.

Ich fing an, *Martha Quest* zu schreiben, während ich noch in der Denbigh Road wohnte, und ich kam gut voran, aber ich musste immer wieder unterbrechen, ich musste aus diesem Haus, aus dieser Straße heraus – die jetzt schon seit geraumer Zeit eine gefragte Gegend ist. Manchmal gehe oder fahre ich durch sie und sehe diese ansehnlichen und höchst reizend anzuschauenden Residenzen, und dann denke ich, ich wüsste gern, was ihr Leute sagen würdet, wenn ihr sehen könntet, wie diese Häuser einmal ausgesehen haben – und wie lieblos sie im Laufe der Beseitigung der Kriegsschäden »instand gesetzt« wurden.

Das Problem war, dass der kleine Junge, Peter, hier glücklich war, und ich wusste, dass ich nichts finden würde, das auch nur annähernd so gut war. Das heißt, für *ihn.*

Durch Zufall besuchte ich eine Abendparty in der Wohnung des Bruders eines Farmers in Südrhodesien, der ein Musterexemplar weißer Angepasstheit war. Aber sein Bruder war ein Linker und prosowjetisch; das war damals an der Tagesordnung. Er hatte eine ältliche Freundin, die einst sehr schön gewesen war, wie die Fotos bewiesen, die überall herumstanden, und die er »Baby« nannte. Baby mit ihren großen, dunklen Augen in ihrem geschminkten, hübschen alten Gesicht und ihren kleinen Rüschen und Schleifen beherrschte die Szene, aber da gab es noch einen anderen Brennpunkt, der die Aufmerksamkeit auf sich zog, eine lebensprühende, dunkeläugige, dunkelhaarige, untersetzte junge Frau, die ich anfangs für eine Französin hielt. Sie trug einen engen schwarzen Rock, eine weiße Bluse und eine kesse schwarze Baskenmütze. Wir unterhielten uns; sie erfuhr, wie ich lebte, und reagierte sofort sympathisch praktisch. Sie war einst selbst eine junge Frau mit einem kleinen Kind in einem Wohn- und Schlafzimmer in New York gewesen und von einer Freundin mit dem Angebot, eine Wohnung in deren Haus zu nehmen, gerettet worden. »So können Sie nicht leben«, hatte sie gesagt. Und jetzt sagte Joan Rodker zu mir, dass sie gerade dabei sei, eine unerfreuliche Mieterin loszuwerden, und dass sie schon seit geraumer Zeit daran gedacht habe, einer jungen Frau mit einem Kind zu helfen. Im Obergeschoss ihres Hauses gebe es eine kleine Wohnung, und die könne ich haben, vorausgesetzt, dass Peter ihr gefalle. Am folgenden Sonntag nahm ich Peter auf einen Besuch zu ihr mit, und sie mochten sich vom ersten Augenblick an. Also kann man sagen, dass es Peter war, der mein Wohnproblem für mich löste.

Und so zog ich in die Church Street in Kensington, in eine hübsche kleine Wohnung im Obergeschoss des Hauses, wo ich vier Jahre lebte. Das war im Sommer 1950. Aber bevor ich die Denbigh Road verließ, erlebte ich das Ende einer Ära, den Tod einer Kultur: Das Fernsehen war mit einem Mal da. Vorher, wenn der Mann von der Arbeit nach Hause kam, stand der Tee bereits auf dem Tisch, im Kamin prasselte ein Feuer, aus dem Radio in einer Ecke kamen Worte oder leise Musik, sie wuschen sich und setzten sich hin auf ihren Platz, mit der Frau, dem Kind und allen anderen im Haus, die nach unten gelockt werden konnten. Essen kam vom Herd, Schüssel um Schüssel, Tee wurde aufgebrüht, Bier geholt, die Pullover oder Jacken abgelegt, die Männer saßen in Hemdsärmeln da, vor Wohlbefinden strahlend. Sie redeten, sie sangen, sie berichteten, wie ihr Tag verlaufen war, sie erzählten sich schmutzige Witze – ein Ritual –, sie stritten sich, brüllten sich an, sie küssten und versöhnten sich und gingen um zwölf oder um eins zu Bett, nach sechs oder mehr Stunden lebhaften Zusammenseins. Ich nehme an, dass diese Fülle emotionaler Intensität in britischen Haushalten damals nicht weit verbreitet war: Ich erlebte ein Extrem. Und dann, von einem Tag auf den anderen, oder besser, von einem Abend auf den anderen kam das Ende der guten Zeiten, denn das Fernsehen war da und saß wie eine Kröte in der Küchenecke. Bald stand der große Küchentisch an der Wand, Stühle wurden im Halbkreis aufgestellt, und auf den Armlehnen lagen die schwenkbaren Essenstabletts. Das Ende einer lebhaften mündlichen Kultur war gekommen.

CHURCH STREET, KENSINGTON W 8

Das Haus in der Nähe der Portobello Road hatte Kriegsschäden und war von Trümmergrundstücken umgeben. Das Haus in der Church Street war gleichfalls beschädigt, und in seiner Nähe standen Ruinen. Zur Beseitigung der Häuserleichen brannten oft Scheiterhaufen auf den Trümmergrundstücken. Ansonsten hatten die beiden Häuser nichts gemeinsam. In dem Haus, aus dem ich ausgezogen war, hatte Politik sich in Reden über Essen, Rationierung und die allgemeinen Dummheiten der Regierung erschöpft; die Church Street dagegen bedeutete eine sofortige Rückkehr zur internationalen Politik, zu den Kommunisten, den Genossen, zu leidenschaftlicher Polemik und dem Umbau Großbritanniens auf der Grundlage eines allen gemeinsamen politischen Entwurfs. Joan Rodker arbeitete für das Polish Institute, war Kommunistin, wenn auch kein Parteimitglied; sie kannte jedermann in »der Partei«, wie sie allgemein genannt wurde, und auch die meisten irgendwie künstlerisch tätigen Leute. Ihre Geschichte ist ungewöhnlich und hätte ein Buch oder zwei verdient. Sie war die Tochter zweier bemerkenswerter Menschen, aus dem armen, aber lebensprühenden East End, das damals noch die Künste und das Geistesleben im Allgemeinen mit Talenten belieferte. Ihr Vater war John Rodker, ein Schriftsteller und Freund bekannter Autoren und Intellektueller jener Zeit, der aus irgendeinem unerfindlichen Grund die Erwartungen nicht erfüllte, die jedermann in ihn gesetzt hatte, und Verleger wurde. Ihre Mutter war eine Schönheit, die den Malern, vor allem Isaac Rosenberg, Modell saß. Sie schoben Joan als Kleinkind in eine Institution ab, die eigens ins Leben gerufen worden war, um für die Kinder von

Leuten zu sorgen, in deren Leben es keinen Platz für Kinder gab. Es war ein grausamer Ort, ungeachtet seiner vornehmen Fassade. Ihre Eltern besuchten sie von Zeit zu Zeit, erfuhren aber nie, unter welchen Bedingungen das kleine Mädchen gezwungen war zu existieren. Nachdem sie diesem Albtraum entronnen war, arbeitete sie als Schauspielerin bei einer Theatertruppe in der Ukraine. Sie war sehr sprachbegabt, hatte mühelos Deutsch und Russisch gelernt. Dort bekam sie von einem deutschen Schauspieler in der Truppe ein Kind. Da die bürgerliche Ehe für immer aus der Geschichte gestrichen worden war, heirateten sie nicht. Sie half ihm, aus der Tschechoslowakei nach England zu gelangen, bevor der Krieg begann. Ich habe ihn in *Kinder der Gewalt* auftreten lassen, anstelle von Gottfried Lessing, weil ich dachte: Das ist Peters Vater. Der eine Mann entstammte der Mittelschicht, der andere war reich, sehr reich, ein Kind des Fin de Siècle. Mein Tausch der Persönlichkeiten verfehlte die beabsichtigte Wirkung. Gottfried behauptete, ich hätte ihn porträtiert, aber alles, was die beiden Charaktere gemeinsam hatten, war, dass sie Deutsche und Kommunisten waren. Das konnte nur bedeuten, dass Gottfried meinte, was ihn ausmachte, wäre seine politische Einstellung. Hinze, ein bekannter Schauspieler, war da, als Ernest, sein Sohn, aufwuchs, und unterstützte Joan mit Zeit und Geld. Auch er war ein bemerkenswerter Mann, und seine Geschichte verdiente es, aufgeschrieben zu werden. Schwere Zeiten bringen außerordentliche Menschen hervor. Doch mir fehlt eine praktikable Vorstellung, wie das in seinem Fall auszusehen hätte.

Joan kehrte nach dem Krieg mit dem Kind aus Amerika nach London zurück – und musste feststellen, dass sie nicht wusste, wo sie unterkommen sollte. Sie sah dieses Haus in der Church Street, zum Himmel hin offen, und beschloss: Das ist mein Haus. Sie schleppte eimerweise Wasser heran und begann Abend für Abend, wenn sie von der Arbeit kam, die Zimmer zu schrubben. Als die für die Beseitigung der Kriegsschäden zuständige Behörde Arbeiter schickte, die das Haus reparieren sollten, trafen diese Joan auf den Knien mit einer Scheuerbürste bei ihrem alltäglichen Ritual an.

»Was machen Sie da?«

»Ich mache mein Haus sauber«, sagte sie.

»Aber das ist nicht Ihr Haus.«

»Doch, das ist es.«

»Dann sollten Sie sich Dokumente beschaffen, die es beweisen.«

Sie hatte kein Geld. Sie ging zu ihrem Vater und verlangte, dass er für ein Bankdarlehen bürgen sollte. Er war bestürzt; Leuten, die sich aus extremer Armut hocharbeiten mussten, fällt es sehr schwer, sich für gut situiert zu halten. Mit einem verbürgten Bankdarlehen und ihrer Entschlossenheit bekam sie ihr Haus, in dem sie noch heute lebt.

All diese Schicksalsschläge hatten in ihr einen untrüglichen Sinn für die Probleme anderer Leute entstehen lassen. Sie wusste, wie man Leuten half. Ihre Freundlichkeit, ihre Großzügigkeit waren nicht sentimental, sondern praktisch und einfallsreich. Es gab eine Vielzahl von Menschen, mit denen ich sie vergleichen konnte, denn ich lernte Menschen kennen, die den Krieg, Lager, alle vorstellbaren Katastrophen überlebt hatten. Aber nur wenige hatte das, was sie durchzustehen gezwungen waren, zu besseren Menschen gemacht.

In der Denbigh Road war Peter glücklich gewesen, und hier gefiel es ihm ebenso gut. Joans Sohn Ernest, damals ein Teenager, war so wundervoll wie Joan selbst. Er war wie ein älterer Bruder. Menschen, die kleine Kinder ohne einen Partner, der die Last mit ihnen teilte, aufgezogen haben, werden wissen, dass damit das Wichtigste über mein damaliges Leben gesagt ist.

Kam mir das Leben in dem anderen Haus so fremd vor, als wäre ich in die Welt eines Romans aus der Viktorianischen Zeit eingetaucht, so glich das Leben in der Church Street dem von damals in der Wohnung in Salisbury, wo Tag und Nacht Leute hereinschneiten, wo es Tee gab, Essen, Argumente und oft hitzige Debatten. Wenn ich die Treppe hinauf- oder hinunterging, kam ich an der offenen Tür zu einer kleinen Küche vorbei, die oft voll war von Genossen, die einen Happen aßen, redeten, schrien oder in vertraulichem Tonfall Neuigkeiten austauschten, denn in der kommunistischen Welt ging damals vieles vor sich, was mit gedämpfter Stimme diskutiert wurde und nie an die Öffentlichkeit drang. Ich war abermals in eine Welt eingetaucht, in der jede Begegnung, jede Unterhaltung zu etwas Wichtigem wurde, weil, wenn man Kommunist war, die Zukunft von einem abhing – von einem selbst, den Freunden und Gleichgesinnten überall auf dem Globus, kurzum, man fühlte sich als Vorhut der Arbeiterklasse. Ich geriet in einen Zwiespalt. Nach meinem Leben mit Gottfried Lessing, einem sogenannten »Hundertfünfzigprozentigen«, hatte ich den Dogmatismus und die Selbstgefälligkeit satt. Wenn ich mit Gottfried zusammen war, der am Tiefpunkt seines Lebens angekommen war und in seiner Niedergeschlagenheit auf Nichtkommunisten und deren Ansichten noch heftiger und unhöflicher reagierte als früher, dann begegnete ich einem Spiegelbild meiner selbst – einer Karikatur, zugegeben, aber wahr in ihrer Überhöhung der Wirklichkeit. Ein Vers von Gerald Manley Hopkins verfolgte mich.

This, by Despair, bred Hangdog dull; by Rage,
Manwolf, worse; and their packs infest the age.

»... und ihre Horden verpesten die Zeit.« Oft wachte ich aus einem Traum auf und murmelte diese Worte. Das war ich: Hopkins meinte mich.

Ich lebte in einer Horde, gehörte zu einer Horde. Aber wenn die Genossen die Treppe zum Obergeschoss des Hauses heraufkamen – und das taten sie oft, denn da oben wohnten eine muntere junge Frau und ihr entzückender kleiner Junge, noch dazu eine Exotin, die aus Afrika kam, das in diesen Tagen stets für eine Schlagzeile gut war –, dann traf ich Leute, die sich für das interessierten, was ich über Südafrika und Südrhodesien zu sagen hatte. Außerhalb kommunistischer Kreise traf ich mit meiner Behauptung, dass Südrhodesien alles andere als ein Paradies voll glücklicher Schwarzer war, auf höchst empfindliche Ohren. Du bist verbohrt, gab man mir mit vielsagendem Blick zu verstehen. Mit welcher Herablassung bin ich von Leuten behandelt worden, die von alledem nichts wissen wollten! Aber die Genossen wollten es wissen. Darin genau bestand der Reiz, der von kommunistischen Zirkeln ausging, dass die Menschen etwas *wissen wollten*, wenn man bemerkte: »Ich war in Peru, und ...« Die Welt war ihr Verantwortungsbereich. Das erschien mir zunehmend lächerlich, aber so einfach lagen die Dinge nicht. Ich erinnerte mich an Salisbury, wo wir jahrelang davon ausgegangen waren, dass alles, was wir taten und dachten, von buchstäblich welterschütternder Bedeutung war, aber aus der Londoner Perspektive gesehen kam mir unsere kleine Gruppe in Südrhodesien peinlich vor, absurd – und dennoch wusste ich, dass diese absurden Leute unter all den Weißen dort die Einzigen waren, die die Wahrheit über das weiße Regime begriffen – dass es zum Untergang verurteilt war und nicht mehr lange bestehen bleiben konnte. Fragwürdig waren nicht unsere Ansichten, sondern unsere Effektivität. Und jetzt gehörte ich wieder einer Minorität an, einer sehr kleinen noch dazu, die überzeugt war, dass sie recht hatte. Dies war der Höhepunkt des Kalten Krieges. Der Koreakrieg hatte begonnen. Die Kommunisten gerieten von Tag zu Tag mehr in die Isolation. Das Klima untereinander vergiftete sich zusehends. Wenn man zum Beispiel bezweifelte, dass Amerika mit Krankheitserregern getränkte Wattebäusche abwarf – biologische Kriegführung –, dann war man ein Verräter. Ich wurde von Zweifeln heimgesucht und hasste diese religiöse Sprache. Ich war nicht die Einzige. »Genosse Soundso fängt an zu zweifeln«, konnte ein Kommunist in diesem zynischen Tonfall sagen, der viele Unterhaltungen nun zu bestimmen begann. Aber noch einmal, so einfach lagen die Dinge nicht, denn es waren eindeutig nicht nur die Genossen, die sich mit einer idealisierten Sowjetunion identifizierten.

Wiewohl nicht Mitglied der Kommunistischen Partei, wurde ich doch von den Genossen als eine der Ihren akzeptiert: Ich sprach ihre Sprache. Wenn ich mitunter mit dem Hinweis protestierte, ich sei Mitglied der Kommunistischen Partei in Südrhodesien gewesen, die jede wirkliche kommunistische Partei mit Verachtung gestraft habe, kümmerte sie das nicht – vielleicht hörten sie nicht einmal zu. Es ist zeitlebens mein Schicksal gewesen, Leuten zu begegnen, die davon ausgingen, dass ich ebenso dachte wie sie. Warum? Weil leidenschaftliche Überzeugungen oder bestimmte Annahmen für die, die sie hegen, so übermächtig sind, dass sie einfach nicht zu glauben vermögen, dass jemand so verbohrt sein kann, dass er diese nicht mit ihnen teilt. Ich konnte weder mit Joan noch mit sonst jemandem, der in dieses Haus kam, über so etwas wie »Zweifel« sprechen, die mich beschlichen – noch nicht. Obwohl es mir schwerfiel, die Parteilinie zu schlucken, gab es etwas, das sich als sehr viel stärker erwies. Die »Colonials«, die Kinder und Enkel des weltumspannenden Britischen Empire, trafen mit von der Literatur geprägten Erwartungen ein. »Wir werden das England von Shelley, Keats und Hopkins finden, das von Dickens und Hardy, den Brontës und Jane Austen. Wir werden den edlen Atem der Literatur atmen. Im Exil hat uns die Herrlichkeit des Wortes aufrechterhalten, und bald werden wir in unser Gelobtes Land eingehen.« Ausnahmslos alle Kommunisten, denen ich unter ihnen begegnete, waren von Literatur bewegt und getragen, was man nur von wenigen der anderen Leute, die ich traf, sagen konnte. Kurzum, das, was ich in Südrhodesien erlebt hatte, fand seine Fortsetzung, wenn auch modifiziert, und das nicht zuletzt deshalb, weil ich mein Recht auf Schreiben verteidigte. Ich bestand darauf, meine Zeit mit Schreiben und nicht mit dem Verteilen von Flugblättern oder dem *Daily Worker* zu verbringen. Die Frau, die Gottfried Lessing Paroli geboten hatte – »Weshalb vergeudest du deine Zeit, Schreiben ist nur bourgeoise Selbstsucht« –, war bestens gerüstet, es mit den englischen Genossen aufzunehmen. Der Druck auf Schriftsteller, auf Künstler überhaupt, etwas anderes zu tun, als zu schreiben, zu malen oder zu komponieren, weil darin nichts als bourgeoise Selbstsucht liegt, hält bis heute unvermindert an. Lediglich die Ideologien haben sich gewandelt, unter denen dies zu geschehen pflegt. Und der Druck wird auch weiterhin anhalten, weil er seine Wurzeln im Neid hat und die Neidischen nicht wissen, dass sie an einer Krankheit leiden – sie wissen nur, dass sie recht haben.

Natürlich half, dass ich inzwischen eine der anerkannten

neuen Autorinnen war. Die *Afrikanische Tragödie* bekam sehr gute Kritiken, hatte gute Verkaufszahlen und sollte in andere Sprachen übersetzt werden. Auch die Kurzgeschichten, *This was the Old Chief's Country*, verkauften sich gut. Es versteht sich beinahe von selbst, dass ich mich wegen ideologischer Unzulänglichkeiten Angriffen meiner Genossen ausgesetzt sah. So galt beispielsweise die *Afrikanische Tragödie* als von Freud vergiftet. Zu diesem Zeitpunkt hatte ich noch kaum etwas von Freud gelesen. Die Kurzgeschichten gaben nicht die Ansichten der organisierten schwarzen Arbeiterklasse wieder. Richtig. Aber so etwas gab es nicht. Es ist unmöglich, den Schwachsinn der kommunistischen Literaturkritik zu übertreiben. Jedes Zitat erweckt sofort den Eindruck von Spott oder Karikatur – wie so vieles, was uns heute als Political Correctness begegnet.

Es war nicht nur Druck von meinen Leuten, dem ich widerstehen musste.

So lud mich zum Beispiel der Chefredakteur einer populären Zeitung, des *Daily Graphic* – der *Sun* ähnlich und längst eingegangen –, in sein Büro ein und bot mir eine Menge Geld für das Schreiben von Artikeln, in denen ich für die Todesstrafe eintreten sollte, das Auspeitschen straffällig gewordener Kinder, härtere Behandlung von Kriminellen, der Platz der Frau sei am Herd, nieder mit dem Sozialismus, Internierung von Kommunisten. Als ich sagte, dass ich in all diesen Punkten anderer Ansicht sei, sagte der Chefredakteur, ein widerwärtiger kleiner Mann, meine privaten Ansichten spielten keine Rolle. Wenn ich wolle, könne ich eine Journalistin sein, er werde mich ausbilden, und Journalisten müssten imstande sein, überzeugend über jedes Thema zu schreiben. Ich lehnte das mit seiner zunehmenden Erbitterung über mich und meine Ansichten immer großzügiger werdende Angebot ab. Ich flüchtete in eine Telefonzelle, von der aus ich Juliet O'Hea anrief. Ich brauchte dringend Geld. Sie sagte, ich solle auf keinen Fall ein Wort schreiben, von dem ich nicht überzeugt sei. Finge ich an, für Geld zu schreiben, dann würde ich eines Tages auch anfangen, es für gut zu halten, und das wolle doch keiner von uns beiden, nicht wahr? Sie halte aus

Prinzip nichts von Vorschüssen, bevor sie fällig seien, aber wenn ich in einer Klemme stecke, werde sie mir einen verschaffen. Und sie werde dem Chefredakteur des *Daily Graphic* sagen, er solle mich in Ruhe lassen.

Ähnliche Angebote schlossen sich an, Versuchungen des Teufels. Nicht, dass ich wirklich versucht gewesen wäre. Aber manchmal hielt ich mich ein wenig länger in Redaktionen auf, aus Neugierde – ich konnte einfach nicht glauben, dass so etwas passierte, dass Menschen so niederträchtig, so skrupellos sein konnten. Konnten jene ernsthaft glauben, dass Schriftsteller Dinge schrieben, die ihren Überzeugungen, ihrem Gewissen zuwiderliefen, dass sie weniger als ihr Bestes geben würden, für *Geld*?

Das mit Abstand wohl Bizarrste, was ich im Gefolge der *Afrikanischen Tragödie* erleben durfte, war eine Einladung von in London zu Besuch weilenden Mitgliedern der damals noch neuen National Party, an einem ihrer Abende »eines von den Mädchen zu sein«. Ich war zu verblüfft, um abzulehnen, und viel zu fasziniert davon, dass heimische Sitten und Gebräuche hier, im fernen London, hochgehalten werden sollten. »Das englische Kricket-Team kommt – seht zu, dass ihr ein paar Mädchen für sie auftreibt.« Es waren ungefähr zehn Männer aus Afrika, Minister oder Beamte von kaum geringerem Rang, die einfach eine Reise nach London genießen wollten. Ganz der Typ Mann meiner Heimat. Ich kannte sie alle dem Namen nach. Groß, übergewichtig und jovial rissen sie während des Essens ununterbrochen Witze über all die Methoden, derer sie sich bedienten, um die Kaffern zu unterdrücken, denn es war damals typisch für diese herrschende Klasse, dass man stolz darauf war, »schlau« zu sein – voll gerissener Tricks. Nach dem Essen zogen wir uns in ein Hotelzimmer zurück, wo ich ständig Gefahr lief, von einem oder mehreren betatscht zu werden. Ein anderes »Mädchen« wies die Männer darauf hin, dass ich eine Feindin sei und sie vorsichtig sein sollten mit dem, was sie sagten. Wieso ich eine Feindin sei?, fragten sie mit dem Unterton derjenigen, die es schlicht für unmöglich hielten, dass es jemanden gab, der nicht ihre politischen Ansichten teilte. »Sie hat ein Buch geschrieben«, sagte diese Frau oder dieses »Mädchen«, eine Südafrikanerin, die vorübergehend in London lebte. »Dann verbieten wir es einfach«, antwortete man ausgelassen. Ein Mann, mit dessen Knie ich unbedingt Bekanntschaft schließen sollte, ob ich nun ketzerische Ansichten vertrat oder nicht, sagte: »Ach, ist uns doch völlig egal, was die Liberalen lesen, sie spielen sowieso keine Rolle. Die Kaffern werden Ihr kleines Buch auch nicht lesen. Sie können nicht lesen, und das ist genau das, was wir an ihnen so lieben.« Das Wort »Liberale« war in Südafrika schon immer gleichbedeutend mit »Kommunisten« gewesen.

In all den Wohnungen, in denen ich in Salisbury mit Gottfried gelebt hatte, gingen ständig Leute ein und aus, und es wurde nicht nur über Politik und die Veränderung der Welt geredet, sondern auch über den Krieg; in der Church Street war es genauso, nur dass der Krieg hier nicht nur aus Gerüchten und Propaganda bestand, sondern dass es Männer gab, die von den Schlachtfeldern zurückgekehrt waren, sodass wir das, was in Wirklichkeit geschehen war, mit dem vergleichen konnten, was man uns darüber erzählt hatte. Bei Gottfried lagen die Dinge ähnlich – er machte mir bei jedem Zusammentreffen heftigere Vorwürfe. Er durchlebte eine sehr schlimme Zeit. Er hatte geglaubt, er würde in London mühelos eine ihm angemessene Beschäftigung finden. Er hielt sich für kompetent: Hatte er nicht in Salisbury eine große und erfolgreiche Kanzlei praktisch aus dem Nichts aufgebaut? Seine Verwandten in London, bei denen er sich um Arbeit bemühte, wiesen ihn ab. Er war Kommunist und diese Ausländer, in Großbritannien lediglich geduldet; zumindest glaubten sie das. Aber vielleicht konnten sie ihn auch ganz einfach nicht ausstehen. Er bewarb sich um Stellungen auf dem Niveau, von dem er wusste, dass er es verdiente. Niemand wollte ihn auch nur zu einem Gespräch empfangen. Der Witz lag darin, dass es zehn Jahre später wieder schick sein würde, Deutscher und Kommunist zu sein. Inzwischen arbeitete er für die »Society for Cultural Relations with the Soviet Union«. Diese Organisation besaß ein Haus am Kensington Square, wo Vorträge über den glücklichen Zustand der Künste in der Sowjetunion gehalten wurden. Bei jeder Versammlung waren die beiden hintersten Stuhlreihen mit Leuten besetzt, die tatsächlich unter dem Kommunismus gelebt hatten; sie versuchten uns zu sagen, wie schrecklich der Kommunismus in Wirklichkeit war. Wir behandelten sie voller Herablassung – sie waren zu alt, sie wussten nicht Bescheid, mit anderen Worten: Sie waren *reaktionär*. Eine kalkulierte Zuspitzung, schmeichelhaft für denjenigen, der sie gebrauchte, und stets die sicherste Methode, jeder ernsthaften gedanklichen Auseinandersetzung ein Ende zu bereiten. Gottfried verdiente nur sehr wenig Geld. Er wohnte bei Dorothy Schwartz. Der Höhepunkt des Kalten Krieges – oder sein Tiefpunkt – hatte zur Folge, dass er noch bitterer und verächtlicher auf alles reagierte, was, und sei es auch noch so geringfügig, von der Parteilinie abwich. Ich fragte mich trotzdem nicht: Wie hattest du es nur so lange mit ihm aushalten können? Wir hatten keine Alternative gehabt. Über das Kind gab es keine Meinungsverschiedenheiten. Peter verbrachte die meisten Wochenenden bei Gottfried und Dorothy. Ich brachte ihn hin, setzte mich, trank eine Tasse von diesem oder jenem und hörte mir die grauenhaften, kalten Verurteilungen an, dann ging ich, um zwei Tage Freiheit zu genießen. Ich ging oft ins Theater. Damals stellte man sich am Morgen für einen Platz in der Schlange am Abend an. Gehörte man zu den Glücklichen, die eine Karte ergattern konnten, erlebte man dann im Parkett oder dem Rang ein Stück für drei oder vier Pfund nach heutigem Geldwert. Auf diese Weise sah ich, manchmal auch stehend, die meisten damals in London gebotenen Stücke. Auch später blieb Theater meine ganz große Leidenschaft.

Ich reiste nach Paris. Es lässt sich heute nur noch schwer vermitteln, was für ein machtvoller Traum Frankreich damals für die Menschen bedeutete. Die Briten, das heißt diejenigen, die nicht bei der Armee waren, hatten sich während des Krieges und der ersten Nachkriegsjahre wie Gefangene auf ihrer Insel gefühlt. Sie litten regelrecht unter Klaustrophobie, träumten davon, ins Ausland zu reisen, insbesondere nach Paris. Frankreich zog sie magisch an, wegen de Gaulle, dem Freien Frankreich und der Résistance. Jetzt, wo unsere Küche, unser Kaffee und unsere Kleidung gut sind, kann man sich nur noch schwer vorstellen, wie sehr sich die Menschen nach Frankreich als dem Inbegriff der Zivilisation sehnten. Und unter Frauen gab es noch ein weiteres Gefühl. Französische Männer liebten die Frauen und zeigten es, wohingegen man in Großbritannien als Frau äußerstenfalls damit rechnen konnte, dass einem die Arbeiter auf der Straße hinterherpfiffen, was zudem nicht immer freundlich gemeint sein musste. Joan betete Frankreich an. Sie hatte glückliche Zeiten dort verbracht und sprach gut Französisch. Die gegenwärtige Freundin ihres Vaters war Französin. Für Joan war sie der Inbegriff von Schönheit. Sie selbst hielt sich dagegen für ein Nichts. Das traf natürlich nicht zu, aber sie verschloss sich jedem Argument, das sie vom Gegenteil zu überzeugen suchte. (Dies war für mich nicht das erste Mal in meinem Leben, dass ich Frauen begegnet bin, die alle Frauen auf der Welt außer sich selbst durch eine rosarote Brille sahen.) Sieht sie nicht fantastisch aus?, pflegte Joan angesichts einer Frau zu stöhnen, die weniger attraktiv war als sie. Sie hatte sich ein sehr elegantes schwarzes Kostüm schneidern lassen, mit einem engen Rock und einer Weste, wie Männer sie tragen, zu dem sie weiße, am Hals und an den Handgelenken gerüschte Blusen trug. Sie reiste eigens nach Paris, um es beurteilen zu lassen. Dort machten die Männer einem Komplimente über die Kleidung. Sie kam wie neugeboren zurück. Etliche der Frauen, die ich kannte, waren der festen Überzeugung, man müsse im Interesse der Selbstachtung von Zeit zu Zeit nach Paris fahren. Das entbehrte mitunter nicht einer gewissen Ironie. Eine Zeitungskarikatur von damals zeigt einen Franzosen in Soldatenkleidung, alte Jacke, Baskenmütze, eine Gauloise zwischen den Lippen, der eine wie ein Model gekleidete Französin begleitet – ein kleiner, untersetzter, schäbiger Mann, eine hochgewachsene, schlanke, elegante Frau.

Als ich nach Paris fuhr, konnte keine Rede davon sein, dass meine Kleidung das Niveau erreichte, das Komplimente französischer Männer auszulösen versprach. Aber ansonsten hatte alles seine Richtigkeit. Jeder Mann warf einem einen kurzen Blick zu, prüfte Haar, Gesicht, was man anhatte, benotete einen: eine leidenschaftslose, relativ gleichgültige Musterung, die nicht notwendigerweise zu Einladungen führte.

Eine Szene: Ich ging in die Oper, und in der Pause sah ich im Foyer eine sehr junge Frau, ungefähr achtzehn, vielleicht in ihrem ersten Abendkleid, einer Säule aus weißem Satin. Sie sah blendend aus, und das Kleid ebenfalls. Sie stand still im Eingang, während die Menge schaute ... abschätzte ... urteilte. Kein Wort, aber sie hätten ebenso gut Beifall klatschen können. Anfangs war sie nahe daran, vor Schüchternheit sofort wieder zu verschwinden, aber allmählich wurde sie von Zuversicht erfüllt, stand lächelnd da, mit Tränen in den Augen, emporgehoben von unsichtbaren Wellen der Würdigung durch Experten, Beifall, Liebe. Anbetungswürdiges Frankreich, das seine Frauen liebt, ihnen Vertrauen in ihre Weiblichkeit verleiht, und das schon, wenn sie noch kleine Mädchen sind.

Bei dieser ersten Reise logierte ich in einem billigen Hotel am linken Seineufer, so billig, dass ich es kaum glauben konnte. Gottfried hatte gesagt, ich solle die Mutter seines Schwagers aufsuchen. Ich tat es und fand eine ältere Dame in altmodischer Kleidung, die in einem winzigen Zimmer hoch unter dem Dach eines dieser uralten, kalten Häuser wohnte. Durch sie kam ich in Kontakt mit einem Netzwerk ältlicher und alter Frauen ohne Männer, alle arm, schäbig, die in Dienstbotenkammern von der Hand in den Mund lebten. Da waren sie, jede einzelne ein Opfer des Krieges. Viele von ihnen hatten in ihren kleinen Zufluchtsorten den Krieg überlebt und wussten oft selbst nicht so genau, wie ihnen das gelungen war. Geistreich und weise, waren sie die beste Gesellschaft. Wie bei den Flüchtlingen damals in London blieb rätselhaft, wovon sie eigentlich lebten. Mir wurde kostbarer Kaffee in herrlichen Tassen serviert, neben dem Herd, der mit Holz und Kohlen oder sonst etwas Brennbarem geheizt werden musste, das man auf der Straße auflas und dann Hunderte von Stufen hinaufschleppte. Madame Gise hatte seit Anfang des Krieges nichts mehr von ihrem Sohn gehört und behauptete, er habe sich dafür entschieden, sie zu verachten, weil sie keine Kommunistin sei. Ich sagte, ich sei eine Art Kommunistin, und sie sagte, Unsinn, Sie haben keine Ahnung davon. Diese Frauen, deren Ehemänner, Liebhaber oder Söhne gefallen waren oder sie vergessen hatten – sie waren so tapfer, unterstützten sich gegenseitig, wenn ihnen das Geld ausging oder wenn eine von ihnen krank war. Wieder, wie in London, hörte ich Geschichten von unfassbarem Überleben, Entbehrungen. Unser Gerede in London über Politik, sämtliche Ideen und Prinzipien über Vorgänge in anderen Ländern, lösten sich hier auf in: »Meine Cousine … Ravensbrück«, »Mein Sohn wurde von den Deutschen erschossen, weil er ein Mitglied der Résistance versteckt hatte«, »Ich bin aus Deutschland entkommen … aus Polen … aus Russland … aus Spanien …«

In Paris kaufte ich mir einen Hut. Das bedarf einer Erklärung. Ich musste es tun – das war einfach unerlässlich. Ein Hut aus Paris bewies, dass man den Inbegriff der Eleganz eingefangen hatte. Madame Gise stand neben mir, sagte: »Nein, den nicht, ja, den da«; sie verkörperte Paris, diese schäbig gekleidete Frau mit einem sorgfältig gezählten Vorrat von Francs in ihrer Handtasche. Ich habe den Hut nie getragen. Aber ich besaß einen Pariser Hut. Aber was willst du damit anfangen?, fragte Joan.

Auf einer anderen Reise, und in einem anderen schäbigen Hotel dachte ich plötzlich: Ist hier nicht Oscar Wilde gestorben? Ich ging hinunter zum Empfang, und die Inhaberin sagte: »Ja, das stimmt, er ist hier gestorben, und er hat in dem Zimmer gewohnt, das Sie jetzt haben.« Manchmal kamen Leute, die sie danach fragten, aber sie konnte ihnen nicht viel sagen, schließlich war sie ja nicht dabei gewesen. Als ich die Rechnung bezahlen wollte, war niemand am Empfang. Ich klopfte an eine Tür und hörte *Entrez.* Ich betrat einen dunklen, mit Möbeln vollgestopften Raum, mit Spiegeln in den Ecken, Schals über Stühlen, einer Katze. Da war Madame, in einem Sessel, mit aus ihrem rosa Korsett hervorquellendem Fleisch und ihren dicken Füßen in einer Schüssel voll Wasser. Das Dienstmädchen, ein junges Ding, bürstete ihr das rötliche alte Haar, während Madame es zurückwarf, als wäre es ein Schatz, in ihrer Fantasie eine jugendliche Fülle. Dies war eine Szene von Balzac? Zola? Keinesfalls aus einem Roman des zwanzigsten Jahrhunderts. Oder vielleicht Degas: *Die Concierge*? Ich blieb gebannt an der Tür stehen. »Legen Sie Ihr Geld auf den Tresen«, sagte sie. »Die Rechnung finden Sie dort. Und kommen Sie bald wieder, Madame.« Aber ich bin nicht wiedergekommen: Man soll Perfektion nicht verderben. Und ich habe auch Madame Gise nicht wieder besucht, und in dieser Beziehung habe ich ein schlechtes Gewissen.

Bei einer dieser Reisen hatte ich eine der seltsamsten Begegnungen meines Lebens. Das Flugzeug zurück von Paris hatte stundenlange Verspätung. In Orly saßen wir herum, gelangweilt, müde, reizbar. Endlich konnten wir an Bord gehen. Neben mir nahm ein Südafrikaner Platz, der, nachdem er meiner Stimme angehört hatte, dass ich aus Rhodesien kam, zu reden begann. Zunächst dachte ich, er wäre betrunken, aber dann, nein, das ist kein Alkohol. Ich hörte kaum zu. Wir würden erst nach Mitternacht landen. Ich war noch Jahre entfernt davon, mir ein Taxi leisten zu können. Peter wachte immer noch um fünf auf. Langsam begann das, was der Mann erzählte, zu mir durchzudringen. Er erzählte mir, er sei in Palästina gewesen, um die »Irgun« bei ihrem Kampf gegen die britische Besatzungsmacht zu unterstützen, und habe gerade mitgeholfen, das King David Hotel in die Luft zu sprengen. Und jetzt, wo er seine Pflicht als Jude getan habe, kehre er guten Gewissens nach Südafrika zurück. Frauen sind es gewohnt, Geständnisse zu hören, zumal wenn sie jung – nun, inzwischen nicht mehr ganz so jung – und halbwegs attraktiv sind. Frauen zählen nicht wirklich als Menschen für einen Mann, der betrunken oder aus diesem oder jenem Grund nicht er selbst ist – oder, was das betrifft, auch für viele nüchterne Männer nicht. Plötzlich kam mir der Gedanke, dass das ein Feind meines Landes war und ich mir überlegen sollte, wie ich die Polizei informierte. Wir landeten. Der Flughafen war fast menschenleer. Ich stellte mir vor, was passieren würde, wenn ich zu der Stewardess sagen würde: »Ich möchte mit der Polizei sprechen.« – »Weshalb?«, konnte ich hören – und ihre Stimme würde gereizt sein, weil sie sich, genau wie ich, nach ihrem Bett sehnte. Die Polizei, ein oder zwei Mann, würde nach einer Weile eintreffen, während ich zusah, wie die anderen Leute verschwanden, um einen Bus zu erreichen. »Ich habe in der Maschine aus Paris neben einem Mann gesessen, der gesagt hat, er habe das King David Hotel in die Luft gesprengt. Unter anderem.« Der Polizist zögert. Er sieht seinen Partner an. Sie mustern mich. Mein Anblick, übermüdet und gereizt, beeindruckt sie nicht.

»Also, dieser Mann hat Ihnen erzählt, er hat dieses Hotel in die Luft gesprengt?«

»Ja.«

»Kannten Sie ihn?«

»Nein.«

»Also hat er einer wildfremden Frau erzählt, dass er in Jerusalem Morde und Hochverrat und Gott weiß was noch begangen hat?«

»Ach, vergessen Sie's.«

Aber damit wäre die Sache natürlich nicht erledigt gewesen, und ich würde herumhängen müssen, während skeptische Beamte mich verhörten. Sofern sie nicht zu dem Schluss gelangten, dass ich schlicht dämlich war.

»Fahren Sie einfach nach Hause und vergessen Sie die ganze Angelegenheit.«

Tatsache war – und ist –, dass ich sicher war, dass er die Wahrheit sagte. Oder – was vielleicht noch interessanter ist – dass das alles auf starker Einbildungskraft beruhte, das Sprengen des Hotels, der Mord an den Polizisten, dass für ihn alles Wirklichkeit war und jemandem mitgeteilt werden musste, und sei es einer Fremden auf dem Nachbarsitz in einem Flugzeug.

Ich fuhr auch nach Dublin, auf Einladung von Schriftstellern vermutlich, denn es gab einen geselligen Abend. Aber nicht das ist es, woran ich mich in erster Linie erinnere, was ich nicht vergessen kann. Die Sonne, die trockene Hitze lagen etwas mehr als ein Jahr hinter mir, und ich glaubte, ich hätte in London alles erlebt, was es an Trostlosigkeit und Grauheit gab, aber plötzlich befand ich mich in dieser Stadt voll alter, ungepflegter Gebäude, einer würdevollen Stadt, die stolz auf sich war, aber überall rannten zerlumpte Kinder herum, barfuß, mit von der Kälte geröteten Beinen und hungrigen Gesichtern. Noch nie war mir ein derart armer Ort begegnet wie das damalige Dublin, und es war eine harte, schneidende Armut, unter der auch die Schriftsteller litten, denn einer von ihnen drückte mir ein Buch in die Hand, das *Leaves for the Burning* hieß, zu Unrecht vergessen, von Mervin Wall, der Bericht über ein betrunkenes Wochenende, aber es war das Trinken aus Verzweiflung. Als ich keine zehn Jahre später wieder hinfuhr, war diese Stadt der Lumpen und des Hungers verschwunden.

Ich habe *Leaves for the Burning* irgendwo besprochen, wahrscheinlich für *John O'London's Weekly*. Das war eine interessante Zeitschrift, das Produkt einer inzwischen untergegangenen Kultur oder Subkultur. Damals gab es überall in Großbritannien, in Städten, in Dörfern, Gruppen von überwiegend jungen Leuten, die die Liebe zur Literatur zusammengebracht hatte. Sie lasen Bücher und diskutierten über sie, sie trafen sich in Pubs und in ihren Häusern. Einige von ihnen hatten vor zu schreiben, aber das war lange vor der Zeit, zu der es jeden, der einen Roman gelesen hatte, drängte, selbst einen zu schreiben. *John O'London's Weekly* war nicht sehr anspruchsvoll, sie hatte bei Weitem nicht das Niveau von, sagen wir, der *London Review of Books* heute. Aber sie hatte Grundsätze, von denen sie nicht abging, druckte Gedichte, veranstaltete literarische Preisausschreiben – es ist ein Jammer, dass es heute nichts dergleichen gibt. Eine andere Zeitschrift widmete sich der Kurzgeschichte – *The Argosy*. Sie war anspruchsvoll genug, innerhalb gewisser Grenzen. Sie dachte zum Beispiel nicht daran, eine Erzählung von Camus oder einen Text von Virginia Woolf zu drucken, aber ich erinnere mich an lesenswerte Geschichten. Auch sie hatte eine weit über London hinausgehende Leserschaft, ihre wahre Stärke war die literarische Kultur der Provinz. Eine weitere untergegangene Zeitschrift war *Lilliput*, eine muntere Mischung aus Erzählungen, Kuriositäten und Bildern. Sie wurde eine Zeit lang von Patrick Campbell herausgegeben, an den man sich jetzt als den Mann erinnert, der

Fernsehsendungen machte, Podiumsdiskussionen, trotz seines – wie man meinen sollte – geradezu tödlichen Stotterns. Eine Erzählung von mir ist in *Lilliput* erschienen. Aus diesem Grund haben wir mehrfach miteinander im L'Escargot geluncht. Es waren lange und alkoholreiche Mahlzeiten, die uns damals gleichermaßen aufmunterten. Das L'Escargot hatte inzwischen etliche Wandlungen durchgemacht, darunter sogar eine gescheiterte als Nouvelle Cuisine, aber aus irgendeinem unerfindlichen Grund waren wir damals in der Lunchzeit oft die einzigen Gäste. Abends war es brechend voll.

Ein auf Besuch weilender Amerikaner fragte mich, ob ich Science-Fiction läse. Ich nannte Olaf Stapledon, H.G. Wells, Jules Verne, und er sagte, das sei ein guter Anfang. Dann gab er mir einen Armvoll Science-Fiction-Romane. Was ich damals empfand, habe ich seither immer wieder empfunden. Ich war begeistert von ihrer Bandbreite, der Weite ihres Horizonts, den Ideen und den Möglichkeiten zur Gesellschaftskritik, die sie boten – vor allem in dieser Zeit von McCarthy, wo in den Vereinigten Staaten neuen Ideen gegenüber ein so engherziges und feindseliges Klima herrschte –, und enttäuscht über das Niveau der Charakterdarstellung und den Mangel an Raffinesse. Mein Mentor sagte: »Natürlich ist eine subtile Charakterdarstellung unmöglich, die von einer kulturellen Matrix abhängig ist, wenn der Held ein bahnbrechender Ingenieur, Dick Tantrix Nr. 65092, auf dem künstlichen Planeten Andromeda, Sektor 25000, ist.« Schön und gut, aber ich war immer der Ansicht, dass ein Science-Fiction-Roman noch geschrieben werden muss, der Charaktere so überzeugend darstellt wie Henry James. Zuerst einmal würde er eine großartige Komödie sein. Aber weshalb murren, wenn das, was wir bekommen, so wundervoll einfallsreich, verblüffend und gedankenumstürzend ist? In der Science-Fiction gibt es einige der besten Geschichten unserer Zeit. Einen Science-Fiction-Roman aufzuschlagen oder mit Science-Fiction-Autoren zusammen zu sein, wenn man gerade von einem Aufenthalt in der Welt der traditionellen Literatur zurückkehrt, ist genau so, als öffnete man in einem stickigen, altmodischen Raum die Fenster.

Mein neuer Tutor sagte, er werde mich in einen Pub mitnehmen, in dem Science-Fiction-Autoren verkehrten. Er tat es. Es muss das White Horse in der Fetter Lane nahe der Fleet Street gewesen sein. Da war ein Raum voll bebrillter, magerer Männer, die mich alle wie auf Kommando gleichzeitig misstrauisch musterten – eine *maskuline* Atmosphäre. Nein, das Wort suggeriert sexuelle Überheblichkeit. Vielleicht »kumpelhaft«? Nein, zu hausbacken und ordinär. Dies war ein Clan, eine Gruppe, eine Familie, aber ohne Frauen. Ich hatte das Gefühl, dass ich eigentlich nicht hier sein sollte, obwohl ich von einem Amerikaner mitgebracht worden war, den sie kannten und willkommen hießen. In Wirklichkeit waren sie, weil von der literarischen Welt einhellig abgelehnt, defensiv. Ihre defensive Einstellung offenbarte sich in ihren Witzen, in ihrem Humor. Ich redete dummes Zeug über Nietzsche, Superman und die Offenbarung, und sie waren bestürzt. Ich stelle mir gern vor, dass auch der große Arthur C. Clarke dort war, aber der lebte damals vermutlich schon in den USA.

Die Enttäuschung über das, was ich für eine langweilige Gruppe von Leuten hielt, vorstädtisch, provinziell, war meine Schuld. In diesem prosaischen Raum, in diesem ganz gewöhnlichen Pub, entfaltete sich das fortschrittlichste Denken des Landes. (Der Astronom Royal hat gesagt, der Gedanke, dass wir Menschen auf den Mond schicken könnten, sei lächerlich.) Das, worüber diese Männer sprachen, worüber sie nachdachten, waren Satellitenkommunikation, der Bau von Raketen, Raumfahrzeuge und Reisen im Weltraum, die gesellschaftlichen Nutzungsmöglichkeiten des Fernsehens. Sie standen mit ihresgleichen in aller Welt in Verbindung: »Die Erde ist die Wiege der Menschheit, aber man kann nicht für immer in einer Wiege leben« – Konstantin Tsiolkowski. »Wir leben«, hat Arthur C. Clarke gesagt, »in einem einzigartigen Moment der Geschichte – den letzten Tagen der Existenz des Menschen als Bewohner eines einzigen Planeten.« Mein Problem war, dass ich keine Ahnung von

Mathematik und Physik hatte – dass ich ihre Sprache nicht sprechen konnte. Ich weiß, dass ich wegen meiner Unwissenheit von den Entwicklungen in den Naturwissenschaften abgeschnitten war – und die Naturwissenschaften sind der Ort, an dem unsere Grenzen liegen in dieser Zeit. Es ist nicht der neueste literarische Roman, in dem die Menschen nach neuen Erkenntnissen über die eigene menschliche Natur suchen, wie sie das im neunzehnten Jahrhundert getan haben.

Wenn Listen über die besten britischen Schriftsteller seit dem Krieg zusammengestellt werden, dann enthalten sie weder Arthur C. Clarke und Brian Aldiss noch irgendeinen anderen der guten Science-Fiction-Autoren. Es ist die traditionelle Literatur, die sich als provinziell erwiesen hat.

Mit der Zeit schuf ich mir eine Existenz für mich und Peter. Das war eine Leistung, und ich war stolz auf mich. Der wichtigste Teil davon war Peter, der sein Leben genoss, vor allem den Kindergarten in Kensington und die familiäre Atmosphäre durch Joan und Ernest. Kein Kind war so bereit wie er, Freundschaften zu schließen. Unsere Tage begannen nach wie vor um fünf Uhr. Wieder las ich ihm nach dem Aufwachen vor oder erzählte ihm ein paar Stunden lang Geschichten, denn Joans Schlafzimmer lag direkt unter unserem, und die Decken waren dünn, und sie wachte erst wesentlich später auf. Oder er hörte Radio. Wir haben vergessen, was für eine Rolle das Radio vor dem Fernsehen im täglichen Leben spielte. Peter liebte das Radio. Er hörte sich alles an. Er hörte sich, völlig hingerissen vor dem Apparat stehend, zwei auf Romanen von Ivy Compton Burnett basierende Hörspiele an, jedes eine Stunde lang. Was hörte er? Was verstand er? Ich habe keine Ahnung. Ich bin überzeugt, dass Kinder alles verstehen und mindestens ebenso viel wissen wie Erwachsene, bis sie ungefähr sieben Jahre alt sind und plötzlich so stupide werden wie Erwachsene. Als Drei- oder Vierjähriger hat Peter alles verstanden, und als Acht- oder Neunjähriger las er nur noch Comics. Und das habe ich mit kleinen Kindern immer wieder erlebt. Ein Dreijähriger sieht sich hingerissen den Film *2001* –

Odyssee im Weltraum an, aber vier Jahre später kann er nur noch Rupert Bear ertragen.

Ich schrieb *Martha Quest*, einen traditionellen Roman, obwohl damals experimentelle Romane gefragt waren. Ich spielte in Gedanken hundert Möglichkeiten durch, *Martha Quest* zu schreiben, jonglierte mit Formen, spielte mit der Zeit, aber am Ende von alledem war der Roman geradlinig. Ich handelte meine schmerzliche Jugendzeit ab, meine Mutter, all diese Qualen, den Kampf ums Überleben.

Und nun erhielt ich einen Brief von meiner Mutter, in dem es hieß, sie komme nach London, sie wolle bei mir wohnen und mir mit Peter helfen und – da war sie, die unvermeidliche, die so surreale wie herzzerreißende Mitteilung – sie habe sich das Maschineschreiben beigebracht und wolle meine Sekretärin sein.

Ich brach zusammen. Ich legte mich einfach ins Bett und zog mir die Decke über den Kopf. Als ich Peter in den Kindergarten gebracht hatte, verkroch ich mich in die Dunkelheit meines Bettes, bis ich ihn wieder abholen musste.

Und hier stellt sich erneut die Frage nach der Zeit, nach der vertrackten Zeit. Bevor ich daranging, dies hier zu schreiben, und gezwungen war, mich mit Kalendern und halsstarrigen Daten zu beschäftigen, hatte ich angenommen, dass ich schätzungsweise drei Jahre in der Denbigh Road gelebt hatte. Aber das lag daran, dass ich, zum Sehen mit Kinderaugen zurückgekehrt, alles als neu und unmittelbar empfunden hatte. Ich war teilweise in die Kind-Zeit zurückgekehrt. Ganz gleich, wie sehr ich mich auch wand und protestierte, nein, es *kann* nicht nur ein Jahr gewesen sein, es war ein Jahr, bevor ich bei Joan einzog, und dort hatte ich nur ungefähr sechs Monate gewohnt, als der Brief meiner Mutter eintraf. Die Zeit ändert sich mit den verschiedenen Lebensabschnitten. Ein Jahr in den Dreißigern ist viel kürzer als das Jahr eines Kindes – das fast endlos ist –, aber lang, verglichen mit einem Jahr in den Vierzigern, während ein Jahr in den Siebzigern im Nu vergeht.

Natürlich hätte ich damit rechnen müssen, dass sie mir nachreiste. Wie hatte ich so naiv sein können zu glauben, sie würde es nicht tun, sobald sie irgend konnte? Sie hatte in Südrhodesien im Exil gelebt, von London geträumt, und jetzt ... Sie und ihre Tochter »kamen nicht miteinander aus« – oder, um die Wahrheit zu sagen, hatten sich immer bekämpft? Na, wennschon, die Tochter war halsstarrig, sie würde lernen, ihrer Mutter zuzuhören. Sie war Kommunistin? Sie hatte immer despektierliche Freunde gehabt? Das machte nichts, ihre Mutter würde sie mit wirklich netten Leuten bekannt machen. Sie hatte die *Afrikanische Tragödie* geschrieben, was bei ihrer Mutter Zorn und Scham ausgelöst hatte, weil die Weißen das Buch so hassten? Und diese überaus unfairen Geschichten über den Distrikt – also, sie, ihre Mutter, würde allen erklären, dass niemand außerhalb des Landes die Probleme der Weißen wirklich verstehen könne und ... Aber die Autorin war im Land aufgewachsen? – Ihre Ansichten waren *falsch*, und im Lauf der Zeit würde sie das einsehen ... Sie beabsichtigte bei einer Tochter zu leben, die ihre erste Ehe zerstört und zwei kleine Kinder zurückgelassen und auf dem Höhepunkt des Krieges einen deutschen Flüchtling geheiratet hatte, die eine Kaffernfreundin war und von Religion nichts wissen wollte?

Nun, wie *sah* sie die Dinge in Wirklichkeit? Heute glaube ich, dass sie nicht viel darüber nachgedacht hat. Sie konnte es sich nicht leisten. Sie sehnte sich danach, wieder in London zu leben. Aber es war das London, das sie 1919 verlassen hatte. Sie hatte dort keine Freundinnen mehr, ausgenommen Daisy Lane, mit der sie Briefe gewechselt hatte, aber Daisy war inzwischen eine alte Dame, die mit ihrer Schwester, einer ehemaligen Missionarin in Japan, in Richmond lebte. Da gab es noch die Familie ihres Bruders, und sie kam gerade rechtzeitig zur Hochzeit seiner Tochter zurück. Die Schwägerin ihres Bruders hatte bereits gesagt: »Ich hoffe, Jane bildet sich nicht ein, dass sie bei der Hochzeit die Hauptperson sein wird.« (Jane, »Plain Jane«, der liebevolle Spitzname der Familie für sie, der die Gewähr dafür bot, dass Maude sich nicht vormachte, sie wäre irgendwie attraktiv.) Und sie hatte meiner Mutter geschrieben, diese habe sich mit einem Platz in der hinteren Reihe zu begnügen.

Über fünfundzwanzig Jahre: von 1924 bis 1950. Das war die Zeitspanne des Exils meiner Mutter in Afrika. Jetzt, wo ich das Alter erreicht habe, in dem ich verstehe, dass einem fünfundzwanzig oder dreißig Jahre als nicht lange vorkommen können, weiß ich, dass diese Zeitspanne für sie geschrumpft und die unglückliche Erfahrung, Afrika, zu einer Belanglosigkeit geworden war. Aber für mich damals, kaum über dreißig, kam es der gesamten Länge des mir bewussten Lebens gleich. Für mich lebte meine Mutter in Afrika, gehörte dorthin. Ihre Sehnsucht nach dem Londoner Nebel und vergnügten Tennispartys war in meinen Augen nichts als eine Grille.

Wie konnte sie mir einfach so nachreisen? Ja, natürlich, es war damit zu rechnen gewesen. Wie konnte sie sich einbilden … Aber sie tat es. Bald würde sie sich diese unvorstellbar enge Treppe hinaufmühen, tapfer lächelnd, in mein Zimmer kommen, die Möbel umstellen, sich meine Kleider ansehen und mir erklären, wie unpassend sie waren, den kleinen Speiseschrank an der Wand betrachten – kein Kühlschrank – und sagen, das Kind bekomme nicht genug zu essen.

Zu diesem Zeitpunkt trat Moidi Jokl in mein Leben ein, eine Fügung, die so schicksalhaft war, dass ich selbst heute noch über sie staune.

Moidi gehörte zu den ersten Flüchtlingen vor dem Kommunismus, die in London eintrafen, das damals noch voll war von Kriegsflüchtlingen, die alle zu überleben trachteten, so gut sie konnten. Sie stammte aus Wien, war Kommunistin gewesen, eine Freundin der Männer, die nach dem Krieg aus der Sowjetunion oder von dort, wo immer sie existiert und ihre Zeit abgewartet hatten, zurückkehrten, um die Regierung von Ostdeutschland zu bilden. Sie ging mit nach Ostdeutschland, weil sie eine gute Freundin von ihnen gewesen war. Dann hatte man sie hinausgeworfen, weil sie Jüdin war, eines der Opfer von Stalins Wüten gegen die Juden, das man damals die »Schwarzen Jahre« nannte. Ich habe nie verstanden, weshalb diese Opfer von den Juden nie geehrt und in Erinnerung behalten wurden. Alles ist vom Holocaust verschlungen worden – aber überall in der

Sowjetunion und in allen kommunistisch regierten Ländern Osteuropas wurden Juden ermordet, gefoltert, verfolgt, ins Gefängnis geworfen; es war geplanter Völkermord. Aber aus irgendeinem Grund sind Stalins Massenmorde nie so verurteilt worden wie die von Hitler, obwohl Stalins Verbrechen wesentlich größer sind, sowohl zahlenmäßig als auch in ihrer Vielfalt. Pech für diese armen Juden der Jahre 1948, 1949, 1950, 1951, 1952 – niemand gedenkt ihrer; der vielen Tausend, vielleicht sogar Millionen.

Moidi wurde von einem Polizisten zur Grenze zwischen Ost- und Westdeutschland eskortiert; der Polizist weinte – ihm gefiel nicht, was er zu tun gezwungen war.

Gottfried war inzwischen in Ostberlin gewesen, hatte seine Schwester und ihren Mann (den ewigen Studenten) gefunden, der beim Kulturbund arbeitete, und für sich beschlossen, nach Deutschland zurückzukehren. Er hatte bei der Partei einen formellen Antrag auf Erlaubnis zur Rückkehr gestellt, bekam aber keine Antwort auf seine Briefe. Moidi Jokl erklärte ihm, er habe vom Kommunismus nicht die geringste Ahnung. Alles hänge davon ab, wen man kenne – das wurde später *blat* genannt. Er solle hinfahren, seine Beziehungen ausnutzen, dann habe er eine Chance, bleiben zu dürfen. Aber nicht mehr als eine Chance. Jeder, der aus dem Westen komme, gelte als Feind und Verbrecher und könne ohne Weiteres für immer verschwinden. Noch nie habe ich derartige Schimpfworte gehört: Gottfried verabscheute Moidi. Aber er befolgte ihren Rat, kehrte zurück, nutzte seine Beziehungen und überlebte.

Und dann war da Peter. Moidi schaute sich die Situation mit Peter, der viel zu oft und stundenlang mit mir in der kleinen Wohnung eingeschlossen war, nicht lange mit an. Sie hatte Freunde, die Eichners, gleichfalls Österreicher, die in der Nähe von East Grinstead lebten. Diese hatten mehrere Kinder und waren sehr arm. Sie wohnten in einem alten Haus auf ein paar Morgen steinigen Landes und nahmen in den Ferien Kinder auf, manchmal bis zu zwanzig, die sich dort alle pudelwohl fühlten. Also begann Peter, einen Teil seiner Zeit, zunächst Tage oder ein

Wochenende, später dann auch ein paar Wochen, bei den Eichners zu verbringen. Ich setzte ihn an der Victoria Station in einen Bus, und an der Endstation wurde er zu einem Jungen in einer Horde von Landkindern. Dieses Arrangement hätte weder für ihn noch für mich besser sein können.

Und dann sah Moidi den Zustand, in dem ich mich wegen der bevorstehenden Ankunft meiner Mutter befand, und sagte, ich solle eine Freundin von ihr aufsuchen, Mrs. Sussman (Mother Sugar im *Goldenen Notizbuch*), denn wenn mir niemand helfe, würde ich nicht überleben. Sie hatte recht. Heutzutage geht jeder zu einem Therapeuten oder ist selbst einer, aber damals tat das niemand. Nicht in England, nur in Amerika, und selbst dort steckte das Phänomen noch in den Kinderschuhen. Und vor allem Kommunisten gingen nicht »zur Analyse«, weil das per definitionem »reaktionär« war oder eigentlich gar keiner Definition bedurfte. Ich war so verzweifelt, dass ich trotzdem hinging, zwei- oder dreimal die Woche, ungefähr drei Jahre lang. Ich glaube, das hat mich gerettet. Der Prozess war voll der absurdesten Anomalien und Ironien – das kommunistische Wort *Widersprüche* erscheint mir zu schwach dafür. Mrs. Sussman war Katholikin und Anhängerin C. G. Jungs. Während mir Jung lag, wie allen künstlerisch Tätigen, hatte ich keinerlei Grund, die Katholiken zu lieben. Sie war Jüdin, und ihr Mann, ein liebenswerter Alter, der an ein Rembrandt-Porträt erinnerte, war jüdischer Gelehrter. Sie war zum Katholizismus übergetreten. Das faszinierte mich, weil es so absurd war, aber sie sagte, mein Wunsch, darüber zu sprechen, sei lediglich ein Anzeichen dafür, dass ich meinen wahren Problemen auswiche. Sie gab lediglich zu verstehen, der Katholizismus habe tiefere und höhere Ebenen des Verstehens, unendlich weit von den Rohheiten des Konvents entfernt. (Und das Judentum hatte diese höheren Ebenen oder Gipfelpunkte nicht? »Ich glaube, wir sprachen gerade über Ihren Vater. Wollen wir weitermachen?«) Mrs. Sussman hatte sich darauf spezialisiert, Künstlern zu helfen, die blockiert waren, die nicht schreiben, malen oder komponieren konnten. Das war es, worin sie ihre Lebensaufgabe sah. Aber ich litt nicht unter einer

»Blockade«. Sie wollte über meine Arbeit reden. Ich wollte es nicht. Ich sah keine Veranlassung dazu. Also war sie ständig frustriert, wenn sie das Thema zur Sprache brachte und ich nicht darauf einging. Mrs. Sussman war eine kultivierte, zivilisierte, kluge alte Frau, die mir gab, was ich brauchte, nämlich Beistand. Vor allem Beistand gegen meine Mutter. Als die Bedrängnisse kamen, alle unerträglich, weil meine Mutter so mitleiderregend war, so einsam, und mich ständig emotional zu erpressen versuchte – völlig unbewusst, denn es war ihre Lage, die mich unterminierte –, sagte Mrs. Sussman einfach: »Wenn Sie jetzt nicht hart bleiben, dann bedeutet das Ihr Ende. Und auch das Ende von Peter.«

Meine Mutter war … aber ich habe vergessen, welcher Archetyp meine Mutter war. Sie war einer, das weiß ich noch. Mrs. Sussman beendete oft eine Unterhaltung mit den Worten: Er, sie ist dieser oder jener Archetyp … jedenfalls zu einem bestimmten Zeitpunkt. Ich zum Beispiel war zu unterschiedlichen Zeiten Elektra, Antigone, Medea. Das Problem war nur, dass mich die Idee der Archetypen, dieser majestätischen, unvergänglichen Gestalten, die aus der Literatur und den Mythen aufragen wie durch die Natur aus Felsen und Bergen geschaffene Steinfiguren, zwar instinktiv glücklich machte, ich aber die Etiketten hasste. Unglücklich mit dem Kommunismus, war ich am unglücklichsten über dessen Sprache, die Etikettierung vor allem und die rachsüchtigen oder automatischen Stereotype, und hier waren noch mehr davon, ob sie nun romantisch als »Archetypen« beschrieben wurden oder nicht. Ich begriff nicht, weshalb sie meine Kritik störte, denn ihr gefielen die Träume, die ich ihr »brachte«. Psychotherapeuten sind wie Ärzte und Krankenschwestern, die ihre Patienten wie Kinder behandeln: »Nur ein Löffelchen voll *für mich.*« – »Zeigen Sie *mir* Ihre Zunge.« Wenn wir einen Traum haben, dann »für« den Therapeuten. Ich schwöre, nach einer Weile habe ich Träume geträumt, nur um ihr einen Gefallen zu tun. Aber bei unserer allerersten Sitzung hatte sie nach Träumen gefragt, vor allem nach den immer wiederkehrenden, und ihr gefielen mein alter Echsen-Traum und auch die Träume, die ich von meinem Vater hatte, der, zu flach in einem Wald begraben, aus seinem Grab hervorkommen oder Wölfe anziehen würde, die von den Bergen herabkamen und ihn ausgruben. »Das sind typisch jungianische Träume«, pflegte sie zu sagen, mit vor Freude leicht gerötetem Gesicht. »Manchmal dauert es Jahre, bis jemand auf diesem Niveau träumt.« Während »jungianische« Träume meine nächtliche Landschaft gewesen waren, hatte ich, soweit ich mich zurückerinnern kann, niemals »freudianische« Träume gehabt. Sie sagte, sie benutze Freud, wenn es angebracht sei, und das war, soweit ich es begriff, wenn sich der Patient noch auf einer sehr niedrigen Ebene der Individuation befand. Sie ließ keinen Zweifel daran, auf welcher Ebene ich mich ihrer Meinung nach befand.*

»Jungianische Träume« – wundervoll, diese Schichten aus uralter gemeinsamer Erfahrung, aber was nützten sie mir, wenn ich mich bei der Nachricht von der bevorstehenden Ankunft meiner Mutter mit der Decke über dem Kopf ins Bett legen musste? Hier war ich, hier bin ich, Mrs. Sussman. Machen Sie mit mir, was Sie wollen, aber, um Gottes willen, kurieren Sie mich.

Ich brauchte auch noch aus anderen Gründen Hilfe.

Einer davon war mein Geliebter. Eines Abends schlug Moidi Jokl vor, dass ich sie auf eine Party begleitete, und dort lernte ich einen Mann kennen, von dem ich damals glaubte, es wäre mein Schicksal, mit ihm zu leben, ihn zu halten und mit ihm glücklich zu sein.

Ja, er hatte einen Namen. Aber da ist wie immer das Problem der Kinder und Enkelkinder. Seit *Unter der Haut* erschienen ist, bin ich nicht wenigen Kindern und Enkelkindern meiner alten Gefährten aus diesen längst vergangenen Zeiten begegnet und musste erfahren, dass die Ansichten von Zeitgenossen übereinander nicht unbedingt auch diejenigen ihrer Kinder sind. Ganze Abschnitte im Leben eines Vaters, ganz zu schweigen von dem eines Großvaters, können ihnen unbekannt sein. Und weshalb auch nicht? Kinder sind nicht die Eigentümer des Lebens ihrer

* »Freudianische« Träume sind wesentlich persönlicher und belangloser.

Eltern, obwohl sie – und auch ich – neidvoll darüber nachgrübeln, als enthielte es den Schlüssel zu ihrem eigenen Leben.

Ich sage zu einem reizenden jungen Mann, der zum Lunch gekommen ist, um mit mir über seinen Vater zu sprechen: »Als James in den Minen auf dem Rand gearbeitet hat …«

»Oh, ich bin sicher, dass er das nie getan hat«, kommt die überzeugte Antwort.

Zu einem anderen: »Sie haben nicht gewusst, dass Ihr Vater ein großer Frauenfreund war?« Ein leicht höhnisches Lächeln, das bedeutet: *Was, dieser alte Stockfisch*? Also hält man lieber den Mund – schließlich hat es nichts mit ihm zu tun.

Ich werde diesen Geliebten Jack nennen. Er war Tscheche. Er hatte während des ganzen Krieges als Arzt bei unseren Truppen gearbeitet. Er war – wie konnte es anders sein – Kommunist.

Er verliebte sich in mich, eifersüchtig, hungrig, sogar wütend – mit diesem besonderen Maß an Wut, das bedeutet, dass ein Mann mit sich selbst im Streit liegt. Ich habe mich nicht gleich in ihn verliebt. Was mich anfangs sehr anzog, war, dass er mich so über alle Maßen zu lieben schien – eine erfreuliche Abwechslung nach Gottfried. Aus meiner Sicht war ich *bereit* für den richtigen Mann, lagen meine »Fehler« hinter mir. Ich hatte in London Fuß gefasst und gedachte dort zu bleiben. All meine vorherigen Erfahrungen hatten mich auf Häuslichkeit programmiert. Ich konnte mir jetzt einreden – und völlig zu Recht –, dass ich mit Frank Wisdom nicht »wirklich« verheiratet gewesen war, aber wir hatten vier Jahre lang eine traditionelle Ehe geführt. Gottfried und ich hätten kaum weniger gut zusammenpassen können, aber wir hatten konventionell genug gelebt. Vor dem Gesetz und der Gesellschaft war ich eine Frau, die zwei Ehen und zwei Scheidungen hinter sich hatte. Ich hatte *das Gefühl*, dass diese Ehen nicht zählten. Ich war einfach zu jung, zu unreif gewesen. Die Tatsache, dass das mäßig liebevolle, fast beiläufige Verhältnis, das ich zu Frank gehabt hatte, gerade in diesen Kriegsjahren, in denen Leute viel zu übereilt heirateten, kaum etwas Ungewöhnliches war, bedeutete nicht, dass ich mich nicht nach etwas Besserem sehnte. Mit Gottfried war ich eine politische Ehe eingegangen. Ich hätte Gottfried niemals geheiratet, hätte ihm nicht das Internierungslager gedroht. Damals heirateten ständig Leute, um jemandem einen Namen, einen Pass, einen Ort zum Bleiben zu geben; in London gab es Organisationen eigens für den Zweck, bedrohte Leute aus ganz Europa zu retten. Doch heute, in glücklicheren Zeiten, haben die Menschen vergessen, dass solche Ehen alles andere als ungewöhnlich waren. Nein, mein *wirkliches* Leben, was die Gefühle betraf, lag noch vor mir. Und ich verfügte über all die Talente, die Intimität einem abverlangt. Ich war dazu geboren, gesellig und leidenschaftlich wie ich war, mit dem richtigen Mann zu leben. Und da kam er.

Jack war das jüngste von dreizehn Kindern und entstammte einer sehr armen Familie aus der Tschechoslowakei. Zur Schule musste er kilometerweit laufen – genau wie die Schwarzen heute in weiten Teilen Afrikas. Die Familie hatte kaum genug Geld für ausreichendes Essen, geschweige denn, um Kleidung zu kaufen. Das war damals nichts Ungewöhnliches für das Leben auf dem Kontinent und in manchen Gegenden von Großbritannien: Die Leute erinnern sich nur nicht gern an die fürchterliche Armut, die in den zwanziger und dreißiger Jahren herrschte. Jack war wie alle seine Mitschüler schon als Teenager Kommunist. Er war ein wahrer Kommunist, einer, für den die Partei Heim, Familie, die Zukunft, sein tiefstes und vernünftigstes Selbst war. Bei ihm lagen die Dinge völlig anders als bei mir, die ich eine Wahl gehabt hatte. Als wir uns kennenlernten, waren seine besten Freunde in der Tschechoslowakei, Freunde aus seiner Jugendzeit, die Führungsspitze der Tschechischen Kommunistischen Partei, gerade vor den Augen der ganzen Welt als Verräter am Kommunismus bloßgestellt und elf von ihnen gehenkt worden. Im Hintergrund hatte Stalin als unsichtbarer Regisseur die Fäden gezogen. Für Jack brachen damit die Grundfesten der Welt zusammen. Für ihn war undenkbar, dass seine alten Freunde Verräter gewesen sein sollten. Er konnte es einfach nicht glauben. Andererseits war es ebenso undenkbar, dass die Partei einen Fehler gemacht haben konnte. Er hatte Albträume. Er weinte im Schlaf. Genau wie Gottfried Lessing.

Wieder teilte ich das Bett mit einem Mann, der aus Albträumen aufschreckte.

Die zweite Katastrophe in seinem Leben war der Tod der Eltern und Geschwister – bis auf eine Schwester, die nach Amerika flüchten konnte – in den Gaskammern.

Das ist eine grauenhafte Geschichte. Sie war auch damals grauenhaft, aber im Kontext dieser Zeit gesehen nicht schlimmer als die vieler anderer. 1950 kam jeder, dem ich begegnete, entweder von den Schlachtfeldern in Südostasien oder Europa oder war zugegen gewesen, als die Konzentrationslager befreit wurden, hatte im Spanischen Bürgerkrieg gekämpft oder als Flüchtling das Grauen irgendwie überlebt. Weil mir in meiner Kindheit die Schützengräben und die Schrecken des Ersten Weltkriegs Tag und Nacht eingehämmert worden waren, empfand ich Jacks Geschichte als eine von vielen grausamen Fortsetzungen des: *Well, what can you expect?*

Wir verstanden uns gut. Wir waren ein Herz und eine Seele. Heute beurteile ich die Situation auf eine Art, die ich damals als »kalt« empfunden hätte. Ich betrachte ein Paar und denke: Passen sie zusammen, gefühlsmäßig, körperlich, geistig? Jack und ich passten auf alle drei Arten zusammen, aber vielleicht vor allem gefühlsmäßig, da uns beiden eine natürliche Veranlagung für das allergrimmigste Verstehen des Lebens und der Ereignisse eigen war, das in seinen weniger tragischen Erscheinungsformen Ironie genannt wird. Es war unsere Situation, nicht unsere Natur, die unvereinbar war. Ich war bereit, mich mit diesem Mann für immer einzurichten. Er war gerade aus dem Krieg zurückgekehrt und hatte festgestellt, dass die Frau, die er viele Jahre zuvor geheiratet hatte, eine Fremde war und seine Kinder ihn kaum kannten.

Für Psychiater ist es eine Binsenweisheit, dass eine junge Frau, die dem Tod nahe war, sich zu oft die Pulsadern aufgeschnitten hat oder von ihren Eltern bedroht worden ist, Kleider kaufen muss, dass sie regelrecht von Kleidung besessen ist und davon, ihre äußere Erscheinung in Ordnung zu bringen, was auf Beobachter wie sinnlose Verschwendungssucht wirken muss. Es ist das Leben, das sie in Ordnung bringen will.

Und ein Mann, der jahrelang immer wieder dem Tod um Haaresbreite entgangen ist – wäre Jack in der Tschechoslowakei geblieben, hätte man ihn vermutlich zusammen mit seinen Freunden als Verräter gehenkt, wenn er nicht schon vorher in den Gaskammern umgekommen wäre –, ein solcher Mann wird von hundert machtvollen Bedürfnissen getrieben, mit Frauen zu schlafen, Frauen zu haben, sich des Lebens zu vergewissern, Leben zu zeugen, weiterzuziehen.

In keinerlei Hinsicht kann ich – oder konnte ich damals – Jack den Vorwurf machen, mich im Stich gelassen zu haben, denn er hat mir nichts versprochen. Im Gegenteil, obwohl er nicht direkt sagte: »Ich schlafe mit anderen Frauen, ich habe nicht die Absicht, dich zu heiraten«, hat er mir das alles doch zu verstehen gegeben. Oft im Scherz. Aber ich habe nicht zugehört. Ich *fühlte*: wenn wir schon in jeder nur erdenklichen Hinsicht so prächtig miteinander auskommen, dann wäre es doch unvernünftig von ihm, mich zu verlassen. Ich war nicht imstande, es zu begreifen. Dazu waren die emotionalen Realitäten zu mächtig. Ich glaube, das ist für Frauen nichts Ungewöhnliches. »Also, dieser Mann redet Unsinn. Er weiß nicht, was das Richtige für ihn ist. Und außerdem sagt er, seine Ehe sei überhaupt keine Ehe mehr. Offensichtlich ist das auch der Fall – schließlich verbringt er die meisten Nächte bei mir.« Hinterher ist man immer klüger.

Wenn ich Hilfe gegen meine Mutter brauchte, so brauchte ich sie nun auch bald wegen Jack. Er war Psychiater am Maudsley Hospital. Er wollte eigentlich als Neurologe arbeiten, aber als er begann, in England als Arzt zu praktizieren, war die Neurologie die große Mode, und »ein Mann aus einem fernen Land, von dem wir überhaupt nichts wissen«, konnte mit den vielen britischen Ärzten, die auf dieses Fachgebiet drängten, einfach nicht konkurrieren. Also entschied er sich für die damals unmoderne Psychiatrie. Aber kurze Zeit später kam auch sie in Mode. Er war alles andere als ein unkritischer Arzt. Er war kein Anhänger von Freud, und das nicht nur, weil er als Kommunist – oder sogar Exkommunist – praktisch gezwungen war, Freud zu verabscheuen. Er sagte, Freud sei unwissenschaftlich, und das zu einer Zeit, wo abfällige Bemerkungen über Freud gleichbedeutend waren mit abfälligen Bemerkungen über Stalin – oder Gott. Eine meiner lebendigsten Erinnerungen an ihn damals ist, wie er mich nach Oxford zu einem Vortrag von Hans Eysenck mitnahm. Die Zuhörerschaft bestand fast ausschließlich aus Ärzten vom Maudsley, sämtlich Freudianer, und das Thema war die Unwissenschaftlichkeit der Psychoanalyse. Da war er, dieser große, überschwängliche junge Mann mit seinem schwerfälligen deutschen Akzent, der in einem mit den wütendsten Leuten, die ich je erlebt hatte, angefüllten Raum erklärte, dass das Werk ihres Idols Schwachstellen aufwies. (Er hat sein Talent, zu stören, über die Jahre nicht eingebüßt; als ich 1994 ein paar jungen Psychiatern diese Geschichte erzählte, weil ich glaubte, sie würde sie amüsieren, reagierten jene ausgesprochen kühl: »Er ist schon immer ein Spinner gewesen.«) Aber Jack bewunderte Freud. Er wusste, dass die Psychoanalyse auf tönernen Füßen stand. Seine Skepsis schloss Mrs. Sussman mit ein. Wenn Freud unwissenschaftlich war, was war dann zu C. G. Jung zu sagen? Aber ich ging nicht der Ideologie wegen zu Mrs. Sussman, sagte ich. Und außerdem bediente sie sich einer pragmatischen Mixtur aus Freud, Jung, Klein und allem Möglichen, was ihr gerade angemessen schien. Das überzeugte ihn nicht; er sagte, alle Künstler lieben Jung, aber das hat nichts mit Wissenschaft zu tun, weshalb gehst du nicht einfach los und hörst dir Vorträge über griechische Mythologie an? Das läuft auf dasselbe hinaus. Meine »jungianischen« Träume beeindruckten ihn nicht. Noch weniger zeigte er sich beeindruckt, als ich anfing, »freudianische« Träume zu träumen. Mir war selbst nicht wohl dabei. Ich träumte auf Befehl. Mir braucht niemand etwas von dem Einfluss zu erzählen, den ein Therapeut auf einen verwirrten, verängstigten Menschen hat, der um Erleuchtung fleht. Man hat diesen Mentor zu erfreuen, der für einen – halb Mutter, halb Vater – im Besitz allen Wissens ist, der so mächtig auf diesem Stuhl dort sitzt. »So, meine Liebe, und was können Sie mir heute erzählen?«

Es gab Dinge, die ich Jack nicht zu erzählen wagte. Zum Beispiel über jenen Tag, als Mrs. Sussman, nachdem ein paar Minuten lang nichts gesagt worden war, bemerkte: »Sie wissen doch bestimmt, dass wir miteinander kommunizieren, auch wenn wir nichts sagen.« Diese Bemerkung war zu jener Zeit einfach lächerlich. Soweit es sie und ihre Arbeit betraf, war ich Kommunistin und deshalb verpflichtet, Gedanken dieser Art als »mystischen Unsinn« abzulehnen. Sie redete nicht über Körpersprache – dieser Ausdruck und die Fähigkeiten, Posen, Gesten und dergleichen zu interpretieren, entstanden erst viel später. Sie bezog sich auf den Gedankenaustausch. Sobald sie es gesagt hatte, dachte ich: Also, ja ... und akzeptierte diese ketzerische Idee, als wäre sie mein Geburtsrecht. Aber das zu Jack zu sagen? Er mochte jetzt zwar unter Qualen – und für ihn muss es qualvoll gewesen sein – dem Kommunismus kritisch gegenüberstehen, aber er war trotzdem Marxist, und »mystische« Ideen waren schlicht und ergreifend unzulässig.

Jack machte mir Vorwürfe, weil ich überhaupt zu Mrs. Sussman ging. Er sagte, ich sei jetzt ein großes Mädchen, und ich solle meiner Mutter einfach sagen, sie solle verschwinden und ihr eigenes Leben leben. Sie war doch gesund, oder? Sie war kräftig? Sie hatte genügend Geld, um ihren Lebensunterhalt zu bestreiten?

Die Situation meiner Mutter bereitete mir tiefe Qual. Sie vegetierte auf jämmerliche Art in einem hässlichen kleinen Vorort bei George Laws, einem entfernten Cousin meines Vaters, vor sich hin. Er war alt und invalid. Beide hatten nichts miteinander gemein. Sie setzte mich ständig unter Druck, hatte kein Geld, wollte bei mir einziehen. Woanders konnte sie nicht hin. Sie fand die Familie ihres Bruders – er selbst war gestorben – so unausstehlich wie eh und je. Der gesunde Menschenverstand, erklärte sie immer wieder, verlange, dass wir uns eine Wohnung und die Ausgaben teilten, und außerdem bräuchte ich Hilfe mit Peter. Die einzige ihr noch verbliebene Daseinsberechtigung, sagte sie, sei, mir mit Peter zu helfen. Manchmal holte sie Peter übers Wochenende zu sich oder machte Ausflüge mit ihm. Von einem dieser Ausflüge, auf die Isle of Wight, kam er getauft zurück. Sie teilte mir mit, das sei ganz einfach ihre Pflicht gewesen. Ich stellte sie nicht einmal zur Rede. Das hatte noch nie Sinn gehabt. Und natürlich war es sehr schön für mich, wenn ich drei Tage mit Jack verreisen konnte. Zu dieser Zeit zog sie in der Church Street ein, wo die Treppe fast über ihre Kräfte ging. Joan hatte nichts gegen meine Mutter; sie sagte lediglich: »Sie ist eine typische Matrone der Mittelschicht, das ist alles.« Ebenso wenig hatte ich etwas gegen ihre Mutter, mit der auszukommen Joan sehr schwer fiel. Ich konnte mir deren Geschichten voll von Jammer und Selbstmitleid leidenschaftslos anhören. Es war die Geschichte von einem schönen jüdischen Mädchen aus dem armen East End von London, das zwischen Künstlern und Schriftstellern überlebt hatte.

Jack sagte, ich solle meiner Mutter einfach ein für alle Mal energisch die Meinung sagen.

Joan unterzog sich gleichfalls einer Psychotherapie – ein ach so unschuldiges Wort. Einer der vielen erfolglosen Versuche hatte damit geendet, dass sie von einer Sitzung zurückkehrte und sagte, ein Mann, der einen so erbärmlichen Kunstgeschmack habe und dessen Haus nach totgekochtem Kohl rieche, könne unmöglich etwas über die menschliche Seele wissen. Das war, wie so viele schmerzhafte Dinge, für ein oder zwei Lacher gut.

Joan sah ihr Hauptproblem in der Unfähigkeit, sich für eines ihrer zahlreichen Talente zu entscheiden. Sie hatte Talent zum Zeichnen. Manche verglichen sie mit Käthe Kollwitz. Das war, bevor die Kollwitz vom künstlerischen Establishment akzeptiert worden war. Sie tanzte gut. Sie hatte professionell Theater gespielt. Sie schrieb gut. Vielleicht hatte sie ganz einfach zu viele Talente. Aus irgendeinem unerfindlichen Grund konnte sie sich nicht auf eine ihrer Fertigkeiten konzentrieren. Und hier war ich, in ihrem Haus, hatte drei Bücher veröffentlicht, erhielt gute Kritiken. Sie kritisierte Jack und natürlich mich, wegen der Art, wie ich Peter aufzog. Ich war zu lax, zu nachsichtig, behandelte ihn wie einen Erwachsenen. Es reichte eben nicht, dass ich ihm vorlas und Geschichten erzählte, er brauchte – ja, was? Ich dachte, sie kritisierte mich wegen ihrer Unzufriedenheit hinsichtlich ihres eigenen Sohnes, denn keine Frau kann, ohne sich benachteiligt zu fühlen, einen Sohn ohne die Anwesenheit des Vaters großziehen. Darüber hinaus war ich zu sehr Frau aus den Kolonien, ungeschliffen, was das für sie vielleicht Schwerwiegendste war. Ein Beispiel: Ich habe Leute sonntags zum Lunch eingeladen, und zu dem Essen, das ich vorbereite, gehören hart gekochte Eier im Wurst- und Teigmantel, ein fester Bestandteil des Speisezettels im südlichen Afrika. Sie steht da und betrachtet die Eier angewidert. »*Warum?*«, will sie wissen. »Es gibt doch ein Stück die Straße hinunter ein vorzügliches Feinkostgeschäft?« Sie kritisierte mich – so jedenfalls empfand ich es – wegen allem und jedem. Dieses Kritisieren anderer Menschen markierte die Kehrseite ihrer wunderbaren Freundlichkeit und Großzügigkeit. Beides ging bei ihr Hand in Hand. Und war nichts im Vergleich zu der Kritik, mit der sie sich selbst bedachte.

Um dem Druck dieser ständigen Missfallensbekundungen standhalten zu können, begann ich defensiver und kühler zu werden. Die Situation mit meiner Mutter schien sich zu wiederholen. Das alles bestimmte auch die Sitzungen bei Mrs. Sussman, die sich dann Berichte über dieselben Vorfälle von Joan und mir anhören musste und uns beiden zu helfen versuchte. Keine leichte Aufgabe. Eines Nachmittags kam Joan die Treppe heraufgerannt und beschuldigte mich, sie über einen Klippenrand in die Tiefe gestürzt zu haben.

»Wie bitte?«

»Ich habe geträumt, du hättest mich über den Klippenrand gestoßen.«

Als ich das Mrs. Sussman erzählte, sagte sie: »Dann haben Sie sie tatsächlich hinuntergestoßen.«

Joan war nicht imstande zu erkennen, dass ich das Gefühl hatte, von ihr überwältigt zu werden, einzig und allein aus dem Grund, weil ich sie bewunderte. Sie war, was Eleganz, Selbstvertrauen und allgemeine Welterfahrenheit anging, alles, was ich nicht war. Und Jahre später, als ich ihr erzählte, dass ich sie so gesehen hatte, konnte sie es einfach nicht glauben.

Jack sah in ihr eine Rivalin – jedenfalls hatte ich diesen Eindruck –, denn wenn sie mich kritisierte, dann kritisierte er sie.

»Weshalb siehst du nicht zu, dass du eine Wohnung für dich allein bekommst? Wozu brauchst du eine Mutterfigur?« Er begriff nicht, dass mein Wohnen in Joans Haus mich vor meiner Mutter schützte, und ebenso wenig, dass es für Peter ideal war.

Jack war der Überzeugung, dass ich Peter zu sehr behütete. Er hatte kein gutes Verhältnis zu seinem eigenen Sohn und erklärte rundheraus, dass er nicht daran denke, Peter ein Vater zu sein.

Das war vielleicht das Schlimmste an dieser Zeit. Ich wusste, wie sehr Peter sich nach einem Vater sehnte, und ich musste zusehen, wie dieser kleine Junge, der jedermann gegenüber so offen und zutraulich war, zu Jack rannte und die Arme ausbreitete – aber er wurde zurückgestoßen, seine Arme wurden sanft wieder nach unten gezogen, während Jack ihm Erwachsenenfragen stellte, die Peter nicht anders als nüchtern und sachlich beantworten konnte. Derweilen musterte er Jacks Gesicht mit großen, begierigen Augen, in denen sich seine Überraschung spiegelte. So etwas war ihm noch nie widerfahren, von niemandem.

Die Probleme zwischen Joan und mir waren nichts weiter als das Unvermeidliche zwischen zwei Frauen, die beide ihre Unabhängigkeit gewohnt waren und im selben Haus lebten. Wir kamen recht gut miteinander aus. Oft saßen wir an ihrem Küchentisch und klatschten über Leute, Männer, die Welt, die Genossen, Letzteres in zunehmendem Maße kritisch. Das Tratschen mit Joan am Küchentisch gehört zu meinen angenehmsten Erinnerungen. Wir konnten beide gut kochen, und bei den Mahlzeiten, die wir zubereiteten, standen wir in sanfter Konkurrenz. Unsere Unterhaltungen dabei fanden später Eingang in das *Goldene Notizbuch.*

Eine Szene: Joan sagte, sie wolle mir etwas zeigen. »Ich sage dir nicht, was, komm einfach mit.« Zwei Gehminuten später fanden wir uns in einem kleinen, mit wertvollen Möbeln und Bildern vollgestopften Raum wieder. Vier Leute waren darin. Joan blieb mit mir in der Türöffnung stehen und winkte einer lethargischen Frau zu, die, mit einem dünnen Peignoir bekleidet, auf einer Chaiselongue lag. Ein Mann beugte sich über sie und offerierte ihr Champagner: Er war ein früherer Ehemann. Ein weiterer Mann, ihr gegenwärtiger Geliebter, tätschelte ihr die Füße. Ein sehr junger Mann, aufgeregt, mit gerötetem Gesicht, wartete anbetend auf seine Chance. Für uns war in dieser Szene erkennbar kein Platz, also verabschiedeten wir uns wieder. Im Hinausgehen rief uns die Frau noch hinterher: »Ihr könnt jederzeit wiederkommen, meine Lieben, ich bin hier immer so allein.« Sie litt unter einer mysteriösen Erschöpfung, die sie zum Liegen zwang, und wurde offenkundig von zwei früheren Ehemännern und ihrem gegenwärtigen Geliebten ausgehalten. »So, und nun sag mir«, sagte Joan lachend auf dem Weg nach Hause, »was machen wir falsch? Und sie ist nicht einmal besonders hübsch.« Was sollten wir anderes tun, als in unser sorgenreiches Leben zurückzukehren?

Da waren wir also und erörterten zwei- oder dreimal die Woche unser Verhalten und das der anderen mit Mrs. Sussman. Wenn ich heute daran zurückdenke, erscheint mir all dies Wühlen nach den Wurzeln unserer Motive, was damals mit so viel Schmerzen und Schwierigkeiten verbunden war, viel weniger wichtig als: »Ich habe gerade Croissants gekauft. Möchtest du mitessen?« Oder: »Hast du die Nachrichten gehört – sie waren grauenhaft. Hast du Zeit zum Reden?« Am liebsten hörte ich ihr zu, wenn sie von den Künstlern und Schriftstellern erzählte, die sie durch ihren Vater und die Arbeit in der Partei kannte. Ich war immer beeindruckt von ihrem Wissen. Zum Beispiel über David Bomberg, der ihren Vater gemalt hatte; er wurde damals vom künstlerischen Establishment ignoriert: »Oh, mach dir deshalb keine Gedanken, das ist immer so, aber wenn er tot ist, werden sie einsehen, dass sie sich geirrt haben.« Dabei war sie ganz ruhig, während ich mich entrüstete. David Bomberg lebte sein ganzes Leben in Armut, nicht anerkannt, und als er starb, passierte genau das, was sie vorausgesagt hatte. Oder sie kam von einer Party zurück und erzählte, dass Augustus John dort gewesen sei und dass sie den jungen Mädchen gesagt habe: »Seid vorsichtig und lasst euch nicht dazu überreden, ihm zu sitzen«, denn zu jener Zeit war Augustus John bereits zu einer Witzfigur geworden.

Oder sie war in dem Pub gewesen, in dem Louis NacNeice und George Barker Stammgäste waren, in der Nähe der BBC. Oder sie war in der BBC gewesen und hatte Reggie Smith, der jungen Autoren gegenüber immer aufgeschlossen war, dazu überredet, sich dieses oder jenes Manuskript anzusehen. Sie war eine der Organisatorinnen der Soho Square Fair 1954, und es muss ihnen eine Menge Spaß gemacht haben. Ich höre ihr lautes, fröhliches Lachen und ihre Stimme die Treppe herauf: »Du wirst einfach nicht glauben, was passiert ist. Ich erzähle es dir morgen.«

Es war Joan, die mich dazu überredete, meine »revolutionäre Pflicht« auf verschiedene Arten zu erfüllen. Ich organisierte eine Petition für die Rosenbergs, die wegen Spionage zum Tod auf dem elektrischen Stuhl verurteilt waren. Wie gewöhnlich widersprach meine Position den ausgegebenen Wahrheiten. Alle in der Kommunistischen Partei glaubten oder behaupteten jedenfalls, die Rosenbergs seien unschuldig. Ich hielt sie für schuldig, obwohl ich keine Ahnung davon hatte, dass sie, wie sich hinterher herausstellte, so wichtige Spione waren. Jemand hat mir die folgende Geschichte erzählt: Eine Frau, die in New York lebte, eine Kommunistin, hatte eine Anstellung bei *Time* gefunden, damals ein Objekt der Hasstiraden von Kommunisten in aller Welt, da die Zeitschrift »Lügen über die Sowjetunion verbreitete«. Ein Parteifunktionär, dem sie zufällig begegnete, forderte sie auf, Augen und Ohren offenzuhalten und die Partei über die Vorgänge bei *Time* zu informieren. Sie willigte ein, ohne sich viel dabei zu denken. Dann brach ganz plötzlich das Spionagefieber aus. Ihr kam der Gedanke, dass man auch sie für eine Spionin halten könnte. Anfangs sagte sie sich, Unsinn, es kann doch keine Spionage sein, wenn man einer legalen politischen Partei in einem demokratischen Land berichtet, was bei einer Zeitschrift vorgeht. Aber die Zeitungen mit ihrer Stimmungsmache bewiesen ihr das Gegenteil, und in Panik gab sie ihren Job auf. In dieser paranoiden Atmosphäre konnte es ganz einfach keine unschuldigen Kommunisten geben. Ich stellte mir vor, dass die Rosenbergs vermutlich gesagt hatten: »Oh ja, natürlich, wir informieren Sie, wenn irgendetwas Interessantes vorgeht.«

Ich glaubte nicht nur, dass sie schuldig waren, sondern auch, dass die Briefe, die sie aus dem Gefängnis schrieben, abgeschmackt waren, offensichtlich als Propaganda und zur Veröffentlichung in Zeitungen geschrieben. Dennoch hielten die Genossen die Briefe für zutiefst anrührend, und das waren Leute, die in jedem anderen als dem politischen Kontext durchaus imstande gewesen wären, zu erkennen, dass besagte Briefe unecht und heuchlerisch waren.

Das ist ein wichtiger, um nicht zu sagen ein grundlegender Punkt, der hier ins Blickfeld rückt. Auf der einen Seite waren wir zu jeder Art von Mord und Aufruhr bereit, nach der Devise: Man kann kein Omelett machen, ohne Eier zu zerschlagen; auf der anderen reagierten die meisten Kommunisten auf jede Anspielung, dass tatsächlich schmutzige Dinge vorgingen, mit Entrüstung. *Natürlich* war Soundso nicht wirklich ein Spion, *natürlich* nahm die Partei kein Gold von Moskau, *natürlich* war dies oder jenes keine Vertuschung. Die Partei repräsentierte die reinsten Zukunftshoffnungen der Menschheit – *unsere* Hoffnungen – und konnte einfach nichts anderes als rein sein.

Meine Einstellung zu den Rosenbergs war einfach. Sie hatten kleine Kinder und sollten nicht hingerichtet werden, auch wenn sie schuldig waren. In den meisten Briefen, die ich von Schriftstellern und Intellektuellen erhielt, stand, sie sähen nicht ein, weshalb sie eine Petition für die Rosenbergs unterschreiben sollten, während die Partei sich weigere, die Sowjetunion ihrer Verbrechen wegen zu kritisieren.

Ich begriff die Relevanz nicht: Es war moralisch falsch, Ethel und Julius Rosenberg hinzurichten. Abermals fand ich mich in der Position einer notorischen und angefeindeten Kommunistin wieder. Ich bekam hasserfüllte Briefe und anonyme Telefonanrufe. In hochgradig politisierten Zeiten lösen Themen wie das Schicksal der Rosenbergs so viel Hass und Zorn aus, dass unter all dem Lärm und der Propaganda die einfache Wahl zwischen Richtig und Falsch, die für gewöhnlich auch in diesen Fällen immer am Anfang steht, unserer Wahrnehmung zu entgleiten droht. Nach all den Jahren hat dieser Fall immer noch etwas

Unerklärliches an sich. Bald nach den Rosenbergs sollte es in Großbritannien und in Amerika zahlreiche Spione geben, von denen die einen ihr Land für Geld verrieten und andere Dutzende ihrer Mitbürger in den Tod schickten. Trotzdem wurde keiner von ihnen gehenkt oder auf den elektrischen Stuhl geschickt. Das Verbrechen der Rosenbergs war wesentlich geringfügiger, und sie waren Eltern von kleinen Kindern. Einige Leute glauben, es wäre geschehen, weil sie Juden waren. Andere – und darunter auch ich – fragen sich, ob es denjenigen, die sie und ihr Tun verurteilten, nicht ein heimliches Vergnügen bereitete, sich vorzustellen, wie eine junge, rundliche Frau »gegrillt« wurde. Es gibt Themen, die mehr sind als die Summe ihrer Teile, und dieses gehört dazu.

Eine andere »Pflicht«, die ich auf Joans Drängen hin auf mich nahm, war die Friedenskonferenz in Sheffield. Meine Aufgabe war es, Klinken putzen zu gehen und Broschüren zu verteilen, die für die Konferenz warben. Ich wurde an jeder Tür verdrossen, kühl und voller Ablehnung empfangen. Die Zeitungen schrieben, dass die Konferenz von der Sowjetunion organisiert und finanziert werde, was natürlich stimmte, aber wir stritten es entrüstet ab. Wir glaubten, was wir sagten. Es war eine wirklich unerfreuliche Erfahrung, vielleicht die unerfreulichste, die meine revolutionären Pflichten mir bescherte. Es war kalt, es war grau, niemand konnte Sheffield eine schöne Stadt nennen, und ich hatte damals die volle Wucht der Feindseligkeit der Briten gegenüber allem Kommunistischen noch nicht erlebt.*

Mit Jack unternahm ich zwei Reisen nach Paris. Die kleine Erzählung *Wine* fasst eine davon zusammen. Wir saßen in einem Café am Boulevard St.-Germain und beobachteten, wie Horden von Studenten brüllend vorbeistürmten und Autos umkippten.

* Die Sheffield-Konferenz im November 1950 fand nicht statt, weil den ausländischen Delegierten die Einreisevisa verweigert wurden; deshalb wurde sie nach Warschau verlegt.

Wogegen demonstrierten sie? Das Umkippen von Autos ist ein typisch französisches Mittel der Selbstdarstellung; Jack hatte dasselbe vor dem Krieg gesehen, und ich sah es wieder bei einem wesentlich späteren Besuch.

Ein weiteres Ereignis, dieselbe Reise, ein anderes Café. Wir sitzen auf dem Gehsteig und trinken Kaffee. Auf uns schreitet eine wundervoll gekleidete Frau mit ihrem kleinen Hund zu. Eine *poule*, luxuriös, perfekt durchgestylt. Heutzutage sieht man in Paris keine Prostituierten mehr, die einen mit einer derartigen Ausstrahlung in Bann zu ziehen vermögen. Jack mustert sie voller Respekt und Bewunderung. Er sagt leise zu mir: »Sieh dir das an, nur die französischen …« Auf gleicher Höhe mit uns, hält sie kurz inne, lange genug, um Jack einen verächtlichen Blick zuwerfen zu können und zu sagen: »Vous êtes très mal élevé, monsieur. – Sie sind sehr ungezogen, mein Herr. Was für ein Flegel!« Und schreitet an uns vorbei.

»Aber weshalb dann diese Aufmachung, wenn sie nicht wollen, dass man sie bemerkt?«, sagt Jack. (Dies ist ganz eindeutig eine Frage von wesentlich größerer Bedeutung.) »Und selbst wenn jemand das Geld für eine derartige Frau hätte – würde er es wagen, sie anzurühren? Es könnte ihre Frisur ruinieren.«

Bei der zweiten Reise saßen wir in einem dunklen, kellerähnlichen Raum, in dem ein ehrfurchtsvolles Publikum, ausschließlich Franzosen, einer bleichen jungen Frau in einem langen, hochgeschlossenen schwarzen Kleid und mit tragisch schwarz umrandeten Augen zuhörte, die »Je ne regrette rien« und andere Chansons sang, die uns heute wie der Inbegriff jener Zeit vorkommen. (Dieser Stil sollte bald Mode werden.) Damals hörte es sich wie eine herausfordernde Klage über den Krieg, über die Okkupation an. Auf den Straßen von Paris stieß man wiederholt unter Kugellöchern auf einem Gehsteig auf Kränze oder Blumensträuße und eine Plakette: Hier ruht … erschossen von den Deutschen. Dann blieb man, von Mitgefühl überwältigt, stehen und ließ sich vom Sinn für das Dramatische des Ereignisses berühren.

Wir gingen ins Theater und sahen eine Aufführung der *Mutter*

Courage von Brechts Berliner Ensemble. Bisher hatte es noch kein deutsches Theater gewagt, in Paris zu gastieren. Jack meinte, es würde einen gewaltigen Aufruhr geben – Deutsch, so bald nach dem Krieg, das war ein unkalkulierbares Risiko. Wahrscheinlich würden wir Zeugen eines historischen Ereignisses werden. Schließlich war es Brecht. Die Premiere: Das Theater war restlos ausverkauft, die Leute standen zum Teil, und draußen waren viel zu viele Polizisten. Der Mangel an Zeit bei der technischen Einrichtung verzögerte den Beginn des Abends. Als das der Zeit und dem Ort so angemessene Stück über den Krieg begann, herrschte im Zuschauerraum eisiges Schweigen. Niemand rührte sich. Selbst als das Bühnenbild Probleme machte, reagierte niemand. Es gab keine Pause, weil sich alles so lange verzögert hatte. Die Stille wurde schier unerträglich: Bedeutete es, dass sie es hassten? Dass das Publikum die Bühne stürmen würde in einer Art Vergeltungsmaßnahme oder Rache? Als das Stück mit den Worten »Nehmt's mich mit« endete, und die alte Frau, die alles verloren hat, wieder versuchte, den Soldaten zu folgen, da war so etwas wie ein Aufstöhnen von den Franzosen zu hören. Schweigen, Schweigen, keine Hand rührte sich – und dann war das Publikum auf den Beinen, rufend, schreiend, applaudierend, weinend, einander umarmend, und die Schauspieler standen auf der Bühne und weinten. Das alles dauerte gut zwanzig Minuten. Ungefähr zur Mitte dieser Zeitspanne hin hörte diese Demonstration auf, spontan zu sein, und wurde zu einer Demonstration eines Europa, das sich seiner selbst bewusst war. Das geschlagene und verfemte Deutschland rief Europa zu: »Nehmt's mich mit.«

Ich habe im Theater nie wieder etwas Derartiges erlebt, und die Erfahrung lehrte mich letzten Endes, dass ein Theaterstück seinen perfekten Anlass haben kann, als wäre es einzig und allein für diese Vorstellung geschrieben worden. Ich habe seither noch weitere Inszenierungen von *Mutter Courage* gesehen.

Später erzählte mir der kanadische Schriftsteller Ted Allan, dass Brecht während seiner Zeit als Flüchtling in Kalifornien für die Allans den Babysitter gespielt habe. Damals bat er Ted, die gerade fertiggestellte *Mutter Courage* zu lesen, und Ted tat es und sagte zu Brecht, es sei vielversprechend, benötige aber noch dieses oder jenes. Helene Weigel war empört. »Es ist ein Meisterwerk«, sagte sie. Ted pflegte diese Geschichte zu seinen Ungunsten zu erzählen und sie auszuschmücken, wie es einem wahren Geschichtenerzähler geziemt. Seine Kritik an Brecht wurde nach diesem Vorfall krasser, eine Parodie auf die Filmemacher in Hollywood: »Sehen Sie zu, dass Sie das alte Miststück (er meinte die Weigel) loswerden. Was Sie brauchen, ist ein junges Ding. Ich hab's – wie wär's mit einer Nonne? Nein, eine Novizin, blutjung. Lassen Sie mich überlegen … Lana Turner … Vivien Leigh …«

Eine Reise mit Jack führte mich einen Monat mit ihm nach Spanien. Das war die bis dato längste Reise. Einen Teil der Zeit kümmerte sich meine Mutter um Peter, Joan hatte ihn für eine Woche, den Rest verbrachte er bei den Eichners. Wir hatten nur sehr wenig Geld. Jack war kein Oberarzt, und er musste eine Familie unterhalten. Konnten wir jeder 25 Pfund aufbringen? Mit den Aufwendungen für den Wagen und die Fahrt kostete die Reise 50 Pfund. Wir aßen Brot, Wurst, grünen Paprika, Tomaten und Weintrauben. Noch heute kann ich keinen grünen Paprika riechen, dem noch die Wärme der Sonne anhaftet, ohne von Erinnerungen an diese Reise überwältigt zu werden. Spanien war damals sehr arm. Wenn man die Grenze von Frankreich her überquerte, war es, als kehrte man ins neunzehnte Jahrhundert zurück. Das war vor dem Einsetzen des Tourismus. Wenn wir in Städte wie Salamanca, Ávila oder Burgos hineinfuhren, drängten Menschenmassen herbei, um die Ausländer zu sehen. Zerlumpte Jungen stritten darum, wer den Wagen bewachen durfte: ein Sixpence für einen Tag oder eine Nacht. Wenn wir tatsächlich einmal in einem billigen Restaurant aßen, drückten hungrige Kinder sich die Nasen an der Scheibe platt. Für Jack fuhren wir durch gespenstische Erinnerungen an den Spanischen Bürgerkrieg, denn er hatte in seiner Fantasie jede Schlacht durchlebt. Er hatte unter dem Verrat Großbritanniens und Frankreichs an der gewählten spanischen Regierung gelitten. Für ihn war das der Beginn des Zweiten Weltkriegs gewesen. Jetzt litt er wegen der hungrigen Kinder, die ihn an seine eigene Kindheit erinnerten. Er war wütend, weil es auf den Straßen von fetten, schwarz gekleideten Priestern und bewaffneten Polizisten in ihren schwarzen Uniformen nur so wimmelte. Spanien war damals so arm, dass es einem das Herz brach, genau wie Irland.

Und trotzdem … Wir schliefen auf einem Feld, in Decken eingehüllt, im Freien, der Sterne wegen. Eines Morgens, es war bereits heiß, obwohl die Sonne gerade erst aufging, setzten wir uns in unseren Decken auf und sahen zwei hochgewachsene dunkle Männer, beide mit einem roten Umhang bekleidet, auf großen schwarzen Pferden an uns vorbei und über die Felder reiten, über ihnen der heiße blaue Himmel. Sie hoben ohne ein Lächeln grüßend die Hand.

Wir aßen unser Brot und unsere Oliven und tranken Rotwein unter Olivenbäumen oder warteten die Mittagshitze in irgendeiner kleinen Kirche ab, wo ich darauf zu achten hatte, dass meine Arme und mein Kopf bedeckt waren.

Wir besuchten einen Stierkampf. Jack weinte um die sechs geopferten Stiere. Tötet ihn, tötet ihn, murmelte er den Stieren immer wieder zu.

In Madrid saßen Bettlerinnen mit den Füßen im Rinnstein. Wir gaben ihnen unseren Kuchen und bestellten mehr für sie.

In der Alhambra hatten wir das Gefühl, angekommen zu sein. Sie löst in den Menschen starke Gefühle aus. Sie hassen oder vergöttern sie.

Wir stritten sehr oft heftig miteinander. Meiner Ansicht und Erfahrung nach führt intensiver und häufiger Sex unweigerlich zu ebenso heftigen wie feindseligen Gefühlsentladungen. Tolstoi und D. H. Lawrence haben darüber geschrieben. Woran liegt das? Wir liebten uns, wenn wir in offenen und leeren Landstrichen den Wagen anhielten, in trockenen Gräben, in Wäldern, in Weinbergen, in Olivenhainen. Und stritten. Er war eifersüchtig. Das war absurd, weil ich ihn liebte. In einer Stadt in Murcia, wo es so heiß war, dass wir die Reise für einen ganzen Tag unterbrachen, um in einem Café wenn schon nicht im Kühlen, so doch wenigstens im Schatten zu sitzen, bildete er sich ein, dass ich einem gut aussehenden Spanier schöne Augen machte. Dieser Streit war so grauenhaft, dass wir die Nacht in einem Hotel verbrachten, weil Jack, der Arzt, sagte, unsere Ernährung und der Schlafmangel setzten uns zu sehr zu.

Wir fuhren von Gibraltar aus an den *costas* entlang, an denen es kein einziges Hotel gab, nur ein paar Fischer in Nerja, die uns am Strand Fisch brieten. Wir schliefen im Sand, schauten zu den Sternen auf, lauschten den Wellen. Damals war zwischen Gibraltar und Barcelona die Landschaft, abgesehen von den Städten, noch unberührt, es gab dort nur leere, lange, wundervolle Strände. Kurze Zeit später waren sie verschwunden. Der Tourismus hatte sich mit seinen Hotels breitgemacht.

Im hochgelegenen, windumtosten Ávila standen Unmengen von wundervollen braunen Krügen und Töpfen auf trockenem Schilf. Ich kaufte mir dort den herrlichsten Krug, den ich je besessen habe, für ein paar Pence.

Was mich damals am stärksten berührte und mich selbst heute noch verblüfft, ist der Kontrast zwischen der wilden, strengen, leeren Schönheit von Spaniens Landschaft und der stumpfsinnigen Spießigkeit sogar der billigen Hotels, die wir uns leisten konnten; der Kontrast zwischen der allgegenwärtigen Armut und den Kirchen, die so mit Gold und Juwelen überladen waren, dass sich der Gedanke aufdrängte, dass der gesamte Reichtum der Halbinsel dort zur ewigen Ruhe gebettet worden sein musste.

Wir besuchten Deutschland, dreimal. Das erste Mal, als ich Gottfried finden wollte. Peter hatte den vorangegangenen Sommer dort bei seinem Vater verbracht. Ich hatte Gottfried erklärt, er brauche ihn nicht zu nehmen, wenn er nicht ganz sicher sei, dass es ihm nicht schade. Wie üblich reagierte Gottfried mit Verachtung auf meine politischen Bedenken: Natürlich könne er Peter einladen, wann immer er wolle. Ich sagte, ich sei mir da nicht so sicher; Moidi Jokl war überzeugt, dass er sich irrte. Es stellte sich heraus, dass wir mit unseren Bedenken recht behielten. Deutsche, die die Zeit des Krieges im Ausland verbracht hatten, waren verdächtig, und viele von ihnen verschwanden in Stalins Lagern. Ich war wütend, einerseits weil Gottfried mich jahrelang in Sachen Politik beleidigt und mit Herablassung behandelt, ich aber in Wirklichkeit meistens recht gehabt hatte, und andererseits wegen Peter, der einen liebevollen Vater gehabt hatte und dann von diesem allem Anschein nach fallengelassen worden war.

Heute verstehe ich, was damals passierte. Es war in der Tat eine Frage von Leben oder Tod. Was ich Gottfried vorwerfe, ist, dass er nicht ein paar Zeilen hinausschmuggelte, in denen stand: Ich kann es mir nicht leisten, Kontakt mit dem Westen zu halten, ich könnte dafür umgebracht werden. Es wäre ihm ein Leichtes gewesen. Stattdessen kamen Leute von einer offiziellen Reise nach Ostdeutschland zurück und sagten: »Ich habe Ihren gut aussehenden Ehemann gesehen. Er ist ein sehr wichtiger Mann. Er lässt Sie herzlich grüßen.« – »Er ist nicht mein Ehemann«, pflegte ich dann zu sagen, »und es ist Peter, der seine Liebe braucht.« Ich hasste Ostberlin. Für mich war es eine Art Sinnbild für das, was am Kommunismus schlecht ist. Aber einige Genossen bewunderten es. Jahrelang, bis zum Zusammenbruch des Kommunismus, sagten sie: »Ostdeutschland hat den richtigen Weg gewählt. Es ist wirtschaftlich den anderen osteuropäischen Staaten weit voraus. Was für ein Jammer, dass die Revolution ihren Ausgang nicht von Deutschland aus genommen hat.«

Eine andere Reise führte Jack und mich nach Hamburg. Jack wollte dort nach einem Freund suchen, der im Krieg verschwunden war. Die Suche blieb ergebnislos. Schwere Bombenangriffe hatten Hamburg heimgesucht, wie man an zahllosen Ruinen erkennen konnte. Es war Februar, dunkel, sehr kalt, ein eisiger Wind wehte von der Nordsee her. Jack sagte, es finde ein Gewerkschaftsfest statt, wo wir hingehen sollten. Auf Trümmergrundstücken zwischen stehen gebliebenen Häusern brannten große Feuer. Um sie herum hüpften und torkelten Betrunkene mit Flaschen in den Händen und sangen oder johlten vielmehr alte Arbeiterlieder aus dem Krieg. Es erinnerte auf gespenstische Art an Bosch. Jahrelang gingen mir diese Szenen nicht aus dem Kopf. Dreißig Jahre später kehrte ich nach Hamburg zurück und erzählte meinem Verleger von diesem Bild. Ungläubig erwiderte er: »Unmöglich, so etwas hat es hier nie gegeben. Das muss in Berlin oder München gewesen sein.«

Und ich habe in der Tat auch die Ruinen von Berlin gesehen, kilometerlang, und ich habe am Brandenburger Tor gestanden. Als ich dreißig Jahre später dorthin zurückkehrte, war keine Spur mehr von den Ruinen zu sehen, man hätte glauben können, dass es den Krieg nie gegeben hatte. Ich traf Leute, die als Kinder im Nachkriegsberlin aufgewachsen waren. Woran sie sich erinnerten, war – abgesehen davon, dass sie ständig hungrig gewesen waren –, dass sie in den zerstörten Häusern gespielt hatten. Sie hatten geglaubt, so wäre eine Stadt nun einmal. Später sahen sie auch unzerstörte Städte. Einer von diesen Männern, als Kind halb verhungert, hatte überlebt, da seine Mutter für die Amerikaner arbeitete. Er sah einen Film mit Orson Welles und sagte sich: »Eines Tages werde ich so viel essen, wie ich mag, und ich werde so dick sein wie Orson Welles.« Er machte seinen Vorsatz wahr und hatte darum Probleme mit seiner Gesundheit. Sein Arzt verordnete ihm eine strenge Diät.

Ich unternahm mit Jack eine Reise nach Süddeutschland. Von ihr habe ich in *Das Auge Gottes im Paradies* berichtet. Die Stimmung der Menschen war damals so schlecht, so niedergedrückt, so zornig. Etwas, das mich zutiefst deprimierte. Die Erzählung hat meine Gefühlslage von damals eingefangen. Einige Deutsche haben mir daraus den Vorwurf gemacht, dass ich sie überhaupt geschrieben habe. Aber in dieser Geschichte geht es nicht um Deutschland, sondern um Europa, wir alle waren es, an die ich dachte, aufbauend, niederreißend, aufbauend, zerstörend, aufbauend …

Die unerfreulichste all meiner Erinnerungen an das Deutschland dieser Zeit betrifft eine Frau, die mich auf einem Bahnsteig anredete und sich heftig darüber beklagte, dass Deutschland geteilt sei. Ihr Vaterland geteilt! Ob ich um diese Ungerechtigkeit wisse? Sei das fair? Was hatten die Deutschen getan, um auf diese Weise bestraft zu werden? Andere Leute stimmten in ihre Tiraden mit ein, bis schließlich alle über mich herfielen. Sie hatten diesen Klang in der Stimme, den man immer dann hört, wenn jemand bewusst und überlaut die Unwahrheit sagt.

Jack reiste auch aus politischer Überzeugung nach Deutschland. Als Marxist weigerte er sich, an nationale Eigenarten oder nationale Schuld zu glauben. Aber dies war das Land, das beinahe seine gesamte Familie ermordet hatte.

Ich steckte in einem tiefen Konflikt. Ich war mit dem Ersten Weltkrieg aufgewachsen und mit der Tatsache, dass sich mein Vater leidenschaftlich mit dem gewöhnlichen deutschen Soldaten identifizierte, der, genau wie die Tommys, Opfer einer skrupellosen Politik war. Andererseits war ich verheiratet mit einem Flüchtling aus Hitlers Deutschland, war mit dem Glauben älter geworden, dass Hitler und die Nazis eine direkte Folge des Versailler Vertrags waren und dass es keinen Zweiten Weltkrieg gegeben hätte, wenn man Deutschland damals mit intelligenter Großmütigkeit behandelt hätte. Ich glaubte – und glaube noch heute –, dass der Zweite Weltkrieg vermeidbar gewesen wäre, wenn wir, Großbritannien und Frankreich, den Mut gehabt hätten, Hitler schon frühzeitig Einhalt zu gebieten. Wir hätten die Leute, die gegen die Nazis opponierten, unterstützen müssen, anstatt ihnen ständig die kalte Schulter zu zeigen. In Deutschland zu sein hieß auch für mich, gespalten zu sein. Die Deutschen taten mir leid *und* erinnerten mich, wenn ich sie sprechen hörte oder ein Schild mit einer deutschen Aufschrift las, jedes Mal an die Angst, die ich im Krieg empfunden hatte. Ich warf mir vor, dumm und irrational zu sein. Ich erinnere mich an einen Tag, oder vielmehr eine Nacht, in der ich in Berlin auf einem Bahnsteig stand und mir schlagartig klar wurde, dass alle Menschen um mich herum Kriegskrüppel waren: beinlose Männer, armlose Männer, Blinde. Alle waren sie betrunken auf diese besondere Art, die man aus dem Krieg oder aus schlimmen Zeiten kennt, diese bittere Trunkenheit, die mit tiefer seelischer Not einhergeht. Da sagte ich zu mir: Das reicht, hör auf, dich selbst zu quälen. Wer drückt schon seine Nase freiwillig in das eigene Erbrochene. Was nützt es mir oder den Deutschen? Jahrzehntelang kehrte ich nicht nach Deutschland zurück. Und dann hatte Deutschland sich wiedervereinigt, diese Landschaft des Elends und der Zerstörung sich verflüchtigt. Bitte, Gott, für immer.

Und jetzt muss ich über den vermutlich neurotischsten Akt meines ganzen Lebens berichten. Ich beschloss, in die Kommunistische Partei einzutreten. Und das zu einer Zeit, wo mich »Zweifel« wie eine eigens von mir für mich verordnete Qual heimsuchten. Die Sowjetunion und ihre verschiedenen Gesichter des Grauens wurden quasi hinter vorgehaltener Hand diskutiert. Ich erinnere mich an keine einzige ernsthafte und tiefergehende Diskussion über die Bedeutung dessen, was uns zu Ohren kam. Dafür erinnere ich plötzliche Tränenausbrüche, allerheftigste Beschuldigungen, Ehestreitigkeiten, ja sogar Scheidungen.

Es gibt Leute, die sich beschweren, dass alte Rote »nur versuchen, sich zu rechtfertigen«. Sie sind fast alle noch jung, denn die Älteren verstehen sehr genau, weshalb es damals quasi natürlich war, Kommunist zu sein. Erklären, »Zeugnis ablegen«, ist nicht gleichbedeutend mit Rechtfertigen.

Es war paradox. In ganz Europa, bis zu einem gewissen Grad auch in den Vereinigten Staaten, waren es gerade die empfindsamsten, die mitfühlendsten, sozial am stärksten sich engagierenden Menschen, die Kommunisten wurden. (Unter ihnen gab es auch einen ganz andersgearteten Typ, die Machtbesessenen.) Diese hochanständigen und ehrenwerten Menschen unterstützten die schlimmste und brutalste Tyrannei unserer Zeit. Hitlers Deutschland, das dreizehn Jahre bestand, war in Sachen Terror im Vergleich zu Stalins Regime ein Waisenknabe – und, nein, ich lasse den Holocaust nicht außer Acht.

Das erste und wichtigste, die »Grundfigur« jener Zeit, war die Überzeugung, dass man es als gegeben ansah, dass der Kapitalismus zum Untergang verurteilt war und in den letzten Zügen lag. Er war, den Krieg eingeschlossen, verantwortlich für sämtliche gesellschaftlichen Übel. Der Kommunismus hingegen war die Zukunft der gesamten Menschheit. Ich habe eifrige Proselyten oft sagen hören: »Gebt mir irgendjemanden nur für ein paar Stunden, und ich überzeuge ihn davon, dass der Kommunismus die einzige Antwort ist, weil das einfach auf der Hand liegt.« Die Hände der Kommunisten waren nicht gerade sauber. Oder, um es in der Sprache der Genossen zu formulieren: »Es sind Fehler gemacht worden.« Der Grund? Das erste kommunistische Land war das rückständige Russland; wäre als erstes Land Deutschland kommunistisch geworden, die Dinge hätten völlig anders gelegen! (Die Tatsache, dass die Sowjetunion das älteste und erfolgreichste Imperium der Welt beerbt hatte, war buchstäblich jahrzehnteweit davon entfernt, registriert zu werden.) Bald, wenn die industriell hoch entwickelten Länder kommunistisch geworden wären, würden wir eine völlig andere Art von Kommunismus kennenlernen.

Ich bin versucht gewesen, ein Kapitel unter der Überschrift »Politik« zu schreiben, damit Leute, die das ganze Thema langweilig finden, es überspringen können. Aber Politik durchdrang damals nun mal alles. Der Kalte Krieg war ein giftiges Miasma. Es ist von der Gegenwart aus äußerst schwierig, eine Denkweise zu erklären, die ich heute für verrückt halte. Spielt es eine Rolle, ob eine Frau dieser Verrücktheit erlag? Nein. Aber ich spreche von einer ganzen Generation, die Teil einer Art von sozialer Psychose oder Selbsthypnose der Massen war. Ich versuche nicht, das zu rechtfertigen, wenn ich sage, dass ich heute glaube, dass alle Massenbewegungen, religiöse ebenso wie politische, eine Art Massenhysterie sind und dass ein oder zwei Generationen später die Leute sagen müssen: Aber wie *konntet* ihr nur glauben – was immer es gewesen ist.

Glauben – das ist das entscheidende Wort. Alles drehte sich um eine religiöse Grundfigur, identisch mit der der *wahren* Gläubigen einer Glaubensrichtung. Arthur Koestler und andere schrieben ein Buch mit dem Titel *Ein Gott, der keiner war*. Heute gilt es als Binsenweisheit, wenn man sagt, der Kommunismus ist eine Religion. Aber es genügt nicht, diesen Satz auszusprechen, man muss ihn auch verstehen. Was der Kommunismus erbte, war nicht nur die Inbrunst, sondern eine Welt voll von Guten und Bösen, von Erretteten und Unerlösten. Wir erbten die gedankliche Zurüstung des Christentums. Hölle: Kapitalismus, von Grund auf böse. Ein Erlöser, vollkommen gut – Lenin, Stalin, Mao. Das Fegefeuer: Man kann kein Omelett machen, ohne Eier zu zerschlagen (Verbannung, Konzentrationslager und das Übrige). Danach das Paradies … dann der Himmel … schlussendlich Utopia.

Ich war weit davon entfernt, eine wahre Gläubige zu sein. Einer der Gründe dafür war, dass Jack, die bedeutendste Liebe meines Lebens, die Konflikte oder, wenn man so will, die »Widersprüche« des Kommunismus verkörperte; elf seiner engsten Freunde, seine Genossen, seine wahre Familie, waren als Verräter gehenkt worden. Als ich zu Jack sagte, ich dächte daran, in die Kommunistische Partei einzutreten, sagte er, ich beginge damit einen Fehler. Es muss ihm entsetzlich wehgetan haben, das zu sagen. Dennoch wusste er nach allem, was er durchgemacht hatte, dass es reine Zeitverschwendung war, das zu sagen. »Du wirst dem entwachsen« – das war es, was ich hätte heraushören können.

Von Arthur Koestler stammt der Satz, dass jeder Kommunist, der angesichts all des Beweismaterials in der Kommunistischen Partei blieb, eine heimliche Erklärung für das hatte, was passierte, und dass er nicht mit Freunden und Genossen darüber diskutieren konnte. Einige der Kommunisten, die ich kannte, waren zu dem Schluss gelangt, ja, die Verbrechen, von denen man gehört hatte, waren wirklich begangen worden – aber *natürlich* nicht so schlimm gewesen, wie die kapitalistische Presse behauptete –, doch Genosse Stalin konnte unmöglich wissen, was vorging. Die Wahrheit wurde vor »Uncle Joe« geheim gehalten. Meine Erklärung, meine »heimliche Überzeugung« – über die ich natürlich mit niemandem außer Jack reden konnte – war, dass die Führerschaft der Sowjetunion korrupt geworden war, dass aber überall in der kommunistischen Welt die guten Kommunisten warteten, sich miteinander berieten und die Macht übernehmen würden, wenn der richtige Zeitpunkt gekommen war. Dann würde der Kommunismus seinen Marsch zur gerechten Gesellschaft fortsetzen. Der vollkommenen Gesellschaft. Das Ganze hatte nur einen Schönheitsfehler: Ich hatte nicht bedacht, dass »Uncle Joe« sie alle ermordet hatte.

Und dann gab es da noch das englische Klassensystem. Es schockierte mich wie alle Leute aus den Kolonien. Großbritannien besteht aus zwei Nationen; die Situation ist inzwischen etwas, aber nicht viel besser geworden. Als ich ankam, ermöglichte mir mein rhodesischer Akzent, mit den »Eingeborenen« zu reden, das heißt, der Arbeiterklasse. Sie sahen in mir etwas, das nicht mit einem Tabu belegt war. Aber das Sprechen wurde unmöglich, als ich anfing, das Standardenglisch der Mittelschicht zu verwenden; das geschah nicht aus freiem Willen, ich mache mir, wo immer ich bin, Akzente zu eigen, die ebendort gesprochen werden. Es war, als ob einfach ein Vorhang fiel. Ich rede von einer Behandlung als Gleichgestellter, nicht von der anbiedernden, etwas herablassenden »Nettigkeit«, die den oberen Gesellschaftsschichten eigen ist. Und dann stellte ich fest, dass Leute, die die dreißiger Jahre mit Tee, Brot, Margarine und Marmelade überlebt hatten, die jahrelang arbeitslos gewesen waren und in erbärmlichen Slums lebten, die Konservativen wählten.

Vorfall I: Einer meiner Freunde, der in Rhodesien in der Royal Air Force gewesen war, lud mich zum Lunch ein und sagte: »Sie könnten lernen, die Schranke zu überwinden. Frauen können das gut.« Das war nett gemeint. Er hatte mich eigens zum Lunch eingeladen, um mir das zu sagen. Er wusste nicht, was ich meinte, als ich ihm antwortete, ich hätte nicht die Absicht, zu lernen, »die Schranke zu überwinden«. Diese Art Mensch wurde nicht unbedingt bewundert. Nur sechs oder sieben Jahre später, mit dem Aufkommen der sogenannten »zornigen jungen Männer«, sollte es unnötig werden, diese Einstellung zu rechtfertigen, aber damals musste man es noch. Unerfreulich und peinlich für beide Seiten.

Vorfall II: Mit einem anderen Mann, gleichfalls früherer Angehöriger der Royal Air Force, betrat ich einen Pub in Bayswater. Es war ein gewöhnlicher Schankraum. Wir standen am Tresen und bestellten Drinks. Rings um uns herum saßen Männer und beobachteten uns. Sie kommunizierten ohne Worte miteinander. Einer stand auf, langsam, entschlossen, kam auf uns zu und sagte: »Hier gehören Sie nicht her. Sie gehören dorthin.« Wobei er auf den Nebenraum zeigte. Wir begaben uns demütig dorthin und gesellten uns zu unseresgleichen, der Mittelschicht. Daran hat sich bis heute nicht viel geändert. Ausländer und aus dem Ausland Zurückkehrende beklagen sich über das Klassensystem. Aber die Briten – beider Klassen – sagen, ihr versteht das nicht, und machen weiter wie bisher. Die Arbeiterklasse und die Unterschicht haben ihren Platz im Leben »verinnerlicht«.

Wenn ich in dieser Stimmung bitterer Kritik an Großbritannien war, dann war meine Einstellung – aber das begriff ich erst später – identisch mit der jener Leute, die in den dreißiger Jahren wegen dieser schrecklichen und schmutzigen Armut Kommunisten wurden. Gleiches gilt für die Einstellung der Leute, die aus Zorn in den Spanischen Bürgerkrieg zogen, da sich die Regierungen von Frankreich und Großbritannien weigerten, der legitimen spanischen Regierung Beistand zu leisten, als Hitler und Mussolini an Franco Waffen lieferten. Viele der Leute, die ich damals kennenlernte, empfanden angesichts dieser Politik tiefe Scham. (Gibt es diese Scham über das Verhalten der eigenen Regierung eigentlich auch heute noch? Ich glaube nicht. Eine Unschuld ging verloren.) Diese Scham war der Grund dafür, dass manche Leute Verräter und Spione wurden. Der Spanische Bürgerkrieg hinterließ ein schmerzhaftes Vermächtnis. Die Menschen haben vergessen, wie schlecht die Flüchtlinge aus Spanien behandelt wurden, jahrelang in Lagern nahe der Grenze eingesperrt, als wären sie Kriminelle, die bestraft werden mussten. Bis weit in die sechziger Jahre hinein gab es in Soho Pubs, in denen sich bitterarme Spanier trafen, um darüber zu reden, wie die Welt sie vergessen hatte, obwohl sie die Ersten waren, die gegen die Nazis und Faschisten gekämpft hatten. Es gibt Zyniker, die behaupten, genau das sei ihr Verbrechen gewesen.

Und so trat ich in »die Partei« ein, wie sie allgemein genannt wurde. Ich hasste es, einen Mitgliedsausweis zu haben, so wie ich es überhaupt hasste, in irgendetwas einzutreten. Ich hasste Versammlungen und hasse sie noch heute. Ich halte das einfach fest – ein Chaos aus widersprüchlichen, verrückten Emotionen und Verhaltensweisen. Später, sehr viel später, im Grunde sogar erst kürzlich, fiel mir eine Erklärung dafür ein, weshalb so viele Leute der Kommunistischen Partei noch lange, nachdem sie sie eigentlich hätten verlassen müssen, die Treue gehalten haben. Aber vorerst genug davon.

Noch etwas: Ich hatte zu viele Leute gesehen, die herumliefen und sagten: »Ich bin Kommunist«, aber nicht einmal im Traum daran dachten, in die Partei einzutreten. Ich verachtete sie. Schon wenig später sollte es in London eine neue Generation geben, deren Vertreter, um die Bourgeoisie zu schockieren, Mama und Papa zu ärgern oder bei sich und anderen einen angenehmen Schauder hervorzurufen, sagten: »Ich bin Kommunist.«

Ich wurde von dem Kulturkommissar Sam Aaronivitch wegen meiner Überzeugung befragt –, einem militärisch auftretenden schlanken, strengen, jungen Mann, der begabt war mit jenem besonderen zynischen Humor seiner Zeit. Aufgewachsen unter ärmlichsten Verhältnissen im East End, war die Young Communist League seine Schule, aber nicht sein Kindergarten gewesen. Er war Jude und gehörte zu einem Volk mit einem Buch. Etliche Leute, die ihre Kindheit im jüdischen East End verlebt hatten, erzählten mir, dass sie Zeuge wurden, wie ihre Väter, Onkel, älteren Brüder und sogar Mütter am Küchentisch bei den oft kärglichen Mahlzeiten über Politik, Philosophie und Religion diskutierten. Weshalb hatte »die Partei« einen jungen Mann zum Kulturkommissar gemacht, der von moderner Literatur keine Ahnung hatte und sich nicht für Kunst interessierte? Die Befragung fand in der Zentrale der Kommunistischen Partei in der King Street nahe Covent Garden statt. (»King Street sagt ...« – »Diese Idioten in der King Street ...« – »Ich bin in die King Street bestellt worden, aber ich habe ihnen gesagt, dass ...«) Er hörte sich an, was ich zu sagen hatte, wie ein Offizier, der einen Rekruten befragt, und sagte, er sei erstaunt, eine Intellektuelle kennenzulernen, die in die Partei eintreten wolle, während so viele austräten, und er sei schon jetzt gespannt, wie ich die Partei bei meinem Austritt schlechtmachen würde. Danach machte er mit mir einen Ausflug ins East End, wo er aufgewachsen war. Sam hat diesen Ausflug vergessen, aber für mich ist er eine meiner lebendigsten Erinnerungen an diese ersten Jahre in London. Er zeigte mir eine Kultur, die im Sterben lag, was er zutiefst bedauerte, weil sie von so viel Mut und Zusammengehörigkeitsgefühl geprägt war. Sam hat ein abwechslungsreiches Leben gehabt, vielleicht sollte man sagen, viele Leben, eines davon als »der Balliol-Marxist«. Manchmal begegnen wir uns, wenn er über Hampstead Heath eilt und ich dort gemächlich spazieren gehe. Wir tauschen Erinnerungen aus: Ich erinnere mich an dieses, er erinnert sich an jenes – zum Beispiel daran, dass Peter oft das Wochenende bei ihm verbrachte und mit seiner Tochter Sabrina spielte. Jetzt hilft er den Leuten aus Bangladesch, die in den Straßen wohnen, in denen er aufgewachsen ist. Die Leute aus Bangladesch in Ostlondon sind auch Leute mit einem Buch, aber aus irgendeinem Grund bewirkt ihr Buch nicht das, was das Buch der Juden für die Juden bewirkt hat, das leidenschaftlich polemische, intellektuelle, kluge Leute hervorbrachte, die imstande waren, sich über ihre Armut zu erheben und der Gelehrsamkeit, dem Geschäftswesen und den Künsten neue Impulse zu geben. Diese Kinder hören nicht Väter, Mütter, Onkel und ältere Brüder über Religion, Politik und Literatur diskutieren; sie hören keine Gedichte und Bruchstücke aus großen Romanen, die zur Untermauerung von Argumenten herangezogen werden. Wenn sie zur Schule gehen, sind sie keine glänzenden Schüler wie die Juden, die vor ihnen in diesen Straßen gelebt haben.

Einer der Gründe, weshalb es manchen Leuten schwerfiel, die Partei zu verlassen, war genau der, dass sie so viele interessante, außerordentliche Menschen beherbergte. Gute Menschen, großzügig, freundlich, intelligent.

Ich will zwei von den vielen erwähnen. Einmal, als ich so knapp bei Kasse war, dass ich weder ein noch aus wusste und glaubte, den Versuch, von meinen Einkünften zu leben, aufgeben und irgendeinen Job annehmen zu müssen, bekam ich aus heiterem Himmel einen Brief von Leuten, die ich nicht kannte, Kommunisten. Sie schrieben, sie hätten gehört, dass ich in finanziellen Schwierigkeiten sei, und weil meine Bücher ihnen gefielen, legten sie 100 Pfund bei. Das war damals sehr viel Geld. Sie wollten nicht, dass ich es ihnen zurückzahlte, schrieben aber, sie würden sich freuen, wenn ich das Geld, sobald es mir wieder besser gehe, jemand anderem mit derselben Bitte schickte, der es ebenso notwendig brauche wie ich heute, um damit später seinerseits einem Bedürftigen zu helfen. Ich werde diesen Leuten, die ich nie kennengelernt habe, auf ewig dankbar sein.

Kurze Zeit später, als mir das Klassensystem mit seinen Schranken schier die Luft zum Atmen zu nehmen drohte, bat ich die Kommunistische Partei, für mich einen Besuch in einem Bergarbeiterdorf zu arrangieren. Ich empfand dieses Dorf, Armsthorpe in der Nähe von Doncaster, als schmutzig und deprimierend, obwohl es erst kürzlich erbaut worden war und die dort wohnenden Menschen sich gegenüber denen, die in den älteren Dörfern lebten, glücklich schätzten. Ein Bergmann, seine Frau, drei halbwüchsige Kinder; er war seit vielen Jahren Kommunist, sie ebenfalls; ein Haus, angefüllt mit Büchern. In den anderen Häusern des Dorfes habe ich keine Bücher gesehen. Sie hörten viel Radio, erzählten, wie Sybil Thorndike mit einer Theatertruppe gekommen war und mitten im Krieg vor den Bergarbeitern Shakespeare gespielt hatte. Jeder im Dorf erinnerte sich daran. Mein Gastgeber und seine Frau hatten vor dem Massentourismus die Sowjetunion und andere kommunistische Länder besucht. Sie waren die einzigen weit gereisten Leute im Dorf. Er war eine Vaterfigur, eine Art Respektsperson; ständig erschienen Leute, die ihn um Rat fragten. Alles, was er über die Bergarbeiter, über England, über sein Leben erzählte – die übliche Geschichte von bitterer Armut in den zwanziger und dreißiger Jahren –, war voll von Informationen und geprägt vom gesunden Menschenverstand. Alles, was er über die Sowjetunion und die kommunistische Welt behauptete, war völliger Unsinn. Hätte man diesem Mann gesagt: Was du so sehr bewunderst, ist eine Illusion und Stalin ein Ungeheuer, hätte das in ihm seine Hoffnung, seinen Glauben an die

Menschheit getötet. Diese Art Dichotomie, auf der einen Seite alles, was vernünftig und ehrlich klang, und auf der anderen ein Trugbild aus Lügen, war damals weit verbreitet.

In den beiden Wochen, die ich dort verbrachte, lag ich nachts oft wach im Wohnzimmer auf einem Sofa direkt unter ihrem Schlafzimmer und hörte meinen Gastgeber über mir husten. Er war von der Arbeit im Schacht lungenkrank und wusste, dass er bald sterben würde. Er wollte nicht, dass seine Kinder auch nur in die Nähe der Grube kamen, es war ein Hundeleben.

Als ich mit ihm durch die Straßen ging, sah ich eine Gruppe von jungen Bergleuten, die gerade ausgefahren waren und nach dem Duschen in der Waschkaue ihre billigen, besten Anzüge angezogen und rote Tücher umgebunden hatten. Sie wollten den Abend in Doncaster verbringen. Sie grüßten meinen Gastgeber und nickten mir zu. Der alte Bergmann überschüttete sie mit zorniger Anteilnahme: Was sie denn essen würden, sie sähen nicht gut aus, diese Tücher hielten sie ganz sicher nicht warm. Man konnte sehen, wie sehr sie ihm zugetan waren.

Meine Begegnung mit ihm ging in die Kurzgeschichte *England gegen England* ein.

Die Ausstellung meines Parteiausweises musste hinausgeschoben werden. Ich war eingeladen worden, für Authors World Peace Appeal in die Sowjetunion zu fahren; damals gab es massenhaft derartige Organisationen mit hochtrabenden Namen. Diese war von Naomi Mitchison und Alex Comfort gegründet worden. Nur wenige Leute fanden sich zu dieser Reise bereit. Ich bekam Briefe und Anrufe, in denen man mich warnte, ich würde in einem Konzentrationslager verschwinden. Wenn ich entgegnete, es sei doch ziemlich unwahrscheinlich, dass der sowjetische Schriftstellerverband zulassen werde, dass namhafte Besucher verschwänden – das wäre doch bestimmt schlechte Reklame für ihn? –, dann erklärte man mir (wie Moidi Jokl zu Gottfried gesagt hatte): »Sie haben keine Ahnung vom Kommunismus. Es würde Ihnen nur recht geschehen, wenn man Sie kaltmachte.«

Wir waren insgesamt zu sechst: Naomi Mitchison, ihr Cousin Douglas Young, weil er Russisch sprach, Arnold Kettle, ein bekannter marxistischer Literaturkritiker von der Universität Leeds, A.E. Coppard, der Verfasser von Kurzgeschichten, Richard Mason, der Autor von *Denn der Wind kann nicht lesen*, einem Romanbestseller über einen jungen englischen Soldaten, der eine Halbblut-Krankenschwester liebt, und ich, eine sehr neue Schriftstellerin. Unsere Gruppe, das war uns bewusst, entsprach kaum dem literarischen Niveau, das sich die Russen für den ersten Besuch von Schriftstellern aus dem Westen nach dem Krieg erhofft hatten.

Bereits die Vorbesprechung der Reise verlief turbulent. Alex Comfort war der Gedanke zutiefst zuwider, dass der Delegation ein Kommunist, Arnold Kettle, angehören sollte, dem er unterstellte, uns hinters Licht führen und einen Haufen Lügen auftischen zu wollen. Naomi bestritt das. Sie kannte Arnold. Er war ein reizender junger Mann. A.E. Coppard, in politischen Dingen ein Unschuldsengel, hatte an der Friedenskonferenz in Wrocław (Breslau) teilgenommen und sich dort regelrecht in den Kommunismus verliebt, als hätte man ihm einen Zaubertrank verabreicht. Die Versammlung entwickelte auf den Druck von Alex Comfort hin einen detaillierten Plan, wie Arnold zu überlisten war. Nach meiner Erinnerung war auch Richard Mason anwesend.

Zwischenzeitlich hatte King Street entschieden, dass es keinen guten Eindruck machen würde, wenn der Delegation zwei Kommunisten angehörten; einer war genug. Ich wurde aufgefordert, mit dem formellen Eintritt in die Partei bis nach meiner Rückkehr zu warten. Das löste ein ungutes Gefühl in mir aus. Ich war kein Mensch, der Täuschungsmanöver liebte. Ich neigte viel eher zu unumwundener, direkter Offenheit, was mir oft als Taktlosigkeit ausgelegt wurde.

Als ich mich später mit Leuten über diesen Vorgang unterhielt, die Bescheid wussten, erklärte man mir, dass das einer typisch kommunistischen Taktik entsprochen habe. Ich sei von Anfang an in eine Lage versetzt worden, die mich zu einer Unehrlichkeit zwang, die man bloßstellen konnte. Das leuchtete mir ein, bis ich anfing, etwas viel Tieferes zu begreifen. Worin lag der Grund, dass überall in Parteinähe die Fakten verdreht wurden und Leute Dinge sagten, von denen man wusste – und auch gewusst haben musste –, dass sie falsch waren? Man nennt den Teufel auch Vater der Lüge, eine Bezeichnung, die andere, ältere Begriffe wie »das Reich der Lügen« heraufbeschwört. Im Lauf der Zeit bin ich immer mehr zu der Überzeugung gelangt, dass es etwas in der Natur des Kommunismus geben muss, das regelrecht Lügen erzeugt, Leute dazu bringt, zu lügen, Tatsachen zu verdrehen und andere zu täuschen. Was ist dieses Etwas? Diese Kraft? Man darf kein einziges Wort glauben, das einer kommunistischen Quelle entstammt. Der Kommunismus ist in der Tat ein Reich der Lügen. Stalin, der große Täuscher, war nur zum Teil dafür verantwortlich, denn es war Lenin, das große Vorbild, der die Vorlage zu allem lieferte. »Desinformation« war – ist? – nur eine Ausprägung der tiefsten Natur des Kommunismus. Aber diese Wasser sind zu tief, als dass ich sie ausloten könnte; trotzdem bin ich sicher, dass es da etwas gibt, das jenseits der taghellen Welt des gesunden Menschenverstands und der einfachen Zusammenhänge lebt, für die wir damals kämpften.

Unsere Gruppe war in sich unglaubwürdig. Zuerst Naomi Mitchison. Sie war eine der Autorinnen, die in den dreißiger Jahren Neuland für Frauen erschlossen hatten, insbesondere mit dem Roman *Kornkönig und Frühlingsbraut.* Sie war Stadträtin in Schottland, Farmerin und tatkräftiges Mitglied der Labour Party, ebenso wie ihr Mann, der Parlamentsabgeordnete Dick Mitchison. A.E. Coppard hatte einige der besten englischen Kurzgeschichten geschrieben, leise, ironisch, humorvoll – und scharfsichtig wie er selbst. Aber leider war die Tatsache, dass er sich in den Kommunismus verliebt hatte, seiner klaren Sicht der Dinge nicht gut bekommen. Richard Mason behauptete, er selbst fahre in die Sowjetunion, weil er im Vorjahr in Lourdes gewesen sei und die Reise in hübschem Kontrast dazu zu stehen verspreche. In jedem Fall sei sie eine beeindruckende Erfahrung. Aber er trug eine Maske und spielte die Rolle eines Philisters, eines pfeiferauchenden Engländers im Tweedanzug, phlegmatisch und wortkarg. In Wirklichkeit war er eine romantische Seele. Arnold Kettle gehörte dieser Delegation an, weil Naomi ihn eingeladen und die Partei es gutgeheißen hatte. Ich hatte Kurzgeschichten und einen Roman geschrieben. Beides hatte gute Kritiken erhalten.

Als wir uns am Flughafen trafen, betrachteten fünf von uns Arnold Kettle voller Argwohn und Vorsicht, aber seine Gelassenheit und sein gesunder Menschenverstand machten ihn sofort zum Mentor der Gruppe. Das passierte oft: Kommunisten, die man für Dämonen gehalten hatte, machten, wenn man sie persönlich kennenlernte, einen überraschend vernünftigen Eindruck.

Unsere Ansichten über die Sowjetunion hätten kaum unterschiedlicher sein können, aber wir rauften uns zusammen, zum Teil wegen der hysterischen Aufmerksamkeit, die die Zeitungen uns zuteil werden ließ und die uns zwang, enger zusammenzurücken, zum Teil aber auch, weil Arnold darauf bestand, dass wir, ungeachtet unserer Differenzen, ein einheitliches Bild nach außen vermittelten. Offenkundig war es die Linie der Partei. In jedem Fall überraschte es den »rechten Flügel« – Naomi und Douglas – und brachte A.E. Coppard auf, weil er lediglich den Kommunismus im Namen der gesamten britischen Nation öffentlich und für alle Zeiten umarmen wollte. Sein Problem war, dass er völlig unpolitisch war, sozusagen nicht gegen Politik geimpft, und seine erste Begegnung mit ihr hatte ihn völlig aus der Bahn geworfen. Richard Mason war seiner Natur und seinen Intentionen nach gleichfalls unpolitisch. Also ergab es sich, dass Arnold und ich die mittlere Position einnahmen, was eindeutig meinem Temperament und, natürlich, meiner Selbstwahrnehmung entsprach. Heute glaube ich, wenn wir uns öffentlich, vor den Augen der Russen, gestritten hätten, dann hätte dies ihnen zumindest ein ehrlicheres Bild von der Einstellung der Briten zum Kommunismus geliefert. Aber mit jeder Stunde, die wir zusammen verbrachten, fühlten wir uns immer mehr als Briten und als Patrioten. Diese »Einheitsfront« stand, sobald wir mit den Russen zusammentrafen, denn sie alle waren altmodische

Nationalisten. Das hört sich an wie eine simple Feststellung, auf die man mit einem *Well, of course!* reagiert. Aber diese Form von Nationalismus hatte nichts zu tun mit der Lauterkeit des utopischen Kommunismus, der zufolge alle Menschen einander lieben sollten. Unsere Gastgeber reden zu hören wie den Erzreaktionär Colonel Blimp erinnerte mich voller Unbehagen an die Stunden, die wir in der Gruppe in Südrhodesien miteinander verbracht und wo wir versucht hatten, die Irrungen und Wirrungen der »Parteilinie« zu begreifen. Das waren Meisterwerke der Dialektik gewesen, insbesondere vonseiten Gottfrieds, der mit marxistischen Wahrheiten jonglierte. Wenn die Russen gewusst hätten, wie lokale Kommunisten in aller Welt luftige Erklärungsgespinste dafür woben, weshalb die russischen Genossen diese oder jene unvorstellbare Handlung begingen, dann hätten sie sich wahrscheinlich totgelacht. Wie recht hatten ich und auch Gottfried doch gehabt, als wir sagten, dass keine wirkliche kommunistische Partei in irgendeinem Land unsere idealistischen Hirngespinste für voll nehmen würde. Aber mit diesem krassen, alles vereinfachenden Nationalismus hatte ich nicht gerechnet – aber warum eigentlich nicht? Die Russen, oder vielmehr Stalin, hatten nie ein Geheimnis daraus gemacht. Über dieses innere Unbehagen diskutierte ich mit Arnold, denn die anderen hätten uns nicht verstanden. Wir gelangten zu dem Schluss, dass der Krieg für die Russen so grauenhaft gewesen sein musste, dass sie sich ganz einfach in den Nationalismus hatten zurückziehen müssen. Den Russen musste man wegen dieses Krieges alles verzeihen. Sie hatten bei der Belagerung von Leningrad mehr Menschen verloren als die Briten und Amerikaner zusammen im ganzen Krieg. Deshalb sagte der Tscheche Jack immer zu mir: »Ihr Leute hier könnt das einfach nicht verstehen.« »Die Sowjetunion« und »Russland« waren damals austauschbare Begriffe, so unwahrscheinlich sich das heute auch anhören mag.

Meine Erinnerungen an diese Reise sind nicht dieselben wie die von Naomi. Das musste ich fünfundzwanzig Jahre später feststellen. Dabei ging es nicht darum, dass wir unterschiedliche

Erinnerungen an dieselben Dinge hatten, sondern wie es kam, dass wir scheinbar zwei verschiedene Reisen unternommen hatten. Diese Erfahrung, die für mich etwas zutiefst Bestürzendes an sich hatte, markierte den Beginn meines Versuchs, die außerordentliche Unsicherheit von Erinnerungen zu verstehen; vorher hatte ich es für selbstverständlich gehalten, dass Leute mit den gleichen Erlebnissen sich auch an die gleichen Dinge erinnerten. Zumal dann, wenn sie so beeindruckend waren wie die auf dieser Reise nach Russland. Mit Arnold hatte ich weniger Probleme: Unsere Erinnerungen glichen sich mehr oder weniger.

Ich bin selten so hin und her gerissen, verblüfft, enttäuscht, hellwach und *lebendig* gewesen wie auf dieser Reise, und die Erinnerungen an sie gehören zu den lebhaftesten, die ich habe. Das Thema Erinnerung wirft eine grundlegende Frage auf: Weshalb erinnern wir uns an dieses und nicht an jenes, vor allem, wenn *dieses* nicht sonderlich wichtig, sondern im Gegenteil völlig belanglos war. Ich glaube, wir erinnern uns an unser Tun, weil wir aus diesem oder jenem Grund besonders wach waren, aufpassten, *anwesend* waren, denn sehr häufig sind wir nicht anwesend, sondern denken daran, was wir zum Frühstück gegessen haben, was wir morgen vorhaben oder was wir zu irgendjemandem gesagt haben. Weshalb wir zu manchen Zeiten wacher und lebendiger sind als zu anderen, ist eine ganz andere Frage, die in tieferes Wasser führt. Nun, ich war auf dieser Reise ganz eindeutig anwesend, jede Minute, und das ist der Grund für meine Erinnerungen an sie. Ich habe oft daran gedacht, darüber zu schreiben, mich dann aber dagegen entschieden. Welchen Sinn hätte das gehabt? Alles, was über die Sowjetunion gesagt oder geschrieben wurde, löste derart heftige, erbitterte oder parteiische Reaktionen aus, dass nicht mit einer gelassenen Beurteilung zu rechnen war. Außerdem war das, woran ich mich erinnerte, für meine Mitdelegierten nicht gerade schmeichelhaft. Sicherlich waren sie über mich zu ähnlichen Ansichten gelangt.

Und jetzt ist alles, was geblieben ist, der Klang ferner Trommeln …

Unsere offiziellen Gastgeber waren der Sowjetische Schriftstellerverband und sein Vorsitzender Alexei Surkow, dessen Name bald zum Synonym für die Unterdrückung anständiger Schriftsteller durch die Sowjetideologie werden sollte. Er war ein gewöhnlich aussehender Mann in dem Stil, dessen sich die sowjetischen Funktionäre damals bedienten, um zu überzeugen: der raue, aber herzliche, offene, ehrliche Nehmt-mich-wie-ich-bin-Surkow, der Freund der Freunde der Sowjetunion. Hinter ihm stand der KGB und überwachte und dirigierte jedes Wort und jede Handlung. Ob wir das wussten? Ja, aber unsere Einstellung zum KGB war naiv, um es bescheiden auszudrücken. Und außerdem von unserer Arroganz geprägt. Wir machten in unseren Hotelzimmern Witze darüber, dass der KGB unsere Telefone anzapfen und der Portier unsere Habe durchsuchen würde, aber das spielte für uns keine Rolle, wir kamen aus dem Westen, und uns betraf das nicht. Wir sahen uns nicht als nützliche Werkzeuge des KGB. Zu Recht, wie sich herausstellte, obwohl sie sich gefreut hätten, wenn wir ihre Werkzeuge geworden wären – schließlich gab es genügend Leute, die es geworden sind. Von ihrer Warte aus waren wir die erste Delegation von »Intellektuellen« aus dem Westen nach dem Krieg, dem »Großen Vaterländischen Krieg« – ein Ausdruck, der uns Unbehagen bereitete und noch deutlicher machte, wie sehr sich unsere Ansichten von den ihren unterschieden –, und mussten verwöhnt und gehätschelt werden.

Hinter den Russen lag das Grauen der von Stalin bewusst ausgelösten Großen Hungersnot, die Säuberungen, die Gulags, die fürchterlichen Verheerungen des Krieges, das Hinmorden der Juden in den Schwarzen Jahren – die noch nicht vorüber waren –, unvorstellbare Ungerechtigkeiten, Qualen, Morde, Folterungen. Während ich dies schreibe, lese ich, dass die kürzlich entdeckten und eingestandenen Massengräber angelegt wurden, weil man Stalin, der ständig Hunderttausende seiner Landsleute einkerkerte, erklärt hatte, die Gefängnisse seien überfüllt; er war nicht geneigt, Geld für den Bau neuer Gefängnisse zu vergeuden, und löste das Problem, indem er die Gefangenen erschießen ließ und wieder von vorn anfing. Hinter den Russen, denen wir begegneten, lag diese Geschichte. Und Stalin war noch am Leben und beobachtete wie die Spinne im Netz von seinem Kreml aus alles, was vor sich ging. Was wir damals nicht wussten: Stalin las alles, was publiziert wurde – Romane, Erzählungen, Gedichte, sämtliche Theaterstücke und Filmdrehbücher. Er hatte dafür gesorgt, dass Lieder geschrieben wurden, mit exakt vorgeschriebenen Worten, die für die verschiedenen Stadien des Krieges und sogar für einzelne Schlachten geeignet waren. Er war ganz eindeutig davon überzeugt, dass der Künstler der Ingenieur der menschlichen Seele ist – jedenfalls wurde er ständig mit diesen Worten zitiert. Die Öffnung der sowjetischen Archive hat keinerlei Zweifel am Charakter des lieben »Uncle Joe« gelassen.

Wir Gäste müssen ihnen vorgekommen sein wie nicht sonderlich intelligente Kinder. Ich habe mich oft gefragt, ob dieser Besuch zu Bemerkungen beigetragen hat wie: »Die Kommunisten im Westen und ihre Mitläufer sind wie naive Kinder, und wenn die sowjetischen Panzer über sie hinwegrollen, werden sie ›Willkommen, willkommen‹ rufen.« Nein, die immer noch Ahnungslosen würden rufen: »Aber, Genossen, stoppt eure Panzer, ihr macht einen furchtbaren Fehler, und ihr beschmutzt den glorreichen Namen des Kommunismus.« Noch in den sechziger Jahren wurde ein Jude aus Israel, kein Kommunist, aber ein Labour-Linker, in Prag verhaftet, ins Gefängnis geworfen und angeklagt, ein faschistisch-zionistischer Agent des internationalen Imperialismus zu sein, was entschlüsselt nichts anderes bedeutete als »Jude«. Als er im Gefängnis saß, beschwor er seine Folterer: »Genossen, wie könnt ihr die Hände der Arbeiterklasse auf diese Weise beschmutzen, wie könnt ihr euch selbst und alle anständigen Menschen in der Welt durch ein derartiges Verhalten so schaden?«

Unser erster offizieller Termin fand an einem langen Tisch in einem unpersönlichen Raum statt. Es waren ungefähr zwanzig Leute anwesend. Surkow eröffnete die Sitzung mit einer wortreichen offiziellen Rede, die den Tenor für alle folgenden Reden lieferte.

Die Kluft zwischen den sowjetischen Schriftstellern – oder

vielmehr der offiziellen Parteilinie – und der britischen Delegation war unüberbrückbar. Das war von der ersten Rede an offensichtlich, und im weiteren Verlauf des Besuches wurde diese Kluft nicht schmaler, sondern eher noch größer.

Naomi hielt die Eröffnungsrede auf unserer Seite. Sie war eine Frau in mittleren Jahren, die an einen freundlichen Terrier erinnerte, und sie sagte, sie sei in den zwanziger Jahren in Moskau gewesen und habe dort die wundervollste Liebesaffäre gehabt. Weshalb denn jetzt die Sowjetunion so feindselig auf die freie Liebe reagiere? Sie erinnerte daran, dass sie mit ihrem Geliebten nackt in der Moskwa gebadet und eine herrliche Zeit verlebt habe. Einst sei die Sowjetunion in Sachen Liebe ein Leitstern des Fortschritts gewesen, aber »ihr seid alle so reaktionär geworden«. Es versteht sich von selbst, dass Arnold und ich vor Scham und Verlegenheit erröteten. Der Ernst des Anlasses! Unsere Verantwortung als Repräsentanten unseres Landes! Heute frage ich mich, ob das nicht eine ziemlich gute Methode war, auf all diese Rhetorik und Schwülstigkeit, auf das Unmögliche der Situation zu reagieren.

Danach nahm sich Douglas Young der Sache der ausgebeuteten Kolonien an; er sprach für Schottland, Englands Vasallen … Er trug während dieser Reise zeitweise einen Kilt, um seiner Einstellung Nachdruck zu verleihen. (Er war sehr groß und dünn, ein Kilt wirkte an ihm noch dramatischer als an gewöhnlichen Männern.) Bei jeder sich bietenden Gelegenheit stand er auf und sprach für das mit Füßen getretene, unterdrückte Schottland. Ich habe keinen Zweifel daran, dass er ein aufrechter schottischer Nationalist war, aber er übertrieb maßlos. Jedes Mal, wenn er von unterdrückten Nationen sprach, mussten die Kommunisten aufspringen und applaudieren, so dass jede Versammlung, an der wir teilnahmen, beständig von Ausbrüchen lautstarker Heuchelei unterbrochen wurde.

Die Details von dem, was beide Seiten sagten, sind mir entschwunden, aber nicht meine Gefühle. Was ich fühlte, war die direkte Fortsetzung dessen, was mir von meinen Eltern, besonders von meinem Vater, eingetrichtert worden war: »Du verstehst einfach nicht das Grauenhafte von ...« – in diesem Fall des Zweiten Weltkriegs, wie die Russen, die Sowjetunion, ihn erlebt hatten, ihr Gefühl der Isolation, das niemand verstehen konnte, der nicht am Krieg teilgenommen hatte. Aus sehr persönlichen Gründen teilte ich diese Gefühle mit Arnold. Wir beide identifizierten uns gefühlsmäßig mit den Russen. Bestimmte Argumente – es waren keine Diskussionen, lediglich das Darlegen unserer so unterschiedlichen Positionen – wiederholten sich ständig. Die Russen griffen uns gemäß ihrer Überzeugung an, die Literatur müsse den Fortschritt des Kommunismus unterstützen, das Recht der Partei, darüber zu entscheiden, was geschrieben und publiziert werden sollte, die Verantwortung der Kommunistischen Partei für die glorreiche Zukunft der gesamten Menschheit. Wir verteidigten unsere Position, die Integrität des individuellen Gewissens, individuelle Verantwortung, die Pflicht der Künstler, die Wahrheit so darzustellen, wie sie sie sahen. (Nein, diese Debatte ist keineswegs beendet: Heute sind es die Verteidiger der Political Correctness, die eine ähnliche Position vertreten.) Die Russen, jedenfalls die meisten von ihnen, machten eine ernsthafte Auseinandersetzung dadurch unmöglich, dass sie behaupteten, eine offizielle Zensur sei im Grunde unnötig. »Kommunistische Schriftsteller entwickeln einen inneren Zensor, der ihnen sagt, was sie schreiben dürfen.« Dieser innere Zensor erschien uns als das Grauen schlechthin; dass sie dergleichen verteidigten – sich dessen sogar rühmten –, schockierte uns.

Ein anderes Problem war ihre Einstellung zu Stalin. Stalins Name wurde nie ohne eine lange Liste von Ehrentiteln ausgesprochen – der Große, der Ruhmreiche ... Der Grund lag in dem Umstand, dass auch nur der leiseste Hauch einer Kritik an Stalin sie unweigerlich in ein Konzentrationslager befördert hätte. Nein, das war nicht zu verstehen. Wir sagten, wir seien skeptisch gewesen, als wir in den Berichten über ihre Versammlungen gelesen hätten, Genosse Stalin habe fünf Stunden gesprochen, und der anschließende Applaus habe eine halbe Stunde gedauert. In unserer Kultur, prahlten wir, gebe es diese Art von Ehrerbietigkeit gegenüber einem Führer nicht. Schon das Wort »Führer« hatte einen peinlichen Beigeschmack. Jahrzehnte später las ich während der Regierungszeit von Margaret Thatcher zu meiner großen Erbitterung: »Fünfzehn Minuten heftiger Beifall.« So bestraft die Zeit unsere Überheblichkeit.

Arnold versuchte wiederholt, Zusammenkünfte mit dem Ziel zu arrangieren, die Mitglieder der Delegation, den »rechten Flügel« – Naomi und Douglas – und den »linken Flügel«, Coppard, zusammenzubringen. Arnold und ich berieten uns dann hastig, weil wir erschöpft waren von der Intensität des Erlebnisses, spätabends in meinem Zimmer. Naomi wollte, in unser aller Namen, eine Erklärung abgeben, die die Lager verurteilte und der Demokratie ein Loblied sang. A.E. Coppard drohte, wenn sie das tue, werde er auf seinem Recht bestehen, zu erklären – in unser aller Namen –, dass die Sowjetunion die Hoffnung der gesamten Welt sei und dass den Briten von der Regierung ein Haufen Lügen über das wahre Wesen des Kommunismus aufgetischt werde. Arnold nahm sich Naomi vor und sagte, wenn sie besagte Erklärung abgebe, dann würden wir alle aus der Delegation ausscheiden und heimreisen. Darüber hinaus erklärte er Douglas Young, der wie gewöhnlich in Naomis Zimmer war, er solle endlich aufhören, in seinem Kilt den Clown zu geben. Ich meinerseits hatte Coppard beizubringen, dass, wenn er auf seiner Erklärung bestehe, wir alle ausscheiden und Naomi ihre Erklärung abgeben würde. Er war fürchterlich niedergeschlagen. Unsere Gespräche fanden in meinem Zimmer statt, eigentlich einer Suite, die aussah wie eine vergrößerte Ausgabe eines viktorianischen Wohnzimmers, schwere Plüschtischdecken, schwere Samtvorhänge, verschnörkelte Spiegel, dicke Teppiche. Er saß auf der einen Seite eines riesigen Tisches, ich auf der anderen. Albert Coppard war ein armer Junge gewesen, hatte »die herrschende Klasse« oder »die da oben« immer gehasst; für ihn wurde Großbritannien ausschließlich zum Wohle der wenigen regiert, und die Gedankenwelt des Kommunismus war für ihn nichts als ein Ausdruck gesunden Menschenverstands. Er war zu einem utopischen Kommunisten geworden, genau wie ich zehn Jahre zuvor. Ich empfand mit ihm. Mehr noch, ich liebte ihn. Er war eine reine Seele, außerstande, das Böse zu begreifen – wenn ich dieses Wort überhaupt gebrauchen darf. Ich habe nur wenige Menschen gekannt, die so liebenswert waren wie er. Seit der Friedenskonferenz in Wrocław (Breslau), die die Welt für ihn in zwei Lager, Gut und Böse, gespalten hatte, lebte er in einer Art Ekstase.

Über den Weltkongress der Intellektuellen in Wrocław vom 25. bis 29. August 1948 muss noch etwas gesagt werden. Es war der erste der großen »Friedens«-Kongresse. Sie wurden in dieser oder jener Form weitergeführt bis zum Zusammenbruch der Sowjetunion, die Kongresse inszenierte und dirigierte. Sie waren wegen der unüberbrückbaren Meinungsverschiedenheiten zwischen den Kommunisten und den anderen alle gleich. Ich füge hier zwei Artikel aus der *Times* ein. Aus ihnen kann man entnehmen, wie all die anderen Kongresse, Konferenzen und Tagungen abliefen.

INTELLEKTUELLE UND PROPAGANDA
EIN KONGRESS VOLLER BITTERKEITEN

Wrocław, 27. Aug.

Die aggressive Eröffnungsrede des sowjetischen Schriftstellers Alexander Fadejew, eine heftige Attacke gegen den amerikanischen Imperialismus und gewisse Auswüchse der westlichen Kultur, überschattete auch heute den Weltkongress der Intellektuellen.

Mr. Fadejews Rede war tonangebend für die gesamte Veranstaltung, die sich mehr und mehr zu einem der üblichen Schlagabtausche zwischen dem sowjetischen und dem westlichen Standpunkt entwickelt hat. Heute gab es zum Beispiel unter zwei Dutzend Reden nur eine einzige, die die von Mr. Fadejew vorgegebene politische Linie verließ und sich mit intellektuellen Problemen beschäftigte. Sie wurde von dem französischen Schriftsteller M. Julien Benda gehalten, der erklärte,

Erzieher und Historiker sollten aufhören, Kriegshetzer zu verherrlichen, »ganz gleich, ob sie gesiegt haben oder geschlagen wurden«. Die Literatur solle sich darauf konzentrieren, die Zivilisation und die Gerechtigkeit zu verherrlichen und diejenigen Menschen, die sich der Zerstörung widersetzen.
Ansonsten gehörte der Tag den Protagonisten der einen wie der anderen Seite; er war bemerkenswert dank der entschiedenen Erwiderung auf die Rede von Mr. Fadejew durch einen amerikanischen Delegierten, der den Russen deutliche Worte sagte, wie man sie im heutigen Polen in der Regel in der Öffentlichkeit nicht zu hören bekommt. Es war Mr. Bryn J. Hovde, Direktor der New School for Social Research in New York. Mr. Fadejews Rede, sagte er, sei von der Art, dass, wenn sie von einem verantwortlichen Mitglied einer Regierung gehalten worden wäre, sie geeignet sei, »einen vorsätzlichen militärischen Angriff mit propagandistischen Mitteln zu rechtfertigen«. Mr. Hovde sagte ferner, da imperialistische Versuchungen seit jeher mit Macht und Reichtum einhergingen, seien die Amerikaner überzeugt, dass die Sowjetunion »nicht weniger immun gegen sie ist als wir selbst« und dass die Amerikaner der Auffassung seien, dass es, wenn es um die Erringung einer Machtposition in der Welt gehe, die Sowjetunion den übrigen Nationen in nichts nachstehe.
Der britische Redner heute war Professor J. B. S. Haldane, der sagte, er sei gleichfalls der Ansicht, dass die stärkste Kriegsbedrohung von Amerika und den Gefahren des amerikanischen Imperialismus ausgehe. Er kritisierte die Russen, weil sie es unterließen, »umfassende Informationen über die Tatsachen des Lebens in der Sowjetunion« zugänglich zu machen, was, wie er sagte, unerlässlich sei, wenn man britische Intellektuelle beeinflussen wolle.

KONFERENZ DER INTELLEKTUELLEN
TIRADE EINES SOWJETISCHEN SCHRIFTSTELLERS

Der Weltkongress der Intellektuellen, von den französischen und polnischen Organisationskomitees als Suche nach einem Weg zum Frieden konzipiert, wurde heute auf eine alles andere als friedliche Art eröffnet. Nachdem der Außenminister, Mr. Medzelewski, die Delegierten willkommen geheißen hatte, begann der sowjetische Schriftsteller Alexander Fadejew die Arbeit des Kongresses mit der üblichen bitteren Tirade gegen den »amerikanischen Imperialismus« und bezog in diesem Fall auch »reaktionäre, aggressive Elemente« der amerikanischen Kultur mit ein.

Mr. Fadejew attackierte auch Schriftsteller, die »aggressive Propaganda« betrieben. Er nannte T.S. Eliot, Eugene O'Neill, John Dos Passos, Jean-Paul Sartre und André Malraux und sagte: »Wenn Hyänen tippen und Schakale einen Füllfederhalter handhaben könnten, dann würden sie derartige Dinge schreiben«, wie diese Männer es täten. Die Attacke des sowjetischen Schriftstellers löste eine gemäßigte, aber entschiedene Antwort des britischen Schriftstellers Mr. Olaf Stapledon aus, der Mr. Fadejew an den Zweck des Kongresses erinnerte und sagte, wenn man überhaupt zu einer Übereinstimmung kommen wolle, dann müsse sich jeder Einzelne bemühen, »die Standpunkte der anderen zu verstehen«.

Mr. Stapledon sagte, keine Seite könne Anspruch auf die ganze Wahrheit erheben, und beide Seiten, nicht nur eine, hätten sich schuldig gemacht, weil sie »Instrumente benutzten, die die Wahrheit pervertierten«. Er ging insbesondere auf T.S. Eliot ein und sagte, auch wenn sie seine politische Einstellung nicht teilten, so sei er doch eindeutig eine wichtige Persönlichkeit in der britischen Literatur.

Mr. Stapledon arrangierte für heute Abend ein privates Treffen zwischen den britischen und den russischen Delegierten, damit sie einander besser kennenlernen können.

Die Delegierten aus Großbritannien waren Sir John Boyd Orr, der Dekan von Canterbury, Professor J. B. S. Haldane, Professor J. D. Bernal, Professor C. H. Waddington, Professor Hyman Levy, Richard Hughes, Olaf Stapledon, Louis Golding, Rutland Brougham, Bernard Stevens, Felix Topolski, Dr. Julian Huxley, A. J. P. Taylor, Denis Saurat, Edward Crankshaw. Eine Liste großer Namen. (Die Liste der *Times.*)

Zurück zu unserem Authors World Peace Appeal: Am sehr späten Abend, nach diesen endlosen, erschöpfenden Banketten, diesen Reden, Ausflügen hierhin und dorthin – Kolchosen, Ferienlager für Kinder, Museen –, saßen Albert Coppard und ich in meinem Zimmer und tauschten Ansichten aus, bei denen unseren unsichtbaren Mithörern die Ohren gedröhnt haben dürften. Nein, sagte ich, nein, du darfst nicht ins Radio gehen und sagen, dass Stalin der Größte sei, den es je gab, nein, und auch nicht behaupten, Großbritannien sei eine schlimmere Tyrannei als jedes kommunistische Land. Willst du wirklich, dass wir uns alle in der Öffentlichkeit streiten und unseren Zeitungen ein gefundenes Fressen liefern? »Ich sehe nicht ein, wieso wir uns in der Öffentlichkeit nicht streiten sollten«, sagte er, »wenn das unsere Ansicht ist.« Von Zeit zu Zeit versuchte er, mich zu küssen oder Annäherungsversuche zu unternehmen. Mein eisernes Pflichtgefühl verbot amouröses Geplänkel. Außerdem war er *alt.*

Darüber hinaus hatte ich die Aufgabe, Richard Mason in seinem Zimmer aufzusuchen und ihm mitzuteilen, er dürfe keinesfalls bei jeder sich bietenden Gelegenheit sagen, dass er nie etwas von Tolstoi, Dostojewski oder Gorki gelesen habe. Schließlich kannten unsere Gastgeber die gesamte englische Literatur – die Schriftsteller unter ihnen hatten sie wirklich gelesen –, er hingegen mache uns Schande. »Wer ist Turgenjew?«, konnte er fragen, wenn der Name zur Sprache kam. Ich hielt das zunächst für sein Äquivalent zu Douglas Youngs Kilt. Aber er war wirklich unbelesen. Er behauptete, Schriftsteller sei er rein zufällig geworden. Als sehr junger, einsamer Soldat habe er verwundet in einem Lazarett in – ich glaube – Birma gelegen, sich in seine wunderschöne braune Krankenschwester verliebt und die Geschichte aufgeschrieben, eigentlich nur aus Langeweile, und sie sei ein Bestseller geworden. Er gab vor, dass große Literatur ihn langweile. Entsprach dies der Wahrheit? Hinter seinem phlegmatischen, philisterhaften Äußeren verbargen sich alle möglichen Arten von Empfindsamkeit. Wie wir alle war er aufgebracht über das, was er in Moskau sah, die heruntergekommenen Straßen mit den leeren Geschäften, die miserable Kleidung, das ganze Klima. Es war die Zeit kurz vor Stalins Tod. Wir baten unsere Begleiterin, eine gewisse Oksana, ein wunderschönes Mädchen aus Georgien, eindringlich, uns selbstständig herumwandern zu lassen, aber sie hatte offensichtlich Angst. Gelegentlich gelang es uns, nicht ohne Schuldbewusstsein, Ausflüge zu unternehmen, wenn sie einmal nicht aufpasste. Danach mussten wir uns ihre ängstlichen Vorwürfe anhören: »Was haben Sie getan? Sie dürfen doch nicht …«

In diesen Straßen mit den fast leeren Geschäften gab es zwei Ausnahmen. Die eine waren die Brotläden; sie waren wundervoll, ein Lichtblick in all der Hässlichkeit, vollgestopft mit den unterschiedlichsten Brotsorten, braune, weiße, schwarze, große, dicke, krustige Laibe, die so gut rochen, dass wir sie am liebsten an Ort und Stelle verzehrt hätten. Die andere Überraschung waren Korsettläden. Es war kaum Kleidung zu bekommen, die Schuhe waren schäbig oder klobig, es gab nichts Hübsches oder Frivoles, Modisches oder Farbenfrohes. Aber es gab Korsettläden und in jedem von ihnen ein oder zwei riesige Korsetts, leuchtend rosa oder purpurn, mit Stangen wie Tragbalken und grellrosa Bändern. Aber ein Büstenhalter war nirgends zu sehen.

Szenen, kleine, leuchtend bunte Szenen, die ich festhielt, nachdem ich von der Reise zurückgekommen war, und auf die ich von Zeit zu Zeit gestoßen bin, zwischen anderen alten Papieren und Notizbüchern. »Großer Gott, das ist alles passiert, es ist wirklich passiert …«

Wir sind in der Tretjakow-Galerie, umgeben von riesigen Gemälden mit grasenden Kühen, glücklichen Bauern und anheimelnden Landschaften. Naomi, eine Sammlerin moderner Kunst, steht vor einer Kuhherde. »Das ist eine sehr hübsche Kuh«, gibt sie mit ihrer Oxford-Stimme zu verstehen, die sie aus irgendeinem Grund in Moskau noch eindringlicher betont. Unser Führer, ein Museumsbeamter, betrachtet die Kuh. »Eine hübsche Kuh«, erklärt sie noch einmal, »aber muss sie nicht gemolken werden?« Der Beamte begegnet ihrem unschuldigen Blick, kann aber buchstäblich ums Verrecken nicht lachen. »Sowjetische Kühe werden gut behandelt«, sagt er ernst. Naomi antwortet ihm: »Ich habe eine Kuh in meiner Herde, die genauso aussieht wie diese braune da.« Wir treten hinter sie, lächelnd, bereit, sogar ein Lachen zu riskieren, aber der Ausdruck auf dem Gesicht des Mannes hält uns davon ab.

Die sowjetischen Künstler, die nur »gesunde« Bilder malen durften, erleichterten sich ihre Situation oft ein klein wenig durch folgende List: Nachdem sie ein Bild fertiggestellt hatten, malten sie absichtlich einen Hund oder eine offensichtlich nicht dazugehörende Figur hinein. Wenn das Bild vor den Funktionären aufgestellt wurde, die Ja oder Nein dazu zu sagen hatten, dann kritisierten diese es, um sich vor Kritik von höheren Stellen zu schützen. Und an diesem Punkt meldete sich der Künstler zu Wort: »Genossen, ich habe es eben gesehen – es ist dieser Hund. Es war ein Fehler, diesen Hund hineinzumalen.« – »Also gut, Genosse, entferne den Hund.« Und das Bild wurde akzeptiert. Diese kleine List hat sich in allen möglichen Kontexten als erstaunlich nützlich erwiesen – natürlich mit den entsprechenden Abwandlungen.

Beim Ausflug zu einer Kolchose fragt Naomi, nachdem die Fahrzeuge mit den Funktionären auf die zu ihr hinführenden Landstraße eingebogen sind, ob wir anhalten können. Unsere Wagen, vier oder fünf, halten an. Wir steigen alle aus, ungefähr zwanzig Leute, und schauen über die Felder hinweg. Es ist August, sehr heiß, das Getreide ist bereits abgeerntet. »Das ist eine ziemlich üble Erosion«, sagt Naomi, in die Gegend deutend. Und das ist es in der Tat. »Aber unsere Getreideernte auf dieser Kolchose war im letzten Jahr sehr gut.« – »Nun, wenn Sie so eine Erosion weiterhin zulassen, werden Sie nicht mehr lange gute Ernten haben«, sagt sie. Auf diese Weise brachte sie ihr unterdrücktes Bedürfnis nach Kritik zum Ausdruck.

Auf dieser Kolchose begegnete mir ein wirklich mutiger Mann.

Wir sechs und unsere Gastgeber, angeführt von Alexei Surkow, standen vor einer Gruppe von Kolchosbauern. Wir wurden vorgestellt. Ein alter Mann in einem weißen Bauernkittel, wie Tolstoi ihn trug, trat vor und bedeutete uns, er wolle etwas sagen. Sofort versuchten die anderen, dazwischenzutreten und ihn in die Gruppe zurückzudrängen. Er entzog sich ihnen und erklärte noch einmal, er müsse uns etwas sagen. Schweigen. Oksana hatte offensichtlich Angst. Der alte Mann redete. Oksana übersetzte, und Douglas Young, der Russisch beherrschte, unterbrach sie: »Nein, Sie übersetzen das nicht richtig«, sagte er rundheraus, wie ein Professor. Der alte Mann richtete seine Worte an ihn, und Douglas übersetzte, während Oksana die Hände zusammenpresste, als ob sie betete. »Ihr dürft nicht glauben, was man euch erzählt. Besuchern aus dem Ausland werden Lügen erzählt. Ihr dürft nicht glauben, was man euch zeigt. Unser Leben, das Leben des russischen Volkes – ist entsetzlich. Ich spreche für das russische Volk. Ihr müsst nach England zurückkehren und dort allen Leuten von dem erzählen, was ich sage. Der Kommunismus ist grauenhaft ...« Nach diesen Worten wurde er von den anderen zurückgezerrt, aber er blieb einfach unter ihnen stehen und schaute uns mit brennenden Augen an, während jene ihn mit Vorwürfen überhäuften. Das war erstaunlich – sie redeten auf ihn ein und beschimpften ihn, aber sie wichen nicht vor einem Paria zurück. Und während des langen, immer wieder von ausgebrachten Toasts unterbrochenen Essens, das sich anschloss, saß er stumm da und sah uns an, während die Übrigen ihm Vorhaltungen machten – liebevoll, das war ganz offensichtlich. Zu jener Zeit verschwanden Leute wegen wesentlich geringfügigerer Vergehen in einem Gulag. Es gab kein schlimmeres Verbrechen, als derartige Dinge zu Ausländern zu sagen. Er wusste, dass man ihn verhaften und beseitigen würde.

Während dieses Essens vergnügte sich Coppard damit, mit der Lehrerin und der Krankenschwester der Kolchose zu flirten. Er hatte eine Schwäche für hübsche junge Frauen. Diese beiden sahen gut aus und erwiderten seine Avancen.

Ich versuche mir dies als Szene in einem Film vorzustellen, aber es ist einfach zu grauenhaft. Da ist ein langer, mit Speisen beladener Tisch, Blumen, Wein, ein Bankett. Da sind die Leute von der Kolchose, speziell ausgesucht, um die sowjetischen Bauern zu repräsentieren. Da sind wir, die glücklichen Delegierten, freudig erregt und selbstzufrieden, wie das auf solchen Ausflügen üblich ist. Da sind die Parteifunktionäre, ganz Leutseligkeit. Da ist der alte Mann in seinem Kittel, der den Blick keine Sekunde von uns abwendet. Coppard flirtet. Wir halten Reden. Douglas Young erinnert uns alle an die Leiden der schottischen Bauern. Naomi redet über die britische Art, Landwirtschaft zu betreiben, und vergleicht sie in harten Worten mit dem, was wir unterwegs gesehen haben.

In der Toilette hängt eine gerahmte Kopie von Kiplings *If*. Alle erklären uns, dass das ihr Lieblingsgedicht sei und sie es auswendig kennen würden.

Das nächste Mal, dass ich *If* an der Innenseite einer Toilettentür sehen sollte, war auf einer großen, reichen Farm in Kenia, wo überall Fotos von der Queen hingen.

Wir wurden in ein Gebäude geführt, das voll war mit Geschenken an Stalin von seinen dankbaren Untertanen. Es war traurig, weil sie zum größten Teil grässlich waren und gleichzeitig so etwas wie Relikte einer echten bäuerlichen Volkstradition. Wir bekamen Teppiche zu sehen, deren Mitte sein Gesicht einnahm, geschnitzte Kästchen mit seinem Gesicht oder Metallarbeiten – wieder und wieder *sein* Gesicht. Ich ließ die anderen zurück und ging nach draußen, um eine Weile für mich zu sein. Dort beschloss ich, eine Geschichte über den Kommunismus als Weltformel zu schreiben, weil ich mir auf sehr unbehagliche Weise unserer Selbstgefälligkeit und Überheblichkeit bewusst wurde. Es würden sehr gute und sehr schlechte Personen darin vorkommen, wie bei Dickens. Ich habe sie geschrieben. Sie trägt den Titel *Hunger*. Sie handelt von einem jungen Mann aus einem Dorf in Afrika, der sein Glück und sein Leben riskiert, indem er in die große Stadt geht; das war ein ständig wiederkehrendes Thema in unserer Zeit, nicht nur in Afrika. Das Hintergrundwissen stammte von Afrikanern, die ich kannte und die, wenn ich sie fragte, mir genau beschreiben konnten, wie dieses und jenes in einem Dorf gemacht wurde und wie es in den Schwarzensiedlungen und Kneipen von Salisbury aussah. Diese Geschichte ist oft übersetzt und nachgedruckt worden, und dennoch schäme ich mich ihrer. Ich wäre froh, wenn sich etliche meiner frühen Kurzgeschichten einfach in Luft auflösen würden. Was mich an dieser Erzählung heute stört, ist die Sentimentalität, die häufig ein Anzeichen für eine unlautere Absicht ist; in diesem Fall der, eine Erzählung mit einer Moral zu schreiben.

Naomi, Oksana und ich stehen in der Basilius-Kathedrale auf dem Roten Platz, und Naomi hält Oksana einen Vortrag über den russischen Mangel an Geschmack. Während dieser ganzen Reise hat Naomi ästhetisch gelitten. Alles war hässlich und zweitklassig. Wenn Arnold und ich etwas über den Krieg murmelten, dann sagte sie: »Unsinn, sie produzieren neue Materialien und neue Möbel, und sie sind schaurig.« Sie wies Oksana auf die Muster an den Wänden und den Decken hin und sagte: »Also, wenn ihr so etwas habt, weshalb druckt ihr dann so *schauderhafte* Muster auf eure Kleiderstoffe?« Oksana war verwirrt. Sie wusste nicht, dass die Muster auf den neuen Baumwoll- und Seidenstoffen schauderhaft waren. Als Naomi ihr den Liberty-Rock zeigte, den sie trug, begriff sie nicht, weshalb er besser sein sollte als die Baumwollballen, die sie uns an diesem Morgen gezeigt hatte. Sie hielt die Muster an den Wänden der Kathedrale für alt und altmodisch. Hinterher fragte sie mich, warum Mrs. Mitchison, wo sie doch eine reiche Dame sei, Baumwolle und nicht Seide trage. Denn wenn man es sich leisten könne, trage man natürlich ausschließlich Seide. Oksanas bestes Kleid sei aus Seide. »Und außerdem sehr hübsch«, sagte Richard Mason galant. Arnold und ich sprachen darüber, wie herablassend Naomi unsere Gastgeber behandelte, dass sie offensichtlich nicht einmal wusste, dass sie es tat, und wie wir sie daran hindern konnten. Wir stellten sie sogar zur Rede. »Naomi, du musst aufhören, ständig ihre Gefühle zu verletzen. Das lassen wir nicht zu.«

»Aber ich verstehe das alles einfach nicht«, sagte Naomi mit ihrer volltönenden Stimme. »Weshalb können sie ihre Möbel nicht nach guten Modellen herstellen, anstatt diesen Mist zu produzieren?«

»Aber Naomi«, sagte der Intellektuelle Arnold, »genau das passiert, wenn eine bäuerliche Tradition vernichtet wird – sie suchen sich ihre Vorbilder in etwas Modernem. In ihrer alten Lebensweise hatten sie Geschmack, aber jetzt müssen sie einen Geschmack in der neuen entwickeln.«

»Das kann sein«, sagte Naomi, »aber ich werde trotzdem sagen, was ich denke. Diese Delegation soll Brücken schlagen. Und deshalb werde ich fortfahren, ihnen zu sagen, was für einen schauderhaften Geschmack sie haben.«

»Dann werden wir, wenn wir wieder zu Hause sind, der Presse sagen, dass du deine ganze Zeit damit verbracht hast, den Russen Vorträge über ihren Schönheitssinn zu halten.«

»Aber, Arnold, mein lieber Junge, das kann doch nicht dein Ernst sein.«

»*Du verletzt ihre Gefühle*, Naomi«, sagte Arnold mit Tränen in den Augen.

In Leningrad wurden Naomi und ich gefragt, ob es uns etwas ausmache, ein Zimmer zu teilen. Das kam uns seltsam vor. Ich brauchte sehr lange, um zu begreifen, dass sie wahrscheinlich daran interessiert waren, unsere Unterhaltungen mitzuhören. Da es August war, waren die Nächte nicht mehr ganz weiß, aber fast; es gab nur wenige Stunden vollständiger Dunkelheit. Erschöpft fiel ich ins Bett, ein Doppelbett, und da war Naomi und drängte mich, ihr von meinem Liebesleben zu erzählen, damit sie mir von ihren Liebhabern in den zwanziger Jahren berichten konnte. Mir war, als wäre ich wieder in der Schule, mit unanständigen Unterhaltungen im Schlafsaal. Sie sagte, die jungen Frauen heutzutage seien fürchterlich rückständig. Ich schlief ein.

Leningrad war eine traurige Stadt, grau und elegant, mit von Kugeln durchsiebten Mauern, die von Rissen durchzogen waren. Zehn Jahre zuvor waren im Verlauf der Belagerung zwei Millionen Menschen umgekommen. Wir besichtigten einen Palast nach dem anderen, alle in dem Stil erbaut, von dem ich weiß, dass manche Menschen ihn lieben: nichts als vergoldete Schnörkel und Cupidos, rosiges Fleisch, blaue und rosa Bänder, Kartuschen, ein architektonisches Gelage aus Schmollmündern und Grübchen. Die russischen Zaren hatten Frankreich angebetet und dem französischen Stil mit ihren Palästen nachzueifern gesucht. Sogar das Kinderhaus, das wir besuchten, war ein ehemaliger Palast, und der Gedanke an Sandkisten und Schaukeln schien eine Geschmacksverirrung zu sein.

Wir hatten eine offizielle Zusammenkunft mit der Leningrader Sektion des Schriftstellerverbands, und da saßen wir, in einem weiteren dieser frivolen Räume, aus einem der düstersten Anlässe, an die ich mich erinnern kann. Naomi hatte gesagt, sie werde darauf bestehen, dass die Leningrader Schriftsteller uns Michail Sostschenko präsentierten. Im Westen gab es Gerüchte, er wäre tot – ermordet. Arnold und ich waren entsetzt. Erstens, weshalb sollte irgendein Schriftsteller irgendwo präsentiert werden, als wäre er ein Beweisstück in einem Gerichtsverfahren? Und zweitens, wir wussten, dass Schriftsteller versuchten, in Deckung zu bleiben, nicht aufzufallen – und das wäre vielleicht das Letzte, was er wollte, durch den Westen zu einem Testfall gemacht zu werden. Aber Naomi blieb hart.

An die Namen unserer Gastgeber kann ich mich nicht erinnern. Die Eröffnungsreden waren nichts als Schall und Rauch. Wir hatten sie bereits so gründlich satt, dass wir sagten, Gott sei Dank fahren wir bald nach Hause, noch so eine Rede und …

»Oder noch einen Toast.«

»Oder noch ein Bankett.«

Nach einer Weile kann man diese Reden einfach nicht mehr hören. Es ist, als lähmte ihre Rhetorik das Gehirn: die Worte – die Geräusche – ein Narkotikum. Reden dieser Art wurden bei dem Treffen stundenlang gehalten, wurden aber immer wieder von einem jungen Dichter unterbrochen, der von Zeit zu Zeit wie ein Quäker einen Impuls verspürte, dem er nicht zu widerstehen vermochte; dann musste er aufspringen und eine Ode an Stalin rezitieren. Es lag auf der Hand, dass niemand Einwände erheben konnte, weil er damit eine Majestätsbeleidigung riskiert hätte, sodass jedes Mal, wenn das passierte, sämtliche Funktionäre angesichts des inspirierten Jünglings gnädig lächelten und sogar applaudierten. Vor diesem Hintergrund wurde Sostschenko hereingeführt und ließ sich in der Mitte des Raumes nieder, mit den Russen auf der einen und uns auf der anderen Seite. Er war ein kleiner, dünner Mann mit gelblicher Haut, er wirkte krank und war tapfer und würdevoll. Ähnlich wie bei dem mutigen alten Mann auf der Kolchose hatte es den Anschein, als schützte ihn die Situation. Diese Funktionäre, einerlei, wessen Vasallen, Lakaien oder Arschkriecher sie waren, waren alle selbst bedroht, hatten erleben müssen, wie andere Schriftsteller, Freunde oder nicht, ins Exil gingen oder in den Lagern verschwanden. Sostschenko war von den Offiziellen kritisiert worden – und das bedeutete, auch von den ihn jetzt umgebenden –, und zwar schon seit Langem. Er hatte sehr komische, sehr populäre Geschichten über die kleinen Katastrophen und Widrigkeiten im Leben der Menschen geschrieben, die unter dem Kommunismus ihr Dasein fristen mussten, hatte eine wundervolle Novelle verfasst, die einfach *Leute* hieß. Eine Zeit lang war er offiziell gelobt worden, aber das war nicht von Dauer gewesen.

Während er da so vor uns saß, erklärte er auf Drängen des Vorsitzenden, dass er in der Tat immer noch existiere, dass es ihm gut gehe und er gut behandelt werde, dass er seine Fehler eingesehen habe und sein negatives und kritisches frühes Werk bereue, aber jetzt arbeite er an einem dreibändigen Roman über den Großen Vaterländischen Krieg, mit dem er hoffe, seine früheren Verbrechen zu sühnen.

Michail Sostschenko starb kurz darauf an einer Krankheit, nicht in einem Lager: Also hatte er mehr Glück als viele andere sowjetische Schriftsteller. Arnold und ich versuchten, als wir uns über seinen Tod unterhielten, uns einzureden, dass unsere groteske und alberne Intervention ihn letzten Endes vielleicht geschützt hatte. Aber ich glaube, dass Stalin, der dergleichen Dinge entschied, die Ansichten dieser »nützlichen Idioten« (Lenins Beschreibung von Leuten aus dem Westen wie uns) völlig gleichgültig waren.

Inzwischen konnten wir nicht einmal mehr so tun, als wären wir eine einheitliche Gruppe. Naomi und Douglas verbrachten, sofern sie welche hatten, ihre freie Zeit gemeinsam.

Coppard wollte mit mir zusammen sein, um Bestätigung zu finden. Ihn verstörte die Schäbigkeit von Moskau, aber gleichzeitig war er begeistert über die vielen Besucher – Delegationen – aus allen Teilen der kommunistischen Welt.

Aber meistens war ich mit Arnold zusammen. Wir redeten und redeten. Wie lächerlich das heute zu sein scheint – dass wir uns selbst so ernst nahmen. Vergesst nicht, auf den Schultern von Kommunisten ruhte die Zukunft der gesamten Welt. Von Kommunisten und »fortschrittlichen Kräften«. Heute bin ich überzeugt, dass vor allem Jugendliche glauben, alles läge in ihrer Hand, weil die Erwachsenen solch katastrophale Versager sind. Könnte es nicht möglich sein, dass diese grundlegende Überzeugung der Kommunisten nichts anderes war als eine verzögerte oder fehlgeleitete kollektive Adoleszenz?

Der Stress, der ständige Druck, unsere Meinungsverschiedenheiten, die Gedrängtheit unserer Termine brachten das Schlechteste in uns allen zum Vorschein oder zumindest die Extreme unserer Natur. Richard Mason wurde noch einzelgängerischer und schweigsamer und übertrieb seine Philisterpose: »Tut mir leid, aber ich gehe nie in ein Theater oder ein Konzert.« Coppard fand in jeder Versammlung diese zugängliche, hübsche junge Frau oder einen Geistesverwandten, dem er erzählen konnte, wie er in seiner Jugend durch ganz England gewandert war; das war oft Samuel Marschak, der als junger Mann Russland durchwandert hatte. Er erklärte allen Leuten, dass er Politiker verabscheue, die herrschende Klasse seines Landes hasse, den Kommunismus liebe. Douglas Youngs gewaltige Körpergröße und sein Kilt lösten Stürme von Applaus aus, wenn er, wann immer er konnte, über die geknechteten Schotten sprach. Naomis schleppende Oberschicht-Stimme wurde von Tag zu Tag unerträglicher. »Aber die armen Dinger müssen einfach lernen, wie man es besser macht.« Arnold wurde immer häufiger von Gefühlen überwältigt und brach in Tränen aus. Für Tränen gab es massenhaft Gelegenheiten. Sie führten uns in eine Tanzhalle, damit wir sehen konnten, wie die Leute sich vergnügten. Das war das Haupt-Vergnügungslokal von Moskau. Es war ein hässlicher, schäbiger Ort. Eine Kapelle spielte Tanzmusik aus den dreißiger Jahren. Und kein Mann in Sicht, kein einziger, nur Frauen und Mädchen, die miteinander tanzten. »Keine Männer?«, fragten wir dumm. Und Oksana sagte: »Die Männer sind doch alle im Krieg gefallen.« Denn sie hatte keinen Mann und rechnete auch nicht damit, je heiraten zu können – ähnlich der Generation meiner Mutter, deren Männer tot waren.

Arnold weinte, und ich wurde von Stunde zu Stunde wütender. Wir saßen in meiner mit Plüsch überladenen Suite, wo jedes Wort, das wir sagten, abgehört wurde, und gelangten zu dem Schluss, dass es uns reichte, wir konnten diese offizielle Rhetorik nicht mehr ertragen, das Problem mit den Russen war, dass sie nicht genügend Kontakt mit der Außenwelt hatten und einfach nicht imstande waren, sich auf eine einfache, menschliche Art und Weise auszudrücken. Was wir tun mussten – das beschlossen wir nach einer langen Diskussion –, war, eine Frage zu formulieren, die Alexei Surkow zwingen würde, uns eine ehrliche Antwort zu geben, ohne den ganzen Jargon. Wir einigten uns auf die Frage: »In jeder Gesellschaft, selbst in der starrsten, werden ständig neue Ideen geboren und in der Regel als verwerflich oder sogar aufrührerisch betrachtet, doch dann werden sie akzeptiert, um später ihrerseits von Ideen beiseitegefegt zu werden, die anfangs gleichfalls für ketzerisch gehalten wurden. Wie reagiert die Sowjetunion auf diesen unausweichlichen Prozess, der verhindert, dass Kulturen stagnieren oder verfallen?« Wenn auch nicht der genaue Wortlaut, so war das meiner Erinnerung nach zumindest der Sinn der Frage. Arnold und ich fanden einen Augenblick, in dem Surkow nicht von seinen Lakaien umgeben war. Wir sagten, wir würden ihm gern eine für uns äußerst wichtige Frage stellen. Er hörte aufmerksam zu, nickte (mit der Ernsthaftigkeit, die die sowjetische Etikette erforderte) und sagte: »Ja, das ist eine sehr gute Frage«, er werde uns seine Antwort morgen geben, wenn wir nach Jasnaja Poljana führen. Das war Tolstois

Landsitz, ein Wallfahrtsort. Wir erwarteten tatsächlich eine wirkliche Antwort.

Wir fuhren am nächsten Tag mit mehreren Wagen aufs Land, und an den Straßen standen Leute, die wilde Erdbeeren verkauften. Sämtliche Funktionäre kauften welche, auch Boris Polewoi, der, obwohl kein Funktionär, in Moskau mit uns zusammen war. Er war ein viel gelobter Schriftsteller und hatte gerade einen Band Liebesgedichte veröffentlicht, die von offizieller Stelle gutgeheißen worden waren, obwohl Liebesgedichte als gewagt galten und Stalin selbst gesagt hatte, derartige Ergüsse sollten auf das Schlafzimmer beschränkt werden. Boris war ein gut aussehender Mann, jungenhaft, begeisterungsfähig, und er fuhr überallhin auf einem Motorrad, eine Tatsache, die uns bei jeder Gelegenheit unter die Nase gerieben wurde: Hier ist dieser wichtige und viel geehrte Schriftsteller, aber er ist sich nicht zu gut dafür, mit einem Motorrad zu fahren. Auf Tolstois Besitz sahen wir dessen Haus, das, wenn man bedenkt, dass dieser Mann ein Aristokrat war und Russlands höchsten Schichten angehörte, wirklich erstaunlich ist, denn es ist nicht groß, obwohl es so viele Verwandte, Kinder, Dienstboten und Gäste beherbergt hat. Vor allem ist es miserabel möbliert, und das Sofa, auf dem die Gräfin so viele Kinder gebar, steht in einem ganz gewöhnlichen, allen zugänglichen Raum und sieht aus, als wäre es für ein Höchstmaß an Unbequemlichkeit gebaut.

Die Wälder und Wiesen sind wundervoll. Der Tisch für den Lunch war für ungefähr dreißig Personen gedeckt und stand draußen unter den Bäumen. Surkows Tochter war da, ein hübsches, fröhliches Mädchen, der Liebling ihres Vaters; er konnte seinen Blick nicht von ihr abwenden und gab uns gegenüber mit ihr an. Sie erzählte uns, dass sie vorhabe, ins Polargebiet zu reisen, und Arnold kam sofort ins Schwärmen, und er fragte sie, ob sie an einer Expedition zum Nordpol teilnehmen wolle, denn etwas Geringeres sei von einem sowjetischen Mädchen nicht zu erwarten. Sie lachte vergnügt und sagte, nein, sie fahre mit Schulfreundinnen zu irgendeinem malerischen Ort. Nur wenn ich mich an Momente wie diesen erinnere, kann ich mich in diese Atmosphäre heroischer Erwartungen zurückversetzen, die damals den Kommunismus prägten.

Arnold und ich warteten auf Surkows Antwort, und als nichts passierte und die Zeit zum Abfahren gekommen war, baten wir ihn, mit uns ein Stückchen beiseitezugehen, aber er rührte sich nicht vom Fleck. Er entfernte sich nicht einmal einen Schritt weit von seinen Funktionären. Dann hob er die Stimme, sodass sich alle in Sichtweite umdrehen und auf ihn schauen mussten, hob die geballte rechte Faust und deklamierte: »Die Sowjetunion unter ihrem großen Führer, dem Genossen Josef Stalin, wird immer die richtigen Entscheidungen treffen, getreu den marxistischen Grundsätzen.« Er sah uns dabei nicht in die Augen. Das war offensichtlich das, was zu sagen man ihm aufgetragen hatte, nachdem der KGB unser ernsthaftes Gerede mitgehört und sich eine Formel ausgedacht hatte, die weder Surkow noch sonst jemanden in Gefahr brachte. Das sagte auch etwas über seine eigene Position aus, aber es dauerte geraume Zeit – Jahre –, bis ich diese, wie ich fürchte, allzu offensichtliche Tatsache begriffen hatte.

Arnold und ich diskutierten über diese Antwort und gelangten zu dem Schluss, dass wir zu viel erwartet hatten. Wir gehörten einer offiziellen Delegation an, und während unseres Besuchs war er der Hauptrepräsentant der Partei.

Wir redeten auch, wann immer wir konnten, über Stalin und die Einstellung der Menschen zu ihm. Dies war eine Zeit, in der in Erzählungen, Romanen und Memoiren unzählige Versionen des Folgenden erschienen: »Mein Traktor/Motorrad/Mähdrescher/Auto hatte eine Panne. Ich stand am Straßenrand und wusste nicht, was ich tun sollte, als plötzlich ein schlichter, freundlicher Mann mit ehrlichen Augen vor mir auftauchte. ›Stimmt etwas nicht, Genosse?‹ Ich deutete auf die Maschine. Er zeigte auf den Vergaser/den Motor/die Bremsen/die Reifen. ›Ich glaube, du wirst feststellen, dass das Problem hier liegt.‹ Er lächelte mit strenger Freundlichkeit, nickte und wanderte weiter. Mir wurde klar, dass dies Genosse Stalin gewesen war, der Mann, der sein Leben dem Dienst am russischen Volk geopfert hat.«

Meine Einstellung zum Genossen Stalin war zu jener Zeit alles andere als ehrerbietig. Aber Arnold konnte es nicht ertragen, auch nur ein Wort gegen ihn zu hören; er gehörte zu den Leuten, die überzeugt waren, dass Stalin von seinen Mitarbeitern die Wahrheit vorenthalten wurde. Arnold litt wegen der vielen »Fehler«, die die Partei machte. Er war ein Mann, der Autorität respektieren, genau so, wie ich gegen sie opponieren musste. Er war homosexuell, gestand er – was kaum eine Überraschung war –, und sagte, vor dieser Reise sei er zu Harry Pollitt, dem kommunistischen Parteichef, gegangen und habe ihm erklärt, dass er Bedenken habe, als Homosexueller in die Sowjetunion zu reisen. Harry Pollitt hatte sich mit seinen Kumpeln beraten. Ihr Beschluss lautete, das gehe in Ordnung, die Partei werde ihm zur Seite stehen, aber er solle sie sofort über jeden Annäherungsversuch von Spionen, hübschen Jungen und so weiter informieren. Diese Sache machte Arnold schwer zu schaffen. Damals war Homosexualität noch strafbar: Leute konnten dafür ins Gefängnis kommen und kamen auch hinein. Die tolerante Einstellung, die wir heute für selbstverständlich halten, lag noch in weiter Ferne. Dass »die Partei selbst« versprochen hatte, ihm zur Seite zu stehen, war, glaube ich, der Grund dafür, dass Arnold auch dann noch Kommunist blieb, als andere Leute scharenweise aus der Partei austraten. Ich bewunderte auch Harry Pollitt und seine Mitarbeiter: Diesen konventionellen, respektablen Leuten aus der Arbeiterklasse kann es nicht leicht gefallen sein, Arnold zu akzeptieren.

So ziemlich einer der letzten Orte, die wir besuchten, war ein Ferienlager für Kinder. Wir wussten, dass es ein Vorzeigeobjekt war. Oksana und die anderen behaupteten, jedes Kind in der Sowjetunion verbringe sechs Sommerwochen in einem Lager, das genauso gut sei wie dieses. Es war ein hübscher, gut geführter Ort, voll reizender Mädchen mit Zöpfen und Schürzen und wohlerzogener Jungen. Was uns beeindruckte, war die Bibliothek, angefüllt mit russischen, englischen und französischen Klassikern. Überall auf den kleinen Betten und in den Gemeinschaftsräumen lagen Bücher von Tolstoi und Tschechow und auch englische Literatur. »Unsere Kinder lesen nur das Beste.« Und das sei überall im Lande so? Ja, versicherte man uns. Natürlich diskutierten wir darüber. Es stimmte, dass alle Leute, denen wir begegneten, genauso viel über englische Literatur wussten wie wir selbst, und dass man in der Untergrundbahn Leute sehen konnte, die ihre Klassiker lasen. Der »Widerspruch« war folgender: Diese Leute lebten in einem Land, in dem jeder Augenblick ihres Lebens von einer sinnlosen, brutalen Rhetorik beherrscht wurde. Trotzdem wurden sie in einer humanistischen Tradition erzogen. Ein einziger Band Tolstoi musste in Widerspruch zu allem stehen, was man sie offiziell lehrte.

Ich glaube, dass Literatur – ein Roman, eine Erzählung, sogar eine Zeile aus einem Gedicht – die Macht hat, Reiche zu zerstören. *»Und ihre Horden verpesten die Zeit.«*

Früher einmal gab es die russische »Intelligenzija«, kultiviert, Musik, Kunst und Literatur liebend; wir kennen sie aus Tausenden von Romanen und Theaterstücken. Während der gesamten kommunistischen Ära bösartig und beharrlich verfolgt, haben diese Leute trotzdem überlebt und ihr Erbe mit aller Sorgfalt bewahrt. Aber das scheint jetzt nicht mehr der Fall zu sein, denn als der Kommunismus zusammenbrach, strömten die schlimmsten unserer Produkte ein, Pornografie und Gewalttätigkeit, und was von dem Erbe noch existierte, brach gleichfalls zusammen. Eine einzigartige Kultur ist untergegangen, eine, die die Welt wahrhaft inspirierte.

Wir wurden zu einer Reise nach Samarkand eingeladen, aber Naomi sagte, sie müsse zurück zu einer Ratsversammlung in Argyll. Das war ein ebenso bewusstes Vor-den-Kopf-Stoßen der Leute wie Douglas Youngs Kilt oder Richard Masons: »Ich glaube, aufs Ganze gesehen hat mir Lourdes besser gefallen.«

Diese Einladung hatte etwas durchaus Surreales; doch was hätte an Unglaubwürdigkeit die großen, fast bis in den Himmel reichenden Propaganda-Spruchbänder übertreffen können, die den Roten Platz säumten: TRINKT MEHR CHAMPAGNER! Seit eh und je versuchte die Regierung den Dämon Trunksucht zu bekämpfen, und der »Genuss« von Champagner galt, im Vergleich zu Wodka, als Schritt zu einem gesünderen Leben. Oder die bei einem dieser endlosen Bankette zwischen Funktionären aufgeschnappte Bemerkung über die einzigartigen Reize eines Urlaubs am Schwarzen Meer. »Meine Frau ist einfach begeistert von der Art, wie man dort Stör zubereitet.«

Es gab nicht nur die Kolchosen und Volkspaläste und Reden. Es gab auch *Roter Mohn*, ein mit politischen Ermahnungen vollgestopftes Ballett, aber trotzdem nicht langweilig, denn zu der Heuchelei gehörte auch eine Szene in einem dekadenten kapitalistischen Nachtclub, die es dem Publikum erlaubte, das zu genießen, was zu verachten man ihm befohlen hatte: diese Gesichter, gierig, neidisch, verurteilend, während sie die sich windenden Nackten betrachteten. Ganz anders das Publikum der Oper *Iwan Susasin*: Hier konnte man dem sich bewahrenden Russland begegnen. Was für eine Musik, was für ein Gesang! Aber für uns hatte die Inszenierung bereits den Charme von etwas Vergangenem, denn sie war so realistisch, dass man buchstäblich die Blätter an den Bäumen zählen konnte. In dieser Oper kämpft der Held, ein Bauer, ein Mann aus dem Volke, gegen die Feinde von Mütterchen Russland. Einige Zuschauer weinten leise während der gesamten Vorstellung, und von allen Eindrücken im Verlauf dieser hektischen vierzehn Tage war es dieser Theaterabend, der den Großen Vaterländischen Krieg und das, was er für diese Leute bedeutet hatte, unmittelbar zum Herzen sprechend uns nahebrachte.

Ich erinnere mich an einen Abend in der Wohnung von Frank Johnson in Moskau. Alle ausländischen Besucher pflegten diese Wohnung aufzusuchen. Er machte aus seinen Sympathien für die Sowjetunion kein Hehl, und allem Anschein nach hat er zeit seines Lebens dem KGB angehört. Er war ein liebenswürdiger Mann, seine Frau eine russische Schönheit. Hier hörte ich von den Russen, einschließlich ihrer Person, Bemerkungen wie: »Ich hasse Schwarze«, und wie von jeder weißen Madam im südlichen Afrika: »Ich würde nicht aus einem Glas trinken, das ein schwarzer Mann benutzt hat. Ich würde es vorher desinfizieren.« Auch hatten die russischen Unterhaltungen über die nicht russischen

Republiken wie Georgien, Usbekistan und die baltischen Staaten fatale Ähnlichkeit mit dem, was ich von Weißen im südlichen Afrika zu hören gewohnt war: »Ohne uns wären sie überhaupt nichts.« – »Sie sind auf uns angewiesen.« – »Sie sind sehr rückständig.« – »Ich finde nicht, dass wir sie nach Russland hereinlassen sollten.«

Als wir am Tag unserer Abreise nachts zum Flughafen zurückgefahren wurden, passierte dies: Oksana, Arnold und ich saßen hinten, während Douglas Young neben dem Chauffeur Platz genommen hatte. Ein Mann torkelte auf einer halbdunklen Straße in die Scheinwerfer. Der Wagen wich aus, traf ihn aber trotzdem. Wir sprangen alle aus dem Wagen. Ein Bauer lag – blutend und alle viere von sich gestreckt – auf der Straße. Er war sehr betrunken. Oksana verwandelte sich in einen Racheengel und verlangte, wir sollten ihn zur Strafe auf der Straße liegen lassen. Wir bestanden darauf, ihn in den Wagen zu holen, wo er dann schließlich in Arnolds Armen lag, benommen, stammelnd, blutend. Arnold weinte und wiegte ihn mit leidenschaftlicher Beschützergeste. Es war die gesamte Sowjetunion, die er in seinen Armen hielt, die Millionen Toten, die Frauen ohne Männer, die vom Krieg zerstörten Straßen, die einem das Herz schwermachten. Ich wusste, dass es das war, was er empfand, denn ich fühlte es auch. Oksana hörte auf dem ganzen Weg zum Flughafen nicht mit ihren schrillen Beschimpfungen auf. »Wie kannst du so etwas wagen, das sind vornehme ausländische Besucher, wie kannst du unser großes Land so beleidigen, du wirst dafür bestraft werden, du solltest dich schämen.« Douglas Young übersetzte mit ironischer Stimme. Dies war die bizarrste aller Szenen auf unserer Reise, eine Art Zusammenfassung und Karikatur zugleich – der betrunkene, blutende Mann, die keifende Sowjetbürgerin, Arnolds Weinen, Douglas' schottische Stimme, bewusst übertrieben, voller Bitterkeit, voller Zorn, eine Anklage, und ich, die Oksana unterbrach: »Aber Sie werden ihn doch in ein Krankenhaus bringen, wenn wir am Flughafen angekommen sind? Versprechen Sie das? Das werden Sie doch tun, oder?«

Am Flughafen erwartete uns Boris Polewoi, der auf seinem

Motorrad gekommen war, um sich von uns zu verabschieden, ganz der lächelnde und gute Kamerad. Netter Mensch, der er war, versprach er uns, dafür zu sorgen, dass der Betrunkene in ein Krankenhaus gebracht wurde. »Wer's glaubt«, war unser aller Ansicht. »Er hat Glück, wenn er nicht erschossen wird«, sagte Douglas, und Arnold widersprach ihm nicht.

Wir waren alle froh, abreisen zu können.

Wir unterbrachen unsere Rückreise für zwei Tage in Prag, um das Filmfestival in Karlovy Vary (Karlsbad) zu besuchen und eine Gemäldegalerie. Ich erinnere mich an sehr wenig von der Tschechoslowakei, vermutlich, weil ich völlig erschöpft war, aber eine Szene ist mir im Gedächtnis geblieben: Wir sechs schlenderten durch die Galerie, ich blieb allein in einem Raum zurück, um ein Bild zu betrachten, das mir gefiel. Da trat der Wärter zu mir und flüsterte: »Ich liebe Sie. Ich muss Sie heiraten. Nehmen Sie mich mit nach England.« Er war verzweifelt, er flehte, umklammerte meinen Arm und sagte: »Bitte, bitte, sagen Sie ihnen, dass Sie mich lieben, nehmen Sie mich mit.« Und dann kam die Dolmetscherin, um ihre Schutzbefohlene zu holen, die sich auf so gefährliche Weise von ihrer Herde entfernt hatte, und der kleine Wärter – er war alt, jedenfalls kam er mir damals so vor, mager, traurig, mit gequälten dunklen Augen – zeigte schnell auf ein Gemälde, als wäre er gerade dabei, es mir zu erklären. Seine Augen folgten mir, als ich hinausging. Da verschwand seine Chance auf ein Entkommen aus seinem Leben, unerträglich geworden aus einem Grund, den ich nie erfahren werde. Als ich später Jack davon erzählte, sagte er mit dieser Mischung aus Bitterkeit, Schmerz und Wut, die so bezeichnend für ihn war: »Armes Schwein, armes, kleines Schwein«, und dann: »Weshalb heiratest du ihn nicht? Aber bilde dir nicht ein, dass du ihn schnell wieder loswerden würdest.« Jack hatte in der Tschechoslowakei eine Frau in einem von der Partei organisierten Programm geheiratet, um sie vor den Nazis zu retten, aber hinterher, als er sich wieder scheiden lassen wollte, machte sie Schwierigkeiten. Schließlich willigte sie ein, sich mit ihm zu treffen, und er machte ihr Vorwürfe. »Ich habe dir einen Gefallen erwiesen, und jetzt machst du mir so viel Ärger.« Sie sagte zu ihm, voller Bitterkeit: »Aber du hast mich nach der Trauung nicht einmal zum Essen eingeladen. Das verzeihe ich dir nie.«

»Man stelle sich das vor«, sagte Jack. »Wenn ich ihr eine Rose oder einen Blumenstrauß geschenkt hätte, wäre mir der ganze Ärger erspart geblieben.« Er spielte damit auf eine berühmte Geschichte aus der Frühzeit der Sowjetunion an. Gefühle bei Trauungen waren verboten, und das Paar sah sich auf dem Standesamt einem bloß bürokratischen Vorgang ausgesetzt. Trotz ihrer Loyalität gegenüber den sowjetischen Prinzipien waren die Leute trübe und traurig, kamen sich beraubt vor. Schenkte ihnen jemand Blumen, eine herausfordernde Geste, fühlten sich alle wohler.

Sobald wir in London ankamen, wurden wir sechs wieder zu einer Einheit, und zwar wegen der Pressekonferenz. Es ist praktisch unmöglich, die bissige, hasserfüllte Atmosphäre des Kalten Krieges wieder erstehen zu lassen. Wir wurden mit Journalisten konfrontiert, die uns so sehr hassten, dass es ihnen kaum gelang, höflich zu bleiben. Sie verlangten, von uns »die Wahrheit« zu hören. Die unvermeidliche Reaktion unsererseits darauf war, dass wir verteidigten, was wir verteidigen konnten, auch Naomi und Douglas. Wenn sie uns hassten, so hassten wir sie auch. Das war keineswegs das einzige Mal in meinem Leben, dass ich das Gefühl hatte, dass Journalisten sich selbst der schlimmste Feind sein können.

Nach dieser Reise lehnte ich alle Einladungen ab, Friedens- oder kulturellen Delegationen anzugehören – dies war der Beginn einer Ära, in der alle möglichen Delegationen in alle möglichen kommunistischen Länder reisten. Ich erinnere mich an Einladungen nach China, Chile, Kuba und andere Länder. Schriftsteller, von denen man glaubte, dass sie dem Kommunismus wohlwollend oder zumindest nicht feindlich gesinnt waren, wurden ständig eingeladen. Das Problem ist nicht, dass man auf die offizielle Parteilinie hereinfällt, sondern dass man die Leute mag, die man kennenlernt, in Gedanken mit ihnen fühlt, sich mit ihren Leiden identifiziert. Das muss eine Variante dessen sein, was passiert, wenn Terroristen Geiseln nehmen, die durch den Druck der Ereignisse eins werden mit ihren Geiselnehmern. Die kommunistischen Regierungen haben immer das Prestige ihrer Besucher zu dem Versuch missbraucht, ihre unterdrückten Völker zu beeindrucken. Aber besagte Völker waren in Wirklichkeit zu klug, um sich beeindrucken zu lassen. Debatten darüber, ob man als offizieller Besucher in totalitäre Länder reisen sollte oder nicht, waren damals an der Tagesordnung, und sie sind es noch heute. Als ich 1993 für den British Council nach China reiste, zusammen mit Margaret Drabble und Michael Holroyd, traten westliche, im Fernen Osten arbeitende Journalisten an mich heran und sagten, es sei falsch, dorthin zu reisen. Aber ein paar Chinesen in London, darunter auch einer, der auf dem Platz des Himmlischen Friedens gewesen war, verstanden mich nicht, wenn ich fragte, ob ich reisen sollte. »Weshalb sollten Sie nicht hinfahren?«

»Weil die Leute denken werden, wir bewunderten die chinesische Regierung.«

»Niemand wird das denken. Aber für die Schriftsteller und Intellektuellen ist es wichtig, Schriftstellern aus dem Westen zu begegnen. Sie fühlen sich isoliert.«

Ich war kaum wieder in London, als ich meinen Parteiausweis bekam und John Sommerfield an mich herantrat und mich aufforderte, der Schriftstellergruppe der Kommunistischen Partei beizutreten. Inzwischen bereute ich meinen Impuls, in die Partei einzutreten. Ich wusste, dass es eine neurotische Entscheidung war, denn was ihr zugrunde lag, war dieses hilflose Gefühl des Gezerrtwerdens, als wäre ich unter Drogen gesetzt oder hypnotisiert worden – ungefähr wie bei der ersten Heirat, weil die Kriegstrommeln geschlagen wurden, oder dem Kinderkriegen, obwohl ich beschlossen hatte, keine zu bekommen –, an der Nase gezogen wie ein Fisch an der Angel. Die Reise in die Sowjetunion hatte Emotionen aufgerührt, die weit über das Politische hinausgingen. Mein Denken und Fühlen lagen im Widerstreit miteinander. Ich war weit davon entfernt, zu begreifen, wie ich es heute tue, dass das »Unterstützen« der Sowjetunion lediglich die Fortsetzung der Gefühle meiner frühen Kindheit war – Krieg, das Verständnis für Leiden, Identifizierung mit Schmerz –, das Wissen um Gut und Böse. Das Einzige, was ich wusste, war, dass hier etwas tief Vergrabenes war, das mich plagte wie ein Albtraum.

Was ich *dachte* – meine Versuche, zu einer gelassenen Objektivität zu finden –, war etwas völlig anderes. Ich habe einem ehemaligen Parteifreund von einem Schlüsselerlebnis erzählt. Als wir uns von Oksana verabschiedeten, die so arm war, so angestrengt arbeitete, mit so wenigen Kleidern oder Schmuck auskommen musste, wollte ich ihr ein kleines vergoldetes Armband aus Ägypten schenken. Es war nichts Wertvolles. Sie wurde bleich vor … konnte es Entsetzen sein? Sicher nicht. Sie stammelte hektische, verängstigte Worte der Ablehnung. Wieso diese Panik, fragte ich meinen Freund. Er reagierte mit jener ärgerlichen Ungeduld, mit der wir Leuten zu begegnen pflegen, die Standpunkte vertreten, die wir gerade überwunden haben. Er war erst kürzlich aus der Partei ausgetreten. »Sei nicht so naiv. Wenn jemand sie mit diesem Armband gesehen hätte, wäre sie vom KGB – von dem sie natürlich täglich ihre Anweisungen erhielt – beschuldigt worden, sie habe sich von der dekadenten, bösen, kapitalistischen Welt des Westens bestechen lassen. Dafür hätte man sie in ein Arbeitslager schicken können.«

Und was war der Grund dafür, dass so viele der Schriftsteller, die wir kennenlernten, unbedingt über das britische Königshaus reden wollten? Sie konnten gar nicht damit aufhören, uns zu erklären, wie sehr unsere Queen sie interessiere, was für eine gute Institution das sei – natürlich nicht für sie, sondern für Großbritannien – und wie sehr sie uns bewunderten. Warum in aller Welt sollten sich Schriftsteller in der Sowjetunion für das britische Königshaus interessieren? »Schließlich«, lautete die Antwort, »konnten sie nicht rundheraus sagen, wie sehr sie den Kommunismus hassen. Sie sagten es indirekt, in der Hoffnung, dass ihr schlau genug sein würdet, das zu verstehen.«

The Writers' Group war nahe daran, unter dem Gewicht ihrer

Widersprüche zu zerbrechen. Mit welcher Nostalgie ich mich doch dieses Jargons bediene … aber wie nützlich waren diese *Widersprüche*, die uns immer über die Lippen kamen, während wir versuchten, auf der Achterbahn jener Zeit nicht den Halt zu verlieren.

In der Gruppe waren bemerkenswerte Leute. Zuerst John Sommerfield. Er hatte im Spanischen Bürgerkrieg gekämpft und ein Buch darüber geschrieben, *Volunteer in Spain*, in dem er verschiedene Kampfhandlungen beschrieb, an denen er teilgenommen hatte. Es war seinem Freund John Cornford gewidmet, der dort sein Leben gelassen hatte. Er hatte auch einen Band mit guten Kurzgeschichten unter dem Titel *Survivors* geschrieben. Er war ein hochgewachsener, schlanker Pfeifenraucher, der es zuließ, dass ihm surreale Diagnosen über die Welt, in der er lebte, über die niemals lächelnden Lippen kamen, während seine Augen darauf bestanden, dass er es todernst meinte. Ein Komiker. Er wusste alles über die englischen Pubs und hatte ein Buch über sie geschrieben. Er war es, der mich in die Clubs von Soho mitnahm, mir erklärte, deren große Tage seien vorbei, ihre Blütezeit seien die Kriegsjahre gewesen. Er war mit Molly Moss, der Malerin, verheiratet. Wie viele andere in dieser Zeit hatten sie kein Geld. Sie kauften für ein paar hundert Pfund ein kleines Haus aus der Viktorianischen Zeit in der Mansfield Road, NW 3, und füllten es mit ihren Bildern, viktorianischen Möbeln, Nippes, Dingen, die man damals fast geschenkt bekam, weil alles Viktorianische so aus der Mode war. Diese heiß geliebte kleine Schatztruhe, ein Juwel von einem Haus, wurde zusammen mit Hunderten von anderen in der großen Zeit der Architektur, den Sechzigern, abgerissen und durch einige der hässlichsten Wohnblocks in London ersetzt. Während eines besonders harten Winters, als die Sommerfields völlig pleite waren, fing ihr großer Kater für sie Tauben, die sie kochten; er bekam dann die Hälfte von dem, was er gefangen hatte.

Die Versammlungen unserer Gruppe fanden in meinem Zimmer statt, da es für mich, die ich ein kleines Kind zu versorgen hatte, kaum möglich war, auszugehen. Außerdem hatte ich John

Sommerfield erklärt, dass mir Versammlungen zuwider seien und ich schon so viele hinter mich gebracht hätte, dass es mir für mein ganzes Leben reiche. John antwortete, wenn das so ist, kommen wir zu dir, dann kannst du dich nicht drücken. Von ihm stammte auch der Rat, wenn ich in die Kommunistische Partei einträte, täte ich gut daran, *ihnen* zu sagen, es gebe Dinge, die ich nicht tun könne, wie mit dem Bus fahren oder abends ausgehen. Weshalb? Damit *sie* von Anfang an wissen, dass du dir nicht alles gefallen lässt. »Aber du kannst nicht sagen, dass du nicht zu Versammlungen gehen willst.« *Sie?* Die Partei, gewöhnlich King Street genannt.

Sämtliche Schriftsteller teilten diese Einstellung gegenüber der King Street, die sich ihrem Wesen nach kaum von dem Gewerkschaftspferd in David Lows Karikaturen unterschied, einem Prachtexemplar an halsstarriger Dummheit. Die Loyalität, die sie für »die Partei« nicht empfinden konnten, wurde auf die Sowjetunion übertragen, die natürlich bei Weitem nicht so dumm sein konnte wie die King Street.

Montagu Slater war ein zierlicher, behänder, lebensprühender, intelligenter Mann und sehr vielseitig. Er hatte das Libretto zu Benjamin Brittens Oper *Peter Grimes* verfasst. Er sah sich großem Druck ausgesetzt, weil er ein Buch über den Krieg in Kenia geschrieben hatte, der sich damals seinem Höhepunkt näherte, und in diesem Buch die Machenschaften und schmutzigen Tricks der britischen Regierung gegen Jomo Kenyatta offengelegt hatte. Die Zeitungen fielen über ihn her: »Was kann man von einem Kommunisten schon erwarten?« Alles, was er schrieb, entsprach der Wahrheit, aber das spielte bald keine Rolle mehr, weil Kenyatta den Krieg in Kenia gewann und über Nacht zu einem Grand Old Man wurde, den alle verehrten, nicht zuletzt die Weißen in Kenia.

Jack Beeching war ein Dichter mit Frau und Neugeborenem. Ich habe sie in Bristol besucht, mit Peter. Sie waren arm und lebten in einer alten, heruntergekommenen Wohnung in einer Häuserzeile, die heute für jeden, der nicht reich ist, unerschwinglich bleibt. Riesige, wunderschöne, eiskalte Räume. Ich habe nicht viel über die Kälte in jener Zeit berichtet, in der die Häuser oft nur mit ein oder zwei Stäben winziger elektrischer Heizöfen und manchmal überhaupt nicht beheizt wurden. Wir fünf, Jack, seine Frau, das Baby, Peter und ich kauerten dann, von der Zugluft durchgefroren, wie Flüchtlinge unter Pullovern und Decken in der Mitte des großen Zimmers. Jack lebt heute in Spanien und schreibt Gedichte und geschichtliche Abhandlungen.

Jack Lindsay, der Australier, ist vielleicht das beste mir bekannte Beispiel für einen Schriftsteller, den die Partei zugrunde gerichtet hat. Er war umfassend gebildet und kannte sich in einer Unmenge von Dingen aus. Er schrieb zwei Arten von Romanen. Die eine entsprach der orthodoxen Parteilinie, Fabriken und Arbeiter und das Proletariat, die andere realisierte fantasievolle, amüsante Romane, ähnlich denen von Iris Murdoch, aber bei Weitem nicht so gut. Man hätte annehmen können, dass seine Romane von zwei verschiedenen Autoren stammten. Außerdem schrieb er Biografien.

Von einigen Literaturwissenschaftlern nach Randall Swingler befragt, habe ich behauptet, er sei kein Mitglied von *The Writers' Group* gewesen, aber später fiel mir ein, dass er doch dazugehört hatte. Ich konnte mich einfach nicht an ihn erinnern. Vielleicht ist er nie dabei gewesen. Als ich dies hier niederschrieb, erzählte man mir, er habe gesagt, *The Writers' Group* sei nichts als ein Sammelbecken für gescheiterte Talente gewesen. Was mich an ihm beeindruckte, war, dass er und seine Frau für fünf Pfund ein Cottage ohne fließendes Wasser, Strom, Telefon, Heizung und Toilette in Essex gekauft hatten. Ein Paradies im Sommer, aber im Winter? Dort lebten sie jahrelang in tiefster Armut. Dann kamen Cottages in Essex in Mode …

Kurz nach meiner Rückkehr aus der Sowjetunion gab es den letzten der großen Nebel. Man konnte wahrhaftig nicht die Hand vor den Augen sehen. Naomi hatte zu einem Wiedersehen der Angehörigen der Delegation eingeladen, in der Wohnung der Mitchisons am Embankment. Ich stand auf der Straße, unfähig, mich zu bewegen. Ich hatte mich verirrt, der Nebel schlug über mir zusammen wie schmutziges Wasser. Plötzlich stieß ein Mann mit mir zusammen. Es war ein sowjetischer Funktionär, Surkow*, glaube ich, hellauf begeistert von dem Nebel, weil alle Ausländer Dickens' Nebel liebten und noch heute sagen: »Ihre fürchterlichen Londoner Nebel …« – »Aber die gibt es nicht mehr, jetzt haben wir das Clean Air Act.« Enttäuschung beim Gegenüber. Machtvolle Symbole lassen sich eben nicht so einfach aus der Welt schaffen.

Solange ich der Kommunistischen Partei angehörte, ging ich nicht zu den gewöhnlichen Versammlungen. Viele Jahre später, als ich keine Kommunistin mehr war, wurde ich eingeladen, zu einer Ortsgruppe der Kommunistischen Partei zu sprechen, die sich in einem Haus in einer der ärmlichen Straßen Südlondons traf. Ich war entsetzt. Ein Zimmer voller Versager und Unangepasster, die sich hier zusammendrängten, weil die Partei für sie einen Club darstellte, ein Zuhause, eine Familie. Das eigentlich Herzzerreißende aber war, dass da auch die Dorf-Hampdens und die ruhmlosen Miltons saßen, viele davon Autodidakten, mit originellen und kritischen Gedanken über jedes nur denkbare Thema der Welt außer über den Kommunismus.

Der Besuch bei einer Parteiversammlung in Paris verlief völlig anders. Ich teilte King Street mit, dass ich nach Paris fahren und mich darüber informieren wollte, wie es bei der Kommunistischen Partei Frankreichs aussah. Mir wurde bedeutet, ich solle mich mit Tristan Tzara in Verbindung setzen. Er war Mitglied der Kommunistischen Partei. Ein netter Mann. King Street musste die Erlaubnis der hohen Tiere bei den französischen Kommunisten einholen, die Tristan Tzara instruierten. Die Untergruppe am linken Seineufer wurde angewiesen, mich zu empfangen, aber nur unter der Bedingung, dass ich mich bereit erklärte zu gehen, sobald sie damit anfingen, taktische Probleme zu diskutieren. Wir aßen zusammen zu Mittag und redeten ausschließlich über Politik. Das also war der Kommunist Tzara, keine Spur von dem

* Vermutlich Mitglied einer Friedensdelegation.

zügellosen Surrealisten Tzara. Ich fragte ihn, was die Gruppe der Kommunistischen Partei am linken Seineufer denn befürchte? Dass ich sie alle auffliegen ließe? Das fand er nicht besonders amüsant. Ich sagte, in Großbritannien sei es üblich, dass jemand, der daran denke, der Partei beizutreten, einfach bei einer der Versammlungen auftauche, um herauszufinden, ob sie ihm gefalle. Aber Tristans Schweigen bestätigte mir, dass man französischerseits von den britischen Genossen nichts Besseres erwartet hatte. Ich ließ jedoch nicht locker: Was sprach dagegen? Er fragte, wie schützt ihr euch vor der Infiltration durch feindliche Elemente? Ich sagte, man kann unmöglich verhindern, dass Spione oder feindliche Elemente sich Zutritt verschaffen, wann und wo immer sie wollen, wenn sie dazu entschlossen sind. Er sagte mit gewichtiger Miene, da irrst du dich, Wachsamkeit ist unerlässlich. Diese Unterhaltung, klassisch für diese Art von Situation – und wie oft haben so viele von uns sie geführt? –, verhinderte nicht, dass Tzara und ich uns gut verstanden, aber er war offensichtlich von mir enttäuscht. Er ließ keinen Zweifel daran, dass die französischen Kommunisten die britischen Kommunisten verachteten.

Er nahm mich mit zu einem Haus in der Nähe des Boulevard St.-Germain am linken Seineufer, das damals gerade anfing, von Touristen frequentiert zu werden. Bewaffnete Posten an der Tür inspizierten uns, und dann wurden wir im Inneren nochmals kontrolliert – ich erhielt einen befristeten Ausweis. Wir traten in ein großes, ungemütliches Zimmer mit einem kleinen Tisch für die Funktionäre. Beinahe hundert Kommunisten hielten sich in dem Zimmer auf, und alle sahen sie wie Rekruten einer Armee aus, denn jeder trug zumindest ein militärisches Kleidungsstück, vermutlich aus Heeresbeständen. Zweifellos sahen sie sich selbst als Soldaten in einem Krieg, Männer und Frauen gleichermaßen, denn so verhielten sie sich, so sprachen sie, kalt, knapp und verantwortungsbewusst. Niemand lächelte. Vielleicht lebten sie in Gedanken immer noch in der großen Zeit der Partisanen, der Okkupation, des Freien Frankreichs. Mochten sie auch aussehen, als rechneten sie damit, dass der Krieg morgen ausbrechen könnte, das Gespräch drehte sich um eine Veranstaltung zum Geldauftreiben im *Quartier*. Nach ungefähr einer Stunde wurde ich aufgefordert zu gehen. Tristan fragte, was ich von ihnen hielte, und ich antwortete, dass ich mich nicht mehr wundere, wieso es den Engländern und den Franzosen so schwer falle, miteinander auszukommen. Brauchten sie wirklich eine derart militärische Atmosphäre? Schließlich waren seit dem Ende der deutschen Besatzung an die zehn Jahre vergangen. Er sagte sanft und in verzeihendem Ton, dass ich die Stärke des Feindes unterschätzte. Als ich *The Writers' Group* von diesem Besuch berichtete, hieß es, dergleichen sei von den Franzosen zu erwarten. Sie müssten alles dramatisieren.

Ich glaube, es hat nicht mehr als zehn Versammlungen von *The Writers' Group* gegeben. Wenn wir über Literatur diskutierten, spielte die Parteilinie nicht die geringste Rolle, und wir äußerten uns kritisch über den »sozialistischen Realismus«. Was mich anging, so erklärten mir die Genossen, meine Beiträge zum Parteidenken zusammenfassend, dass ich Fragen zur Sprache brächte, die entweder vorher niemandem eingefallen seien oder Lösungen hätten, die so offensichtlich seien, dass niemand auch nur im Traum daran denke, seine Zeit mit ihnen zu verschwenden. Mein Problem sei, dass ich den Unterschied nicht erkennen könne.

The Writers' Group brachte mich in eine wahrhaft lächerliche Situation. Montagu Slater und John Sommerfield informierten mich, dass sie an der jährlichen Generalversammlung der »Society of Authors« teilgenommen hätten, einer autoritären, undemokratischen Organisation, die von einer nur sich selbst verpflichteten Oligarchie geleitet werde.* Kein Parteimitglied gehe bis jetzt zu deren Versammlungen. Sie hätten darum mich für das geschäftsführende Komitee benannt. Ich war wütend, erklärte, es sei mir ernst gewesen, als ich sagte, wie sehr ich Versammlungen hasste, ich würde nicht hingehen. Zu spät, sagten

* Die »Society of Authors« ist so etwas wie eine Schriftsteller-Gewerkschaft.

sie vergnügt, und schließlich müsste ich als Parteimitglied ja auch einmal etwas tun. Ich könne es ja als eine meiner revolutionären Pflichten betrachten. Sie sagten das mit jenem zynischen Unterton von Freude am Widersinn, der mir so vertraut war. So saß ich eines Tages in jenem hübschen Haus in Chelsea in einer Versammlung, um meinen Beitrag zur Erledigung der Angelegenheiten der Society abzuleisten. Natürlich wussten alle, dass ich Kommunistin war, schließlich war ich von Kommunisten vorgeschlagen worden, und sie sahen in mir eine Art Brückenkopf einer anstürmenden Streitmacht. Sie erwarteten von mir die den Genossen eigene Unaufrichtigkeit und Doppelzüngigkeit. Schließlich waren sie über die Verhaltensweisen der Partei, da einige von ihnen ihr vermutlich angehört oder nahegestanden hatten, bestens informiert. Ich kann mich an niemanden dort konkret erinnern. Eine junge Frau verkündete, sie sei eine Konservative. Sie sei da, um ein Gegengewicht zu mir als subversiver Person zu bilden. Sie bedachte mich fortwährend mit einem spöttisch wissenden Blick. Ich wünschte, ich könnte mich erinnern, wer sie war. Was mich betraf, so war ich deprimiert und entmutigt. Ich wusste nichts über die die Literatur und Politik betreffenden Tagesfragen der damaligen literarischen Öffentlichkeit, und sie waren mir auch herzlich gleichgültig, weil die mit dem Schreiben verbundenen Schwierigkeiten mich völlig in Beschlag genommen hatten und mich meine privaten Probleme zur Genüge beanspruchten: Geld, mein Kind, meine Mutter, meine Psychotherapeutin, mein Liebhaber und – nicht zuletzt – der Wunsch, mich unbemerkt aus der Partei davonstehlen zu können. Denn dies war eine Zeit, in der jeder Austritt einer bekannten Person aus der Partei einen Pressewirbel auslöste: »Der und der hat die kommunistische Hölle verlassen.« – »Kommunistische Parteigeheimnisse enthüllt.« Ständig begegnete man Exgenossen, die sich entschuldigten: »Es tut mir furchtbar leid, das habe ich nicht gesagt. Sie haben sich das alles aus den Fingern gesogen.« (Damals wie heute.)

Ich gehörte dem Komitee ein Jahr an und hasste jede Minute. Obwohl daran gewöhnt, mich stets auf der falschen Seite zu finden – manchmal glaube ich, es ist ein Fluch, mir in die Wiege gelegt –, war dies falscher als falsch. In einer falschen Position befindet man sich immer dann, wenn die Leute um einen herum glauben, dass man derselben Ansicht ist wie sie oder dass man für etwas gänzlich davon Verschiedenes steht, wobei sie von dieser Verschiedenheit äußerst genaue Vorstellungen haben. Oder man stellt fest, dass diese oder jene Position stark vereinfacht worden ist, ein bloßes Bündel vorgefasster Meinungen, was unweigerlich zur Folge hat, dass der eigene Verstand dazu übergeht, innerlich einen fortlaufenden Kommentar abzugeben und alles auszuschmücken, was gesagt oder angenommen wird. Das habe ich schon als Kind getan. In jungen Jahren war dieser opponierende Kommentar gereizt und ungezügelt, aber je älter ich werde, desto verdrossener wird er: »Oh Gott, muss das sein?«

Es gab noch ein anderes Problem, das ich niemandem zu erklären brauche, der aus den Kolonien kommt (wobei ich in diesem Fall Kanada, Australien, Südafrika und all die anderen Länder einschließe, die einstmals zum Britischen Empire gehörten) – und ebenso wenig den meisten Ausländern. Wir waren zeitlebens daran gewöhnt, die Briten an schwierigen Orten arbeiten zu sehen, oft isoliert, allen erdenklichen Arten von Entbehrungen und Unbilden ausgesetzt. Wir wussten, dass die Briten nur dann wirklich glücklich sind, wenn sie entweder auf dem Gipfel eines schwierig zu besteigenden Berges stehen, den Atlantik in einer Nussschale überqueren oder sich allein in der Wüste beziehungsweise tief in einem Urwald befinden. Unbezwingbar ist das richtige Wort. Unabhängig. Die Einsamkeit liebend. Und trotzdem geht von den gleichen Leuten etwas Gemütliches, etwas Insuläres aus. Sie drängen sich, wenn sie mit einem Fremden konfrontiert werden, zusammen und haben Gesichter wie verängstigte Kinder. Da begegnet man einer Unschuld, etwas Ungelebtem, häufig zusammengefasst mit: »Sie müssen verstehen, seit Hunderten von Jahren ist niemand in England eingefallen.«

Da ist eine Kleinheit, eine Zahmheit, eine tief gründende, instinktive, beständige Weigerung, Gefahr oder auch nur das Unvertraute an sich heranzulassen, ein Widerwille gegen das

Verstehen extremer Erfahrungen. Irgendwo – so argwöhnt der Fremde, und zu Vergleichszwecken bin ich, während ich dies schreibe, gleichfalls eine Fremde –, irgendwo tief in der Psyche Großbritanniens steht ein Kinderzimmer aus der Edwardianischen Zeit, von scharfen, Eindringlinge abwehrenden Dornen umgeben, und drinnen liegt ein schlafendes Dornröschen mit einem Zettel am Saum ihres Kleides: Bitte nicht berühren. Zur Weihnachtszeit, als ein Kind bei mir zu Besuch war – und das war in den siebziger Jahren –, standen folgende Theaterstücke auf den Programmen der Londoner Theater: *Peter Pan. Let's Make an Opera. The Water Babies* – Kinder als Schornsteinfeger. *Alice im Wunderland. Toad of Toad Hall. Pu der Bär.* Es gibt einem zu denken, wenn man in einer Nachmittagsvorstellung von *Pu der Bär* sitzt und die jungen Mütter, nicht die Kinder, bitterlich weinen.

Aus meinen Erinnerungen an dieses unselige Jahr als Komiteemitglied heben sich zwei Dinge besonders heraus. Das eine ist die Diskussion über *My Fair Lady*, basierend auf Shaws *Pygmalion.* In Shaws Stück gibt es eine Zukunft für Eliza. Sie erhört ihren reichen, unbedeutenden Anbeter, um sich vor ihrer Herkunft und ihrem Peiniger Higgins zu retten, doch dann nimmt sie ihr Leben in die eigenen Hände. Aber die Schöpfer des Musicals beschlossen, dass sie sich für Higgins entscheiden sollte. Und damit gibt es in der Literatur eine weitere masochistische Frau, die es glücklich macht, dem Mann seine Pantoffeln zu bringen und ihm die Füße zu küssen. Die Society of Authors bekommt zehn Prozent der Tantiemen des Musicals. Das hat mich damals schockiert, und es schockiert mich noch heute. Ich konnte es einfach nicht glauben, und es fällt mir noch heute schwer, dass, wo Shaw seine Intentionen so deutlich machte, man sich nur des Geldes wegen über sie hinwegsetzte. Es war diese Diskussion, die mir sagte, wie fehl am Platze ich zwischen diesen Leuten war, die an dem, was sie taten, nichts Falsches sehen konnten. Die andere üble Geschichte passierte, als Dylan Thomas im Begriff stand, nach New York zu reisen, und sich dort der Verbindungen der Society bedienen wollte. Er war damals oft sehr betrunken und destruktiv, und man kam aus diesem Grund überein, dass die Leute in New York vor ihm zu warnen seien. Ich war damals schockiert: Wo blieb das geheiligte Recht eines Künstlers auf anarchisches Verhalten – etwas in dieser Art. Aber heute denke ich anders, nachdem mir nicht wenige Dichter und Schriftsteller begegnet sind, die sich alles nur Erdenkliche herausnehmen und dann erwarten, dass andere Leute hinter ihnen aufräumen.

Ein anderes Erlebnis, das man vermutlich kommunistisch nennen könnte, hatte ich, als ich mit Peter in den Schulferien in ein Hotel, das Dorothy Schwartz für Kommunisten führte, nach Hastings fuhr. In Oakhurst wurden Vorträge gehalten und Kurse veranstaltet. Ich fand das Hotel deprimierend. Es hatte die Atmosphäre des »Wir« und »Die da«, der Gläubigen gegen die ignorante Welt. Für jemanden, der an die Sonne und den weiten Himmel gewöhnt ist, ist es nicht leicht, Hastings zu mögen. Heute begegne ich immer wieder Leuten, Säulen der Rechtschaffenheit, von denen man nie geglaubt hätte, dass sie einst Kommunisten waren; aber sie waren damals in Hastings, hörten sich Vorträge an oder hielten welche. Einer von ihnen war ebenda sogar Kellner gewesen. Mich faszinierte, dass Aleister Crowley nur ein Stück die Straße hinunter in einem identischen Haus, Netherwood, gelebt hatte. In den zwanziger und dreißiger Jahren erlebten aufsehenerregende okkulte Gruppen in Großbritannien ihre große Zeit, und nicht alle ihre Mitglieder waren unbedeutend: Yeats zum Beispiel und die Anhänger von New Dawn. Selbst in den fünfziger Jahren stand Crowley noch im Ruf, fantastische, geheimnisvolle Leistungen vollbracht zu haben. Er endete als mitleiderregende Figur. Er war 1947 gestorben, aber in Hastings wurde immer noch von ihm geredet: »Soll ein Magier gewesen sein, stimmt's? Weshalb hat er denn dann gelebt wie ein alter Landstreicher?« Dorothys Haus, das Hotel, galt als das Gebäude, das Robert Tressell zum Schauplatz von *The Ragged Trousered Philanthropists* inspiriert hatte. Das Wohnzimmer besaß eine wunderschöne Decke, und sie wurde allen Gästen als mögliche Arbeit Tressells gezeigt.

The Ragged Trousered Philanthropists, ein Klassiker über das Leben der Arbeiterklasse, war mehrmals aufgelegt worden, erstmals 1914, aber nur in einer verderbten Textgestalt. Fred Ball, der sich viele Jahre mit Tressells Leben beschäftigt hatte, gelang es, das Originalmanuskript ausfindig zu machen und mithilfe von Freunden für 70 Pfund zu kaufen. Einige Leute bezweifelten zwar seine Echtheit, aber es war das Original. Es bereitete ziemliche Schwierigkeiten, die authentische Fassung zu veröffentlichen, da die entstellte noch auf dem Buchmarkt erhältlich war und mehrere Verleger der Überzeugung anhingen, der vollständige Text gliche zu sehr einem sozialistischen Traktat. Schließlich konnte Maurice Cornforth von Lawrence and Wishart, dem kommunistischen Verlag, dazu überredet werden, das Buch herauszubringen. Es verkaufte sich sehr gut. Jonathan Clowes, später ein bekannter literarischer Agent, arbeitete damals noch als Maler und Dekorateur. Er war ein Freund von Fred Ball, half ihm mit Ratschlägen und schaffte es, dessen Biografie zu Tressell bei Weidenfeld, einem normalen Verlag, unterzubringen. Lawrence and Wishart weigerten sich, die Biografie herauszubringen, weil Fred Ball herausgefunden hatte, dass Tressell vermutlich der Sohn eines gut situierten hohen irischen Beamten war, also nicht der Arbeiterklasse entstammte. Das war ungefähr zur gleichen Zeit, in der Joan Littlewood einen sehr großen Erfolg mit einem Stück über Bauarbeiter hatte, *You Won't Always Be On Top* von Henry Chapman, von der Presse der Maurer aus Hastings genannt. Sehr zum Verdruss der Kulturkommissare der Kommunistischen Partei stellte sich heraus, dass auch Henry Chapman einer untadeligen Familie der Mittelschicht entstammte.*

In dieser Zeit, in der sich jedermann für die Vorhut der Arbeiterklasse hielt, war der einzige Mensch, von dem ich wusste, dass er ein echter Vertreter dieser Klasse war, die Frau, die jede

* Jonathan Clowes fungierte schon damals als Agent für talentierte, aber mittellose Freunde, von denen einige später Weltbestseller schrieben, bevor ihm klar wurde, dass er diese Rolle dabei spielte.

Woche einmal kam, um meine Wohnung zu putzen. Was mich am meisten an ihr interessierte, war, dass sie aufs Haar den schottischen Farmersfrauen glich, unter denen ich aufgewachsen war. Sie hieß Mrs. Dougall, war um die sechzig, dünn, blass, kränklich, nie ohne eine Zigarette. Wenn das Schicksal sie übers Meer nach Südrhodesien verschlagen hätte? Stattdessen war sie ein getretenes Geschöpf und zugleich eine willige Komplizin ihrer Ausbeutung. Sie arbeitete für eine Firma, die uns doppelt so viel berechnete, wie man ihr ausbezahlte. Es war völlig sinnlos, ihr zu sagen, dass sie, wenn sie auf eigene Rechnung arbeitete, das Doppelte verdienen würde. »Sie sind gut zu mir gewesen«, pflegte sie zu seufzen. Ihr Ehemann war ein Versager, den sie oft mit unterhalten musste. Sie liebte ihn. Meine kleine Erzählung *He* ist von ihrem Schicksal inspiriert. Wenn sie nicht gerade liebevoll von ihrem Ehemann und freundlich von ihrem Arbeitgeber sprach, dann redete sie über 10 Rillington Place, ganz in der Nähe, das der Schauplatz grauenhafter Morde gewesen war.

Man hatte sie zum Arbeiten dorthin geschickt, aber sie war nicht für geeignet befunden worden. »Das hätte ich sein können«, pflegte sie sich zu »beklagen«, während sie aus ihrer Handtasche neue Zeitungsausschnitte über die Morde zog. »Ich hätte diese Leiche sein können, die man dort gefunden hat, meinen Sie nicht auch?«

WIE WIR DACHTEN: DER ZEITGEIST

Vor allem der National Health Service, der Wohlfahrtsstaat. Was für ein Stolz darauf, was für ein Glücksgefühl – und welche Zuversicht! Das Beste daran waren immer noch die jungen Ärzte, die Gruppenpraxen eröffneten. Die meisten, aber nicht alle waren Sozialisten verschiedener Couleur. Erinnerungen an die dreißiger Jahre lagen nahe, dokumentiert in *Die Sterne blicken herab, Die Zitadelle* und *Love on the Dole,* Romane, die jedermann gelesen hatte. Die Krankheit eines Angehörigen konnte für ganze Familien eine Katastrophe bedeuten. Diese grauenhafte Armut in den dreißiger Jahren, diese grausame Gleichgültigkeit der herrschenden Klasse gegenüber dem Leiden – aber jetzt gab es den Wohlfahrtsstaat. Renten bedeuteten, dass das Alter keine Bedrohung mehr war. (Vierzig Jahre später konnte eine Regierung rundheraus erklären: Das können wir uns nicht mehr leisten – und die Beihilfe kürzen, von der die Leute stets angenommen hatten, sie hätten für diese ihre Beiträge eingezahlt. Ist jemals jemand auf die Idee gekommen, eine Regierung zu verklagen, die ihre Versprechungen nicht hält? Und die vielleicht noch wichtigere Frage: In welcher Geistesverfassung müssen wir gewesen sein, um den Versprechungen der Regierung zu trauen? Die Antwort darauf ist einfach: in einer romantischen, utopischen, idealistischen Stimmung, in der alles Gute möglich schien.) Niemand brauchte mehr stempeln zu gehen, und auch der Means Test war verschwunden, die Ermittlung der Besitztümer, die bedeuten konnte – und es oft auch tat –, dass einer armen, ins Unglück geratenen Person jegliche Hilfe verweigert wurde. Ich kannte eine – inzwischen alt gewordene – Frau, die mir erzählte, dass sie tagelang nichts anderes zu essen hatte als altes, von einem Bäcker erbetteltes Brot; die Offiziellen von Means Test verweigerten ihr die Unterstützung, weil sie den Teppich auf ihrem Fußboden nicht verkauft hatte. Heute erinnert sich niemand mehr an den bitteren Groll, den schon das bloße Wort »Means Test« auslösen konnte.

Die Erforschung der öffentlichen Meinung, vor allem während des Krieges, war neu. Die Soziologie entstand, die Fähigkeit, unsere Gesellschaft, unser eigenes Verhalten so zu betrachten, wie ein Geschöpf von einem anderen Stern sie sehen würde. Heute scheint mir das eine sehr wichtige Sache zu sein, aber damals war es der Wohlfahrtsstaat, der unser Denken als Bürger bestimmte.

Harry Pollitt, der Generalsekretär und Anführer der britischen Kommunistischen Partei, steht vor Pontings, einem

Geschäft in der Kensington High Street. Verglichen mit dem heutigen Überfluss in den Läden, war es sehr bescheiden; verglichen mit den damaligen Kaufhäusern wie Harrods oder Selfridges, war es ein Dorfladen. Er hob die geballte Faust und schüttelte sie, dann senkte er sie wieder und streckte einen anklagenden Finger aus: »Wenn wir an die Macht kommen, werden wir das alles niederreißen.« Womit er diesen ekelhaften Luxus meinte. So viel zu dem Thema, dass die Kommunistische Partei das Ohr am Herzen der Massen hatte, die jetzt, wo die Kleiderrationierung aufgehoben worden war, von nichts anderem träumten als von ein bisschen Eleganz und Mode. Die Anekdote veranschaulicht einen für das britische Denken charakteristischen Zug. Es ist zutiefst puritanisch, geprägt von Hass auf jede Art von Vergnügen, der sich mit dem Verlangen verbindet, zu kontrollieren und zu unterdrücken. Als ich John Sommerfield diese Geschichte erzählte, sagte er: »Wenn du England verstehen willst, brauchst du dich nur daran zu erinnern, dass wir für die Aussicht auf ein paar Pfund Profit Nash's Regent Street platt gewalzt haben.«

Französisches Essen. Unser Essen war damals miserabel, aber auf der anderen Seite des Kanals, in Frankreich, gab es richtiges Essen. Das war ein Jahrzehnt vor Elizabeth David. Wie wir murrten und das verabscheuten, was wir hatten! Die Feinkostgeschäfte waren unser Trost, die französischen und italienischen Lebensmittelgeschäfte in Soho. Weiches Weißbrot war das Symbol für alles Schlechte an unserem Essen. (In den Neunzigern ist dieses verhasste Brot in Paris der letzte Schrei; dort kann man von unseren Weißbrot-Sandwiches gar nicht genug bekommen.) Nein, Baguettes, Croissants, Brioches – und Gauloises und Gitanes –, das war Zivilisation. Essen ist immer mehr als nur Essen. Die Rückkehr aus Soho mit einer schönen Ecke Brie oder Camembert oder französischem Gebäck war ein Sieg über die Barbarei. Heute frage ich mich, wie viel diese Leidenschaft für Nahrungsmittel – zweifellos angefacht von den Entbehrungen des Krieges und unseren kurzen

Reisen nach Frankreich und Italien – zu unserer gegenwärtigen Besessenheit in puncto Essen beigetragen hat, ganze Seiten voller Rezepte, Unterhaltungen über Restaurants und Küche, Rezensionen von Kochbüchern, die wir lesen wie Romane. Heutzutage wird dem Thema Essen in unseren Zeitungen und Fernsehsendern mehr Platz eingeräumt als Büchern.

Almosen gab es nicht mehr – für immer. Der Wohlfahrtsstaat hatte dieser bitteren Beleidigung der Armen ein Ende gemacht. Außerdem würde es bald keine Armen mehr geben. »Wenigstens brauchen wir nicht mehr der milden Gaben wegen in unsere Taschen zu fassen.«

Margharita Laski schrieb ein Theaterstück, *The Offshore Island*, in dem es darum ging, dass Großbritannien eine Kolonie der Vereinigten Staaten geworden war. Überall in Großbritannien gab es amerikanische Militärbasen: Das war der Preis, den wir dafür zahlten, dass die Vereinigten Staaten uns gerettet hatten, als wir »ganz allein« gegen Hitler kämpften. Sie wurde als Kommunistin geschmäht, was sie keineswegs war. Jeder, der »das Establishment« kritisierte – ein Ausdruck, der damals gerade aufkam und den der »herrschenden Klasse« ablöste –, war ein Kommunist und damit ein Verräter. Heute erscheint mir dies als eine der schlimmsten Konsequenzen des Kalten Krieges: Legitime und nützliche Kritik wurde mit der Bemerkung beiseitegewischt: »Das ist ja nur kommunistische Propaganda.«

Picasso kam nach London. Er bekannte sich offen, um nicht zu sagen hochmütig, zum Kommunismus: Nehmt mich, wie ich bin, oder lasst es bleiben. Er war es gewesen, der die Friedenstaube gezeichnet hatte, die die kommunistischen Friedenskampagnen in aller Welt zierte. Er wurde alles andere als herzlich willkommen geheißen. Es gab nicht nur Lobreden, sondern auch Wut: »Wir wollen diesen Kommunisten hier nicht haben.« Unruhen wurden angedroht. Sein Ruhm war damals noch nicht so unangefochten wie heute. Scharlatan, Schwindler, Marktschreier, Umstürzler – ein weiterer Grand Old Man im Werden.

In den Kinos und Theatern standen wir auf, wenn die Nationalhymne gespielt wurde.

So oft wir konnten, sahen wir uns französische und italienische Filme in den beiden Kunst-Kinos in der Oxford Street an, *Studio One* und *The Academy*. Das National Film Institute existierte damals noch nicht. Wir verbrachten glückliche Stunden in den Kinos, und oft sagten wir: »Ich gehe los, um mir eine Portion Sonne zu holen.« In französischen und italienischen Filmen kamen wir für ein oder zwei Stunden in den Genuss der Anmut und des Charmes, die uns so sehr abgingen.
Fernsehen: Diese monströse neue Erfindung schickte sich an, das Denken unserer Kinder zu verderben. Was konnten wir gemeinsam tun, um uns davor zu schützen?

Das Britische war immer noch das Beste: alles Britische.

Ausländer sagen, wie zivilisiert unsere Straßen sind, so liebenswert. In *The Writers' Group* witzelten wir, dass das ewige Problem im gegenseitigen Verstehen zwischen Großbritannien und der Sowjetunion mit einem Schlag zu lösen wäre, wenn die Russen sich auf das Großbritannien der Romane Dickens' und wir uns im Fall von Russland auf die von Dostojewski besinnen würden.

Bisher war dies in erster Linie ein Bericht über äußerliche Ereignisse: Reisen, Versammlungen, *The Writers' Group*, Politik – und so wird es weitergehen. Ein Gerüst, ein Rahmen, in den sich das innere Leben einfügt. Aber angenommen, es wäre umgekehrt – das Schreiben wäre der Rahmen und die Gedanken das, was sich in ihn einfügt? Es ist unmöglich, das Leben eines

Schriftstellers zu beschreiben, denn das Reale an ihm lässt sich nicht niederschreiben. Wie habe ich meine Tage verbracht in diesen frühen Jahren in London, in der Church Street? Ich wachte um fünf auf, zusammen mit Peter. Er kam in mein Bett, und ich erzählte ihm Geschichten oder las ihm welche vor. Wir zogen uns an, er frühstückte, und dann brachte ich ihn zur Schule. Aber bald setzte ich ihn nur in den Bus, und er fuhr allein. Ich nehme an, heute wäre das nicht mehr möglich. Ich kaufte ein paar Sachen ein, und dann begann mein eigentlicher Tag. Der fieberhafte Drang, dieses oder jenes zu erledigen – das, was ich die Hausfrauenkrankheit nenne. »Ich muss dieses oder jenes einkaufen, Soundso anrufen, das darf ich nicht vergessen, ich muss mir eine Notiz machen« – all das musste gedämpft werden, bis der stumpfe, gefühllose Zustand erreicht war, den man zum Schreiben braucht. Manchmal erreichte ich ihn, indem ich ein paar Minuten schlief und darum betete, dass das Telefon stumm blieb. Schlaf ist immer mein Freund gewesen, mein Erneuerer, meine Schnellreparatur, aber es war in dieser Zeit, dass ich den Wert eines nur ein paar Minuten währenden Eintauchens – in was? – schätzen lernte, um dann gelöst, ruhig, dunkel, arbeitsbereit wieder hervorzukommen.

Wenn Peter für ein paar Tage oder übers Wochenende bei den Eichners war oder meine Mutter ihn irgendwohin mitgenommen hatte, legte ich mich oft einfach ins Bett und glitt in diesen erholsamen Unterwasser-Zustand, in dem man schlaff daliegt, zur Oberfläche emporsteigt, sie fast erreicht, sinkt, aufsteigt … man ist nicht wirklich bei Bewusstsein, wenn man sich dem Wachzustand nähert, und der Schlaf selbst wird leichter gemacht durch das Halbwissen darum, dass man schläft. Eine Stunde … sogar ein ganzer Tag, wenn ich zu hektisch geworden war. Als ich älter wurde und geschickter darin, meine Gefühlsökonomie zu verwalten, begann ich mich zu fragen, ob der Zustand des Wachseins zur Anhäufung irgendeiner Substanz führt, die klirrt und vibriert, einen angespannt und überreizt macht, und dass das sich verstärkt um das Hundertfache, wenn man schreibt; aber nur ein paar Minuten Schlaf, das leichteste Eintauchen in diese andere Dimension, löst die Anspannung, macht einen wieder ruhig, neugeboren.

Und nun steht auf dem kleinen Tisch, von dem das Frühstücksgeschirr abgeräumt und durch verstreute Blätter ersetzt worden ist, die Schreibmaschine und wartet auf mich. Jetzt beginnt die Arbeit. Ich setze mich nicht hin, sondern wandere durchs Zimmer. Ich denke im Gehen, denke, während ich eine Tasse abspüle, eine Schublade aufräume, eine Tasse Tee trinke, aber in Gedanken bin ich nicht bei diesen Aktivitäten. Irgendwann sitze ich auf dem Stuhl vor der Maschine. Ich schreibe einen Satz … wird er stehenbleiben? – lassen wir das fürs Erste, das findet sich später, erst einmal weitermachen, in Gang kommen. Und so geht es weiter, ich wandere herum, meine Hände beschäftigen sich mit diesem oder jenem. Nach dem zu urteilen, was man sehen kann, könnte man glauben, ich wäre ein Muster an Hausfrau. Ich versinke für ein paar Minuten in Schlaf, weil ich in einen Zustand unangenehmer Hochspannung geraten bin. Ich wandere, ich schreibe. Wenn das Telefon läutet, versuche ich das Gespräch zu führen, ohne die Konzentration zu unterbrechen. Und so geht es weiter, den ganzen Tag über, bis es an der Zeit ist, das Kind von der Schule abzuholen, oder es vor der Tür steht.

Diese Sache mit der körperlichen Bewegung als Straße zur Konzentration: Maler tun es häufig. Sie wandern im Atelier herum, scheinbar ziellos. Sie säubern einen Pinsel. Sie werfen einen anderen fort. Sie bereiten eine Leinwand vor, aber man kann sehen, dass sie in Gedanken ganz woanders sind. Sie schauen aus dem Fenster. Sie machen sich eine Tasse Kaffee. Sie stehen lange Zeit vor der Leinwand, mit dem Pinsel in der Hand. Endlich fängt sie an: die Arbeit.

Ich unternahm keinerlei Versuche zu schreiben, während das Kind zu Hause war, denn das hätte nur zu Irritationen auf beiden Seiten geführt. Ich lese ihm vor, wir spielen Brettspiele. Er hört Radio, begeistert, sowohl Hörspiele für Erwachsene als auch Kinderprogramme. Abendessen. Wenn Joan oder Ernest zu Hause sind, geht er zu ihnen hinunter. Um acht wird er ins Bett gesteckt, aber er ist nie ein Vielschläfer gewesen und liegt bis neun oder noch länger wach. In der Zwischenzeit kommt Jack. Wir essen. Wir unterhalten uns. Jack arbeitet sehr hart im Maudsley Hospital. Das ist das führende psychiatrische Krankenhaus in Großbritannien, und es ist die Zeit der Aufbrüche und der Entdeckungen. Viele der psychiatrischen Überzeugungen und Praktiken, die wir heute für selbstverständlich halten, wurden damals entwickelt. Jack war die Art von Arzt, die es heute vermutlich nicht mehr gibt. Er veranschaulichte die Theorien und Praktiken von Maudsley oder die Erlebnisse mit Patienten durch Vergleiche aus der Musik, über die er sehr viel wusste, oder aus dem Leben von Komponisten oder Szenen aus der Literatur. Ein armer Mann aus dem Londoner East End wurde mit einem Charakter aus einem Roman von Dostojewski verglichen, ein geistesgestörtes Mädchen mit einer Operngestalt. Er litt mit seinen Patienten. Er hatte oft schwere Bedenken gegen die Experimente, die durchgeführt wurden. Er beschrieb mir zum Beispiel Experimente mit Hypnose. Wenn man jemanden nahm – irgendjemanden –, ihn hypnotisierte und ihn dann aufforderte zu sagen, was zum Beispiel am 2. Mai in einem weit zurückliegenden Jahr passiert war, als dieser Mensch zehn oder zwanzig Jahre alt war, dann lieferte dieser einen kompletten Bericht über besagten Tag. »Beim Aufwachen war ich schlecht gelaunt, ich hatte einen Streit mit meinem Mann, ich ging einkaufen, ich habe gekocht« – und so weiter. Alles ist irgendwo im Gedächtnis gespeichert. Was wir Erinnerung nennen, ist nur ein winziger Bruchteil dessen, was sich in unserem Gehirn befindet, und es ist nicht schwierig, es sich als eine Art Überlauf aus der tatsächlich vollständig vorhandenen Vergangenheit vorzustellen. »Welches Recht haben wir, auf diese Weise in das Denken eines anderen Menschen einzudringen?« Er erzählte mir, wie er eine Reihe zufällig ausgewählter Leute vor sich hatte und dann an der Reihe entlangschritt und mit den Fingern schnippte und – »Sie sind draußen! Einfach so! Man kann mit ihnen machen, was man will. Kein Mensch sollte so behandelt werden.« Er sagte ständig, dass kein Mensch so oder so behandelt werden sollte. Er mag

Kommunist und vormals Stalinist gewesen sein, war immer noch, wie er erklärte, Marxist, im Grunde aber war er ein altmodischer Humanist, und das galt für alle Kommunisten, denen die literarische Tradition in Fleisch und Blut übergegangen war.

Und dann gingen wir ins Bett. Die Dunkelheit und Liebe.

Am Morgen war er oft schon fort, wenn das Kind aufwachte. »Ich muss mir zu Hause ein sauberes Hemd holen«, war die stehende Redensart.

»Du könntest deine sauberen Hemden auch hier aufbewahren.«

»Na, hör mal, weshalb solltest du dich um meine Hemden kümmern?«

Wortwechsel dieser Art, archetypisch (Jung) zwischen Mann und Geliebter, waren, in dieser oder jener Form, während der ganzen vier Jahre, die wir zusammen waren, an der Tagesordnung.

Das also ist der Abriss eines Tages. In nichts von alledem steckt die Wahrheit über den Prozess des Schreibens. Der nützlichste Begriff ist vielleicht »die Gedanken schweifen lassen«. Und das geht vor sich, während man einkauft, kocht oder sonst etwas tut. Man liest, stellt aber fest, dass das Buch herabgesunken ist: Man lässt die Gedanken schweifen. Die schöpferische Dunkelheit. Nicht vermittelbar. Und was ist mit den Seiten, die ausrangiert und weggeworfen wurden, den Geschichten, die missraten sind – in den Papierkorb –, den Ideen, die einen Tag oder zwei oder eine Woche existierten, aber kein wirkliches Leben haben? – also fort mit ihnen. Was für ein Leben ist das, weshalb ist das Geschriebene einer Seite lebendig und das einer anderen nicht, was ist diese Lebendigkeit überhaupt – ein Leben, das aus großen Tiefen, außer Sichtweite, geboren und von Liebe genährt wird? Aber einen Tag so zu beschreiben: Ich stand auf, das Kind ging zur Schule, ich schrieb, es kam zurück, und am nächsten Tag war es genauso – das ist kaum der Stoff, der den Leser zum Lesen bringt.

Ich glaube, das wahre Leben eines Schriftstellers kann nur ein Schriftsteller verstehen. Und vielleicht noch ein paar andere

Leute. Das waren früher die Verleger. Die Verlagsszene hat sich dermaßen verändert, dass man sich heute nur schwer vorstellen kann, dass ihr Herzstück einst das Verhältnis zwischen dem Verleger als Individuum und dem Autor war. In den Fünfzigern war jeder Verlag von einem einzigen Mann gegründet worden – damals waren es Männer –, der die Literatur liebte. Oft hatten sie alles aufs Spiel gesetzt, was sie besaßen, hatten gewöhnlich zu wenig Kapital, und ja, oft waren sie schlechte Geschäftsleute. Sie hielten ständig Ausschau nach neuen Autoren, umsorgten sie, hielten Bücher vorrätig, von denen sich vielleicht nur ein paar hundert Exemplare verkauften. Der heutige Zustand, wo alles auf ein paar Wochen intensiven Verkaufens abgestellt ist, geht eigentlich auf einen Scherz zurück, der – wie das so oft der Fall ist – bald kein Scherz mehr war, sondern die exakte Beschreibung dessen, was heute im Verlagswesen gang und gäbe ist. »Das Regalleben dieses Buches ist oder war soundso lang.« Sechs Wochen. Zwei Monate.

Ein Beispiel für das Gegenteil dessen, woran wir uns inzwischen so gewöhnt haben. 1949 nahm ein Mann namens Frank Rudman sein Entlassungsgeld von 100 Pfund und brachte, in drei Dachkammern in Bloomsbury arbeitend, jährlich sechzig Titel heraus. Das war Ace Books, der Beginn der Taschenbuch-Revolution, und in seinem Programm finden sich sämtliche guten Autoren jener Zeit vom europäischen Kontinent, aus Amerika und der Karibik. Ich vermute, dass niemand viel Geld verdiente. Frank Rudman liebte es, seine Geschäfte, wann immer er konnte, vom nächsten Pub aus zu führen.

Der erste Roman oder ein Band Erzählungen wurde am Leben erhalten, nicht verramscht. Der zweite Roman, stets eine riskante Unternehmung, wurde ebenso umsorgt. In der literarischen Welt gewann mit einem Mal ein Name an Klang. Ein drittes Buch, vielleicht ein viertes. Durchaus möglich, dass keines von ihnen sich mehr als ein paar hundert Mal verkaufte. Und dann, aus irgendeinem Grund, kommt der Durchbruch. Es erhält einen Preis – von denen es damals nur wenige gab – oder wird im Radio erwähnt. Wahrscheinlicher ist jedoch, dass ein unsichtbares Maß an Entgegenkommen über die Zeit gewachsen ist und dann ein Moment eintritt, an dem sich gewissermaßen die Waagschale neigt: Der Autor hat jetzt eine feste Leserschaft, eine Gemeinde, die nach einem neuen Buch von ihm oder ihr Ausschau hält. Das kann ein langwieriger Prozess sein, aber er ist organisch und hat ein Eigenleben – Bücher werden empfohlen oder verliehen, die Anerkennung wächst, fast ausschließlich über Mundpropaganda. Und jetzt werden von dem neuen Buch endlich zehn- oder zwanzigtausend Exemplare verkauft. Während der ganzen Zeit vorher hat der Autor von der Hand in den Mund gelebt, in irgendeinem Büro gearbeitet oder sich mit Rezensionen, einem Hörspiel oder hin und wieder einem Zeitungsartikel über Wasser gehalten.

Im Zentrum dieses Prozesses stand die enge Beziehung des Autors zu seinem Verlag – da die Verlage klein waren, war es häufig eine zum Verleger selbst. Die Lektoren wechselten damals nicht ständig den Verlag, sie blieben, und der Autor konnte sich auf eine stetige, sich allmählich entwickelnde Freundschaft verlassen, deren Tiefe meiner Meinung nach noch nicht angemessen gewürdigt worden ist. Zugestanden, alle Schriftsteller sind wie Kinder, zumindest in diesem Bereich ihres Lebens. Auf den Verleger – oder den Lektor – wird ein wahrer Wirbelsturm an Emotionen losgelassen: Bedürfnisse, Abhängigkeit, Dankbarkeit, Erbitterung darüber, dass man bedürftig und abhängig ist, eine kämpferische, widersprüchliche Zuneigung, die der Arbeit zugute kommt. Die leidenschaftliche Liebe des Verlegers zur Literatur fließt in die Arbeit des Autors ein, und das Urteilsvermögen, das aus dem Lesen so vieler Bücher resultiert, hilft ihm, das Buch zu kritisieren und dafür zu sorgen, dass es besser wird. Ja, ich bin mir durchaus bewusst, dass ich hier ein ideales Verhältnis beschreibe. Die wohl berühmteste derartige Beziehung war vermutlich die zwischen Thomas Wolfe (nicht dem Journalisten, sondern dem Romancier der dreißiger Jahre) und Maxwell Perkins bei Scribners. Ein sowohl für den Autor als auch für den Verleger ebenso fruchtbares wie profitables Verhältnis. Heute gibt es nur noch sehr wenige derartige Verleger oder Lektoren.

Mit Michael Joseph, der sich nicht auf diese leidenschaftliche Art für Literatur interessierte, verband mich kein auch nur im Ansatz vergleichbares Verhältnis. Sein Kompagnon Robert Lusty lud mich zum Essen ein und gestand mir, dass er nie Bücher las, sondern nur fernsah. In seiner Anfangszeit wurde das Fernsehen ziemlich verachtet. Diese beiden Männer hassten einander, und da sie nicht imstande waren, auf die übliche Art miteinander zu verkehren, verständigten sie sich mittels Notizen, die von ihren Sekretärinnen zwischen den beiden nebeneinanderliegenden Büros hin- und hergetragen wurden. Ich weiß nicht, ob das das gute Funktionieren der Firma beeinträchtigt hat. In dieser Zeit verließ ich mich auf Juliet O'Hea, wenn ich Hilfe brauchte.

Was mit dem Verlagswesen passiert ist, ist ein gutes Beispiel für den Grundsatz, dass Dinge sich oft in ihr Gegenteil zu verkehren pflegen. Das genaue Gegenteil des langsamen und verlässlichen Wachsens eines Rufes, will sagen, dass Bücher von Leuten gekauft werden, die ein persönliches Interesse an ihnen haben, ist Folgendes: Im vorigen Jahr wurde ich von einer jungen Frau von der *New York Times* interviewt, und was dabei herauskam, war ein seichter und oberflächlicher Artikel. Ein paar Tage später rief mich mein Verleger an und sagte, auf diesen Artikel hin seien tausendfünfhundert Exemplare des Buches (*Unter der Haut*) an eine große Ladenkette verkauft worden (was nicht bedeutet, dass sie auch alle gelesen werden). Der Kaufimpuls ist von außen gekommen – ein Anstoß durch ein Interview oder einen Auftritt im Fernsehen –, aber diese Art von Anreiz bedeutet nicht, dass dem Leser das Buch gefallen wird. Impulskäufe führen nicht notwendigerweise zu ernsthafter Lektüre. Die Wurzeln des Problems liegen in dem Umstand, dass in den Verlagen für gewöhnlich die Buchhalter das Sagen haben. Sie interessiert nicht die literarische Qualität eines Buches, sondern nur, wie es sich verkauft, die Autoren werden nach ihren Auflagen beurteilt. Aber etliche Autoren, und das sind mitunter die besten, kommen nie über den Verkauf von ein paar hundert oder ein paar tausend Exemplaren hinaus. Trotzdem haben sie einen starken, weitreichenden, tief gehenden Einfluss. Die wahren, die guten

Bücher, diejenigen Bücher, die Maßstäbe setzen oder für ein ganzes Land oder eine Kultur tonangebend sind, wurden stets nur von einer Minorität gelesen, und daran wird sich auch in Zukunft nichts ändern. Kein noch so großer Aufwand an »Promotion« wird aus einem derartigen Buch einen Bestseller machen, er führt lediglich dazu, dass sich unverkaufte Exemplare in Lagerhäusern zu Bergen türmen und irgendwann eingestampft werden.

Die riesigen Verlage, die internationalen Konzerne, sind gut für »Blockbuster«, für Bestseller, und sogar für manche ernsthaften und bereits bekannten Schriftsteller, die dort gut behandelt und gehätschelt werden. Zu denen gehöre ich, und ich bin dankbar dafür. Zwischen den Buchhaltern und den Kaufleuten sitzen versteckt Menschen, die sich leidenschaftlich für Literatur interessieren, aber sie neigen dazu, eine gequälte Miene aufzusetzen, und man kann sie murmeln hören: »*Früher* habe ich mich leidenschaftlich für Literatur interessiert, aber jetzt habe ich keine Zeit mehr zum Lesen.« Denn sie sind fürchterlich überarbeitet. Gute Bücher werden weiterhin verlegt, gute Autoren überleben auch weiterhin, aber es lastet ein enormer Druck auf den »kleinen«, den ungewöhnlichen, den besonderen Büchern.

Jeder von uns, dem Literatur am Herzen liegt, hat eine Liste von Büchern, die vergriffen sind oder überhaupt nicht publiziert wurden oder bei denen, wenn sie denn publiziert wurden, die Verleger sich nicht die Mühe gemacht haben, sie auch zu verkaufen. Auf lange Sicht wird das Vernachlässigen gerade dieser nicht »publikumswirksamen« Bücher das gesamte Verlagswesen nachteilig beeinflussen. Vor Zeiten wussten die Verleger einmal sehr genau, wie wichtig diese Bücher sind, jedes eine kleine Quelle überschäumender Vitalität. Einige von uns werden sich noch wehmütig an die Tage erinnern, an denen ein Verleger sagte: »Weder Sie noch ich werden an diesem Buch etwas verdienen, aber es sollte publiziert werden.«

Die andere tief greifende Veränderung verbindet sich mit dem Begriff »Promotion«. Unter Autoren geht der traurige Witz um, dass wir, wenn wir ein Buch geschrieben haben, es auch verkaufen müssen. Aber es ist kein Witz. Es hat mich dreieinhalb Monate meines Lebens gekostet – Schreibzeit –, um für *Unter der Haut* in Großbritannien und Amerika, in den Niederlanden, Irland und Frankreich Werbung zu machen. Die alten Verleger wussten, dass Schriftsteller Stille und Frieden brauchen, dass man sie in Ruhe lassen muss und keine öffentlichen Auftritte von ihnen verlangen darf. Aber heute entwickeln wir uns notgedrungen zu gespaltenen Persönlichkeiten. Die eine, die wahre Persönlichkeit wandert in ihrem Zimmer umher, lässt die Gedanken schweifen, träumt, fördert Substanz aus ihrem tiefsten Inneren zutage. Die andere setzt ein Lächeln auf und macht es sich zur Aufgabe, »eine Persönlichkeit« zu sein.

Die Veränderung nahm ihren Anfang mit dem Geiz der Verleger, die kein Geld für Werbung ausgeben wollten. Sie verließen sich ausschließlich auf die Rezensionen. Dann wurden die Autoren um Interviews gebeten. Die kosten den Verleger nichts, und Zeitungen und Zeitschriften müssen schließlich ihre Seiten füllen. Ein Schneeballsystem. Schriftsteller wurden aufgrund ihres Lebens, ihrer Persönlichkeit bekannt, wurden zu Berühmtheiten. Interviews und Kurzbiografien stiegen im Kurs. Vor ungefähr zehn Jahren kamen die Literaturfestivals in Mode. Sie waren ein Erfolg, und heute gibt es jedes Jahr neue. Sie spekulieren dreist mit dem Schriftsteller als Persönlichkeit. Zu ihnen pilgern Tausende von Lesern, von denen viele sich mehr für die Persönlichkeit des Autors als für dessen Bücher interessieren. Das bedeutet keineswegs, dass der Leser, der sich einen Vortrag von einer Berühmtheit angehört hat, sofort loszieht, um sich das entsprechende Buch zu kaufen: Das eine ist oft der Ersatz für das andere. Das übergroße Interesse am autobiografischen Element in der Arbeit eines Schriftstellers erfährt hier seine Erfüllung: Wenn man Shelley leibhaftig gesehen hat, weshalb sollte man dann noch sein Werk lesen?

Und dann sind da die Signierstunden, das Irrationalste aller mit »Promotion« verbundenen Phänomene. Man hält einen Vortrag oder veranstaltet ein Seminar, und dann sitzt man an einem Tisch, vor dem lange Schlangen geduldig auf das Signieren ihrer Bücher warten. Die Menschen messen der Signatur einen hohen Wert bei, ohne zu begreifen, dass sie nicht wertvoller ist als alles andere, was von einem Fließband kommt. Sie wissen, dass dieser Autor oder diese Autorin jährlich Hunderte oder Tausende von Büchern signiert. Endlich sind sie vor ihm oder ihr angekommen, halten ein Buch hin, das sie gerade gekauft haben oder auch nicht, denn oft bringen sie Exemplare aus ihrer Bibliothek mit und sagen: »Bitte schreiben Sie ›Für Marie‹, ›Für Bobby‹, ›Für Marcelle‹, ›Für Jack‹, bitte schreiben Sie ›Herzlichen Glückwunsch zum Geburtstag, Pat‹, ›Fröhliche Weihnachten, Jorges‹.« Zu Beginn von dem inbrünstigen Anliegen erfüllt, für die Ehre der Literatur einzutreten, und vielleicht früher sogar imstande, absurde Botschaften zu verweigern, bricht der Autor oder die Autorin schließlich unter dem Andrang zusammen und ist willens, alles zu tun, um dieses elende Geschäft zu einem Ende zu bringen. Um nicht den Verstand zu verlieren, denkt er oder sie insgeheim, dass früher einmal Schriftsteller schüchtern ein Buch für einen guten Freund signierten: »Cassandra, von Jane«; »Dorothy, von William«. Was hätten sie zu dieser Fließbandarbeit gesagt? Einmal hat man mich aufgefordert, sechstausend Exemplare eines neuen Buches zu signieren; ich habe mich geweigert. Doch in einem Fall habe ich dreitausend signiert. Wozu? Insgeheim glaube ich, wenn ich genügend Exemplare signiere, wenn wir alle das tun, dass dann die Leser begreifen werden, wie lächerlich das ist. Vor ein paar Jahren machte unter den Studenten in Oxford ein Scherz die Runde: »Ich habe nur das unsignierte Exemplar von …« Wie kann man einer Signatur einen derartigen Wert beimessen? Man denkt an die lange und geduldig in Schlangen ausharrenden Menschen, die auf eine Signatur warten, die dann tatsächlich gesehen haben, wie der Autor oder die Autorin dort saß, ungefähr eine Stunde geredet und Fragen beantwortet hat. Nun wissen sie, dass der Autor oder die Autorin ein Mensch ist wie sie, dass er oder sie völlig erschöpft sein muss und sie innerlich verflucht. Aber sie kommen, sie kommen!

In einem Hotel in Sizilien erlebte ich, wie dessen Direktor

hinter seinem Schreibtisch stand, mir eines meiner Bücher entgegenhielt und befahl: »Für meine Mutter Maria. Und darunter: Mit ehrerbietigen Wünschen.« Die ganze Zeit über ließ er den Zimmerschlüssel nicht aus den Augen; ich war mir sicher, dass ich ihn erst bekommen würde, nachdem ich ihm das Buch signiert hatte.

In Washington hielt ich einen Vortrag vor einer überaus seriösen literarischen Organisation. Von dem Komitee anschließend zum Essen eingeladen, hatte ich noch nicht einmal richtig Platz genommen, als vor mir ein Stapel meiner Bücher auftauchte und ich hören musste: »Wenn Sie Ihr Essen haben wollen, müssen Sie das vorher signieren.« Ein Scherz.

Mitte der fünfziger Jahre passierte Folgendes: Michael Joseph verkaufte seinen Verlag an einen großen Konzern, aber nur unter der Bedingung, dass, falls der Verlag neuerlich weiterverkauft würde, man die für den Verlag arbeitenden Leute konsultierte. Kurze Zeit später wurde der Verlag tatsächlich an – glaube ich – die *Illustrated London News* verkauft, und die Mitarbeiter erfuhren erst davon, als die Verkaufsnachricht über den Fernschreiber tickerte. Ein paar kündigten. Wir Autoren hielten das für empörend. Inzwischen haben wir den Punkt erreicht, dass es nichts Ungewöhnliches mehr darstellt, dass Dutzende von Lektoren und Mitarbeitern eines Verlags auf die Straße gesetzt werden und ihn binnen weniger Wochen verlassen müssen. An das Verhältnis, das sich zwischen Autor und Lektor entwickelt hat, wird kein Gedanke verschwendet. Heute werden die in einem Verlag arbeitenden Lektoren genauso rücksichtslos behandelt wie die Autoren.

Es ist eine interessante Tatsache, vielleicht die bezeichnendste von allen, dass die Autoren nie konsultiert werden, wenn ein Verlag den Besitzer wechselt. Wir unterschreiben Verträge mit einem Verlag, vielleicht aufgrund seines guten Rufes oder weil wir einem bestimmten Lektor vertrauen oder ihn mögen, aber letztendlich spielt das keine Rolle. Heutzutage sind wir Stückgut, Gebrauchsgegenstände wie die Bücher, die wir schreiben.

In den alten Zeiten geschah es höchst selten, dass man einen

Brief wie diesen bekam, der bald an der Tagesordnung sein sollte: »Leider muss ich Ihnen mitteilen, dass ich diesen Verlag verlasse und zu … wechsle. Es tut mir außerordentlich leid, weil es mir sehr viel Freude bereitet hat, mit Ihnen zusammenzuarbeiten. Ich hoffe, wir können bald einmal miteinander zum Essen gehen. Ich würde es begrüßen, wenn wir eines Tages wieder miteinander zusammenarbeiten.« Ganz zu Anfang, bevor Verlage wie Tüten voller Lebensmittel gekauft und verkauft wurden und die Lektoren von Verlag zu Verlag wanderten, erwartete man von den Autoren, dass sie ihrem Verlag gegenüber »Loyalität« bewiesen. Aber schon bald, nachdem die Autoren gesehen hatten, was vor sich ging, folgten sie demselben Begriff von Loyalität wie ihre Verleger und wechselten den Verlag nach Gutdünken, in der Regel im Gefolge eines Lektors, zu dem sie ein Vertrauensverhältnis aufgebaut hatten. Als auch diese »Loyalität« schwand, verlor sich etwas, das viel tiefer reichte als ein bloßer Vertrag.

Das Schlimmste, was der Literatur passieren konnte, trat ein, als Superreiche, Multimillionäre, Lust auf den Besitz von Verlagen bekamen. Der Rausch der Macht: Wer von ihnen interessiert sich für Literatur? Beinahe über Nacht zwangen sie die Verlage dazu, sich zu verhalten wie jeder andere Industriezweig. Keiner der bedeutenden Verlagskonzerne bringt das sogenannte große Geld, also bleibt uns die Hoffnung, dass diese Superreichen bald das Interesse verlieren werden, und wenn wir Glück haben – oder träume ich nur? –, brechen diese unnatürlichen Verlagskonzentrationen schon bald wieder auseinander. Auf diesem Gebiet ist das Kleinere ganz eindeutig das Schönere. Vielleicht kehren wir dann zu einem Zustand zurück, bei dem den Verlegern daran gelegen ist, dass ihre Bücher anständig produziert und sogar sorgfältig korrigiert werden. Denn den Lesern dürfte mittlerweile aufgefallen sein, dass Bücher nicht mehr das sind, was sie einmal waren: Es wimmelt darin von Druckfehlern. Das passiert, weil die Verlage, von den »Kaufleuten« an allen Ecken und Enden zum Sparen gezwungen, oft nicht einmal mehr Korrektur lesen lassen, es sei denn, der Autor schlägt Krach und besteht darauf.

Das Wissen darum, dass es dem Verleger völlig gleichgültig ist, ob es im Text von Druckfehlern wimmelt oder Papier und Einband von der billigsten Sorte sind, ist natürlich nicht dazu angetan, das Vertrauen und das Selbstbewusstsein des Autors zu fördern.

Aber es ist nicht ausschließlich eine Frage des Geldes. Etwas Dunkles und Dubioses lauert hier; ein uneingestandenes Bedürfnis wird befriedigt. Es gibt nichts Demütigenderes für einen Autor, als auf eine Reise nach, sagen wir, Manchester (oder Detroit) geschickt zu werden und dort in einer x-beliebigen Buchhandlung vor einem Stapel Bücher sitzen zu müssen, und niemand taucht auf, um ein Buch zu kaufen oder auch nur signieren zu lassen. Ich habe selbst erlebt, wie junge Autoren dieser Qual ausgesetzt wurden.

Oder nehmen wir eine Buchmesse. Jeder Verleger präsentiert eine Schar Autoren, die darauf warten, Bücher zu signieren. Vor den prominenten Autoren stehen die üblichen Schlangen. Die weniger bekannten, die genauso gut sein können, sitzen eine Stunde, zwei Stunden da, ohne dass auch nur jemand in ihre Nähe kommt. Um was geht es hier eigentlich? Doch sicher nicht ums Verkaufen von Büchern? Nein, der Verleger stellt seine Autoren vor den anderen Verlegern zur Schau: Seht her, wen ich alles in *meinem* Stall habe.

Beim Harbourfront Literary Festival in Toronto wurde ich von Folgendem Zeuge: Ich kam in den Empfangsbereich und sah Michael Holroyd, einen der besten unter den jetzt lebenden Biografen. Er war bleich, benommen, vor Erschöpfung dem Zusammenbruch nahe. Sein Verleger hatte ihn kurz hintereinander in drei verschiedene Städte in den Vereinigten Staaten geschickt (drei Flüge!), um seine Bücher über Bernard Shaw zu »promoten«. In einer dieser Städte war ein Fernsehinterview abgesetzt worden, aber das erfuhr er erst, als er bereits im Studio eingetroffen war. Auf der zweiten Reise wurde er von jemandem interviewt, der etwas über Lynne Reid Banks erfahren wollte; aber er war mit Margaret Drabble verheiratet. Auf der dritten Reise wusste der Interviewer überhaupt nicht, worüber Holroyd geschrieben hatte. Es wurde ein Interview mit mehr als dem üblichen Maß an Schwachsinn. Diese Art von Ausbeutung – und Demütigung – des Schriftstellers ist heute an der Tagesordnung. Erst letzte Woche soll jemand gesagt haben: »Sie sollten in Gräben entlang und durch Schlamm kriechen.« Womit die Autoren gemeint waren, die ihre Bücher promoten.

Nicht zu vergessen Folgendes: Verleger, selbst die besten unter ihnen, erleben Momente, in denen sie es als irritierend oder sogar unerträglich empfinden, dass die Fähigkeit von Schriftstellern, gute Bücher zu schreiben, unbeherrschbar ist. Alles lässt sich kontrollieren, das aber nicht. Man kann Autoren, die stets so von sich eingenommen daherkommen, losschicken, um sie Bücher signieren oder idiotische Interviews geben zu lassen. Man kann sie durch diese Reifen springen und das sogar in ihren Vertrag schreiben lassen. Oft versuchen Verleger sogar, ohne die Autoren auszukommen. Sie kommen mit »Systemen« an, mit deren Hilfe angeblich aus zuvor in Computer eingegebenen Handlungsabläufen Romane generiert werden können. Doch seltsamerweise verfügt das dabei Entstandene nicht über die Spannung und den Gehalt, die immer noch die Grundlagen ihres Verlagsgeschäfts sind. Das ertragen die Verleger nicht. Der Umstand, dass die Autoren es oft genug selbst als ziemlich irritierend empfinden, dass ihre besten Arbeiten schwer zu definieren sind, tröstet die Verleger nicht.

Eine Szene: Eine Gruppe mächtiger New Yorker Verleger sitzt in einem eleganten Restaurant an einem Tisch beim Essen. Sie vergessen, dass ein armer kleiner Autor (nicht ich) anwesend ist. Sie prahlen mit ihrer Macht. »Wir machen sie, und wir zerbrechen sie.« Aber vielleicht haben sie den Autor ja gar nicht vergessen: Sie brauchen einen Zeugen für ihre Arroganz.

Ein berühmter New Yorker Verleger liebte es, sich vorzustellen, wie er alle »seine« Autoren sicher in nebeneinanderliegenden kleinen Cottages unterbrachte, wie Pferde. Wir würden den ganzen Tag über eingeschlossen bleiben, damit wir mit unserer Arbeit vorankämen, aber abends würde man uns für drei oder vier Stunden herauslassen, damit wir unserem unwichtigen Privatleben nachgehen könnten, aber um Mitternacht würden wir wieder eingeschlossen. Ein Scherz!

Dennoch bleibt dieses Irrlicht, dieses Glühwürmchen, das Schöpferische in der Leistung der Kunst schwer fassbar. Die Filmindustrie versucht es zu kaufen. Das ist so, seit es Filme gibt. Da liegt ein Roman mit diesem gewissen Etwas vor. Die Filmgesellschaft kauft den Roman. Der Autor, sofern durch Erfahrung klug, lächelt vielleicht leise. Die Filmgesellschaft überschüttet den Autor mit Komplimenten. »Dieses wundervolle, großartige, hinreißende Buch ... Vertrauen Sie uns, Sie werden sehen.« Der Autor lächelt weiter und denkt sich seinen Teil. Der Autor liest den ersten Entwurf des Drehbuchs. Nur um den Schein zu wahren, sagt er vielleicht: »Aber das hat doch nicht viel mit meinem Roman zu tun, oder?« An diesem Punkt fängt der Filmmensch an, etwas von Kompromissen zu murmeln. Das Wort *Integrität* fällt. »Die unentbehrliche Integrität der Story ...« Wenn der Autor noch nicht mit den Verhältnissen vertraut ist, wird er (oder sie) völlig verblüfft fragen: »Aber weshalb haben Sie dann mein Buch überhaupt gekauft, wenn Sie es nicht verwenden oder nur die Karikatur davon? Weshalb schreiben Sie nicht von Anfang an ein eigenes Drehbuch?« Aber – und das ist der entscheidende Punkt – der Filmmensch, die gesamte Industrie, sie glauben an die Magie des Schöpferischen, auch wenn sie sie nicht verstehen. Der Roman hat das gewisse Etwas – was könnte es sein: Geist, die Macht der Faszination? Was es auch sei, sie haben das Buch gekauft, um es in die Hände zu bekommen. Sie glauben, dass etwas von dem Charme oder der Kraft erhalten bleibt, selbst wenn sie die Story oder die Idee so weit ändern, dass diese kaum noch etwas mit dem Original zu tun hat. Und manchmal haben sie recht.

Verstehen sie das? Vermutlich nicht. Diese raffinierten Burschen wissen im Grunde trotz ihrer Macht sehr wenig über das, was da mit ihnen stattfindet. Eine Sache, die sie nicht begreifen, ist, dass ihre Industrie unablässig Emotion in Energie umwandeln muss. Jeder, der aus der nüchternen Welt der Literatur in die des Films kommt, ist zunächst überrascht von den Krisen, den Tränen, den Drohungen, den hysterischen Ausbrüchen, den Anrufen um drei Uhr nachts, all der absurden Melodramatik, die das Filmemachen begleitet. Worum geht es dabei? Um das ziellose Verschwenden des eigenen Selbst.

Ein Autor kann Folgendes erleben, und oft erlebt er es tatsächlich auch: Aus dem Faxgerät oder durch Kurier erreichen ihn (»Sehr dringend«, »Sofort zustellen«) Unmengen von Text etwa des Inhalts: »Ich habe gerade Ihren wundervollen, grandiosen, fantastischen Roman gelesen. Ich habe die ganze Nacht damit verbracht ...« Und so geht es schier endlos weiter. Aber das Gefühl der Begeisterung ist bereits in der Botschaft aufgegangen, hat sich verbraucht. Eine Woche später nimmt der Absender den Roman wieder in die Hand, nur um ihn ernüchtert wieder beiseitezulegen. »Er gibt mir nichts mehr – komisch.«

Als Bob Gottlieb mir – ich war noch jung – einmal riet: »Der einzige Rat, den ich jedem Schriftsteller geben kann, lautet: ›Nimm das Geld und lauf weg‹«, kam mir das zynisch vor. Aber er hatte recht. Es sei denn, man hat Spaß an einem Ausflug in diese trügerische Welt, in der nichts so ist, wie es zu sein scheint.

Man könnte der Ansicht sein, dass ich mich zu weitschweifig über Verlage und Verleger ausgelassen habe. Aber wie sollte man ohne diese über das Leben eines Autors schreiben? Beim Schreiben dieses Buches stellen sich zwei große Probleme. Ist es schon schwierig, die Atmosphäre des Kalten Krieges wiedererstehen zu lassen, die wie ein zersetzendes Gift alles in Mitleidenschaft zog und uns heute wie eine Art Irrsinn vorkommen muss, dann ist es beinahe unmöglich, den Unterschied zwischen dem Damals und Heute im Verlagswesen zu vermitteln. Junge Autoren – oder Leser – haben keine Ahnung, was ich meine, wenn ich sage: »In jener Zeit wurde das Verlagswesen vom Respekt vor wahrer Literatur regiert.« – »Was meinen Sie damit?«, fragen diese imaginären Gesprächspartner. Denn sie können nicht wissen, was ich damit meine, weil nichts in ihrer Erfahrung sie das gelehrt hat und viele nicht einmal ein gutes Buch von einem schlechten Buch unterscheiden können. Ein einziges Beispiel für diesen

Wandel: Damals rezensierten Blätter wie der *Observer* nur ernst zu nehmende Bücher und hätten sich geschämt, Besprechungen von Zweitklassigem Platz einzuräumen. Wenn unser junger Mensch, der nie etwas anderes erlebt hat, in einer als »anspruchsvoll« angesehenen Zeitung eine spaltenlange Rezension über ein Sex-and-Crime-Epos liest und einen Absatz über eine Neuauflage von, sagen wir, Flauberts *Die Erziehung des Herzens*, dann weiß er oder sie, was er davon zu halten hat.

Um einen wichtigen, *den* entscheidenden Faktor zu wiederholen: Es gibt Bücher, die nur eine Minderheit ansprechen können, und daran wird auch die größte Marktschreierei oder Promotion nie etwas ändern, aber sie sind die besten und – insgeheim, ganz im Stillen und unaufdringlich – die einflussreichsten. Sie geben für ihre Zeit den Ton an und setzen Maßstäbe.

Ich stand jetzt auf der Einladungsliste der sowjetischen Botschaft. Zu Anlässen wie dem Jahrestag der Oktoberrevolution, dem Tag der Roten Armee und dergleichen fanden riesige Empfänge statt. Ich bin zu fünf oder sechs von ihnen hingegangen. Sie haben mir nicht gefallen. Weshalb bin ich dann überhaupt hingegangen? Eine revolutionäre Pflicht kann eine Weiterführung der Pflichten sein, die unsere Eltern und Großeltern der Kirche gegenüber hatten. Noch jetzt höre ich meinen Vater sagen: »Oh Gott, muss ich da hin?« – wenn meine Mutter von ihm verlangte, dass er zum Gottesdienst in Banket mitkam. Ein Genosse: »Gehst du zur sowjetischen Botschaft, Doris?«

»Muss ich wohl.«

In einem prächtigen Raum – erstaunlich, wie die Vertreter der Erniedrigten und Beleidigten immer in Glanz und Gloria leben müssen – erwartete uns eine Masse von sowjetischen Funktionären. Diese waren fast alle Spione, aber das wussten wir damals nicht. Außerdem waren Parteimitglieder und Mitläufer anwesend. Zu ihnen gehörten einige bemerkenswerte Leute. Einer war J. D. Bernal, der Wissenschaftler, der wesentlich zur Entwicklung der Kristallografie beigetragen hat und Generationen von Studenten, Kommunisten und Nichtkommunisten gleichermaßen, inspirierte und von ihnen auf ewig als Lehrer verehrt wurde. Schon Ende der dreißiger Jahre mahnte er die britischen Kommunisten, sie sollten endlich begreifen, dass zwischen den Künsten und den Wissenschaften eine Lücke klaffe und wie verhängnisvoll sie sei. Das war eines der Hauptthemen kommunistischer Diskussionen. Es gab zahllose Debatten, Vorträge und Studiengruppen. Ich glaube, ich habe vor der Gruppe in Salisbury, Südrhodesien, sogar selbst einen Vortrag gehalten. Dieses Thema wurde später von C.P. Snow aufgegriffen, der es sich zu eigen machte.

Der Vorgang verdient weitaus breiteres Interesse. Es passiert immer wieder, dass Ideen, die auf eine Minderheit beschränkt waren, insbesondere auf eine angefeindete und umzingelte, sich ausbreiten und eine ganze Kultur durchdringen. Binnen zehn Jahren waren innerhalb des Kommunismus entstandene Begriffe Allgemeingut geworden: Ausdrücke wie konkrete Schritte – wir müssen konkrete Schritte unternehmen –, innere Widersprüche, Demos, Faschisten tauchten in den Leitartikeln der *Times* auf. J.B.S. Haldane, Naomi Mitchisons Bruder, schrieb Artikel für den *Daily Worker*, in denen er neue wissenschaftliche Entdeckungen erklärte. Er war es, der uns alle begeisterte mit Sätzen wie: »Das Universum ist nicht nur seltsamer, als wir uns vorstellen; es ist seltsamer, als wir uns vorstellen können.« Ich kenne Leute, die die Zeitung wegen dieser Artikel kauften und von allem Übrigen kein Wort lasen. Später ging er nach Indien, wo er eine Generation von indischen Wissenschaftlern ausbildete. Leute wie er waren Originale, und sie hatten eines gemeinsam: Wenn sie über die Sowjetunion sprachen, war jedes Wort Unsinn. Eine Frage: Müssen sich manche Leute mit einer verhassten Minorität identifizieren, um auf anderen Gebieten Großes leisten zu können? Es gab überaus interessante Charaktere, wie zum Beispiel Hewlitt Johnson, den Roten Dekan, der ein blendendes Buch mit dem Titel *The Socialist Sixth of the World* geschrieben hatte und eine der leuchtendsten Federn am Hut der Partei war, zumal er eine führende Position im kirchlichen Establishment innehatte.

Niemand konnte behaupten, dass die Gäste der Empfänge ein langweiliger Haufen waren, aber ich empfand die Atmosphäre als bedrückend. Ich hasste die Selbstgefälligkeit, die mit dieser Position einherging – wir, die intelligente Minorität, die Vielgeschmähten, die zu Unrecht attackierten Verteidiger der Arbeiterklasse der ganzen Welt. Aber dann passierte etwas, das mich bewog, nicht mehr hinzugehen. Zwei Männer in Militäruniformen erschienen und sagten, ich solle einem sehr wichtigen Besucher aus Moskau vorgestellt werden. Sie führten mich, einer auf jeder Seite, zu einem General – seinen Namen habe ich vergessen. Er war von Männern umgeben, die ich für Militärs hielt, aber natürlich gehörten sie zum KGB. Er war ein kräftig gebauter Mann mit Augen wie Eis, und er sprach ausschließlich im kommunistischen Jargon. »Die Arbeiterklasse – faschistische Imperialisten … Friedensfronten – ausgebeutete Massen – die Sache des Kommunismus fördern.« Ich hörte nicht wirklich zu. Was war mit mir los? Würde ich ohnmächtig werden? Mir war kalt, und meine Handflächen schwitzten. Ich hatte ein überaus seltsames Gefühl im Genick – die Härchen dort standen zu Berge. Ich hatte fürchterliche Angst. Er ängstigte mich zu Tode. Das ist mir seither nie wieder passiert. Ich glaube, in diesem Augenblick war ich den mörderischen Gräueln der Sowjetunion ganz nah – hautnah. Ich habe über diesen Moment mit niemandem gesprochen. Ich war zu »subjektiv« – diesen Ausdruck benutzten die Genossen für alles, was sich nicht auf den ersten Blick erklären ließ. Leider können etliche der wichtigsten Begegnungen im Leben eines Menschen, Begegnungen, die ihn verändern, so belanglos erscheinen, dass sie kaum des Erwähnens wert sind. Danach ging ich nicht noch einmal zu einem der großen Empfänge in der sowjetischen Botschaft.

Einmal war ich mit Jack in der Botschaft der Tschechoslowakei und langweilte mich wie immer bei derartigen Anlässen. Dort hängte sich ein unerfreulicher, junger Mann an uns, brachte uns ständig Drinks, und als wir sagten, wir wollten gehen und uns ein Taxi suchen, bestand er darauf, uns beide in die Church Street zurückzufahren. Obwohl wir ihn nicht eingeladen hatten, wollte er unbedingt mit uns hinaufkommen. In der Wohnung prahlte er mit reichen und mächtigen Freunden, lud uns zu allen möglichen Partys ein, versuchte uns das Versprechen abzuringen, dass wir einander wiedersehen würden. Als er gegangen war, witzelten wir, dass niemand, der bei klarem Verstand sei, ob reich und mächtig oder nicht, freiwillig auch nur eine halbe Stunde mit diesem erbärmlichen kleinen Angeber verbringen würde. Sein Name war Stephen Ward. Später stellte sich heraus, dass er nicht nur eine Art Zuhälter für die Reichen und Mächtigen war, sondern Spionage betrieb. Er war Christine Keelers Freund oder Geliebter. Als er tief in der Klemme steckte, ließen die Leute, die Gebrauch von ihm gemacht hatten, ihn einfach fallen, und er beging Selbstmord. Gelegentlich traf man Leute, die die faszinierende Christine Keeler bei Dinnerpartys kennengelernt hatten: »Sie ist eine tolle Frau.« – »Sie ist so geistreich.« – »Sie ist so intelligent.« Aber diese Bewunderer kamen ihr nicht zu Hilfe, als sie sie brauchte.

Was habe ich sonst noch getan, was ich nicht getan hätte, wenn ich nicht Kommunistin gewesen wäre? Ich zog los, um in einem großen Wohnblock den *Daily Worker* zu verkaufen und um Stimmen für irgendeine Gemeindewahl zu werben. Es war am helllichten Tag, und es waren Frauen, die mir die Tür öffneten. »Solche Dinge überlasse ich meinem Mann.« Sie baten mich herein, weil sie einsam waren. Frauen und Kinder, eingeschlossen in schäbige, armselige Zimmer – das war lange vor der Zeit, in der der Wohlstand explodierte, nach dem Motto: »Noch nie ist es euch so gut gegangen.« Sofort befand ich mich in einer mir nur allzu vertrauten Position. Was sie wollten, waren Ratschläge über Ratenkäufe, über Kindergeld. Sie wussten nicht, was ihnen zustand oder wie sie es bekommen konnten. Wenn ich in Rhodesien mit derartigen Szenen konfrontiert wurde, brauchte ich nur jemanden anzurufen. »Die Frau in Nummer 23, sie braucht …« Jetzt hatte ich selbst kaum eine Ahnung von den Vorschriften und wusste auch nicht, wen ich anrufen musste. Ich berichtete der Partei, dass diese Leute sich nicht für den Kommunismus interessierten, was sie brauchten, seien Sozialarbeiter.

Das habe ich nur einmal getan. Alles, was mit der Partei zu tun hatte, war unerfreulich und deprimierend, und das nicht nur, weil ich mich wie gewöhnlich in einer falschen Position befand.

Ich fuhr zur Universität in Hull, um einen Vortrag über Südrhodesien zu halten. Es waren ungefähr fünfzig nigerianische Studenten da. Das war eine Erfahrung, die mich ein oder zwei Dinge gelehrt hat. Sie konnten mich buchstäblich nicht verstehen, das heißt, die Tatsache akzeptieren, dass eine winzige weiße Minderheit – ungefähr 150 000 Menschen – anderthalb Millionen Schwarze unterdrückte. »Weshalb sagen sie ihnen nicht einfach, sie sollen verschwinden?« – »Weshalb lassen sie sich von den Weißen sagen, was sie tun sollen?« – »Bitte erklären Sie mir das genauer, ich verstehe nicht, was Sie uns da erzählen.« Ich sagte, dass Südrhodesien mit Waffengewalt erobert worden sei. »Aber wir würden niemals zulassen, dass man uns zu – wie haben Sie es genannt? – Holzfällern und Wasserträgern macht.« Ich habe nie ein verständnisloseres Publikum gehabt.

Ich wurde gebeten, vor der IRA – die Einladung ging von ihr aus – über die Zustände in Rhodesien zu sprechen. Ungefähr fünfzehn Personen, alles junge Männer. Ich erfuhr, dass es üblich war, dass IRA-Mitglieder ohne Haftbefehl verhaftet und ohne Prozess ins Gefängnis gesteckt wurden, wo man sie festhielt ohne Verurteilung und ohne Hoffnung auf Entlassung, es sei denn, aus einer Laune der Briten heraus. Der Krieg zwischen der IRA und den Briten hat weit ältere Wurzeln, als die meisten Leute heute glauben.

Ich wurde aufgefordert, die Parteilinie im Hinblick auf die Literatur bei einer von den Kommunisten in Kensington organisierten Versammlung zu vertreten. Aber ich war mit der Parteilinie nicht einverstanden. Ich war es nie gewesen. Doch ich ging trotzdem hin, wie immer zum Teil aus Neugierde. Es wurde der Antrag gestellt, Graham Greene als Reaktionär zu verurteilen. Ich bewunderte Graham Greene. Aber ich war durchaus imstande, über die Parteilinie im Hinblick auf die Literatur zu referieren. Weshalb tat ich es? Es war, glaube ich, das einzige Mal in meinem Leben, dass ich das getan habe. Ich begann zu stottern.

Vorher hatte ich noch nie gestottert. Ich konnte meinen Vortrag kaum beenden. Es war nicht erforderlich, dass Mrs. Sussman mir sagte, dass ich gestottert hatte, weil ich nicht glaubte, was ich sagte. »Finden Sie nicht«, sagte sie, »dass Sie allmählich lernen sollten, Nein zu sagen?«

All meine Aktivitäten wurden von Kommentaren begleitet – von Mrs. Sussman, von Jack und auch von meiner Mutter, die mir bittere und heftige Vorwürfe machte und immer wieder sagte, ich solle an die Zukunft meines Sohnes denken. Wann gedachte Jack mich zu heiraten? Weshalb trieb ich mich ständig bei den Kommunisten herum? Wer war diese Mrs. Sussman? Weshalb war ich willens, einer Fremden und einer Ausländerin zuzuhören, aber nicht ihr?

Inzwischen gab es in der Partei eine Unterströmung – zumindest in den Kreisen, in denen ich verkehrte; es wurde über die Nachrichten geredet, die aus der Sowjetunion und den Ostblockstaaten hereinkamen. Das heißt, nicht die Nachrichten in den Zeitungen, die wir automatisch als Lügen abtaten, sondern von Mund zu Mund weitererzählte Nachrichten. Diese Gespräche wurden mit fassungslosen, erschrockenen Stimmen geführt – die Verhaftungen, das Verschwinden von Leuten, die Gefängnisse, die Lager, alles zusammengefasst in: »Ein Jammer, dass die Revolution nicht in einem höher entwickelten Land stattgefunden hat, dann wäre nichts von alledem passiert.« Die Partei – King Street – dementierte offiziell, dass überhaupt etwas passierte, sogar dann, wenn Parteimitglieder sie einzeln oder zu zweit aufsuchten oder Delegationen aus den Stadtteilen kamen. »Kapitalistische Lügen.« Inoffiziell – das war eine andere Sache. Damals war ein Ausdruck im Schwange – »Bescheid wissen«. Ein bitteres Eingeständnis. Aber immer noch nicht die volle Wahrheit, weit davon entfernt.

Der Ausdruck *Bescheid wissen* war die Eintrittskarte zu einer Elite politischer Weltklugheit.

Es ist eine Menge gesagt worden über die finanzielle Korruption in hochrangigen kommunistischen Kreisen – King Street und Umgebung –, aber ich glaube, Geld spielte dabei die geringste Rolle. Die Spitzenfunktionäre – und ebenso alle Parteimitglieder – prahlten damit, dass niemand mehr bekam als den Durchschnittslohn eines Arbeiters. Bekamen sie Zuschüsse aus der Sowjetunion, über die es keine Unterlagen gab? Niemand konnte sagen, dass sie in Luxus lebten. Natürlich gab es Reisen in die Sowjetunion und andere kommunistische Länder, aber ich bin sicher, dass sie die nicht als »freiwillige Sozialleistungen« ihres Arbeitgebers betrachteten, sondern eher als Besuche bei ihrer Alma Mater. Nein, die Macht ist es – das ist die Droge, das ist die Verlockung. Über Insiderinformationen zu verfügen, das Ohr der Mächtigen zu haben, Bescheid zu wissen. Ich bin überzeugt, dass eine Menge Leute noch lange über die Zeit hinaus, in der sie die Partei eigentlich hätten verlassen müssen, Kommunisten geblieben sind, weil diese Zugehörigkeit zur Elite es ihnen möglich machte, hinter die Kulissen zu blicken. Das Bedürfnis, einer Elite anzugehören, ist eines der fundamentalsten. Aristokratie, die Diktatur des Proletariats, der Garrick Club, Geheimgesellschaften – es ist alles ein und dasselbe.

Ungefähr um diese Zeit lernte ich meine Tante Margaret, die Witwe des Bruders meiner Mutter, und ihre Schwester kennen. Dies war die Welt meiner Mutter, eine weitere Elite, die obere Mittelschicht, eine Welt, die sie bewunderte und von der sie wollte, dass ich ihr angehörte. Trotzdem hatte sie ihre Schwägerin nie gemocht. Nicht, dass sie mir missfielen, diese beiden konventionell gekleideten Ladys mit ihren gepflegten Hüten, ihren Handschuhen, ihren Fuchsstolen. Es war eine Welt, mit der ich nichts anfangen konnte. Auch nur in ihre Nähe zu kommen war, als würde einem mit Gefängnis gedroht. Ich glaubte ihr schon vor vielen Jahren den Rücken gekehrt zu haben, doch jetzt drängte meine Mutter, ich solle meinen Platz in ihr einnehmen, unter »netten Leuten«.

Ich versuchte es und besuchte Harry, den Bruder meines Vaters. Das war der, der seine Frau Dolly nach dreißig Ehejahren verlassen hatte, mit der Begründung, er habe des Kindes wegen in einer sinnlosen Ehe ausgeharrt und danach endlich die Liebe seines Lebens gefunden. Sie war, behauptete die Familie, »eine rothaarige Schlampe«. Wenn man rothaarig ist, gehört, unter »netten Leuten«, das Wort »Schlampe« unweigerlich dazu. Sie war – behaupteten sie – eine Bardame. Sie war es nicht, aber eine rothaarige Schlampe und zugleich eine Bardame – das war zu schön, um wahr zu sein. Mein Vater, der seinen Bruder nie gemocht hatte, fand endlich etwas an ihm bewundernswert und setzte sich für ihn ein, aber es nützte nichts. Ich schrieb an meinen Onkel Harry, sagte, ich sei nicht so wie der Rest meiner Familie, ob wir uns treffen könnten? Er antwortete nicht. Ich versuchte es noch einmal – nein. Seine Tochter Joan besuchte mich und verbrachte eine Stunde damit, ihren Vater schlechtzumachen. Ich fragte sie, ob er nicht ein wenig Anerkennung dafür verdiene, dass er um ihretwillen Jahrzehnte einer schlechten Ehe durchgehalten habe. Ich wollte sie nicht wiedersehen.

Überhaupt kam ich nicht mit vielen Leuten zusammen, und wenn ich irgendwo hinging, dann geschah es Peters wegen. Das ist bei den meisten Müttern mit kleinen Kindern so.

So veranstaltete zum Beispiel die bulgarische Botschaft jede Woche einen Volkstanzabend. Viele Eltern, die keine Kommunisten waren, besuchten diese Abende ihren Kindern zuliebe.

In einem Garten am Kanal, der Little Venice genannt wird und heute sehr gepflegt ist, damals aber schäbig und heruntergekommen war, wurden schottische Abende veranstaltet, bei denen Ewan McColl sang, und dort fand sich die übliche bemerkenswerte Mischung von Leuten ein, die man in den kulturellen Kreisen der Kommunistischen Partei anzutreffen pflegte. Das Haus gehörte Honor Tracy, einer jungen Frau aus der Oberschicht, die ihrer Bildung nach für ein ganz anderes Leben bestimmt gewesen wäre, und ihrem Mann Alex McCrindle, der in *Dick Barton, Special Agent*, einer überaus populären Radioserie, die Figur des Jock sprach. Es waren Leute aus der Welt des Rundfunks da, der Musik, des gerade aufkommenden Fernsehens und natürlich Frauen mit Kindern. Die meisten von ihnen waren Kommunisten, aber zehn Jahre später war niemand von ihnen mehr Kommunist, ausgenommen Alex. Und Ewan McColl, der kommunistische Barde und Troubadour.

Ich empfand diese Veranstaltungen als ziemlich deprimierend, all diese Leute, die schottische Volkstänze tanzten, oft in kaltem Nieselregen.

Am Guy-Fawkes-Tag und zu jedem anderen Anlass, der einen Vorwand dafür lieferte, wurden auf Trümmergrundstücken Feuer angezündet, und die Eltern strömten mit ihren Kindern aus den umliegenden Straßen herbei. Ich verglich diese gesellschaftlichen Ereignisse mit ihrer Atmosphäre liebenswerter Amateurhaftigkeit mit den großen Walpurgisnachtfeuern, die ich auf den Trümmergrundstücken in Hamburg gesehen hatte.

Ich machte wiederholt Bekanntschaft mit der Tapferkeit, mit der die Briten Kälte ertragen. Basil Davidson* lud Peter und mich in sein Cottage in Essex ein. Dort waren seine Frau Marion und ihre drei Kinder, und in dem Cottage gab es nur einen elektrischen Heizofen mit einem einzigen Stab, und der war meistens nicht eingeschaltet. Ihre Einstellung war, dass wir Sommer hatten und sie deshalb keine zusätzliche Heizung brauchten. Meine war, dass ich fror. Wir alle waren von einem dicken Panzer aus Pullovern umgeben, und ich hatte mir außerdem noch eine Decke umgehängt. Dann sagten sie: Wir brauchen ein bisschen frische Luft, und wir stiegen ins Auto und fuhren auf eine Anhöhe, wo der Wind melancholisch um uns herumpfiff. Wir müssen einen geschützten Ort finden, riefen sie. Das taten sie, und wir befanden uns in einer flachen Senke, wo der Wind nicht weniger stark wehte und scharfe, stechende Regentropfen mit sich brachte. Da kauerten wir, aßen Sandwiches und tranken Tee aus Thermosflaschen. »Verrückt«, sagte ich mir, »diese Leute sind verrückt.« Aber heute denke ich nicht mehr so; jetzt ist kalter Regen für mich kein Grund mehr, nicht spazieren zu gehen, und ich bin ebenso verrückt wie sie.

An den Wochenenden organisierte die Partei oft Märsche, mit denen gegen dies oder jenes protestiert werden sollte, gewöhnlich vom Hyde Park zum Trafalgar Square. Peter liebte sie. Das

* Basil Davidson machte sich später als Experte für afrikanische Angelegenheiten und als Afrika-Historiker einen Namen.

taten die meisten Kinder. Sie waren so etwas wie Picknicks, Familienausflüge. Leute verabredeten sich telefonisch, sich dort zu treffen, vorher oder hinterher in einen Pub zu gehen, unterwegs über Parteiangelegenheiten zu reden. Ich hielt sie insgeheim für eine Fortführung der Kirchen-Picknicks. Diese Märsche oder »Demos«, ob groß oder klein, waren Bekräftigungen des Zusammengehörens, des Wir-sind-im-Recht gegen die ganze Welt. Und in diesen Tagen des Kalten Krieges konnten uns die Leute Beleidigungen zuschreien und sogar mit Gegenständen nach uns werfen, was uns in unserer Märtyrerrolle bestärkte. Jedes Mal behaupteten die Organisatoren, es seien so und so viele Hunderte oder Tausende oder Zehntausende gewesen – und die Zeitungen sagten, es seien nur halb so viele oder noch weniger gekommen. Die Wahrheit lag irgendwo in der Mitte. Einmal protestierten wir gegen die Kürzung der Mittel für die Schulbildung, die sogenannten »Butler Cuts«, und die mitmarschierenden Kinder deklamierten fröhlich »Down with the Buttercups« (Nieder mit den Butterblumen). Die Tatsache, dass es so viel Spaß macht, zu marschieren, zu demonstrieren und zu protestieren und, für einige Leute, sogar zu randalieren und sich mit der Polizei anzulegen, wird selten eingestanden. Für viele Leute waren diese »Demos« ihr gesellschaftliches Leben.

Aber im Grunde gab es nur wenige Anlässe, bei denen ich meine revolutionäre Pflicht erfüllen musste. Zum Teil wurden sie durch das beschränkt, was ich mit einem kleinen Kind tun konnte, aber die Partei verlangte auch nicht viel von mir: »Intellektuelle« traten ständig aus der Partei aus.

Einmal ging ich ins Unterhaus und wartete dort mit zwei Bergleuten, die eigens aus den Kohlegruben in Wales gekommen waren, um mit ihrem Abgeordneten zu sprechen, einem alten Freund, der früher gleichfalls untertage gearbeitet hatte. Sie ließen ihm eine Nachricht zukommen, und wir warteten und warteten. Sehr lange, mehrere Stunden. Wir freundeten uns an. Ich erzählte ihnen von meinen Erlebnissen in der Bergarbeiter-Siedlung in der Nähe von Doncaster, aber sie sagten, ihre Arbeitsbedingungen seien viel schlechter. Endlich standen wir in der großen, prunkvollen Halle mit ihren livrierten Dienern, ihren Statuen, ihrer Pracht. Der Waliser, der kam, um seine alten Freunde zu sehen, die jetzt zu seinem Wahlbezirk gehörten, deren Stimmen ihn hierher gebracht hatten, war leutselig und ein bisschen verlegen. Er erkundigte sich nach Ehefrauen und Eltern. Er sagte, er werde vielleicht in ein oder zwei Monaten nach Hause kommen. Jetzt habe er nur eine Minute Zeit, er müsse zu einer Sitzung. Ja, er sei auch der Ansicht, dass die Politik der Regierung … Und fort war er. Der Diener bedeutete uns, dass wir gehen mussten. Wir standen noch einen Moment da und sahen uns um. Dann sagte einer der Bergleute, nicht bitter, nicht zornig, sondern eher resigniert: »Jetzt, wo ich es gesehen habe, verstehe ich, was mit ihnen passiert, wenn sie hierherkommen. Nicht viele können dem hier widerstehen« – wobei er auf die marmornen Räume deutete. »Ich werde nicht noch einmal meine Zeit und mein Geld darauf verschwenden, hierherzukommen.«

Das war die Zeit, in der die Sowjetunion Zirkusse, Musiker und Tänzer nach London schickte. Die russischen Clowns waren fantastisch, wir hatten – oder haben – nichts Gleichwertiges. Aber was die Behandlung der Tiere angeht – das ist eine andere Sache. Die Konzerte, die Chöre, die Tanztruppen zeichneten sich alle durch eine gewisse Affektiertheit und Sentimentalität aus. Diese Eigenschaften bringen in den Künsten monströse Grausamkeiten hervor. Sentimentalität und Grausamkeit sind Geschwister: Die Grausamkeit trägt oft ein einfältiges Lächeln zur Schau. Jonathan Clowes berichtet, dass er einmal in einem Bus saß und eine dort liegen gelassene Zeitschrift mit etwas sah, das er für sowjetische Kunst hielt. Bei näherem Hinsehen stellte sich heraus, dass es ein Artikel über Nazi-Kunst war. Ein anderes Mal las er den *Daily Worker*, und der Maler David Bomberg, der gleichfalls den 36er Bus benutzte, sagte ihm, wie barbarisch das Sowjetsystem sei, und er solle Arthur Koestler lesen, vor allem *Sonnenfinsternis*. Jonathan tat es, aber es war die Ähnlichkeit zwischen der sowjetischen und der Nazi-Kunst, die bei ihm den Ausschlag gab. Ein niedliches oder heroisches sowjetisches Mädchen unterschied sich in nichts von einer Nazi-Maid. Die leere Erotik eines nackten, der Zukunft entgegenstrebenden Jünglings konnte ebenso gut kommunistisch wie faschistisch sein, ebenso die banale Fröhlichkeit heroischer Soldaten, die es kaum abwarten können, für ihr Vater- oder Mutterland zu sterben. Ebenso die fruchtbaren Mütter mit den überquellenden Brüsten. Sowohl die Sowjetunion als auch Nazi-Deutschland liebten Militärparaden mit gesunden, vollbusigen Mädchen und Devuschkas, die sich alle insgeheim nach der Berührung durch Hitler oder Stalin sehnten. Vermutlich das Grässlichste, was ich je auf der Bühne gesehen habe, war eine Frau in einer sowjetischen Varietévorstellung, ungefähr vierzig Jahre alt, massig, hässlich, die ein kleines Mädchen in einem kurzen, engen Kleid spielte, affektiert, schelmisch, durchtrieben, sich vor Kokettheit windend, Babysprache lispelnd. Aber sie war dieses Mädchen, das war nicht gespielt, und durch die Macht dieser unnatürlichen Sache, dass eine Frau in mittleren Jahren ein liebreizendes Kind war, konnte sie ihren Lebensunterhalt auf der Bühne verdienen.

Um ein Gegengewicht zu all dieser kommunistischen Propaganda zu schaffen, nahm meine Mutter Peter zur Wachablösung mit, zu Wettkämpfen der berittenen Garden, zum Tower, zu Bootsregatten, in die Museen in South Kensington und ähnlich zuträglichen Genüssen.

An Samstagvormittagen gab es wundervolle Konzerte für Kinder in der Queen Elizabeth Hall, organisiert von Sir Robert Mayer. Peter und ich gingen an den meisten Samstagen hin, manchmal kam auch Joan mit. Mehr als einmal stand Benjamin Brittens Kinderoper *Let's Make an Opera* auf dem Spielplan. Bis auf den letzten Platz mit – natürlich – Kindern aus der Mittelschicht gefüllte Säle. Nun, besser solche als gar keine. Was konnten Kinder aus armen Straßen oder – wenig später – aus den Sozialwohnungen mit diesen Geschichten anfangen, deren Nährboden das viktorianische Kinderzimmer ist, eine Nanny, Dienstboten, Mummy und Daddy?

Was Peter am meisten liebte, war Naomi Mitchisons Anwesen in Schottland, wo wir drei- oder viermal waren. Dieses weitläufige

Haus am Mull of Kintyre hatte Naomi im Krieg gekauft, als Zuflucht für die Familie. Zu Ostern und Weihnachten und in den Sommermonaten war es voll. Naomis Söhne waren Ärzte und Wissenschaftler, und ihre Frauen waren gleichfalls bemerkenswerte Persönlichkeiten. Sie alle luden Freunde ein. Hier gab es die berüchtigte Trennungslinie zwischen Kunst und Wissenschaft nicht, weil Naomis Freunde, Schriftsteller und Journalisten, aus London und Edinburgh kamen, und außerdem Politiker, weil Dick Mitchison selbst einer war. Naomi hatte begonnen, sich für Botswana zu engagieren, wo sie bald zur adoptierten Mutter eines Stammes wurde, und deshalb waren auch Afrikaner zugegen. Einheimische Fischer – Naomi besaß ein Fischerboot – und Lokalpolitiker mischten sich unter die Gäste aus London. Naomi ist als Gastgeberin nie richtig gewürdigt worden: Dieses Zusammenbringen von so vielen verschiedenen Arten von Leuten war eindeutig eine großartige Leistung. Vor allem waren da Kinder jeden Alters, denn ihre Familie war ein fruchtbarer Clan. Noch heute treffe ich Leute in den Vierzigern oder Fünfzigern, die sagen, dass die Ferien in Carradale House wunderbar waren, die besten Zeiten in ihrer Kindheit. Wie hätte es auch anders sein können? Das riesige Haus, voller Zimmer und Ecken und Winkel und Türmchen; die sanfte, milde Luft Westschottlands, die plötzlich anfangen konnte, zu wüten und zu toben und in all diesen Kaminen zu heulen; die Meilen von Heide und Feldern, auf denen die Kinder umherrennen und sicher und unüberwacht spielen konnten; der Strand und die Wellen des Mull of Kintyre, nur eine kurze Strecke entfernt. Es konnte sein, dass dreißig oder vierzig Leute da waren, irgendwo im Haus oder einem Anbau untergebracht. Die Stimmung war laut und ausgelassen, nicht nur wegen der Kinder. An den Abenden konnten verblüffte Fremde erleben, wie all diese namhaften Leute »Murder« oder »Postman's Knock« spielten, wie Kinder. In der nächsten Minute gab es Schach oder ein hitziges Spiel Scrabble. Es ging oft hoch her. Die Töchter waren eifersüchtig auf Naomi, ihre überschwängliche, alles andere als zurückhaltende, intelligente Mutter, und hackten auf ihr herum. Ich dachte: Wenn ihr nicht mit eurer Mutter auskommt, weshalb verlasst ihr sie dann nicht, wie ich es getan habe, anstatt all die Annehmlichkeiten zu genießen und ihr dann das Leben so schwer zu machen? Was ich sah, war der Beginn einer neuen Ära, in der Kinder kritisieren und über ihre Mütter herfallen – und trotzdem bleiben.

»Bin ich wirklich so fürchterlich, wie sie behaupten? Sag mir, sag mir ehrlich, was du meinst?«

»Natürlich bist du das nicht, Naomi.«

»Wenn ich nur halb so schlecht bin, wie sie behaupten, dann muss ich das größte Ungeheuer der Welt sein.«

»Mach dir deshalb keine Gedanken, dass ist nur Mutter-und-Tochter-Hickhack, im Grunde seid ihr alle eine glückliche Familie.«

»Söhne sind das Beste«, pflegte sie zu sagen. Aber ich glaube, sie sehnte sich nach einer netten, umgänglichen, freundlichen Tochter. Sie behandelte mich wie eine. Sie war liebenswürdig, großzügig, voller Neugierde über mein Tun und Lassen, hungrig auf Gespräche unter Frauen – was nicht mein Stil war – und voll guter Ratschläge, die ich mir mit jener Geduld anhörte, die ich meiner Mutter hätte entgegenbringen müssen. Ja, ich war mir der Ironie der Situation durchaus bewusst.

Wenn Naomi Unterstützung brauchte, verließ sie sich auf ihre Söhne. Aber dies war ein Clan, und wenn er von außen bedroht wurde, rückten sie eng zusammen. Einmal war die Tochter eines bedeutenden amerikanischen Wissenschaftlers, die sich in einen Mitchison-Sohn verliebt hatte, anwesend und vergoss bittere Tränen: Der Clan hatte gegen sie entschieden. Seit ich die Schule verließ, hatte ich nie wieder ein so grausames, kaltes Ausschließen eines Menschen erlebt. Das alles ging, glaube ich, völlig unbewusst vonstatten, genauso, wie ein Tintenfisch seine Wolken ausstößt. Das Problem war, dass ich nie zuvor einen Clan kennengelernt hatte. Als Individuen waren all diese Leute reizend. Aber ich dankte Gott, dass ich nicht Teil einer großen Familie war.

Ein Ereignis: Naomi bat mich, mit einem gewissen, ständig stummen jungen Wissenschaftler einen Spaziergang zu machen.

»Und versuche ihn zum Reden zu bringen – sonst verkümmert seine Zunge.« Er hieß James Watson. Ungefähr drei Stunden lang wanderten wir über die Hügel und durch die Heide, wobei ich drauflosredete; als Tochter meiner Mutter musste ich schließlich wissen, wie man Leuten ihre Befangenheit nahm. Endlich, als ich völlig erschöpft war und nur noch entkommen wollte, hörte ich endlich ein paar menschliche Worte. »Verstehen Sie, das Problem ist, dass es auf der ganzen Welt nur einen einzigen Menschen gibt, mit dem ich reden kann.« Ich erzählte es Naomi, und wir waren uns einig, dass es die unwahrscheinlichste Bemerkung war, die wir je gehört hatten, zumal von einem sehr jungen Mann. Wenig später sollten er und Francis Crick die Struktur der DNS enträtseln.

Ein Ereignis: Für ein oder zwei Nächte ist Freddie Ayer, der Philosoph, zu Gast. Er ist mit seiner amerikanischen Geliebten gekommen, die bald seine Frau werden sollte. Sie kommt zum Frühstück herunter, in einem hinreißenden scharlachroten Morgenmantel mit weißem Spitzenbesatz. Diese Eleganz überwältigt die schäbige Szene – wir anderen stecken alle in mehreren Lagen Wolle. Zu jener Zeit lösten die Vereinigten Staaten ständig und auf tausenderlei verschiedene Arten Neid und das Verlangen nach Nachahmung aus.

Wenn es bei den Unterhaltungen, die man mithörte oder an denen man sich beteiligte, um Politik oder Wissenschaft ging, war der Clan unwiderstehlich, aber das galt nicht für die über Literatur.

»Ach, der *blöde* alte Dostojewski«, konnte man hören. »Der langweilige alte Tolstoi.« Es gab nur einen Dichter, Auden. Yeats? Ach, der arme alte Yeats. Eliot? Armer alter Eliot. Hopkins? Wer ist das? Ich glaubte, das wäre ein weiteres kleines Beispiel für das britische Philistertum, das mir so oft begegnete; später begriff ich, dass ich hier auf die verborgene Schicht einer vergangenen literarischen Kultur gestoßen war, eine Art Ablagerung. Irgendwann in den zwanziger oder dreißiger Jahren war man für kurze Zeit zu der Überzeugung gelangt, dass Auden der einzige, der wahre Dichter war. Armer alter Eliot, armer alter Yeats.

Dieses Philistertum ist in Großbritannien und vor allem in London endemisch. Während ich dies hier schreibe, besteht der beliebteste Zeitvertreib an den Esstischen darin, voller Stolz die Liste der großen Bücher zu rezitieren, die man nicht gelesen hat und auch nicht zu lesen gedenkt. Eine namhafte Zeitung, der *Independent*, hat eine wöchentliche Rubrik, »Alles, was Sie über die Bücher wissen müssen, die Sie eigentlich lesen wollten«, in der der Inhalt von, sagen wir, *Krieg und Frieden* kurz zusammengefasst wird. (Was, verstehen Sie keinen Spaß?) Es ist nur allzu leicht, sich das triumphierende Lächeln des Mannes vorzustellen, der diese kleinen Resümees schreibt, in denen er ein Meisterwerk auf das Niveau der Antwort in einer Schulprüfung reduziert.

Irgendwann in den Siebzigern habe ich einen satirischen Artikel für den *Spectator* geschrieben, in dem ich Sätze von Meredith (*The Ordeal of Richard Ferverel*) und – ich glaube – D.H. Lawrence benutzte, um zu beweisen, dass bestimmte schwülstige Passagen genauso gut in irgendeiner populären Liebesgeschichte hätten stehen können. Das wurde als Verunglimpfung empfunden, und sofort kamen die Briefe, die die Großen auf den Kehricht warfen. Goethe – wie deutsch! Cervantes – wie langweilig (ein besonders beliebtes Beiwort). Stendhal – so etwas von Weitschweifigkeit. Der geringste Vorwand, und schon stürzen sie hervor, diese Hunde, die es nicht abwarten können, den Körper der Literatur in Stücke zu reißen.

Rebecca West, eine intelligente und kultivierte Frau, hat einmal gesagt, Goethes gesamte Philosophie lasse sich in einem Satz zusammenfassen: »Ist die Natur nicht großartig?« Und da haben wir es, das echte Grunzen aus dem Sumpf.

Was die Briten – nein, die Engländer – am meisten lieben, sind kleine, überschaubare Romane, vorzugsweise über die Nuancen des Klassendaseins oder gesellschaftliches Verhalten.

Ich sagte zu Naomi, sie und ihre Familie hätten eine instinktive Vorliebe für das Zweitklassige – was die Literatur angehe. Es ist erstaunlich, mit welchen Grobheiten Leute aus den Kolonien und andere, nicht dem Gesetz unterworfene Tieferstehende durchkommen: Wir wissen es eben nicht besser. Und dann kam der traurige Tag, an dem ich begriff, dass ich nicht mehr damit durchkam: Ich und meine Zunge mussten lernen, lieber zu schweigen.

Weshalb bin ich nach Carradale gefahren, wenn es mir dort nicht sonderlich gut gefiel? Natürlich wegen Peter.

Es waren die Mitchisons alle zusammen, als Clan, die mir missfielen, aber wenn man sie einzeln nahm, lagen die Dinge völlig anders. Ich habe mich oft mit Naomi in ihrem Club am Cavendish Square zum Lunch getroffen. Was mir an ihr besonders gefiel, waren ihre Vitalität, ihr Überschwang an Lebensfreude und das völlige Fehlen von Heuchelei, wenn sie mir von der neuesten Episode in ihrem Liebesleben erzählte. Naomi war von ihrem Vater, dem großen Wissenschaftler John Scott Haldane, auf die Dragon School in Oxford geschickt worden. Es war eine Jungenschule, und sie war das einzige Mädchen gewesen. Ich glaube, das hat vermutlich den Kurs ihres Liebeslebens bestimmt. Mit sechzehn, als, wie sie sagte, »ich immer noch in der Schule war, mit lang herunterhängenden Haaren«, wurde sie mit Dick Mitchison verlobt, einem gut aussehenden jungen Soldaten. Sie kannte ihn kaum. Ihre Ehe war meiner Meinung nach der Inbegriff der Vernunft und des zivilisierten Betragens. Sie hatte ihre Liebesabenteuer und er zumindest eine lange andauernde Affäre. Die beiden waren die allerbesten Freunde. Viele Leute beobachteten diese Ehe, bewunderten sie, und vor allem junge Leute empfanden sie als gut. Ich erinnere mich an eine Unterhaltung zwischen zwei jungen Mädchen in Carradale, die beide nicht heiraten wollten. »Aber diese Art Ehe hat es schon immer gegeben, daran ist nichts Neues.«

»Ja, es liegt alles offen zutage. Keine Heuchelei, keine Lügen.« Denn für derart junge Leute waren Heuchelei und Lügen die schlimmsten all der üblen Dinge, die sie sahen, wenn sie die Welt der Erwachsenen unter die Lupe nahmen.

Von den Leuten, mit denen ich in die Sowjetunion gereist war, war Naomi diejenige, die ich am häufigsten sah und am längsten – über Jahre hinweg. Ein paarmal habe ich A.E. Coppard und seine Frau getroffen. Er fühlte sich immer weniger zu Hause in einer Welt, die ständig stärker kommerzialisiert und immer hektischer wurde. Er war ein Mann des Landes, der Dörfer, Felder, Wälder, langer Spaziergänge. Einer verschwundenen Welt … Douglas Young habe ich nicht wiedergesehen, aber durch Naomi von ihm gehört. Gelegentlich traf ich mich zum Lunch mit Arnold Kettle, aber er hat es nie geschafft, sich von der Partei zu lösen. Richard Mason sah ich öfter. Er lebte mit seiner Frau Felicity in Chelsea, nur ein Stück die Straße hinunter. Felicity war eine wirklich schöne Frau, wie es sich für eine Muse gehörte, denn sie sah es als ihre Rolle an, das Genie zu inspirieren. Vor Richard hatte es einen oder zwei andere gegeben, aber sobald sie ihn gesehen hatte, wusste sie, was ihr und ihm bestimmt war, und zögerte nicht, es ihm mitzuteilen. Sie entschied, dass ein kleines Haus in Chelsea und ein ruhiges Leben das waren, was er brauchte, um schöpferisch arbeiten zu können. Jeden Morgen schickte sie ihn nach oben, während sie ihn vor dem Telefon bewahrte, den Folgen eines Läutens an der Tür, Besuchen oder sonstigen Manifestationen des gewöhnlichen Lebens. Das ist natürlich genau das, wovon viele Schriftsteller träumen, wenn sie viel um die Ohren haben, nicht zuletzt ich selbst, aber für Richard war es eindeutig nicht das Richtige. Ich war bei ihnen an einem schmerzlichen und sehr komischen Abend zugegen, zusammen mit einer Reihe von Gästen, die alle dies Drama mit mitfühlender Neugierde bis zu seinem unvermeidlichen Ende verfolgt hatten, als nämlich Richard Felicity erklärte, was er brauchte, und sie ihm sagte, was er ihrer Ansicht nach haben müsste. »Was ich will, ist, in irgendein exotisches Land reisen, und dort werde ich mich in ein farbiges Mädchen verlieben. Sie muss arm oder krank oder etwas dergleichen sein. Dann werde ich mein nächstes Buch schreiben.«

»Unsinn, Darling, was du brauchst, ist Ruhe und Frieden«, sagte diese blonde Göttin, tatkräftig das Zimmer aufräumend.

»Ruhe und Frieden machen mich verrückt«, sagte er. »Felicity, ich kann so nicht weitermachen.«

»Du hast nur eine Schreibhemmung, Darling.«

»Ja, ich weiß, dass ich eine Schreibhemmung habe. Und zwar deshalb, weil ich dieses Leben nicht ertrage.«

Er hatte die Angewohnheit, sich oben aus dem Fenster zu lehnen und sehnsüchtig das lebhafte Treiben auf der Straße zu beobachten oder sich sogar, wenn sie nicht aufpasste, aus dem Haus zu schleichen und ein oder zwei Stunden schuldbewusst in einem Pub zu verbringen. Es konnte nicht von Dauer sein. Und war es auch nicht. Er flüchtete nach Hongkong, wo er *Suzie Wong* schrieb, das sofort ein Bestseller wurde, ein Buch über ein Mädchen, das auf tragische Weise vom Schicksal geschlagen war, nicht nur in einer Hinsicht, sondern in mehrfacher, unter anderem mit Tuberkulose wie die romantischen Heldinnen der Vergangenheit. Felicity war vernünftig und machte sich auf die Suche nach einem anderen Schriftsteller, der eine Muse brauchte. Richard versackte zumindest zeitweise in der Welt des Films. Eine Geschichte, die er erzählte, war, wie er und sein Regisseur loszogen, um die perfekte Suzie Wong zu finden, auf Honolulu oder einer anderen dieser romantischen Inseln, und dort feststellen mussten, dass die gesamte Bevölkerung angetreten war, um das Schiff willkommen zu heißen, wobei die Einheimischen *Onward Christian Soldiers* sangen und Turnhosen trugen.

Ein paar Jahre lang traf ich mich sehr oft mit einer jungen Frau, die ein Kind in Peters Alter hatte; wir holten die Jungen jeden Tag um die gleiche Zeit von der Schule ab, und um deren Stunden bis zum Schlafengehen auszufüllen, gingen wir in die Kensington Gardens und ließen kleine Holzboote schwimmen oder schlenderten herum, während die Jungen spielten. Wir lebten beide in Wohnungen, die für die unbändige Energie von Sechs-, Sieben- oder Achtjährigen viel zu klein waren. Damals gab es Schafe im Hyde Park: Land in der Stadt.

Sie war eine stille, nachdenkliche Frau, und ihr Sohn war ein zäher kleiner Rotschopf, kämpferisch, aufbrausend – die beiden Temperamente passten nicht zusammen. Sie hatte einen Job, der es ihr ermöglichte, um sechzehn Uhr Feierabend zu machen, und sie war, wie ich, ständig müde. Ihre Geschichte war damals ungewöhnlich, ist heute aber alltäglich: Sie war von einem Mann geschwängert worden, der sagte, er werde zu ihr stehen, sich dann aber aus dem Staub gemacht hatte. Kurzum, sie war eine alleinerziehende Mutter. Als sie schwanger wurde, wollten ihre Eltern ihr nicht helfen. Sie wurde von ein paar Nonnen aufgenommen, die sich auf diese Art von Philanthropie spezialisiert hatten und die sie zwölf Stunden am Tag waschen und schrubben und sie wie ein armes Mädchen aus einem Roman von Dickens auf einer harten Pritsche in einem kalten Zimmer schlafen und halb verhungern ließen. Sie war eine von einem halben Dutzend schwangerer Frauen. Als sie in den Wehen lag, wurde ihr gesagt, die Schmerzen seien die Folge ihrer Sünde. Sie und die anderen wurden den ganzen Tag beschimpft: Schlampen, Huren, Kinder des Teufels; das war kurz nach dem Krieg. Sie musste dort bleiben, weil sie nirgendwo anders hingehen konnte. Ich war zutiefst entrüstet über diese Behandlung. Ich glaube, das amüsierte sie, ihre Einstellung war: *Well, what can you expect?* Aber wenn das Akzeptieren sozialer Missstände ein Zeichen von Reife ist, was wird dann aus dem Fortschritt? Vier oder fünf Jahre später, und sie wäre vom Wohlfahrtsstaat gerettet worden. Die Geschichte hat ein Happy End. Der Mann kehrte zurück und übernahm die Verantwortung. Es war nicht leicht, mit ihm zu leben, und sie ertrug vieles, des Kindes wegen. Sie hatten zwei bescheidene Zimmer mit sehr wenig Komfort.

Diese üble Behandlung schwangerer Mädchen oder unverheirateter Mütter ist in allen Kulturen dieselbe, immer. Gerade dieser Tage erst brachen sich die gesellschaftlichen Ressentiments wieder Bahn, durften wir zusehen, wie diese jungen Frauen, die in jeder Beziehung ein so schweres Leben haben, auf geradezu rituelle Weise beleidigt und beschimpft wurden, diesmal als gerissene Diebinnen, die sich auf Kosten des Wohlfahrtsstaates ein schönes Leben machen. Niemand kommt je auf die Idee, dass ihren Kindern etwas zusteht, dass sie etwas wert sind; nein, ihre Mütter haben Unrecht getan, und deshalb müssen sie auch bestraft werden.

Als ich meine Tante Daisy und ihre Schwester Evelyn in Richmond besuchte, trat ich in eine Welt ein, die sich von der turbulenten, improvisierten Lebensweise der meisten meiner Freunde so stark unterschied, dass es für mich ein Ausflug in die Vergangenheit war. Vor mir lag ein recht geräumiges, ein wenig heruntergekommenes Haus, das einen neuen Anstrich brauchte, in einem herrlichen Garten voller Vögel. Alte Häuser begrüßen einen sehr zurückhaltend, beobachten einen durch verschwiegene Fenster, wenn man den Pfad entlanggeht, und wenn man läutet, ist es, als ob die Bewohner, einige davon Gespenster, Position beziehen, um sich mit diesem Eindringling zu befassen. Für jemanden wie mich, der über England alles aus Romanen und Theaterstücken weiß, unterhalten sich die Bewohner eines alten Hauses in Dialogen aus Romanen, die sie vielleicht nie gelesen oder von denen sie noch nie etwas gehört haben.

Ich musste mich darauf gefasst machen, eine Enttäuschung zu sein, denn Tante Daisy war meine Patin; sie war es gewesen, die mir während meiner ganzen Kindheit Bücher über Jesus und die Apostel geschickt hatte, und jetzt war ich eine Atheistin und Kommunistin.

Ich läutete – die Glocke war sehr laut. Waren Tante Daisy oder Tante Evelyn taub? Ich läutete noch einmal. Die Tür schwang langsam auf, und da standen zwei winzige alte Frauen, lächelnd. Beide trugen ihr bestes schwarzes Kleid mit einer geblümten Schürze darüber. Die Schürzen bedeuteten, dass sie kein Hausmädchen hatten, und ich musste meine, aus Patrick Hamiltons Roman *Slaves of Solitude*, der in diesem Teil Londons und in einem Haus wie diesem spielt, gewonnene Vorstellung über Bord werfen. Er handelt von der Mittelschicht und ihren Dienstboten, und ich hatte vorgehabt, ihn als Führer zu benutzen. Ich küsste zwei papierne Wangen, sie wurden mir hingehalten, zuerst von Daisy, dann von Evelyn. Der kleine Junge hob die Arme Daisy entgegen, damit sie ihn umarmen konnte, aber das Alter hatte sie langsam gemacht, und so streckte er ihr stattdessen eine Hand entgegen, aber dann wurde er doch von beiden in die Arme geschlossen. Die beiden standen da und bewunderten das gesunde Kind, und Tante Evelyn, die Missionarin aus Japan, sagte: »Was für rosige Wangen kleine englische Jungen doch haben.« Peter sah mich verwirrt an: Er glaubte, er wäre kein Engländer, zumindest hatte er das in der Schule erfahren müssen.

»Ich nehme an, kleine japanische Jungen haben keine rosigen Wangen«, sagte Daisy zu ihrer Schwester, und Evelyn sagte: »Aber das bedeutet nicht, dass sie weniger gesund sind als englische Kinder.«

Es war halb zwölf, und im Wohnzimmer stand ein Teewagen, auf dem Scones und Marmelade und zwei Sorten Tee warteten. Die Schürzen wurden abgenommen, mit entschuldigenden Worten: »Leider können wir uns in diesen Zeiten kein richtiges Mädchen leisten. Wir haben eine Frau, die einmal die Woche kommt, deshalb ist alles etwas verwahrlost.«

Nichts sah verwahrlost aus. Das Zimmer stand voller viktorianischer Möbel. Von Tante Daisy in ihrer Jugend angeschafft, waren sie damals das Einzige, was in den Möbelgeschäften erhältlich war, jetzt waren es Antiquitäten, aber nichts wert, weil so unmodern. Peter zappelte herum, versuchte sich gut zu benehmen, und Tante Daisy sagte: »Vielleicht würde er gern in den Garten hinausgehen? Aber leider haben wir dort keine Stachelschweine oder Löwen oder Elefanten.« Peter ging hinaus, und wir konnten durch die Fenster hindurch beobachten, wie er zwischen den Sträuchern herumwanderte mit dem Ausdruck banger Langeweile, den Kinder zeigen, wenn sie wissen, dass sie stundenlanges Reden von Erwachsenen über ihre Köpfe hinweg ertragen müssen.

Da Tante Evelyn inzwischen ihre Schürze wieder angelegt hatte und in die Küche zurückgekehrt war, machte ich mit Tante Daisy Konversation und versuchte dabei, in dieser zerbrechlichen alten Dame die Daisy Lane zu sehen, von der ich so viel wusste. Sie war am alten Royal Free Lernschwester gewesen, während meine Mutter dort Stationsschwester war. Ein Drache mit einem Herzen aus Gold. Als Daisy dann selbst Stationsschwester geworden war und damit in dieser strengen Hierarchie auf derselben Stufe wie meine Mutter stand, wurden die beiden

Frauen enge Freundinnen und blieben es, und es war Daisy, an die meine Mutter allwöchentlich ihre langen Briefe schrieb, viele Seiten auf blauem Coxley-Briefpapier, mit Nachschriften und Nach-Nachschriften und gelegentlich auf die viktorianische Art auch an den Rändern quer beschrieben, was man damals aus Sparsamkeitsgründen tat, aber auf der Farm deshalb, weil man, wenn einem das Briefpapier ausging, warten musste, bis man aus dem sieben Meilen entfernten Laden neues holen konnte. Daisy Lane war für meine Mutter das England, aus dem sie exiliert war, und die Briefe waren die Chronik ihres Exils, auf die Daisy, inzwischen die Schulschwester, regelmäßig, aber wesentlich kürzer antwortete: »Tut mir leid, dass meine Neuigkeiten nicht so aufregend sind wie Deine, meine Liebe. Ich kann nicht mit Geschichten über Schlangen und Buschfeuer aufwarten.« Sie schrieb an mich, äußerst gewissenhaft, wenn sie mir ihre guten Bücher schickte, und ihre Briefe enthielten nicht nur ihre Gedanken über Jesus, sondern auch Berichte über das Leben ihrer Schwester als Missionarin in Japan.

»Aber ich nehme an, Du weißt mehr über Missionare als ich«, pflegte sie zu schreiben. »Ich weiß, dass unsere Kirche eine Mission in Kampala unterhält.«

Auf alle Fälle wusste sie mehr über die Gedanken und Gefühle meiner Mutter, als ich je wissen sollte. Als meine Mutter nach all diesen Jahren und den Hunderten von Briefen nach England kam, wohnte sie eine Woche lang bei ihrer alten Freundin, in diesem Haus. Sie hatte von einem Haus in London geträumt, aber eindeutig nicht von einem allzu großen Haus, das allmählich herunterkam, weil kein Personal da war, in dem zwei alte Frauen, deren aktives Leben weit hinter ihnen lag, ihre Tage mit Kochen und Hausarbeit verbrachten. Wie war der Besuch verlaufen? Aber ich fragte nicht, denn er konnte nicht gut verlaufen sein. Vor allem deshalb, weil sie und Evelyn nicht miteinander auskamen. »Maude hat schon immer aus ihren Ansichten keinen Hehl gemacht«, sagte Daisy sanft, aber mit einem nervösen Blick auf ihre Schwester.

Und das war alles, was ich über diese Woche erfahren sollte, diese enttäuschende Woche, in der meine Mutter und ihre engste Freundin endlich zusammenkamen, in Richmond.

Eine Stunde nach unserer Ankunft kam Sherry auf einem silbernen Tablett, mit Bath-Oliver-Keksen. »Was meinst du, ob Peter gern ein Glas Milch hätte?«, fragte Daisy.

»Oder vielleicht ein bisschen Sherry?«, sagte Evelyn.

»Also, das ist doch wirklich absurd«, sagte Daisy. Peter lag auf dem ungepflegten Rasen auf dem Bauch, mit dem Kopf auf einem Arm, während er mit einem Zweig in etwas herumstocherte.

»Nein«, sagte Evelyn entschlossen. »Schlafende Hunde und zufriedene Kinder soll man nicht stören.«

Wir tranken süßen, dicken Sherry, und Tante Daisy erkundigte sich, ihre Pflicht erfüllend, nach Peters religiöser Gesundheit. »Dann werde ich gehen und mich um den Lunch kümmern«, sagte Evelyn, »und es euch beiden überlassen, Peters spirituelles Leben zu arrangieren.«

»Evelyn hat aus Japan einige überaus unorthodoxe Ideen mitgebracht«, sagte Daisy. »Ich weiß wahrhaftig nicht, was unser Vikar sagen würde, wenn er ein paar davon hören würde. Aber lass uns über den kleinen Jungen reden. Maude sagte mir, du hast ihn nicht taufen lassen?«

»Sie hat ihn taufen lassen.«

Sie seufzte. Sie war bestürzt. Sie zwang sich, mich anzusehen, diese radikale Person, und dann, ermutigt von den vielen Jahren ihres Dienstes an mir als meine Patin – für die ich heute dankbar bin –, sagte sie: »Aber das bedeutet, dass er keine Paten hat.«

Ich sagte: »Aber, Tante Daisy, du weißt doch, dass Leute Kinder annehmen und für sie verantwortlich sein können – genau wie ein Pate oder eine Patin, dazu braucht man nicht religiös zu sein.«

»Aber, meine Liebe, was ist mit seiner Pflicht gegenüber Gott, wer wird ihn darüber informieren?«

Das Gespräch quälte sich dahin, immer um dieses Thema kreisend, und dann kam der Lunch.

Roastbeef auf einer riesigen Porzellanplatte mit einer Vertiefung für die Bratensoße, die ausgiebig über Peters Gemüse gelöffelt wurden, damit er ein Mann werden konnte. Bratkartoffeln, Möhren in weißer Soße. Blumenkohl in weißer Soße. Das Fleisch war wirklich wunderbar. Und der Nachtisch ebenfalls, Fruchtpudding mit goldgelbem Sirup und Marmeladentörtchen. Käse, Gebäck. Die alten Damen aßen wie die Spatzen, und der größte Teil dieser Mahlzeit wurde wieder abgetragen, wahrscheinlich, um im Lauf der Woche verzehrt zu werden. Uns alle verlangte nach Schlaf nach dem Sherry und dem schweren Essen, aber jetzt musste es Kaffee geben, einen schwachen, grauen Kaffee, und wir saßen im Wohnzimmer und litten alle unter dieser speziellen Pein, dem Bedürfnis zu schlafen, wenn es völlig unmöglich ist. Tante Evelyn redete über das japanische Jesus-Verständnis, ganz anders als unseres, sagte sie, und sang uns *Rock of Ages* auf Japanisch vor, wobei sie mit dem Kaffeelöffel den Takt schlug. Genau wie meine missionarische Tante Betty vor so langer Zeit in Teheran, aber die in Mandarin-Chinesisch.

Tante Daisy sagte, Krankenschwestern seien heute nicht mehr so, wie sie einmal gewesen seien, das hätten ihr jüngere, noch nicht pensionierte Kolleginnen erzählt. »Heutzutage will niemand mehr eine Arbeit um ihrer selbst willen tun«, sagte sie. »Und sieh dir diese modernen jungen Frauen an – sie wollen keine Hausarbeit mehr machen.«

»Nein«, sagte Evelyn, »sie ziehen Fabriken vor. Wie kann eine Frau, die nicht völlig verrückt ist, eine scheußliche Fabrik der Arbeit in einem hübschen Haus wie diesem vorziehen?«

Für ein paar Sekunden lag ein Hauch Patrick Hamilton in der Luft.

Um vier Uhr kam der Teewagen wieder herein, die Tanten legten ihre Schürzen an, um den Nachmittagstee vorzubereiten, dann nahmen sie sie wieder ab, um sich seinem Verzehr hinzugeben. Auf der oberen Etage des Wagens befanden sich Scones, Butter, Marmelade, Sauerteigfladen, Honig in einer Wabe, kleine Kuchen und verschiedene Sorten von Keksen, auf der unteren standen zwei große Kuchen, eine Biskuittorte mit Obst und

Schlagsahne und eine Obsttorte. Nun sollte es endlich ernsthaft ans Essen gehen. Lunch, ja, den hatten sie gegessen, und ein Lunch musste, vor allem sonntags, etwas Anständiges sein, aber das hier war es, was sie wirklich genossen. Ich konnte sehen, dass dies die Hauptmahlzeit des Tages war, und sie aßen und aßen und drängten mich und Peter, immer mehr zu nehmen, und sie tranken viele Tassen Tee, Earl Grey für Daisy und Ceylon für Evelyn, oh, nimm dir doch noch ein kleines Stück, und dann erschienen wieder die Schürzen für den Abwasch, und dann war es fünf Uhr, und wir konnten gehen. Und als Peter und ich zur Bushaltestelle gingen und ihnen zum Abschied zuwinkten, hörte ich von Evelyn: »So, Daisy, und jetzt setzt du dich hin und ruhst deine Beine aus; ich kümmere mich um das Abendessen.«

Peter fragte: »Müssen wir sie noch einmal besuchen?«

Dass ich ihn zu den Tanten mitnahm, war Teil meines Versuchs, zumindest eine Andeutung, ein Gerüst von Familienleben zu bewahren. Aber jetzt hatten wir es hinter uns, und, nein, er brauchte sie nicht noch einmal zu besuchen.

Die Schwestern zogen nach Salisbury (England) um, und ich besuchte sie dort. Ein weiteres kleines, altes Haus und ein Garten voller Bienen, Vögel und Schmetterlinge. Sie beschäftigten sich damit, in der Kathedrale Blumen zu arrangieren, und waren eifrig bemüht, die Fassade der Mittelschicht aufrechtzuerhalten, mit Mahlzeiten den ganzen Tag über und guten Werken, denn sie besuchten die Armen mit aufmunternden Worten und kleinen Geschenken, bestehend aus selbst gebackenen Kuchen und Süßigkeiten. Dann schrieb Tante Daisy, sie werde nach London kommen, um den Tag mit mir zu verbringen. Ich konnte nicht von ihr verlangen, dass sie die steile Treppe zu meiner Wohnung hinaufstieg, also führte ich sie zum Lunch aus, aber es war damals schwer, die Art von Restaurant zu finden, an die sie gewöhnt war, mit anständigem englischem Essen. Die gab es in Provinzstädten in ganz England, aber nicht in London. Ich ging mit ihr in Derry & Tom's Dachgarten. Anschließend gingen wir Tee trinken. Dann bat mich Tante Daisy unvermutet um meine Hilfe bei der Übersiedlung in ein gutes Altersheim. Ich war so verblüfft, so fassungslos, dass ich stumm und wie gelähmt dasaß. Es ist sehr nützlich, sich an so etwas zu erinnern, denn wenn man älter wird und sich in allen möglichen Dingen auskennt, vergisst man, dass das nicht immer der Fall war. Wenn heute jemand zu mir sagen würde: Bitte, bring mich in einem Heim unter, dann wüsste ich, was ich zu tun hätte, aber damals war es so, als hätte sie von mir verlangt, ich solle sie in einer Schubkarre von Land's End nach John o' Groats schieben. Selbst noch weit davon entfernt, wirklich in London angekommen zu sein, war ich von dem Leben in diesem Moloch Stadt zutiefst verunsichert – zumindest hatte ich das Gefühl. Eine gewaltige Bestürzung ergriff von mir Besitz, eine Müdigkeit, und diese Müdigkeit war mein Feind, denn in einem so großen Teil meines Lebens tat ich nicht das, was ich gern getan oder was mir Spaß gemacht hätte. Wie war es möglich, dass Tante Daisy, die seit meiner Geburt an meinem Leben Anteil genommen hatte, nicht begriff, dass sie von mir zu viel verlangte? Außerdem – wieso brauchte diese Frau, die ihr gesamtes Leben in London verbracht hatte und den größten Teil davon in etwas, das wir heute »die pflegerischen Berufe« nennen, diese Art Hilfe von mir? Und was war mit Evelyn? Warum verbrachten die beiden ihre alten Tage nicht gemeinsam? Denn meine Einstellung war noch die allgemein übliche – die bequeme: »Hier sind zwei alte Damen, wie schön für sie, dass sie zusammenleben können.« (Und sich umeinander kümmern, damit ich es nicht tun muss.) Aber vielleicht kommen sie nicht miteinander zurecht? Vielleicht konnten Daisy und Evelyn, diese Schwestern, die so wenig voneinander gesehen hatten, da die eine fast ihr gesamtes Erwachsenenleben in Japan verbracht hatte, einander nicht ausstehen?

Ich saß da, stumm, und wusste, dass ich ein Double für meine tüchtige und tatkräftige Mutter Maude McVeagh war, und ich dachte, dass in dieser Bitte der Kernpunkt des Verhältnisses zwischen diesen beiden Frauen zutage trat. Meine Mutter war die dominierende Persönlichkeit gewesen, die stets kompetente, aber sie war nach Rhodesien zurückgekehrt, und hier war nun ihre Tochter, die Patentochter, und eine erfolgreiche Schriftstellerin obendrein, und deshalb würde sie die Sache genauso in die Hand nehmen, wie Maude es getan hätte.

Und nun sagte ich zu ihr, platzte heraus mit nicht nur schockierter, sondern geradezu ungläubiger Stimme, die besagte, wie kannst du das von mir verlangen, wo ich doch ohnehin schon so viel um die Ohren habe: »Es tut mir sehr leid, Tante Daisy. Das kann ich nicht. Ich habe keine Ahnung, wie ich das anstellen müsste.«

Kurz darauf schrieb sie mir, dass sie in das Heim Soundso ziehen werde, aber ich weiß nicht, was aus Evelyn geworden ist. Ich habe keine von beiden wiedergesehen, aber Tante Daisy schickte mir Weihnachtsgeschenke, wie sie es getan hatte, als ich noch ein Kind war; eine Postanweisung über vielleicht zwei Shilling und Sixpence oder ein Leinentaschentuch mit einer gepressten Blüte darin. Ich schickte ihr Pralinen und meine Bücher, wenn sie herauskamen.

Lange Zeit, viele Jahre später kam mir der Gedanke, dass Tante Daisy auf diese indirekte Art angefragt hatte, ob sie bei mir leben könnte. Damals wäre ich nie auf die Idee gekommen, dass es sie danach verlangen könnte, ihr Leben mit einer undisziplinierten, atheistischen Roten zu verbringen. Sie konnte seit Jahren kein gutes Wort über mich gehört haben. Die Briefe meiner Mutter an sie müssen eine allwöchentliche Verurteilung dieser fürchterlichen Tochter gewesen sein. »Alles, was du tust, tust du *absichtlich*, um deinen Vater und mich so tief wie möglich zu verletzen.« Aber wenn Tante Daisy nicht bei mir leben wollte – was sollte dann das Ganze? Manchmal grüble ich darüber; in dieser Sache liegt etwas Verborgenes, Schmerzliches und Unmögliches, vielleicht die Geschichte zweier Schwestern, die einander sehr unähnlich waren, die ihr Leben voneinander getrennt verbrachten, von denen man aber erwartete, dass sie im Alter zusammenlebten und ihre winzigen Renten in einen Topf warfen.

Jüngere Leute können sich heute nur schwer vorstellen, was für ein armes Land dies war in der Nachkriegszeit. Zwischen damals und heute liegen Jahrzehnte, in denen Geld in Bewegung geriet und alles rasch besser wurde, die Überflussgesellschaft entstand. Selbst arme Leute leben heute besser als damals ein Großteil der Mittelschicht. Es gab kaum Zentralheizung: Ganz Europa spottete über uns wegen unserer Einstellung dazu, denn irgendwo in einer Ecke der puritanischen Nationalseele steckt immer noch das Gefühl, ein Leben in Wärme und Behaglichkeit wäre Genusssucht. Wir hatten Gas- oder Elektroheizung, die durch Münzen eingeschaltet wurde, die man in einen Zähler steckte. Das bedeutete, dass die Leute von der Arbeit in eiskalte Wohnungen zurückkehrten. Kühlschränke waren gerade erst im Kommen. Ich hatte einen Speiseschrank an der Wand und kaufte Milch und Fleisch, wenn ich diese Dinge brauchte. Die meisten Fußböden bestanden aus gebeizten oder gestrichenen Dielenbrettern, auf denen Teppiche oder Matten lagen; Teppichböden waren noch sehr selten. Man konnte in ein Haus oder eine Wohnung gehen, wo gute, solide Möbel herumstanden, aber es gab keine Heizung, keinen Kühlschrank, die Küche war noch mit einem Porzellanbecken und hölzernen Abtropfbrettern ausgestattet, und unter herrlichen Teppichen lagen kalte Fußböden. Ein Großteil der Möbel stammte noch aus dem während des Krieges aufgelegten »Utility«-Programm. Während des Krieges waren Utility-Möbel und Utility-Kleider alles, was man neu kaufen konnte, und beides schien beweisen zu wollen, wie hässlich aus der Not Geborenes sein musste.

Wenn man einen durchschnittlichen jungen Menschen in eine dieser ganz gewöhnlichen Behausungen von damals zurückversetzen könnte, was würde er dann sein? Vermutlich fassungslos. Der Komfort ist noch allzu neuen Datums: die Welt ihrer Großeltern, eine abgeschabte, kalte Zweckmäßigkeit.

Keiner der Künstler oder Schriftsteller, die ich kannte, hatte Geld. Die Einstellung hat sich geändert: Heute verlangen junge Autoren übertrieben hohe Vorschüsse und sorgen sich um ihre Sicherheit. Wir empfanden Sorgen über das, was mit uns passieren würde, als beschämend und »bourgeois«. Vermutlich war es der Krieg, der den Glauben an eine sichere Existenz zerstörte. Es war keine Schande, arm zu sein oder in einer schäbigen Unterkunft zu hausen; all das war einfach kein Thema. Was mich angeht, kann ich versichern, dass ich mir gleichfalls um Geld keine Sorgen machte, denn ich wusste, dass letzten Endes alles ins Lot kommen würde; nur kurzfristige Geldverlegenheiten machten mir zu schaffen. Mein grundsätzlicher Optimismus, von dem ich glaube, dass er eine Sache der Nerven, etwas Körperliches ist – eine Veranlagung, ein Temperament –, war genau das, was die Situation erforderte. Ich wollte nicht reich werden, denn darum ging es nicht; ich wusste einfach, dass ich tat, was ich tun musste, nämlich schreiben. Und das bedeutete, dass ich mit meinen Ressourcen vorsichtig umgehen musste, um meine Zeit nicht mit Unnützem zu verschwenden, meine Energie nicht zu missbrauchen. Leicht gesagt, leicht geschrieben – aber dies ist die Krux und das Herzstück schriftstellerischer Arbeit. Wenn wir herumreisen, vorübergehend zu Rednern geworden sind, auf Podien stehen und kluge Dinge von uns geben, werden wir immer gefragt: Arbeiten Sie mit einem Computer, einem Federhalter, einer Schreibmaschine? Schreiben Sie jeden Tag, wie sieht Ihre Routine aus? Diese Fragen erwachsen aus einer instinktiven Suche nach dem entscheidenden Punkt: Wie verwenden Sie Ihre Energie? Wie gehen Sie mit ihr um? Alle Menschen verfügen über beschränkte Mengen von Energie, und ich bin sicher, die Leute, die erfolgreich sind, haben – entweder instinktiv oder ganz bewusst – gelernt, mit ihrer Energie hauszuhalten, anstatt sie zu vergeuden. Und das tut jeder Mensch auf eine andere Art, ob er nun Schriftsteller ist oder nicht. Ich kenne Kollegen, die jeden Abend zu einer Party gehen und dann, mit aufgeladener anstatt leerer Batterie, den ganzen Tag schreiben. Aber wenn ich die halbe Nacht aufbleibe und rede, dann bin ich am nächsten Tag nicht gut in Form. Manche Schriftsteller ziehen es vor, morgens so früh wie möglich mit der Arbeit zu beginnen, während andere die Nacht oder – für mich fast unmöglich – die Nachmittage vorziehen. Man muss es einfach ausprobieren, und wenn man dann herausgefunden hat, was man braucht, was einen vorantreibt, wie der instinktive Rhythmus und die tägliche Routine aussehen müssen, dann soll man sich daran halten.

Jetzt, in der Rückschau, bin ich verblüfft und beeindruckt, wie ich mich zwischen den an mich gestellten Ansprüchen hindurchlavierte, bei denen das Kind natürlich an oberster Stelle stand. Also: Intensives, konzentriertes Arbeiten, wann immer ich konnte, mit einem ständig wachsamen Auge auf die Energiefresser.

Mein Erstling, *Afrikanische Tragödie*, war für ein Debüt in Großbritannien, auf dem Kontinent und in Amerika recht erfolgreich gewesen, hatte zahlreiche Kritiken bekommen und war nachgedruckt worden. Aber nur wenige ernsthafte Romane machen ihre Autoren reich. Mein zweites Buch, *This Was The Old Chief's Country*, bekam gute Kritiken und hatte sich für einen Band mit Kurzgeschichten recht gut verkauft, und einzelne Kurzgeschichten aus dem Band wurden in Anthologien und im Ausland nachgedruckt. Auch *Martha Quest* und *Eine richtige Ehe* verkauften sich recht gut und kamen in europäischen Ländern und in Amerika heraus, aber nichts von alledem war aus dem Stoff, aus dem Bestseller gemacht werden. All meine Bücher sind noch im Handel und verkaufen sich stetig, aber erst in den Siebzigern bekam ich große Vorschüsse. 1958, so habe ich ausgerechnet, verdiente ich im Durchschnitt 20 Pfund pro Woche, was damals dem Lohn eines Arbeiters entsprach.

Wie alle Schriftsteller überlebte ich von Scheck zu Scheck. Joan störte es nicht, wenn ich meine Miete mit zwei oder drei Wochen Verspätung zahlte. Einmal war ich mit fünf Wochen im Rückstand, und mir war regelrecht schlecht vor Sorgen, weil Joan gleichfalls nicht viel Geld hatte. Scharfe kleine Erinnerungen wie diese korrigieren Verallgemeinerungen wie: »Es machte mir nichts aus, dass ich kein Geld hatte.« Eine Zeit lang habe ich das tatsächlich gesagt, aber es gab Zeiten, in denen ich nicht mehr ein noch aus wusste. Ich hatte das Kind zur Schule gebracht, ging die Church Street hinunter und weinte, weil ich kein Essen kaufen konnte. Ein Mann kam schnellen Schrittes auf mich zu, blieb stehen und fragte: »Weshalb weinen Sie?« Ich sagte: »Ich habe kein Geld.« Er sagte: »Nur Mut, nächste Woche um diese Zeit werden Sie bestimmt welches haben.« Das stimmte, denn immer tauchte von irgendwoher Geld auf, und ich fasste wieder Mut. Ich verkaufte den Schmuck meiner Mutter. Dass sie mir ihre schwere Goldkette schenkte, ihre goldene Brosche, ein paar Stücke aus Viktorianischer Zeit, war ein Ritual: Mütter verschenken ihren guten Schmuck immer an ihre Töchter. Ich wollte ihn nicht, sagte, sie solle ihn behalten, aber sie bestand darauf. Als ich ihn zu einem Juwelier brachte, war ich in einer derart jämmerlichen Verfassung, dass ich ihn geradezu dazu aufforderte, mich zu betrügen. Der Schmuck war unmodern. Ich erinnere mich, dass ich ihn sogar darauf hingewiesen und mich dafür entschuldigt habe. Ich erhielt weniger als dreißig Shilling für etwas, das zehn Jahre später, als Viktorianisches wieder in Mode kam, Hunderte von Pfund wert gewesen wäre. Ähnliches passierte mit einem viktorianischen Nähtisch von meiner Tante Daisy. Er war sehr hübsch, mit zahlreichen kleinen Schubladen, durchbrochenen Fächern und Nadelkissen, ein wahres Schmuckstück. Im Erdgeschoss unseres Hauses war ein Antiquitätengeschäft. Ich flehte die Besitzer an, ihn zu kaufen. Sie weigerten sich, sagten, es gäbe keinen Markt dafür. Wenig später war er einen Haufen Geld wert.

Zu den Prüfungen eines Schriftstellerlebens gehören komplizierte Steuererklärungen. In einem Jahr hatte ich kein Geld, um meine Einkommensteuer zu zahlen. Im Vorjahr hatte ich gut verdient. Der Mann vom Finanzamt kam, war voller Mitgefühl, aber es nützte nichts: Ich musste zahlen. Wie? Ich erinnere mich nicht. Wahrscheinlich bat ich um Bücher zum Rezensieren. Ich glaube nicht, dass es damals irgendwelche Zuschüsse für Frauen in meiner Lage gab – ein Kind und keine Unterstützung durch den Vater. Und wenn es sie gegeben hätte, hätte ich mich geweigert, sie anzunehmen – dazu war ich zu stolz.

Wenn Sie denken: Aber sie hatte doch einen Geliebten, weshalb hat der nicht geholfen? Ich habe nie Geld von Jack angenommen. Das war eine Sache des Prinzips. Außerdem hatte er Frau und Kinder, für die er sorgen musste. Und dennoch, wenn dies Armut war, so kann ich mich nicht erinnern, dass mir irgendetwas gefehlt hätte, dass ich mich nach etwas verzehrte, das ich mir nicht leisten konnte.

Und wir aßen gut. Sowohl Joan als auch ich bereiteten wunderbare Mahlzeiten zu und luden uns gegenseitig dazu ein. Ich machte guten Gebrauch von Eintöpfen, dem Standardgericht in schweren Zeiten, denen immer neue Zutaten beigefügt und die im Lauf der Zeit immer besser wurden.

Aber manchmal muss ich völlig verzweifelt gewesen sein, denn ich bewarb mich um eine Stellung als Sekretärin in Mayfair. Sieben Pfund pro Woche. Ich sagte zu dem Arbeitgeber, dass davon kein Mensch leben könne, und er sagte entschuldigend: »Tut mir leid, aber wir gehen davon aus, dass Sie bei den Eltern wohnen.«

Ich schickte Erzählungen an den *New Yorker* und verkaufte zwei von ihnen, die beide nicht zu meinen besten gehörten. Einmal hatten sie gerade eine Erzählung von Nadine Gordimer angenommen, die sie wieder auf mich aufmerksam machte. (Damals kannten wir uns noch nicht.) Daraufhin schickte ich ihnen eine Reihe von Kurzgeschichten, die sie gerade abgelehnt hatten, und sie nahmen eine davon.

Ungefähr um diese Zeit starb Stalin, und ich schrieb eine kleine Erzählung mit dem Titel *Der Tag, an dem Stalin starb.* King Street – so erfuhr ich – war nicht amüsiert.

Tania Blixen arbeitete in Dänemark für den Rundfunk, und sie nahm ein paar Erzählungen an.

Ich habe nicht viele Buchbesprechungen geschrieben. Es ist harte Arbeit für sehr wenig Geld, das heißt, wenn man die Bücher tatsächlich liest und über sie nachdenkt, was Rezensenten keineswegs immer tun.

Zu einem anderen Fehlstart kam es, als ich mich bereit erklärte, als Sekretärin für Donald Ogden Stewart zu arbeiten. Er war einer der Autoren, die die Vereinigten Staaten wegen Joseph McCarthy verlassen hatten. Er war damals als Dramatiker und Drehbuchautor sehr bekannt. *The Philadelphia Story* stammte von ihm. Er war mit Ella Winters verheiratet; sie war eine der namhaften linken Journalistinnen gewesen, die gesehen hatten, wie die Zukunft in der Sowjetunion funktionierte.* Sie hatten eine Wohnung in der Finchley Road und waren beide immer noch sehr prosowjetisch. Von allen meinen Versuchen, mir ein regelmäßiges Einkommen zu verschaffen, war dies mit Abstand der dümmste. Er zahlte mir sieben Pfund pro Woche, das Minimum. Die Busfahrt von der Church Street zur Finchley Road dauerte fast eine Stunde. Don arbeitete sehr langsam. Er wanderte herum oder schaute aus dem Fenster, während ich darauf wartete, die Früchte dieses langen Nachdenkens niederzuschreiben. »Aber man braucht eine Dreiviertelstunde, um zum Flughafen La Guardia zu kommen.« War dies die Art, wie erfolgreiche Theaterstücke geschrieben wurden? Ich wurde verrückt vor Langeweile. In der Zwischenzeit steckte Ella immer wieder den Kopf zur Tür herein und sagte schließlich, wenn ich nichts zu tun hätte, könne ich für sie einkaufen gehen. Es kommt oft vor, dass Mann und Frau gleichermaßen versuchen, eine Angestellte mit Beschlag zu belegen. Ich hielt es ungefähr drei Wochen aus, dann trennten wir uns in beiderseitigem gutem Einvernehmen. Ich beschloss, den Versuch zu unternehmen, für eine der Seifenopern im Radio, *Mrs. Dale's Diary*, zu schreiben, und reichte eine Episode ein, aber sie sagten, sie sei zu extrem. Sie handelte von einem kriminell gewordenen Kind, nur wenig später das Thema von so vielen ganz gewöhnlichen Hörspielen und Serien. Danach gelangte ich zu dem Schluss, dass all diese Versuche, Geld auf andere Weise als mit seriösem Schreiben zu verdienen, Fehler gewesen waren.

Juliet O'Hea war meine Stütze. Die Bandbreite der Leute, die sie vertrat, war bemerkenswert. Sie war Katholikin und gehörte der Konservativen Partei an. Sie kümmerte sich um mindestens drei Kommunisten, darunter mich, und sie hasste und verabscheute den Kommunismus. Sie hatte auch andere seriöse Schriftsteller und außerdem Verfasser von Liebes- und Abenteuergeschichten unter Vertrag. Sie behandelte jeden von uns nach

* »Ich habe die Zukunft gesehen, und sie funktioniert.« Lincoln Steffens, ein in den dreißiger Jahren in die Sowjetunion verliebter Journalist.

seinen individuellen Verdiensten, war fair, war gutherzig und eine gute Freundin. Ich kann mich nicht erinnern, dass sie mir je einen schlechten Rat erteilt hätte. Inzwischen ist die Verlagswelt aus den Fugen geraten, sie hat sich von Grund auf gewandelt, und während dieser ganzen Zeit haben mir meine sehr guten Agenten zur Seite gestanden, zuerst Juliet O'Hea und später dann Jonathan Clowes. Er ist noch heute mein Agent und Freund.

Eine Veränderung trat in meinem gesellschaftlichen Leben ein, denn eine Zeit lang gehörte ich zu einer Gruppe von kanadischen und amerikanischen Schriftstellern. Die meisten waren auf der Flucht vor McCarthy nach London gekommen. Reuben Ship hatte *The Investigator* aufgenommen, eine Schallplatte, die McCarthy lächerlich erscheinen ließ. Niemand hatte gewagt, über diesen Mann Witze zu machen, und das laute Gelächter, das jetzt überall in den Vereinigten Staaten ausbrach, war vermutlich der Auslöser seines Sturzes oder trug jedenfalls mit dazu bei. Heute erinnert sich niemand mehr an *The Investigator*. Auf dem Höhepunkt wies der Teufel Bewerbern um den Himmel Plätze in der Hölle zu. Reuben hatte in Hollywood gearbeitet und wurde seiner Gefährlichkeit wegen in Handschellen zum Flugzeug eskortiert, was seine Angehörigen sehr beeindruckte, die, wie Reuben behauptete, alle professionelle Gangster waren und ihn verachteten, weil er sich für ein ehrliches Leben entschieden und den unprofitablen Beruf des Schriftstellers ergriffen hatte. Aber die Handschellen hatten ihn rehabilitiert. Stimmte das? Reuben war ein sehr lustiger Mann, und wer fragt schon, ob jede Einzelheit der Wahrheit entspricht, wenn er lachen muss? Kein Abkömmling eines alten Adelsgeschlechts hat je besseren Gebrauch von seinen Vorfahren gemacht, als Reuben es mit seinen kriminellen Angehörigen tat, zu denen ein Mafia-Boss gehörte.

Ted Allan hatte ebenfalls in Hollywood gearbeitet. Er wollte das großartigste Theaterstück oder den großartigsten Roman schreiben, den es je gegeben hatte, was damals alle Autoren von der anderen Seite des Atlantiks wollten, und er schrieb einige gute Sachen, aber sein eigentliches Talent lag im Reden: Er war ein Geschichtenerzähler, nahm Ereignisse aus seinem Leben und spann sie zu monströsen und überaus komischen Fantasien aus.

Einige Angehörige der Gruppe waren aus Kanada gekommen, weil es damals sehr schwer war, sich dort seinen Lebensunterhalt als Schriftsteller zu verdienen.

Stanley Mann schrieb Drehbücher für Filme.

Mordecai Richler war der Benjamin in der Gruppe. Vermutlich versuchten damals Hunderttausende – Millionen? – von jungen Männern, James Dean nachzuahmen, eine, wie sich herausstellte, überaus unerfreuliche Person, aber spielte das eine Rolle? Wie viele Millionen von Kommunisten hatten schließlich gelobt, sich Stalins und anderer brutaler Unterdrücker als würdig zu erweisen, aber als sie versuchten, sich deren Vorstellungen von Größe anzupassen, legten sie sich alle möglichen strengen Tugenden zu. Mordecai pflegte mit dem Rücken an eine Wand gelehnt dazustehen, mit einem Glas in der Hand, wenig redegewandt oder fast stotternd, liebenswert und echt bescheiden. Er stellte an mich oder Ted Allan oder Reuben, alle niedergedrückt vom Gewicht von Verantwortung und Kindern, die ernste und eindringliche Frage, direkt aus dem flammenden Herzen des Boheme-Mythos: Meint ihr, dass ein Künstler heiraten und sich mit Kindern belasten sollte? Macht das nicht das Talent kaputt? Später heiratete er Flo, die Exfrau von Stanley Mann, und hatte vier Kinder, außerdem adoptierte er noch Stanleys Sohn.

Anfangs waren es Mordecai und seine damalige Frau Cathie, die ich am häufigsten sah, denn sie wohnten ein paar Monate lang gleichfalls in der Church Street. Es herrschte der zwanglose Kolonialstil, man kam und ging je nach Lust und Laune, improvisierte Mahlzeiten. Cathie war eine laute, offenherzige, intelligente Frau; es wurde gewitzelt, dass sie, obwohl eine Schickse, bessere jüdische Mahlzeiten zubereitete als jede jüdische Frau. Eine Menge Witze, eine Menge Drinks, eine Menge gutes Essen. Später war es Reuben, mit dem ich am häufigsten zusammentraf; wir waren jahrelang Freunde.

Unsere »Gruppe« war in schnellem Wandel begriffen. Zum

einen brachen Ehen und Beziehungen auseinander – die von Ted Allan, die von Reuben, wenig später die von Mordecai. Die Frauen oder Freundinnen, die die schweren Anfänge mit durchgestanden und als Agenten und Berater, sogar als Geldverdiener fungiert hatten – fort mit ihnen. Wenn dies so oft passiert, so alltäglich ist – welchen Sinn hat dann moralische Entrüstung? Meine Ansicht ist, dass Männer sehr schwer kämpfen müssen, um sich von ihren Müttern zu befreien, aber dann machen die Umstände und ihre Natur ihre Frauen zu Müttern – und sie befreien sich abermals. Dabei handelt es sich keineswegs immer um das Austauschen eines alten Modells gegen ein jüngeres. Junge Frauen, die sich an einen jungen Künstler oder einen Mann mit Zukunft binden, sollten von Anfang an wissen, dass dies ein schweres Stück Liebesarbeit sein kann. Alle in der Gruppe waren starke Trinker. Ich selbst hatte seit meiner Abreise aus Rhodesien kaum etwas getrunken. In der Denbigh Road hatte ich kein Geld, und niemand dort trank. In Joans Haus gab es Wein, aber nicht regelmäßig. Was diese Amerikaner tranken, war keineswegs Wein, und es wurde viel über die richtige Art diskutiert, diesen oder jenen Cocktail zuzubereiten. »Nur ein Tropfen Wermut in den Gin oder, noch besser, nur mit dem Korken drüberfahren.« Diese Art Sprüche. Und Diskussionen über Tabletten, denn einige von ihnen schluckten erstaunliche Mengen. Später hielten Clancy Sigal und Reuben einander oft die offenen Handflächen hin, auf denen ihre tägliche Dosis lag, wobei der eine dem anderen vorhielt, dass dessen Tabletten stärker, schwächer, verlässlich, gefährlich oder gerade erst erfunden worden waren. Das war der harte, aggressive nordamerikanische Humor, der oft grausam war. Später schrieb Donald Ogden Stewart ein Theaterstück, *The Kidders*, das im Unity Theatre aufgeführt wurde, dessen Charaktere sich selbst und die anderen mit Späßen in Gewalttätigkeit und den Tod trieben. Es war ein gutes Stück, aber das Unity Theatre war damals nicht in Mode.

Die Witze, die in der Gruppe gemacht wurden, handelten meistens davon, wer ein CIA-Agent war. Ich glaube nicht, dass sich unter diesen McCarthy-Flüchtlingen auch nur ein Agent befand, aber spielte das eine Rolle? Damit Gruppen von Exilanten sich mit gegenseitiger Beargwöhnung kaputt machen können, bedarf es keines Agenten, nicht einmal zeitweise. Dies war meine erste Gruppe von Exilanten, und deshalb wusste ich noch nicht, dass Paranoia dort die Regel ist. Wenig später kamen die südafrikanischen Exilanten. Dieser Gruppe habe ich nie angehört, denn ich wollte nicht der südafrikanischen Schwäche erliegen, die darin besteht, dass man fern der Heimat nur unter sich bleibt. Ich bin ziemlich sicher, dass die in Sachen Spionage sehr tüchtige südafrikanische Regierung dafür gesorgt hat, dass sich ein oder zwei Agenten unter die Gruppe mischten, aber angenommen, sie hätte es nicht getan? Unter dem Gesichtspunkt des Ausmaßes der Paranoia und der grausamen Verdächtigungen und Quälereien unter ihnen selbst hätte es keinen Unterschied gemacht.

Wieder einige Zeit später war ich in Paris und hatte eine kurze Begegnung mit Exilanten aus der Sowjetunion. Das war eine wahrhaft vergiftete Atmosphäre. Sie misstrauten einander, bildeten sich ein, jeder Franzose, dem sie begegneten, wäre ein Agent des KGB, waren regelrecht besessen davon. Ich kann mir kein schlimmeres Schicksal vorstellen, als zu einer Gruppe von politischen Exilanten zu gehören.

Was mich heute, in der Rückschau, an den McCarthy-Flüchtlingen am meisten interessiert, sind ihre »Widersprüche« – dieselben, wie damals bei Kommunisten überall auf der Welt, aber durch ihre Unsicherheit besonders konzentriert. Sie waren Kommunisten oder Sympathisanten gewesen (nicht Mordecai Richler, der war die große Ausnahme) und glaubten dementsprechend – wirklich? – an den gewaltsamen Sturz des kapitalistischen Staates. Dennoch können sie sich diesen Glaubensartikel nicht tatsächlich zu eigen gemacht haben, denn sie wiesen den Gedanken, dass sie für die Vereinigten Staaten irgendeine Gefahr dargestellt hatten oder hätten darstellen können, mit echter Verachtung zurück. Das taten sie zum Teil deshalb, weil niemand der Überzeugung war, eine so bescheidene Zahl von Leuten könnte für ein so mächtiges Land eine Bedrohung darstellen. Aber wenn man glaubt, dass der

Zweck die Mittel heiligt, weshalb dann nicht ein Roter unter jedem Bett oder Moskauer Gold? Aber niemand, mit dem ich sprach, nahm an, dass die Sowjetunion kommunistische Zeitungen finanzierte oder sowjetfreundliche Organisationen wie die Gesellschaft für Britisch-Sowjetische Freundschaft und ihr amerikanisches Äquivalent. Der kommunistische Jargon wurde in Anführungszeichen gesetzt, zum Beispiel »kapitalistische Lügen« – zum Teil deshalb, weil inzwischen jedermann wusste, dass diese kapitalistischen Lügen der Wahrheit entsprachen. Aber was diese Leute vor allem fühlten, war, dass sie unschuldig waren: Sie hatten nicht das Geringste verbrochen. Sie hatten lediglich geredet. McCarthy war lächerlich, machte sich selbst zur Witzblattfigur, und als Cohn und Schine, seine engsten Mitarbeiter, nach Europa kamen, um McCarthys Botschaft zu verbreiten, mussten alle lachen. Aber für seine Opfer war McCarthy schrecklich genug, wie in Hunderten von Memoiren nachzulesen ist: für die Leute, die vor seinen Komitees erscheinen mussten. Und außerdem erfuhr ich von den Betroffenen selbst oder von anderen Leuten, dass in den Vereinigten Staaten sogar kleine und völlig unbedeutende Rote regelmäßig vom FBI aufgesucht wurden, ihre Jobs verloren, keine neuen Stellungen finden konnten – eine unablässige, Jahre andauernde Verfolgung erlebten. Aber ich glaube nicht, dass es viele amerikanische Kommunisten gegeben hat, die das durchmachen mussten. Ich vermute, dass das Alltagsleben der ganz gewöhnlichen Roten in Amerika genau wie das der in England ungefähr so aufregend war, wie wenn sie einem Frauenverein oder einer Kirche angehört hätten. Bei den meisten britischen Roten war das ganz eindeutig der Fall, aber in Amerika musste der gesellschaftliche Druck, der auf ihnen lastete, schlimmer sein, weil die Amerikaner ein so extremes Volk sind. Das scheint niemandem aufzufallen oder Anlass zu Kommentaren zu geben: Wenn sie sich einem Glauben, einem Kreuzzug oder einer Verfolgung widmen, tun sie es immer auf extreme Weise. Aber dann zieht der Hurrikan vorbei und wird vergessen. Selbst die schlimmsten Zeiten des Kalten Krieges waren in Großbritannien im Vergleich zu den Vereinigten Staaten harmlos.

Das Interessanteste, was man aus den jetzt zahlreichen Büchern über CIA und FBI erfährt, ist die Tatsache, dass die Ketzerjäger von den Kommunisten keine Ahnung hatten, nicht wussten, wie sie wirklich waren. Der Grund dafür ist vermutlich der, dass sie ihre Informationen von übergelaufenen sowjetischen Spionen oder professionellen Agenten erhielten, also Menschen, die in ihrer eigenen finsteren Welt lebten. Auf alle Fälle hatten sie keine Ahnung, was man in zivilisierteren Teilen der Welt von ihnen hielt, sonst hätten sie diese armseligen Clowns, Roy Cohn und David Schine, nicht als ihre Stellvertreter nach Europa geschickt.*

Vom Tag unseres Kennenlernens an wurde ich von Jack gedrängt, mir eine eigene Behausung zuzulegen. »Du bist jetzt ein großes Mädchen.« Er sagte, Joan kommandiere mich herum, aber ich wusste, dass seine Einstellung Joan gegenüber etwas mit einem »ungelösten Konflikt« bei ihm selbst zu tun hatte. Die Art und Weise, auf die ich Joan zu meiner Mutter gemacht hatte oder auch nicht, wurde natürlich ausgiebig mit Mrs. Sussman diskutiert. Ich war der Ansicht, dass Jack den Hauptpunkt außer Acht ließ, nämlich den, dass es Peter gut tat, in Joans Haus zu leben, denn er liebte sie und sie ihn, und Ernest war für ihn so etwas wie ein großer Bruder. War ihm das nicht klar? Schließlich war er Psychiater. Das war natürlich naiv, aber in jener frühen Zeit galten Psychoanalytiker und Psychiater als unfehlbar oder wurden zumindest auf eine Weise tiefer Einblicke für fähig gehalten, die heute unmöglich wäre: Inzwischen wissen wir, dass sie auch nur Menschen sind, genau wie wir alle.

Es gibt auf der Welt wohl keine Frau, die von ihrem Geliebten bedrängt wird, alle anderen Menschen zu verlassen und sich ein eigenes Heim zuzulegen, die das, was er sagt, nicht als Verspre-

* In den Vereinigten Staaten waren Roy Cohn und David Schine ernsthafte und bewunderte Politiker. Cohn war einer von denen gewesen, die die Rosenbergs in den Tod geschickt hatten. In Europa wirkten sie wegen ihrer aufgeblasenen, hysterischen Tiraden nur lächerlich und waren ein gefundenes Fressen für die Komiker.

chen empfindet, selbst wenn ihr Verstand ihr etwas anderes sagt. Ich sah weniger von Jack als früher. Ich dachte, er würde häufiger kommen, wenn ich mir ein eigenes Zuhause zulegte.

Dabei ist mir das Entscheidende entgangen. Er drängte nicht nur mich, sondern auch andere Freundinnen, sich ein eigenes Heim anzuschaffen. Er war ein Mann, der in seiner Kindheit sehr arm gewesen war, in einem Land und einer Kultur, in der materielle Sicherheit eine Schimäre war. Für einen armen Menschen ist der erste Schritt in die Sicherheit ein Dach über dem Kopf. Jahrzehnte später, als ich mich um ein paar sehr arme alte Frauen kümmerte, hörte ich immer wieder: »Ein Dach über dem Kopf.« – »Man muss zusehen, dass man das Dach über dem Kopf behält.« Jacks Rat an alle war, sich ein Haus oder eine Wohnung in einer wenig gefragten Gegend zu suchen, eine Hypothek aufzunehmen und darauf zu achten, dass genügend Platz vorhanden war, damit man ein oder zwei Zimmer vermieten und damit die Kosten abdecken konnte. Das ist das Rezept fürs Überleben in schweren Zeiten. Aber ich hatte nie so gedacht; ich war in meinem Leben so oft umgezogen, dass ich mich nicht mehr erinnern konnte, wann ich wo gelebt hatte, und der Gedanke, auf Dauer an einem Ort zu bleiben, machte mich nervös. In Joans Haus habe ich vier Jahre gewohnt, von 1950 bis 1954.

Nicht, dass ich es nicht versucht hätte. Jack hatte mich gedrängt, ein riesiges Haus am Blenheim Crescent zu kaufen, das in sehr schlechtem Zustand war und 2500 Pfund kosten sollte, was selbst für damalige Zeiten unwahrscheinlich billig war. Ich erkundigte mich bei dem Bankmanager nach einem Darlehen, aber er sagte, die Häuserpreise seien so unverhältnismäßig hoch, dass sie einfach fallen müssten, und er würde seiner Frau oder seiner Tochter nicht raten, einen so fürchterlichen Fehler zu begehen. *Experten.* (Eine Zeit lang habe ich eine Akte unter dem Titel »Experten« geführt, aber sie ist bei einem meiner Umzüge verloren gegangen.) Wenn er mir dieses Darlehen bewilligt hätte, dann hätte meine jahre-, jahrzehntelange Suche nach einem eigenen Dach über dem Kopf schon damals in meiner Anfangszeit in London ein Ende gefunden.

Eines Tages erhielt ich einen Anruf von Pamela Hansford Johnson, die mich fragte, warum ich mich nicht um den Somerset Maugham Award beworben hätte. Er belief sich damals auf 400 Pfund, mit der Klausel, dass das Geld für eine mindestens drei Monate dauernde Reise ausgegeben werden musste. Der Grund dafür war, dass Somerset Maugham der Ansicht war, die englischen Autoren wären provinziell, würden nur England kennen und sollten reisen. Das war vor dem beginnenden Boom des Tourismus. Ich sagte, ich hätte geglaubt, dafür nicht infrage zu kommen, weil ich außerhalb des Landes aufgewachsen sei. Das macht nichts, sagte sie. Sie war immer nett zu jüngeren Autoren. (Nach meiner Erfahrung sind ältere Schriftsteller immer nett zu jüngeren.) Und so erhielt ich den Somerset Maugham Award, aber ich musste versprechen, die 400 Pfund außerhalb von Großbritannien auszugeben. Das war ungefähr so, wie wenn man, während man am Verhungern ist, einen Apfel geschenkt bekommt und angewiesen wird, ihn erst im nächsten Monat zu essen. Ich brauchte die 400 Pfund dringend. Diese Klausel Somerset Maughams hat mich eines gelehrt: Wenn man etwas verschenken will, darf man keine Bedingungen daran knüpfen. Frühere Preisträger, die gleichfalls dringend ein Dach über dem Kopf oder etwas zu essen brauchten, hatten gemogelt. Einer war für drei Monate ins Ausland gegangen und hatte damit den Buchstaben des Gesetzes entsprochen; das Geld hatte er auf die Bank gebracht und war drei Monate mit seiner Gitarre in Italien umhergezogen, hatte für sein Essen gesungen und im Freien geschlafen. Oder bei willigen Mädchen.

Da war eine Wohnung in der Warwick Road zu haben, mit gebundener Miete, für 250 Pfund. Sie war groß genug, dass man Zimmer vermieten konnte. Ich gab diese Summe als Anzahlung einer australischen Mutter und ihrer Tochter, die nach Hause zurückkehren wollten. Ich bekam ihr gesamtes Mobiliar. Ich würde einen Monat in Paris verbringen. Peter würde für einen Monat zu den Eichners fahren, einen Monat würden Joan und meine Mutter für ihn sorgen. Danach hatte er Ferien, und ich würde mit ihm für einen Monat ans Mittelmeer fahren.

Jack war bei mir, als der Anruf kam, dass ich den Somerset Maugham Award bekommen hatte. Ich hatte Angst, es ihm zu sagen, mit Recht, wie sich herausstellte, denn er rief sofort: »Und das war's dann, das ist das Ende.« Es kam aus tiefster Seele, aus der dunklen, männlichen Tiefe seiner Seele. Ich war so schockiert, so bestürzt. Ich protestierte. Ich bettelte. Ich flehte um Gerechtigkeit, aber das war das Ende, und ich wusste es.

»Du liebst mich nicht, das Einzige, was dich interessiert, ist deine Schreiberei.«

Ich bin sicher, es hat in der ganzen Weltgeschichte keine Schriftstellerin gegeben, die diese Worte von ihrem Mann noch nicht zu hören bekommen hat.

Es war ungerecht. Weit davon entfernt, wie George Sand zu sein, die sich vom Liebeslager erhob, um die ganze Nacht bei Kerzenlicht zu schreiben, während ihr Geliebter allein im Bett lag, habe ich das Schreiben nie über die Liebe oder über Jack gestellt, war für Vorschläge von seiner Seite unendlich zugänglich, habe Schreibpläne seinetwegen aufgegeben, kurzum, ich war wie Jane Austen, die unter dem Deckmantel eines – nun ja, nicht gerade eines Löschblattes schrieb, aber doch nur, wenn er nicht anwesend war oder erwartet wurde. Aber wir rühren hier an etwas Tieferes. Eine Schriftstellerin, die Liebe über die Literatur stellt, wird, wenn diese Liebe sie im Stich lässt, aus der Liebe Literatur machen. »*Und wessen Schuld ist das?*«

Ich mietete mich in einem billigen Hotel am linken Ufer der Seine ein und bemühte mich, so wenig Geld wie möglich auszugeben. Fünfundzwanzig – das ist das richtige Alter für Paris, jung, ohne vorgefasste Meinungen, sorgenfrei. Ich war Mitte dreißig. Ich verbrachte meine Tage mit Schreiben, aber ich lebte nicht das Leben einer Schriftstellerin in Paris. Ich saß in Cafés und versuchte Unterhaltungen zu verstehen, führte unbeholfene Gespräche mit Fremden, unternahm aber keinerlei Versuche, mich mit jemandem anzufreunden. Ich war deprimiert und traurig, wartete darauf, dass Jack kam und sehen konnte, dass ich keineswegs verrückte, leidenschaftliche Liebesaffären mit allen möglichen Männern hatte. Es hat keinen Sinn, heute zu sagen, ich wollte, ich hätte es getan – was für eine Vergeudung von Paris. Jack kam für ein Wochenende. Es kann kaum einen schlechter genutzten Aufenthalt in Paris geben, als dieser es war, aber er kostete sehr wenig, und darauf kam es an. Dann kam Peter mit dem Flugzeug, und wir fuhren für einen weiteren Monat hinunter nach St.-Maxime. Ich fand ein überaus billiges Zimmer im Erdgeschoss eines Hauses, groß und kühl, mit nichts darin außer zwei Matratzen auf dem Fußboden, zwei harten Stühlen und einer elektrischen Kochplatte. Überall wimmelte es von kleinen schwarzen Ameisen. Ich habe mich nie in meinem Leben mehr gelangweilt, aber Peter genoss natürlich jede Sekunde, weil wir von sechs oder sieben Uhr morgens bis zum Sonnenuntergang am Strand waren. Wir hielten Picknicks in unserem Zimmer ab. Da waren andere Kinder, aber sie waren Franzosen und interessierten sich nicht für einen englischen Jungen. Die oft nachgedruckte und in Anthologien aufgenommene Geschichte *Durch den Tunnel* beruht auf diesen Ferien, man könnte also sagen, sie haben sich bezahlt gemacht. Außerdem eine bittere kleine Geschichte unter dem Titel *Vergnügen* über die Kunst, sich zu amüsieren.

Nach London zurückgekehrt, war es Zeit für den Umzug. Mrs. Sussman unterstützte mich. Das hat sie immer getan. Ich weiß, welches Glück ich hatte, sie zu finden, nachdem ich Therapeuten gesehen habe, die mehr Schaden als Nutzen stifteten. Als ich ihr sagte, dass ich mir wegen Jack Sorgen machte, den ich immer seltener sah, gerade jetzt, wo ich Vorbereitungen traf, ein Heim mit ihm zu teilen, sagte sie: »Aber Sie *sind* mit ihm verheiratet.« Ich will mich hier nicht auf Reflexionen darüber einlassen, was wirklich Verheiratetsein bedeutet. Aber wahrscheinlich war er mit mehr als einer seiner Freundinnen »verheiratet«, von seiner Frau ganz abgesehen. Wie ich hatte er ein Talent für Intimität. Die Shona sagen, dass es Jahre braucht, bis ein Mann und eine Frau wirklich verheiratet sind. Ihrer Kultur entsprechend muss das bedeuten, innerhalb eines Rahmenwerks von Polygamie.

Dass ich zwei- oder dreimal wöchentlich zu Mrs. Sussman

ging, was ich ungefähr drei Jahre lang tat, hat mich gerettet. Das wusste ich bereits damals, es brauchte nicht das Vergehen der Zeit, um mir das zu sagen. Sie war eine Freundin. Wenn ich eine gute, ältere Freundin gehabt hätte, hätte ich Mrs. Sussman vielleicht nicht gebraucht. Die Ideologien, Freud, Jung und so weiter, waren mir gleichgültig. Wenn sie damit anfing, anhand der jeweiligen Glaubensrichtung zu »interpretieren«, dann wartete ich, bis sie damit fertig war. Schließlich war ich in diesen Bereichen immer zu Hause gewesen.

Joan traf mich dort, wo es am meisten schmerzte, als sie sagte, der Umzug sei schlecht für Peter. Das wusste ich, aber die Wohnung war zu klein. Inzwischen war er ein lebhafter Junge von acht Jahren. Er brauchte mehr Platz. Aber was er vor allem brauchte, war ein Vater. Ernest war ihm wenigstens wie ein großer Bruder gewesen.

Bevor ich bei Joan auszog, schrieb ich an Somerset Maugham und dankte ihm für die 400 Pfund. Ich bekam einen mürrischen Antwortbrief, in dem stand, erstens habe er nichts mit der Auswahl der Preisträger zu tun, zweitens habe er nie eine Zeile von mir gelesen, und drittens habe ihm noch nie jemand geschrieben, um sich bei ihm zu bedanken. So viel zu guten Manieren. »Du musst immer einen Bedanke-mich-Brief schreiben.« Oder: »Doddis brav, *gute* kleine Baba« *(Unter der Haut)*. Dieser Brief von Somerset Maugham tat weh. Er sollte wehtun. Aber ich verdankte ihm ein Dach über dem Kopf.

Bevor ich mich auf das Abenteuer dieser neuen Wohnung einließ, fragte ich meinen Steuerberater und meinen Bankmanager, ob damit zu rechnen sei, dass das Wohnrecht geändert werde. Ich wollte nicht meine kostbaren 250 Pfund für eine unter Kündigungsschutz stehende Wohnung ausgeben und dann eines Tages feststellen müssen, dass ich auf der Straße stand. Ganz bestimmt nicht, sagten beide, es ist völlig ausgeschlossen, dass daran etwas geändert wird. Nun, es wurde geändert, oder jedenfalls der Teil des Gesetzes, der mich betraf. *Experten.* Aber erst vier Jahre später.

WARWICK ROAD
SW 5

Die Wohnung lag in der Warwick Road, einer außergewöhnlich hässlichen Straße, auf der den ganzen Tag und den größten Teil der Nacht Lastwagen entlangdonnerten. Sie bestand aus einer großen Küche, einem sehr großen Wohnzimmer und oben zwei vernünftigen Schlafzimmern und zwei kleineren Räumen. Dies war der erste Ort, den ich mein eigen nennen konnte nach all den vielen Zimmern, Wohnungen und Häusern, in denen ich gelebt hatte. Die Wohnung war durchweg in braunem Holz und einem cremefarbenen Ton gehalten, was zwanzig Jahre später der letzte Schrei sein sollte, aber damals der Inbegriff schäbigen Provinzlertums war. Ich hätte nicht damit leben können. Ich malte alles weiß, und das kostete mich zweieinhalb Monate. Ich balancierte auf Leitern, Fensterbänken, auf Konstruktionen aus Leitern, Stühlen und Bohlen sogar über dem Treppenhaus; heute graust mir bei dem Gedanken, was ich da getan habe. Ein Maler, der hereinschaute, nachdem er gehört hatte, dass diese Frau seinen Platz in der Arbeitswelt an sich gerissen hatte, betrachtete die Farbrollen, die damals gerade erfunden worden waren, und sagte, dass kein vernünftiger Fachmann diesen Mist benutzen würde. »Kein Mensch kann mit einer Rolle anständige Arbeit leisten.« *Experten.*

Das Mobiliar, das ich mit der Wohnung übernommen hatte, war ziemlich scheußlich. Ich lackierte einiges davon neu. Ich hängte billige, aber hübsche Gardinen auf. Ich färbte den alten Teppich grün. Eine Freundin erzählte mir kürzlich, dass sie schockiert gewesen sei, als sie in die Wohnung kam und sah, dass ich eine schwarze Tagesdecke auf dem Bett hatte. War sie nicht rot gewesen? Ich erinnere mich, dass ich eine Tagesdecke aus »Brokat« dunkelrot gefärbt habe. Anfangs richtete ich mir einen der kleinen Räume als Schlafzimmer ein, aber als Jack mit mir Schluss machte, zog ich nach unten um, und das große Wohnzimmer wurde zu dem Raum, in dem ich schlief, arbeitete, *lebte*.

Als ich in diese Wohnung zog, die fast so etwas wie ein kleines Haus war – unterschied sich meine Einstellung da von der eines Menschen, der sich ein Stückchen Wildnis erobert? Diese Wohnung *gehörte mir*. Ich hatte nicht ein Eckchen im Haus von jemand anderem gemietet. Wir prägen Häusern oder Wohnungen unseren Stempel auf, mit Gardinen, Farben, Möbeln, aber für all das hatte ich nicht das Geld. Was ich an die Fenster hängte, war nicht, was ich gern gehabt hätte. Mein Zeichen bestand in der strahlend weißen Farbe, mit der ich jeden Quadratzentimeter der Wände gestrichen hatte. Ich hatte mir eingebildet, auch die Küche wäre meine eigene – blauer Linoleum-Fußboden, weißes Holz, eine rote Tapete, aber Jack stand darin, lächelte und sagte: »Was für ein Malkasten! Du hast mehr mit meiner Frau gemeinsam, als du glaubst. Sie hat dieselbe Tapete in ihrer Küche.« Damals war die Auswahl nicht so groß wie heute, wo man zwischen Hunderten von Küchentapeten wählen kann, also war es im Grunde keine so große Überraschung. Aber trotzdem deprimierend.

Ich hätte mir diese Wohnung nicht leisten können, wenn ich nicht mindestens ein Zimmer vermietet hätte, jedenfalls in der Anfangszeit. Die Miete war sehr niedrig, aber heute könnte niemand solche Zimmer vermieten, nicht einmal in der Provinz. Sie enthielten kaum hinreichende Betten, Kommoden und Kleiderschränke: gestrichene Dielen, alles hell und billig. Bad und Toilette wurden gemeinsam benutzt. Peter hatte eines der großen Zimmer. Ich hatte eine ganze Reihe von Mietern: Ich war in die Welt der Verlorenen, der Einsamen, der Eigenbrötler, der Heimatlosen, die in Großstädten von einem möblierten Zimmer zum nächsten driften, eingetreten. Es war eine unerfreuliche Erfahrung, und die Tatsache, dass ich eine relativ junge, alleinstehende Frau war, machte die Sache nicht besser. Mein höchstes gesellschaftliches Niveau als Wirtin erreichte ich, als zwei niederrangige Diplomaten der französischen Botschaft eines der großen und eines der kleinen Zimmer mieteten. Sie waren reizend, liebenswürdig auf die französische Von-Mann-zu-Frau-Art, und das tat meinem Ego gut. Sie brachten mir Blumen mit, erboten sich, alle möglichen kleinen Arbeiten zu erledigen, die mir schwerfielen, wie das Bewegen schwerer Möbelstücke. Sie waren gut zu Peter. Sie waren Faschisten – echte Faschisten. Dies war die Zeit, in der die Franzosen ihre letzten Rückzugsgefechte in Vietnam austrugen, und die Vietnamesen waren verängstigte kleine braune »Karnickel«. Die beiden gut aussehenden jungen Männer inszenierten eine »Karnickeljagd« durch alle vier Räume im Obergeschoss und jagten Peter damit eine Heidenangst ein, weil sie gewalttätig und bösartig waren, obwohl sie es als Scherz betrachteten. Sie waren Antisemiten auf eine konventionelle Art. Sie beklagten sich über die Schwarzen auf den Straßen. »Die sollten dahin zurückkehren, wo sie hergekommen sind.« Was ich in der Zeit, in der ich Zimmer vermietete, erleben musste, war so deprimierend, dass ich nach ein paar Monaten beschloss, es bleiben zu lassen und zu versuchen, von dem zu leben, was hereinkam, in der Hoffnung, dass es ausreichen würde. Es reichte aus, mehr oder weniger.

Peter war nicht glücklich. Er war in seiner ersten Schule gut mitgekommen, es hatte ihm dort gefallen, jedenfalls hatte es den Anschein gehabt. Und als es an der Zeit war, seine nächste Schule zu wählen, dachte ich, weshalb nicht bei dem bleiben, was bisher so gut funktioniert hat? Der größte Teil der Kinder in der Grundschule wechselte in die dazugehörige Oberstufe über, die ganz in der Nähe lag, am Notting Hill Gate. Peter fühlte sich dort vom ersten Tag an unwohl, er wurde störrisch und rutschte ans untere Ende seiner Klasse ab. Dann sagte er, der Rektor habe ihn geschlagen. Vorher hatte ihn nie jemand auch nur angerührt. Ich suchte den Rektor auf, der ein widerwärtiger kleiner Tyrann war. Er sagte: »Wer die Rute spart, verdirbt das Kind«, und nannte Peter »Lessing the Blessing«. Ich wusste, dass Peter – durchaus nicht zum letzten Mal in seinem Leben – dafür bestraft wurde, dass er mein Sohn war. Es kommt oft vor, dass den Kindern von Erfolgreichen das Leben schwer gemacht wird. Der Direktor machte von Neid geprägte Bemerkungen über meine Bücher. Das schlimmste an diesem Mann war seine kalte, sarkastische, schneidende Stimme, die Art von Stimme, bei der ich, als ich ein Kind war, regelrecht zusammenschrumpfte. Ich nahm Peter von der Schule. Zwei weitere gescheiterte Versuche, für Peter ein geeignetes schulisches Unterkommen zu finden, schlossen sich an. Ich glaube, dass dieses überaus gesellige Kind darunter litt, dass es einen so großen Teil der Zeit nur mit mir verbrachte – Peter schlief noch immer erst um neun oder zehn Uhr ein, wachte immer noch um fünf oder sechs Uhr auf. Er ging dann auf eine Schule, in der er die Woche über auch schlief, und kam nur zum Wochenende nach Hause. Das hasste er auch. Er hasste die Warwick Road ebenso, wie ich es tat. In der Zeit, in der ich Mieter hatte, war er wütend auf sie und betrachtete sie mit Argwohn. Er war einen Haushalt mit einer lebhaften Familienatmosphäre gewohnt – den von Joan –, und jetzt musste er leise sein, damit er diese Fremden nicht störte, die in seinem Heim lebten. Ich machte einen Fehler und weigerte mich, ihm einen Fernseher zu kaufen, obwohl er um einen bettelte. Ich dachte, die Comics, in denen er jeden Tag stundenlang las, wären schon schlimm genug. Also gewöhnte er sich an, nach der Schule zu Freunden zu gehen, um bei ihnen fernzusehen. Auch in praktisch allen anderen Belangen tobte zwischen uns ein Willenskampf. Ich wusste, was er brauchte, war ein Vater. Als Gottfried ihn fallen ließ, einfach so, und er so unglücklich war, legte ich es darauf an, ein Bild von Gottfried als tapfere, heroische Figur zu erschaffen, das Bild eines Mannes, der für die Armen und Entrechteten kämpfte. Das war alles andere als die Wahrheit, aber ich dachte, es wäre schlecht für Peter, wenn er zu viel über die Unzulänglichkeiten des Kommunismus wüsste. Ich dachte mir Geschichten aus, wie er – Peter – und Gottfried mit allen möglichen schwierigen und gefährlichen Situationen fertig wurden, vom Lösen von Unterkunftsproblemen in Slumgebieten bis hin zum Kampf gegen Hauswirte (dies war die Zeit des gemeinen Hauswirts

Rachman, dessen Name noch heute ein Synonym für die niederträchtige Ausbeutung von Mietern ist) oder dem Aufreiben ganzer Divisionen von Nazi-Soldaten. Als Peter später, als Teenager, Gottfried besuchte, musste er sich anhören, wie sein Vater mich in jeder Hinsicht schlechtmachte, und er erfuhr, das er das schon seit Jahren getan hatte. Es kommt nicht selten vor, dass ein Partner in einer gescheiterten Ehe, gewöhnlich die Frau, aber nicht immer, ein »positives« und schmeichelhaftes Bild des Abwesenden zeichnet, nur um dann im Nachhinein feststellen zu müssen, dass man den Kindern gegenüber als Schurke hingestellt wird.

Wie ließ sich diese miserable Situation verbessern? Was uns beide rettete, waren die Eichners in East Grinstead, in ihrem alten Farmhaus zwischen den Felsen, und die anderen Kinder dort, eine wirklich traditionelle Familie, Vater, Mutter und Kinder, und das trug einiges dazu bei, dass ich mein Gleichgewicht wiederfand. Ich war eine Frau, die ohne Ehemann lebte – wesentlich ungewöhnlicher als heute –, eine unkonventionelle Mutter, eine schreibende Mutter, und Peter war in dem Alter, in dem Kinder nichts mehr lieben als Respektabilität und das Normale. Die Eichners machten mit ihren eigenen und den zu Besuch weilenden Kindern alle möglichen Reisen innerhalb Großbritanniens und auch ins Ausland, nach Frankreich und Spanien, und Peter fuhr mit ihnen mit.

Bei den Eichners hatte Peter teil an einem lehrreichen Versuch. Fred Eichner war eine Art Genie. Er hatte etwas erfunden, das Schaumstoff genannt wurde, in zweifacher Gestalt. Die eine waren Blöcke voll winziger Bläschen, wie Schwämme, die andere Kügelchen in verschiedenen Größen. Er besaß eine kleine Fabrik. Er glaubte, dieses Zeug könnte als Verpackungsmaterial von Floristen verwendet werden. Während er mit einer Karawane von Erwachsenen und Kindern durchs Land reiste, versuchte Fred Eichner immer wieder, eine Firma, eine Bank oder einen vorausschauenden Finanzier zu finden, die ihm eine Finanzierung seiner Idee in großem Stil ermöglichten, aber es gelang ihm nicht. Vielleicht hat er am Ende doch noch Erfolg gehabt.

Der älteste Sohn, Michael Eichner, war Peters Freund; er kam nach London, und sie zogen gemeinsam herum. In den Ferien verreiste ich mit Peter, einmal für einen Monat im Sommer nach Spanien, und er war begeistert; ich entschieden weniger.

Eine Zeit lang lebte ein Junge in Peters Alter in der Wohnung im Erdgeschoss. Die Eltern hofften, dass die Kinder sich anfreunden würden, wie Eltern es oft tun, aber sie mochten sich nicht. Eines Tages passierte Folgendes: Ich hatte ein Briefmarkenalbum beschafft, wir kauften Marken, er tauschte Marken. Der kleine Junge von unten nahm das Album und stahl die Hälfte der Marken. Peter war auf diese hitzige, wütende Art von Kindern todunglücklich, die das Gefühl haben, ein Opfer der Umstände geworden zu sein. Ich forderte die Mutter auf, dafür zu sorgen, dass Peter die Briefmarken zurückbekam, aber sie sagte nur: »Armer kleiner Junge« – womit sie ihren Sohn meinte. Peter war von der Ungerechtigkeit verletzt, und ich verspürte eine nur allzu vertraute, kalte Entmutigung – dass die Dinge für ihn so oft schiefliefen und ich sie nicht wieder geraderücken konnte.

Ich will dieses Thema hier auf sich beruhen lassen. Frauen, die einen Sohn ohne einen Vater aufgezogen haben, wissen, wie schwierig das ist, und diejenigen, die diese Erfahrung nicht gemacht haben, haben keine Ahnung davon. Es ist einfach, ein einziges dramatisches Ereignis zu beschreiben – das Eintreffen eines Besuchers mit einem Geschenk für Peter von seinem Vater, einem Wal aus Plastik zum Beispiel, aber da war kein Wort von seinem Vater, kein Brief, nichts. Man kann beschreiben, wie schmerzlich das war, die Fassungslosigkeit des Kindes und der Zorn der Mutter, aber nicht die alltägliche Strapaze, das zu sein, was unmöglich ist: nicht nur eine Mutter, sondern auch ein Vater.

Als Jack mich endgültig verließ, waren wir in Paris. Er ging an ein Krankenhaus irgendwo im Ausland. Ich wusste, dass er das so arrangiert hatte, um mit mir zu brechen. Wir wussten beide, dass dies das Ende war, sagten aber Dinge wie: »Schließlich ist es ja nur für ein halbes Jahr.« Er war unterwegs zum Flughafen, begleitete mich aber zum Fahrkartenschalter am Bahnhof, wo ich meine Rückfahrkarte nach London kaufen wollte. Wir umarmten uns. Er ging. Ich stand wie gelähmt da, die Tränen flossen. Der junge Mann am Schalterfenster erfasste voller Mitgefühl meine Situation. Nachdem er gesehen hatte, dass ich eine Schachtel Gitanes in der Hand hielt, eilte er aus seinem kleinen Büro heraus, steckte mir eine Zigarette in den Mund, gab mir Feuer, schnalzte mit der Zunge, »tsk, tsk«, klopfte mir auf die Schulter, sagte mehrere Male »Pauvre petite« und eilte wieder nach drinnen, um einen Kunden zu bedienen. Als ich endlich imstande war, meine Fahrkarte zu lösen, sagte er: Liebe ist eine sehr ernste Angelegenheit, aber nur Mut, Sie werden bald einen anderen Freund finden.

Es war sehr schlimm. Die »Affäre«, die vier Jahre gedauert hatte, war im Grunde eine Ehe gewesen, in stärkerem Maße als meine beiden gesetzlichen Ehen. Damals war ich unfertig und unreif gewesen und mit nicht mehr als einem kleinen Teil meiner Persönlichkeit involviert. Aber mit diesem Mann war es alles oder nichts gewesen. Wie absurd das war ... er hatte nie gesagt, dass er mich heiraten würde, nie irgendwelche Versprechungen gemacht. Und dennoch hatte ich mich ihm rückhaltlos hingegeben. Er war die ernsthafteste Liebe meines Lebens gewesen. Er begriff so wenig, was er für mich bedeutet hatte, dass er später auftauchte, dreimal insgesamt, das letzte Mal in den Siebzigern, und sagte, da wir uns so gut verstanden hätten, sollten wir neu beginnen. Und das mit einem Blick aufs Bett. Das war, wo wir uns am besten verstanden hatten ... Zugegeben, aber doch sicher auch in anderer Hinsicht? In *Unter der Haut* habe ich davon erzählt, dass ich zwei kleine Kinder verlassen habe, und wurde dafür kritisiert, weil ich mich nicht darüber ausgelassen habe, was ich dabei empfand. Für mich schien es offensichtlich, dass ich unglücklich gewesen sein musste und dass jeder intelligente Leser das auch ohne rituelles An-die-Brust-Schlagen verstehen würde. Und jetzt fühlte ich dasselbe. Es gibt niemanden, der nicht irgendwann unter der Liebe gelitten hätte, und deshalb sollte es genügen, wenn ich sage, dass es schlimm für mich war, von diesem Mann verlassen zu werden. Es war das Schlimmste. Ich war lange Zeit unglücklich. Männer verliebten sich in mich, aber es nutzte nichts. Sie bedeuteten mir nichts. Und dann tat ich etwas Törichtes, das auf irrigen Überlegungen beruhte. Meine beiden Ehen hielt ich nicht für eine Sache eigener Entschlüsse: Die erste war ich wegen des herannahenden Krieges (immer ein guter Ehestifter) eingegangen, die zweite war eine politische Ehe. Meine große Liebe, die zu Jack, hatte traurig geendet. Weshalb tat ich nicht das, was Leute seit Jahrhunderten getan haben – suchte mir einen Mann nach seiner Verträglichkeit aus, der einen ähnlichen Geschmack und ähnliche Ideen hatte wie ich (zu dieser Zeit gehörte dazu auch die politische Einstellung). Unter den an mir interessierten Männern war einer, der meinen Ansprüchen nicht besser genügt haben könnte und außerdem sehr nett zu Peter war, der ihn mochte. Wir hatten eine Affäre. Das war ein schlimmes Erlebnis für ihn. Er liebte mich, aber ernsthaft, und ich musste der Sache ein Ende bereiten. Ich fühlte mich von ihm erstickt. Wir hatten uns getroffen, uns gut unterhalten, Spaziergänge gemacht, zusammen gegessen, ich fand ihn sehr nett – und dann kam es, ein unwiderstehliches Verlangen, die Flucht zu ergreifen, von ihm loszukommen, und im Bett war es dasselbe, obwohl da, äußerlich betrachtet, alles in Ordnung war. Ich konnte nicht atmen. Das war mir noch nie zuvor passiert, und es ist auch seither nicht wieder vorgekommen. Ich war über mich selbst schockiert, dass ich ihm solche Qualen bereitete, denn das Ganze tat ihm sehr weh.

Und nun noch einmal zu meiner Mutter: Die grausame Geschichte verdient eine genauere Betrachtung. Sie war vier Jahre in London gewesen, diesem Elysium, von dem sie während all der Jahre ihres Exils geträumt hatte, und die hatte sie in einem schäbigen kleinen Haus verbracht, wo sie sich um einen alten Mann kümmerte, der nicht einmal mit ihr, sondern nur mit meinem Vater verwandt war. Sie war des Öfteren in Joans Haus gekommen, um bei Peter zu sein, während ich verreist war. Die ganze Zeit sagte sie immer: »Alles, was ich will, ist, meinen Kindern von Nutzen sein.« Als ich Joan verließ, um eine eigene Wohnung zu beziehen, schlug sie – aber ohne viel Hoffnung – vor, dass sie dort mit einziehen könnte. »Du brauchst Hilfe mit

Peter.« Die brauchte ich dringend, aber nicht von ihr. Sie suchte Mrs. Sussman auf – sie wollte, dass sie dafür sorgte, dass ich Vernunft annahm. Mrs. Sussman erklärte mit einer Vielzahl konventioneller Phrasen, dass junge Leute ihr eigenes Leben leben müssten. Hinterher beklagte sich meine Mutter, dass Mrs. Sussman Katholikin sei. Ich wusste nicht, was ich sagen sollte. Sie hätte sagen können, dass Mrs. Sussman Jüdin war, dass sie keine Engländerin war, der Inbegriff der kontinental-europäischen Kultur, dass sie mich den exotischen, unbritischen Einflüssen von Jung und Freud aussetzte. Aber dass sie Katholikin war? Ich wusste, dass ich dazu nichts sagen konnte, auf das sie reagieren oder das sie auch nur hören würde.

Zu allem Übel fand Peter die Eichners, dieses Paradies für Kinder, wesentlich attraktiver als Ausflüge mit meiner Mutter. Ich versuchte ihr beizubringen, dass es ganz natürlich war, wenn sich ein sehr lebhafter neunjähriger Junge in einem Haus voller Kinder verschiedenen Alters wohler fühlte als in Gesellschaft Erwachsener.

»Wer sind die Eichners?«

»Sie haben vier eigene Kinder, und in den Ferien nehmen sie andere Kinder auf.«

»Ja, aber wer sind sie?«

»Sie sind Österreicher. Sie sind als Flüchtlinge hierhergekommen.« Nie hatte ich von meinen Eltern auch nur die leiseste Andeutung von Antisemitismus gehört. Als sie sagte: »Aber sie sind Ausländer«, meinte sie damit nicht Juden. »Sie sind doch nicht etwa Katholiken, oder?«

»Das weiß ich nicht. Ich habe sie nie gefragt.«

Weshalb Katholiken? Lag es darin, dass Emily Maude McVeagh in ihrer Kindheit von Katholiken geängstigt worden war, weil ihre Stiefmutter die Tochter eines nicht zur anglikanischen Kirche gehörenden Geistlichen gewesen war? Aber wenn Katholiken so schrecklich waren, weshalb hatte sie dann ihre kostbare Tochter in ein Dominikaner-Konvent geschickt? Das alles war unbegreiflich, erbitternd – *unmöglich* –, wie gewöhnlich.

Als sie auf einer ihrer Reisen an die Südküste Peter hatte taufen lassen, sagte sie es mir erst hinterher. Trotzig, aber mit der Überzeugung, es sei rechtens. Es war nicht die Taufe, über die ich wütend war, die, soweit es mich betraf, fast so etwas wie ein heidnisches Ritual war, sondern die Tatsache, dass das, was ich dachte, wie üblich nicht zählte. »Und nun musst du mit ihm in die Kirche gehen«, befahl sie. Er ging tatsächlich in die Kirche, da sich herausstellte, dass er eine sehr schöne Stimme hatte und er Aufnahme in den Kirchenchor fand. »Und du könntest Joan bitten, seine Patin zu sein.«

»Könnte sie Peter eine bessere Freundin sein, als sie es ohnehin schon ist, wenn sie seine Patin wäre?«

Meine Mutter besuchte mich in meiner Wohnung, kurz nachdem ich dort eingezogen war. Sie stand da mit ihrem guten Hut mit seinem kleinen Schleier, den guten Handschuhen, ihrer Fuchsstola, ihren auf Hochglanz polierten Schuhen und betrachtete mein hässliches Mobiliar.

»Du hast das Zeug doch nicht etwa gekauft?«

»Nein, ich habe es mit der Wohnung übernommen. Wie du weißt, sind die Vorbesitzer nach Australien zurückgekehrt.«

»Du solltest meine Möbel haben. Ich lasse sie aus dem Lager holen.«

Als ihre Stiefmutter starb, hatte meine Mutter die Möbel aus dem viktorianischen Haus einlagern lassen und Jahr für Jahr dafür gezahlt, sogar dann, wenn kein Geld für die Lebensmittelrechnung da war. Wenn sie und mein Vater endlich »von der Farm herunter« kamen und nach England zurückkehrten, würden sie vielleicht anfangs keinen Ort zum Leben haben, aber wenigstens waren da die Möbel. Das war keine Frage von Gefallen oder Nichtgefallen. Im Gegenteil, sie hatte das schwere, dunkle Haus gehasst, in dem sie aufgewachsen war, und alles, was sich darin befand.

Jetzt konnte sie nicht begreifen, dass das Möblieren meiner Wohnung, des ersten Ortes, den ich wirklich mein eigen nennen konnte, mit ihren Möbeln ungefähr dasselbe wäre, als würde ich mich in ihre Gewalt begeben, in ein Gefängnis der Vergangenheit gehen, mir ein Nessusgewand überstreifen.

»Ich will sie nicht, Mutter. Verkauf sie.«

»Du kannst doch nicht – du *kannst* doch nicht diesen Müll vorziehen …« Und sie musterte das, was meine Zimmer ausfüllte, und dann mich, und wir sahen uns an mit der üblichen hoffnungslosen, hilflosen Qual. Da hätte sie hervorstoßen können, wie sie es getan hatte, als ich ein junges Mädchen war: »Aber weshalb hasst du mich so sehr?« Oder ich: »Aber du hast mich nie gemocht, stimmt's?«

Was hatten Mögen und Nichtmögen, Hass oder Liebe jetzt mit irgendetwas zu tun?

Großer Gott, Mutter, verschwinde einfach, und lass mich in Ruhe. Nein, ich sagte es nicht. Aber ebendas sollte sie wenig später tun: verschwinden. Zuerst legte sie forsch ein paar Papiere auf den hässlichen Schreibtisch. »Das sind die Quittungen für die Möbel. Mach damit, was du willst.«

Und dann kehrte sie nach Südrhodesien zurück. Zu ihrem Sohn.

Die Möbel waren natürlich viktorianisch. Damals löste schon das Wort *viktorianisch* ein überlegenes oder verächtliches Gelächter aus. Bereits kurze Zeit später sollte es eine Menge Geld wert sein. Ich wollte nichts mit dem Zeug zu tun haben. Ich schrieb an meinen Cousin, den Sohn meiner Tante Muriel, und fragte an, ob er die Möbel haben wolle. Er besuchte mich, sagte, er habe für irgendwelche alten Möbel keine Verwendung. Er erinnert sich nicht an diesen Besuch. Es ging ihm damals sehr schlecht.

Also wies ich das Lagerhaus an, das Zeug zu verkaufen, und schickte meiner Mutter den Erlös. Es lohnte kaum das Schicken, so wenig war es.

Hier ist etwas unverständlich. Ein Vierteljahrhundert lang hatte meine Mutter ihrer besten Freundin Daisy Lane geschrieben. Als meine Mutter in London war, wovon sie all die Jahre geträumt hatte, brauchte sie einen Platz zum Leben und, wie sich herausstellte, meine Tante Daisy gleichfalls. Weshalb sind sie nicht zusammengezogen? Damals stellte ich mir diese Frage mit der verwirrten Erbitterung, die all meine Gedanken an meine

Mutter begleiteten; ich konnte es nicht begreifen und dachte deshalb nicht viel darüber nach. Aber heute ergänzen sich zwei Überlegungen. Tante Daisy, jünger als meine Mutter, eine winzige, gebeugte Gestalt in düsterem Schwarz, war eine alte Frau. Aber meine Mutter, die mit siebzig noch für fünfzig durchgehen konnte, war tatkräftig und gesund. An wen hatte meine Mutter fünfundzwanzig Jahre lang tatsächlich geschrieben?

Man muss erwachsen sein, wirklich erwachsen, nicht nur an Jahren, um seine Eltern zu verstehen. Ich war bereits relativ alt, als mir aufging, dass ich meinen Vater nie so gekannt habe, wie er wirklich war, wie er ohne diesen furchtbaren Krieg gewesen wäre. Als junger Mann war er optimistisch und robust, spielte Fußball, Kricket und Billard für sein County, machte lange Spaziergänge und – was ihm am meisten Spaß machte – tanzte bei allen Veranstaltungen im Umkreis von vielen Meilen, dachte sich nichts dabei, zehn Meilen bis zu einem Tanzvergnügen zurückzulegen, die ganze Nacht durchzutanzen und wieder nach Hause zu wandern. Der Krieg hatte diesen jungen Mann umgebracht, und an seine Stelle war ein düsterer, leicht reizbarer Mann getreten, der bald zu einem Halbinvaliden und dann zu einem Schwerkranken wurde. Wenn ich je diesem jungen Alfred Tayler begegnet wäre – hätte ich ihn erkannt? Und mit meiner Mutter, war es da nicht ähnlich? Ja, ich wusste, dass der Krieg auch sie auf dem Gewissen hatte, nicht zuletzt deshalb, weil er die große Liebe ihres Lebens umgebracht hatte, sodass sie am Ende eines seiner Opfer heiratete – und den Rest ihres Lebens damit verbrachte, dieses zu pflegen. Ich brauchte sehr lange, um das andere zu begreifen. Das junge Mädchen, das gegen den Willen seines Vaters Krankenschwester geworden war, jahrelang seine Weigerung ertragen hatte, auch nur ein Wort mit ihr zu reden. Die Frau, die alle, die ihr begegneten, durch ihre Tatkraft beeindruckte, ihre Kompetenz, ihre Unabhängigkeit, ihren Humor. Ich kann mir nicht vorstellen, dass ich, wenn ich die junge Emily Maude McVeagh kennengelernt hätte, ihr viel zu sagen gehabt hätte, aber ich hätte sie bewundern müssen.

Ich glaube, was passierte, war Folgendes. Als sie auf dieser

Farm eintraf, die immer noch jungfräulicher Busch war mit nicht einmal einem gerodeten Acker, keinem Haus oder irgendwelchen Farmgebäuden – nichts; als sie wusste, dass dies ihre Zukunft sein würde, eine einsame Zukunft wegen ihrer Nachbarn, mit denen sie nichts gemein hatte; als sie wusste, dass der auf irgendeine Form traditionellen Lebens gerichtete mittelstandstypische Vorwärtsdrang bei ihr blockiert war; als sie wusste, dass ihr Mann ein Invalide war und nicht imstande sein würde, sein Leben in den Griff zu bekommen; als sie wusste, dass nichts von alledem, worauf sie gehofft hatte, je eintreten würde – da hatte sie einen Zusammenbruch und legte sich einfach ins Bett. Aber Worte wie »Zusammenbruch« und »Depression« wurden damals nicht so verwendet wie heute: Leute konnten unter Neurasthenie oder Niedergeschlagenheit leiden. Sie sagte, sie habe ein krankes Herz, und glaubte es vermutlich sogar selbst, während sie im Bett lag, mit vor Angst klopfendem Herzen, und hinausschaute auf den Busch, in dem sie sich nie heimisch fühlen würde. Sie lag dort monatelang und sagte zu ihren kleinen Kindern: »Arme Mummy, arme, kranke Mummy«, bettelte um deren Liebe und deren Mitgefühl, und das sah ihr so unähnlich, dass es mir Veranlassung zum Nachdenken hätte geben müssen. Und dann verließ sie dieses Bett, weil ihr nichts anderes übrig blieb. Aber *wer* verließ dieses Bett? Nicht die junge Emily Maude (inzwischen war sie zu Maude geworden, die Emily war verschwunden, sie hatte den Namen ihrer Mutter abgelegt). Die, die dieses Bett verließ, war eine Frau, die ihren Kindern erklärte, sie habe ihr Leben für sie geopfert, sie seien undankbar und gefühllos – die ganze Litanei der Vorwürfe, die das Arsenal des weiblichen Märtyrers bilden. Ein Geschöpf, das sie, da bin ich ganz sicher, gehasst und verachtet haben würde, als sie noch sie selbst und jung und nicht vom Krieg gezeichnet war.

Sie kehrte nach vier enttäuschenden Jahren in England nach Südrhodesien zurück, teilte ihrem Sohn und seiner Frau – abermals – mit, dass sie ihnen ihr Leben widmen wollte, und ihre Schwiegertochter sagte – abermals – zu ihrem Sohn: Entweder sie oder ich. Und sie begann eine Serie von Besuchen bei Freundinnen. In den Briefen, die sie schrieb, stand: Ich hoffe, ich kann mich nützlich machen, ich will niemandem zur Last fallen.

Das schönste Ergebnis der Reise mit *The Writers' Group* in die Sowjetunion war, dass ich mich mit Samuel Marschak anfreundete, einem prominenten sowjetischen Autor, Gewinner des Stalin-Preises für Literatur. Er war Dichter, übersetzte Burns und Shakespeare, schrieb Kinderbücher. Damals entschieden sich viele Autoren, die wegen der Verfolgung ernsthafter Literatur nicht schreiben konnten, was sie für richtig und wichtig hielten, fürs Übersetzen; das ist der Grund für das hohe Niveau russischer Übersetzungen. Als ich in der Sowjetunion war, hatte er nicht mehr Eindruck auf mich gemacht als die anderen. Aber plötzlich bekam ich einen Anruf von der sowjetischen Botschaft. Das muss 1954 oder 1955 gewesen sein. Ob ich Samuel Marschak in seinem Hotel in Kensington aufsuchen würde? Die Verhältnisse hatten sich etwas gelockert, seit Stalin gestorben war, aber ich war trotzdem auf der Hut. Danach wurde ich immer angerufen, wenn er nach London kam, und das geschah mehrmals, und wir trafen uns. Ich kam gewöhnlich zwischen neun und zehn abends, wenn das Kind schlief, und blieb bis vielleicht ein oder zwei Uhr. Während dieser Zeit hörte ich einfach zu. Als sehr junger Mann war er mit seiner ersten Frau in London gewesen. Das war vor dem Ersten Weltkrieg. Sie hatten kein Geld, aber sie waren verliebt, ineinander und in London. Das sei die glücklichste Zeit seines Lebens gewesen, erzählte er mir. Er wollte über dieses alte London reden, das British Museum, Ausflüge aufs Land, die Parks, die Buchhandlungen. Ich erinnerte ihn an jene Frau, sagte er. Aber dann starb sie, und er heiratete eine andere. Sie starb im Zweiten Weltkrieg an Hunger und Kälte. Er redete gern über das, was dieser Krieg für die Russen bedeutet hatte.

Ich saß in einem Sessel, er saß in einem anderen und redete sich in die Vergangenheit hinein. Manchmal reckte er die Finger seiner auf der Armlehne liegenden Hand hoch, und das bedeutete, dass da mehr war, als er sagen konnte, er aber Angst hatte vor unsichtbaren Zuhörern: Der KGB hörte alle Zimmer ab, in denen ihre Protegés untergebracht waren.

Der tägliche Kampf ums Überleben während des Zweiten Weltkriegs, des Großen Vaterländischen Krieges – nun, ich saß da und dachte, dass es für jemanden in Großbritannien nicht leicht war, sich solche Entbehrungen, eine solche Kälte vorzustellen. Später verliebte er sich in eine andere Frau, die in der Eremitage in Leningrad arbeitete, aber er lebte irgendwo außerhalb von Moskau. Es war damals schwierig, eine Reiseerlaubnis zu bekommen, sogar für einen prominenten Schriftsteller, aber manchmal konnte er in den Zug nach Leningrad steigen – Anna Kareninas Zug, erinnerte er mich –, und seine neue Liebe bekam den Tag über frei. Sie hatte die Belagerung von Leningrad überlebt, und sie war sehr dünn und schwach, es ging ihr nicht gut. Dann saßen sie in ihrem Zimmer den ganzen Tag beisammen und redeten oder schwiegen, und dann fuhr er mit dem Zug zurück nach Moskau. Sie brauchten nicht einmal miteinander zu reden, sagte er. Es genügte, dass sie beisammen waren. Auf diese Weise dauerte diese Liebe an, aber dann starb auch sie.

Er redete auch eine Menge über Politik, über die Zeit unter Stalin. »Ich habe nie jemanden verraten«, erklärte er immer und immer wieder, wobei er die Stimme erhob und wütende Blicke auf das Telefon warf, in dem, davon war er überzeugt, die Wanze des KGB stecken musste. »Wir waren alle gefährdet, jeder Einzelne von uns. Das können Sie, Leute wie Sie im Westen, nicht verstehen. Es gab keine Möglichkeit, zu ihnen Nein zu sagen. Aber wenn ich verhört wurde, habe ich nicht über andere Schriftsteller gesprochen – und genau das wollten sie. Sie wollten uns Angst einjagen, das war der Grund, weshalb sie uns verhörten, auch wenn *er* beschlossen hatte, uns nicht ins Gefängnis zu stecken.«

Außerdem wollte er mich vor den Gefahren warnen, die die politische Betätigung für Schriftsteller mit sich brachte. »Sie sind noch jung. Ich bin früher auch einmal jung gewesen. In meiner Jugend war ich ein Genie. Ich war ein Bauernjunge. Gorki wurde auf mich aufmerksam. Er sagte, ich sei ein Genie. Er und ich waren uns sehr ähnlich. Wir stammten beide aus armen Familien. Wir liebten es beide, allein durch die Dörfer zu wandern. Er ist durch ganz Russland gewandert, und das habe ich auch getan. Manchmal bin ich monatelang allein gewandert. Die Bauern haben mir zu essen gegeben. Aber später wurde Gorki vernichtet; sie haben ihn umgebracht – und mich ebenfalls, wenn auch auf andere Art. Ich habe mein Leben in Komitees verbracht. Mit ihnen ist mein Genie verflogen. Ich sage jungen Schriftstellern immer, geht nicht in Komitees, sie machen euch fertig. Und das ist es auch, was ich Ihnen sage.«

»Nicht nötig – das habe ich schon vor langer Zeit begriffen.«

»Das ist gut. Das ist sehr gut. Aber für Sie ist es leicht. Sie können Nein sagen. Für uns ist es sehr schwer, Nein zu sagen.«

Er erzählte eine Geschichte, wie er einmal auf einer Landstraße in irgendeiner Provinz unterwegs war, wo Gorki ihn sah, seinen Wagen anhielt und ihn zum Einsteigen aufforderte. »Ich will dir etwas zeigen. Du wirst heute einen wichtigen Mann sehen.« In einem Landhaus fand ein Schriftstellertreffen statt, und Stalin hatte erklärt, dass er vielleicht hereinschauen würde. Er tat es. Er hörte sich ihre Ausführungen an, die alle sehr schmeichelhaft für ihn waren. Dann stand Gorki auf, wendete sich direkt an Stalin und erklärte ihm, dass alles, was gesagt worden sei, nicht stimme. Die Zustände, unter denen die Menschen lebten, seien grauenhaft. Wir säßen da in diesem schönen Haus, aber rings um uns herum litten die Leute, und die Schriftsteller litten gleichfalls. Die Ideen der Partei über Literatur seien falsch und nicht gut für die Schriftsteller.

»Wir hielten den Atem an«, sagte Marschak. »Wir waren alle bleich vor Entsetzen. Ich zitterte – ich war noch ein sehr junger Mann, und das waren für mich alles große, wichtige Leute, und Gorki behandelte sie, als wären sie ungezogene Kinder. Und noch nie hatte jemand Stalin herausgefordert. Das könnt ihr Leute hier nicht verstehen. Dann stand Stalin auf, ganz langsam, und sagte, er sei froh, dass es hier wenigstens einen ehrlichen Mann gebe – den Genossen Gorki. ›Ihr anderen seid alle Lügner und sagt nur Dinge, von denen ihr glaubt, dass sie mir gefallen.‹ Und dann fuhr er mit seinen Wachen ab.«

Ich habe diese Geschichte auch über andere Diktatoren gehört. Ganz offensichtlich kommt man um diesen »einen ehrlichen Mann« nicht herum.

Ich mochte Samuel Marschak, und ich glaube, er mochte mich auch. Aber was er brauchte, war jemand, der ihm zuhörte, ihm seine Aufmerksamkeit schenkte. Er war einsam, obwohl er ein bedeutender sowjetischer Schriftsteller war.

Er wollte Peter kennenlernen. Als er das nächste Mal kam, trafen wir uns am Tag und tranken in einem Park Tee. Dann gingen wir einkaufen, um Marschak ein Paar Schuhe zu besorgen, denn alle auf Besuch weilenden Russen kauften Schuhe und gute Kleidung. Peter gefiel ihm, und Peter mochte ihn. Er schenkte Peter ein sehr schönes Messer und einige seiner Kindergedichte auf Russisch. Er schrieb ein paar Verse für Peter, aber ich weiß nicht, wo sie geblieben sind. Später kam Marschaks Sohn, ein Arzt, zu Besuch, und ich wurde von der Botschaft angerufen und gefragt, ob ich mit ihm Schuhe und Kleidung einkaufen gehen könne.

Ich kann mir keinen Schriftsteller mit einem schlimmeren Schicksal als dem von Samuel Marschak vorstellen. Damals musste das Dasein als Bauernjunge mit Genie – oder auch nur Talent – gleichbedeutend mit der Verheißung einer großen Zukunft gewesen sein. Gorkis Protegé zu sein bedeutete, dass er von den berühmtesten Schriftstellern Russlands akzeptiert wurde. Gorki bekämpfte Lenin wegen der Inhumanität seiner Politik und erreichte damit die Freilassung von Hunderten von politischen Gefangenen, und dann stellte er sich auch gegen Stalin; Marschak muss es leichtgefallen sein, sich der guten Seite der Revolution verbunden zu fühlen, denn damals konnte man noch glauben, dass es so etwas gab. Allmählich wurde er von den Strukturen der Unterdrückung aufgesogen, aber er war sich dessen kaum bewusst. Als er dann wusste, dass er in der Falle saß, war es zu spät. Leute, die politischen Terror nie am eigenen Leib erfahren haben, können leicht sagen: »Er hätte sich verweigern müssen.« Wie? Er wäre zum Sterben in den Gulag geschickt worden, wie Dutzende andere Schriftsteller auch. »Ich habe nie geschrieben, was ich eigentlich hätte schreiben sollen«, sagte er. »Ich hätte so sein können wie Gorki. Mein eigentliches Talent war das Realistische. Ich hätte über das schreiben müssen, was ich um mich herum sah.« Noch heute löst der Name Samuel Marschak unter russischen Intellektuellen ein außerordentliches Maß an Verachtung aus. Man hat den Eindruck, dass sie beim Klang des Namens am liebsten ausspucken würden (ein sehr russischer Ausdruck von Verachtung, in ihrer Sprache verankert): Er hatte den Stalinpreis bekommen, er war synonym mit sowjetischer Macht. Nur mit Widerstreben geben die sowjetischen Intellektuellen zu, dass er gute Übersetzungen von Burns, Shakespeare und anderen geschaffen hat. Aber war der traurige und bescheidene alte Mann, den ich kannte, nicht ebenso sehr ein Opfer wie Gorki, der von Stalin ermordet wurde?

Eine Episode, die nicht einer gewissen Komik entbehrte, spielte sich ab, als der sowjetische Kulturattaché – sein Name ist mir entfallen – sagte, er würde mich gern treffen und sich mit mir unterhalten – worüber? Vermutlich Literatur. Ich reagierte so, wie ich es auch bei jedem anderen getan hätte, und lud ihn zum Lunch ein. Als er ankam, traf er mich allein mit einem für zwei Personen gedeckten Tisch an – das war noch in Joans Haus. Er hatte weitere Gäste erwartet, ein Essen in größerem Kreis. Er ließ den Blick über die Bücher und Papiere gleiten, die überall herumlagen, und sagte: »Sie sind eine richtige Schriftstellerin, das ist nicht zu übersehen.« Er war nervös, und ich tat, als bemerkte ich es nicht. Ich dachte, ich denke gar nicht daran, mich anders zu verhalten als sonst, nur um mich ihren stupiden Ideen anzupassen. »Ich kann nicht hier mit Ihnen allein essen«, sagte er. »Das könnte missverstanden werden.«

»Ach, wirklich?«, sagte ich entwaffnend. Er war ein netter Mann, keineswegs wie ein Funktionär. Ich ging mit ihm in den French Pub, in dem es im Obergeschoss ein gutes Restaurant gab, und erzählte ihm die Geschichte des Freien Frankreich und dieses Pubs und wie am 14. Juli die Leute auf den Straßen tanzten. Das alles gefiel ihm. Er wollte überhaupt nicht über Literatur reden und gestand, dass die Kultur ihn langweilte, und er hoffte, dass ich deshalb nicht schlechter von ihm dachte. Was er wirklich mochte, war der Zirkus. Er ging hin, sooft er konnte. Er war glücklich, dass ich nicht schockiert war, denn er wusste, dass er als Kulturattaché eigentlich über Bücher Bescheid wissen müsste. Als wir uns trennten, sagte er, es tue ihm leid, mir sagen zu müssen, dass ich überhaupt keine Kommunistin sei, ich sei eine Tolstoianerin. Nein, das war kein Kompliment.

Und nun ein Ereignis, dessen ganze Tragweite mir erst später aufging. Ich war zum Lunch in die sowjetische Botschaft eingeladen worden, um den Sänger Paul Robeson kennenzulernen, der sich offen zum Kommunismus bekannte und deshalb in den Vereinigten Staaten schärfsten Anfeindungen ausgesetzt war. Wie gewöhnlich ging ich nur hin, weil ich dachte: Großer Gott, ich muss wohl. Es waren ungefähr ebenso viele sowjetische Funktionäre wie Gäste anwesend. Ungefähr vierzehn Personen nahmen am Tisch Platz. Zu den Gästen gehörten Pamela Hansford Johnson und C. P. Snow, der, obwohl kein Parteimitglied, bei den Russen großes Vertrauen genoss.* James Aldridge war da, mit seiner Frau Dina. Sein Roman *Der Diplomat* galt in der Sowjetunion als großes literarisches Werk, aber in Großbritannien war Aldridge kaum bekannt. *Der Diplomat* war angefüllt mit dem, was man damals »fortschrittliche Ideen« nannte, und war kein gutes Buch. Der Jammer war, dass Aldridge einen wunderschönen kleinen Roman mit dem Titel *The Hunter* geschrieben hatte, über die kanadische Wildnis, in der er aufgewachsen war. Aber dieser Roman, der wirklich gut war, wurde in der Sowjetunion und hierzulande auch, weil Aldridge aus seinem Kommunismus keinen Hehl machte, weitgehend ignoriert.

Ich saß neben Michael Scholochow, dem Autor von *Der stille Don* und *Neuland unterm Pflug*. Ersteres ein breit angelegter Ro-

* Er genoss auch das Vertrauen der Amerikaner. Ich kenne keinen anderen Schriftsteller, bei dem das der Fall war, aber das lag an seiner unbestreitbaren Aufrichtigkeit.

man über die Kämpfe im Bürgerkrieg zwischen den Weißen und den Roten, ein wunderbares Buch. Ich hatte es als junges Mädchen gelesen, als ich noch auf der Farm lebte. Die einzig zutreffende Bezeichnung für diesen Mann ist *macho*, ein Mannsbild wie aus einer komischen Oper. Vom ersten Augenblick an herrschte gegenseitiges Missfallen zwischen uns. Er fragte mich, ob ich seine Bücher gelesen hätte. Ja, das hatte ich. Und hatten sie mir gefallen? Ja, aber ich zog den *Stillen Don* dem zweiten Roman vor. Weshalb? Da er mir die Ehre erwiesen hatte, mich nach meiner Meinung zu fragen, sagte ich, der erste stecke voller Kraft und Fantasie, und die Liebesgeschichte sei wundervoll, aber der zweite reiche nicht an den ersten heran. Mit einem Mal war er sehr wütend. Er sagte, wenn er mit mir in seinem Land wäre, würde er aufs Pferd steigen, mich anbinden und bis zur völligen Erschöpfung laufen lassen, würde mich hinter sich herschleifen, bis ich um Gnade winselte, und dann würde er mich auspeitschen lassen. So müssten Frauen wie ich behandelt werden. Ich sagte, ich zweifelte nicht daran, dass er all das tun würde. Auf diese Weise scherzten wir eine Weile weiter. Erst später erfuhr ich, dass er seinen ersten Roman einem unglücklichen jungen Schriftsteller gestohlen hatte und, als sich der große Erfolg einstellte und der Erstling voller Bewunderung überall in der Welt gelesen wurde, versucht hatte, mit *Neuland unterm Pflug* etwas Gleichwertiges zu schaffen.

Beim Kaffee unterhielt ich mich mit Paul Robeson und seiner Frau. Ich hielt sie beide für beschränkt, weil sie ausschließlich im kommunistischen Jargon redeten: »kapitalistische Lügen«, »faschistische Imperialisten«, »feige Hunde«, »demokratischer Sozialismus« (die Sowjetunion), »friedensliebende Völker«. Kein Wort wurde auf normale Art gesprochen. Aber ich hatte etwas nicht begriffen, nämlich die Tatsache, dass Menschen sich dieser Sprache entweder ganz bewusst oder instinktiv bedienten, wenn sie sich bedroht fühlten. Robeson befand sich in der sowjetischen Botschaft, von Funktionären umgeben, und er war vom Wohlwollen der Sowjetunion abhängig, weil sein eigenes Land ihn so schlecht behandelte. Wenn Politik und das Leben in der Öffentlichkeit dermaßen polarisiert werden, wie es damals der Fall war, kann es den Anschein haben, als wären Leute beschränkt. Also kann ich sagen, dass ich mich mit einem der größten Sänger unserer Zeit unterhalten habe, und ebenso wahrheitsgetreu, dass ich es nicht tat.

Die Unterhaltung mit Robeson lehrte mich, wie sehr sich die amerikanische Linke von der britischen Linken unterschied. Aber ich sagte es bereits – die Amerikaner sind ein Volk der Extreme. Ich finde es seltsam, dass dies nie eingestanden, geschweige denn erörtert wird. Eine Art nationales »Image« oder eine ganze Reihe solcher Images stehen dem im Wege. Der arme Junge, der Präsident werden kann … junge Menschen aus ärmlichen Verhältnissen, die sich ihren Weg durchs College erarbeiten, um dann reich und berühmt zu werden … ein Huhn in jedem Topf (ein abgenutztes Symbol für Überfluss) … Jefferson, Lincoln und all das; aber es ist ein Land, das sich leicht infiziert und dann hohes Fieber hat. Wenn wir über die »gemeinsame Sprache« – das Englische – als eine Barriere reden, weil einige – aber nicht viele – Worte einen anderen Sinn haben, dann ist das an sich schon eine weitere Barriere, die die Wahrheit verschleiert, nämlich dass die Barriere aus nationalen Temperamenten oder Veranlagungen besteht. Jetzt, während ich dies schreibe, darf der Gedanke, dass es nationale Temperamente oder Eigenschaften geben könnte, in den Vereinigten Staaten wegen der derzeit herrschenden Political Correctness nicht offen ausgesprochen werden. Ein weiterer Beweis für meine Ansicht.

Die amerikanischen Kommunisten waren in stärkerem Maße kommunistisch, fanatisch, der Parteilinie ergeben und paranoid als irgendjemand, den ich in Großbritannien kannte. Sie produzierten mehr von dem, was die Kommunistische Partei selbst »die Hundertfünfzigprozentigen« nannte – und das keineswegs bewundernd, denn sie wusste, dass übersteigerte Kommunisten leicht ins andere Extrem verfielen und zu Kommunistenhassern wurden. Kein britischer Kommunist hatte je die Grausamkeit erfahren, mit der die amerikanische Regierung Paul Robeson und einige andere amerikanische Kommunisten verfolgte.

Und nun tritt Clancy Sigal auf, als käme er direkt aus der Dekoration eines Films. Ganz im Stil der jungen Amerikaner von damals, Jeans, Sweatshirt, tief sitzender Gürtel, bei dem man nicht umhinkonnte, sich einen unsichtbaren Revolver vorzustellen. Ganz der einsame Außenseiter. Ganz der Sheriff, der allein gegen eine Bande von Bösewichtern kämpft.

Jemand hatte mich angerufen und mir gesagt, dieser Amerikaner sei in der Stadt, er brauche eine Unterkunft, ob ich ihm ein Zimmer vermieten könne. Ich sagte, meine bisherigen Erfahrungen als Zimmervermieterin hätten mich nicht gerade dazu ermutigt, es noch einmal zu versuchen. Genosse Soundso sagte, ob ich mich nicht schäme, einem Genossen nicht helfen zu wollen, wenn ich doch ein leeres Zimmer hätte.

Clancy hatte nicht die geringste Ähnlichkeit mit den Amerikanern, die ich bisher kennengelernt hatte, von denen die meisten Verleger oder Filmleute gewesen waren. Die waren damals formell, korrekt, mit hinten und an den Seiten kurzgeschnittenem Haar, und benahmen sich, als steckten sie in einer unsichtbaren Rüstung. Sie achteten darauf, was sie sagten. Sie redeten langsam. Der Ausdruck »steife Oberlippe« hätte eigens zur Beschreibung dieser Amerikaner geprägt worden sein können, insbesondere der Männer, denn es sah so aus, als wären ihre Münder mit einem Zauber belegt worden: Sie konnten sie kaum bewegen. Man konnte einen Amerikaner aus hundert Metern Entfernung sehen und an der Haltung der Lippen erkennen, dass es einer war. Lag das an McCarthy? Hatte er sie in eine verkniffene und durchgängige Konformität hineingeängstigt, selbst wenn sie mit linksgerichteter Politik nichts zu tun hatten? Aber wenig später verschwand dieser Typ von Amerikanern, und sie gaben sich alle locker und entspannt – als Stil.

Clancy war eine heroische Figur, nicht nur wegen der tausend Filmepen, Helden und Heldinnen der Linken, die seine Fantasie beherrschten, sondern auch wegen der großen Gestalten der amerikanischen Geschichte. Er hatte kurz vor seiner Reise nach Europa den für junge Amerikaner obligatorischen Trip unternommen und war ganz allein mit dem Wagen kreuz und quer durch die Vereinigten Staaten gefahren, völlig von Sinnen, und hatte sich mit Abraham Lincoln, Clarence Darrow, Sacco und Vanzetti, Jefferson, Mother Bloor und John Brown ebenso »unterhalten« wie mit Rosa Luxemburg, Speranski, Bucharin, Trotzki und jedem, der sonst noch auftauchte.

Clancy war ein Spiegelbild dessen, was mir an mir selbst suspekt zu werden begann. Nur begann – und das ist das Problem. Künftige Ereignisse werfen ihre Schatten voraus. Aber wenn man aus der Perspektive dieser Ereignisse zurückblickt, ist es einfach, unehrlich zu sein. Irgendeine winzige Gefühlsregung, der bloße Schatten einer Wolke, kann zehn Jahre später einen Sturm an Offenbarung auslösen: über einen selbst, über andere, über eine Zeit. Er kann sich aber auch aufgelöst haben und verschwunden sein.

Was mir Unbehagen zu bereiten begann, war die romantische Einstellung, um nicht zu sagen Sentimentalität der Linken, die keineswegs nur auf Kommunisten beschränkt war und von der die Linke noch heute durchdrungen ist. Sentimentalität ist nur allzu oft eine Begleiterscheinung extremer Brutalität oder kann zu ihr führen. Theatralisierung. Die Rote Fahne, die im Geschosshagel von sterbenden Helden auf einem Berg aufgepflanzt wird. Die Erstürmung der Bastille. Die Erstürmung des Winterpalasts; die beiden Letzteren so stark mythisiert, dass sie mit den Tatsachen nicht mehr die geringste Ähnlichkeit aufweisen. Ich könnte hier ein oder zwei Seiten füllen – was sage ich, ein Buch.

Was diesen Männern und Frauen von der Linken wichtig war (und ist), war immer das Dramatische oder sogar das Melodramatische, aber nie irgendwelche kleinen, nüchternen Arbeiten oder Bemühungen. Es gibt unter den Linken (und anderswo) Menschen, die sich zeitlebens bemühen, eine Winzigkeit des Lebens für jedermann zu verbessern, nicht aber in der Linken, der ich angehört hatte. Clancys Geschichte der Vereinigten Staaten bestand nur aus heroischen Schlachten und oft blutigen Konfrontationen mit der Regierung. Bergleute gegen skrupellose Grubenbesitzer – nein, ich behaupte nicht, dass es keine skrupellosen Grubenbesitzer gab, und die Leute haben vergessen, wie brutal sie oft waren. John Browns verwesende Leiche; die Gerichtssäle, in denen Clarence Darrow für Liberalismus und die Wahrheit kämpfte; die Suppenküchen der Großen Depression – Clancys Vision platzierte sie in die Mitte der Bühne und schloss alles andere aus.

Es gibt eine Geschichte Großbritanniens, die nur aus Heroismus und großen Ereignissen besteht. Clancy kannte sie nicht weniger gut als die amerikanische Saga, und in keiner von ihnen war von einem Mann oder einer Frau die Rede, die jahrelang daran arbeiteten, das eine oder andere *kleine* Gesetz zu ändern.

Ich muss meine »Zweifel« – und die hatten nichts mit den »Enthüllungen« aus der Sowjetunion zu tun – hier festhalten, obwohl sie mir damals so viel Unbehagen bereiteten und in sich so widersprüchlich waren.

Manchmal überlasse ich mich meinen Gedanken – den neuen, mit ihrem Hang zum Skizzenhaften, der typisch ist für unerprobte, von Ereignissen noch nicht überformte Ideen, oder denen, die über ihre eigene Unverfrorenheit verblüfft sind – und frage mich, welche von ihnen sich als diejenigen herausstellen, auf die ich hätte hören und die ich hätte weiterdenken sollen. Welche von ihnen werden in ein oder zwei Jahrzehnten absurd oder sogar kläglich erscheinen?

Clancy war ziemlich krank, als er eintraf; er konnte sich nur unter Mühen auf den Beinen halten. Er kam aus Paris, wo ihm eine gute Freundin, eine in Paris lebende Amerikanerin, gesagt hatte, er sei verrückt. Das hatten ihm die Leute schon seit Jahren gesagt. »Clancy, du musst dich damit abfinden.« Er war gerade zu dem Schluss gekommen, dass an dem, was sie sagten, etwas dran sein könnte. Er machte kein Geheimnis daraus, dass er in mir einen guten Ersatz für einen Psychotherapeuten sah. Er war jünger als ich.

Nach dem kalten, aber nützlichen Maßstab, den ich an Jack, Gottfried und andere angelegt hatte, passten Clancy und ich gefühlsmäßig sehr schlecht zusammen – das vor allem –, und auch sexuell, aber das lag daran, dass sich die kühle, sachliche Art, mit der sich so viele Amerikaner damals von Emotionen distanzierten, als ausgesprochen hinderlich auswirkte; intellektuell dagegen lief alles bestens, eine Zeit lang. Vor allem hatte er einen umfassenden Lektürehorizont. Seine Mutter, eine in die Staaten eingewanderte Russin und sehr arm, sah sich – ebenso wie sein Vater – als Erbin der größten revolutionären Bewegung der Welt, und das schloss naturgemäß die Literatur ein. Sowohl Vater als auch Mutter gehörten zu den Agitatoren und Organisatoren der Gewerkschaft, die ständig ihre Jobs verloren und weiterziehen mussten. Das Aufziehen ihres Kindes war der Revolution immer nachgeordnet. Kurzum, Clancy war ein Überlebender, einer der außergewöhnlichsten, die ich je gekannt habe. »Kein Wunder, dass du so verkorkst bist«, pflegte ich zu ihm zu sagen, und er erwiderte darauf: »Lady, nicht ich bin verkorkst, alle anderen sind es.«

Er war Trotzkist. Das hatte ihn in doppelter Hinsicht zum Außenseiter gemacht. Zum einen als Revolutionär im paranoiden Amerika. Zum zweiten als Verräter am Kommunismus und der Kommunistischen Partei. Das bedeutete, dass er die Minderheit einer Minderheit war. Es war seine Mutter, die zu dem Schluss kam, dass sie, wenn die Sowjetunion stalinistisch war, Trotzkistin war. An der Universität war er jahrelang von den Stalinisten beschimpft und verabscheut worden. Damals kam er zu seinem Recht. Wenig später sollte die revolutionäre Jugend in Großbritannien und überall sonst in Europa trotzkistisch werden.

Ein paar Worte über diese alten Schismen, denn sie geraten schnell in Vergessenheit. Die kommunistischen Parteien in aller Welt waren stalinistisch, und Trotzki war in ihren Augen ein Ketzer und Verräter. Aber die neue Jugend zeigte sich davon überzeugt, dass, wenn Trotzki und nicht Stalin den Kampf um die Macht in der Sowjetunion gewonnen hätte, der Kommunismus als Utopie zu sich selbst gefunden hätte. Isaac Deutscher, der Historiker der Sowjetrevolution, hat zwei Bücher über Trotzki geschrieben, *Der bewaffnete Prophet* und *Der unbewaffnete Prophet*. Sehr empfehlenswert. Sie liefern einen Bericht über die politischen Kämpfe jener Zeit, gesehen im Licht der Auseinandersetzungen zwischen Stalin und Trotzki. Es ist unschwer zu erkennen, dass die beiden oft die Plätze tauschten, wobei der eine dann für etwas eintrat, dessen verräterischen und irrigen Charakters wegen er seinen Rivalen kurz zuvor noch angegriffen hatte. Es ist, als schaute man einem Tanz von Marionetten zu. Und all diese kleinen Strohmänner werden von einem großen Wasserfall hinweggeschwemmt. Die Bolschewiken, die die Geschichte der Französischen Revolution studiert hatten, hatten beschlossen, dass sie sich nicht gegeneinanderstellen, einander anklagen, einander umbringen würden wie die französischen Revolutionäre. Aber genau das haben sie getan.

Isaac Deutscher hielt Lenin, einen der skrupellosesten Mörder der Geschichte, für den *vollkommenen* Menschen. Eine interessante Auffassung von geistiger Tradition.

Einer von Lenins Beiträgen zum Glück der Menschheit war die Idee der »Permanenten Revolution«, was in der Praxis nichts anderes bedeutete, als dass die Mitglieder der Kommunistischen Partei regelmäßig und stetig ermordet, gefoltert, ins Gefängnis geworfen und in die Lager geschickt werden mussten, damit keiner aus der Reihe tanzte. Eine Politik, der Stalin auf die ihm eigene Art treu blieb.

Ich bekam eine Ahnung davon, wie es gewesen sein musste, in Amerika ein Trotzkist zu sein, als ich Clancy mit Reuben Ship, Ted Allan und dem Rest der Gruppe bekannt machte. Sie alle waren Stalinisten gewesen. Sie begegneten einander mit einem ironisch-sarkastischen Unterton und verfielen sofort in bittere Debatten. Immerhin redeten sie miteinander, wo doch noch kurze Zeit zuvor kein Stalinist einen Trotzkisten eines Hallos für würdig befunden, sondern ihm am liebsten mit einem Eispickel den Schädel gespalten hätte.

Ich erinnerte mich an die trotzkistische Gruppe in Salisbury. Damals hatte ich sie insgeheim für lebendiger und interessanter gehalten, als wir es waren. Es gab so etwas wie einen Trotzkisten von Natur aus: anarchistisch, spitz, überaus aggressiv, komisch.

In den Fünfzigern machte in der Partei ein Witz die Runde, demzufolge Stalinisten und Freudianer aus demselben Holz geschnitzt seien, angepasst und konservativ, ebenso Trotzkisten und Jungianer – mit anderen Worten, *alle waren sie Rebellen.* Die Dinge haben sich so tief greifend gewandelt, dass sich heute nur schwer erklären lässt, wie Freudianer damals zu sein schienen. Sie waren eine Kirche, eine Priesterschaft, im Besitz einer offenbarten Wahrheit; sie verfolgten Widersacher oder Leute, die von ihrem, dem rechten Weg abgekommen waren. Sie waren humorlos. Sie waren paranoid. Ich kann nicht behaupten, dass ich Freud für das liebenswerteste aller menschlichen Wesen halte, ebenso wenig wie Marx, aber bestimmt hätten beide ihre »Erben« gehasst. Menschen, die originelle Ideen haben, etwas in Gang setzen, müssen doch gequält werden von dem, was, wie sie wissen, eintreten wird: Sie bringen eine Generation bissiger Hunde hervor, die sich um ihre Hinterlassenschaft balgen, sie in Ikonen verwandeln und dann zu guter Letzt zu einer Meute eifernder Fanatiker werden.

Ich stellte fest, dass ich mit dem Trotzkisten Clancy in politischer Hinsicht übereinstimmte, und das zu einer Zeit, als ich der Partei zwar noch angehörte, aber bereits auf Mittel und Wege sann, sie ohne Aufsehen zu verlassen. Das war eindeutig bemerkenswert, denn die offizielle Parteilinie über Trotzki hatte sich nicht geändert. In der Linken verbrachte jedermann eine Menge Zeit damit, intellektuelle Positionen in eigener Sache exakt zu definieren. Eine private, individuelle »Linie« brauchte nicht die Parteilinie zu sein – sie war es nur selten. Clancy und ich verbrachten Stunden mit Diskussionen. Was denkst du über dieses – und jenes? Glaubst du, dass das wahr ist – oder jenes? Es würde eine Revolution kommen müssen – ja, *natürlich* –, aber es war ausgeschlossen, dass die heutigen kommunistischen Parteien in Großbritannien und den anderen europäischen Ländern sie anführen würden, dazu waren diese zu kompromittiert.

Clancy hatte aus Instinkt ein intelligentes Verständnis von Frauen, nicht von uns als weiblichen Wesen, sondern von unserer Lage, unseren Problemen. Das lag an den langen, schweren Jahren seiner Mutter, die ihn, sehr arm, ohne Hilfe seines Vaters aufgezogen hatte. Der hatte die Familie verlassen und eine neue gegründet. Frauen reagierten spontan auf ihn. Im *Goldenen Notizbuch* habe ich das »beim Namen nennen« genannt. Er »nannte uns beim Namen«. Jede Frau, der er begegnete, bekam er ins Bett, oder er versuchte es zumindest, das war für ihn eine Sache des Prinzips. Ganz der Stil des *einsamen Wanderers.* Er erzählte mir von seinen Reisen durch Amerika, von Norden nach Süden, von Osten nach Westen, dass er selten eine Nacht allein verbracht habe. Ich glaube nicht, dass diese Frauen schlecht dabei wegkamen, sogar als er krank war, denn wenn er sie am nächsten Morgen verließ, fühlten sie sich unterstützt, schlicht, weil er sie verstanden hatte.

Ich erinnere mich voller Scham an meine Dummheit, denn als er in mein Bett kam, ich glaube, gleich in der ersten Nacht, in der er sich in meiner Wohnung befand, hatte ich das Gefühl, dass nun die Einsamkeit, in der ich gelebt hatte, seit Jack mich verließ, vorüber sei. Es gibt keine größere Närrin als eine Frau, die einen Mann braucht. Das heißt, einen Mann, den sie haben und festhalten kann.

Nein, diese Dummheit hielt nicht lange an. Hier war ein weiterer Mann, der kein Hehl daraus machte, dass er nur auf der Durchreise war. Sowohl Jack als auch Clancy finden sich im *Goldenen Notizbuch.* Nicht unbedingt die Tatsachen, aber die emotionale Wahrheit steckt darin. Das Gleiche gilt für *Spiel mit einem Tiger.* Später schrieb Clancy einen Roman und verwendete mich darin, aber ich habe ihn nicht gelesen. Ich lese für gewöhnlich keine Bücher über mich selbst, es sei denn, es ist ein angeblich auf Tatsachen beruhendes Buch, und ich muss die Fakten nachprüfen. Ich lese sie deshalb nicht, weil die Versuchung, sich in Proteste und Streitereien zu ergehen, sich als unwiderstehlich erweisen könnte; man kann sein ganzes Leben damit verbringen.

»Aber das habe ich nicht gesagt.« – »Doch, das hast du.«

»Das habe ich dir nicht erzählt.« – »Doch, das hast du.«

»Habe ich nicht.« – »Hast du doch.« – »Habe ich nicht.« – »Hast du doch.«

»Das ist nie passiert.« – »Ich weiß, dass es passiert ist.«

»Ich weiß, dass es nicht so war.« – »Doch, das war es.« – »War es nicht.« – »War es doch.«

Die meisten Meinungsverschiedenheiten dieser Art spielen sich gewöhnlich auf diesem Niveau ab. Was für den einen wahr ist, ist es nicht unbedingt auch für den anderen.

Clancy lebt heute mit einer jungen Frau und einem Säugling in Kalifornien. In der Zwischenzeit hat er eine erste Ehefrau und viele andere Frauen gehabt. Als ich ihn kannte, waren häusliches Leben, Intimität – alles, was für mich so natürlich ist – für ihn nicht nur eine Falle, wie junge Männer dergleichen so leicht sehen – und zumal damals, da war es die Regel –, sondern ein Verrat am Reinen, Guten, Anständigen, eine Unterwerfung unter die bourgeoise Moral; und etwas Schlimmeres konnte es damals natürlich nicht geben. Er erzählte, wie er einmal aus dem Haus eines Freundes in den Staaten hinausgerannt war, weil der Mann geheiratet hatte – der Inbegriff der Unterwerfung –, und im Badezimmerschrank hatte eine Tube mit empfängnisverhütendem Gel gelegen. Das galt ihm als Beweis für den empörenden moralischen Verfall der Standards »jungen Ritter«, die zu sein sie einstmals beschlossen hatten. Auf seiner Abschiedsreise durch die Vereinigten Staaten hatte er feststellen müssen, dass die Hälfte der Freunde seiner Jugend verheiratet war und besagten Badezimmerschrank besaß. »Da wusste ich, das war's. Ich musste fort.« Familiäres Elend – er konnte es riechen, wenn er ein Haus betrat.

Wir waren ungefähr drei Jahre zusammen, falls das das richtige Wort dafür ist.

Über Clancys Berichte über London habe ich im Grunde nicht viel zu sagen, außer dass er behauptete, in London sei er gezwungen gewesen, in billigen Hamburger-Kneipen zu essen. Tatsache ist, dass er von einigen der besten Köche in London bekocht wurde. Wenn er tatsächlich einmal in einer Hamburger-Kneipe landete, dann war das eine Art nostalgischer Ausflug in das tapfer ertragene Elend seiner in Armut verbrachten Jugend. London war sehr gut zu Clancy.

Er war ein romantischer Mann. Die ganze Linke war romantisch, heroisch, ständig im Bann der Geister von Helden und Heldinnen. Von der dunkleren Seite dieses Faktums später mehr.

Was mich anging, so begegnete ich Clancy gerade zu der Zeit, als die romantischen – die sentimentalen – Posen der Linken mir auf die Nerven zu gehen begannen. Ich hatte jahrelang von ihnen gezehrt. Sie waren mein »Treibstoff« gewesen, mein Drang zur Verbesserung der Dinge. Es ist schon merkwürdig, wie man weitermachen kann, problemlos, aber mit einem Unbehagen, das zuerst nur leicht ist, aber ständig wächst, und dann überfällt einen eine Woge des Abscheus über das, was man ist, was man gewesen ist, und die Schuppen fallen einem von den Augen. Und dann verabscheut man das, was man gewesen ist, stärker, als es das verdient hätte, aber es geht nicht anders, weil es immer noch eine Bedrohung darstellt.

Für einen Mann Ende zwanzig war Clancy emotional noch jung. Ich war durch meine Erfahrungen älter als den Jahren nach. Und deshalb stand dies von Anfang an zwischen uns, und wenn er mir vorwarf, ich sei zu prosaisch, praktisch, »vernünftig«, dann war das kein Kompliment.

Clancy verursachte die schwerste Erschütterung meines Selbstbildes, die ich je erfahren habe. Ich hatte immer als unberechenbar gegolten, taktlos, aufrührerisch, »schwierig«, und nun wurde mir, quasi aus heiterem Himmel, vorgeworfen, ich sei eine englische Lady. Es hatte keinen Sinn, ihm zu erklären, dass jede wirkliche englische Lady mich sofort als »falsche Schwester« ablehnen würde. Diese englische Lady hatte keine Ahnung von der rauen Wirklichkeit des Lebens, die für ihn im Kampf der Armen ums Überleben bestand. Clancy war nie ein Mann, der einen mit vernichtenden Bemerkungen verschonte, und er fiel über mich her, aber ich blieb ihm nichts schuldig. Ich hatte gerade erst die Kunst erlernt, nicht zu sagen, was ich dachte, wenn es mir gerade einfiel, und nun stellte ich fest, dass ich schwer erkämpfte soziale Errungenschaften vor diesem überaus zornigen Sozialkritiker verteidigte.

»Herr im Himmel, die Engländer bringen mich noch um. Weshalb sagt ihr nie, was ihr denkt?«

Er machte sich sofort daran, mich in den Realitäten des Lebens zu unterweisen, und er begann mit dem Jazz, wofür ich ihm auf ewig dankbar sein werde. Bis dahin hatte Jazz für mich nicht mehr bedeutet als das Imitieren von Satchmo durch die jungen Leute im Sports Club, wenn sie auf dem Höhepunkt einer Tanzveranstaltung völlig betrunken waren, oder die eingängigen Melodien von Cole Porter.

Wir kauften zusammen einen Plattenspieler und an die zwanzig Schallplatten, von denen jede in irgendeiner Form etwas Besonderes war, ein Meilenstein des Jazz oder das Beste eines Solisten. Ich brauchte Jahre, um zu begreifen, was für eine vollkommene kleine Kollektion das war. Niemand kann sich dem echten Jazz und dem Blues hingeben, ohne dass seine Sensibilität sich verändert. Clancy wusste das. Wenn er überhaupt etwas war, dann ein Erzieher. Er sah es als seine Aufgabe an, jede unzulängliche Seele auf seinem Weg zu reformieren und umzukrempeln – und das bedeutete, alle Menschen. Er unterwies mich in der Geschichte des Jazz und des Blues, brachte mir bei, den verschiedenen Instrumenten zu lauschen, das Wahre vom Falschen zu unterscheiden, die Art, wie eine Gruppe zusammenspielt, zu würdigen, die Instrumente als Familie zu begreifen. Er bestand darauf, dass mein Geschmack wie seiner nur der allerreinste war. Später, als ich nicht mehr unter seiner Vormundschaft stand, gestattete ich mir auch weniger strenge Maßstäbe, einen schuldbewussten Duke Ellington vielleicht, eine Eartha Kitt.

Ungefähr vier Jahre lang hörte ich Jazz, vor allem den Blues. Was hat das für mich bewirkt? Wenn die sehnsüchtige, verlangende Du-bist-unerreichbar-Musik der Kriegsjahre, »I'm Dancing with Tears in My Eyes«, »Smoke Gets in Your Eyes«, mich und uns alle damals für die romantische Liebe anfällig gemacht hatte, deren Essenz es ist, dass sie unerfüllbar bleibt, dann glaube ich, dass Jazz und insbesondere der Blues uns dem Leiden geneigt machen und bewirken, dass wir den Schmerz des Verlustes genießen. Das ist eine unzulässige Vereinfachung, aber in meinem Fall fiel das Hören von Blues, von Billie Holiday und Bessie Smith oder den untröstlichen, bruchstückhaften Aufschreien von Charlie Parkers Saxophon, mit einer Zeit des Schmerzes zusammen, und das eine verstärkte das andere. Die überaus genussreichen Melancholien der Adoleszenz können sich zu etwas Gefährlichem, einem Gift, steigern.

Clancy lehrte mich den Ehrenkodex der amerikanischen Arbeiterklasse – aber war der nicht von den arbeitenden Menschen in Russland und Osteuropa und auch im Schtetl beeinflusst? Clancy wusste immer ganz genau, was Recht und was Unrecht war. Oder, wie man damals sagte, er wusste Bescheid. Sein Verhaltenskodex war der starrste, der mir je begegnet ist.

Erstens: Wenn ein Freund, ein Bekannter oder auch nur jemand, von dem man nur gehört hatte, seinen Job verloren hatte, dann bestand die erste Pflicht darin, ihm oder ihr einen neuen zu besorgen. Eine Priorität, die Vorrang hatte vor allen eigenen Interessen. Das war ein Vermächtnis der Arbeitslosigkeit in den dreißiger Jahren.

Zweitens: Man hasste die Polizei immer und überall. Man verteidigte seine Freunde und Kumpel immer gegen die Polizei, und jede Lüge gegenüber Polizisten war gut, denn sie logen über die Arbeiter, die Armen. Während seiner Reisen durch den Süden Amerikas war Clancy als Landstreicher aus der Stadt gejagt worden, war über die Stadtgrenze gebracht und aus dem Auto geworfen oder ins Gefängnis gesteckt und aller möglichen Verbrechen verdächtigt worden. Wenn man die Polizei auch nur mit einem Wort verteidigte, war das der Beweis dafür, dass man der Mittelschicht angehörte und der Feind war.

Drittens: Wenn ein Freund oder Genosse oder die Frau oder Freundin eines Freundes in der Klemme steckte, dann kam man ihm oder ihr mit Geld und Essen zur Hilfe.

Viertens: Wenn jemand auf der Flucht war oder sich versteckt hielt, aus irgendeinem Grund (außer natürlich, wenn es sich um einen politischen Gegner handelte), dann nahm man ihn auf und gewährte ihm Unterschlupf, ohne irgendwelche Fragen zu stellen. Ich glaube, Letzteres war ein Vermächtnis der Zeit der Sklaverei – dem Verstecken entlaufener Sklaven.

Zu meiner Erziehung durch Clancy gehörte auch, dass er mich

in seine Erkundungstouren durch London mit einbezog, durch die Elendsviertel, denn sein Instinkt führte ihn dorthin, gerade so, als wären es nur die niederen Regionen, in denen man die Wahrheit finden konnte. So hatte ich zum Beispiel nicht gewusst, dass an einer bestimmten Straßenecke in Soho jeden Tag unter der Nase der Polizei Poker gespielt wurde. Clancy pflegte dort hinzugehen und sein Glück auf die Probe zu stellen, wenn er knapp bei Kasse war. Er unterhielt sich oft mit Prostituierten. Mich erbitterte seine Einstellung ihnen gegenüber – noch mehr romantische Verklärung und Verherrlichung von Verbrechen und Armut. Damals waren alle Amerikaner von Prostituierten fasziniert, ganz so, als gäbe es bei ihnen keine. Jeder Amerikaner, der mich in jener Zeit besuchte, fragte sofort, wo die Mädchen zu finden seien. Ich schickte sie nach Soho, wo sie jeden Abend auf den Straßen standen, oder nach Bayswater. Aber kurze Zeit später war das verboten, und dann verwies ich sie auf die Schwarzen Bretter der Zeitungshändler.

Bald freundete Clancy sich mit Alex Jacobs an, einem großen, netten, auf Anhieb sympathischen jungen Mann, einem von denen, die in der gerade im Entstehen begriffenen Neuen Linken eine politische Heimat finden sollten. Alex war nicht der einzige Mensch, von dem ich gehört habe, dass die Tatsache, dass er gezwungen war, monatelang im Bett zu liegen, ohne etwas zu tun zu haben, das Beste war, was ihm je widerfahren ist. In seinem Fall war es Tuberkulose. Er las während der ganzen Zeit, die er im Sanatorium zubringen musste, und als er herauskam, schaute er mitleidig auf den unwissenden jungen Mann zurück, der er gewesen war. Er war Journalist und hatte vor zu schreiben. Clancy und Alex durchstreiften gemeinsam Earls Court, Notting Hill Gate, Soho und alle anderen Gegenden, in denen etwas passierte – Verbrechen, Skandale, Proteste, »Demos« –, und saßen in Pubs, Cafés, Bushaltestellen, billigen Restaurants – die damals gerade überall aufmachten – herum. Sie beobachteten Leute, führten endlose Gespräche, hörten zu und meldeten den Behörden Ungerechtigkeiten. Sie waren beide Außenseiter, ins Abseits gedrängt von diesem ungeschriebenen Gesetz, das besagt, dass niemand die Grenze zwischen den beiden großen Kategorien der britischen Gesellschaft nach der einen oder anderen Seite hin überschreiten darf. Clancys amerikanischer Akzent und Alex' Arbeiterklassen-Idiom, das er während dieser Ausflüge noch übertrieb, machten sie für die sogenannten gewöhnlichen Leute akzeptabel. Sie konnten hingehen, wo Leute wie ich nicht hingehen konnten. Ich hatte kein Problem, als ich noch meinen rhodesischen Akzent hatte, der mich außerhalb des Systems stellte, aber der war verschwunden, und jetzt wurde ich, wie es auf diesen Inseln Brauch ist, nach meiner Sprechweise beurteilt. Ich entdeckte ganz zufällig, dass ich meine Freiheit der frühen Jahre verloren hatte, als ich in Devon auf ein Eisenwarengeschäft zuging und sah, wie der Ladeninhaber mich beobachtete. Er stand auf der Schwelle, mit den Händen in die Seite gestützt, und dachte: Sie sieht aus wie »sie«, die Kleidung … aber da ist etwas, das nicht ganz … Er wartete darauf, dass ich sprach: Haben Sie … was immer es gewesen sein mag, und sofort änderte sich seine Haltung, er ließ die Arme sinken, und dann kam: »Ja, Madam, würden Sie bitte eintreten.«

Oft kamen Clancy und Alex in Hochstimmung nach einem ihrer Ausflüge hereingestürmt und erzählten mir beim Kaffee oder einer Mahlzeit von ihren Erlebnissen. Sie waren als Ehrenmitglieder von einigen Jugendgangs akzeptiert worden. Beide Männer identifizierten sich mit diesen Jungen, die nur wenig oder nichts gelernt hatten und nichts mit sich anzufangen wussten, außer sich auf der Straße herumzutreiben. Diese Beschützerleidenschaft für die Entrechteten: Ich wusste recht gut, was ich da zu hören bekam und woran ich Anteil nehmen sollte. Eines Abends brachten sie einen jungen Mann mit, der ein paar Stunden dasaß und über sein Leben redete, während Alex und Clancy ihn ständig ermutigten. Ihr Verständnis für seine Lage bewirkte, dass er sich wesentlich klarer und verständlicher ausdrückte, als er es normalerweise getan hätte. Er hatte nichts gegen seine Eltern, aber er wollte nicht so sein wie sie. Das Anschauen von Filmen – damals gab es noch wenig Fernsehen – hatte seinen Horizont erweitert, und er wollte sich nicht mit dem

Leben seiner Eltern abfinden (ein Ausdruck, den Clancy oft gebrauchte und der für ihn einen Kompromiss mit dem Zweitbesten bedeutete). Aber er wusste, dass ihn seine Ausbildung zu nichts Besserem befähigte. Er sagte, er habe keinen Job, weil er mehr wolle als das, was er annehmen müsse. Aber bald werde er einen annehmen müssen, weil er seinen Eltern nicht auf der Tasche liegen wolle, und dann werde er heiraten, jemanden wie seine Schwester, und sobald er verheiratet sei, werde er in der Falle sitzen. Sein jetziges Leben bedeute das einzige bisschen Freiheit, das er je haben werde, und er geniesse sie, solange er könne. Wenn er erst einmal verheiratet sei, dann sei damit Schluss, dann sei alles aus. Mit anderen Worten, er dachte genau umgekehrt wie seine Schwester, die auf die Hochzeit wartete und glaubte, dann finge das Leben an. Dieser Besuch fand ungefähr eine Woche vor den Notting Hill Gate Riots statt, bei denen weiße Jugendliche auf schwarze einschlugen. Der junge Mann, der so intelligent über sein Leben gesprochen hatte, wurde verhaftet und kurz darauf im Old Bailey angeklagt. Ich ging zusammen mit Clancy und Alex zur Verhandlung. Die beiden wussten genau, was in dieser Nacht passiert war, denn sie waren dort gewesen und hatten alles beobachtet. Ich wusste, was passiert war, weil sie es mir erzählt hatten. Wir saßen in dem brechend vollen Gerichtssaal, während die Polizei log, die Zeugen logen, der Verteidiger log und die Angeklagten natürlich ebenfalls logen, um ihre Haut zu retten, aber es nützte nichts, sie wurden zu Gefängnisstrafen verurteilt. Ich saß da und beobachtete die Geschworenen, dankbar, dass ich nicht zu ihnen gehörte, denn wenn es mir nicht gesagt worden wäre, hätte ich nicht gewusst, wer log und wer nicht.

Clancy und Alex setzten ihre Streifzüge fort, auch nachdem die Neue Linke eine gesellschaftliche Einheit geworden war, deren Angehörige in der Regel unter sich blieben. Eines Tages sagten sie, sie hätten eine junge Frau gefunden, die von einem griechischen Restaurantbesitzer gefangen gehalten werde, und sie wollten sie befreien und in meine Wohnung bringen. Sie war eine mollige, blonde Schönheit mit verschleierten blauen Augen.

Sie war achtzehn Jahre alt, die Geliebte des Griechen. Ihre Eltern, sagte sie, wollten nichts von ihr wissen. Der Grieche hatte Frau und Kinder. Er ließ sie nicht aus dem Zimmer heraus, in das er sie gesteckt hatte. Sie langweile sich, sagte sie. Sie habe Angst vor ihm – sagte sie.

Offenbar glaubten Clancy und Alex, dass ich nichts weiter zu tun brauchte, als zu sagen: »Nun, komm schon, Mädchen, reiß dich zusammen, so kann es nicht weitergehen.« Denn ganz gleich, was ich sagte und wie ich es formulierte, so würde es sich für sie anhören. Sie war nicht sonderlich intelligent, im Gegensatz zu dem jungen Mann, der jetzt irgendwo seine Gefängnisstrafe absaß, aber sie wusste, dass sie keinen langweiligen Mann wie ihren Dad heiraten und dann wie eine Sklavin für ihn schuften wollte. Ob sie denn nicht schon jetzt eine Sklavin ihres Griechen sei?, fragte ich sie, aber sie lächelte nur – ihr träges, wissendes, kleines Lächeln. Mir war völlig klar, dass sie nur darum eingewilligt hatte, mit den beiden jungen Helden zu flüchten, weil alles, was sie gehört hatte, war, dass man ihr eine Zukunft versprach. Alle Herrlichkeit auf Erden. Vornehme Leute, ein aufregendes Leben mit dieser berühmten Schriftstellerin – Clancy und Alex hatten ihr erzählt, ich sei eine. Sie deutete an, dass sie gern ein Model oder ein Filmstar wäre. Ich war eine Enttäuschung für sie. Sie befingerte Bücher, auf denen mein Name stand, fragte, ob ich die geschrieben hätte. Als ich bejahte, sah sie mich an, ganz die fassungslose Frage: Weshalb leben Sie dann so, weshalb wohnen Sie nicht in einem dieser Häuser, wie wir sie im Fernsehen sehen? Was genau hatten Clancy und Alex ihr versprochen? Offenbar eine allgemeine Verbesserung ihrer Lebensumstände, Veredelung, Aufklärung. Sie tauchten auf, um zu sehen, wie der Prozess voranging, und trafen uns in der Küche an, wo wir uns bei einer Tasse Tee unterhielten. Und bei Stärkerem – sie trank gern ein bisschen Gin oder süßen Likör: Sie war es gewohnt, abends mit ihrem Griechen auszugehen und mit ihm und seinen Freunden zu trinken.

Sie bediente sich freizügig meiner Kleidungsstücke, denn sie hatte nichts mitgebracht. Sie »platzierte« die Sachen, die sie in die engere Wahl zog, auf eine Seite meines Kleiderschranks und den von ihr verschmähten Rest auf die andere. Danach putzte sie sich heraus. Damals trug ich viel Schwarz. »Warum sind all Ihre Sachen schwarz?« Clancy hatte mir dieselbe Frage gestellt, und ich hatte ihm erwidert: »Offensichtlich betrauere ich mein Leben«, aber zu ihr sagte ich: »Weil Schwarz mir steht.« Sie ließ mich eine rote Bluse anziehen, eine weiße, probierte dieses und jenes Kleidungsstück an mir aus, sagte, ich hätte recht, ich solle Schwarz tragen, aber sie finde, mein Lippenstift ... Sie schminkte mich mit ihrem Make-up, dann schüttelte sie den Kopf und sagte: Ja, ich müsste bei dem bleiben, was ich hätte. Absolute Konzentration bei dieser Inspektion von mir und meinen Kleidungsstücken. Aber das hielt nicht lange vor, und sie langweilte sich wieder. Sie wartete darauf, dass etwas passierte. Clancy und Alex kamen, und als sie – schüchtern – fragte, weshalb sie sie hierher gebracht hätten, sagten sie, ob sie daran gedacht habe, noch einmal zur Schule zu gehen, diesen oder jenen Abschluss zu machen, vielleicht auf die Universität? Ich war auf die Art verblüfft, auf die Frauen über Männer verblüfft sind, wenn sie das Offensichtliche nicht begreifen. Da saß sie in meinem kirschroten Morgenmantel – sie zog ihn kaum aus während der zehn Tage, die sie bei mir verbrachte – und rauchte, während Clancy und Alex ihre Brüste bewunderten, denn sie ließ den Morgenmantel bis zur Taille aufklaffen, und sagte, Schule, nein, sie glaube nicht. Dann sagten die beiden, Doris werde sich erkundigen, ob sie Friseurin werden könne. »Was verdient man da?«, erkundigte sie sich träge, und ihre schönen blauen Augen verrieten nichts als Langeweile.

Um ein Model zu sein, war sie ein ganzes Stück zu klein. Gefragt, ob sie als Model für Büstenhalter und Unterwäsche arbeiten wolle, sagte sie, sie glaube nicht, dass ihr Dimitri das zulassen werde. Sie wolle ihn nicht verärgern. Sie sagte, eines Tages werde er sie heiraten. Nun ja, vielleicht werde er es tun, Wunder passierten schließlich. Ja, sie hatte ihn gern. Sie mochte es, ein wenig geschlagen – »Aber nie so, dass ich blaue Flecken bekomme, Mrs. Lessing, das dürfen Sie nicht glauben« – und dann aufs Bett geworfen zu werden. Eines Tages kam sie nicht von ihrem Zimmer herunter, was sie sonst für gewöhnlich um die Mittagszeit tat, und als ich hinaufging, fand ich meinen Morgenmantel auf dem Bett, das sie ordentlich wie ein braves Mädchen gemacht hatte, und auf dem Kissen lag ein Zettel: »Danke auch. Tun Sie nichts, was ich nicht auch tun würde. Haha.« Also war sie zu ihrem Griechen zurückgekehrt, und danach – wer weiß. Inzwischen muss sie eine dicke alte Frau mit gefärbten Haaren sein, vermutlich eine Säuferin, und der Gedanke schmerzt.

In der Warwick Road pflegte ich abends spazieren zu gehen, spätabends. Heute würde man es nicht als spät empfinden, aber damals gingen die Leute viel früher zu Bett. Um elf Uhr lagen die Straßen ähnlich verlassen da, wie an den Abenden damals, als ich gerade in London angekommen war, und es gab nichts von alledem, was wir heute für so selbstverständlich halten, als wäre es schon immer so gewesen: belebte Straßen noch lange nach Mitternacht, fröhliche Gruppen zumeist junger Leute auf der Suche nach Vergnügungen und Abenteuern. Ich ging nur aus, wenn Peter in der Schule oder bei den Eichners war. Das geschah nicht, weil ich Angst hatte, ihn allein zu lassen. Im Erdgeschoss wohnten Leute und anfangs, als ich noch Zimmer vermietete, auch in der Wohnung; später war dann Clancy da, und seine Schreibmaschine ratterte wie ein Maschinengewehr. Nein, Peter hatte Angst um mich, weil ein Elternteil bereits verschwunden war, und er fürchtete, dass auch ich verschwinden könnte. Er sprach nie über seine Angst, aber ich wusste es.

Das Herumwandern in den Straßen von London glich meinen nächtlichen Streifzügen durch Salisbury: Wenn ich aufbrach, brannte in den Häusern noch Licht, und wenn ich zurückkehrte, waren sie dunkel, und die Radios, die Musik von Haus zu Haus verbreitet hatten, waren verstummt. Nur jetzt war es das schwache Flackern des Lichts von Fernsehgeräten, das auf den Vorhängen verlosch, während ich spazieren ging.

Weshalb tat ich das? Wonach suchte ich? Da war das Bedürfnis nach Bewegung, denn ich hatte all diese körperliche Energie, aufgestaut durch das Ritual, das ich zum Schreiben brauchte, wenn ich, blind für meine Umgebung, im Zimmer herumwanderte, ein bisschen schrieb und mich in ein Crescendo des Bemühens hineinsteigerte. Es war so intensiv, dass ich stets sehr schnell erschöpft war und ein paar Minuten Schlaf brauchte. Danach stand ich wieder auf und wanderte erneut im Zimmer umher. Dieser Vorgang konnte sich über Stunden hinziehen – die Arbeit an der Schreibmaschine und die kurzen, erholsamen Schlafintervalle –, aber all das war erstaunlicherweise nicht dazu angetan, aufgestaute Energien zu entladen, sondern beließ mir Energie, die ich verbrauchen musste.

Es waren nicht die Straßen, die ich vom Tag her kannte. Dieses nächtliche London war ein fremdes Land, und beim Gehen dachte ich nicht, dies ist Kensington High Street, dies ist Earls Court. Ich pflegte die großen Straßen zu meiden, da ich sie und ihre gefühllose Selbstherrlichkeit, die mich ausschloss, als fremd empfand. Auf diese Art erlebt ein Kind eine bestimmte Straße oder sogar ein Zimmer. Man biegt um eine Ecke und stößt auf eine unvertraute Reihe von Geschäften, wo ein scharlachroter Briefkasten feindselig erscheint und der kleine Park auf der anderen Straßenseite voll ist von unbekannten Wegen und Sträuchern – trotzdem spielen Kinder darin, als ob dort nichts wäre, das ihnen gefährlich vorkommt –, oder man öffnet die Tür zu einem neuen Haus, in dem das Mobiliar schwer herumsteht, in einer geregelten Anordnung, die Draußenbleiben sagt, und dann begegnet man plötzlich einem Stuhl, der einen willkommen heißt, oder man steht im Eingang eines Ladens, wo eine Frau den Kopf hebt und einen anlächelt. In dieser Geografie gibt es keine Straßennamen, keine Hausnamen oder -nummern, und kein Erwachsener würde die Art begreifen, auf die ein Kind eine Straße, ein Zimmer oder auch nur die Ecke eines Sofas kennt. Und die Einwohner einer Stadt haben keine Ahnung, wie ein Neuankömmling diese wahrnimmt.

Da waren Straßen, durch die ich schnell ging, um sie hinter mich zu bringen, weil sie mir nicht gefielen, und andere, in denen ich trödelte. Wenn ich die großen, wie Lagerhäuser aussehenden Gebäude in Earls Court erreichte, die völlig dunkel, schweigend, gleichgültig dastanden, ging ich schnell vorbei; ich wollte nicht, dass sie mich attackierten, weil ich das Gefühl hatte, dass sie voll latenter Gewalttätigkeit steckten. Wenn ich feststellte, dass ich bei der Albert Hall gelandet war, die noch vor vielleicht einer Stunde so mit Menschen angefüllt gewesen war wie eine Kiste mit Spielzeug, dann lösten ihre nüchternen Rundungen ein Gefühl der Sicherheit in mir aus – ja, hier bist du willkommen –; aber ich ging weiter, vielleicht ein kurzes Stück die Kensington High Street hinunter, so verlassen, als hätte die Pest gewütet. Es war immerhin erst Mitternacht. Vielleicht wartete jemand an der Haltestelle des Nachtbusses, und ich ging langsam vorbei, sah das Glühen einer Zigarette – es beleuchtete ein Gesicht, das keine Notiz von mir nahm, denn ein roter Bus rollte aus dem West End heran, unterwegs zu einem Vorort, den ich mir als das ferne Land der Tataren vorstellte, nicht ohne den leisen Funken von Freude zu empfinden, den man beim Denken an Orte hat, die man eines Tages vielleicht besuchen wird; nein, als eine riesige, im Dunkeln liegende Halbstadt, bestehend aus eigenständigen und selbstzufriedenen kleinen Häusern in winzigen Gärten – das war es, was ich mir vorstellte, während der einsame Fahrgast die Plattform betrat und der Bus ihn davontrug. Wie bestürzend die ungeheuren Ausmaße Londons doch auf den Neuankömmling wirken, der ich sechs, sieben, acht Jahre nach meiner Ankunft immer noch war, denn ich versuchte ständig, mich mit ihnen abzufinden, sie in den Griff zu bekommen. Ein geübter Bewohner Londons lernt, die Stadt sich untertan zu machen, indem er in einem Teil davon wirklich lebt – das heißt, mit Herz, Verstand und Sinnen –, sie zu seinem Zuhause macht, sagt: »London ist ein Konglomerat von Dörfern« und sich für eines von ihnen entscheidet, die beängstigende Unermesslichkeit des Restes vergisst und auf den Gruß der Frau von der anderen Straßenseite wartet oder auf ein Winken des Mannes, dem das Gemüsegeschäft gehört, oder auf ein freudiges Miau von der Katze aus Nummer 25 oder auf das Einbiegen in die Straße, an der Jahr für Jahr im Frühling ein bestimmter Baum voll weißer Blüten ist oder im Herbst ein Strauch sich scharlachrot verfärbt.

Da war keine Spur von Geselligkeit in den Straßen, die ich in diesen Nächten durchwanderte, kein Restaurant, kein Café, und die Pubs hatten schon lange geschlossen. Wenn ich früh aufgebrochen war, bevor die Pubs schlossen, dann war jeder von ihnen eine Insel des Vergnügens, hinter seinen erhellten Fenstern von der Straße abgeschlossen, voller Leute, die einander kannten, denn Pubs sind so etwas Ähnliches wie Clubs, aber ohne Regeln und Mitgliedsausweise: Sie werden immer von den gleichen Leuten aufgesucht, die kleine Gemeinden bilden, eine Gesellschaft. Aber sobald die Pubs geschlossen hatten, gab es nur noch schlecht beleuchtete Straßen und dunkle Häuser. Eine Straße entlang – um eine Ecke biegen in eine andere, dann noch eine, nach deren Namen ich nie schaute, denn mir war völlig einerlei, wo ich mich befand, obwohl es, wenn ich mich von einem kleinen Straßenareal oder auch nur einer Straße in eine andere bewegte, so war, als bewegte ich mich von einem Territorium in ein anderes, von denen jedes eine eigene kraftvolle Atmosphäre und seine besondere Ausstrahlung hatte, verliehen von mir und meinem Verlangen, diesen neuen Ort zu verstehen. Nicht, seinen Namen zu kennen, um ihn wiederfinden zu können, denn ich bin sicher, dass ich oft durch dieselben Straßen und an denselben Häusern vorbeiging, ohne es zu wissen, weil meine Aufnahmefähigkeit und das Verständnis, das ich mitbrachte, von Nacht zu Nacht verschieden waren. Außerdem kann sogar am Tag ein Wechsel des Lichts oder auch nur eine veränderte Perspektive einen völlig neuartigen Anblick stiften. Man benutzt eine bestimmte Station der Untergrundbahn, man geht die Treppe hinunter auf einen Bahnsteig, den man ebenso gut kennt wie die Straße vor dem eigenen Haus, aber wenn man von seinem Ausflug zurückkommt, auf dem Heimweg, dann steigt man die Treppe von einem Bahnsteig hinauf, der völlig anders ist als der nur zehn Schritte entfernte, von dem man abgefahren ist.

Es kam öfter vor, dass ich zwei oder drei Stunden herumwanderte, ohne Angst, dass ich mich verlaufen könnte, denn irgendwann musste ich an einer U-Bahn-Station vorbeikommen, die ich kannte, oder an einer Polizeiwache. Ich ging hinein. »Da sind Sie aber ziemlich weit von zu Hause fort, nicht wahr?«, meinte dann der Polizist in vorwurfsvollem Ton.

»Ja, ich habe mich verlaufen«, sagte ich munter, ihm meine Untüchtigkeit als Entgelt für seine Hilfe anbietend.

»Sie können von der Ecke dort drüben aus mit dem Nachtbus fahren.«

»Nein, ich möchte zu Fuß gehen.«

»Na schön«, und dann kam er mit vor die Tür. »Sie müssen dort entlanggehen, und dann nach links abbiegen, und dann …«

Es scheint unendlich lange her zu sein, dass wir zu jeder Nachtstunde in London oder in irgendeiner anderen Großstadt herumwandern konnten, ohne irgendwelche Angst zu verspüren. Ich jedenfalls hielt meine Sicherheit für selbstverständlich.

Wenn jemand gesagt hätte, ich könnte vergewaltigt werden, woran junge Frauen heute ständig denken, hätte ich entrüstet gesagt: »So ein Unsinn.« Aber die Frauen haben sich geändert. Manchmal – nicht nur nachts, sondern auch am Tag – ist es vorgekommen, dass irgendein kläglicher Mann verstohlen seinen Mantel oder Trenchcoat aufschlug, um es mir zu zeigen – aber ich ging einfach weiter und dachte, armer Kerl. Wenn ein Wagen langsamer wurde, um zu sehen, ob ich zum Verkauf stand, schüttelte ich den Kopf und ging weiter, etwas schneller. Ich habe nie das Gefühl gehabt, beleidigt worden zu sein. Ist es eine gute Sache, dass die Frauen so zimperlich geworden sind, sich so leicht schockieren lassen und sich obendrein nicht zu helfen wissen? Wie die Damen der Viktorianischen Zeit (das wird jedenfalls behauptet, obwohl ich es nie geglaubt habe) fangen Frauen von heute an zu schreien oder fallen in Ohnmacht, wenn sie einen Penis sehen, der ihnen unbekannt ist, fühlen sich von einer anzüglichen Bemerkung erniedrigt oder rufen einen Anwalt, wenn ein Mann ihnen ein Kompliment macht. Und all dies geschieht im Namen der Gleichberechtigung der Geschlechter. Ich habe mich nie in Gefahr befunden, in keiner dieser

Nächte, in denen ich herumgewandert bin, und das manchmal in überaus unappetitlichen, finsteren Straßen, in denen ich mich höchstens deshalb bedroht fühlte, weil ich verstehen konnte, was ich sah. Es ist sehr lange her, dass ich diese Art von kaltem Ausgeschlossensein gespürt habe, in London oder sonst irgendwo auf der Welt – dasselbe Gefühl, das kleine Kinder haben, wenn sie in einen Raum voller sehr großer, massiger, falsch lächelnder Erwachsener geführt werden, die auf Stühlen und Sofas sitzen, die mit einem Mal zu etwas Fremdem geworden sind; aber wenn das Zimmer frei ist von Unbekannten, dann sind sie Freunde und Vertraute, zwischen denen man spielen und sich verstecken kann.

Wenn ich zurückkehrte, vielleicht um zwei oder drei Uhr nachts, kamen mir die Zimmer meiner Wohnung, vor allem das Wohnzimmer, das in Wirklichkeit ziemlich groß war, und die Küche – gleichfalls ein großer Raum – klein und überhell, banal vor. Wo war ich gewesen? Ich wusste es nicht, und es spielte auch keine Rolle. Mein Denken war erfüllt von dunklen Straßen und Gebäuden, jedes ein umschlossenes Geheimnis. Und wenn plötzlich in einem Haus, in dem vorher die Fenster das trübe Licht einer Straßenlaterne reflektiert hatten, eine Lampe eingeschaltet wurde, dann war es, als hätte das Haus den Blick erhoben und mich angeschaut: *Wer bist du?*

Das waren die Nächte, in denen das, was in Londons Straßen in Wirklichkeit geschah, im Verborgenen lag. London am Tag war nicht die Stadt, in die ich gekommen war, so grau, so ramponiert, so farblos. Schon jetzt war der Krieg Geschichte geworden, Gebäude wurden frisch gestrichen, und die neuen Cafés brachten Leben in die Straßen. Als ich ankam, hatte jeder Mensch, dem ich begegnete, von dieser oder jener Front geredet, dem Krieg in Nordafrika ... Ägypten ... Birma ... Indien ... Frankreich ... Italien ... Deutschland ... und den Bombenangriffen auf London. Die jungen Leute redeten nicht über den Krieg, der zehn Jahre zuvor zu Ende gegangen war. Und sie trugen bunte, freche Kleidung, Lichtjahre von den schäbigen Kriegsprodukten entfernt. Jetzt wurden überall indische Restaurants eröffnet, die uns vor der Wahl retteten, entweder in einem teuren Restaurant zu essen, das sich die meisten von uns nicht leisten konnten, oder zu Hause. Der Kalte Krieg bombardierte uns noch immer mit Schwulst und Rhetorik, aber innerhalb der Linken – und ich würde sagen, linksgerichtete Einstellungen durchdrangen auch das Denken von Menschen, die sich nicht einmal selbst als Linke bezeichneten – waren alle möglichen Arten von neuen Ideen im Aufkommen. Es war das Stadium im gesellschaftlichen Prozess erreicht, in dem Ideen, Meinungen, neue Ansichten – den vorherrschenden Denkweisen gegenüber kritisch eingestellt – sich – bildlich gesprochen – hinter einem Damm aufstauen und in Kürze durchbrechen werden, um zu einer neuen allgemeingültigen Übereinkunft zu werden.

Schon damals fiel es mir schwer, mich daran zu erinnern, wie verschreckt ich in meiner ersten Zeit in London gewesen war, mich zu erinnern, wie ich jedes Mal, wenn ich das schützende kleine Schneckenhaus verließ, in dem ich lebte, und mich hinauswagte, meinen inneren Verteidigungsapparat hochfahren musste: Nein, ich werde nicht zulassen, dass mich das deprimiert.

Und nun meine erste Katze, in meiner Wohnung, in meinem Zuhause. Meine Verantwortung. Die Katzen auf der Farm, vor langer Zeit, hatte ich inbrünstig geliebt, aber ich wusste nicht viel über sie. Meine Mutter kümmerte sich um sie. Ein guter Platz für eine Katze, sagte jemand, dem sehr viel daran lag, ein Zuhause für ein junges Tier zu finden. Du hast zwei Stockwerke und vor deiner Haustür eine Holztreppe in einen Garten und außerdem ein großes Flachdach – natürlich musst du ein Kätzchen haben. Und so kommt man zu einem Haustier. Was ist schon eine Katze? Ein Geschöpf ohne Rechte, das lebt, wie es kann und wo es kann, und das, wenn es in deinem Haus ist, oft aus schierer Unwissenheit schlecht behandelt wird. Ich wusste nicht, wie man für eine Katze sorgen muss. Auf der Farm hatte es Drinnenkatzen und Draußenkatzen gegeben, sie tranken Wasser aus den Näpfen der Hunde, bekamen Milch, wenn die Kannen vom Melken hereingebracht wurden, fingen sich ihre Nahrung im Busch und bekamen Reste und gelegentlich einen Leckerbissen. Sie starben leicht: Eine Katze war keinen Tierarzt wert, der so viele Meilen entfernt lebte und sich ohnehin nur um bedeutende Tiere kümmerte, Arbeitstiere wie Hunde und Rinder und die Pferde für die Reiterfeste. Die Hauskatzen verwilderten leicht mit den wirklich wilden Katzen; sie wurden von Schlangen gebissen oder erblindeten, weil eine Kobra ihnen in die Augen gespuckt hatte, und mussten dann getötet werden. Es gab unzählige Würfe, und der größte Teil der Jungen wurde gleich nach der Geburt ertränkt.

Mit diesen Lehrjahren schaffte ich mir eine Katze an, eine schwarz-weiße, eine Feld-Wald-und-Wiesen-Katze, mollig, gutmütig, ziemlich dumm und anhänglich – sie hätte gern jede Sekunde des Tages und der Nacht in meiner Gegenwart verbracht.

Sie mochte kein Dosenfutter und brachte mir allmählich bei, dass sie Kalbsleber haben wollte – zu jener Zeit, vor der kulinarischen Revolution, waren Leber, Nieren und andere Innereien so billig, dass schon der Preis allein genügte, einen zu überzeugen, dass sie das Essen nicht lohnten. Sie liebte Steak. Sie liebte Fisch. Sie wurde zu gut gefüttert, denn damals wusste ich noch nicht, dass eine Ernährung mit Leber, Steak und Fisch für eine Katze nicht gut war. Ich hoffe, ich habe für sie und ihre Jungen wenigstens eine Schüssel mit Wasser hingestellt. Die meisten Katzen mögen viel Wasser, auf Milch sind sie weniger versessen. Nein, sie wurde nicht krank, sie gedieh, lebte aber nicht lange, weil sie von dem Flachdach abstürzte und sich das Becken brach – womit sie zumindest in dieser Hinsicht dem entsprach, was ich von der Farm her wusste, wo Katzen ihre neun Leben so schnell aufbrauchten.

Sie wurde gut behandelt, sie wurde gefüttert, sie wurde zum Tierarzt gebracht, sie wurde geliebt und gestreichelt, sie schlief auf meinem Bett. Aber erst später lernte ich, Katzen zu würdigen, als Individuen, von denen jedes anders ist, genau wie Menschen. Später gab es Katzen, die mich durch ihre Charakterstärke beeindruckten, ihre Intelligenz, ihre Tapferkeit, ihre Leidensfähigkeit, ihre Empfindsamkeit für das, was man dachte, ihre Fürsorge für ihre Jungen – was meiner Erfahrung nach auch für Kater zutrifft. Aber diese Katze, meine erste als Erwachsene, war ganz einfach nur eine liebe Katze.

Ich musste lernen, wie man eine Katze beobachtet und auf sie reagiert, auf ihre Emotionen, ihre Vorlieben, ihre Zuneigungen, ihre Eifersucht. Denn Katzen sind, wie Menschen, eifersüchtige Geschöpfe, sie wollen in der Zuneigung eines Menschen den ersten Platz einnehmen. Von einer Katze bekommt man zurück, was man in sie investiert – sogar hundertfach – an Aufmerksamkeit, Beobachtung, vor allem Beobachtung, sodass man weiß, was die Katze denkt und fühlt. All das entgeht den Leuten, die glauben, alle Katzen wären gleich, sie wären »unabhängig«, Menschen wären ihnen gleichgültig, und sie interessierten sich nur für einen, weil man sie fütterte.

Wie oft sieht man diese traurige Sache: eine intelligente Katze in einem Haus mit ignoranten Besitzern, die versucht, diese gefühllosen Klötze davon zu überzeugen, dass hier eine liebende Kreatur ist, die ihnen gern ein wirklicher Freund wäre – aber sie wird ständig abgewiesen, grob von einem Schoß heruntergeworfen oder sogar geschlagen, und dann verschwindet sie, verdrossen oder geduldig, eine Gefangene der menschlichen Dummheit.

Jetzt weiß ich, dass mir bei dieser ersten Katze eine ganze Skala von Reaktionen und Stimmungen entgangen ist, weil ich entschieden hatte, dass sie lieb war, aber nicht sonderlich intelligent. Wenn man es von dem Standpunkt der Katze aus betrachtet: Diese Abhängige, die ihrer Natur nach ständig mit einem Menschen zusammen sein sollte, Tag und Nacht, fand sich in einer Wohnung mit einer Herrin, die sich nicht um sie kümmerte, wenn sie arbeitete, die ständig ruhelos umherwanderte oder sich für kurze Nickerchen hinlegte, nach denen sie aufsprang und einen aufstörte. Ich verschwand oft, einmal für sechs Wochen, und wie lang muss das einer Katze vorgekommen sein, vermutlich so lange wie unsereinem Jahre. Ja, manchmal verschwand ich für Jahre und ließ sie bei Leuten, die sie vielleicht liebten oder auch nicht. Oder: Wenn dieses Frauchen nach Hause kam und die Katze sich abermals auf einen warmen Platz am Fußende ihres Bettes freute, dann kam es oft nicht dazu, denn es war keineswegs sicher, dass in dem Bett nur eine Person lag, und oft musste sie sich auf einen Stuhl zurückziehen, sich klein machen, durfte nicht lästig sein. Da war ein halbwüchsiger Junge, und er war nett zu ihr, aber er hatte keine Zeit für sie und kam und ging ständig. Die Gefühlsströme an dem Ort, an dem sie gelandet war – sie hatte ihn sich nicht ausgesucht –, waren verwirrend, oft sogar beängstigend: Katzen entgeht keine Gefühlsregung. Dies war kein ruhiger, friedlicher Ort, alle Leute hier waren rastlos oder unruhig, sie kamen und gingen, und das war der Grund dafür, dass diese Katze immer mit ihrer Herrin zusammen sein wollte, die eines Tages vielleicht ganz verschwand – wenn sie für Jahre verschwinden konnte, weshalb dann nicht auch für immer?

Diese Katze hatte, wie jedermann, der in diese Wohnung kam, nicht viel Vertrauen in das Dach über ihrem Kopf.

Und nun, lediglich um des Vergnügens willen, darüber zu schreiben, eine Ehe, die im Himmel geschlossen wurde. Eine junge kommunistische Idealistin, eine russische Frau, lernte in Moskau Bill Rust kennen, den Herausgeber des *Daily Worker*, der britischen Kommunistenzeitung. Er befand sich auf einer offiziellen Reise. Bill Rust war ein bekannter und allseits beliebter Mann, auch außerhalb der kommunistischen Welt respektiert, denn innerhalb der Grenzen der kommunistischen Zwänge war er ein aufrechter und unabhängiger Zeitungsmacher. Wegen seiner Position erhielt sie sofort die Genehmigung, die Sowjetunion zu verlassen und ihn zu heiraten. Viele hoffnungsvolle Bräute schmachteten jahrelang, ohne diese Genehmigung zu bekommen. Bill Rust starb, und Tamara war Witwe. Ihrem Temperament, ihrer Überzeugung und ihrer Ausbildung nach war sie eine kommunistische Aktivistin. Sie war außerdem immer noch sehr Russin, für die insularen britischen Arbeiter eine Exotin. Die Partei erteilte ihr den Auftrag, die Bauern in Großbritannien zu agitieren. (Diese Formulierung war das, was die Partei sich unter einem Witz vorstellte.) Auf einer Reise in den Westen des Landes lernte Tamara Wogan Phillips kennen, den ältesten Sohn eines Lords, einen Gentleman-Farmer in der Nähe von Cheltenham. Sein Vater, wütend darüber, dass er Kommunist war, enterbte ihn und ließ ihn ohne den sprichwörtlichen Penny zurück, konnte ihm aber nicht den Titel vorenthalten, den er zu gegebener Zeit erbte. Wogan wollte Tamara heiraten. Verständlich. Sie wollte ihn heiraten, aber die untrennbar mit dieser Ungeheuerlichkeit – der Ehe – verbundenen Zweifel veranlassten sie, vor der Heirat etliche Tage in einem überaus heftigen Konflikt mit sich selbst zu verbringen, die meisten davon mit mir. »Wie kann ich«, fragte sie, »Bill Rusts Witwe, einen englischen Lord heiraten?«

»Ohne Weiteres«, sagte ich. (Zu jener Zeit machte in der Partei ein Witz die Runde, dass es die Kommunistische Partei vermutlich nicht schaffen würde, dass einer der Ihren ins Unterhaus gewählt wurde, aber dass sie keine Mühe hatte, Lords für die gerechte Sache zu gewinnen. Im Oberhaus saßen drei Kommunisten, und wenig später würde Wogan zu ihnen stoßen. Ein weiterer kommunistischer Aristokrat, Ivor Montague, war ins kommunistische China verliebt. Er machte das Riesenreich mit Tischtennis bekannt, wo dieser Sport bis heute floriert.)

Tamara wollte Wogan heiraten. Verständlich. Er war vermutlich der am besten aussehende Mann, der mir je begegnet ist. Er hatte sämtliche Tugenden eines Aristokraten und keines seiner Laster. Er war ein wahrhaft liebenswerter Mann, und ich kenne niemanden, der nicht dieser Ansicht war. Aber sie stammte aus einer Familie von guten russischen Kommunisten und … »Natürlich solltest du ihn heiraten«, drängte ich als Romantikerin, für die es unerträglich war, dass bloße Politik einer wahren Liebe im Weg stehen sollte.

Die Hochzeit fand in einem Haus irgendwo im Norden von London statt. Kein sehr großer Raum und nicht viele Leute darin. Wogan war unerschütterlich nett und freundlich, Tamara war vor Freude, Liebe und Zweifel halb außer sich, und dann war da Harry Pollitt, der Generalsekretär der Kommunistischen Partei Großbritanniens. Wenn er auch bei Tamara nicht gerade den Brautführer spielte, so repräsentierte er doch die Billigung des Proletariats beider Länder. Er war in Begleitung seines engsten Mitarbeiters gekommen. Diese beiden kleinen, untersetzten Männer in ihren steifen Sonntagsanzügen waren unter diesen überaus merkwürdigen Umständen kraft ihres Charakters sehr präsent. Wer war sonst noch anwesend? Ich kann mich nur an zwei hochgewachsene, blonde junge Geschöpfe erinnern, die an einem Kaminsims lehnten, wohlwollend zuschauten und uns alle mit ihrem Charme überschütteten. Das waren Sally, Rosamond Lehmans Tochter von Wogan – zwei schöne Menschen hatten ein Mädchen gezeugt, an das sich jeder, der ihr je begegnet ist, als ein einzigartiges und liebenswertes Geschöpf erinnert –, und Patrick Kavanagh, der Poet und Schriftsteller. Die beiden waren entweder bereits verheiratet oder kurz davor. Sie sollte wenig später und ganz plötzlich sterben. Sally und Patrick hätten, wie Wogan und Tamara, viele glückliche Jahrzehnte miteinander verbringen sollen.

Ich habe Wogan und Tamara zwei- oder dreimal mit Peter auf ihrer Farm besucht. Sein Vater mag ihn ohne einen Penny zurückgelassen haben, aber glücklicherweise müssen da ein oder zwei halbe Pennys von anderer Seite gekommen sein. Ihr Leben war ein Traum von Engländertum, ganz Freundlichkeit und Liebenswürdigkeit auf dem Besitz eines Gentleman-Farmers, und Peter fuhr gern dorthin, ich gleichfalls.

Tamara und Wogan fuhren oft nach Cheltenham, in eine Stadt, die seit dem Bürgerkrieg keinen aufrührerischen Gedanken gehabt haben kann, und verkauften auf den Straßen den *Daily Worker* an verwunderte Einwohner. Ich erinnerte mich an ebenso absurde Versuche meinerseits, in Salisbury (Südrhodesien) den kommunistischen *Guardian* in Vorstädten zu verkaufen, in denen ausschließlich weiße Kaffernhasser wohnten. Nachdem sie ihrer revolutionären Pflicht nachgekommen waren, gingen Wogan und Tamara in ihren Lieblings-Pub, in dem

Farmarbeiter, darunter auch Angestellte von ihm, den *Daily Worker* kauften, weil sie Wogan mochten.

Wogan hatte einen Besitz in Norditalien geerbt, und sie beschlossen, ihn aufzuteilen und den Bauern zu schenken, die ihn bearbeiteten. Bald kamen sie und flehten ihn an, ihn wieder zurückzunehmen oder wenigstens für sie zu verwalten, weil sie von den Grundbesitzern der Umgebung betrogen wurden. Tamara und Wogan konnten daran nichts Komisches finden, ebenso wenig wie am Verkaufen des *Daily Worker* durch sie in Cheltenham, und wenn sie es doch taten, dann gaben sie es jedenfalls nicht zu.

Eine andere Hochzeit war die zwischen Arnold und Dusty Wesker. Arnolds gesamte Familie war dabei, von wohlhabenden Geschäftsleuten bis hin zu Menschen, die noch nicht weit vom East End entfernt waren. Dustys Angehörige waren Farmarbeiter und Kleinbauern aus Norfolk; Arnold porträtierte sie in seinem Theaterstück *Tag für Tag.* Da waren auch Schauspieler, Regisseure und ein paar Dutzend von uns Autoren vom Royal Court Theatre. Blonde, massige, langsame, rotgesichtige Farmersleute, behände, dunkle, dunkeläugige Juden und wir, der Haufen vom Royal Court – diese unwahrscheinliche Mischung saß in drei voneinander geschiedenen Teilen eines großen Raumes und beäugte sich gegenseitig, bis wir am Ende doch alle ein Herz und eine Seele wurden, vereint durch das Tanzen des Hora, immer rundherum und weiter und weiter.

Nicht alle meine Bekannten hatten sich dem sozialen Fortschritt verschrieben. Eine Besucherin aus Kanada wohnte ein paar Wochen bei mir. Sie schenkte mir einen gelben Seidenschirm, einen zierlichen kleinen Schirm mit einem Elfenbeingriff. Er kam aus einem völlig anderen Leben. Er lehnte an einer Wand in meiner Küche, und ich betrachtete ihn und dachte: Wenn ich den benutzen will, muss ich mir andere Kleidung kaufen, in einer anderen Art von Wohnung leben und ganz bestimmt in einem anderen Teil von London. Der Schirm erinnerte mich an eine wundervolle Kurzgeschichte in *New Writing.* Sie handelte von der Nachkriegszeit in London, wo hochgesinnte Flüchtlinge von überall her ihr unsicheres Leben in kalten, schäbigen Zimmern verbrachten und kaum wussten, wo sie ihre nächste Mahlzeit herbekommen sollten. Ein Dichter – ein Ungar, glaube ich – sagte zu einem Freund: »Wenn du diesen Mantel wegwerfen willst, dann gib ihn mir. Ich friere.« Der Mantel war elegant, aber abgeschabt. Er trug ihn Tag und Nacht. Seine Genossen sagten: »Wir lassen uns nicht mit dir sehen, wenn du diesen Mantel anhast, wir müssen an unseren Ruf als ernsthafte Menschen denken.« Der Dichter trug den Mantel bei einer Verlagsparty, und dort fiel er der Tochter des Verlegers auf. Er sagte zu seiner damaligen Freundin: »Weshalb kaufst du dir kein neues Kleid?« Sie sagte: »Früher hast du mich um meiner selbst willen geliebt. Jetzt bist du nur ein weiterer widerlicher Bourgeois geworden.« Er musste einen neuen Job annehmen, den er verachtete, um sich eine neue Garderobe und neue Freunde leisten zu können, und dann zog er mit der Tochter des Verlegers in eine neue Wohnung. Seine Genossen redeten von ihm wie von einer verlorenen Seele, aber er war lediglich seiner Zeit voraus.

Und nun wieder die tückische Frage nach der Zeit: Ich war seit fast acht Jahren in London. Was sind schon acht Jahre, würde ich heute sagen, das ist überhaupt nichts, ein bloßer Atemzug; aber ich lebte immer noch in der Zeit einer jungen Erwachsenen, und es schien mir, als wäre ich bereits seit einer Ewigkeit in London, bis zum Bersten angefüllt mit neuen Leuten, Ereignissen, Vorfällen, Ideen. Freunde in Südrhodesien – Mrs. Maasdorp, die Zelters, die Genossen ganz allgemein, aber keineswegs mein Bruder, mit dem ich höfliche Briefe tauschte – drängten mich, dorthin zurückzukehren und Artikel zu schreiben, die »die Wahrheit« berichteten. Ich musste dorthin zurückkehren, weil meine rhodesischen Jahre mir so fern vorkamen, so von mir abgeschnitten, und ich träumte jede Nacht lange, traurige Träume von Grenzen und Exil und verlorenen Landschaften. Es gab zwei Gründe, die eine Rückkehr schwierig machten. Ich hatte kein Geld, und da war Peter, den ich kaum die ganze Zeit über bei den Eichners lassen konnte. Ich brauchte sechs Wochen. Ich fing mit dem Geld an. *Picture Post*, eine wundervolle Zeitung, eine der ersten, die Bildberichte brachten, immer im Kampf gegen den Besitzer, der feige war, wurde von Tom Hopkinson herausgegeben, der mutig war. Am Ende siegte jedoch die Feigheit über den Mut. Ich versuchte es zuerst mit der *Picture Post*. Ich suchte Tom Hopkinson auf und fragte ihn, ob die Zeitung meine Reisekosten nach Südrhodesien zahlen würde. So wie ich die Dinge sah, gab es kaum jemanden, der dazu besser geeignet war als ich. Ich hatte mir Unsinn über das südliche Afrika anhören müssen, seit ich nach London gekommen war, wenn auch allmählich über Südafrika die Wahrheit bekannt wurde – zum Teil natürlich durch Leute wie mich. Jetzt gab es etwas, das sich Zentralafrikanische Föderation nannte und Nordrhodesien und Njassaland – die beide immer Protektorate des Colonial Office gewesen waren und in denen die Interessen der Eingeborenen an erster Stelle standen – und Südrhodesien miteinander verband, dessen Vorbild jederzeit die schändlichen Gesetze Südafrikas gewesen waren. Jedermann in Großbritannien und sämtliche Zeitungen einschließlich des guten alten *Guardian* liebten diese Föderation: Hochtrabende Formulierungen haben etwas an sich, das die Briten unwiderstehlich finden. Nur zwei Zeitungen, die *Tribune* und der *Daily Worker* – die extreme Linke –, wiesen darauf hin, dass Öl und Wasser sich nicht vermischen könnten und »Unruhen« unausweichlich seien. »Unruhen« brachen schon jetzt überall in Njassaland und Nordrhodesien aus – wie ich und einige andere Leute vorhergesagt hatten. Ich erklärte Tom Hopkinson, dass ich in all diesen drei Regionen von einem Menschen zum anderen reisen könne, zu Freunden oder Kontaktpersonen, dass es seine Zeitung nur das Flugticket kosten werde und dass ich in einer wesentlich besseren Position sei als reguläre Journalisten, um wirklich Neues zu berichten. Er war vorsichtig, sagte, er glaube, das ließe sich machen, aber er werde mir Bescheid geben. Er schrieb und sagte, nein, es tue ihm leid. Ganz offensichtlich hatte er sich bei den Geheimdiensten erkundigt, deren Angehörige natürlich Freunde von ihm waren, denn das gilt für das gesamte männliche Establishment, und sicher hatte er dort zu hören bekommen, dass ich nicht nur Kommunistin war, was er natürlich wusste, sondern obendrein gefährlich. (Das war der Kalte Krieg.) Damals wusste ich noch nicht, dass ich in Südafrika und auch in Südrhodesien als »unerwünschte Person« galt. Inzwischen hatten sich Mervyn* und Jeanne Jones erboten (aus eigenem Antrieb, ich hatte sie nicht darum gebeten), Peter für sechs Wochen zu sich und ihren eigenen Kindern zu nehmen. Alles, was ich jetzt noch brauchte, war das Geld für den Flug.

Und nun dachte ich nach, gründlich und nüchtern. Ich ging zur sowjetischen Botschaft und bat darum, den Kulturattaché sprechen zu dürfen – einen anderen –, und fragte, ob sie nicht eine sowjetische Zeitung veranlassen könnten, meinen Flug zu bezahlen und mich als Korrespondentin zu behandeln? Natürlich wusste ich, dass das eine Ungeheuerlichkeit war, und ich riskierte, dass man mich zumindest beschuldigte, ich hätte von Moskau Geld genommen. Meine Unverschämtheit bestand darin, dass ich einfach auftauchte und sie aufforderte, sich wie eine westliche Zeitung zu verhalten, als wäre das völlig normal. Ja, ich fand es sogar lustig und genoss es. Aber ich war auch sehr wütend. Ich hatte das *Gefühl*, meiner eigenen Seite die Chance gegeben zu haben, mir zu helfen; sie hätten es tun müssen, und es war ihre Schuld. Und ich wusste, dass ich für mein Geld etwas liefern würde. Was die Russen anging, so befand ich mich in einer zwiespältigen Lage. Gewiss, ich war Parteimitglied, und sie konnten kaum wissen, dass ich aufrührerische Gedanken gegen die Partei hegte und vorhatte, sie zu verlassen. Aber ich war nicht, wie James Aldridge, »eine von ihnen« – so lautete die russische Formel, damals noch viel gebraucht: Soundso ist »einer von uns« – *»nashe«. Nashe* und deshalb gut. Die *Afrikanische Tragödie* war von ihren Rezensenten als »freudianisch« und wegen Hunderter nicht kommunistischer Fehler, an die ich mich jetzt nicht mehr erinnere, verrissen worden. Die Kurzgeschichten waren paternalistisch, und es fehlte ihnen das Gefühl für das

* Mervyn Jones ist Romancier und Journalist.

Proletariat. Schon die bloße Tatsache, dass ich in die Botschaft gegangen war, ohne vorher bei der Partei nachgefragt zu haben, war ein Beweis für einen schwerwiegenden Mangel an revolutionärem Bewusstsein.

Ich vertraute auf mein Glück und fuhr fort, meine Reisevorbereitungen zu treffen. Ungefähr eine Woche vor meiner Abreise, als ich bereits in Panik zu geraten begann, nicht zuletzt deshalb, weil alle Genossen mir sagten, so etwas sei noch nie passiert und werde auch nicht passieren, bekam ich einen Scheck von der Narodny Bank über (ich glaube, denn ich weiß es nicht mehr genau) tausend Pfund. Vielleicht sind es auch nur fünfhundert gewesen, auf jeden Fall war es eine Menge Geld. Ich konnte meinen Flug bezahlen und hatte noch einiges übrig. Bei einer telefonischen Nachfrage in der Botschaft sagte man mir, das Geld sei für Tantiemen. (Die Sowjetunion brachte immer noch Raubdrucke meiner Bücher heraus und zahlte nie Tantiemen – man musste dorthin reisen und das Geld an Ort und Stelle ausgeben. Nicht wenige Autoren taten das, machten Urlaub am Schwarzen Meer, lebten wie die Radschas – oder die Kommissare. Das habe ich nie getan. Meine Einstellung war, dass die Verleger den Autoren zahlen sollten, was ihnen zustand, und nicht ihre Zuflucht zu emotionaler Erpressung nehmen sollten: »Du kennst unsere großen Probleme, wir sind sicher, du wirst uns liebend gern helfen, indem du herkommst, dein Geld in Moskau in Empfang nimmst und es bei uns ausgibst.«) Eine schriftliche Bestätigung, dass dieses Geld für Tantiemen war, habe ich nie bekommen. Als ich fragte, für welche Zeitung ich schreiben würde, sagten sie, ich solle die Artikel an die Botschaft schicken, sie würden dann eine Zeitung finden.

Und nun meine wirklich unverzeihliche Naivität. Ich bin überhaupt nicht auf die Idee gekommen, dass meine Artikel »kreativ« bearbeitet werden würden, um die Situation in Zentralafrika noch schlimmer zu machen, als sie ohnehin schon war.

Diese kleine Geschichte illustriert, weshalb die Leute, die es mit sowjetischen Funktionären zu tun hatten, samt und sonders Nervenzusammenbrüche erlitten oder ihre Arbeit aufgeben mussten. Zum einen bekam ich, obwohl die Botschaft es wusste, dass meine Reise davon abhing, das Geld erst in der letzten Minute – Leute, die Reisen in die Sowjetunion organisierten, erhielten die Visa erst am Abend vor oder sogar am Morgen der Abreise selbst, was ein Maximum an Nervosität bei allen Beteiligten garantierte. Zum anderen wurde mir nie offiziell mitgeteilt, für welches meiner Bücher diese Tantiemen gezahlt wurden. Schriftsteller wurden nie darüber informiert, wenn man ihre Bücher in der Sowjetunion publizierte. Es kam vor, dass jemand von einer Reise zurückkehrte und sagte: »Ich habe dein Buch in den Läden gesehen« – wovon einem nichts bekannt war. Noch heute weiß ich nicht, welche meiner Romane und welche Geschichten dort veröffentlicht worden sind. Auch als ich nach der Reise meine Artikel einschickte (dieselben, die in der *Tribune* und in linksgerichteten Zeitungen auf dem europäischen Kontinent erschienen sind), erfuhr ich nicht, welche sowjetischen Zeitungen sie brachten.

Inzwischen war etwas anderes passiert. Die KPdSU hielt ihren Zwanzigsten Parteitag ab. Kein junger Mensch wird heute etwas mit dem Ereignis des »Zwanzigsten Parteitags von 1956« anzufangen wissen, aber jeder, nicht nur bei den Linken, der sich zu jener Zeit für Politik interessierte, wird sich erinnern, dass dies der Anlass war, den Chruschtschow nutzte, um öffentlich mit Stalins Verbrechen abzurechnen. Die Wirkung, die diese »Enthüllungen« auf die Getreuen hatte, war so, als wären die kommunistischen Parteien der Welt von einer Bombe zerrissen worden. Überall auf der Welt gab es Leute (und von denen sind noch einige übrig), die wussten, dass alles, was über die Sowjetunion gesagt worden war, eine Lüge war, eine Erfindung der kapitalistischen Presse, und dass die Sowjetunion (natürlich waren »Fehler« gemacht worden) unter der Führung der großen und guten Nachfolger des großen Stalin die Zukunft der Welt darstellte. Genossen weigerten sich entrüstet, den »Enthüllungen« Glauben zu schenken, sagten, Chruschtschow sei ein Verräter, sei von der CIA gekauft worden oder übertreibe, oder sie sagten, wenn das, was Chruschtschow sage, stimme, dann sei jemand anders oder eine Clique von Verschwörern für die Verbrechen verantwortlich, Stalin habe nie etwas von ihnen gewusst.

Dies alles in den neunziger Jahren zu schreiben ist nicht einfach. Verschwunden ist – ich hoffe, für immer, aber man sollte sich dessen nicht zu sicher sein – das Klima, das all diese Ereignisse ermöglichte. Ich schreibe über soziale Massenpsychopathologie. Ich war ein Teil von ihr. Aber die Dinge lagen nicht so eindeutig, wie sich das anhört: Die Umrisse waren verschwommen. Wie Arthur Koestler einmal sagte, hatte jeder Kommunist einen privaten Bestand persönlicher Überzeugungen. Ich gehörte zu den wenigen Leuten, die aus entgegengesetzten Gründen vom Zwanzigsten Parteitag enttäuscht waren. Diese wenigen Leute wussten, dass Stalins Verbrechen tausendmal schlimmer gewesen waren, als Chruschtschow zugab. Weshalb sagte er nicht die volle Wahrheit? Wir – diese wenigen Leute, die untereinander über diese Dinge diskutierten – glaubten, dass es, obwohl alles, was die »kapitalistische Presse«, die Emigranten aus der Sowjetunion und die inzwischen zahlreichen Flüchtlinge aus den kommunistischen Ländern Osteuropas sagten, der Wahrheit entsprach, in der Sowjetunion doch noch ein paar reine Seelen – wenn auch verborgen – geben müsse, die »zur rechten Zeit« zum Vorschein kommen und sagen würden: »Ja, alles, was man über uns gesagt hat, ist wahr, aber jetzt werden wir die Sowjetunion auf den rechten Pfad zurückbringen.« Wenn ich hier das Wort »glaubten« benutze, dann war es im Grunde nur ein Halbglaube, denn mit jedem neuen Buch über die Sowjetunion oder nach jedem Gespräch mit jemandem, der dort gelebt hatte, war dieser Glaube allmählich immer schwächer geworden. Der Verlust des Glaubens an den Kommunismus hat seine exakte Parallele in Menschen, die jemanden lieben und nicht zulassen können, dass ihr Traum von der Liebe entschwindet. Heute weiß ich, dass alles, woran ich mich geklammert habe, Unsinn war. Ich kann nicht sagen, dass es mich über Gebühr erschüttert hat, denn was mich und meine geistige Existenz betrifft, hatte ich, wie man zu sagen pflegt, nicht alles auf ein Pferd gesetzt. Aber ich kannte

Leute, die alles investiert hatten, Herz und Verstand, die manchmal schwere Opfer gebracht und nur für die goldene kommunistische Zukunft gelebt hatten, und die brachen rings um mich her zusammen oder gelangten unter heftigsten Auseinandersetzungen mit sich selbst zu entgegengesetzten Positionen. Diese Konversionen waren dramatisch; schon bald kursierte bei den Linken der Witz, dass die bloße Tatsache, dass einer eine kommunistische Vergangenheit habe, die bestmögliche Schulung garantiere, ein sehr erfolgreicher Geschäftsmann zu werden.

Dass man den Glauben an die Sowjetunion und den Kommunismus verloren hatte, bedeutete nicht, dass man auch den Gedanken an die Revolution aufgab. Im Hintergrund stand immer die Idee, dass die Revolution notwendig war, um uns alle zu retten. Obwohl aus heutiger Sicht schwierig zu beurteilen, bin ich der Auffassung, dass die Revolution für annähernd weitere zwanzig Jahre ein grundlegendes Dogma blieb. Vielleicht sogar noch länger. Sie war dem Denken inhärent; man brauchte sie weder zu rechtfertigen noch anzusprechen. Revolution war gut. Der Opportunismus des Sozialismus war schlecht und zudem ein verabscheuenswürdiges Symptom von Feigheit, wie etwa der Glaube an Gott.

Das war – ist? – ein Teil unserer Denk- und Verstehensweisen. Nehmen wir Südafrika. Als ich mir über Südafrika in politischer Hinsicht bewusst wurde, war ich ungefähr zwanzig, und wir rechneten alle damit, dass es ein Blutbad geben würde, eine »Nacht der langen Messer«. Auch dies war so sehr Teil dessen, wie man die Dinge sah, dass es keiner eigenen Erklärung bedurfte. Als Mandela und de Klerk 1992 eine Einigung erzielten und das »unvermeidliche Blutbad« nicht mehr auf der Tagesordnung stand, haben sich Jahrzehnte politischer Überzeugung einfach in Luft aufgelöst.

1956 befand ich mich in einer überaus vertrauten Situation: Von wenigen Leuten abgesehen, konnte ich niemandem sagen, was ich dachte. Auf keinen Fall konnte ich Genossen, denen das Herz brach, die der Schock krank gemacht hatte, erklären, dass das, was Chruschtschow auf dem Zwanzigsten Parteitag gesagt hatte, lediglich Feigheit war: Er hätte die ganze Wahrheit sagen sollen.

Bevor ich zu meiner Reise aufbrach, trat die Partei an mich heran und fragte, ob der Künstler Paul Hogarth mich begleiten dürfe. Ich war nicht sonderlich erbaut davon, aber warum nicht.

Über diese Reise habe ich ein kleines Buch mit dem Titel *Heimkehr* geschrieben. Es ist noch erhältlich, falls es jemanden interessieren sollte.

Ich wohnte ein paar Tage im Haus der Zelters*, wo ich entdeckte, dass man in England, stets gewärtig, Kälte und Feuchtigkeit zu widerstehen, immer einen festen, harten, kleinen Knoten irgendwo in der Nähe des Solarplexus verspürte, der sich nie entspannte. Die wundervolle, belebende, trockene Hitze von Salisbury ergriff zuerst von meinen Knochen und dann vom Rest meines Körpers Besitz, sodass ich überhaupt keine Lust hatte, mit der Arbeit anzufangen. Aber ich hatte mich mit Bram Fischer** in Johannesburg verabredet, der mich dort mit Leuten zusammenbringen wollte und Paul Hogarth verraten hatte, wo er Szenen finden konnte, von denen die meisten Besucher keine Ahnung hatten, dass es sie gab. Es war die Zeit, in der Südafrika jeden, der ihm kritisch gegenüberstand, zur »unerwünschten Person« erklärte, und wir scherzten, dass man mich sofort wieder in das Flugzeug verfrachten würde, mit dem wir auf dem Jan-Smuts-Flughafen eingetroffen waren. Und genau das geschah bei meiner Ankunft. Ich hatte Paul gebeten, im Fall, dass ich vom Geheimdienst festgehalten werden würde, einfach so zu tun, als ob er mich nicht kennen würde. Als ich jedoch von den Polizisten abgeführt wurde, winkte er und rief: »Wo bringt man dich hin?« Ich gab vor, ihn nicht zu kennen. Die lange erfahrene Sicherheit hat die Briten unfähig gemacht zu verstehen, wie

* Siehe *Unter der Haut.*

** Bram Fischer war vielleicht der bekannteste und tapferste der südafrikanischen Kommunisten. Er war Anwalt. Er verbrachte viele Jahre im Gefängis.

Menschen ohne Gesetz leben müssen. Damals machte in den Zirkeln der Kommunistischen Partei der Witz die Runde, dass, wenn ein britischer kommunistischer Fotograf, Journalist oder Künstler unter dem Schutz der Kommunistischen Partei in irgendein Land mit einer repressiven Regierung – zum Beispiel Griechenland – reiste, der Fortgang seiner Reise an der Spur erkennbar war, die die Verhaftung seiner Kontaktpersonen zog, also genau jener tapferen Leute, die willens waren, ihm zu helfen. Daran hat sich bis heute nicht viel geändert. Noch immer sieht man im Fernsehen Interviews mit Leuten, die anonym bleiben wollen, weil sie Verhaftung oder Repressalien zu befürchten haben. Und da erscheinen dann diese Leute mit ein paar Quadratzentimetern flimmernder Blende in der Mitte ihrer Gesichter, die die Gewähr bieten, dass sie verhaftet oder sogar ermordet werden, sobald das Programm ausgestrahlt wird. Aber Journalisten und die Programmmacher des Fernsehens haben das *Recht*, zu tun, was ihnen beliebt.

Dass ich aus Südafrika hinausgeworfen wurde, regte mich nicht sonderlich auf, weil mir dieses Land emotional nichts bedeutete. Ich wurde von zwei Beamten zu dem Flugzeug zurückgebracht, mit dem ich gekommen war, und auf dem Rückflug saß ich allein für mich, während Leute mich ansahen und sich Gott weiß was dachten.

Nach Salisbury zurückgekehrt, stellte ich den Journalismus, ohnehin nicht meine Lieblingsbeschäftigung, hintenan und saß lieber auf Veranden und klatschte. Dann kam ein Anruf aus dem Büro des Premierministers mit der Frage: »Möchten Sie nicht Garfield Todd interviewen?« Der Gedanke war mir überhaupt nicht gekommen. Weshalb auch? Ich war auf ganz andere Informationsquellen aus. Trotzdem begab ich mich umgehend zum Büro des Premierministers, und da war er, Garfield Todd, ein hochgewachsener, gut aussehender Mann, der herumstapfte wie Abraham Lincoln; offenkundig irritierten ihn Wände und Decken, er war lieber im Freien. Etwa drei Stunden verbrachte ich mit ihm. Wie gewöhnlich befand ich mich in einer von Grund auf falschen Position. Garfield Todd, eine edle Seele, war in die Zentralafrikanische Föderation verliebt, diese noble Idee, die sämtliche Realitäten ignorierte. Er sagte: »Ich habe dich hereingelassen ...«, oder vielmehr: »Ich habe meine Hand schützend über dich gehalten, mein Kind« – er war ein Missionar –, und zwar deshalb, weil er wollte, dass ich nette Dinge über Südrhodesien und die Föderation schrieb. Die ausländischen Journalisten ließen sie immer schlecht wegkommen. Er habe seine Presseleute angewiesen, mir alle Wege zu ebnen, weil er der Überzeugung sei, wenn ich »mit eigenen Augen« sähe, was vor sich gehe, dann würde ich beeindruckt sein und nette Artikel schreiben. Ich erklärte ihm, dass ich im Land aufgewachsen sei, das schließe aus, dass ich »nette Artikel« darüber schreiben könne. Was kann außerordentlicher sein als das, was man nicht hört, nicht »in sich aufnimmt«? Weil es mir *gefühlsmäßig* unmöglich war, mich von der Landschaft ausschließen zu lassen, in der ich aufgewachsen war, konnte ich nicht hören, was er sagte. Tatsache war, dass ich von Lord Malvern (unserem damaligen Hausarzt Doktor Huggins) zur »unerwünschten Person« erklärt worden war, als ich Südrhodesien acht Jahre zuvor verlassen hatte. »Ich lasse nicht zu, dass du meine Eingeborenen aufwiegelst.« Aber man hatte mir nicht gesagt, dass ich unerwünscht war. Es war ihnen sehr peinlich, als ich Wochen später mit einem Rechtsanwalt im Rhodesia House am Strand erschien. Sie machten Ausflüchte, sie wanden sich, sie logen, mussten aber schließlich zugeben, dass ich unerwünscht war, und sagten: »Zum Teufel, Sie haben uns dazu gezwungen.«

Nachdem Garfield Todd vom Geheimdienst informiert worden war, dass mein Name auf der Passagierliste stand, hatte er interveniert und Anweisung gegeben, mich ins Land zu lassen. Ich erklärte ihm, dass er mich damit in eine unmögliche Lage brachte. Er sagte, er habe Vertrauen in die Unparteilichkeit meines Verstandes. Ich sagte ihm, das habe eindeutig nichts mit Unparteilichkeit des Verstandes zu tun, da wir beide über einen unparteiischen Verstand verfügten und trotzdem verschiedener Ansicht seien. Dann diskutierten wir über die Grundlagen der Föderation. Ich sagte, ihre aufwieglerische Natur sei schon jetzt durch die Tatsache bewiesen, dass sie zur Entstehung der beiden

Afrikanischen Nationalkongresse geführt habe, dem von Nordrhodesien und dem von Njassaland. (Sie hatte auch zur Entstehung des bisher noch unsichtbaren Nationalkongresses in Südrhodesien geführt: Ich hatte mich bereits heimlich mit zwei Männern getroffen, die ständig auf der Flucht vor der Polizei aller drei Länder waren und Broschüren und Informationen über die beiden Länder im Norden nach Südrhodesien schmuggelten.) Garfield sagte, er verabscheue und verachte die Führer der Nationalkongresse, sie seien großmäulige Agitatoren. Natürlich sind sie das, sagte ich. Wenig später sollte er der gute Freund sämtlicher Schwarzenführer werden.

Ich verbrachte den Rest meiner Zeit in Südrhodesien mit einer höflichen Eskorte seiner Presseleute, wurde aber gleichzeitig vom Geheimdienst observiert, der nüchterner eingestellt war. Die Leute vom Geheimdienst tauchten an den unwahrscheinlichsten Orten auf, zum Beispiel mitten im Busch in der Nähe des Sambesi, wo Paul Hogarth einen Coca-Cola-Kiosk zeichnete; am Nebentisch im Karoi Hotel, wo ein Mann versuchte, die Unterhaltung mitzuhören; er hatte den missmutigen Ausdruck, der charakteristisch ist für diese Leute, wenn sie gezwungen sind, sich wider Willen in allernächster Nähe der von ihnen zu observierenden, gefährlichen Objekte aufzuhalten; oder im Wagen neben dem meinen in einem Drive-in-Kino – aber da ist mein Beschatter eingeschlafen.

Der schmerzliche Teil der Reise war das Wiedersehen mit all meinen alten Genossen, den Roten. Ansichten über die Gesellschaft zu haben, in der man lebt, die von den Leuten rings um einen herum nicht geteilt werden, sie gelassen und vernünftig zu vertreten und weder paranoid noch bitter zu werden – das ist schlicht unmöglich. Im alten Südrhodesien, vor dem Erscheinen der Roten und Kaffernfreunde, gab es ein oder zwei derartige Menschen – einer von ihnen war der Dichter Arthur Shearley Cripps, der sich auf die Religion berief, aber aufs Ganze gesehen war es unmöglich. Acht Jahre waren vergangen. Der Kalte Krieg dauerte an, und wegen der Entstehung der Nationalkongresse im Norden hatte sich die Einstellung der Weißen verhärtet. Ich musste feststellen, dass meine alten roten Freunde paranoid, zu Trinkern geworden oder völlig umgeschwenkt waren und jetzt die weiße Zivilisation auf eine Art verteidigten, die sie kurz zuvor noch für erbärmlich gehalten hatten. Oder sie brachen vollständig zusammen. All diese Leute hatten eine Vision von diesem wundervollen und wahren Utopia dort drüben in Russland aufrechterhalten, aber jetzt hatten sie gerade im *Observer* den vollen Wortlaut von Chruschtschows Rede gelesen und waren wütend, fassungslos, verbittert. Ich traf kleine Gruppen oder Einzelpersonen in irgendeiner Bergarbeiterstadt oder in einem Haus in Bulawayo oder Salisbury, und sie waren völlig verzweifelt, es hatte ihnen das Herz gebrochen. Und es gab etwas, das ich nicht sagen konnte: »Was Chruschtschow gesagt hat, ist nicht nur wahr, in Wirklichkeit war es noch hundertmal schlimmer.« – »Ja, es ist alles wahr«, sagte ich. »Ja, es tut mir leid, was Chruschtschow gesagt hat, ist wahr.«

Ich betrachtete die sich mir darbietende Szene – und ich wusste, was aus mir geworden wäre, wenn ich meine erste Ehe aufrechterhalten hätte, die Frau eines Beamten – in dieser Gesellschaft. Ich wäre eine Säuferin geworden, wäre zusammengebrochen, im günstigsten Fall wäre ich bitter und neurotisch geworden.

Ich war ein paar Tage bei meinem Bruder in seinem Haus in Marandellas zu Besuch. Wir fühlten uns beide nicht wohl dabei. Er hatte die verbohrte Kaffernfreundin zu Gast, die diese unfairen Bücher geschrieben hatte. Ich hielt mich bei einem Mann auf, den man nicht einmal als »reaktionär« bezeichnen konnte, weil seine Ansichten zu jedem beliebigen Thema so extrem waren, dass sie einer Karikatur glichen.

Einen Nachmittag verbrachte ich mit meiner Mutter. Sie wohnte bei ihrer alten Freundin Mrs. Colborne, und wir begegneten uns mit der uns eigenen Höflichkeit, und unter dieser Oberfläche lagen Welten von Kummer.

Meine beiden Kinder, John und Jean, waren in Internaten am Kap.

Ich besuchte Lord Malvern, den Premierminister der berühmten Föderation, und sagte ihm, dass ich gern nach Nordrhodesien und Njassaland reisen würde; Garfield Todd hatte mir erklärt, dass ich dazu seine Erlaubnis brauchte. »Für wie lange willst du dorthin?«, und als ich sagte, für ein oder zwei Wochen: »Ich nehme an, in dieser kurzen Zeit kannst du nicht viel Schaden anrichten.« Ich wusste immer noch nicht, dass er es gewesen war, der mich zur »unerwünschten Person« erklärt hatte.

Diese ganze Sache hatte einen gewissen Charme, etwas Amateurhaftes: Der Grund dafür ist, dass ich weiß war. Wäre ich schwarz gewesen, dann hätte der südafrikanische Geheimdienst keine Sekunde gezögert, mich zu deportieren. Wäre ich schwarz gewesen, mit meinen Ansichten, wäre ich auf der Flucht gewesen, hätte mich verstecken müssen, wie die Männer von den Nationalkongressen, oder vorgeben müssen, ich wäre ein Dienstmädchen.

Das Beste an dieser Reise war das Alleinsein im Busch, durch den ich stundenlang fuhr und der einzige Mensch auf der Straße war; gelegentlich machte ich halt, nur um am Rande der Unendlichkeit zu sitzen und zu dem weiten Himmel emporzuschauen. Einmal, auf der Straße zu dem damals noch im Bau befindlichen Karibadamm, sah ich vor mir am Straßenrand einen scheinbar defekten Wagen. In ihm saßen zwei amerikanische Anthropologen, die ich am Abend zuvor in Salisbury kennengelernt hatte. Ich fragte, ob ich ihnen helfen könne. Sie waren blass, sie zitterten, sie waren total verängstigt. Was war passiert? Es sei diese Weite, sagten sie. Sie konnten sie nicht ertragen. Sie waren nicht imstande, sie zu betrachten. Ich stand neben ihnen, während sie zusammengekauert in ihrem Wagen saßen, und ich ließ den Blick über diese grandiose Leere und den fernen blauen Himmel darüber schweifen und fragte, wovor sie sich fürchteten. Aber für sie steckte diese Landschaft voller Bedrohungen. Sie baten mich, hinter mir herfahren zu dürfen, damit ihr Wagen nicht der einzige auf der Straße war. Was sie dann auch taten, bis zur Abzweigung zum Karibadamm, wo sie sich mit kläglichem Winken und Lächeln verabschiedeten und dann langsam allein weiterfuhren.

Auf meiner Reise fuhr ich durch einen Wald, der wunderbarer

war als alles, was ich je irgendwo gesehen habe, hohe, edle Bäume und sauberes gelbes Gras, überall Vögel und andere Tiere, sogar Elefanten, denn ich sah einen aus der Nähe auf einer kleinen Anhöhe. Dreißig Jahre später war alles verschwunden, der Wald war verschwunden, und es gab nur noch zerstörte Bäume und Erosion.

Der Abstecher nach Nordrhodesien war nicht nur wegen der gegenwärtigen »Unruhen« aufregend. In jener Zeit reiste niemand dorthin, der nicht musste – Bergbau-Ingenieure, Beamte, Bergleute auf Arbeitssuche. Nordrhodesien war der Kupfergürtel, Lusaka spielte kaum eine Rolle. Damals wie heute lebten dort die meisten Schwarzen in den Städten, nicht in Dörfern im Busch, im Gegensatz zu Südrhodesien und – heute – Simbabwe, wo die meisten von ihnen nach wie vor Dorfbewohner sind. Es war ein rauer Ort, an dem viel getrunken wurde, eine Art urbaner Wilder Westen. Der einstündige Flug nach Lusaka brachte mich aus einem modernen und entwickelten Land in ein rückständiges. Ganz Nordrhodesien stand in Flammen, die Menschen randalierten, warfen Steine auf Weiße in Autos, steckten kleinere Gebäude in Brand – die jämmerlichen Waffen von Leuten ohne Macht. In den alten Zeiten – in den dreißiger und vierziger Jahren – war der bekannteste Mann, von dem ständig in den Nachrichten die Rede war, Roy Welensky gewesen, der Führer der Gewerkschaft der Bergarbeiter – der weißen Bergarbeiter. Er war laut, kämpferisch und ein Schwarzenhasser. »Ein ungeschliffener Diamant«, war die Ansicht der Weißen in Südrhodesien. Damals hielt er sich mit seinem Rassismus etwas zurück, um sich der Zeit anzupassen, aber die Schwarzen hassten ihn. Er war zum Premierminister von Nordrhodesien ernannt worden, einer der Säulen der Föderation. Das war ein Streich von so brillanter Dummheit, dass man selbst heute noch nur den Kopf schütteln kann. Es war, als sagten die Behörden den Schwarzen rundheraus: Ihr habt völlig recht, die Föderation bedeutet, dass ihr in die Hände von Schwarzenhassern gegeben werdet, nicht nur südrhodesischen, sondern auch in die von Welensky, eurem bekanntesten einheimischen Produkt.

Ich bin ziemlich viel herumgereist, aber all das steht in *Heimkehr*. Drei Ereignisse sind mir im Gedächtnis geblieben. Eines davon war der Besuch im Hauptquartier des Afrikanischen Nationalkongresses, einem kleinen Backsteinhaus in einem Vorort. Im Vorderzimmer saß Kenneth Kaunda, ein lehrerhaft aussehender Mann, jeder Zoll ein Intellektueller, und las den *New Statesman*. Im Hinterhof hatten sich Leute versammelt, um Harry Nkumbula, den damaligen Führer des Kongresses, zu begrüßen. Er war gerade von einer Reise zu den Fluss-Tonga zurückgekehrt, die mit Gewalt aus ihrem Land vertrieben wurden, um Platz zu schaffen für den großen Kariba-Stausee. Die Tonga waren damals ein wichtiges politisches Thema, das der Nationalkongress benutzte, um die Weißen anzuklagen. Aber als die Schwarzen an der Macht waren, machte keiner von ihnen für die Fluss-Tonga auch nur einen Finger krumm. Ich war damals eine sentimentale Person und von dem Aufschrei der Fluss-Tonga zutiefst gerührt. Harry Nkumbula, der einige Tage auf der Flucht vor der Polizei im Busch verbracht und kaum geschlafen hatte, war zurückgekehrt, fand die Leute in seinem Garten, stieg auf eine Kiste und hielt eine Rede. Er war ein großartiger Redner. Sein Stellvertreter Kenneth Kaunda blieb in Hemdsärmeln sitzen und las weiter.

In Ndola, einer Stadt im Kupfergürtel, veranstalteten die Weißen eine Party für mich. Ich war der Hauptgang. Das kann für sie kaum ein ungetrübtes Vergnügen gewesen sein. Auf der einen Seite war ich eine Schriftstellerin und eine Berühmtheit, und es herrschte Mangel an Sensationen dieser Art, auf der anderen war bekannt, dass ich mit den Schwarzen sympathisierte und eine Rote, eine Feindin war. Den ganzen Abend hindurch war ich das Ziel widerlicher rassistischer Bemerkungen. Diese Leute fühlten sich bedroht, weil ihre nicht länger gehorsamen Schwarzen ihre Autos mit Steinen bewarfen und Beleidigungen riefen, und an diesem Abend setzten sie sich mit Bosheit, Gehässigkeit und Rachsucht zur Wehr. Wenn sie mich langsam und überaus qualvoll hätten umbringen können, dann hätten sie es getan. In der Zwischenzeit, während des ganzen Abends, hörten sie sich

Eartha-Kitt-Platten an und sangen sentimental mit. Sie liebten Eartha Kitt, den braunen Zucker, das kleine schwarze Kaninchen, sie konnten einfach nicht genug von ihr bekommen. Oh, meine Landsleute, meine weißen Landsleute, wie habe ich euch verabscheut, was für ein widerlicher Haufen Leute seid ihr gewesen. Das heißt, immer dann, wenn der Rassennerv berührt wurde, denn zu anderen Zeiten wart ihr genauso charmant wie alle anderen Menschen. Was waren das für Leute an diesem Abend? Manager und technische Direktoren aus dem Bergwerk und Vertreter der großen Bergbaugesellschaften, Anglo-American und dem Rhodesian Selection Trust. Mehr Männer als Frauen, denn im Kupfergürtel herrschte immer Frauenmangel. In der Zeit, die ich dort verbrachte, war ich ständig von wütender Energie erfüllt. Vom Kupfergürtel ging eine rohe, gewalttätige Energie aus, und das Hassen von etwas erfüllt einen selbst mit Energie.

Und nun das dritte Ereignis. Im Flugzeug von Ndola nach Lusaka saß ich neben einem netten jungen Mann, der – so unwahrscheinlich es klingt – ein Polizist war. Er hatte eine Zeit lang im Kupfergürtel Dienst getan und kehrte jetzt zu seiner Mutter und seiner Schwester zurück, bei denen er wohnte. Er erzählte von seinen kleinen Tauben und seinen Kaninchen. Er lud mich ein, mitzukommen und seine Mutter und seine Schwester kennenzulernen. Er sagte, wir sollten heiraten, wir würden gut miteinander auskommen. Nun, dieser Flug dauerte weniger als eine Stunde. Ich war schockiert. Ich war erschüttert. Attraktive junge Frauen sind es gewohnt, belanglose Heiratsanträge zu erhalten. Sex, das ist etwas völlig anderes, an Aufforderungen, mit jemandem ins Bett zu gehen, von einer Minute auf die andere, ist nichts Überraschendes. Aber Heirat? Als ich noch jung war, aber das war während des Krieges, habe ich mehr als einmal mit anderen Frauen zusammengesessen, und wir haben uns – mit einigem Unbehagen – über die beiläufige Art gewundert, auf die Männer einem einen Heiratsantrag machen. Aber dieser junge Mann machte einen durchaus vernünftigen Eindruck. Er war nicht betrunken. Er war von nichts berauscht – außer vielleicht von Träumen. Er war nie aus Nordrhodesien herausgekommen.

Und hier saß, hoch über der Erde, diese Frau neben ihm, eine Journalistin, hatte sie gesagt. Sie lebte in London. Dieser reizende junge Mann – er war gut zehn Jahre jünger als ich – war in irgendeiner Art Traum befangen. Eine Gestalt aus den Frauenzeitschriften, die seine Schwester kaufte, war gekommen und hatte sich im Flugzeug neben ihn gesetzt, und als sie sich am Flughafen mit einem Winken von ihm verabschiedete, empfand er einen tiefen Verlust, ungefähr so, wie wenn wir aus einem Traum vom Herzallerliebsten erwachen und feststellen müssen, dass unsere Arme leer sind.

Aber es war ein so merkwürdiger kleiner Zwischenfall, ein so bizarres Ereignis, dass ich es nicht vergessen konnte. Ich grübelte darüber nach – dann schob ich es beiseite, kam aber darauf zurück und brachte es mit anderen Erlebnissen dieser Art in Verbindung. Jeder jungen Frau mit auch nur minimaler Anziehungskraft fällt es schwer, so etwas als irrelevant abzutun, aber schließlich gelangte ich zu dem Schluss, dass manche Frauen so etwas wie leere Leinwände sind, auf die Leute – nicht nur Männer – Bilder projizieren. Diese Frauen brauchen nicht unbedingt schön oder auch nur hübsch zu sein. Sie können sogar unscheinbar sein. Sie ziehen zeitlebens Anträge und Angebote aller Art auf sich und machen einen Fehler, wenn sie sich einbilden, sie wären ein Tribut an ihre persönlichen Reize. Ich pflegte zu denken: Nun ja, wir sind gute Zuhörerinnen, vielleicht liegt es daran. Ich hörte mich diskret bei Frauen meines Alters um. Einige musterten mich mit einem Anflug von Hohn und Spott: Was soll der Quatsch? Aber andere wussten sofort, wovon ich sprach.

Kurz nach meiner Rückkehr nach London erhielt ich einen Anruf, einer der so häufigen Anrufe: »Du setzt dich nicht genügend ein.« Die Anführer des Nordrhodesischen Nationalkongresses waren in London. Wenn sie im Land geblieben wären, hätte man sie ins Gefängnis geworfen. Sie hatten nur sehr wenig Geld, lebten ärmlich, und ich sollte mich doch gefälligst um sie kümmern und dafür sorgen, dass sie wenigstens gelegentlich eine anständige Mahlzeit bekamen. So hatte ich einige Monate lang zwei- oder dreimal die Woche eine Reihe von schwarzen Exilanten in meiner Wohnung, in meinem großen Zimmer. Der wichtigste von ihnen war Harry Nkumbula, der Führer der Bewegung. Dieser damals so bekannte Politiker ist schon lange aus dem Blickfeld der Öffentlichkeit verschwunden. Wie so viele andere Afrikaner im Exil trank er zu viel. Später vertrat er eine Linie, die für die kompromisslose Einstellung der Schwarzen im damals im Entstehen begriffenen Sambia zu moderat war; er fiel in Ungnade, und Kenneth Kaunda trat an seine Stelle. Harry trank weiter und brachte sich damit um. Ein Jammer, er war ein außerordentlich netter Mann. Die Leute, die mich an diesen Abenden besuchten, stammten nicht alle aus Nordrhodesien. Einer von ihnen war Orton Chirwa aus Njassaland. Er arbeitete in London als Lehrer. Seine Schüler waren alle weiß. Jeden Morgen ließ er sie antreten, setzte sich auf einen Stuhl und erlaubte ihnen, an ihm vorbeizumarschieren, sein Haar zu befühlen und es zu bestaunen. Diese Zeremonie war unerlässlich, sonst wurde sein Unterricht ständig unterbrochen: »Bitte, Sir, dürfen wir Ihr Haar anfassen?« Orton war ein liebenswerter und geistreicher Mann, aber das rettete ihn nicht vor einem grauenhaften Schicksal. Ein anderer Stammgast war Babu Mohammed aus Sansibar, der damals Anarchist war. Er pflegte zeitig zu kommen und mit mir zu kochen; sein Beitrag bestand in großen Töpfen Curry auf Sansibar-Art. Es erschienen noch andere, aber ihre Namen habe ich vergessen. Diese Männer wussten nicht, dass sie bald Machtpositionen einnehmen würden. Sie waren unsicher, deprimiert und fühlten sich in London sehr einsam. Später blickte ich zurück und dachte betrübt an ihre so unterschiedlichen Schicksale. Orton Chirwa bekam es mit dem Tyrannen Hastings Banda zu tun und saß viele Jahre im Gefängnis, wo er angekettet, gefoltert und dann ermordet wurde. Kenneth Kaunda war der erste schwarze Präsident von Sambia. Mainza Chona, der vielversprechende junge Dichter des Parlaments, ein Mann voll bezauberndem Idealismus, wurde Innenminister und regierte über einige sehr grausame Gefängnisse. Er hatte acht Kinder, ein Beispiel für seine Nation, denn die Idee, dass es schlecht war, wenn man zu viele Kinder hatte, war nur eine weitere gemeine

Intrige der Weißen. Babu, der im Postministerium gearbeitet hatte, einer Zuflucht für viele Exilanten, kehrte nach Sansibar zurück, wo er von den Briten als Agitator ins Gefängnis gesteckt wurde. Dort hatte er, wie er behauptete, mit einiger Verstörung *Das goldene Notizbuch* gelesen – nicht gerade die übliche Gefängnislektüre. Später wurde er Minister in Julius Nyereres Regierung. Er war einer der Männer, die für die Sozialistischen Dörfer – Ujamaa – in Tansania verantwortlich waren, die die Landwirtschaft des Landes vernichteten. In Sansibar regierte der Tyrann Karume, gehasst von allen, außer seinen engsten Mitarbeitern; er wurde unter anderem von Babu bekämpft. Jemand verübte ein Attentat auf Karume, an dessen Folgen er starb. Babu wurde zusammen mit vielen anderen des Mordes beschuldigt. Er erzählte mir, dass er es unmöglich getan haben konnte, weil er sich zu diesem Zeitpunkt gerade auf einem Boot befand und einen Ausflug mit ein paar Mädchen machte. Präsident Nyerere, über den Babu nie viel Gutes zu sagen hatte, ließ Babu inhaftieren, um ihn vor den Henkern von Sansibar in Sicherheit zu bringen, und weigerte sich, ihn auszuliefern, was seinen sicheren Tod bedeutet hätte. Zu der Zeit wurden in Sansibar Leute zu Hunderten gefoltert und hingerichtet. Babu, einer der geselligsten Menschen, die ich je kennengelernt habe, saß sieben Jahre in Einzelhaft, während der er seine Memoiren auf Toilettenpapier schrieb. Er bekam zu essen und blieb am Leben, weil seine Gefängniswärter ihn bewunderten und ihm halfen. Er sagte, im Vergleich zu den Zuständen in afrikanischen Gefängnissen seien die Gefängnisse der Briten Ferienlager. Babu wurde in den Zeitungen oft »der gefährlichste Mann Afrikas« genannt. Wie sie doch diese Art von idiotischen Etiketten lieben. Gefährlich für wen?*

An diesen Abenden in meiner Wohnung wurde eine Menge düsterer Scherze gemacht. Sie träumten davon, wie es aussehen würde, wenn sie ihre Länder regierten. Eines Abends hörte ich, wie die Nordrhodesier, darunter Kenneth Kaunda, erklärten, es sei ihnen unmöglich, ihr Land zu regieren und wirkliche Un-

* Babu ist 1996 gestorben.

abhängigkeit zu erlangen, weil sich der Kupfergürtel im Besitz des internationalen Kapitals befinde. Kupfer sei Sambias einziges Gut, abgesehen von seiner Tierwelt. Man werde ihnen nie gestatten, die Kupferminen zu schließen. Nein, es wäre am besten, wenn sie sämtliche Bergwerke sprengen würden, dann würden sie ihre Unabhängigkeit bekommen. Diese Idee war ein ernsthafter, wenn auch wehmütiger Teil ihres Programms, das im Lauf der Abende entwickelt wurde.

Kenneth Kaunda, Mainza Chona und Harry Nkumbula kehrten nach Sambia zurück, wo sie eine Zeit lang im Gefängnis saßen, aber dann wurde Kenneth Kaunda Premierminister und Mainza Chona Innenminister, während Harry aus dem Blickfeld der Öffentlichkeit verschwand. Babu ging nach Sansibar und in das britische Gefängnis. Orton Chirwa begab sich nach Njassaland, Malawi, und endete auf schreckliche Weise.

Ich hörte nichts mehr von den Nordrhodesiern. Ich erfuhr, dass Mainza Chona herumging und den Leuten sagte, sie sollten sich von mir fernhalten, weil ich eine gefährliche Kommunistin sei.

Das machte mir nichts aus. Zum einen bedeutete es, dass meine Abende wieder mir selbst gehörten. War ich damals – oder bin ich heute – empört darüber, dass Männer, mit denen ich mich anfreundete, denen ich Geld gab, die ich durchfütterte (nein, ich war natürlich nicht der einzige Mensch in London, der ihnen half), dann aus mir jemanden machten, den man besser mied? Nein. In der Politik trägt die Tugend ihren Lohn in sich, und jeder, der Gerechtigkeit oder sogar Dankbarkeit erwartet, ist ebenso dumm wie ein Soldat, der im Krieg sein Leben riskiert und dann erwartet, dass seine Regierung für ihn sorgt – um zu überleben, verkauften verkrüppelte Soldaten, noch bevor der Grabenkrieg beendet war, auf den Straßen von London Streichhölzer und Schnürsenkel –, oder wie Frauen, die sich abmühenden jungen Malern und Dichtern beistehen.

In Wirklichkeit gab es an diesen Abenden nur sehr wenig Kommunismus, weder in der Theorie noch in der Praxis. Das lag zum Teil daran, dass das Dogma, die Parteilinie, immer noch lautete, dass schwarzer Nationalismus ein Irrweg war, reaktionär und so weiter. Ein schwarzes Proletariat war nach wie vor der einzige Schlüssel zum grandiosen Erwachen Afrikas. Keiner dieser Männer interessierte sich für den Kommunismus. Sie redeten ausschließlich von der Unterdrückungspolitik des Colonial Office und davon, wie sie von der Föderation verraten worden waren. Königin Viktoria hatte ihren Häuptlingen versprochen, dass ihre (schwarzen) Interessen immer an oberster Stelle stehen würden, trotzdem hatte das Colonial Office der Föderation zugestimmt, durch die sie Südrhodesien auf Gnade oder Ungnade ausgeliefert waren. Die Verbitterung über diesen Verrat war der Grundton dieser Gespräche.

Ein kleines Ereignis, das ich noch heute rührend finde: Jemand in Whitehall kam zu dem Schluss, dass es eine gute Sache wäre, wenn jemand aus der königlichen Familie diese Agitatoren zum Tee einladen würde, denn schließlich wusste man nie, was passieren würde, man denke an Kenyatta, man denke an Nkrumah, zuerst gefährliche Agitatoren und dann edle Staatsmänner. Im Palast haben sie vermutlich gesagt: »Ach herrje, jemand soll einen Haufen Schwarze zum Tee einladen. Wie wär's mit dir?«

»Kommt nicht in Frage, ich kann die Kerle nicht ausstehen.«

»Und was ist mit dir?«

»Ich nicht.«

»Ich hab's, wir werden Alice sagen, sie soll es tun.«

Also bat Prinzessin Alice die künftige Regierung von Sambia zum Tee in einen Palast, ich weiß nicht mehr in welchen, und diese einsamen Männer, von denen ansonsten niemand Notiz nahm, waren so dankbar für die Aufmerksamkeit und auch für das, was sie für eine feinfühlige Anspielung auf das Versprechen hielten, das Königin Viktoria ihren Vorfahren gegeben hatte, dass Präsident Kenneth Kaunda ein halbes Jahrzehnt später, als Sambia unabhängig wurde, ausdrücklich anfragte, ob Prinzessin Alice sein offizieller Gast sein und mit ihm den großen Ball zur Feier des Ereignisses eröffnen wolle. Und so war da diese gebrechliche alte Dame mit ihren Juwelen und ihrem hübschen Diadem, die mit Präsident Kaunda Walzer tanzte … Wenn es um

Politik geht, kann man letzten Endes nichts anderes tun als lachen.

Mittlerweile hatte ich die Nase voll von Leuten, die überzeugt waren, dass ihre Telefone angezapft und ihre Briefe geöffnet wurden. Ich hielt sie für romantisch und paranoid. Aber dann passierte etwas, das mich davon überzeugte, dass meine Briefe geöffnet wurden. Nachdem Babu nach Sansibar zurückgekehrt war, schickte er mir einen Brief, in dem er mir einen Cousin empfahl, der mich aufsuchen und sich freuen würde, an diesen Abenden bei mir teilzunehmen – aber mit denen war inzwischen Schluss. Er interessiere sich nicht für Politik, schrieb Babu, er sei ein netter Junge und brauche Unterweisung. Als dieser Cousin auftauchte, ohne vorher angerufen oder eine Nachricht geschickt zu haben, war er total verängstigt, sagte, er sei nur gekommen, weil Babu gesagt habe, er müsse. Er war vor einen Beamten nach Whitehall zitiert worden, der ihm erklärt hatte, er müsse sich von einer gewissen Mrs. Lessing fernhalten, die in gefährliche Verschwörungen mit den Arabern verwickelt sei. Er müsse einen großen Bogen um diese Frau machen, sonst seien seine Tage in London gezählt. Sie wussten, dass er mich aufsuchen wollte. Also müssen sie Babus Brief geöffnet haben. Dieser Cousin wollte wissen, wer diese Araber waren. Ich wollte es auch wissen. Die Araber (welche?) waren damals noch nicht diese lärmenden Gestalten auf der Weltbühne; wir dachten kaum an sie. Ich hatte keine Araber in London getroffen. Ich hatte ein einziges Mal mit Arabern zu tun gehabt, das war daheim in Salisbury in Südrhodesien gewesen, als unsere Gruppe auf die brillante Idee gekommen war, all unsere jüdischen Freunde einzuladen, damit sie Araber kennenlernten, die gerade aus den Internierungslagern entlassen worden waren, in denen sie wegen ihrer prodeutschen Gesinnung während der Kriegsjahre gesessen hatten. Sie waren bitter und zornig, und die Juden waren gleichfalls bitter und zornig. Wir hatten uns tatsächlich eingebildet, eine zivilisierte Diskussion könnte helfen, die Konflikte zu bereinigen. Ihr erstes Aufeinandertreffen war so feindselig, dass wir – die Nichtbeteiligten – sie einfach sich selbst überließen und auf einen Drink ins

Grandhotel verschwanden; von dort schickten wir von Zeit zu Zeit Kundschafter aus, die feststellen sollten, wie die Lage sich entwickelte. Sie war sehr schlecht, und alles endete in Gewalttätigkeiten. Das war mein einziger Kontakt mit Arabern irgendwelcher Art gewesen. Ich war also mit Recht über unseren Geheimdienst verblüfft und ebenso der Cousin, der sagte, er könne es nicht riskieren, Babus Anweisungen Folge zu leisten und zu meinen Partys zu kommen, weil er eine schöne Zeit in London verbringen und nicht aus Großbritannien ausgewiesen werden wolle. Diese geheimnisvollen, verschwörerischen Araber sollten später noch einmal auftauchen. Was mich betraf, so zuckte ich die Achseln und dachte: *Well, what can you expect?* Sämtliche Begegnungen, die ich je mit dem berühmten britischen Geheimdienst hatte – und die waren alle sehr flüchtig –, hatten den Beigeschmack des Possenhaften, des Surrealen.

Die Überzeugung, über die an diesen Abenden in meiner Wohnung am häufigsten diskutiert wurde, war nicht der Kommunismus, sondern Anarchie – klassische Anarchie. Bevor Babu nach Hause zurückkehrte, um die obligatorische Zeit im Gefängnis zu verbringen, war er Anarchist, ein Freund von Murray Sayle, der seinerseits Anarchist war, da die Labour-Bewegung Australiens von dieser überaus anregenden Philosophie, die ohne die unerfreulichen Zwänge der Macht auskommt, beeinflusst war. Ich erinnere mich noch daran, wie ich zu Babu sagte: »Und wenn du an der Macht bist, was wirst du dann mit der Organisation tun, die dich dorthin gebracht hat?« – »Ganz einfach«, sagte er im Brustton tiefster Überzeugung, »wir werden sie auflösen und den natürlichen Kräften ihren Lauf lassen.« Es scheint mir ein Gebot der Fairness, darauf hinzuweisen, dass Babu, als ich ihn später an seine anarchistische Periode erinnerte, sich schockiert zeigte und sagte, er sei froh, dass er sich nicht mehr an diese jugendliche Unverantwortlichkeit erinnern könne. Aber damals, unverantwortlich oder nicht, war das alles sehr unterhaltsam. Eines Nachmittags kam Babu in meine Wohnung gestürmt und sagte, er habe einen wundervollen Plan, der die Zukunft von ganz Afrika zu verändern verspreche. Er hatte einen Cousin – einen anderen –, der auf einem Schiff arbeitete, das zwischen London und Ägypten verkehrte. Kairo benutzte damals einen sehr starken Sender, der »ganz Afrika« massiv mit Propaganda überzog. Ich habe vergessen, um was es sich hierbei handelte. Babu sagte, wir sollten diese Radiostation, in der er einen Freund habe, mit geeignetem Material versorgen, nüchtern und den Tatsachen entsprechend, nicht wie die Phrasen, derer Kairo sich bediente. Wie wir das anstellen sollten? Kein Problem! Wir würden es dem Cousin auf dem Schiff geben, der würde es an eine Kontaktperson in Alexandria weiterreichen, und die wiederum würde es dann nach Kairo schicken. Aber, wandte ich ein, sei dieses überaus wertvolle Material bei seinem Eintreffen denn nicht bereits überholt? Zudem würden die Leute, die das Radioprogramm in Kairo machten, eben das doch bestimmt bemerken. Meine Aufgabe war es leider, jugendlichen Überschwang zu dämpfen. Wie anders hätte ich auf diesen mir ans Herz gehenden, liebenswerten Unsinn reagieren sollen?

Etwa zur gleichen Zeit, als besagte Abende in meiner Wohnung stattfanden, ging ich zu einigen Versammlungen des »Movement for Colonial Freedom«, Fenner Brockways Schöpfung. Sie fanden immer in einem der Kellerräume des Unterhauses statt. Zu den ungefähr zwanzig Leuten, die sich dort regelmäßig trafen, konnten künftige Premierminister und Präsidenten gehören, die entweder gerade aus einem der britischen Gefängnisse ihrer jeweiligen Länder auftauchten oder im Begriff standen, in einem Gefängnis zu verschwinden. Ich war von der Demokratie als Praxis in der Tat recht angetan. Diese Versammlungen, die die Auflösung des Britischen Empire beschleunigten oder kennzeichneten, verliefen stets so: Es gab eine lange Tagesordnung, eine Liste mit all den Namen der britischen Kolonien oder Protektorate, die sich gerade in verschiedenen Stadien des Aufruhrs befanden – Zypern, Nordrhodesien, Njassaland, Britisch-Guyana und so weiter. Barbara Castle kam eigens zu diesen Versammlungen von »oben« herunter; sie war eine überaus tüchtige und beeindruckende Frau. Die Namen der verschiedenen Länder wurden verlesen, und jemand referierte über das, was dort vorging. Nordrhodesien? Unruhen. Aufstände. Steinewerfen. Streiks im Kupfergürtel. Harry Nkumbula und Kenneth Kaunda im Gefängnis. Njassaland? Unruhen, Streiks, Steinewerfen, Aufstände – und so weiter. Aber wenn die Rede auf Südrhodesien kam, wurde es einfach übergangen. Darüber gab es nichts zu sagen. Ich fragte, weshalb, und mir wurde erklärt, dass Großbritannien in Südrhodesien nichts zu sagen habe, weil es eine sich selbst verwaltende Kolonie sei. Ich traute meinen Ohren kaum. Ich sagte, Südrhodesien sei zwar 1924 eine sich selbst verwaltende Kolonie geworden, aber mit zwei Vorbehalten. Der eine war die Verteidigung des Landes. Der andere war die Eingeborenenpolitik. Seit 1924 hatte Großbritannien das Recht, jederzeit einzugreifen und die schwarze Bevölkerung zu schützen, das Erlassen von Gesetzen zu verbieten, die immer von Südafrika kopiert wurden. Das hatte Großbritannien nie getan, nicht ein einziges Mal. Und es war noch nicht zu spät. Die Schwarzen in Südrhodesien hassten die Idee der Föderation, und Großbritannien hatte das Recht zu intervenieren.

Meine Anmerkungen bewirkten nichts. Ich schaute in die höflichen, verschlossenen Gesichter von Leuten, die »es nicht wissen wollten«. Großbritannien hatte zu den Weißen in Südrhodesien nie Nein gesagt, und in diesem Zimmer war man ganz eindeutig der Ansicht, dass es zu spät war, jetzt damit anzufangen.

Das war eine traumatische und schmerzhafte Erfahrung. Ich hatte mich mit der Tatsache abgefunden, dass das Unterhaus immer leer war, wenn über die Kolonien diskutiert wurde. Niemand interessierte sich für sie, außer den Leuten in diesem Zimmer, die überall als Verteidiger der Freiheit für die Kolonien und Freiheit innerhalb der Kolonien galten. Diese Leute hätten doch wissen müssen, dass Großbritannien eine Verantwortung für die Schwarzen in Südrhodesien trug. Und jetzt, wo sie darauf hingewiesen wurden, reagierten sie nicht. Für sie war das irrelevant. Ich erinnerte mich daran, wie oft ich mit Charles Mzingele und seinen Freunden zusammengesessen und sie sagen gehört hatte: »Und wenn unsere Brüder in England erfahren, wie wir behandelt werden, dann werden sie uns beistehen.« Die »Brüder«

hier … aber das war ein vielschichtiger Begriff. »Brüder« schloss die gewerkschaftliche Idee der Brüderlichkeit und die Brüderlichkeit der Labour-Bewegung mit ein; bei den Kongressen der Gewerkschaften und der Labour Party gab es alle möglichen Arten von moralisch aufrichtenden Reden über Freiheit für die Kolonien. Aber eine alte Vorstellung von Großbritannien, oder vielleicht sollte ich sagen England, als Verkörperung von Anständigkeit und Fair Play und – man verzeihe mir das altmodische Wort – Ehre war stärker. Ehre ist – und war – für die Afrikaner kein überholter Begriff. Als die Schwarzen in Nordrhodesien aufstanden und mit Steinen warfen, als die Schwarzen in Njassaland zu Gewalttätigkeiten übergingen, da taten sie das, weil sie sich betrogen fühlten: Königin Viktoria hatte ihren Häuptlingen Versprechen gegeben, und diese Versprechen waren gebrochen worden. Auch Charles Mzingele und seine Freunde konnten einfach nicht glauben, dass Großbritannien das Versprechen nicht einhalten würde, das in der Verfassung verankert war: dass in Südrhodesien keine für die Schwarzen nachteiligen Gesetze erlassen werden durften. Und irgendwo muss ich selbst noch diese altmodische Vorstellung von Ehre gehegt haben, denn etwas ist in mir gestorben in dem Augenblick, in dem mir klar wurde, dass diese Leute, Angehörige der einzigen Organisation in Großbritannien, der die Kolonien am Herzen lagen, sich nicht für Südrhodesien und Großbritanniens Verantwortung dort interessierten. Wie fahrlässig, wie träge, wie gleichgültig das Britische Empire doch war, wie leichtfertig es mit riesigen Ländern und Milliarden von Menschen umging und sich nicht einmal die Mühe machte, sich über sie zu informieren. Ja, natürlich hatte ich das gewusst, ja, ich hatte in einem sehr kleinen Rahmen gegen diese Gleichgültigkeit angekämpft. Aber jetzt saß ich im Keller des Unterhauses und lernte, kalt, scharf und endgültig, wie fahrlässig und verantwortungslos Großbritannien sein konnte. Und ich schaltete ab. Es war die Ungeheuerlichkeit, die Unmöglichkeit, Charles Mzingeles ständiges »Wenn unsere Brüder in England erfahren …« mit der Gleichgültigkeit in diesem Zimmer in Einklang zu bringen. Ich kehrte so wütend nach

Hause zurück, dass – nein, ich war jenseits aller Wut. Ich hätte weinen können um Charles Mzingele und seine falschen Hoffnungen, seinen verratenen Glauben an seine »Brüder« – aber ich war jenseits der Tränen. Das war vermutlich der Moment, an dem ich endgültig aufhörte, an die Möglichkeit irgendwelcher Anständigkeit in der Politik zu glauben. Und deshalb nahm ich an keinen weiteren Versammlungen teil. Das war's. Es war der Moment, in dem Leute, die von irgendeiner Art von Idealismus oder Glauben aufrechterhalten wurden, sehen, dass damit Schluss ist, und dann ihre Zuflucht zu Gewalttätigkeit und »direkten Aktionen« nehmen. Nun, was mich betraf, waren »direkte Aktionen« fragwürdig geworden, genau wie für viele andere Leute. Aber als die Schwarzen in Südrhodesien nur wenig später zuließen, dass »Unruhen« in Krieg umschlugen, dann lag es daran, dass dieser Moment eingetreten und der Schalter umgelegt worden war: *Das war's.*

Ich hätte nie geglaubt, dass ich derart sentimentale Erwartungen für mein Land gehegt hatte.

Aber um dieses entscheidende Jahr 1956 zu Ende zu bringen. Das Jahr des Zwanzigsten Parteitages der Kommunistischen Partei der Sowjetunion. Das Jahr der Suezkrise. Ich war an den »Unruhen« anlässlich dieses Ereignisses insoweit beteiligt, als ich an einer Demonstration auf dem Trafalgar Square teilnahm, aber nur als Zuschauerin. Mein Widerwille gegen Massen, die immer nahe daran sind, zum Mob zu werden, wuchs mit jeder »Demo«, an der ich teilnahm. Und auch mit dem anderen großen Ereignis, dem Einmarsch sowjetischer Truppen in Ungarn*, hatte ich nichts zu tun. Ich registrierte überrascht, wie viele unserer jungen Aktivisten sich eiligst auf den Weg nach Budapest machten, um das Aufregende der Sache zu genießen – und dann schämte ich mich meiner bitteren Sichtweise, aber sie war im Grunde der

* Ich schrieb einen leidenschaftlichen Protestbrief an den Sowjetischen Schriftstellerverband und erhielt eine beschwichtigende Antwort. Natürlich hatte ich nicht damit gerechnet, dass ich tatsächlich etwas bewirken würde.

Beginn meiner veränderten Einstellung zu den Aufgeregtheiten der Revolution. Massenaustritte aus der Partei waren an der Tagesordnung. Gewisse »revisionistische Intellektuelle«, wie die Sowjetunion es ausdrückte, spalteten sich ab und gründeten eine recht interessante Zeitschrift mit dem Titel *New Reasoner.* Edward Thompson und John Saville waren die führenden Köpfe dieser kleinen Rückzugsaktion, denn in der Rückschau fällt es nicht schwer zu erkennen, dass dies kein neuer Anfang war, wie wir damals alle glaubten, sondern nur eine der Todeszuckungen der Kommunistischen Partei.

Beim Schreiben dieses Buches bekam ich einen Brief von Dorothy Thompson, in dem sie mich fragte, ich ob gern Kopien der Briefe hätte, die ich in jener Zeit an Edward geschrieben habe. Ich hatte vergessen, dass ich überhaupt welche geschrieben hatte. Ich las sie mit Interesse, um herauszufinden, wie ich damals gewesen war, denn die reifen und vernünftigen, jetzt leidenschaftslosen Reflexionen über meine damalige Einstellung zur Partei sind nicht unwahr, aber ihnen fehlt die Emotion *jener* Zeit.

Zuerst die Widersprüchlichkeit des Ganzen.

Heute scheint mir, dass das Interessanteste an einer monolithischen politischen Bewegung oder an Ländern mit einer Staatsreligion oder einem staatlich sanktionierten Credo nicht ihre Uniformität ist. Die ist offenkundig. Als ich jung war, gab es Nazi-Deutschland, marschierend und »Sieg Heil« rufend, als würde es von einem einzigen Geist beherrscht, aber das ist nicht das, was die Geschichte heute sieht, nämlich so etwas wie eine dreizehn Jahre dauernde Explosion. Und diese Nazipartei, die uns alle so in Angst und Schrecken versetzte, uns das Gefühl gab, Leute vor Augen zu haben, die so hypnotisiert waren, dass sie alle dasselbe dachten, war weit davon entfernt, geschlossen zu agieren, sondern glich eher einer formlosen Masse, bestehend aus Streitereien, Intrigen und Komplotten. Und dann gab es da die Sowjetunion, leicht als Massengesellschaft zu erkennen, deren »Bunkermentalität« gegenüber eine Handvoll Dissidenten ohne Aussicht auf Erfolg bleiben musste. Aber selbst hier: Intrigen und Komplotte, kleine, wirkungslose Rebellionen, den Massenmord an Opponenten. Vom Ungeheuerlichen weg zum Kleingeistigen: Innerhalb der britischen Kommunistischen Partei herrschte nur scheinbar Geschlossenheit.

Ich rede nicht von der Tatsache, dass sie von Anfang an Mitglieder verlor. Die Fluktuation war so stark, dass bis vor Kurzem ein Witz die Runde machte: »Jedermann war in der Kommunistischen Partei, aber niemand gehört ihr an.« Ein stetiger Wechsel von Streit und Anpassung prägte das Bild der Partei nach innen. Die Parteilinie hatte Ähnlichkeit mit der gezackten Linie eines Seismographen während eines Erdbebens.

Und jetzt betrachte ich die großen »monolithischen«, fanatischen Bewegungen und frage mich: Also, was geht in ihnen *in Wirklichkeit* vor?

58, WARWICK ROAD
LONDON SW 5

19. Oktober 1956
Die Reaktion auf den Zwanzigsten Parteitag ist in Parteikreisen überall auf der Welt mit dem Wort »Personenkult« zusammengefasst worden. Dass man dieses Wort gewählt hat als das Banner, unter dem wir gegen das kämpfen sollen, was in der Partei nicht in Ordnung ist, ist, wie ich finde, ein Anzeichen für die Korruption in unserem Denken. Denn es besagt, dass das, was den Zusammenbruch der innerparteilichen Demokratie bewirkt hat, ein Übermaß an Individualismus war. Das Gegenteil ist der Fall. Schlimm war nicht, dass ein Mann ein Tyrann war, sondern dass Hunderte und Tausende von Parteimitgliedern, innerhalb und außerhalb der Sowjetunion, ihr individuelles Gewissen abgeschaltet und zugelassen haben, dass er ein Tyrann wurde.
Jetzt wird darüber diskutiert, welche Art von Gesetzen wir in der Partei haben sollten, um das Aufkommen von Bürokratie und Diktatur zu verhindern. Sehr viele besorgte und beunruhigte Menschen setzen ihre ganze Hoffnung auf irgendeine Verfassung, die Sicherheit vor Tyrannei bietet. Aber Gesetze

und Verfassungen sind das, was die Menschen aus ihnen machen. Die Veröffentlichung der Verfassung der Sowjetunion, ein bewundernswertes Dokument, fiel mit der schlimmsten Periode des Terrors zusammen. Die Gesetze der verschiedenen kommunistischen Parteien sind (glaube ich) mehr oder weniger identisch; aber diese verschiedenen kommunistischen Parteien haben sich sehr unterschiedlich entwickelt.

Ich glaube, dass dieses Gerede über die Änderung der Gesetze ein Symptom des Wunsches in uns allen ist, individuelle Verantwortung an etwas außerhalb unserer selbst abzuschieben, an etwas, dem wir die Schuld geben können, wenn etwas schiefgeht. Es ist ein angenehmes Gefühl, einem geliebten Führer bedingungslos Vertrauen schenken zu können. Es ist angenehm und beruhigend, glauben zu können, dass die Kommunistische Partei einfach deshalb im Recht sein muss, weil sie »die Vorhut der Arbeiterklasse« ist. Es ist angenehm, bei einer Versammlung Resolutionen zu verabschieden und dann zu glauben, nun wäre alles in bester Ordnung.

Aber es gibt keine simple Entscheidung, die wir ein für alle Mal treffen können und die gewährleistet, dass wir das Richtige tun. Es gibt keinen Gesetzeskodex, der uns von der Notwendigkeit befreit, jeden Tag von Neuem zu entscheiden, einen wie großen Teil unserer individuellen Verantwortung an eine zentrale Körperschaft zu delegieren wir bereit sind – ob das nun die Kommunistische Partei ist oder die Regierung des Landes, in dem wir leben, sei diese Regierung nun kommunistisch oder kapitalistisch.

Mir scheint, die letzten dreißig Jahre haben uns gezeigt, dass eine kommunistische Partei, wenn sie nicht eine Gemeinschaft von Einzelpersonen ist, die alle eifrig darauf bedacht sind, sich ihr unabhängiges Urteilsvermögen zu bewahren, zu einem Haufen von Jasagern verkommen muss.

Das Bollwerk gegen Tyrannei ist heute dasselbe, was es immer gewesen ist: die Individualität zu schärfen, die individuelle Verantwortlichkeit zu stärken, aber nicht, sie zu delegieren.

Doris Lessing

Der gelassene, leidenschaftslose, kritische Ton dieses Briefes unterscheidet sich erheblich von dem, was damals bei privaten Unterhaltungen gesagt wurde.

Dieser Brief wurde 1956 geschrieben und im *New Reasoner* abgedruckt. Die Partei reagierte sofort – über Maurice Cornforth, der zu Edward sagte, dies müsse ein Privatbrief gewesen sein und er hätte nicht veröffentlicht werden dürfen. Die Tatsache, dass King Street dieser Ansicht war, bestätigt, wie wenig man dort von den Emotionen wusste, die an der Basis brodelten. Es gab hektische Versammlungen, Telefongespräche, Drohungen, und ich bin sicher, dass der Packen Briefe, den ich hier habe, überaus interessant wäre für diejenigen, die diese Zeit miterlebt haben, für alle anderen aber langweilig.

Der zweite Brief. Ich hatte vorgehabt, einen satirischen kleinen Roman zu schreiben, *Excuse Me While I'm Sick*, in dem ich mich über die griesgrämigen neuen Bilderstürmer, Kingsley Amis und andere, lustig machen wollte. (Später wurde John Wain ein guter Freund.) Aber ich verlor das Interesse daran.

58 WARWICK RD
LONDON SW 5

21. Februar 1957

Mein lieber Edward,

zuerst ein paar praktische Punkte.

(a) Excuse me while I'm sick. Du brauchst kein ungutes Gefühl zu haben, dass ich ein ungutes Gefühl haben könnte, weil es Dir nicht gefällt. Ich habe ohnehin das Interesse daran verloren. Ich glaube, wenn ich es zu Ende schreiben würde, könnte es ein recht interessanter kleiner Roman sein, der etlichen Leuten Spaß machen würde; aber mir scheint, dass sein Grundton nicht mit dem übereinstimmt, was eine sehr große Anzahl von Menschen fühlt, die seine natürlichen Leser wären. Ein solches Buch, eine Art intellektueller Spaß, ist nur sinnvoll, wenn es vor einem Hintergrund aus akzeptierten moralischen Werten spielt. Wo ein solcher Hintergrund fehlt, ist es vielleicht besser, es bleiben zu lassen. Ich glaube, in einer Hinsicht ist es ein Jammer, dass dieses Buch nicht fertig geschrieben wird. Aber ein Stück polemische Literatur, selbst wenn es, oberflächlich betrachtet, frivol ist, macht die Hälfte der Zeitschrift aus, in der es veröffentlicht wird, und der *New Reasoner* ist eindeutig nicht diese Zeitschrift.

Aber natürlich sind unsere unterschiedlichen Einstellungen in dieser Sache Reflexionen eines wesentlich tief greifenderen Unterschieds, weshalb es mir sehr schwer fällt, diesen Brief zu schreiben …

Aber vorher zu den Vorschlägen in Deinem, glaube ich, zweiten Brief. Mir gefällt der in Betracht gezogene Artikel von Alex Werth. Ich wäre interessiert an einem Text von Hervé. Ich würde sehr gern einen Teil von *Der Mensch lebt nicht von Brot allein* lesen, aber Du musst Dich vorher vergewissern, dass er nicht schon übersetzt und vollständig veröffentlich worden ist – es würde mich überraschen, wenn er nicht hier schon sehr bald auf den Markt käme. Diese Art von Büchern wird immer rasch publiziert. Wie zum Beispiel *Tauwetter.* Und im Radio haben sie die *Visitors* sehr schnell gesendet.

Ich finde, Autobiografie ist eine gute Idee. Ein wirklich wahrheitsgetreuer Text über Erfahrungen mit der C. P. zu einem stürmischen Zeitpunkt wäre von unschätzbarem Wert, aber ich wäre sehr überrascht, wenn Menschen bereit wären, wahrheitsgetreue Schreiber oder Leser zu sein. Der instinktive Schutzschild gegen die Aufrichtigkeit ist sehr stark.

Ich glaube, es wäre interessant, von jemandem wie Kingsley Amis eine ernsthafte Beschreibung seiner Erfahrungen mit der C. P. zu haben.* Sie wäre typisch für die Erfahrungen von Hunderttausenden von Leuten mit der C. P. Aber diese zornigen jungen Männer haben nichts Philosophisches von sich zu geben. Weshalb sollten sie auch? Sie sind alle Künstler, keine Philosophen.

* Kingsley Amis war nicht Mitglied der Kommunistischen Partei.

Aber nun, mein lieber Edward – da sind eine Menge Punkte, vor allem in Deinem mittleren Brief.
Dieses Gedicht, *Plea for the Hated Dead Woman**, wurde vor zehn Jahren geschrieben und hat nicht das Geringste mit irgendeiner politischen Situation in neuerer Zeit zu tun. Es ist aus einer Stimmung heraus entstanden, als ich meine Mutter hasste.
Was meinen jüngsten Roman, *Retreat to Innocence***, angeht, so finde ich, dass es ein schlechtes Buch war, weil ich zu keinem wesentlichen Thema Stellung bezogen habe, weil ich mir gegenüber nicht ehrlich war, obwohl ich mir einbildete, es zu sein, und deshalb ist es im Kern schwach und sentimental. Ich stehe nicht mehr dazu. Obwohl es einige gute Stellen enthält. Aber was ich zu sagen versuche, ist komplizierter als all dies: Wenn ich Deine Briefe lese, ist mir, als wärest Du auf irgendeine Art endgültiger Stellungnahme von mir aus; als wolltest Du etwas von mir, und ich frage mich, weshalb? Und was ist es?
Aber vor allem: Unsere Einstellungen sind sehr unterschiedlich.
Ich weiß sehr wohl, dass ich so reagiere, wie ich es tue, weil ich (wenn ich dieses Wort gebrauchen darf, das ich so sehr hasse) eine Künstlerin bin und all die Erfahrungen und Emotionen ausgeschöpft habe, die ich als Künstlerin auf die altmodische Art aus dem Kommunismus ziehen konnte. Jemand hat einmal wegwerfend gesagt, Leute verließen die C.P., weil sie ihnen langweilig werde. Du weißt – Frank Pitcairn, seinen wirklichen Namen vergesse ich immer wieder. Aber er hat das gesagt, weil er ein Künstler ist.
Ich werde austrocknen und niemals mehr ein Wort schreiben, wenn ich nicht aus der Zwangsjacke dessen herauskomme, was wir alle so lange Zeit gedacht und gefühlt haben.
Aber dies ist keine politische Einstellung, und es ist der Grund

* Im *New Statesman* abgedruckt.
** Ich habe dieses Buch zurückgezogen.

dafür, weshalb ich nicht glaube, dass Du von mir eine Klarstellung verlangen darfst.
Und ich habe Dich im Verdacht, gleichfalls ein Künstler zu sein, und wenn es so ist, solltest Du herausfinden können, was Du denkst, indem Du es niederschreibst.
Neulich nachmittags hatte ich den Eindruck, dass Du und Randall der gleichen Ansicht wart, nämlich der, dass ihr, sofern ihr euch nicht darstellen und rechtfertigen könntet, wie ihr es in den letzten rund fünfzehn Jahren getan habt, euch selbst im Stich lassen würdet. Aber wir sind alle in diese Sache verwickelt gewesen, die so korrumpierend war, und daran gibt es nichts zu rechtfertigen, was Leute interessieren könnte, die nichts damit zu tun hatten. Ihr beide, Edward Thompson und Randall Swingler, steht und fallt heute nicht mit Erklärungen … Wenn Du glaubst, dies wäre eine sehr emotionale Art, auf euer Verlangen nach philosophischer Klarheit zu reagieren, dann erwidere ich, dass Deine Einstellung im Grunde überhaupt kein Verlangen nach einer Philosophie ist, sondern ein heftiges Bedürfnis, Dich selbst zu erklären.
Du bist ein reiner und hochgesinnter Kommunist gewesen und hättest bis vor Kurzem das Böse darin nicht akzeptiert, und nun ist Dein Idealismus verletzt und Dein Bild von Dir beschädigt. Setz Dich an die Schreibmaschine, mein lieber Edward. Du kannst Deine Erfahrung in Kunst ummünzen, und als solche kann sie anderen vermittelt werden. Aber was haben Deine verlorenen Gefühle mit Philosophie zu tun?
Ich bin überzeugt, dass wir in einer Zeit leben, in der kaum damit zu rechnen ist, dass es irgendwelche Philosophien gibt, denen wir anhängen können. Der Marxismus ist keine Philosophie mehr, sondern ein Regierungssystem, das von Land zu Land verschieden ist.
Was eine gute Sache ist. Jede Philosophie, die länger als fünfzig Jahre Bestand hat, muss schlecht sein, weil sich alles so schnell ändert.
Ich weiß, dass ich Sozialistin bin, und ich glaube an die Notwendigkeit einer Revolution, wenn der richtige Zeitpunkt da-

für gekommen ist. Aber ob die Ökonomen wie Ken und John oder die Historiker als Marxisten recht haben, weiß ich nicht. Wie kann man das wissen? Mir scheint, dass es sich bei sehr vielen der Konzepte, die wir als marxistisch bezeichnet haben und die auch von Leuten geteilt werden, die keine Marxisten sind, einfach um eine Reflexion der Zwänge der Zeit handelt, in der wir leben.

Ich will keine weiteren Konzepte. Für mich selbst, meine ich. Ich will in irgendeiner Art von Wissen aufgehen, aber ich weiß nicht, was es ist.

Glaubst Du, dass sich etwas für den Gesichtspunkt anführen lässt, dass Kommunist zu sein nie (außer für sehr wenige Leute) eine Sache des intellektuellen Standpunkts gewesen ist, sondern eher eine Art Teilhabe an einer moralischen Inbrunst?

In mir ist keine moralische Inbrunst übrig geblieben. Niemand, der sich für das Blutvergießen und den Zynismus der letzten dreißig Jahre verantwortlich fühlt, kann sich moralisch über die Grausamkeiten des Kapitalismus entrüsten. Ich jedenfalls kann es nicht.

Was ich empfinde, ist eine ungeheure Freude und Genugtuung darüber, dass die Welt so rasch voranschreitet, dass die Bauern in China nicht mehr verhungern, dass die Menschen in aller Welt sich genügend für ihre Mitmenschen interessieren, um für das zu kämpfen, was sie in diesem Moment für Gerechtigkeit halten. Ich fühle eine Art komplizierten, gigantischen Bewegungsfluss, von dem ich ein Teil bin, und es bereitet mir eine tiefe Befriedigung, darin zu sein. Aber was hat das mit politischen Einstellungen zu tun?

Ich möchte eine Menge Bücher schreiben.

Und mir ist schlecht von dem schalen Dunst von dreißig Jahren toter politischer Worte.

Ich weiß recht gut, dass dieser Brief Dir das Gefühl geben wird, ich ließe Dich im Stich, weil Du auf etwas von mir wartest. Aber das kann ich nicht ändern. Du solltest von Leuten wie mir keine Gewissheiten verlangen.

Mir ist, als wäre ich aus einem Gefängnis entkommen.

Aber vor allem bin ich überzeugt, dass Du Dich vor eine Schreibmaschine setzen und Dich selbst fragen solltest, was Du denkst.

Alles Liebe
Doris

Der Hintergrund von alledem war Folgendes: Sollten Edward Thomson, John Saville und die Übrigen zulassen, dass sie aus der Partei ausgeschlossen wurden? Ich war entschieden nicht dieser Ansicht. Aber während dies alles vor sich ging, waren meine Unterhaltungen mit Clancy und anderen der reinste »Trotzkismus«. Irgendwo glaubten wir »Revisionisten« immer noch, dass die Partei gesäubert und reformiert werden konnte. Edward forderte Versammlungen – offene Treffen mit der Führerschaft, um alles »ans Licht zu bringen«. Er entsprach damit dem Grundgefühl jener Zeit. Schwer zu glauben, dass es für diese intelligenten Leute noch 1956, 1957 eine Offenbarung bedeutete, dass King Street log, Versammlungen inszenierte, Abstimmungen manipulierte. Alle möglichen Leute erschienen in der King Street und verlangten, die Wahrheit und nichts als die Wahrheit zu hören. Da war Haimi Levy, der in die Sowjetunion gereist war, nachdem er King Street erklärt hatte, er fahre hin, ob sie nun Ja oder Nein sagten, und sich dort mit dem berüchtigten Suslow getroffen hatte. Haimi wollte mit ihm über die Behandlung der Juden in der Sowjetunion sprechen. Hunderte – Hunderttausende – waren ermordet, gefoltert, verfolgt worden. Während des Gesprächs wiederholte Suslow immer wieder, in der Sowjetunion gebe es keine Judenfrage, weil es dort keine Juden gebe. Haimi kehrte nach London zurück, verlangte von der Partei, dass sie öffentlich »mit der Wahrheit herausrückte«, und als sie sich weigerte, schloss er sich Edward Thompson, John Saville und den anderen an.

Ich wollte eindeutig nicht, dass die »Revisionisten« sich in eine Position manövrierten, in der sie mit einem Fußtritt hinausbefördert werden konnten, weil dann die Partei noch schlimmer werden würde, als sie ohnehin schon war.

Vor der neuerlichen Lektüre meiner Briefe an Edward Thompson war mir entfallen, dass ich Gollan aufgesucht hatte. Jetzt erinnere ich mich, dass er auf mich keinen großen Eindruck machte. John Gollan war der Nachfolger von Harry Pollitt als Führer der Kommunistischen Partei. Pollitt war solide, ehrlich, soweit ihm das möglich war, und wurde auch außerhalb der Partei geachtet. Er war ein Produkt der britischen Arbeiterbewegung und ihrer Kämpfe während der sehr harten Zeiten der zwanziger und dreißiger Jahre. Gollan war ein Produkt der Kommunistischen Partei – und das ist durchaus nicht dasselbe. Ich habe nie jemanden getroffen, der Harry Pollitt nicht respektierte, aber für Gollan hatten die Leute nicht viel übrig.

Immer wieder bedrängte mich die Frage, wie ich die Partei verlassen konnte, ohne Aufsehen zu erregen. Journalisten lagen auf der Lauer und warteten auf Abtrünnige, und dann gab es Schlagzeilen wie: »Soundso verkündet die Wahrheit über die kommunistische Hölle« – womit die Kommunistische Partei Großbritanniens gemeint war. Ich wollte keinen Stoff für Schlagzeilen liefern, wenn ich es vermeiden konnte. Also, weshalb tat ich dieses und jenes, suchte Johnny Gollan auf und schrieb Briefe an Edward Thompson, zumindest einige im Ton einer netten, aber ziemlich rechthaberischen älteren Schwester? Die Wahrheit ist leider, es muss die Freude an politischer Intrige gewesen sein, das Dasein im Zentrum der Dinge – mit anderen Worten Macht, sogar in diesem winzigen Rahmen.

Fakten. Es gab mehrere Zusammenkünfte in meiner Wohnung, einem leicht erreichbaren Treffpunkt für Leute, die aus anderen Städten kamen. Die Leute, an die ich mich deutlich erinnere, waren Edward Thompson, John Saville, Haimi Levy und Randall Swingler.

Von diesen leidenschaftlichen Debatten ist mir nichts in Erinnerung geblieben, wohl aber die Atmosphäre: lebendig, häufig bissig und selbstverständlich angefüllt mit dem Vergnügen an politischen Kämpfen. Natürlich müssen wir über den Einmarsch der sowjetischen Truppen in Ungarn geredet haben, aber das ist im Lauf der Zeit zu *dem* Thema geworden, an das die Menschen sich heute erinnern. Ungarn war der Höhepunkt einer ganzen Reihe fürchterlicher Ereignisse, zu denen auch die Unterdrückung des Arbeiteraufstands 1953 in Ostberlin gehört.

Mir war übel von der Spannung, die in alledem steckte, und ich war nicht die Einzige.

Ich schrieb eine Geschichte für den *New Reasoner*, *Die Sonne zwischen den Beinen*, die ich für eine meiner besseren halte. Damals hielt ich sie für meinen Kommentar zu den Unzulänglichkeiten des Kommunismus, heute eher für einen zu der Eitelkeit menschlicher Wünsche.

Mit den mit der Herausgabe der Zeitschrift verbundenen Plackereien und Mühen hatte ich nichts zu tun, das war weitgehend Edwards und Johns Sache.

Wir glaubten immer noch alle an die Revolution wie an einen Glaubensartikel.*

Ein Tosen von Veränderungen … ein Sturm … ein Hurrikan hob mit den dramatischen Ereignissen von 1956 an. Oder richtiger, die dramatischen Veränderungen, die bis zu diesem Zeitpunkt, mehr oder minder unter Ausschluss der Öffentlichkeit für uns unsichtbar stattgefunden hatten, wurden mit einem Mal für alle Welt sichtbar. Die Jugend war zurückgekehrt. Diejenigen unter uns, die sich über die Gleichgültigkeit der Jugend gegenüber der Politik beklagt hatten, mussten jetzt feststellen, dass junge Leute überall ihrer Meinung lautstark Ausdruck verliehen und oft an unsere Türen klopften – nein, hämmerten –, um unsere Unterstützung für hundert wundervolle politische Pläne zu gewinnen. Wenn sie sich beschwerten, dass es einem an Inbrunst fehle, dann war man geneigt zu murmeln: »Sie müssen verstehen, das ist alles andere als mein erster Aufbruch – und es tut mir leid, aber ich habe gelernt, der Inbrunst zu misstrauen.«

* Welche Revolution? Gegen wen oder was? Weshalb? Wann? Aber wir reden hier von einer gesellschaftlichen Massenpsychose.

Eine nicht sehr erfreuliche Einstellung, wie ich wusste, denn ich brauchte nur auf meinen eigenen ersten Aufbruch zurückzublicken – und das konnte doch nicht erst fünfzehn Jahre her sein? –, dann sah ich meine eigenen blitzenden Augen und inbrünstigen Überzeugungen, meinen Abscheu vor gemäßigten, hinhaltenden und spöttischen älteren Leuten.

»Die sind doch alle Trotzkisten«, sagte vielleicht einer von uns zu einem anderen, vielleicht am Telefon, um einem früheren Stalinisten das Neueste zu berichten. »Und wenn schon«, sagte dann er oder sie vielleicht gelassen, »schließlich können sie heutzutage kaum Stalinisten sein. Weshalb müssen sie überhaupt irgendwelche *Isten* sein?« Aber das ging damals zu weit.

Für manche Leute war dies keineswegs eine Zeit der Euphorie und Erneuerung. Nehmen wir Haimi Levy, der ausgezogen war, »die Partei in Moskau selbst« wegen des Schicksals der Juden zur Rede zu stellen. Die britische Kommunistische Partei reagierte nicht auf seine Forderung, dass die Wahrheit gesagt werden sollte. Er war ein armer Jude aus dem East End. Die Young Communist League und dann die Kommunistische Partei waren für ihn und viele seinesgleichen alles gewesen – Universität, Bildung, Errettung aus jener Art von Armut, die es heute in Großbritannien nirgendwo mehr gibt. Er hatte einen Bruder, der ebenso intelligent war wie er. Die Familie konnte nur einen von ihnen auf die Universität schicken. Die Brüder losten darum. Haimi Levy studierte und wurde der brillante und hochgeachtete Professor für Mathematik am Imperial College, während sein Bruder Geschäftsmann wurde und gleichfalls Erfolg hatte; er unterstützte Haimi finanziell und auch in anderer Hinsicht mit größter Hingabe. Die Brüder halfen einander zeitlebens. Für Haimi war der Zusammenbruch des Kommunismus etwas, von dem er sich nicht wieder erholen sollte. Er starb wenig später am Schmerz der Desillusionierung, da bin ich ganz sicher. Und es gab noch andere wie ihn, mit gebrochenem Herzen.

General de Gaulle schränkte in Frankreich die Pressefreiheit ein. In London fand eine Protestversammlung statt: De Gaulle entwickelte sich zu einem Diktator. Es war eine Nachmittagsversammlung, und ich erinnere mich aus zwei Gründen an sie. Einer davon war, dass ich dort einen Blick in die Vergangenheit tun konnte. Isaac Deutscher sprach. Er trug eine Art militärischer Kleidung, und er marschierte aufs Podium, blickte angestrengt nach »vorne«, in die Zukunft, und stand dann da und redete in einem wuchtigen, phrasendurchsetzten Stil, während seine rechte Faust rhythmisch auf die Luft einhieb. Lenin höchstpersönlich!, dachten wir alle; hier war die Verkörperung der Alten Garde. Was er gesagt hat? Ich habe keine Ahnung. Der andere Grund dafür, dass mir diese Versammlung im Gedächtnis geblieben ist, ist der, dass, als ich meinen Platz auf dem Podium einnahm, um die Demokratie zu verteidigen, ein Mann aus dem Publikum rief: »Kommen Sie gerade aus dem Bett?« Beifälliges Gelächter. Ich war empört, schließlich hatte ich schon den ganzen Vormittag schwer gearbeitet. Ich trug einen roten Rock und eine schwarze Bluse und passte offensichtlich in eine Schablone. Aha, La Pasionaria, aha, Rosa Luxemburg, und wie die Gespenster dieser und ähnlicher Frauen alle heißen mögen, die in den Köpfen der Männer der Linken spuken! (In denen der Frauen weniger.) Aber damals wurden mir unsere heroischen Fantasien, das furchtlose Gebaren von Tag zu Tag verdächtiger. Wer saß sonst noch auf dem Podium? Ich erinnere mich nur an Spike Milligan, im Vergleich zu Deutscher ein Unterschied wie Tag und Nacht, der eine humorvolle, ruhige und vernünftige Rede hielt, in der er alle Exzesse verurteilte. Ich fühlte mit ihm, weil ich wusste, dass er zu dieser Versammlung gekommen war, obwohl er Politik hasste. Als wir, die Redner, zur Tür gingen, war Spike Milligan neben mir, wegen *The Goon Show* für mich und jedermann sonst dort ein Held. Als ihm bewusst wurde, dass ich etwas sagen wollte, was seine Privatsphäre tangierte, streckte er rasch die Hand aus: »Und so treffen wir uns wieder ...« – ein abrupter Rückzug – »... zum ersten

Mal.« Das brachte meine geistige Maschinerie in Unordnung, und ich vermochte nichts mehr zu sagen. Damals beschloss ich, mich der gleichen Technik zu bedienen, wenn ich von Fans attackiert wurde, aber man muss Spike Milligan sein, damit sie funktioniert. Das Entscheidende dabei ist, dass sie nicht demütigend ist, anders als bei einem Treffen des PEN-Clubs kurz nach meiner Ankunft in London, wo Eleanor Farjeon neben mir aufragte und ich ihr sagte, wie viel mir ihre Erzählungen bedeutet hatten, als ich noch ein Kind war. Worauf sie murmelte: »Ich habe sie natürlich speziell für Sie geschrieben.« Damals schwor ich mir, dass ich niemals einem respektvollen Fan gegenüber so unfreundlich sein würde, und ich hoffe, ich bin dabei geblieben, allen Versuchungen zum Trotz.

NOCH EINE VERSAMMLUNG

Die neu gegründete *New Left Review* organisierte eine Versammlung, die, wenn ich mich recht entsinne, unter dem Motto »Wohin Großbritannien?« oder »Großbritannien am Scheideweg« stand. Ich saß zusammen mit einigen anderen auf dem Podium und äußerte meine Gedanken, als ein Mann im Publikum aufstand und fragte: »Wie können Sie es verantworten, da oben zu sitzen und uns Ihre Meinung zu sagen, wo Sie und Ihresgleichen sich doch in allen Dingen so sehr geirrt haben?«

Eine sehr gute Frage. Eine Antwort hätte lauten können: »Weshalb sitzen Sie da und hören uns zu?« Oder: »Aber es gab auch eine Menge Dinge, in denen wir recht hatten.« Oder: »Aber alle waren Kommunisten.«

Aber wir legten Zeugnis ab. Weshalb? Der Grund dafür kann nur sein, dass wir uns als Stellvertreter für andere empfanden. »Das sind meine Erfahrungen und die von vielen anderen Leuten.« Ist es so, dass wir unseren eigenen Erfahrungen nicht trauen, bevor wir wissen, dass andere Leute das Gleiche erlebt haben? Der Grund dafür kann nur der sein, dass wir in Zeiten so weitreichender und oft plötzlicher Veränderungen leben. Man möchte wissen, was Freunde dieser Tage denken, denn es versteht sich von selbst, dass sie nicht dasselbe denken wie beim letzten Zusammentreffen. (»Wie stehst du heute dazu?«) Dennoch hat es Gesellschaften gegeben, wie man uns erzählt, in denen jedermann jahrhundertelang dasselbe dachte. Wahrscheinlich gibt es auch heute noch Nischen mit solchen Leuten. Eine amerikanische Freundin von usbekischer Abstammung machte sich auf die Suche nach ihren Wurzeln, wozu wir uns alle dann und wann gedrängt fühlen, und stellte fest, dass der Clan oder Stamm, dem ihre Großeltern angehört hatten, noch genauso lebte wie damals; sie waren Händler und Ladenbesitzer und hatten viel mit Pferden zu tun. Mittelpunkt ihres Lebens waren lange, gesellige, gemeinschaftliche Mahlzeiten, bei denen die Leute sich unterhielten. Eine entspannte Lebensweise und sicherlich zuträglich, sonst hätte sie nicht so lange Bestand gehabt. Aber in der Zwischenzeit war meine Freundin, ein winziger Splitter des Clans, so etwas wie ein Blatt in einem Wirbelsturm moderner Menschen geworden, wo nichts auch nur fünf Minuten lang dasselbe blieb.

Es gibt bekannte Leute, deren Ruhm in erster Linie darauf beruht, wie oft und wie gründlich sie ihre Ansichten über alles Mögliche geändert haben. Wir legen Zeugnis ab. »Früher dachte ich dieses, heute denke ich jenes.« Als ob Ideen Anker wären.

ABGESCHOBEN

John Wain und ich erinnerten uns daran, dass wir gern tanzen gingen, »als wir noch jung waren«. Es versteht sich von selbst, dass wir uns damals noch für ziemlich jung hielten. Ich war noch nicht vierzig, er ungefähr genauso alt. Wir gingen in den Jazz Club in der Oxford Street, wo Humphrey Littleton Trompete spielte mit seiner Band, und stellten fest, dass all die jungen Leute sehr nett zu diesen alten Knackern waren, die im Grunde gar kein Recht hatten, dort zu sein. Wir bewegten uns verhalten, gehemmt von den toleranten, aber belustigten Blicken, und dann ertanzten wir uns unseren Weg an den Rand der Tanzfläche – und verzogen uns, um Kaffee zu trinken und unsere Wunden zu lecken.

LOBENSWERTES VORHABEN

John Berger war zu dem Schluss gelangt, dass es schlecht war, wenn Schriftsteller nur mit Schriftstellern zusammenkamen, Maler mit Malern, Architekten nur mit Architekten und so weiter. Er hatte recht. Es sollte einen zentralen Treffpunkt geben, wie er in Paris existierte, wo es Cafés gab, in die man in dem Wissen gehen konnte, dass man dort Künstler, Schriftsteller, Denker treffen würde. Aber nicht zum ersten Mal – und ich bin sicher, auch nicht zum letzten – stand uns die Größe Londons im Weg, das nie so sein kann wie Paris, das wesentlich kompakter und konzentrierter ist und wo das Dôme, das Flore und das Deux Magots nur zehn Minuten voneinander entfernt sind. Und dann gab es in London die Sperrstunde: Die Pubs schlossen um elf. Aber John fand, es wäre einen Versuch wert. Er mietete einen großen Raum über einem Pub, nur eine Minute vom Oxford Circus entfernt – sicherlich zentral genug –, und lud eine Menge sehr unterschiedlicher Leute ein, um diese »inzestuösen« Barrieren niederzureißen. Alle kamen. Der Raum war voll, summte, pulsierte, vibrierte. Was für eine gute Idee, dachten wir alle, wie klug von John Berger, auf diese Idee zu kommen, und natürlich musste es noch massenhaft solche Zusammenkünfte geben. Und dann rief John uns zur Ordnung und hielt eine Rede. Es ging um irgendeine gute Sache, etwas Politisches. Und sofort konnte man beobachten, dass die Maler, nach kurzem Blickkontakt untereinander, sich auf den Weg zur Tür machten. Sie gingen als Erste. Wie Leute bemerkten: »Die hatten schon immer Verstand.« Und dann gingen auch die anderen, einzeln und in Gruppen, während John tapfer weiterredete. Was war die gute Sache? Wer weiß das heute noch, wen kümmerte es damals, denn wir gingen. »Nicht noch einmal«, sagten die Leute. »Das ist uns schon zu oft passiert ...« Und so endete ein tapferer Versuch, aber wenn die Politik nicht ins Spiel gekommen wäre, säßen wir vielleicht alle heute noch dort ...

DAS GESELLSCHAFTLICHE LEBEN DER NEUEN LINKEN

Das war lebendig. Die Neuen Linken eröffneten ein neues Café und vergnügten sich damit, es zu streichen und zu renovieren; es sollte das Zentrum eines neuen politischen Lebens werden; aber Idealismus ist kein Ersatz für Geschäftssinn, und es ging pleite. Da war Jimmy der Grieche, der in einem riesigen Kellerlokal in der Frith Street billige und reichliche Mahlzeiten servierte, in dem es von neuen Genossen nur so wimmelte, die Tag und Nacht über Politik diskutierten – und das Lokal existiert immer noch. Verschiedene billige Räumlichkeiten wurden angemietet, in der die *New Left Review* und die mit ihr zusammenhängenden Organisationen untergebracht werden konnten, und sämtliche wurden von den Getreuen gestrichen, und sie fühlten sich sehr wohl dabei. Genau wie wir es damals in Salisbury getan hatten. In diesen Räumlichkeiten, in den Cafés und den billigen Lokalen saß die neue Jugend und redete. Reden ist immer die Hauptsache bei einem neuen Aufbruch. Ich nahm an alledem keinen Anteil, aber Clancy tat es, und von ihm erfuhr ich, wie die Dinge liefen.

1957 starb meine Mutter. Folgendes war passiert: Nachdem sie es nicht geschafft hatte, bei mir ein Zuhause zu finden, war sie nach Südrhodesien zurückgekehrt, wo sie bei dieser und jener alten Freundin gewohnt hatte, manchmal mehrere Wochen lang, aber sie wusste, dass dies nicht ihre Zukunft sein konnte. Dann teilte sie meinem Bruder mit, dass sie kommen und wieder in Marandellas (jetzt wieder Marondera) leben würde, um in seiner Nähe zu sein. Sie erbot sich, ihr Leben ihm und seinen Kindern zu widmen: »Wozu bin ich denn sonst noch gut, wenn ich nicht anderen von Nutzen sein kann?«

Meine Mutter lebte in einem anständigen und behaglichen Altersheim. Sie hatte einen kleinen Garten. Gegen dieses Arrangement, das sie selbst getroffen hatte, gab es nichts einzuwenden. Aber sie hatte nichts zu tun. Sie war eine tatkräftige Dreiundsiebzigjährige. Nachmittags und abends spielte sie Bridge und Whist – sie war eine vorzügliche Spielerin – und versuchte sich einzureden, dass sie sinnvoll beschäftigt war. In Wirklichkeit wartete sie nur auf eine Nachricht von ihrem Sohn: Monica wächst alles über den Kopf, bitte komm und wohne bei uns, und kümmere dich um die Kinder.

Und dann hatte sie einen Schlaganfall. In ihr Zimmer kam der Priester – sie gehörte der Church of England an –, um ihr die Letzte Ölung zu verabreichen. Sie versuchte sich aufzurichten, versuchte – mit ihrer gelähmten Zunge – Nein, Nein, Nein zu sagen, fiel zurück und starb. Sie hätte noch weitere zehn Jahre leben können, wenn irgendjemand sie gebraucht hätte.

Ich war vor Kummer wie gelähmt, aber dies war kein Sturz in den Schmerz des Verlustes, sondern ein kalter, grauer Zustand der Halberstarrung – ein eingeschlossener Kummer. Wie gewöhnlich bedauerte ich sie wegen ihres unerfreulichen Lebens, aber dieser Sturm des Mitleids wurde von dem kalten Gedanken blockiert: Wenn du ihr erlaubt hättest, bei dir zu wohnen, wäre sie nicht gestorben. Ich driftete durch meine Wohnung, kehrte zu meinem allerfrühesten Selbst zurück, dem kleinen Mädchen, das sehen konnte, wie sie litt, aber trotzdem murmelte: Nein, ich will nicht, *lass mich in Ruhe.* Clancy war zeitweise anwesend, und er war gütig. Seine Gefühle für seine eigene Mutter, die er bemitleidete und fürchtete, ermöglichten es ihm, die meinen zu verstehen. Emotionen, wie schlichte Tränen, die ich mir ehrlicherweise nicht erlauben konnte, fanden für mich ihren Ausdruck in Blues-Musik. Ein paar Wochen oder Monate lang hörte ich nichts anderes. St. James Infirmary, St. Louis Blues – Bessie Smith, Billie Holiday, andere –, ich kann sie noch heute nicht hören, ohne mir die Ohren zuzuhalten oder das Gerät abzuschalten, das sie wiedergibt. Zuhörend dachte ich: An welchem Punkt dieser langen, traurigen Geschichte von meiner Mutter und mir hätte ich mich anders verhalten können? Etwas anderes tun können? Aber ich musste zu dem Schluss kommen, dass nichts anders hätte sein können. Und wenn sie ins Leben zurückkehren und nach London kommen und vor mir stehen könnte, tapfer, demütig, verständnislos: »Aber ich will doch nur anderen nützlich sein«, dann würde ich genau dieselbe sein und dasselbe sagen. Also welchen Sinn hat Kummer? Schmerz? Reue?

Es war eine schlimme, zäh dahinfließende Zeit, mir war, als befände ich mich Meilen unter zähflüssigem, kaltem Wasser. Peter wusste, dass seine Großmutter gestorben war, aber weshalb sollte er um eine alte Frau trauern, die eine Weile da gewesen und dann wieder abgereist war? Es gibt Todesfälle, die keine Schläge sind, sondern Prellungen, die sich dunkel ausbreiten, außer Sicht, aber nie wirklich verschwinden. Manchmal denke ich: Angenommen, sie würde jetzt hereinkommen, eine alte Frau, und hier wäre ich, gleichfalls eine alte Frau ... wie würden wir sein? Ich stelle mir gern vor, dass wir eine Art humorvollen Verständnisses aufbringen würden. Worüber? Darüber, dass das Leben so verdammt fürchterlich ist. Aber meistens denke ich, dass ich sie einfach in die Arme nehmen würde – wen? Die kleine Emily, deren Mutter starb, als sie drei Jahre alt war, die sie den Dienstboten überließ, einer kalten, lieblosen Stiefmutter, einem kalten, pflichtgetreuen Vater.

Die Neue Linke war nicht der einzige Ausdruck junger Politik. Der andere war das Royal Court Theatre, dessen Ära heute als kleines goldenes Zeitalter des Theaters gilt, unter der gütigen Ägide von George Devine. Das war es sicherlich, aber es war auch eine Zeit begabter, intelligenter junger Männer, zumeist aus dem Norden, zumeist aus der Arbeiterklasse, die beschlossen hatten, sich einen Namen zu machen. Was ihnen auch gelang, jedem Einzelnen von ihnen, denn schon bald arbeiteten sie in den höchsten Positionen von Oper, Theater und Film. Aber damals waren sie bloß Sperlinge im Vergleich zu George Devines Adler, mit Ausnahme von Tony Richardson, der eine Zeit lang sogar das Theater leitete. Wie alle jungen Männer von der Neuen Linken hatte er keine Spur von Respekt für die etablierte Ordnung. Wenig später drehte er die Filme, die das britische Kino zu neuem Leben erweckten, *Blick zurück im Zorn*, *Samstagnacht bis Sonntagmorgen*, *Bitterer Honig*, *Tom Jones*, *Die Einsamkeit des Langstreckenläufers*. Gleichzeitig war er derjenige, der im Royal Court den Ton angab. Er war ein hochgewachsener, magerer, gut aussehender junger Mann, der sich eine schleppende, mit »Darling« gespickte Redeweise zugelegt hatte, die vermutlich als Parodie begonnen hatte, doch dann zum Habitus wurde. Tony Richardsons Stärke rührte daher, dass er der Inbegriff des Außenseiters war, sowohl in Bezug auf seine Position wie auch auf sein Temperament. Er kam nicht aus der Mittelschicht und dem Süden Englands, sondern warf mit der Direktheit und Unverblümtheit des Nordengländers einen langen, intensiven, kühlen Blick auf das gemütliche London der Mittelschicht und dominierte bald jede Szene, der er angehörte. Wenn ich heute auf die Leute im Court und in ihrem Umkreis zurückblicke, ist er derjenige, der alle anderen überragt, und das, obwohl sie alle außerordentlich talentierte Leute waren.

Das Court war mehr als nur ein lebendiges Theater mit einer tapferen Geschichte, wo jeder mit Talent begabte Mensch arbeiten wollte. Seine Atmosphäre, sein Ambiente war so intensiv, dass es eine Zeit lang eher so etwas wie eine zwanglose Gemeinschaft war. Um das Theater herum wuchsen Seminare und »Happenings« von der Art, wie sie in den sechziger Jahren an der Tagesordnung waren. Welches Bedürfnis war es, in der zweiten Hälfte der Fünfziger, dem, ob Jung oder Alt, eine große Menge Menschen Ausdruck zu verleihen suchte – einige von ihnen Schauspieler und Dramatiker, aber nicht unbedingt Mitarbeiter des Theaters –, indem sie ganze Abende und Wochenenden damit verbrachten, Bäume, Wände oder Flüsse zu sein oder Zorn, Liebe, Mitleid und so weiter zu verkörpern? Ein Teil dieser Veranstaltungen hatte eine gewisse Ähnlichkeit mit dem, was man über die lebenden Bilder und Scharaden der viktorianischen Salons liest. Ein Haus, wo Derartiges veranstaltet wurde, war das von Anne und Peter Piper an der Themse in Hammersmith, ein wunderbar fragiles Haus mit auf Säulen ruhenden Veranden, was ihm die Atmosphäre eines mit den Gezeiten driftenden Schiffes verlieh. Es war voll von bildschönen Töchtern jeden Alters; wenn man darin war, musste man sich einfach vorstellen, dass Renoir zurückkehren und sie alle malen würde. Während ich – und Peter – es liebten, die Pipers zu besuchen, kann ich nicht behaupten, dass mir die Scharaden gefielen, weder dort noch im Court, trotz der berauschenden Atmosphäre. Was mir nicht gefiel, war das Zusammengehören, die Familie, das »Wir gegen sie« – der Clan. Davon hatte ich ein für alle Mal genug. Ich wusste, dass es bald auseinanderbrechen würde, denn das tut es immer, aber es war bezaubernd, solange es dauerte. Und eine Zeit lang war ich eine Royal-Court-Autorin. »Ach, Sie gehören zu unseren Autoren«, sagten sie zu mir und gaben mir gute Plätze, aber gleichzeitig sann ich auf Rache: Ihr habt mir ein Versprechen gegeben und es nicht gehalten.

Ich hatte ein Stück geschrieben über jene Zeit, in der sich die Jugend eindeutig nicht für Politik interessierte. Für mich war es ein Schock, wenn ich – nach Jahren voll politischer Flüchtlinge, Überlebender aus Konzentrationslagern, Flüchtlingen aus den kommunistischen Ländern – einen gleichgültigen jungen Mann murmeln hörte: »Tut mir leid, aber für Politik habe ich keine Zeit.« In jener Zeit war Kenneth Tynan das große Vorbild, denn er war ein Dandy, trug, um ältere Leute zu ärgern, pfauenhafte, von Max Beerbohm und Oscar Wilde inspirierte Kleidung. Meinesgleichen und ich waren schockiert und beunruhigt, denn wir dachten, wenn man »kein politisches Bewusstsein« hat, dann bekommt man, was man verdient – zumindest einen Hitler. Dass einige der Generationen mit dem stärksten politischen Bewusstsein Stalin bekommen hatten, war kein Gedanke, den wir damals schon hegen konnten. Das also war der Hintergrund von *Jedem seine eigene Wildnis*, das und das Mitansehen, wie einer Freundin von mir, einer Kommunistin, Woche um Woche, monatelang, von ihrem unpolitischen Sohn Vorhaltungen wegen ihrer politischen Einstellung gemacht wurden. Dann gab sie die Politik auf, und er wurde, praktisch über Nacht, zu einem extremen, um nicht zu sagen, gewalttätigen Politikbesessenen – alles, weswegen er sie so heftig kritisiert hatte. Noch während ich das Stück schrieb, hatte sich schon alles geändert, und Kenneth Tynan führte die neue Welle an. Ich schickte dieses Stück ans Royal Court, was bedeutete, an Tony Richardson, und wurde von ihm und George Devine zum Lunch eingeladen, wo beide von dem Stück schwärmten. »Genauso gut wie *Blick zurück im Zorn*, Darling«, erklärte Tony mit seiner schleppenden Stimme. Ein ahnungsvoller Kobold sprach aus mir, als ich sagte: »Aber es ist durchaus möglich, dass ihr eure Meinung ändert.« Beide Männer versicherten mir mit tausend Versprechungen, dass dies nicht passieren würde. Monate vergingen, und ich wagte es, mich zu erkundigen, was mit der Aufführung passiert war, und bekam einen Brief von George Devine, der mit den Worten anfing: »Es gibt immer noch etliches, was uns an Deinem Stück gefällt.« Tony Richardson war in die Vereinigten Staaten gereist, um dort zu arbeiten, und er war es gewesen, der das Stück bewundert hatte. Sein Nachfolger als Georges Mentor war Lindsay Anderson, ein starrer Linker, dem es nicht gefiel und der George geraten hatte, es nicht herauszubringen. Anstatt auf den Spielplan gesetzt zu werden, wurde das Stück nur an einem Sonntagabend unter der Regie von John Dexter aufgeführt. Der war damals noch unbekannt, seiner selbst nicht sicher, wohl aber seines Talents, und bereits ein wunderbarer Regisseur. Die Sonntagabend-Vorstellungen im Royal Court waren eine Zeit lang immer bis auf den letzten Platz ausverkauft. Das Stück bekam gute Kritiken. Wäre es auf den Spielplan gesetzt worden, wäre es ebenso gut gelaufen wie viele andere, aber es war unmodern, nicht nur vom Thema her, sondern auch formal. Das Court verachtete das gut gebaute Stück. Die Autoren dort verachteten ihre Vorgänger, Noël Coward, Terence Rattigan, Anouilh und besonders Priestley. Man brauchte diese Namen nur zu erwähnen, um das Äquivalent des Geräuschs zu hören, das eine lautstark gezogene Toilettenspülung von sich gibt.

Muss das sein? Ich meine, dass aufblühende junge Talente ihre Vorgänger verachten müssen? Ich habe eine Unmenge von neuen Aufbrüchen erlebt, und hinter allen standen junge Leute, die ihre Vorgänger hassen mussten. Und wenn ich an meinen eigenen Aufbruch zurückdenke und mich an die Inbrunst meiner Verachtung für diejenigen erinnere, die direkt vor mir da waren, dann bin ich betreten, weiß, warum es so ist – frage mich aber trotzdem: Muss das denn so sein? Denn er ist eine schlimme Verschwendung, dieser Zyklus, wo neue Energien aufwallen, aber das zerstören, was vorher da war; und dann begreifen die Neuerer allmählich, dass sie vielleicht zu voreilig waren, und lernen, Leute anzuerkennen, die genauso waren wie sie, nur ein oder zwei Generationen zuvor. Gleichzeitig werden sie von ihren Nachfolgern in Grund und Boden verdammt. Ein trauriger, schlimmer, törichter Zyklus.

Die neuen Stücke, die auf dem Spielplan des Royal Court erschienen, waren überwiegend formlos, um nicht zu sagen anarchisch, und hätten dringend eingestrichen werden müssen. Nur wenige dieser Stücke haben sich durchgesetzt. Aber für ihre Schreiber scheint das Einstreichen, Formen und Beschneiden eine Beleidigung der Kreativität gewesen zu sein. (Das galt nicht für die Stücke von Arnold Wesker, John Osborne oder Shelagh Delaney.)

Ich will *Jedem seine eigene Wildnis* nicht besser machen, als es ist. Es war ein nettes kleines Stück, nichts Besonderes. Es wird noch heute gelegentlich gespielt. Um zu begreifen, was ihm fehlt, braucht man sich nur *Warten auf Godot* anzuschauen oder die Stücke von Genet oder Sartre. Viel später, als Tony Richardson mich während eines Aufenthalts in London besuchte, sagte er: »Das war ein gutes Stück.« Es tat ihm leid, was passiert war. Und er tat etwas Großzügiges. Er forderte mich auf, für Faulkners *Griff in den Staub* ein Drehbuch zu schreiben, für tausend Pfund. Schon damals wusste ich genug über die Welt des Films, um zu wissen, dass dieser Film vielleicht nie gedreht werden würde, und auf keinen Fall so, wie ich ihn geschrieben hatte, und erst später begriff ich, dass Tony diesen Weg gewählt hatte, um mir ein bisschen Geld zukommen zu lassen. Ich habe Tony, über den manchmal sehr unfreundliche Dinge gesagt werden, nur als freundlichen, rücksichtsvollen, instinktiv großzügigen Menschen erlebt, abgesehen davon, dass er sehr intelligent war.

Ich sah *Blick zurück im Zorn* mit Miles Malleson und hätte keinen geeigneteren Begleiter haben können. Miles gefiel das Stück überhaupt nicht, aber er war keineswegs irgendein alter Nörgler. Heute sind Ibsen, Tschechow, Molière für uns selbstverständlich, aber damals scheuten die Theaterleiter vor ihnen zurück. Miles hatte einige Stücke neu übersetzt, die Intendanten unter Druck gesetzt und in diesen Stücken mitgespielt. Er sah sich zeit seines Lebens in der Avantgarde, eine George Devine vergleichbare Gestalt. Aber an diesem Abend, in dem aufgeregten, nervösen Publikum, in dem die Jungen Beifallsschreie ausstießen und die ältere Generation unglücklich dreinschaute, sagte Miles immer wieder: »Aber schlechte Manieren sind keine Sozialkritik.« Miles war Sozialist, jedoch nicht weit vom Kommunismus entfernt; vielleicht war er sogar Kommunist. Ich weiß es nicht. Als ich kürzlich im National Theatre einer seiner Töchter begegnete, vermutete sie, dass meine Freundschaft mit Miles die von zwei alten Streitrössern der Partei gewesen ist, aber ich habe von Miles nie etwas gehört, das auf die Parteilinie hingedeutet hätte. Jimmy Porter, mit dem sich so viele junge Männer identifizierten, hielt ich für infantil und so von Selbstmitleid erfüllt wie die jungen Leute, die sich um *Werthers* willen das Leben nahmen. Miles empfand ihn als das Äquivalent eines Furzes ins Gesicht der Respektabilität und ungefähr ebenso sinnvoll.

Aber worüber war Jimmy Porter so zornig? Es gibt zwei Todesfälle in diesem Stück. Der eine ist sein Vater, der im Spanischen Bürgerkrieg stirbt, um dessentwillen so viele Briten sich ihrer Regierung schämten, und der andere eine alte Frau aus der Arbeiterklasse, eine Überlebende aus den hungrigen, schäbigen, von Armut beschmutzten dreißiger Jahren. Mit diesem Zorn konnte ich mich identifizieren. Dennoch fragen die älteren Leute: Worüber war Jimmy Porter – oder John Osborne – so zornig? Über die Gründe für diesen Zorn wurden damals unglaubliche Mengen an Papier verschwendet.

1951 war *Angry Young Man* erschienen, die Autobiografie von

Leslie Paul, einem namhaften Schriftsteller, dessen Lebenslauf und Veröffentlichungen in *Contemporary Authors* zwei lange Spalten füllen. Mir ist nie jemand begegnet, der dieses Buch gelesen hat, aber sein Titel hat vermutlich den von Osbornes Stück inspiriert. Osborne traf mit ihm das Lebensgefühl der Zeit. Wenn die Leute von der Öffentlichkeitsarbeit am Royal Court überlegten, wie sie die Aufmerksamkeit auf *Blick zurück im Zorn* lenken konnten, dann sagten sie zu John Osborne: »Sie sind vermutlich ein zorniger junger Mann.« Und fütterten die Presse damit. Wie wir heute, nachdem wir teuer dafür bezahlt haben, wissen, konnte die Presse eine gute Sache nicht auf sich beruhen lassen, und noch jahrelang wurde jedes neue Talent bei seinem Erscheinen als »zorniger junger Mann« gefeiert. »Zornige junge Männer.« Journalisten sind schon ein erstaunliches Phänomen: Man sollte annehmen, dass sie sich wenigstens gelegentlich um ein bisschen Originalität bemühen. Noch vor nicht allzu langer Zeit haben wir dasselbe mit John Major erlebt, der zu Beginn seiner Amtszeit als Premierminister als »grau« beschrieben wurde. Jahrelang hat John Major die Journalisten dazu »inspiriert«, das Adjektiv »grau« hinzuzufügen. Wie programmierte Ratten. Mrs. Thatcher: die Handtasche.

Und nun tritt Tom Maschler auf, noch sehr jung – dreiundzwanzig –, gut aussehend und ehrgeizig, der in meiner Wohnung erschien und von mir verlangte, dass ich einen Beitrag zu einem Buch mit dem Titel *Declaration* schreiben sollte. Ich sagte ihm, dass ich es hasste, Texte über meine Ansichten zu schreiben. Er erwiderte vorwurfsvoll, seine gesamte Zukunft hinge von diesem Buch ab. Später erfuhr ich, dass das der Grund war, aus dem wir alle zusagten: Wir konnten uns Toms Nöten nicht verschließen. Außerdem war er an Iris Murdoch herangetreten – behauptete er –, und sie hatte Nein gesagt, und er musste eine Frau in seinem Buch haben: Ich durfte ihn ganz einfach nicht im Stich lassen. Und so wurde ich ein zorniger junger Mann.

Tom war ein Opfer des Krieges. Seine Eltern waren als Flüchtlinge aus Wien gekommen, als er sechs Jahre alt war, und als ob das noch nicht genug wäre, trennten sie sich kurz nach ihrer

Ankunft. Seine Mutter bekam eine Stellung als Köchin in einem großen Haus auf dem Land. Tom, der in Wien ein kleiner Prinz gewesen war, wurde zum Sohn einer Köchin. Er wurde der Anführer einer Bande von kriminellen Jugendlichen und erzählte sehr lustig und prahlerisch von ihren Taten. Außerdem beklagte er sich bitter, dass die Tatsache, dass er gerettet und in eine Quäker-Schule geschickt worden sei, ihn ruiniert habe, weil sie ihm ein Moralgefühl verliehen habe – sonst wäre er ein zweiter Onassis geworden. Seine kurze Zeit in der Armee war kein Erfolg gewesen: Er war nicht der einzige junge Mann, den ich kannte, der, empört darüber, dass so etwas Gemeines ihm widerfahren konnte, sich einfach aufs Bett legte und sich weigerte, wieder aufzustehen. Er war Reiseleiter gewesen – das war zu Beginn dieser Art von Tourismus. Seine Sprachkenntnisse und sein Charme bewirkten, dass er Erfolg hatte. Er bestand alle möglichen Abenteuer, darunter das, Kaffee über die Grenzen zu schmuggeln. (Wirklich guter Kaffee war eine heiß begehrte Ware.) Als ich mit Peter nach Spanien fuhr, war ich gebeten worden, eine Packung Kaffee für unseren netten jungen Reiseleiter mit über die Grenze zu nehmen; das waren unschuldige Zeiten. Tom beschloss, Verleger zu werden, und bekam einen Job bei André Deutsch für fünf Pfund pro Woche; damals, als wir uns kennenlernten, arbeitete er bei McGibbon & Kee in sehr untergeordneter Stellung. Er hatte vor, der beste Verleger in Großbritannien zu werden, aber er musste einen Anfang machen. Dieses Buch, *Declaration*, würde der Anfang sein. Tom wurde der beste, auf alle Fälle der am meisten Aufsehen erregende Verleger in Großbritannien. Er hatte eine gute Nase, Spürsinn, Instinkt. Er bewies diese gute Nase in seiner Auswahl für *Declaration*. Was wir gemeinsam hatten, war, dass man uns damals kannte: Wir »hatten Namen« mit einer Aura des Erfolgs oder der Verheißung.

Während wir auf das Erscheinen von *Declaration* warteten, wurde Tom unser aller Freund. Einige von uns erteilten ihm Ratschläge. Wenn er Verleger werden wolle, dann sei es eine gute Sache, wenn er ein paar Bücher lesen würde. Interessant ist, dass wir alle mit ungefähr derselben Liste von zwanzig Büchern aufwarteten. Außerdem sollte er versuchen, täglich eine Zeitung zu lesen, denn selbst wenn er sich nicht für Politik interessierte, musste er doch wissen, was vor sich ging. Also gut, wenn er schon nicht Zeitung lesen wollte, dann musste er jemanden bitten, ihn ständig zu informieren.*

Tom ist einer der Menschen, die Kommentare herausfordern, und zwar überwiegend unfreundliche. Ein Teil geht auf Neid zurück, weil er so phänomenal erfolgreich war.

Ich habe ihm erklärt, dass es schwierig sein würde, über ihn zu schreiben, weil einige der Dinge, die er sage, so schrecklich seien.

»Zum Beispiel?«, fragte Tom.

»Zum Beispiel dies«, sagte ich. Mein italienischer Verleger Feltrinelli rief mich vom Ritz aus an und fragte, ob ich mit ihm frühstücken wolle. Wie schick das damals war, ein Arbeitsfrühstück; ich hatte noch nie davon gehört. Da saßen wir nun im Ritz, umgeben von der Fülle des dort servierten Frühstücks, und tranken schwarzen Kaffee, weil keiner von uns richtig frühstückte. Giangiacomo Feltrinelli war ein sympathischer Mann und ein tapferer Verleger. Er war Kommunist und leitete einen linken Verlag, trotzdem veröffentlichte er Bücher wie *Doktor Schiwago* und andere von den sowjetischen Autoritäten verdammte Bücher, was ihm natürlich heftige Vorwürfe der Genossen eintrug. An diesem Vormittag rief Tom zufällig an, und ich erzählte ihm von dem Frühstück mit Feltrinelli. Tom sagte: »Ich komme zu dir.« Dann verlangte er von mir, dass ich Feltrinelli in seinem Hotel anrief und ihm mitteilte, dass mein Freund Tom Maschler bei mir war und gern mit ihm reden würde. Ich tat es. Ich sage nicht, wie mir dabei zumute war. Dann hörte ich zu, wie Tom auf Feltrinelli einredete, dem man

* Weil die Ära, in der es bei der Jugend Mode war, sich nicht für Politik zu interessieren, kaum hinter uns lag, gab es etliche vielversprechende junge Männer, denen ihre Mentoren klarmachen mussten, dass sie nicht erwarten konnten, Dinge in Bewegung zu setzen und die Nation aufzurütteln, solange sie nicht die geringste Ahnung von dem hatten, was in der Welt passierte.

keinen Vorwurf hätte machen können, wenn er vermutet hätte, dass Tom mein Geliebter war. Nachdem das Gespräch beendet war, legte Tom den Hörer auf und sagte triumphierend zu mir: »Ich treffe ihn heute Abend.« Am nächsten Tag rief er an und verkündete, dass er in sein Landhaus eingeladen worden war. Und Tom wurde ein guter Freund der Feltrinellis.

»Und was war dagegen einzuwenden?«, fragte Tom. »Das war nichts als Unternehmerinitiative.« Chuzpe, das war Toms zweiter Vorname. Er hatte seit sechs Monaten bei McGibbon & Kee gearbeitet, als ihn Howard Samuels, der Besitzer des Verlags, zu sich rief und zu diesem überschwänglichen und unternehmungslustigen jungen Mann, den er schließlich unter so vielen vielversprechenden Bewerbern ausgewählt hatte, sagte: »Wissen Sie, Tom, im Grunde macht es mir ja nichts aus zuzulassen, dass jedermann denkt, dass Sie diesen Verlag leiten, aber ich habe etwas dagegen, dass Sie so tun, als gehörte er Ihnen.«

Aber im Grunde brauchte man sich nur an Balzacs Rastignac zu erinnern, den Provinzler, der entschlossen war, Paris zu erobern. In London wimmelte es von jungen Männern, von denen die meisten, aber nicht alle, aus dem Norden Englands kamen, viele aus der Arbeiterklasse, von den öffentlichen Schulen, ohne die Beziehungen, die in diesem Land so wichtig sind, aber mit einer Menge Dreistigkeit und Intelligenz. Frauen sind ehrgeizigen jungen Männern immer sehr nützlich gewesen. Weshalb auch nicht? Das ist ein Teil der sozialen Mechanismen. Aber bis wir es uns zusammengereimt hatten – einige von uns, indem sie sich an Rastignac erinnerten –, waren die Frauen, deren Namen damals in den Zeitungen standen, ständig verblüfft darüber, weshalb sie in Theaterfoyers und an anderen öffentlichen Orten von jungen Männern umarmt wurden, die sie kaum kannten und deren Aufmerksamkeiten zwar nicht uns, aber die Zuschauer beeindruckten; oder wir wurden gleichzeitig mit jungen Leuten, die wir kaum kannten, über Sprechanlagen gebeten, zu Hotelrezeptionen oder Flughafenschaltern zu kommen.

Und nun eine allgemeinere Feststellung. Es hat den Anschein, als wären wir übereingekommen, dass unerfreuliche Tatsachen über einen Menschen mehr über sein wirkliches Selbst enthüllen als erfreuliche, aber warum? Nichts ist leichter als Bosheit, und um etwas zu finden, was einen Menschen in Misskredit bringt, braucht man ihn sich nur genau anzusehen; außerdem hat jeder lebende Mensch Wurzeln, die in den Schmutz hinabreichen: Das gehört zur *conditio humana.* Wir sind geübte Kritiker unserer Mitmenschen, gute Ausschnüffler ihrer moralischen Schwächen. Früher einmal galt Bosheit als Makel, heute wird sie beklatscht. Der heute viel benutzte Ausdruck *dishing the dirt* (jemanden verleumden, schlecht über ihn reden) sagt mehr über uns aus, als uns lieb sein kann: Er ist bezeichnend für unsere niederträchtige Zeit. Und jetzt, falls ich schreibe: Tom war viele Jahre lang ein tatkräftiger, ein brillanter Verleger; er verwandelte Jonathan Cape von einem in den letzten Zügen liegenden Verlag in den lebendigsten in Großbritannien; er fand neue, junge Autoren, setzte sich für sie ein und unterstützte sie; er kämpfte für Bücher, die von den Rezensenten anfangs verächtlich gemacht und verrissen wurden, wie *Hundert Jahre Einsamkeit* und *Catch-22*; er hat sich Freunde bewahrt, die mit ihm durch dick und dünn gehen … aber ich bin sicher, das Auge des Lesers ist über diese Lobesworte hinweggeglitten in der Hoffnung, auf den Schmutz zu stoßen. *Die Wahrheit.**

Meine Klage ist jetzt von allgemeinerer Natur: Was passiert mit diesen grandiosen Freibeutern, wenn sie alt werden? Diesen jungen Leuten, die uns mit ihren Taten unterhielten? Sie werden respektabel, und man trifft einen kahl werdenden älteren Herrn, an den man sich seiner kühnen Abenteuer wegen erinnert, und er lispelt etwas über scheinbar jugendlichen Konformismus, was er in Wirklichkeit vom Grund seines tapferen Herzens aus verabscheut hätte.

Als *Declaration* erschien, wurde Tom Maschler als dessen Urheber sofort berühmt, und es wurde von sämtlichen Zeitungen

* Später, als Tom Maschler Jonathan Cape leitete, war er – ein Glücksfall – viele Jahre lang mein Verleger. In den Vereinigten Staaten wurde ich von Knopf – Robert Gottlieb – betreut. Ich habe Glück gehabt: Zwei der besten Verleger jener Zeit waren meine Verleger und meine Freunde.

als Manifest der zornigen jungen Männer beschrieben, als wären sie eine Bewegung oder eine Gruppe. In Wirklichkeit gab es zwei Hauptgruppen, die nicht das Geringste gemeinsam hatten. Die wirklichen Linken waren Kenneth Tynan, der inzwischen sein dandyhaftes junges Selbst hinter sich gelassen hatte, und Lindsay Anderson. John Osborne wurde von anderen Leuten als Sozialist bezeichnet, aber ich glaube nicht, dass er je behauptet hat, einer zu sein. John Wain mag *Hurry on Down* geschrieben haben, das viel Ähnlichkeit mit Kingsley Amis' *Glück für Jim* hatte und meiner Meinung nach genauso gut war, aber er war der Inbegriff des jungen Konservativen.

Ich nehme an, man hätte sie alle mit Recht zornig nennen können, wegen des Zustands, in dem sich die Nation befand, aber es gab auch drei, die ich bei mir die »Metaphysiker« nannte, und sie waren weder zornig, noch waren sie ihren linken Mitautoren in *Declaration* je begegnet, sondern verachteten diese wegen der in ihren Augen seichten Lebensanschauung. Diese so unterschiedlichen Leute eine Gruppe oder eine Bewegung zu nennen war einfach absurd. Ich lud die drei Metaphysiker zum Tee ein, getrennt. Sie waren reizend. Einer von ihnen war Stuart Holroyd, ein sehr junger Mann, dessen Buch *Emergence from Chaos* damals Aufsehen erregte. Später schrieb er: »... mit fünfundzwanzig war ich so tollkühn, einen Bericht über mein eigenes Innenleben und meine Erfahrungen herauszubringen. Das war Ende der fünfziger Jahre, als die britische Presse viel Aufhebens um die ›zornigen jungen Männer‹ machte, und das war vermutlich einer der Gründe dafür, dass ich mich aufs Gebiet der Autobiografie wagte: All die Beachtung, die uns zuteil geworden war, flößte uns das Gefühl ein, dass das, was wir zu sagen hatten, wichtig war.« Bill Hopkins hatte einen Erstlingsroman geschrieben, *The Divine and the Decay*. Er starb sehr jung. Diese beiden jungen Männer hatten nicht die geringste Ähnlichkeit mit den übrigen Autoren von *Declaration*, die Kämpfernaturen waren und sich für soziale Zusammenhänge interessierten; sie waren schüchtern, empfindsam, sie interessierten sich für innere Erfahrungen und kannten sich in der mystischen und religiösen Literatur aus.

Colin Wilson hatte *Der Outsider* geschrieben, das vom literarischen Establishment als überaus bedeutsames, ja sogar geniales Buch gepriesen wurde. Wenn es je am Himmel der Literatur einen aufsteigenden Stern gegeben hat, dann war es Colin Wilson. Doch dann setzte eine Reaktion ein, als ob die Leute, die ihn in den Himmel gehoben hatten, dachten: Damit kommst du kein zweites Mal durch. – Aufs Ganze gesehen ist es keine gute Sache, wenn ein erstes Buch hochgelobt wird, das hat immer irrationale Reaktionen zur Folge. Wenn jenes erste (gute) Buch von Wilson zu gute Kritiken bekommen hat, dann wurden die folgenden Bücher zu Unrecht ignoriert oder verrissen. Zumindest zwei – ich habe nicht alle gelesen – hätten empfohlen werden sollen; das eine war *Rasputin and the Fall of the Romanovs*, das Rasputin vom seinem Ruf als eine Art hysterischer Scharlatan befreite und ihn in einen Kontext mit einer Tradition von russischen Schamanen und Heilern brachte. Das andere war *The Great Beast*, ein Buch über Aleister Crowley, ebenso ausgewogen und vernünftig.

Und da standen wir. Die linken Politiker, sehr modern. Die Metaphysiker, sehr unmodern, aber sie sollten zehn Jahre später der letzte Schrei sein. Und ich, eine Frau und zehn Jahre älter als die anderen.

Kurz und nebenbei: Es ist betrüblich, dass das, was geschrieben wurde, Dauer hat, während das, was nur gesagt wird, oft unbemerkt bleibt. Etwas Geschriebenes wird nachgedruckt, liefert Stoff für Doktorarbeiten. Jahrzehnte später wird man mit Zitaten konfrontiert. Es liegt einem wie ein Mühlstein um den Hals, und man kann nichts dagegen tun. »Aber auf Seite 123 haben Sie gesagt …« Mir gefällt das meiste, was ich in meinem Beitrag zu *Delcaration, A Small Personal Voice* gesagt habe, aber andere Dinge missfallen mir sehr. Was ist das für ein Unsinn, den ich über Camus, Sartre, Beckett und Genet geschrieben habe? Ich bin über mich selbst entsetzt. Ich schrieb Unsinn über China und die Sowjetunion. Ich bin bestürzt über meine Sentimentalität, weil ich erklärt habe, mir sei nie jemand begegnet, der auf den Knopf drücken könne, der das auslösen würde, was wir damals »die Bombe« nannten. Heute scheint mir, dass jeder es tun würde, sofern er nur die richtige Programmierung erhalten hat. Immerhin, es war ein Artikel, der für seine Zeit in Ordnung war.

Eine Sache, über die ich in *Declaration* geschrieben habe, gilt noch heute – und zwar in verstärktem Maße. Ich beklagte mich über die Fremdenfeindlichkeit und Engstirnigkeit von Großbritannien. Manchmal, wenn ich von einer Auslandsreise zurückgekehrt war, habe ich die Lektüre von Zeitungen und Zeitschriften wie das Öffnen einer Tür zu einem Zimmer voll sehr intelligenter, streitsüchtiger Schulkinder empfunden. Neuigkeiten übereinander gelten als wichtig. Es können Kriege und Hungersnöte toben, Regierungen schwanken, aber worüber die Briten schreiben, ist, dass eines der Kinder sich eine neue Frisur zugelegt hat oder sich missmutig weigert, mit einem anderen zum Lunch zu gehen. Schon mein Vater pflegte sich über die Nabelschau der Briten zu beklagen; sie war der Grund dafür, dass er das Land 1919 und 1924 verließ.

Die zornigen jungen Männer waren nichts als eine Erfindung der Zeitungen, der Medien. Dieses Phänomen rollte weiter und weiter, Jahr um Jahr, gewann an Schwung, und die ganze Zeit über war ich verblüfft: Niemandem schien aufzufallen, dass diese in Wirklichkeit nur sehr wenig gemeinsam hatten. Die Medien gleichen ihrer Haltung nach den Wissenschaftlern von gestern, denn die heutigen Wissenschaftler haben begriffen, dass sie, wenn sie ein Experiment durchführen, ein Teil dieses Experimentes sind und dessen Resultate allein durch den Umstand ihrer Existenz beeinflussen; die Medien können eine Story erfinden, einen Skandal, ein Ereignis, aber dann so tun, als hätten sie nichts damit zu schaffen, als wäre das Ereignis oder der Ruf eines Menschen eine spontane Sache, deren Resultate sie nicht beeinflusst oder nicht erfunden haben. »Das öffentliche Interesse an … dauert an und nimmt weiter zu.« Natürlich tut es das, weil die Journalisten das Feuer anfachen und sich Anfälle von moralischer Entrüstung, Aufregung, Besorgnis gestatten, während die Öffentlichkeit sich darüber wundert.

Ich wiederhole: Die zornigen jungen Männer waren eine

Schöpfung der Medien, eine Erfindung der Zeitungen, und hatten nie eine tatsächliche Grundlage. Aber es nützt nichts, das zu sagen, tausend Doktorarbeiten sind darüber geschrieben und tausend Ruhmesblätter verteilt worden, und jetzt besteht ein rechtmäßiges Interesse an ihnen, das man vermutlich nie sterben lassen wird. Als ich in Japan war und ein Professor mich nach den zornigen jungen Männern und ihrem Manifest fragte, sagte ich, sie hätten nie existiert und seien nur eine Erfindung der Zeitungen. Sein Gesicht! – Ich sah ihm an, dass er ein Experte auf dem Gebiet dieser revolutionären Bewegung war, und das Letzte, was er ertragen konnte, war, dass alles nur eine Fata Morgana war.

Die zornigen jungen Männer (und ich) standen wegen John Osborne mit dem Royal Court in Verbindung und wegen des Rufes, den das Court damals genoss.

Es gibt ein berühmtes Foto von den Royal-Court-Leuten bei irgendeinem Ausflug, auf dem Oberdeck eines Busses, mit der reizenden Mary Ure im Vordergrund – sie war in jeder Hinsicht ebenso faszinierend wie Marilyn Monroe und von derselben Zerbrechlichkeit. Die jungen Löwen und Löwinnen lachen, und sämtliche jungen Löwen, besonders John Osborne (der sie kurz darauf heiraten sollte) und Tony Richardson, beobachten Mary, die lachend den Kopf in den Nacken gelegt hat, aber von all der Aufmerksamkeit etwas verschreckt zu sein scheint. Es herrscht eine wunderbare Fröhlichkeit, sie sind wie Kinder bei einem Picknick, wenn diese übererregt sind.

Im Royal Court war eine Feier anlässlich des Erscheinens von *Declaration* geplant, aber die Direktion weigerte sich, sie zu veranstalten, mit der Begründung, dass John Osborne in seinem Stück die königliche Familie beleidigt habe. »Mein Einwand gegen das Symbol des Königshauses ist, dass es tot ist, eine Goldfüllung in einem verrotteten Gebiss.« Die Feier wurde in das Pheasantry in Chelsea verlegt, in einen großen Kellerraum, gedrängt voll mit Regisseuren, Politikern, Schauspielern und natürlich den Autoren; jedermann, der damals Rang und Namen hatte. Aneurin Bevan war da, mit seinem Gefolge, gerade von irgendeiner Konferenz zurückgekehrt, wo er zugelassen hatte, dass sein berühmtes Feuer von einem vorherrschenden Wind gedämpft wurde, und einige von ihnen stellten ihn zur Rede und sagten, dass er jetzt, wo der Kommunismus zusammengebrochen sei, viel mehr repräsentiere als nur den linken Flügel der Labour Party. Er schien verblüfft über das, was von ihm erwartet wurde. Er war Politiker, und Revolution stand eindeutig nicht auf seinem Plan, wohingegen ich behaupten möchte, dass Revolution, eine abstrakte, inspirierte und kompromisslose Revolution, ein Teil dessen war, was die meisten Leute in diesem Raum dachten. Man hätte sie nicht fragen können: Meinst du, ob es diese oder jene Revolution sein sollte? Nein, es war nichts, was sich pedantisch definieren ließ.

Der Lärm war unbeschreiblich, aber er wurde von einer lauten Stimme zum Verstummen gebracht, vom oberen Ende der Treppe her, die in das Gewimmel hinabführte. Dort stand eine junge Frau, schlampig, mit strähnigem blondem Haar, in einem geblümten Kleid – damals der Gipfel des Unschicken – und mit missbilligenden blassen Augen. »Und wer«, fragte sie ihren Begleiter im gellenden Ton ihrer Klasse, »wer *sind* all diese bepelzten kleinen Leute?« Denn damals mischte man sich gern unters Volk, und die Klassen wurden ziemlich durcheinandergewirbelt.

Die Leute, mit denen ich damals Kontakt hatte, kamen aus sehr unterschiedlichen Welten. Der Vorteil von Großstädten besteht darin, dass man Leute kennt, die vielleicht nichts miteinander zu tun haben wollen, und nur Menschen, die in der Provinz gelebt haben – wie zum Beispiel in Salisbury, Südrhodesien –, wissen die damit verbundene Freiheit zu würdigen.

Eine Zeit lang war ich viel mit Miles Malleson zusammen. Er war seit vierzig Jahren beim Theater, und ich hörte ihm gern zu, wenn er davon erzählte. Ich ging mit ihm ins Theater und in Theater-Restaurants und auch in den Zoo, denn er war Mitglied der Royal Zoological Society. Miles mochte Peter, und Peter liebte den Zoo, wo er Miles' Lieblingstier treffen konnte, aber ich habe vergessen, welches das war. So viele Leute, die ich kannte, haben mitgeholfen, die Taranteln, Faultiere, Skorpione, Menschenaffen und Chamäleons zu unterstützen, dass sie alle zu einem undefinierbaren Zoo-Liebling verschwommen sind.

Wir sprachen auch über Liebe, ich mit Widerstreben. Miles hatte mich sehr gern, aber das war keine Empfindung, der ich viel Mitgefühl entgegenbringen musste, denn Miles war in die Liebe verliebt. Er sagte, er sei ein Produkt der zwanziger Jahre: Er war emotional im Geist der freien Liebe erzogen worden und nach wie vor der Ansicht, dass dies die einzige Möglichkeit war, das Leben und die Liebe in den Griff zu bekommen. Miles sagte, er habe nie Eifersucht oder das Verlangen empfunden, eine Frau zu besitzen, aber leider fehle den Frauen die Großzügigkeit seiner eigenen Einstellung. Er meinte, man müsse der Frau, die man am meisten liebte, von der flüchtigen Neigung erzählen können, die ein bezauberndes Wochenende ausgefüllt habe, aber sein ganzes Leben, sagte er, sei immer eine Wiederholung dessen gewesen, was passiert sei, als er seiner ersten Frau – glaube ich, jedenfalls einer Ehefrau – überschwänglich von einem solchen Abenteuer erzählt und sie darauf gesagt habe: »Jetzt reichts's aber. Raus!« Weshalb müssen Frauen so sein?, wollte er von mir wissen, und er erwartete tatsächlich eine Antwort. Er sagte, er sei überzeugt, dass es Liebe zwischen Mann und Frau – das heißt, wahre Liebe – nur auf der Basis völliger Offenheit geben könne. Aber Offenheit verursache Unglücklichsein. Nun ja, sagte ich, ähnliche Klagen hätte ich schon des Öfteren gehört, aber schließlich sei das das eigentliche, das schreckliche Grunddilemma der Liebe. Weshalb er denn glaube, dass er es würde lösen können, einfach so? Aber er glaubte es, er hatte immer noch die Hoffnung. Er sprach darüber mit einer Stimme, die erfüllt war vom tiefen Bedauern über ein ganzes Leben. Ich habe ihn in einer Geschichte mit dem Titel *Aus Gewohnheit lieben* porträtiert.

Auch mit Tom Maschler war ich oft zusammen. Er rannte in London herum und redete mit allen Leuten; wobei er stets auf Hochtouren lief. Man begegnet nicht oft Leuten wie ihm, die einem bewusst machen, wie langsam sich die eigenen Räder im Vergleich dazu drehen.

Der Journalist Murray Sayle gehörte zeitweise zu meinem Leben. Er wohnte ein Stück die Straße hinauf, am Notting Hill Gate, mit seiner Frau Tessa Sayle. Sie hatten sich in Paris kennengelernt, waren beide arm, wie seinerzeit alle Leute, und waren im richtigen Alter für diese Stadt gewesen. Sie war Österreicherin, aristokratisch, eine hübsche, lebhafte Frau, deren Haupteigenschaft damals Ordnungsliebe war. Sie war die ordentlichste Frau, die ich je gekannt habe, und nichts in ihrer Wohnung wich auch nur um einen Zentimeter von der rechten Stelle ab. Später, als sie sich teure Kleider leisten konnte, trennte sie sie auf und setzte sie ihren anspruchsvollen Maßstäben entsprechend wieder neu zusammen. Murray war Australier, umgänglich, leichtlebig und verschwenderisch mit seiner Zeit. Das war eine weitere dieser unmöglichen Ehen, und sie hatte keinen Bestand. Murray lebte in einem sich immer weiter entwickelnden, mit überlebensgroßen Fantasiefiguren bevölkerten Epos; eine davon hieß Shoulders Moresby. Später erfuhr ich, dass diese Figur tatsächlich existierte – und noch existiert –, und war enttäuscht. Manchmal hört man jahrelang vom Freund oder von der Freundin eines Freundes, bis er oder sie den vertrauten Charme einer Gestalt eines Volksmärchens besitzt, und das Letzte, was man dann hören möchte, ist, dass sie im ordinären Tageslicht lebt. Eine Szene in der Saga: Murray und seine Freunde beschlossen, ein Boot auf der Themse wiederherzustellen, um damit um die Welt zu segeln; sie verbrachten ein Jahr lang sämtliche Wochenenden und Ferien damit, sehr zur Missbilligung ihrer Frauen, versteht sich. Endlich brachen sie auf, begleitet von Champagner und Reden. Aber der Ärmelkanal war rau. Sie wurden alle seekrank, ein Risiko, an das keiner von ihnen gedacht hatte. Sie verließen das Boot in Cherbourg, wo es vielleicht heute noch liegt, und reisten heim, nicht auf dem Seeweg. Surreale Abenteuer dieser Art unterhielten Murrays Freunde jahrelang. Murray arbeitete für populäre Zeitungen, wie die *Sun* oder die *Daily Mail*. Eines Tages, nachdem er einen

Skandal bis an seine äußersten Grenzen verfolgt hatte, saß er auf einer Parkbank, und da fiel es ihm, wie dem heiligen Paulus auf der Straße nach Damaskus, wie Schuppen von den Augen. Das sind Menschen, denen ich diese fürchterlichen Dinge antue, dachte er. Was tue ich? Ich sollte die Menschheit doch lieben. Er kündigte bei der Zeitung und informierte seine Freunde davon, mit all der Bußfertigkeit eines Verbrechers, der entschlossen ist, sich zu bessern.

Die Journalisten, die für diese Skandalblätter arbeiteten, wurden nicht gerade bewundert, aber ich glaube nicht, dass wir sie wegen ihrer Lügen, ihrer Unehrlichkeit und ihrer Grausamkeit gegenüber ihren Opfern gehasst und verachtet haben, wie anständige Leute das heute tun. Auf jeden Fall hatten sie damals das Ausmaß an Scheinheiligkeit, wie wir es heute kennen, noch nicht erreicht. Die Dinge haben sich eindeutig zum Schlechteren gewandelt. Es wäre hübsch, wenn man berichten könnte, dass Murray praktisch über Nacht zu dem berühmten Journalisten wurde, der er jetzt ist, aber in Wirklichkeit musste er vorher eine schwere Zeit durchmachen und sich mit dem Lohn der Tugend begnügen. Ein Roman, den er schrieb, geriet in Konflikt mit dem Gesetz gegen üble Nachrede und musste zurückgezogen werden. In seinem Leben trat eine große Flaute ein. Eine Zeit lang verdiente er sich sein Geld als Lachs-Putcher im Mündungsgebiet des Severn. Ein Putcher ist ein Mann, der die Lachse aus den Reusen holt, wenn die Ebbe einsetzt. Er wohnte in einem winzigen Haus, aß, wie er sich beklagte, viel zu viel Lachs und servierte seinen zu Besuch kommenden Freunden köstliche Lachsmahlzeiten. Die Abenteuersaga wurde fortgesetzt, mit Shoulders Moresby als Rittersknappe. Wahr oder unwahr, wen interessiert das? Von den Geschichtenerzählern dieser Welt darf man keine langweiligen Genauigkeiten erwarten.

Eine Szene: Mir gegenüber, an einem niedrigen Tisch voller Aschenbecher, Zigaretten und Teetassen, sitzt Betty, eine unscheinbare junge Frau mit bemüht gerunzelter Stirn und ängstlichen Augen. Dennoch steckt auch ein wenig Selbstgefälligkeit in ihr, denn sie hat, ganz die Rolle der besorgten Tante mimend, Tessa Sayle, Joan Rodker und andere an ihrem Gängelband. Auf dem Schoß umklammert sie eine weiße Handtasche, die aussieht, als wäre sie auf einem Kirchenbasar gekauft worden. Sie ist die Tochter eines Bischofs; Bischofstöchter scheinen weit häufiger als die meisten von uns in den Sümpfen moralischer Abenteuer herumzuirren.

Wenn es bei Babu Mohammed und Murray Sayle, die beide jünger sind als ich, keine Rolle spielt – weil wir Freuden und farcenhafte Verschwörungen teilen –, machen mich die zehn Jahre, die ich älter bin als Betty, ihr gegenüber zu einer matronenhaften Ratgeberin. Wie Tessa, wie Joan Rodker und wer weiß wie viele andere sitze ich oft da und höre mir ihre Jammergeschichten an.

»Sehen Sie, Mrs. Lessing, ich weiß einfach nicht, was ich tun soll, ich weiß nicht, was ich denken soll, ich kann nicht schlafen, ich wälze mich herum, weil ich schwarze Männer mag, seit ich zu diesem Ball für das Colonial Advancement gegangen bin und dann mit Mahmoud nach Hause. Ich habe mich mit allem abgefunden, Mrs. Lessing. Er pflegte zu sagen, so, und jetzt fahr übers Wochenende nach Hause, Betty, ich will dich nicht hier haben, mir ist nach einem Jungen zumute. Ja, das ist ein Teil ihrer Kultur, das weiß ich, und so habe ich nur gesagt, ich will dir nicht im Weg stehen, und bin zu meinen Eltern gefahren, aber sie machen sich solche Sorgen. Sie sagen: Hast du auch an die Probleme gedacht, die eine Ehe zwischen verschiedenen Rassen mit sich bringt? Aber ich kann ihnen nicht sagen, dass ich nicht im Traum an eine Ehe denke. Ich bin noch sehr jung, Mrs. Lessing, ich bin erst zweiundzwanzig, da brauche ich mir noch keine Gedanken über die Ehe zu machen, was meinen Sie? Aber jetzt habe ich mich so an Mahmoud gewöhnt, und er ist fort, um in Sansibar gegen die Briten zu kämpfen – gegen uns –, was soll ich tun? Weiße Männer interessieren mich einfach nicht mehr.«

»Haben Sie einmal daran gedacht, sich einen anderen Schwarzen zu suchen? Sie könnten es mit einem weiteren Ball des Colonial Advancement versuchen.«

»Oh nein, ich weiß, dass Sie es gut meinen, aber ich liebe Mahmoud. Und das war es, was ich Sie fragen wollte: Finden Sie, dass es richtig war, dass ich einen Flug dorthin gebucht habe?«

»Aber, Betty«, sage ich, und das ist das, was sie ohnehin bereits weiß, »er hat eine neue Frau und eine Freundin obendrein, und sie sind Anführerinnen der ›Militanten Frauen‹. Und sie sind beide bildhübsch.«

»Ja, ich weiß, aber wenn er mich sieht, dann wird er sich erinnern, was wir einander bedeutet haben, und sich für mich entscheiden.«

»Hat er Sie eingeladen?«

»Aber ich habe genauso viel Recht, dort zu sein, wie er, oder etwa nicht? Schließlich bin ich Britin, und Sansibar ist ein britisches Land.« Und dann verschwand sie, um jemand anders ihre Geschichte zu erzählen.

Zeit vergeht. Und dann sitzt sie mir wieder gegenüber in ihrer hübschen kleinen Bluse, mit sorgfältig frisiertem Haar und ihrer kleinen Handtasche auf dem Schoß. »Ich weiß nicht, was ich tun soll, Mrs. Lessing. Ich bin hingeflogen, aber er hat nicht auf die Nachrichten reagiert, die ich für ihn hinterlegt hatte. Er hat mir zugewinkt, als er mich bei einer Versammlung sah, also habe ich einen Monat gewartet, aber dann bin ich heimgeflogen. Ich glaube, mein Herz ist gebrochen, Mrs. Lessing. Was soll ich tun?«

Sie dachte daran, nach Südafrika zu gehen, um vielleicht dort einen schwarzen Mann zu finden, und ich sagte: »Seien Sie nicht albern. Sie landen im Gefängnis, wenn Sie sich dort mit einem schwarzen Mann einlassen.« Aber sie flog trotzdem nach Südafrika und stellte fest, dass es so war, wie ich gesagt hatte. Sie reiste durch Afrika und geriet mitten in den Krieg im Kongo. Einen grauenhaften Krieg: Die ganze Welt war bestürzt und schockiert.

Wieder trinken wir zusammen Tee und rauchen, und ich höre mir an, was sie zu erzählen hat. »Brazzaville gefällt mir«, sagt sie. »Dort gibt es massenhaft schwarze Männer. Ich hatte eine gute Zeit.«

»Aber dort tobt ein schrecklicher Krieg«, sage ich.

»Ich habe keinen Krieg gesehen, jedenfalls nicht dort, wo ich war.«

»Und wie stehen die Dinge jetzt?«

»Also, ich bin verheiratet, und Daddy ist sehr froh darüber.« Sie hatte am Ufer des Viktoriasees einen Krokodiljäger kennengelernt, und er hatte sich in sie verliebt. »Man hätte meinen sollen, er würde ein schwarzes Mädchen vorziehen. Die gibt es dort massenhaft. Aber er mochte mich.«

Die Ehe war nicht von Dauer. Sie kehrte zu uns zurück, immer noch davon träumend, dass Mahmoud – jetzt in furchtbaren Schwierigkeiten, weil er einer von den Männern war, die beschuldigt wurden, ihren Anführer ermordet zu haben – eines Tages zu ihr zurückkehren würde.

Damals gehörte John Dexter zu meinen Freunden.* Das war, bevor das Gesetz über Homosexualität geändert worden war, und er war mit einem Jungen erwischt worden. An Einzelheiten erinnere ich mich nicht mehr. Er bekam sechs Monate und wurde nach Wormwood Scrubs gebracht. All seine Freunde besuchten ihn dort. Ich fuhr zweimal hin. Das erste Mal war bestürzend, nicht nur, weil das Gefängnis so düster und widerwärtig war – damit hatte ich gerechnet –, sondern weil John sich in sein Gegenteil verwandelt zu haben schien. Immer wieder erklärte er, er habe seine Strafe verdient, die Polizei sei völlig im Recht gewesen, er habe ein Verbrechen begangen. Beim nächsten Besuch war er wieder sein früheres Selbst, aber der Gedanke ging mir nicht mehr aus dem Sinn, wie gefährdet wir alle sind, wie unsicher wir auf Überzeugungen, auf Prinzipien fußen – auf dem, wofür wir uns halten. John hatte keine körperlichen Misshandlungen ertragen müssen, aber er war die Zielscheibe von Beleidigungen durch die Zeitungen gewesen, er hatte vor Gericht gestanden und war verachtet worden, man hatte ihn als Missetäter verurteilt, dann war er an diesen düsteren Ort gebracht worden, um dort seine Strafe abzusitzen. Kein Wunder, dass Leute falsche Geständnisse ablegen und sagen: Ja, ich bin schul-

* John Dexter war ein berühmter Schauspiel- und Opernregisseur.

dig. Aber ich hatte so etwas vorher noch nie erlebt, und ich verstand es nicht und hatte Angst, als mir klar wurde, wie dünn die Haut ist, die die Zivilisation über unsere Verstellungen legt.

Viele Jahre später hielt ich einen Vortrag über Wahrnehmungsbarrieren – über Dinge, die uns daran hindern, klarer zu sehen –, und eine davon war Schuld. Als die Zeit gekommen war, Fragen zu stellen, standen alle auf, einer nach dem anderen, und wollten mehr über Schuld wissen. Schuld, nur Schuld, als wäre von nichts anderem die Rede gewesen. Ich glaube, das ist alles andere als eine einfache Angelegenheit.

Ich habe Folgendes gerade in einem Buch gefunden, *The Prospect Before Her* von Olwen Huston. Man schreibt das Jahr 1707. Ein Jesuit predigt.

> Er hielt ihnen (Frauen und Mädchen) die Ungeheuerlichkeit ihrer Sünden vor und den Missbrauch, den sie so oft mit dem Blut Jesu Christi getrieben haben (indem sie die Kommunion im Zustand der Sünde empfangen hatten). Er führte ihnen das Bild des Gekreuzigten vor Augen und machte ihnen Vorwürfe wegen ihrer Undankbarkeit und ihrer Niedertracht. Wäre ich nicht Augenzeuge gewesen, hätte ich kaum glauben können, welche Wirkung diese Rede hatte. Sie warfen sich mit dem Gesicht nach unten zu Boden. Einige schlugen sich auf die Brust, andere schlugen den Kopf auf die Steine, und alle weinten um Vergebung und die Gnade Gottes. In den Exzessen ihrer Pein beteuerten sie ihre Schuld. Sie trieben diese Exzesse so weit, dass der Priester fürchtete, sie könnten sich Schaden zufügen, und ihnen befahl, mit dem Gestöhn aufzuhören, damit er seine Ermahnungen beenden konnte. Aber er konnte sie nicht zum Schweigen bringen. Er musste selbst Tränen vergießen und konnte seine Predigt nicht zu Ende bringen.

Kleine Szenen, Schnappschüsse.

Es ist Nachmittag. John Wain ist da. Und Robert Conquest. Ein gemeinsamer Freund will heiraten. »Memento mori«, sagt Robert Conquest mit tragischer Stimme. Und John Wain sagt:

»Eine Ehe kann wieder aufgelöst werden. Es ist nicht so, als bestellte man einen Sarg.«

»Doch, das ist es«, sagt der gut aussehende Robert und mustert die anwesenden Frauen.

Ich habe Hyazinthen in einer irdenen Schale, sie blühen noch nicht, trotzdem haben sie eine Ausstrahlung wie von einer Welt, die sehr weit von der lauten Wohnung und den vorüberdonnernden Lastwagen entfernt ist. Clancy steht da und starrt die Hyazinthen voller Entsetzen an. »Was ist los?«, frage ich. Er ist blass vor Abscheu. Ich versuche sie so zu sehen, wie er es tut, denn er sieht das Gewöhnliche oft als monströs oder verblüffend, und es gelingt mir, einen Blick auf etwas zu erhaschen, das aussieht wie eine grüne Alraune, die tanzen oder vielleicht sogar schreien könnte. »Das sind Hyazinthen«, sage ich entschlossen.

»Stell sie irgendwohin, wo ich sie nicht sehen kann«, sagt er. Mir war noch nie jemand begegnet, der so sehr ein Produkt der »Stadt« war. (Später hat er sich auf dem Land wohlgefühlt.) Seither habe ich noch andere Leute dieser Art kennengelernt. Sie fühlen sich schon unglücklich, wenn sie in einem Park auch nur einen Schritt von einem geteerten Pfad auf Rasen tun. Manchmal zwinge ich mich stehen zu bleiben, meine normale Sicht der Dinge auszuschalten und mit neutralem Blick eine Wolkenformation zu betrachten, eine haarige Falte in einem Vorhang, das Licht, das auf ein Geländer fällt, Regentropfen, die wie Diamanten an einer Fensterscheibe hängen. Ich sehe die Dinge, wie ein Verrückter sie sehen würde, voller Drohungen oder ihrer Außerordentlichkeit wegen so einschüchternd, dass man sie abschalten und versuchen muss, zum normalen Denken zurückzukehren – und dennoch gibt es sehr viele Leute, die so leben, mit einem Klima des Bedrohtseins in ihrem Denken, das sich wie ein Scheinwerfer auf Wolken oder Falten oder das Glitzern kristallener Tropfen richtet, und sie können diesen Feinden nie entfliehen, die in ihnen stecken, sie begleiten sie, wo immer sie hingehen, selbst wenn sie Kontinente oder Meere überqueren, um ihnen zu entkommen. Meine Geschichte *Zwiegespräch* ist ein Versuch, dies darzustellen.

Irgendwo habe ich einen Inder kennengelernt, der es sich in den Kopf gesetzt hat, dass ich ihn in meinem Leben brauche. Er erscheint vor meiner Tür und will unbedingt hereinkommen. Ich werfe ihn hinaus. Später wird mir klar, dass mir nie der Gedanke gekommen ist, dass ich »nett« zu ihm hätte sein müssen, weil er ein Mensch mit einer dunklen Haut war, während ich, gerade in London eingetroffen, voll kolonialer Schuldgefühle steckte. Mir ist klar, dass ich von den Sentimentalitäten der »Rassenschranke« kuriert bin, und darüber bin ich froh. (Die Rassenschranke – inzwischen ein Ausdruck, *gone with the wind.*)

Eines Abends stand ich an meinem Küchenfenster und schaute hinunter, und da sah ich einen Mann, der über den hohen Holzzaun sprang und zu mir hochstarrte. Ich zog mich so weit zurück, dass er mich nicht mehr sehen konnte. Ich hatte ihn schon öfter bemerkt, beim Einkaufen, wo er mich beobachtete. Bauarbeiter hatten eine Bohle liegen lassen, und nun legte der Mann die Bohle auf ein paar Ziegelsteine, schräg aufwärts, ließ sich darauf nieder und fing an zu onanieren. Ich rief die Polizei an und sagte, da sei ein Mann in meinem Garten, und er belästige mich. Sie kamen, fanden eine Tür im Zaun. Einer sagte: »Hören Sie, mein Freund, was machen Sie da? So etwas dürfen Sie hier nicht tun.« Sie standen alle vier auf dem Pflaster, außer Sichtweite, aber ich hörte, wie einer der Polizisten sagte: »So, und jetzt verschwinden Sie, und tun Sie das nicht wieder.« Ich war beeindruckt von der Art, wie sie diese Sache handhabten.

Es gab ein England, von dem manche Leute sagen, dass es für immer dahingegangen, nirgendwo mehr zu finden sei – wie die Leser von *John O'London's Weekly*, die eine literarische Kultur der Provinz ins Leben riefen. Kaum zu glauben, dass sie verschwunden ist.

Reynolds News, eine sozialistische Sonntagszeitung, die von Labour-Anhängern, Gewerkschaftern, Sozialisten aller Art – aber meines Wissens nicht von Kommunisten – gelesen wurde, war ein anständiges, nicht gerade aufregendes Blatt ohne Skandale, dessen Leser unsere heutige verlogene Sensationspresse verabscheut hätten. Diese Zeitung veranstaltete ein Preisausschreiben für Leute, die Kurzgeschichten schrieben, und ich wurde gebeten, als Jurorin zu fungieren. Hunderte von Kurzgeschichten wurden eingesandt. Ich bekam die letzten vierzig zugeschickt. Sie hatten ein hohes Niveau in ihrer realistischen Schreibweise: Dickens, Hardy, A.E. Coppard, Somerset Maugham, Tschechow und Gorki waren ihre Vorläufer.

Die meisten Geschichten kamen mit einem Brief, in dem der Autor seine Probleme beschrieb. Dies war die Zeit der Vollbeschäftigung, und es gab noch keine Freizeitkultur. Für Leute, die mitunter verständnislose Familien, kleine Kinder oder lange Arbeitszeiten hatten, war es nicht leicht, die Zeit und einen Platz zum Schreiben zu finden. Einige sagten, sie hätten einen Roman geschrieben, ob ich ihn lesen würde? Ich las vielleicht dreißig. Ich hatte so etwas noch nie in größerem Rahmen getan und war verblüfft über ein Phänomen, von dem ich heute weiß, dass es weit verbreitet ist. Erstens, diese Romane waren alle *beinahe* gut. Alle Autoren – ich habe keinen kennengelernt, bei dem es anders war – machen ein Stadium durch, in dem das, was sie schreiben, *beinahe* gut ist: Dem Text fehlt noch eine Art Verinnerlichung, der Erzählstrom fließt noch nicht frei. Wir schreiben weiter, überlesen das Geschriebene, werfen weg, was nicht gut genug ist, und dann ist eines Tages etwas passiert, ein Prozess ist zum Abschluss gelangt; diese Klischees erscheinen hier, weil es sehr schwierig ist, zu sagen, was genau passiert ist. Aber der Prozess des Schreibens, Umschreibens und der Konzentration auf das Wesentliche hat endlich zum Erfolg geführt. Alle professionellen Schriftsteller kennen diese Lehrzeit. Amateure klammern sich an ihre ersten Entwürfe und wollen kein Wort daran ändern. Jeder einzelne der Romane, die mir zugeschickt worden waren, war das Werk eines begabten Menschen. Alle hätten umgearbeitet oder beiseitegelegt werden müssen, um einem neuen Versuch Platz zu machen. Es gibt etwas, das ich »Mein-Roman-Syndrom« nenne. Ein zu großer Teil des Autors ist in den Roman eingegangen, oft wurden Opfer gebracht, um die Zeit und den Platz zum Schreiben zu erübrigen, und danach ist das Produkt dieser

Investition von Selbst und Zeit heilig; der Autor will es nicht loslassen, und es kann passieren, dass er es zehn Jahre lang allen möglichen Verlagen anbietet.

An jeden einzelnen dieser dreißig Autoren habe ich behutsame Briefe geschrieben und ihnen geraten: »Wenn Sie diesen Roman überarbeitet oder einen anderen geschrieben haben, dann schicken Sie ihn mir.« Von keinem einzigen habe ich je wieder etwas gehört. Da geht eine traurige Vergeudung von Talent vor sich. Aber die Dinge haben sich gebessert; es gibt Schreibkurse und -seminare, und vor allem ist es heute leichter, Zeit zum Schreiben zu finden.

Ich erinnere mich an diese Dinge, weil immer wieder betrübt die Frage gestellt wird: »Wo ist dieses England, dieses Großbritannien von damals geblieben?« All diese Geschichten, all diese Romane handelten von kleinen, vernünftigen, anständigen, hoffnungsvollen Leben, ohne jedes Bestreben, modisch oder sensationell zu sein. Als Richard Hoggart, der in so hohem Maße jenes Großbritannien repräsentierte, *Desert Island Discs** machte, bekam er, wie er mir erzählte, dreiundsiebzig Briefe, alle von Leuten, die dieselbe Frage stellten. Irgendwo da draußen gibt es immer noch eine Aufrichtigkeit, eine Integrität – davon bin ich überzeugt –, und schon eine leichte Verschiebung unseres politischen Schicksals würde bewirken, dass dieses Gesicht Großbritanniens wieder zum Vorschein kommt. Ich hoffe es zumindest.

Heute sehe ich in dieser übergroßen Wohnung, durch die ständig Leute wanderten, eine Fortsetzung der Zwanglosigkeit der Orte, an denen ich mit Gottfried gelebt habe: Leute blieben über Nacht oder übers Wochenende, Freunde, die Freunde von Freunden. Die »Boheme« der Genossen (inzwischen fast alle Exgenossen) war unendlich gastfreundlich, stellte keinerlei Ansprüche, nahm die Jugendkultur der sechziger Jahre vorweg. Alle möglichen jungen Dichter, vielversprechende Stückeschreiber, Romanciers, männliche und weibliche, kamen und gingen, alle

* Eine Radiosendung, die jahrelang lief.

bettelarm, von Hand zu Hand, von Stadt zu Stadt und manchmal sogar von Land zu Land weitergereicht.

Ein Beispiel, und zwar ein typisches, war Balwant, ein junger Inder, der über den British Council nach London kam. Er hatte kein Geld, stammte aus einem armen Dorf, hatte ein paar gute Theaterstücke über zeitlose Dorfthemen geschrieben: der boshafte Geldverleiher, die grausamen Eltern, die tapferen Liebenden, die notleidenden Dörfer. Sie waren in Indien aufgeführt worden. Joan Rodker, Tana Ship, Reuben Ships Exfrau, und ich kümmerten uns um ihn. »Meine drei Grazien« nannte er uns. Er saß da, lächelte wie ein liebes Kind, wackelte mit dem Kopf, auf philosophische Art wegen unserer Bemühungen um ihn bekümmert. Tana tippte seine Texte, Joan und ich fütterten ihn und beschafften ihm eine Unterkunft. Er war ein paar Jahre bei uns, dann verschwand er und wurde von einer Polin eingefangen und geheiratet, die ein Nein als Antwort nicht gelten ließ. Aber das ist eine andere Geschichte. Das Problem ist, dass, wenn man Romane schreibt, die Schreibmaschine immer danach trachtet, irgendeine Geschichte herunterzurattern.

Eine traurige Geschichte passierte, eine traurige Besucherin kam, ein schwarzes Mädchen, das wegen dieses inzwischen so vertrauten Anrufs aus der King Street erschien: »Ich habe gehört, Sie haben ein leeres Zimmer.«

»Ich vermiete keine Zimmer mehr, niemals wieder. Tut mir leid.«

»Es liegt bei Ihnen, wie Sie sich mit ihr arrangieren. Sie besucht ein College; sie wird den ganzen Tag außer Haus sein.«

Lucy war vielleicht zwanzig, so intelligent, dass sie in irgendeiner armen Missionsschule in Südrhodesien Aufsehen erregt hatte und mit einem Stipendium auf eine bessere Schule geschickt wurde, und jetzt war sie im mit Gold gepflasterten London, bei mir in einem kleinen Zimmer, wo grauer Regen gegen die Fenster prasselte und davor eine grauenhafte Straße lag, auf der Tag und Nacht große Laster vorbeidonnerten. Sie kam aus einer großen Familie, aus Sonne und Wärme und aus einer Kultur, die kein Verständnis für den Drang zum Alleinsein hatte. Sie war völlig verzweifelt vor Einsamkeit und Heimweh. Peter war gerade ins Internat gekommen, und ich hatte zum ersten Mal, anstatt meine Arbeit dazwischenschieben zu müssen, wann immer ich konnte, ein paar freie Wochen vor mir und beabsichtigte, *Sturmzeichen* fertig zu schreiben. Ich hatte mich allmählich in den trägen Unterwasserzustand hineingearbeitet, in dem äußere Ereignisse sehr weit entfernt zu sein scheinen, und war bereit anzufangen – und da lehnte sich dieses unglückliche Mädchen übers Treppengeländer und wartete darauf, dass meine Schreibmaschine verstummte. Es ist erstaunlich, wie wenig Zeit Studenten und Studentinnen bei ihren Seminaren und Vorlesungen verbringen. Sie schien nie mehr als fünf oder sechs Stunden am Tag Vorlesungen zu hören. Viele Tage ging sie überhaupt nicht aus dem Haus, und dann waren da die Wochenenden. Sie hatte keine Freunde. »Hör zu, Lucy, ich verbringe eine Menge Zeit damit, einfach herumzutrödeln, aus dem Fenster zu schauen, ein paar Minuten zu schlafen – begreifst du das nicht? So schreibe ich nun einmal.« Ihre großen, ängstlichen Augen sind starr auf mein Gesicht gerichtet: Sind das die Rassenvorurteile, vor denen man mich gewarnt hat? Versucht diese weiße Frau, mich mit Verachtung zu behandeln? Und ich denke: Oh Gott, ich hoffe, sie kommt nicht auf diese Idee.

Normalerweise pflegte ich aus meinem großen Zimmer in die Küche zu wandern, aus dem Küchenfenster zu schauen, zurückzuwandern – das ganze Erdgeschoss war mein Konzentrationsareal –, aber jetzt ging ich in das große Zimmer, machte die Tür hinter mir zu und nahm sogar eine Thermosflasche voll Tee mit hinein. Die ganze Zeit dachte ich an sie, wie sie oben auf ihrem Bett saß und darauf lauschte, dass ich aufhörte. Eine allzu lange Stille, und dann kam sie herunter, und ich hörte das leise Klopfen an meiner Tür. »Doris? Doris? Bist du fertig mit Arbeiten?« Und dann saßen wir in der Küche und tranken Tee, und ich hörte von ihrem Dorf, ihrer Familie, ihrer Mutter, die sie so sehr vermisste, dass sie weinen musste, wenn sie an sie dachte, und von ihren Schwestern und ihrem kleinen Bruder und ihren Cousins … Ich lernte ihre Familie besser kennen, als ich früher meine eigene gekannt hatte. Binnen einer Woche hatte ich alle Hoffnung auf wirkliches Arbeiten aufgegeben, erledigte praktische Dinge in den wenigen Stunden, in denen sie fort war, und versuchte, gegen das Fieber der Erbitterung und der Ungeduld anzukämpfen, das mich vergiftete. »Wollen wir gehen und deine Freunde besuchen?«, schlug sie hoffnungsvoll vor, wenn sie zurückkehrte. »Wollen wir zusammen einen Schaufensterbummel machen?«

Schriftsteller, insbesondere Schriftstellerinnen, müssen um die Bedingungen kämpfen, die sie zum Arbeiten brauchen, aber dies war die schlimmste Erfahrung, die ich je gemacht habe, wegen der Schuldgefühle, die ihre Einsamkeit in mir weckte.

»Hast du keine Freunde oder Freundinnen im College? Hast du dort nicht jemanden kennengelernt, den du magst?«

»Du bist meine Freundin«, sagte sie, legte beide Hände um meinen Unterarm und schaute mir ins Gesicht. »Du bist meine beste Freundin in London.«

Schließlich rief ich ihren Förderer an und hörte die kalte, missbilligende Stimme. »Sie können doch bestimmt ein bisschen Zeit für sie erübrigen.«

»Es geht hier nicht um ein bisschen Zeit; es geht um die ganze Zeit, in der sie nicht im College ist.«

»Ich muss schon sagen, es überrascht mich, das von Ihnen zu hören.«

»Hören Sie, ich muss arbeiten, und ich kann nicht arbeiten …«

»Aber können Sie denn nicht arbeiten, während sie Vorlesungen hört?«

»Tut mir leid, aber Sie müssen einen Ort für sie finden, wo sie massenhaft Menschen um sich hat – eine große Familie.«

»Sie meinen, eine schwarze Familie?« Es war eine kalte, anmaßende, herablassende Stimme.

»Ich habe nicht gesagt, eine schwarze Familie. Irgendeine große Familie. Sie ist es gewohnt, viele Leute um sich zu haben, und zwar ständig.«

»Im Moment sehe ich da keine Möglichkeit.«

»Ich muss arbeiten, ich muss mir meinen Lebensunterhalt verdienen – ich muss für ein Kind sorgen.«

Und endlich wurde eine Familie gefunden mit einem Mädchen in ihrem Alter, und die arme Exilantin zog mit ihren paar Habseligkeiten ab, mit dem Gefühl, in London versagt zu haben, und ich blieb zurück und kam mir wie eine Verbrecherin vor – und zählte die Tage der Freiheit, die mir bis zu den Schulferien noch blieben.

Ungefähr um diese Zeit war mein Sohn John Wisdom* auf der Durchreise in London.

Er wollte Förster werden und hatte an der Universität von Stellenbosch studiert, aber die war damals sehr Afrikaans und antibritisch und weit davon entfernt, Südrhodesien zu bewundern, und John, der Brite war, zum Briten erzogen wurde, konnte das nicht ertragen und reiste beinahe umgehend von dort wieder ab. Im kanadischen Vancouver gab es sehr gute Studienmöglichkeiten für Forstwirtschaft, und er hatte beschlossen, dorthin zu gehen. Ich sah ihn seit beinahe zehn Jahren zum ersten Mal wieder, und als er in mein Zimmer trat, hätte ich, obwohl ich ihn erwartete, beinahe »Hallo, Harry« gesagt, denn er ging, stand, hielt seine Schultern, lächelte wie mein Bruder. Er blieb drei Tage in London. Er hatte helle Lichter erwartet, und ich tat mein Bestes, aber er war enttäuscht, dass ich nicht in besseren Verhältnissen lebte. Eine bekannte Autorin sollte doch bestimmt … Ich weiß nicht, was er erwartete. Wir gingen in ein paar gute Restaurants und ins Theater, und er genoss alles. John war zeit seines Lebens jemand, der alles genoss. Wir kamen sehr gut miteinander aus. Schließlich waren wir immer gut miteinander ausgekommen. Es ist eine merkwürdige Tatsache, dass Leute instinktiv harmonieren, wenn sie über nichts derselben Meinung sind und eine völlig entgegengesetzte Lebensanschauung haben. John war in der Überzeugung erzogen worden, dass ich eine leibhaftige Hekate war, eine Kaffernfreundin, eine Kommunis-

* Siehe *Unter der Haut.*

tin. Er hatte nie ein gutes Wort über mich gehört, und es gab sogar eine Zeit, in der man ihm verboten hatte, mir zu schreiben. Die Briefe und Bücher, die ich meinen beiden Kindern schickte, die Briefe, die sie mir schickten – damit musste Schluss sein. Der Entschluss, diese problematische Mutter zu besuchen, kann ihm nicht leichtgefallen sein, aber alles lief bestens. Er ging an die Universität von Vancouver, ließ sich immatrikulieren – und verließ zwei Wochen später die Vorlesungen, die Universität und Vancouver. In jener Zeit – und vielleicht trifft das auch heute noch zu – gab es Männer, die den ganzen Winter hindurch ein hartes, raues Leben führten, gutes Geld für gefährliche Arbeit verdienten, aber im Sommer ihr Leben in den Bars und auf dem Wasser in Vancouver genossen. Genau das tat John, sieben Jahre lang. Sein erster Job war der eines Feuerwächters irgendwo im hohen Norden. Der Job bestand darin, sich auf einem hohen Turm aufzuhalten, von dem aus man einen Blick über ein großes Areal Landschaft hatte, nach dem Rauch von Buschfeuern Ausschau zu halten und sobald notwendig über Funk die Feuerwehr zu alarmieren. John hörte Jazz von der Voice of America und klassische Musik aus Moskau. Er beobachtete die Wölfe, die unter seinem Turm im Schnee herumstreiften, denn er erregte ihre Neugierde ebenso wie sie die seine. Er bewunderte sie und behauptete, sie seien gute Freunde geworden. So lebte er sechs Monate lang, völlig allein; er war gerade achtzehn geworden. Später sagte er, diese Zeit habe zu den besten Zeiten seines Lebens gehört. Danach hatte er alle möglichen Jobs. Er arbeitete als Landvermesser, obwohl er diesen Beruf nicht erlernt hatte; er hatte einem Freund übers Wochenende bei der Arbeit zugeschaut und dann dem Arbeitgeber bewiesen, dass er seinen Job verstand. Er arbeitete in Sägewerken. Im Sommer genoss er sein Leben. Er war nicht gerade ein großer Briefschreiber, aber ich bekam etliche lange Briefe, randvoll mit den kleinen Details seines Lebens, immer den interessantesten, und zweimal ein Tonband. Im Sommer zuvor hatte er mit zwei Australiern in einem kleinen Haus gelebt, sie hatten dieses und jenes gekocht – John war berühmt für seine Kochkünste –, sie hatten jeden Abend eine Party gefeiert, waren in jeder freien Minute in der Bucht gesegelt, und das Eis war gerade aufgebrochen, und er war in das tobende und tosende Wasser hineingerannt, hatte auf Eisschollen balanciert, und sie nannten ihn alle den verrückten Wisdom, aber er war immer noch am Leben, ob nun verrückt oder nicht. Im Winter davor hatte er in einem Sägewerk gearbeitet und war mit der linken Hand in die Maschine geraten, die Ärzte hatten seinen Arm amputieren wollen, aber er hatte es nicht zugelassen. Er brachte sie dazu, dass sie ihn so operierten, dass er erhalten blieb, obwohl sie sagten, es sei sinnlos. Aber er hatte recht behalten, er konnte seine Hand für fast alles gebrauchen. »Ich habe gelesen …« Er las eine Menge Abenteuer- und Seegeschichten, Kriegsbücher. Er liebte die See, aber bald sollte er Hunderte von Meilen von der See entfernt hoch im Gebirge leben. Er hatte meine Kurzgeschichten gelesen. Ihm gefielen besonders die über den Busch, er wusste, wovon ich redete, aber er fand, dass ich den Weißen gegenüber unfair war. »Darüber müssen wir uns einmal ausführlich unterhalten.« Sieben Jahre vergingen. Und dann tauchte er auf der Durchreise abermals in London auf. Er sagte, er sei in einer Bar gewesen, habe die Männer beobachtet, die zehn Jahre älter seien als er, aber immer noch das Leben zäher junger Männer führten, obwohl sie nicht fünfundzwanzig seien wie er, sondern fünfunddreißig und vierzig, aber sie würden schlaff und weich und verfielen dem Alkohol, und das habe ihm so zu denken gegeben, dass er beschlossen habe, Kanada zu verlassen und nach Hause zurückzukehren, obwohl das sehr traurig sei, es gebe kein Leben, das ihm besser gefallen könnte. Und er kehrte nach Südrhodesien zurück, um dort sein Glück zu versuchen.

Und wieder, da ich dies schreibe, stellt sich das Problem: Aber das ist doch alles äußerlich, man könnte glauben, mein Leben hätte nur aus Politik und Persönlichkeiten bestanden, obwohl ich in Wirklichkeit die meiste Zeit in meiner Wohnung allein war und arbeitete. Die weitläufigen Räumlichkeiten in der Warwick Road waren etwas völlig anderes als die enge, niedrige, intime kleine Wohnung in der Church Street. Sie glichen sich nur in einer Hinsicht: dem Lärm. In der Church Street rumpelten die Busse vorbei, und in der Warwick Road knatterten und dröhnten den ganzen Tag und den größten Teil der Nacht die Lastwagen. Jetzt lebe ich einem Haus, das ebenso gut auf dem Land stehen könnte und ringsum Bäume und sogar einen Acker hat, obwohl dies noch London ist, und alles ist ruhig bis auf die Bäume und den Wind in den Bäumen und um die Kamine herum – und nachts totenstill. Heute frage ich mich, wie ich diese acht Jahre Lärm damals ertragen habe. Aber ich bin überzeugt: Wenn man älter wird, verlieren die Trommelfelle eine Lärmschutzschicht nach der anderen.

Die Warwick Road war mit ihrem Oben und Unten fast ein kleines Haus. Oben in einem großen Zimmer wohnte Peter in seinen Ferien; seine Besitztümer quollen in das kleine Zimmer daneben über. In dem anderen großen Zimmer hielt sich Clancy auf, wenn er da war, und in dem kleinen Zimmer befanden sich meine Kleider. Den ganzen Tag rannte ich treppauf und treppab – nicht so schwerfällig wie heute, wo ich mich am Geländer festhalte –, wanderte in meinem großen Zimmer herum oder von dem großen Zimmer in die Küche, hin und her, denn beim Schreiben muss ich Bewegung haben. Genau so, wie ich, wenn ich auf die Church Street zurückblicke, Joan und mich an ihrem kleinen Tisch in der Küche sehe, wo wir uns unterhalten, den neuesten Klatsch austauschen, das Leben, die Liebe, die Männer und die Politik in Ordnung bringen, den besten Teil meiner Zeit dort – eine meiner besten Zeiten in London –, so blicke ich jetzt auf die Warwick Road zurück und erinnere mich, wie Clancy oder der eine oder andere Besucher mit mir am Küchentisch sitzt, und wir reden und reden. Über Politik und Literatur, aber vor allem über Politik in diesen schwierigen Zeiten, in denen »alles« auseinanderbrach. Inzwischen hat es zwei Generationen gegeben, die nie über etwas anderes reden als über Einkäufe und den neuesten Klatsch, und wenn ich mit ihnen zusammen bin, frage ich mich, wie sie diese winzige, eng umgrenzte Welt ertragen können, in der sie leben.

Es war das große Zimmer, in dem ich mich die meiste Zeit aufhielt. Es hatte drei hohe Fenster, das in einer Nische in der Ecke stehende Bett, den Schreibtisch mit der Schreibmaschine, den kleinen, glänzend schwarz gestrichenen Tisch mit den Aschenbechern, den Zigaretten, dem Chaos und dem Geruch der Raucherin, denn ich rauchte damals so viel, dass ich es heute kaum noch glauben kann. Ich wanderte hin und her und im Kreis herum, schrieb einen Satz, wanderte weiter, schaffte einen Absatz, strich ihn durch, schrieb ihn neu, schaffte eine Seite, die stehenbleiben konnte, jedenfalls fürs Erste. Dieser Prozess, dieses Herumwandern und Nachdenken, während man etwas von einem Stuhl aufhebt und es anstarrt, praktisch ohne zu wissen, was es ist, und es dann wieder fallen lässt, etwas in einer Schublade verstaut, sich dabei ertappt, wie man einen Stuhl abstaubt oder einen Stapel Bücher an der Wand gerade rückt oder am Fenster steht und den vorbeifahrenden Lastwagen nachschaut – das ist das Gegenteil von Tagträumen, denn es ist vollständige Konzentration, man ist tief drinnen, und die Außenwelt ist lediglich etwas Materielles. Und es ist erschöpfend, denn plötzlich, nach ein oder zwei Stunden, nach vielleicht nur ein oder zwei geschriebenen Seiten, kommt man sich so schwer vor, dass man aufs Bett und in Schlaf fällt für die unerlässliche halbe Stunde, fünfzehn Minuten oder zehn – und dann wieder auf, erfrischt, die Anspannung ist gebrochen, und dann wieder die Wanderungen, das Berühren von Dingen, das ziellose Aufräumen, das Aus-dem-Fenster-Schauen, die Annäherung an die Schreibmaschine, und dann sitzt man und die Finger fliegen, solange es eben geht – und wieder auf, wieder Bewegung. Wie vertraut mir dieses Zimmer geworden ist, jede Faser und jeder Faden darin, dessen Oberflächen ich selbst geschaffen hatte: das schlichte Weiß der Wände, der Teppich, den ich grün gefärbt hatte, die Dielen, die ich hochglänzend schwarz gestrichen hatte, die grün-weißen Vorhänge, auf meiner Singer-Nähmaschine genäht, die ich den ganzen weiten Weg von Afrika mitgebracht hatte.

Während ich hantierte, zögerte, in Schlaf versank und wieder auftauchte, in die Küche und wieder zurück wanderte, hörte ich vielleicht Clancys Schreibmaschine, die oben wie ein Maschinengewehr ratterte, Stunde um Stunde, ohne die geringste Unterbrechung. Und dann lange Stille, wieder hektisches Geklapper, dann wieder Stille.

In der Warwick Road schrieb ich eine Menge Kurzgeschichten, die in Afrika, in Frankreich, in Deutschland spielten. Einige von ihnen halte ich für gut. Andere taugen nicht viel. Wenn man die Art von Schriftstellerin ist, die ich bin – das heißt, eine, die den Prozess des Schreibens dazu benutzt, um herauszufinden, was sie denkt und sogar was sie ist –, dann ist es eindeutig unehrlich, die Trittleiter umzustürzen, auf der man hinaufgestiegen ist, aber ich wäre trotzdem glücklich, wenn einige der Erzählungen, die ich geschrieben habe, verschwinden würden. Dennoch gibt es Leute, die diejenigen mögen, von denen ich selbst nichts halte. Ist es nicht eine Form von Verachtung, wenn man sich das fortwünscht, was andere Leute bewundern? Ich wäre glücklich, wenn ich so wäre wie jene Dichter, die am Ende ihres Lebens ein paar Überlebende ihrer Schreiberei anerkennen und alles außer dem Besten verwerfen.

Ich schrieb *Sturmzeichen*, das dazu beitrug, diese toll gewordene Zeit, in der »jedermann« Kommunist war, in die richtige Perspektive zu rücken. Als es herauskam, wurde es von vielen der Genossen als aufrührerisch, als »Nestbeschmutzung« und so weiter beschrieben, aber seine Geschichte steckt voller Widersprüche. Ich bekomme noch heute Briefe von Leuten, die sagen, als sie es damals gelesen hätten, sei es ihnen wie Verrat an der Sache vorgekommen, aber heute gefalle es ihnen. Dieses Buch, in dem es um die Dynamik und die Unberechenbarkeiten von Gruppenverhalten geht – nicht nur in politischer Hinsicht –, veranlasste noch Anfang der neunziger Jahre einige junge Amerikaner, loszuziehen und sich einer linksextremen Gruppe anzuschließen. Ich konnte es nicht glauben, als ich davon erfuhr, aber offensichtlich waren es das Ränkespiel und die Aufregungen, die sie anzogen. Ich bin sicher, das dies der Grund dafür ist, weshalb viele Leute sich politischen oder religiösen Gruppen anschließen. Sie brauchen die Aufregung. Im Lauf der Jahrzehnte haben Leute mir immer wieder erzählt, dass sie dieser oder jener Bewegung oder Gruppe angehörten und *Sturmzeichen* ihre Erfahrungen beschrieb – die der Grund dafür waren, weshalb sie die Gruppe desillusioniert verließen. Später wurde über *Die Terroristin* Folgendes geschrieben: »Es war genau dasselbe wie das Leben in …« einer feministischen Gruppe, einer Gruppe von schwarzen Aktivisten, Greenpeace, Tierschützern. Eine Gruppe ist eine Gruppe ist eine Gruppe – genau so, wie ein Mob ein Mob ist. Die Maschinerien, die sie in Bewegung setzen, sind die gleichen, was auch immer ihr Anliegen sein mag. Wenn man einer angehört hat, hat man allen angehört. Was mich am meisten wundert, ist, dass heute, wo so vieles über die Mechanismen und die Dynamik von Gruppenverhalten bekannt ist, kein Versuch unternommen wird, von der Information über das, was passieren muss, Gebrauch zu machen. Wenn es je eine gedankliche Blockade – eine Barriere, eine Trennlinie – gegeben hat, was unser Verhalten angeht, dann ist es dieses »Wir wollen es nicht wissen«. Aber Moment, es gibt ein Beispiel dafür, dass Leute, die etwas beginnen wollten, auf ihre Vorgänger zurückblickten und beschlossen, es besser zu machen. Die Bolschewiken kamen überein, dass sie nicht so sein wollten wie die Revolutionäre der Französischen Revolution; dass ihre Revolution ihre Kinder nicht fressen würde, sie würden sich nicht gegenseitig umbringen. Dieses edle Bestreben hat, wie wir wissen, zu nichts geführt, und sie haben sich alle mit phrasengetränkter Begeisterung gegenseitig umgebracht. Also ist vielleicht mehr erforderlich als das simple Bestreben, etwas besser zu machen.

Was ich bei der Rezeption von *Sturmzeichen* fühlte, steht in einem Brief, den ich an Edward Thompson schrieb. Hier ist ein Auszug daraus.

Mein lieber Edward!

Aber, Edward, ich habe kein einziges Wort über Taktik gesagt, meine Einstellung war ausschließlich pragmatischer Natur, mit anderen Worten: Was ist mit mir?

Ernsthaft – ich habe ein Buch über die Art von Politik geschrieben, über die sich der *New Reasoner* die ganzen letzten beiden Jahre theoretisch ausgelassen hat.

Als die Rezensionen erschienen, bin ich immer wütender geworden, wenn auch nicht überrascht, weil niemand begriff, um was es in diesem Buch wirklich ging – entweder abermals um diese rätselhafte Frau Martha Quest und ihre Possen oder um einen neuen Hieb gegen die Rassenschranken. Aber niemand hätte den Rezensionen entnehmen können, dass es in diesem Buch um stalinistische Einstellungen und Gedankengänge und so weiter geht.

Deshalb hatte ich, da die Art von Leuten, die ich zu erreichen versuchte, die Leser des *New Reasoner* und der *New Left Review* waren, natürlich gehofft, dass eine dieser Zeitschriften oder beide wenigstens einen Absatz darüber bringen würden, dass dieses Buch Gegenwartsthemen behandelte.

Aber kein Wort. Kein einziges Wort.

In der Zwischenzeit bringen beide Zeitschriften, vor allem der *Reasoner*, lange und analytische Artikel über »Das zeitgenössische Dilemma«. Und beide Zeitschriften fordern mich auf, Artikel und Stellungnahmen zu diesem Thema zu schreiben. Die Tatsache, dass ich es für angebracht gehalten habe, 140 000 Wörter darüber zu schreiben, in Form eines Romans, wird offensichtlich für völlig irrelevant gehalten.

Mit einem Wort, linke Zeitschriften interessieren sich wie alle anderen Zeitschriften nicht für das, was ein Schriftsteller in seinem wirklichen Werk sagt, ihnen liegt lediglich daran, kurzlebige Stellungnahmen oder Artikel zu bekommen, damit »der Name« Leser anlockt.

In der Warwick Road habe ich noch ein anderes Buch geschrieben, das ich später zurückgezogen habe. Es hieß *Retreat to Innocence.* Die Wünsche der Autoren zählen so wenig, dass ich häufig Leute treffe, die triumphierend sagen: »Ich habe ein Exemplar dieses Buches, das Sie zu unterdrücken versucht haben.« Wie Kinder auf einem Spielplatz: Ätsch!

Dieser Roman fußt auf meinem Zusammensein mit Jack, dem

Mann aus der Tschechoslowakei, dem blutigen und umkämpften Herzland Europas, und dem Gefühl der Unerfahrenheit, der Unschuld – und dem Unbehagen –, das er in mir auslöste. Er versuchte nicht, dieses Gefühl in mir auszulösen. Wenn man über die Art von Wissen über menschliches Verhalten verfügt, das er besaß, dann hört sich der größte Teil dessen, was Leute sagen und was nicht diesem Erfahrungsbereich entstammt, wie Babygeplapper an. Während ich dies schreibe, geht der Krieg in Bosnien weiter, und diejenigen, die daran beteiligt sind, werden ihn zeitlebens nicht vergessen. Man halte *uns* keine Vorträge über Zivilisation. Die beiden Hauptcharaktere in *Retreat to Innocence* sind ein älterer Mann, Jan, und eine junge Frau, Julia. Es ist ein wundervolles Thema für einen Roman, aber er ist nicht gelungen. Ich habe ihn verdorben. Es ist ein seichter Roman. Aber manchen Leuten hat er gefallen, und manchen gefällt er immer noch, und wenn sie das sagen, empfinde ich den Schmerz einer verpassten Gelegenheit. Was ich hätte erkunden können, war, wie das menschliche Denken – unser Denken – ständig versucht, schlimme Erfahrungen abzuschwächen und zu verdrängen durch bewusstes Vergessen oder Verzerren. Auf diese Weise vergisst das Denken nicht nur von Einzelnen, sondern auch das kollektive Denken – eines Landes, eines Kontinents – einen Horror. Das berühmteste Beispiel hierfür ist die große Grippe-Epidemie von 1919/1920, an der neunundzwanzig Millionen Menschen überall in der Welt starben, aber sie erscheint nicht in den Geschichtsbüchern, hat keinen Platz im kollektiven Bewusstsein. Das Denken der Menschheit ist darauf programmiert, Katastrophen zu vergessen. Da war die Kontroverse um Velikovsky, dessen Geschichte von der möglichen Entstehung unseres Sonnensystems von den Akademikern abgelehnt wird, obwohl sich einiges von dem, was er sagte, eindeutig als richtig erwiesen hat. Im menschlichen Bewusstsein existiert ganz offensichtlich nichts über aufeinanderfolgende verheerende Eiszeiten, obwohl wir – die Menschheit – mehr als eine miterlebt haben. In alten Geschichten wird von großen Überschwemmungen erzählt, aber das ist auch so ziemlich alles. In dem Buch, das ich nicht geschrieben habe, hätte die implizite Frage gestanden: Ist es eine gute Sache, dass jede Generation beschließt, die schlimmen oder grausamen Erlebnisse der vorhergehenden zu vergessen? Dass (zum Beispiel) der Erste Weltkrieg, eine solche Katastrophe für Europa, zum »Großen Unaussprechlichen« wurde – was meinem Vater und anderen Soldaten, aus Frankreich und Deutschland, das Gefühl gab, für null und nichtig erklärt, abgeschrieben worden zu sein, nicht mehr als menschlicher Abfall. Dass die neue, junge Generation schon fünf oder sechs Jahre nach diesem schrecklichen Bürgerkrieg in Südrhodesien alles vergessen hatte und nichts davon wissen wollte? Nun ja – es hätte ein gutes Buch werden können.

Was sonst noch? Ich fing an, über das *Goldene Notizbuch* nachzudenken, und ich schrieb *Spiel mit einem Tiger.*

Für dieses Theaterstück benutzte ich die Warwick Road, wie ich sie empfand, als Szenerie: das Zimmer mit seiner Schreibmaschine und dem hinter dünnen Vorhängen verborgenen Bett, wo die Wände für den Lärm und Gestank der draußen vorbeidonnernden Laster durchlässig schienen, die lärmenden Horden von Jungen, die spätabends hoffnungslos betrunken waren, ein Spiegelbild von Clancys Geschichten über seine Jugend auf der Straße in Chicago auf der »falschen Straßenseite«, das Bordell schräg gegenüber, aus dem die Mädchen manchmal hervorkamen, um Kunden anzulocken oder miteinander zu streiten.

Inzwischen war Oscar Lowenstein auf dem besten Weg, ein erfolgreicher Impresario zu werden.* Er hat nichts als Gutes für das Theater und den Film in Großbritannien bewirkt und dafür nicht die Anerkennung erhalten, die er verdient gehabt hätte, aber für mich persönlich hätte er Besseres tun können. *Spiel mit einem Tiger* gefiel ihm, aber er bestand auf Siobhan McKenna für die Hauptrolle. Sie war für vier Jahre gebunden, und das war die Zeit, die wir abwarten mussten. Ich sagte immer wieder, es gebe doch noch andere gute Schauspielerinnen. Aber Impresarios sind oft sehr dickköpfig, und es war Siobhan McKenna oder

* Oscar Lowenstein starb 1996.

niemand. Also machen wir einen Sprung nach vorn, nach 1962. Ted Kotcheff gelang eine brillante Inszenierung, mit einem Gefühl für den Fluss und die Bewegung des Stückes, was bedeutete, dass es, vom ersten Rang aus betrachtet, wie ein langsamer Tanz wirkte. Der männliche Hauptdarsteller war eine Fehlbesetzung. Ich sagte, ich wolle jemanden im Stil von Sam Wanamaker, aber jünger, doch Oscar sagte, nur über meine Leiche. Er und Ted flogen zum Vorsprechen nach New York und kehrten mit jemandem zurück, von dem Männer glauben, dass er auf Frauen anziehend wirkt, einem Mannsbild wie ein Cowboy. Er war ein guter Schauspieler, aber er hatte kein Gefühl für das Zweideutige. Er und Siobhan waren sich von der ersten Minute an spinnefeind, und das merkte man.

Siobhan war eine Art Genie. Sie hatte das, was man gewöhnlich Charisma nennt, aber was ist das? Sie flog von Dublin herüber und fungierte während des Vorsprechens als Spielpartnerin. Es war ein kalter Tag, und im Theater war es eisig. Sie war ein wenig betrunken. Sie hatte eine Erkältung. Sie war in dicke Schichten aus Kleidern gehüllt. Um die vorsprechenden Schauspieler nicht an die Wand zu spielen, saß sie mit dem Rücken zu uns an der Seite der Bühne oder im Zuschauerraum; sie war eine großzügige Schauspielerin und eine gütige Frau. Dennoch konnten wir den Blick nicht von ihr abwenden, von diesem dick verhüllten Rücken, über den sich das dunkelrote Haar ergoss. Man musste sie ganz einfach anschauen: Es war regelrecht anstrengend, nicht sie, sondern ihr Gegenüber im Blick zu halten.

Sie war eine gute Schauspielerin, aber sehr undiszipliniert, weil jemand sie zu Beginn ihrer Karriere als wildes irisches Kind beschrieben hatte, und nun benahm sie sich entsprechend, ganz irische Impulsivität und Launenhaftigkeit, und sie trank viel zu viel. Es war eine Tragödie, dass sie keine Disziplin hatte. An einem Abend konnte sie großartig sein, unvergesslich – und es war nicht schwer, einzusehen, weshalb Oscar sie haben wollte –, aber am nächsten war sie katastrophal, vergaß ihren Text und ihre Gänge und war eindeutig betrunken.

Wir hatten großartige Nebendarsteller. Maureen Prior bekam

das Stück zugeschickt, und es gefiel ihr so gut, dass sie, obwohl krank, ihr Bett verließ und bei eisigem und windigem Wetter in das kalte Theater kam, um vorzusprechen. »Ich muss diese Rolle spielen«, sagte sie, »und wenn es mich das Leben kostet.« Sie war perfekt. Auch Godfrey Quigley war gut. Sie waren alle gut. Das Stück kam im Comedy Theatre heraus, und es stand zwei Monate auf dem Spielplan, schaffte es aber nicht ganz, die Unkosten wieder einzuspielen. Harold Hobson, damals der einflussreichste Kritiker, gefiel es: Er nannte es »das auf die verstörendste Art poetische Stück in London«. T.C. Worsley sagte, es »sollte von jedem gesehen werden, der sich für das zeitgenössische Theater und ganz allgemein für das zeitgenössische Leben interessiert«. Milton Shulman bemerkte, es sei empfindsam, voller Mitgefühl und anrührend. Robert Muller sagte, es sei »geschrieben mit sezierender Leidenschaft und wahrheitsgetreu«. Aber diese Bemerkungen entstammen den ansonsten eher indifferenten Kritiken, die von Harold Hobson ausgenommen. Graham Greene gefiel es sehr gut, und ich bekam einen Brief von ihm, in dem er mir das sagte. Aber er war kein Kritiker.

Die Tatsache, dass es so großartig inszeniert war, wurde kaum registriert. Immerhin bin ich nicht der einzige Mensch, der der Ansicht ist, dass das Theater, als Ted Kotcheff nach Hollywood ging, einen seiner besten Regisseure verlor.

Was halte ich heute von diesem Stück? Es ist ein gutes Stück, aber kein großartiges. Es hat eine gute Form und Struktur, braucht aber den richtigen Regisseur. Es gehörte in seine Zeit – weshalb? Diese Bemerkung über die »sezierende Leidenschaft« deutet darauf hin. Sezierende Leidenschaft ist überaus unmodern. Das richtige Stück für jene Zeit war *Wer hat Angst vor Virginia Woolf?*, der Krieg der Geschlechter. *Spiel mit einem Tiger* ist seither in verschiedenen Ländern gespielt worden, aber zumeist in feministischen Theatern, wo es zu einer Anklage gegen die Männer wurde und sein Gleichgewicht und seinen Humor verlor. Denn es hat, wenn es richtig gespielt wird, nicht wenige Lacher.

Ich war verletzt von der Art und Weise, wie *Spiel mit einem*

Tiger aufgenommen wurde. Ich fand, es hätte Besseres verdient. In den Kommentaren steckte eine bittere und unfreundliche Botschaft, die mich mit voller Wucht treffen sollte, als das *Goldene Notizbuch* herauskam. Ich glaubte, es läge an einem Vorurteil gegenüber Frauen, das viele Formen annehmen und alles andere als direkt sein kann. Leute, die ich kannte, aber auch Unbekannte traten immer wieder an mich heran und sagten: Aber Sie schildern in dem Stück doch Ihr eigenes Leben. Gerade so, als ob John Osbornes *Blick zurück im Zorn* nicht direkt dem Leben entstammte und Arnold Weskers Stücke nicht aus dem Leben gegriffen wären. Niemand hat je zu John oder Arnold etwas Vergleichbares an unfreundlichen Dingen gesagt, die ich zu hören bekam. Ich war vermutlich überempfindlich, denn wesentlich mehr Leute, als sich kritisch darüber äußerten, mochten das Stück und schrieben mir entsprechend. Noch heute gibt es Leute, die sagen, dass sie sich an das Stück erinnern und wie sehr es ihnen gefallen habe.

Aber es kann kein Zweifel daran bestehen, dass das Stück, aufs Ganze gesehen, eine Pleite war, und ich fing an, mir Gedanken über meine Karriere als Stückeschreiberin zu machen, die man nur als undichterisch beschreiben kann.

Im Salisbury Playhouse füllte *The Truth About Billy Newton* die Plätze, aber es wurde nicht von einem Londoner Theater übernommen, und es litt unter unvorstellbaren Rückschlägen und Katastrophen. Dann schaue man sich an, was mit *Jedem seine eigene Wildnis* passiert war. Und dann *Spiel mit einem Tiger*. Vier Jahre auf eine Schauspielerin warten zu müssen, die nur zeitweise zufriedenstellend war, sich mit einem falschen Hauptdarsteller abfinden zu müssen, und all die Hektik und die Aufregung und der verletzte Stolz – war es das wert gewesen? Später habe ich noch zwei weitere Stücke geschrieben. Eines von ihnen habe ich kürzlich wiedergelesen und dabei – wie schon damals – gedacht, dass es sich am Royal Court gut gemacht hätte, weil es eine Farce über das Aufeinanderprallen der Klassen war, aber sie lehnten es ab. Joan Littlewood gefiel es, das behauptete sie jedenfalls, aber Raffles, ihr Manager, war nicht ihrer Meinung. Dann schrieb ich eine moderne Version der *Medea*, für die ein paar Jahre lang eine hochkarätige Besetzung geplant war, aber jedes Mal, wenn man sich einen Star gesichert hatte, passierte irgendetwas Schreckliches, und schließlich starb einer gerade in dem Moment, als die Verträge unterschrieben wurden. Inzwischen war ich zu dem Schluss gekommen, dass ich mit dem Theater kein Glück hatte, dass ich das einsehen und einfach aufgeben sollte. Das Ende meiner Arbeit für das Theater kam mit der Aufforderung des National Theatre, Ostrowskis *Gewitter* zu bearbeiten. Man verfiel auf mich, weil ich eine Frau war und es nach John Dexters Ansicht in dem Stück um die Leiden der Frauen ging. Ich hätte Nein sagen sollen, aber meine Eitelkeit siegte. Hundert Stücke hätten mich mehr interessiert als *Gewitter*. Es wurde großartig von Jill Bennett und Anthony Hopkins gespielt, ganz große Leidenschaften und Leiden, aber in Wirklichkeit handelt das Stück davon, dass Teenager, Zwölf- und Dreizehnjährige, von grausamen und habgierigen Eltern verheiratet werden, damit diese ihr Geld und ihren Grundbesitz retten können. Es handelt von der unerträglichen Ignoranz und Dummheit des damaligen provinziellen Russlands. Die Inszenierung mit der zweiten Besetzung bekam es richtig gut hin, es war herzzerreißend, arme Kinder, die ein kurzes Aufflackern von Leben genossen, bevor für sie die Klappe fiel. Aber diese Inszenierung hat niemand gesehen.

Ich könnte eine Menge darüber sagen, was an John Dexters Inszenierung nicht stimmte – obwohl er gewöhnlich brillant war –, und damals habe ich es auch getan. Kurz vor der Premiere saß ich spätabends mit Laurence Olivier zusammen und sagte ihm, was ich über die ganze Sache dachte, viel zu heftig, weil ich vor Verzweiflung betrunken war. Er war sehr nett. Ich erinnere mich, wie er voller Vitalität, Energie und Mitgefühl steckte – vor allem an die lebensprühende Energie (dieselbe Eigenschaft, die auch Charlie Chaplin hatte, den ich für zehn Minuten mit Miles Malleson auf dem Leicester Square getroffen habe; er hat in meinem Gedächtnis für immer den Eindruck schneller, kraftvoller Bewegungen, flinker, intelligenter dunkler Augen und von Humor und Charme hinterlassen).

Und das war der Moment, an dem ich mich hinsetzte, um gründlich nachzudenken. Keiner meiner Versuche mit dem Theater war so gelaufen, wie ich es mir gewünscht hatte. Ich hatte viel Zeit und Mühe auf meine Stücke verwendet. Wenn ich einen Roman schrieb, wurde er wenigstens so gedruckt, wie ich es wollte. Die Qualen, die Anspannung, die schlaflosen Nächte, so viele übersteigerte Emotionen: und wofür? Ich schrieb nicht noch einmal fürs Theater, wohl aber fürs Fernsehen, erfolgreich und ohne Katastrophen oder Missgeschicke.

Und so ist meine Leidenschaft fürs Theater, mein Ehrgeiz, für die Bühne zu schreiben, in dem großen Vergnügen an Theaterbesuchen in London aufgegangen, diesem Füllhorn großartigen Theaters, und manchmal denke ich: Ach, wenn nur ... Aber ich lasse nicht zu, dass dieser Moment der Schwäche andauert.

Meine Erfahrungen mit dem Theater und später mit der Oper bilden den Hintergrund von *Und wieder die Liebe*, einem Roman, der eine Theatertruppe bei der Arbeit porträtiert.

Und nun eine Begegnung mit den Exgenossen, die sich in keiner Weise von den Konfrontationen mit den Genossen unterschied. Clancy Sigal war in ein Bergarbeiterdorf gefahren, in demselben Geist, in dem ich das fünf Jahre zuvor getan hatte, aber er wurde, da er ein Mann war, sofort ein Teil jener trinkfreudigen Pub- und Clubkultur von Bergleuten in ihrer Freizeit. Er freundete sich mit einem jungen Bergmann namens Len Doherty an und verbrachte etliche Wochenenden mit ihm. Er schrieb *Weekend in Dimlock* in drei Tagen, über meinem Kopf in der Warwick Road, während ich seiner klappernden Schreibmaschine lauschte. Es ist ein brillantes kleines Buch. Ich habe in meinem ganzen Leben nie wieder jemanden mit Clancys Fähigkeit zur exakten Beobachtung auch der winzigsten sozialen Details getroffen. Das Buch wurde veröffentlicht und löste sofort diese absurde, beschämende Reaktion aus, die Leute in der Linken leider Gottes tausendmal erlebt haben. Die Leute, von denen man geglaubt hatte, dass sie das Buch begrüßen müssten, waren diejenigen, die ihm am meisten schadeten.

Weshalb ist das so? Dieses Buch ist nicht der rechte Ort für den Versuch eines Essays über Literaturkritik und ihre Geschichte bei den Linken. Diese Feindseligkeit per Knopfdruck hat eine lange Tradition; sie geht mindestens bis auf die Methoden der Inquisition zurück und wurde später den Zwecken des Kommunismus angepasst. Jeder neue Autor, jedes neue Buch muss, wenn er oder es erfolgreich sein soll, irgendwie die Pfeile des Neids überleben, aber der Kommunismus verlieh Neid und Eifersucht ein Gewand der Respektabilität, das über der niederträchtigen Wahrheit getragen werden konnte. Unter Bezeichnungen wie »sozialistischer Realismus« waren die Einstellungen der Kommunisten zu Kunst und Literatur der Todfeind von Kunst und Literatur und sind es an manchen Orten noch heute. Wieder und wieder, in einem Land nach dem anderen haben wir erlebt, wie der »sozialistische Realismus« auftauchte, um angesehene Schriftsteller in Grund und Boden zu verdammen. Dies geschah selbst dann noch, als er bereits in seinem Mutterland von jedem Künstler und Schriftsteller wie von den Lesern ebenso gehasst wie verachtet wurde. Was in den siebziger Jahren in den skandinavischen Ländern passierte, ist bezeichnend: Der »sozialistische Realismus« wurde dazu benutzt, die bekannten Schriftsteller in Misskredit zu bringen. Und jetzt werden diese primitiven Emotionen in den Ländern der Dritten Welt gegen die Erfolgreichen verwendet.

Clancys kleines Buch löste einen Sturm der Entrüstung aus. Eine der Anschuldigungen war, dass er die Gutmütigkeit der Bergleute in dem fraglichen Dorf ausgenutzt habe. Aber er hatte Len Doherty das Buch gezeigt, der seine Zustimmung zur Veröffentlichung gegeben hatte.

Dann forderte der *New Reasoner* Len Doherty auf, es zu rezensieren.

Darauf folgte ein Austausch von sehr hitzigen Briefen zwischen mir und dem *New Reasoner*, zwischen mir und Edward Thompson. Ich verfügte eindeutig über ein niederträchtiges kleines Talent für scharfe Worte. Aber schließlich waren wir alle in die Schule der Niedertracht gegangen. Ich will nur zwei kleine

Ausschnitte zitieren, die für meine Hauptargumente relevant sind:

»Ich ertrage es einfach nicht mehr, dass Sozialisten sich gegenseitig das Messer in den Rücken stoßen.«

»… eine Wiederauferstehung dieses destruktiven Verhaltens, das allen, die in der C. P. waren, nur allzu vertraut ist – wenn die Linke zufällig einmal ein schöpferisches Talent hervorbringt, dann ist der erste Impuls, es zu vernichten.«

Ich lasse die wirklich harten Worte aus, aber ich habe Edward gesagt, er sei ein Mistkerl. Er war ebenso unverblümt. Diese freimütige, brüderlich-schwesterliche Keilerei entsprach damals weitgehend dem Stil der Genossen. Wir blieben gute Freunde, nachdem der Sturm oder das Stürmchen sich gelegt hatte.

Weekend in Dimlock löst immer noch irrationale Feindseligkeit aus, und zwar gerade bei den Leuten, von denen man erwarten sollte, dass sie es schätzen. »Hat ein Amerikaner geschrieben«, bekommt man zu hören. »Was weiß der schon über unsere Arbeiterklasse?« – »Nach einem kurzen Besuch geschrieben.« – »Er hat die Bergleute ausgenutzt.« Und so geht es weiter, jahrein, jahraus, Jahrzehnt um Jahrzehnt. Früher habe ich einmal daran gedacht, eine Liste der guten und originellen Bücher aufzustellen, die das Gemetzel durch die Genossen überlebt haben; sie wäre recht instruktiv gewesen. Aber dann fand ich, dass es eine Menge Zeit und Arbeit kosten und nicht das Geringste ändern würde, weil die Leute, die das Bedürfnis verspüren, neue und gute Bücher zu attackieren, selbst nicht wissen, welches ihre wirklichen Motive sind. Neid hat sich schon immer hinter moralischer Entrüstung versteckt.*

* Es sind vor allem drei Schriftsteller, an die man wegen ihrer Behandlung durch die Genossen denken sollte. Der eine ist George Orwell, der in *Mein Katalonien* über das schrieb, was er im Spanischen Bürgerkrieg beobachtet hatte, die schmutzigen Machenschaften der Kommunisten und damit auch der Sowjetunion. Noch 1996 wurde er beschuldigt und musste verteidigt werden, als bekannt wurde, dass er mit britischen Sicherheitskräften gegen die Sowjetunion gearbeitet hatte – was nur logisch ist, wenn man bedenkt, dass er die wahre Natur des Sowjetkommunismus und das blinde Vertrauen der Linken in alles, was sie tat, auf die harte Tour kennengelernt

Clancy kehrte mehrere Male nach »Dimlock« zurück und blieb mit Len Doherty befreundet, der eine schwierige Zeit durchmachte. Er war ein junger Mann in den Zwanzigern mit einer Frau und, glaube ich, drei kleinen Kindern, aber in der Ehe gab es Probleme. Clancy brachte ihn mit nach London, er wohnte in meiner Wohnung, und Clancy und Alex nahmen ihn mit auf ihre Ausflüge, die natürlich die Neue Linke und ihre Reviere mit einschlossen, nach Soho und zu anderen aufschlussreichen Orten. Len kam wieder und brachte einen Freund mit, einen Bergmann, dann kam er abermals, jetzt mit zwei oder drei Freunden. Ich empfand Clancys und Alex' Einstellung gegenüber Len als väterlich, sie machten sich Sorgen um ihn. Er war ein dunkelhaariger, viel zu dünner, innerlich verspannter junger Mann, der plötzlich ins Rampenlicht geraten war. Er strahlte moralische Erschöpfung aus wie abgestandene Luft, was oft das Anzeichen einer körperlichen Erkrankung ist. Ich erinnere mich an einen Abend, an dem er oben im Bett lag; an diesem Tag hatte er es nicht geschafft aufzustehen, nachdem er sich am Abend zuvor sinnlos betrunken hatte, er hatte Fieber, und ich und einer der Bergleute versuchten ihn ruhig zu halten, denn er schlug um sich und warf den Kopf von einer Seite zur anderen. »Es ist zu spät«, krächzte er immer wieder, »es ist zu spät.«

Er wurde Journalist und arbeitete bei einer Lokalzeitung, dann starb er, viel zu jung.

hatte. Der Einfluss der Genossen reichte weit über die Partei hinaus: Victor Gollancz entschuldigte sich sogar öffentlich dafür, dass er *Farm der Tiere* herausgebracht hatte. George Orwell wurde bis zu seinem Tod von den Genossen systematisch verunglimpft. Solschenizyn konnte man nicht damit abtun, dass man behauptete, er wisse nicht aus eigener Erfahrung, worüber er schreibe, also behauptete man, er könne nicht schreiben – kein Talent. Der dritte, Proust, ist erst vor Kurzem von dem Odium »Oh, er war so ein Snob« befreit worden. Niemand hat geistreicher über Snobismus, soziales Aufsteigertum, Machenschaften zur Erlangung von Auszeichnungen geschrieben und darüber, wie sich die Ansichten der Leute unter dem Druck der öffentlichen Meinung ändern. Aber sein Stoff war die Aristokratie mit ihren Anhängern, und deshalb: »Er war so ein Snob« – die vulgärste Verurteilung durch Kritiker: die Identifikation des Schriftstellers mit seinem Material.

Diese kleine Geschichte illustriert das Dilemma des Journalismus, »der Medien« – was passiert, wenn in einer Gemeinschaft ein Bewusstsein ihrer selbst erweckt wird und sie gezwungen ist, sich durch die Augen anderer zu betrachten. Ich glaube nicht, dass Lens Schicksal ohne *Weekend in Dimlock* viel anders verlaufen wäre, aber vielleicht hat es ihn unglücklicher gemacht, dass man ihm das zeigte, was für ihn die Glitzerwelt des literarischen London gewesen sein muss, denn er wäre selbst gern Schriftsteller geworden.

Ich nahm Clancy nach Carradale mit. Naomi hatte mich darum gebeten. »Ich habe gehört, du hast einen *faszinierenden* Amerikaner.« Die Busreise nach Schottland gehört zu meinen unerfreulichsten Erinnerungen. Clancy war damals krank, ein wenig verrückt. Mir war schlecht von dem Bus, aber wie er sich gefühlt haben muss … Er war bleich, schweißgebadet, saß mit geschlossenen Augen und zusammengebissenen Zähnen da. Ich kenne eine ganze Menge Leute, die mit periodischen Anfällen von Labilität zu kämpfen haben, und sie gehören zu den tapfersten Seelen auf der Welt.

Ich hatte Naomi gesagt, dass sie Clancy innerhalb des Hauses unterbringen solle, weil er sich an Orten, an denen er sich isoliert vorkam, nicht wohlfühle, aber sie steckte ihn in ein weit entferntes Zimmer in einem Anbau. Interessant ist auch, dass wir so weit voneinander entfernt untergebracht wurden. Der Clan und er, es war Hass auf den ersten Blick. Dieser Einzelgänger, dieser Außenseiter, dieser exakte Beobachter hatte etwas an sich, das sie nicht ausstehen konnten. Während der drei Tage unseres Besuchs saß er stumm da und beobachtete sie von den Randbereichen der Zimmer aus, während sie ihn grob oder herablassend behandelten. Oh, wie ich Gruppen, Clans, Familien, das menschliche »Wir« hasse. Wie ich sie als Bedrohung empfinde, sie fürchte – ich versuche immer, mich von ihnen fernzuhalten. Im Vergleich zu ihnen sind Rudel von Wölfen oder wilden Hunden harmlose Feinde. Clancy und ich fuhren in einem anderen Bus nach London zurück, während kalter Regen an den Fenstern herabströmte, und Clancy begab sich sofort nach oben an seine Schreibmaschine, wo er den ganzen Tag blieb und dann mit ungefähr fünfzig Seiten wieder herunterkam, die er mir gab. Er setzte sich an den Küchentisch und beobachtete mein Gesicht, während ich las. Ich habe noch nie in meinem Leben etwas gelesen, das so intelligent, so scharfsinnig, so exakt beobachtet war – und so schrecklich. Denn sein Hass hatte diesen Text geschrieben, und er war reines Gift. Man vergleiche es mit dem, was er über das Bergarbeiterdorf geschrieben hatte: Das war aus Liebe und Achtung entstanden, aber diese Seiten aus Abscheu. Für Clancy war schon das Wort »Mittelschicht« aufreizend, aber die Mitchisons hatten etwas an sich … es war ihre Sicherheit, ihr Selbstbewusstsein, ihre Überheblichkeit in der Annahme der eigenen Unverletzlichkeit – so jedenfalls musste dieser Außenseiter sie sehen –, die Art, auf die der Clan so fest mit der Gesellschaft verwoben war, die dieser Außenseiter nicht ertragen konnte. Aber ich habe daraus eine Lektion gelernt, nämlich die, dass auf der Welt nichts einfacher ist als Bosheit. Nein, an der Brillanz seiner Beobachtungen war nichts Einfaches, aber man kann sich im Bruchteil eines Gedankens in den Modus des Hassens hineinversetzen. Ich weiß nicht, weshalb wir Bosheit so sehr bewundern. Sie wird oft »Witz« genannt. Eine Zeit, in der sie florierte, waren die zwanziger Jahre – vermutlich eine »Emanation« von jenem berühmten Tisch im Algonquin –, und der Einfluss sickert durch die Jahrzehnte, bis irgendeine alte Lady plötzlich in gackerndes Gelächter ausbricht und sagt: »Sie hat ein Gesicht wie eine Kartoffel …« und dann zuversichtlich den Blick in die Runde gehen lässt, um sich zu vergewissern, dass dieser Pfeil die Bewunderung erhält, die er verdient. »Er sieht aus wie ein Frosch mit Verdauungsstörungen« – toller Witz, wie wir in der Schule zu sagen pflegten.

Es ist 1957, 1958 … Ich stecke tief im *Goldenen Notizbuch* und stöhne innerlich, denn jedes Mal, wenn das Telefon läutet, höre ich etwas wie: »Hast du das mit dem armen Bob gehört? Es macht ihm schwer zu schaffen.« – »Mary hat die Partei verlassen. Sie will jetzt Sozialarbeiterin werden.«

Sind diese alten politischen Leidenschaften heute noch von Interesse? Ich glaube, es ist wichtig, dass wir aus ihnen lernen. Wir stehen immer noch vor der (jetzt) unglaublichen und unverzeihlichen Tatsache, dass einige der sozial am stärksten engagierten, auf eine bessere Zukunft hoffenden, hingebungsvollsten Geister sich an den Verbrechen in der kommunistischen Welt mitschuldig machten, indem sie sich weigerten, sie zur Kenntnis zu nehmen, und dann, indem sie sich weigerten, sie öffentlich einzugestehen. Nicht hundert oder tausend, sondern viele Tausende oder Millionen überall in der Welt. Und diese Einstellung – dieses Widerstreben, die Sowjetunion, diese große Alma Mater, zu kritisieren – dauert an. Sie zeigt sich in der Art, mit der Hitler die Rolle des Hauptverbrechers unserer Zeit zugewiesen wird, während Stalin doch tausendmal schlimmer war – und Hitler hat Stalin bewundert; er sah sich völlig zu Recht im Vergleich zu seinem großen Vorbild als bloßer »Lehrling« in Sachen Verbrechen –, zeigt sich in der milden Behandlung, die das Ganze in der Vorstellung der Linken erfährt.

Interessant ist natürlich, weshalb das so ist. Schließlich ist damit zu rechnen, dass diese Situation oder eine ähnliche wieder auftaucht, in einem anderen Kontext, einem anderen Abschnitt der Geschichte. Das ist immer der Fall. Und werden wir (die Menschheit) sie das nächste Mal erkennen und besser darauf reagieren?

Wie alle Menschen in meiner Situation, in der »jedermann« Kommunist war, habe ich gegrübelt, nachgedacht, mir Fragen gestellt, der verführerischen Erinnerung gestattet, die Dinge zu verschönern. Trotzdem stehe ich seit Jahren, seit Jahrzehnten vor einer unbeantworteten Frage. Offensichtlich war es eine Art Massenwahn, eine Massenpsychose. Später, viel später – in Wirklichkeit sogar erst vor Kurzem – kam mir der Gedanke, was der Grund für all das gewesen sein könnte. *Gewesen sein könnte* – mehr behaupte ich nicht.

Wieder kehren wir zum Ersten Weltkrieg zurück, jener Zeit, von der der Horror unserer Zeit seinen Ausgang nahm.

Es ist auffällig zu beobachten, wie Leute mit einem berechtigten Interesse an der nationalen Reputation weich werden und diesen schrecklichen Krieg rechtfertigen. »Aber wir haben in den Schützengräben nur …« so und so viele Hunderttausende von Männern »verloren«. *Wir* – Großbritannien. Aber das war ein europäischer Krieg, und es waren nicht nur die britischen Soldaten, die mit Hass und Verachtung für ihre Regierung nach Hause kamen oder, wem diese Worte zu stark sind, zumindest mit Beunruhigung oder Kummer, auf jeden Fall aber mit einem Verlust an Vertrauen angesichts der Inkompetenz der Männer, die sie regierten. Meine Eltern waren nicht die einzigen Opfer des Krieges im Distrikt Banket in Südrhodesien. Die Frau, die wir ihrer traurigen Würde wegen Lady Murray nannten, hatte vier Söhne und einen Mann in den Schützengräben verloren. Captain Livingstone hatte wie mein Vater nur noch ein Bein. McAuley von der Ayreshire-Mine war schwer verwundet worden. Und da waren noch andere. Alle liebten das Britische Empire und ihr Land, und alle waren traurig und wütend über die Art, auf die Haig und die britische Regierung den Krieg geführt hatten. Ein Deutscher, der in einer kleinen Mine arbeitete und mit dem mein Vater oft Erinnerungen austauschte, hegte dieselben Gefühle für die deutschen Schützengräben und die deutsche Regierung. Das Gemetzel in den Schützengräben hat in Europa etwas Entscheidendes zerstört – den Respekt vor Regierungen. Und hieraus erwuchsen Kommunismus, Faschismus, Nationalsozialismus und später Terrorismus, Anarchie und diese Einstellung, die heutzutage überall herrscht, dieses tödliche *Well, what can you expect?* Nihilismus, Zynismus, Unglaube – was die eigene Seite angeht –, und gleichzeitig werden der ganze Idealismus, Liebe, Hoffnung, Träume von einer guten Welt anderswo investiert, in Lenin, Stalin, Hitler, Mussolini und später diese anderen Verbrecher, Mao, Pol Pot … die Liste scheint kein Ende zu nehmen.

Aber da ist noch eine tiefere Emotion, die ich für den eigentlichen Kern der Sache halte. Die Kinder der Soldaten des Ersten Weltkriegs wuchsen nicht nur mit bitterer Desillusionierung und dem Verlust des Respekts für ihre Regierungen auf, sondern auch mit dem Gefühl, an einem Begreifen teilzuhaben, das einer ignoranten, gedankenlosen Mehrheit versagt blieb. Es ist das Gefühl, das in einem Lied aus dem Ersten Weltkrieg zum Ausdruck kommt, das mein Vater zeitlebens nicht vergessen hat.

And when they ask us,
We're going to tell them,
And they're certainly going to ask us …

Tell them – ihnen, den Zivilisten, die Wahrheit sagen über das, was in den Schützengräben vorging. Denn in Großbritannien, in Deutschland, Frankreich und allen anderen am Krieg beteiligten Ländern peitschten die Kriegsministerien die niedersten Nationalgefühle auf – wie grandios es sei, für das Vaterland zu sterben – und unterdrückten die Wahrheit über den Horror der Schützengräben. Deshalb fühlten sich die Soldaten von ihren eigenen Leuten missverstanden und nicht gewürdigt. Die Romane, die nach dem Ersten Weltkrieg erschienen, bezeugen diese Bitterkeit, die die Soldaten empfanden. Remarques *Im Westen nichts Neues* war vielleicht der bitterste und der beste. Es gab eine Karikatur von Bairnsfather. Ein romantisches Mädchen im Nachthemd und mit gelöstem Haar lehnt sich bei Vollmond aus dem Fenster. »Der gleiche liebe alte Mond blickt auf ihn herab.« Aber der Soldat, von dem sie träumt, steht in einem Granattrichter im Niemandsland mit einem Kameraden bis zur Taille im Wasser und verflucht den Mond, der ihn für den Gegner sichtbar macht.

Sie: die dumme Mehrheit; *wir*: die wir die Wahrheit kennen – und die Wahrheit ist hart, schmerzhaft, blutig, und die Realität ist Qual und Leiden, und die besten Leute kennen diese Wahrheit, und die schlimmsten sind selbstgefällige Idioten, die sich weigern, die Realität anzuerkennen.

Die Wahrheit war die Domäne einer wissenden und erfahrenen Minorität Eingeweihter.

Identifikation mit Qualen und Leiden. Das lässt sich leicht mit »Man kann kein Omelett machen, ohne Eier zu zerschlagen«

übersetzen. Als ich mich auf meiner Reise in die Sowjetunion befand, war dieses Gefühl sehr stark: Hier steht der Motor der Ereignisse, hier schlägt das schmerzhafte Herz der Wahrheit.

Ich halte es für wahrscheinlich, dass, als junge Leute Ende der dreißiger Jahre Kommunisten wurden und im Spanischen Bürgerkrieg kämpften, dies geschah, weil ein Muster sich wiederholte. Sie schlossen sich jungen Soldaten an, die betrogen worden waren. Denn die demokratischen Regierungen von Frankreich und Großbritannien weigerten sich, der belagerten demokratischen Regierung Spaniens zu Hilfe zu kommen; sie erlaubten Hitler und Mussolini, in Spanien zu tun, was sie wollten; die Folge war, dass der Faschist Franco siegte und Hitler und Stalin ermutigt wurden. Die Internationalen Brigaden erlebten dasselbe wie ihre Väter. Und dann der Zweite Weltkrieg, in dem die Sowjetunion die Hauptlast der Kämpfe zu tragen hatte. Die Sowjetunion verlor im Krieg acht Millionen Menschen. (Nicht zwanzig Millionen – in dieser Zahl sind die Opfer von Stalins Morden an seinem eigenen Volk enthalten; frisierte Bücher.*)

Schwaden, Unmengen von niedergemähten Menschen; sich mit der Sowjetunion zu identifizieren bedeutete, dass man an dem damals tief verwurzelten Gefühl teilhatte, dass im Leiden die Wahrheit zu finden war. Was schließlich nur eine Fortsetzung der religiösen Leidensliebe war, ein Modell, das im europäischen Denken schon lange vor dem Ersten Weltkrieg existierte.

Und das ist meines Erachtens der Grund dafür, dass Leute so mühelos Kommunisten wurden und dabeiblieben. Der Kommunismus wurde, illuminiert von Leuchtgeschossen der Hoffnung, in Gewittern aus Feuer und Blut, Kugeln und Stahl geboren.

Bescheid wissen bedeutete, dass man in die Wahrheit eingeweiht war, wusste, wie die Dinge *wirklich* funktionierten. Und was konnte die Wahrheit anderes sein, als dass unermessliches

* Diese Zahlen sind umstritten, aber jetzt, da die sowjetischen Archive geöffnet wurden, wird die Wahrheit bald ans Licht kommen.

Leiden der Preis ist, den »das Leben selbst« in seinem qualvollen Aufwärtsprozess fordert – immer aufwärts, das versteht sich von selbst. Das Leben selbst – die Fakten, die Wirklichkeit, tatsächliche Ereignisse, es kann nicht anders sein, als dass sie angefüllt sind mit der widerwärtigen Realität, die Unsinn verbreitet und Illusionen, die die Unbedarften nähren. Die Dummen.

Eine Generation später hieß es, »was Sache ist«. Die Wahrheit, die harten Tatsachen, die *wahren Erlebnisse* – die, mangels Krieg oder Revolutionen, bald in Drogen, Halluzinogenen, Illusionen gefunden werden sollten.

Als die Menschen die tatsächliche Situation in der Sowjetunion akzeptierten, wurde etwas tief in ihnen Verborgenes bestätigt, ein Wissen um Gräuel und Verrat. Ein hoher Preis musste gezahlt werden; und mit diesem Wissen ist ein dunkles, gieriges Verlangen nach Schmerz verbunden. Die Wurzel des Kommunismus – eine Liebe zur Revolution – ist, wie ich glaube, Masochismus, Freude am Schmerz, Befriedigung durch Leiden, die Identifikation mit dem erlösenden Blut. Dem Kreuz, mit anderen Worten. »Die Partei« zu verlassen bedeutete, auf die größere Wahrheit zu verzichten und darauf, einer der Eingeweihten zu sein, die die wahren Lebensprozesse verstehen.

Und hier, glaube ich, liegt eine Analogie zu dem Widerstreben von Menschen, die jemanden lieben, ihre absurden Hoffnungen aufzugeben. Wenn man aus diesem Land der Träume heraustritt, gibt man die wahren Erlebnisse auf, das Wissen um Gut und Böse, man zerreißt seine Fahrkarte, man verzichtet auf den befruchtenden Schmerz.

But far within him something cried
For the great tragedy to start.
The pang in lingering mercy fall
And sorrow break upon his heart.

Das stammt von dem Dichter Edwin Muir, der, wie so viele Leute seiner Zeit, eine Art Roter war, und ich habe diese Zeilen einem Abschnitt von *Martha Quest* vorangestellt, dem ersten

Band der Reihe *Kinder der Gewalt.* Und ganz zu Anfang von *Sturmzeichen,* dem dritten Band, steht dieses Zitat:

> Es gibt keine Begeisterung für das Absolute ohne den damit verbundenen Wahnsinn des Absoluten. Sie ist immer mit einem gewissen Überschwang verbunden, an dem sie anfangs zu erkennen ist und der immer auf das Wachstumszentrum zusteuert, den Brennpunkt der Zerstörung, auf die Gefahr hin, dass es Leuten, die nicht gewarnt worden sind, so vorkommt, als wäre die Begeisterung für das Absolute dasselbe wie eine Begeisterung für das Unglücklichsein.

Das stammt von Louis Aragon, einem französischen Kommunisten, der es auf verstockte Art blieb und einer weitverbreiteten Mischung entsprach, weil er Unsinn über den Kommunismus und die Sowjetunion redete, während ihn die Inbrunst seines Glaubens zu originellen Gedanken über andere Themen anregte.

Jetzt betrachte ich diese Zitate und wundere mich über mein jüngeres Selbst – und schaudere, denn ich kann noch nicht darüber lachen. Die Wahl der Verse von Edwin Muir bedeutete, es war mir klar, ich wollte, dass mein Herz vor Kummer brach – aber gewiss hätte ich dazu doch verstörter sein müssen, als ich es tatsächlich war? Und war mir nicht klar, dass das Gleichsetzen des *Wachstumszentrums* mit dem *Brennpunkt der Zerstörung* auf einen ziemlich erbärmlichen Geisteszustand hindeutete? Es war mir keineswegs klar. Natürlich, wenn man Kommunist ist – und auch für viele, die keine Kommunisten sind –, musste ein Wachstumszentrum etwas Zerstörerisches an sich haben, denn man kann kein Omelett machen, ohne Eier zu zerschlagen, und eine Revolution geht – das versteht sich von selbst – dem Paradies unabdingbar voraus.

Das Problem ist, dass man zwar unter Umständen etwas deutlich genug erkennt, um relevante Zitate zum Erhellen von Teilen einer Geschichte zu benutzen, aber doch nicht eben so deutlich, dass es einen ängstigt, was man da erkannt hat. Man hat dann etwas nicht in seiner Gänze begriffen, wenn man den Weg des eigenen Begreifens nicht in seiner vollen Länge durchmessen hat.

Diese Einstellung, diese Geisteshaltung hinsichtlich des Leidens, die unbewusste Überzeugung, dass man, um das Leben zu verstehen – oder Bescheid zu wissen –, in schmerzliche Erfahrungen eintauchen muss, tritt außer in politischen auch in anderen Bereichen zutage. Ich habe viel zu lange gebraucht, um zu begreifen, was es damit auf sich hatte, dass Leute Kommunisten wurden, aber wenig später kam der Gedanke: Einen Moment, wirf noch einmal einen Blick auf das, was du geschrieben hast – und dann auf das, was andere schreiben –, denn oft genug bedeutet ein Roman oder eine Geschichte die Chronik eines gewollten Eintauchens in extreme Erfahrungen. Man nehme zum Beispiel meinen Roman *Der Sommer vor der Dunkelheit.* Darin wird die Protagonistin, Kate Brown, eine Frau in mittleren Jahren, in einem kritischen Moment porträtiert: die Kinder aus dem Haus, ein gleichgültiger Ehemann, sie braucht eine neue Perspektive oder wenigstens ein neues Verständnis – und sie lässt zu, dass sie von ihren eigenen hohen Maßstäben abgeht, abrutscht in ein schlampiges und vorzeitiges (und vorübergehendes) Alter, sich eine Art Zusammenbruch gestattet; aber ist dieses Wort, das wir so leichtfertig benutzen, wirklich angemessen, wenn Kate so gekonnt ihrer eigenen, inneren Wachstumslinie folgt, obwohl sie äußerlich scheinbar in die Brüche geht? Indem sie zulässt, dass die Formen des gesellschaftlichen Lebens zerfallen, gelangt Kate zu einem Verständnis ihrer selbst. Was nur fair ist: Um interessant zu sein, muss ein Roman irgendeine Art von Brennpunkt haben, und die meisten Romane berichten über eine Konzentration von irgendwelchen Erfahrungen. Zu der Zeit, als ich jenen Roman schrieb, 1971 oder 1972, war man noch von der Überzeugung der sechziger Jahre durchdrungen, dass Verrücktwerden gleichbedeutend ist mit einem Höchstmaß an Offenbarung. Nun, das habe ich nie geglaubt, obwohl ich vielleicht mit dem *Goldenen Notizbuch* dazu beigetragen habe, das mit seiner Struktur anzudeuten scheint, dass übermäßige Leere durch »Zusammenbrüche« kuriert werden kann. Etwas, das ich in der Zeit, als der Kommunismus in die Brüche ging, so gründlich beobachten konnte. Es waren die starrsten und dogmatischsten Leute, die »zusammenbrachen« und dann, auf erstaunliche Weise von dieser Erfahrung profitierend, frisch und munter in das Taghelle der Vernunft zurückkehrten, in dem gewöhnliche Leute wie du und ich leben. Und Kates Selbstaufopferung hatte eine analoge Erscheinung in einer realen Erfahrung, die ich selbst machte, keiner literarischen, als ich mich ganz bewusst verrückt machte, indem ich nicht aß und nicht schlief, aus purer Neugier. Ich lernte dabei etliches zu verstehen, aber ich würde es niemandem zur Nachahmung empfehlen, denn es ist ein gefährliches kleines Experiment. Was hier relevant ist, ist die Tatsache, dass ich mich absichtlich Extremen unterwarf. Ich habe nicht dieselben Erfahrungen gemacht wie die, die ich Kate Brown mitgab, aber damit stellt sich ein interessantes Problem, denn ich hatte das Gefühl, sie gemacht zu haben. Immer wieder habe ich über Leute geschrieben, die verrückt und halb verrückt waren und Zusammenbrüche erlitten. Ich selbst bin nie verrückt gewesen oder zusammengebrochen, aber ich habe das Gefühl, diese Dinge erlebt zu haben. Die Tatsache, dass ich persönlich nie verrückt geworden oder zusammengebrochen bin, ist – teilweise – darauf zurückzuführen, dass jede Neigung in diese Richtung von meinem Schreiben darüber aufgehoben wurde. Und teilweise auch darauf, dass es in meinem Leben immer Menschen gegeben hat, die sehr krank waren – wie mein Vater; Leute, die eine fürchterliche Kindheit hatten; Leute, die einen Zusammenbruch hatten; oder Leute, die, wie wir sagen, dem Leben nicht gewachsen waren. Aber ich glaube nicht, dass das Verrücktsein letzte Wahrheiten enthüllt. Dazu habe ich zu viel Verrücktheit gesehen. Schizophrene haben Momente, in denen sie die Wahrheit erkennen, die in weniger aufgeklärten Zeiten als göttliche Inspirationen beschrieben wurden, und bei ihnen handelt es sich ganz eindeutig um bestürzende Erkenntnisse. Depressive im letzten Stadium leiden unter einer Sicht des Lebens, die so öde, so hässlich, so grauenhaft ist, dass es kein Wunder ist, wenn sie gelegentlich

Selbstmord begehen. Dennoch gibt es unter ihnen einige, die sagen, dass diese Sicht die einzig wahre sei und dass wir, die wir sie nicht teilten, lediglich unwissend oder oberflächlich seien. Genau wie die Männer, die aus den Schützengräben heimkehrten, in die Extreme des Leidens eingeweiht, und dann feststellen mussten, dass die Zivilisten nichts von dem verstanden, was sie durchgemacht hatten.

Es sind nicht die flachen grauen Ebenen des »Pessimismus« oder die gleichförmigen Perspektiven einer milden Depression – denn die meisten Schriftsteller arbeiten im Zustand einer matten, kalten, leichten Depression am besten –, die für diese These relevant sind. Lynda Coldstream in der *Viertorigen Stadt*, ihr ganzes Leben verrückt – schizophren; Professor Watkins, in *Anweisung für einen Abstieg zur Hölle*, der für eine Weile sein Gedächtnis verliert, Gelegenheit hat, sich besser kennenzulernen, aber sich weigert, es zu tun. *Das fünfte Kind*; *Die Terroristin* mit dieser Fülle destruktiver Menschen – das ist es, was mich hier interessiert.

In diese Galerie reiht sich Kate Rawlings (noch eine Kate) ein, die »erfolgreich« verheiratet ist, vier Kinder, einen wundervollen Ehemann und ein behagliches Leben hat, der aber die Substanz ihres Glaubens an das Leben versickert und die damit endet, dass sie in einem gemieteten Zimmer in Paddington den Gashahn aufdreht. *Zimmer neunzehn* ist eine ziemlich schreckliche Geschichte, nicht zuletzt deshalb, weil ich sie nicht verstehe oder jedenfalls nicht die Regionen meines Selbst verstehe, aus denen sie entsprungen ist. Und erst kürzlich habe ich in *Und wieder die Liebe* über einen Mann geschrieben, Stephen, der das Gefühl hat, dass ihm das Leben entgleitet. Wenn dieses Thema immer und immer wieder auftaucht, muss man zugeben – muss *ich* zugeben –, dass dicht unter der Oberfläche bei mir etwas auf der Lauer liegt, das mich, wenn ich nicht allergrößte Vorsicht walten lasse, ähnlich einem Ameisenlöwen, der am Boden seiner kleinen Sandgrube auf Beute lauert, zu verschlingen droht. Glaube ich, dass mich dieses Etwas überwältigen wird? Nein, ich glaube es nicht, weil ich mich aus diesen potenziellen Katastrophen herausschreibe.

In meinem Denken gibt es ein Muster, es muss eines geben, nach dem Ordnung in Unordnung und Extreme zerbricht. Es entstammt dem Ersten Weltkrieg und der Vernichtung meiner Eltern durch ihn. Dieses Muster muss auch im Denken anderer Leute vorhanden sein, denn wir leben nicht isoliert auf der Welt.

Lange nach der Zeit, über die ich hier schreibe, den fünfziger Jahren, habe ich Folgendes erlebt: Manchmal ist es nützlich, sich eine Geschichte vorzustellen, eine Story, ein Ereignis, jemanden, der mit einem spricht. In dieser speziellen Geschichte muss ein alter Mann, ein Holzfäller, sehr früh am Morgen sein Haus verlassen und einer Stimme folgen, die ihn ruft. Ich hatte mir den Berg vorgestellt, seine baumbestandenen Hänge und tief unten an diesen Hängen die kleine Hütte des Holzfällers. Ich konnte das Mondlicht, das bereits schwächer wurde, weil der Morgen nahte, auf den Bäumen und auf der Erde sehen. Der alte Mann ging über den unebenen Boden in den Wald, aber dann ... dann konnte er nicht weitergehen, weil auf seinem Pfad ein Abgrund gähnte. Ich schleuderte eine Brücke über diesen Abgrund, und der alte Mann ging darüber, aber bevor er die andere Seite erreicht hatte, rutschte die Erde ab, also verlängerte ich die Brücke, und er brachte sich in Sicherheit und befand sich dann auf dem sanften Abhang eines Bergausläufers, wo er jeden Fußbreit Boden kannte, weil er sein ganzes Leben hier gelebt hatte, aber jetzt, als er darauf entlangwandern sollte, bröckelte er unter ihm weg. Um den alten Mann von der Hintertür seiner Hütte dorthin zu bringen, wo er sich schließlich hinsetzte, völlig erschöpft, und auf die Stimme wartete, war eine geduldige Konstruktion und Rekonstruktion der gesamten Route erforderlich, das Bauen von Brücken und Bachüberdachungen, während die ganze Zeit über der Boden in Erdrutschen und Geröll wegbrach.

Darin muss ein Grundmodell meines Denkens liegen, denn was könnte die Metaphorik sonst anzielen? Manchmal kann eine Kleinigkeit – es kann einem wie eine Kleinigkeit vorkommen –, wie die Unfähigkeit, die simple Aufgabe zu lösen, einen alten Mann auf einem imaginären Pfad über die Ausläufer eines Berges wandern zu lassen, einem derartig viel über die Art verraten, mit der man auf das Leben blickt, dass sich mit einem Mal die ganze eigene Vergangenheit infrage stellt.

Wenn es nur die eine Person wäre, ich, dieser kleine tränenreiche Schauplatz, vereinzelt, wen würde es dann kümmern?

Ein paar Monate bevor ich aus der Warwick Road auszog, kam eine alte Frau zum Putzen und Aufräumen, aber vor allem, um mich auf meinen gesellschaftlichen Rang zu verweisen, denn sie gehörte zur britischen Aristokratie. Es war Miss Ball, über siebzig, immer noch arbeitend, weil sie ihr ganzes Leben lang gearbeitet hatte und von Müßiggang nichts hielt. Als sie das erste Mal kam, um festzustellen, ob ich ihr passte, bat ich sie, sich zu setzen. »Danke, aber ich weiß, was sich gehört«, sagte sie in der Mitte der Küche mit dem himmelblauen Fußboden, der roten Tapete und den weißen Wänden stehend, und auf dem Tisch standen die weißen Becher mit blauem Rand, die damals jedermann hatte. Miss Ball war groß, sie war hager, sie hatte große, knochige rote Hände, und sie trug einen grauen Utility-Mantel, einen fleckigen Filzhut mit einem grauen Netzkäfig darum, und an den Füßen einstmals elegante graue Wildlederschuhe, mit einem großen Loch in jedem Schuh für ihre Hühneraugen. Sie sagte, sie sei mit siebzehn aus dem West Country gekommen, um in einem Haus in London zu arbeiten. Einem guten Haus, sagte sie, meine Küche verächtlich betrachtend. Einmal habe sie für einen Herzog gearbeitet. Sie habe in Etablissements mit dreißig Hausangestellten gearbeitet. Früher hätte sie die Arbeit, die sie jetzt tun müsse, nicht einmal angeschaut. Das alles erzählte sie mir mit der sanften Stimme des guten Dienstboten und mit kalten, bösartig beobachtenden Augen. Wie sehr sie mich hasste, wie sehr sie all ihre jetzigen Arbeitgeber hasste.

Sie kam an zwei Vormittagen in der Woche, und ich zahlte ihr den Höchstlohn für diese Arbeit, damals so schlecht bezahlt wie heute, und sie nahm die Münzen entgegen und steckte sie in eine lederne, ehemals tiefschwarze Handtasche, die jetzt schlaff und silbrig vor Alter war.

»Hallo, meine Liebe«, pflegte sie mich zu begrüßen, ihr giftiges Lächeln lächelnd, aber sobald ich in einem anderen Zimmer war oder mich auch nur abgewandt hatte, erging sie sich murmelnd in einer Litanei aus Schmähungen: »Dreckige Schweine, und ich muss hinter ihnen herräumen, Schweine ist noch zu gut für sie, Schweine hinterlassen kein schmutziges Geschirr im Ausguss, schuften, schuften, mein ganzes Leben schuften für Schweine, das habe ich nicht geahnt, als ich ein junges Mädchen war …« Und so weiter. Dieses leise Gemurmel dauerte die ganze Zeit an, während sie fegte, wischte und abwusch, aber wenn ich zufällig in ein Zimmer kam, in dem sie sich gerade aufhielt, dann fuhr ihr Kopf hoch, und sie sagte: »Ach, Sie sind hier, meine Liebe.« Miss Ball hatte sich im Lauf ihrer Jahre in guten Positionen eine vornehm klingende Stimme zugelegt. Und es war diese Stimme, mit der das zornige Gemurmel weiterging. »Auf dem Rücken, mit den Beinen in der Luft, diese feinen Damen, eine so schlimm wie die andere, jede Einzelne von ihnen, Herzogin und Zofe, Köchin und Küchenhilfe.« Sie hatte überwiegend in den Küchen gearbeitet, aber sie hatte morgens auch Wasser in die kalten Schlafzimmer gebracht, Feuer gemacht und Zimmer aufgeräumt, bevor die Familien zum Frühstück herunterkamen. Aber in der Küche sei es am besten gewesen, sagte sie, denn sie habe gern ein bisschen Trubel um sich. Gute Zeiten seien das gewesen, sagte sie, unten in der Küche, und das Beste seien die Mahlzeiten mit dem ganzen Personal an einem langen Tisch und der Köchin und dem Butler am Kopfende gewesen. Das waren gute Zeiten, gutes Essen, und zwar reichlich, damals wusste jeder, wo sein Platz war, und es gab nicht so wie heute alle möglichen Emporkömmlinge, die sich einbildeten, ebenso gut zu sein wie die besseren Leute.

Wie, fragte ich Miss Ball, ist das mit Ihrem Fuß passiert? Denn sie hinkte herum, hielt sich an einer Stuhllehne oder einem Tisch fest, wenn sie glaubte, dass ich sie beobachtete. An diesem Fuß sei der Tod von König Eduard VII. schuld, sagte sie. Sie war gerade dabei gewesen, den Herdrost sauber zu machen, und die Köchin putzte Gemüse, und das Stubenmädchen kam die Treppe heruntergerannt, völlig aufgelöst, bereit, in Tränen auszubrechen, und schrie: »Köchin, Köchin, der alte Kerl ist tot«, und Miss Ball war so schockiert, dass sie den Rost auf ihren Fuß fallen ließ, und dabei war er gebrochen.

Und warum hatte Miss Ball nie geheiratet? – wagte ich schließlich zu fragen. Männer seien der letzte Dreck, sie seien nur für eines gut, wenn es das ist, was Sie interessiert, sie aber habe ihre Lektion bei einem Tanz in Tiverton gelernt, mit sechzehn. Sie hatte neue Schuhe an, die ihre Cousine Betty ihr geliehen hatte, es waren weiße Kalbslederschuhe, und man musste sie mit Milch putzen. Da war dieser junge Mann, der sie nicht in Ruhe lassen wollte, und er nahm sie mit nach draußen in die Dunkelheit – es war ein herrlicher Abend –, und er zerrte sie herum und brachte sie völlig durcheinander, und dann ruinierte er ihre Schuhe. Und wie hat er das gemacht? »Erraten Sie das nicht? Dreckige Schweine … Alles über meine Schuhe … Ich musste für sie bezahlen, und es hat mich das ganze Taschengeld von einem Jahr gekostet, und das war's, danach wollte ich mit Männern nichts mehr zu tun haben.«

Miss Balls Arbeitgeber riefen sich gegenseitig an, wenn sie von diesem obszönen Gemurmel völlig deprimiert waren, und fragten einander, ob sie dazu verdammt seien, sich das bis in alle Ewigkeit anzuhören, aber wir konnten sie doch nicht einfach entlassen, nur ihr Tod würde uns von ihr befreien … Aber dann zog ich um.

DER ZEITGEIST: WIE WIR DAMALS DACHTEN

> Frauen können keine Komiker sein; es hat nie einen weiblichen Komiker gegeben. Der Grund dafür ist, dass sie keinen Sinn für Humor haben.

> Die kapitalistische Presse ist immer gegen die Labour Party und berichtet nie fair über eine Kundgebung, einen Marsch oder andere Labour-Themen.

Vollbeschäftigung wird für selbstverständlich gehalten, und Kurt Vonneguts Roman *Das höllische System* (in Großbritannien 1953 erschienen), in dem Arbeit so knapp ist, dass sie als Belohnung an bevorzugte oder besonders gute Arbeiter vergeben wird, erscheint lediglich exzentrisch.

Es wird viel und heftig für und gegen die Aufhebung des Gesetzes argumentiert, das Homosexualität zu einem Verbrechen macht.

Colin Wilson wird von der Presse als eine Art neuer Byron porträtiert, launisch und gefährlich, ein Feind von Gesetz und Ordnung. Er hat gerade verkündet, dass Shakespeare kein Talent hatte. Eines Abends erscheint er im Arts Club, mit einem Totenschädel in der erhobenen Hand. Er steht mit einem netten, schüchternen und gewinnenden Lächeln auf der Schwelle und wartet darauf, dass wir lachen.

Eine erstaunliche Zahl von Vätern aus der Oberschicht rennt im Land herum, knallt mit Peitschen und brüllt, dass sie junge Männer verprügeln werden, die mit ihren Töchtern geschlafen haben – genau wie in Osbornes *Blick zurück im Zorn.*

Man kann keine Zeitung zur Hand nehmen, ohne etwas über einen zornigen jungen Mann zu lesen.

Eine Hypothek aufzunehmen und sich daranzumachen, Grundbesitz zu erwerben, galt als Kapitulation vor dem Kapitalismus und bedeutete, dass man in Gefahr war, seine Seele zu verlieren.

Ein starkes antiamerikanisches Gefühl: Die Vereinigten Staaten waren der Hauptfeind der Welt, eine faschistisch-imperialistische Macht, viel schlimmer als die Sowjetunion. Alle Amerikaner waren reich. Clancy und andere Amerikaner betonten immer wieder, dass in den Staaten die allerschrecklichste Armut herrschte, und ich konnte beobachten, wie ihre britischen Gastgeber sie von oben herab behandelten und sogar über sie lachten: Natürlich mussten diese Kommunisten so etwas sagen.

Alles Britische war nach wie vor das Beste. Ausgenommen das Essen und der Kaffee, darin wurde anderen Ländern der Vorrang eingeräumt.

Soziologie, diese Beobachtung der Menschheit durch sich selbst, noch keine zwei Jahrzehnte alt, wenn man das Studium der Massen als ihren Anfang betrachtet, wird von der überwiegenden Mehrheit der Linken ignoriert und in Misskredit gebracht.

Weshalb haben wir kein Nationaltheater wie jedes andere Land in Europa? Weshalb werden die Künste von unserer Regierung ständig herabgesetzt und mit zu wenig Geld ausgestattet?

Vivien Leigh spielte die Blanche Dubois in *Endstation Sehnsucht.* Es war die erste Aufführung des Stückes in London, und wir waren das Unmittelbare der Emotion amerikanischer Dramen noch nicht gewohnt. Ein sehr großes Theater – zu groß. Es war nur halb voll. Eine Nachmittagsvorstellung. Jede Menge Rüpel, da sie gehört hatten, es wäre ein schmutziges Stück. Sie warfen ihren Abfall auf die Bühne, riefen Vivien Beleidigungen zu und machten lautstark Bemerkungen. Im Zuschauerraum herrschte ein derartiger Lärm, das es fast unmöglich war, dem Stück zu folgen. Vivien Leighs Ehe mit Laurence Olivier war gerade gescheitert, und sie war krank, und ihr Spiel hatte einen Grad an Echtheit, der für die Leute, die ihr zugetan waren, beinahe schmerzhaft spürbar war. Sie war eine unvergessliche Blanche. Ich nehme an, wir erlebten einen für Theaterbesuche in ausgelassenereren Zeiten üblichen Nachmittag, bei dem das Publikum seiner Missbilligung lautstark Ausdruck verlieh und mit Gegenständen nach den Schauspielern warf.

Auf dem Platz des Himmlischen Friedens hört eine Million Menschen Mao Tse-tung zu. Ted Allan ist dabei. Mao sagt, die Vereinigten Staaten planten, Atombomben auf China abzuwerfen, um den grandiosen neuen Aufbruch des Kommunismus zu zerstören, aber »in China gibt es massenhaft Menschen«, und selbst wenn Amerika die Hälfte der Bevölkerung umbringe und das halbe China in Schutt und Asche lege, so mache das nichts. Das kommunistische China werde sich mit der anderen Hälfte zur Wehr setzen. Tumultartiger Beifall, der viele Minuten andauert.

Ich sah mir in Gesellschaft von Freunden meines Alters das Musical *South Pacific* an. Allmählich empfand ich Unbehagen, dann war ich verstört und schließlich empört. Ja, wir empfanden alle dasselbe. Wir waren mit Büchern und Theaterstücken aufgewachsen, die gegen die Schrecken des Krieges protestierten. Und hier sahen wir eine abgeschmackte Geschichte, die den Zweiten Weltkrieg als Hintergrund hatte – den Krieg im Pazifik, diesen grauenhaften, mörderischen Krieg, dargestellt als etwas, das man als gegeben hinnehmen musste, nichts Besonderes im Vergleich zu dieser paradiesischen Insel, sexy amerikanischen Soldaten, einer Liebesaffäre, einer sanften Botschaft über Rassismus. Niemand sonst im Publikum schien sich daran zu stören. Es war einer der Momente, in denen man begreift, dass, ohne dass man sich dessen bewusst geworden ist, eine Veränderung des moralischen Wertempfindens stattgefunden hat und man zurückgeblieben ist, auf irgendeinem lächerlichen Außenposten gestrandet. Dasselbe habe ich bei *Hiroshima mon amour* empfunden, mit seinen Bildern von totem und gepeinigtem Fleisch, untermischt mit Körpern, die sich im Liebesakt winden. Eine neue Sensibilität, für mein Empfinden unredlich, korrupt und krank.

Nichts hat sich mehr verändert als die Einstellung gegenüber Liebe, Sex, Ehe und allem, was dazugehört. Während der fünfziger Jahre ging von den Vereinigten Staaten ein Lebensgefühl voller Entmutigung, Traurigkeit, Bestürzung über das aus, was zwischen Mann und Frau vorgeht. Es gab Verzweiflung von einer stillen, geduldigen Art. Ein Film, dessen Titel ich vergessen habe, handelte von einem Mann und einer Frau, die beide nach Liebe suchten – *wahrer* Liebe, und darum ging es. Der Film spielte in New York. Diese beiden Menschen wanderten durch die Stadt, die für sie kalt und feindselig war, und obwohl sie sich oft in derselben Straße, derselben Bar oder demselben Restaurant befanden, begegneten sie einander nie. Sie waren füreinander geschaffen, dazu geboren, einander in die Arme zu fallen – »Hier bist du, endlich« –, aber die große Wildnis, die Stadt, hielt sie voneinander fern. Es hat für mich nie eine intensivere Vision von Einsamkeit gegeben, als in diesem Film zu sehen war. All das hat sich geändert: Die sechziger Jahre haben diese grauen und kummervollen Miasmen fortgeblasen.

Ein Ernährungsberater, ein gewisser Dr. Gelfand, hat, unterstützt von der Regierung und medizinischen Experten, verkündet, dass gute Ernährung aus Eiweiß und Fett und einem Minimum an Kohlehydraten bestehen muss. Fleisch, Butter, Milch, Käse und Eier würden uns alle bis zu einem »gesunden« Tod erhalten. Männer bräuchten 3500 bis 4000 Kalorien pro Tag, Frauen 2500 bis 3000. Es gebe zwei Arten von Eiweiß: erstklassiges Eiweiß, in erster Linie Fleisch, auf das die Weltbevölkerung abzielen solle, und zweitklassiges Eiweiß, Hülsenfrüchte, pflanzliches Eiweiß, das – wenn man es sich recht überlege – nur von zweitklassigen Leuten verzehrt werde. Dieses Dogma herrschte für mindestens zehn Jahre.

Weiße Amerikaner beleidigten jetzt ihre Ehefrauen und weiße Frauen ganz allgemein – sie seien nicht sexy, praktisch überhaupt keine Frauen; wahre Frauen seien schwarz und wüssten, wie man sich bewegt – vor allem den Hintern.

Cafés, erst seit so kurzer Zeit vorhanden, die einzige Zuflucht für junge Leute, sofern sie nicht in Pubs gehen wollten, florierten überall im Land, wurden aber oft von der Polizei geschlossen oder ständig belästigt, die nicht begriff, dass sich eine Jugendkultur entwickelt hatte. Die Jugendlichen hatten dort alle ihren Spaß; das durfte man nicht zulassen.

Auf meinem Weg über den Trafalgar Square kam ich an einer kleinen Gruppe von Demonstranten vor der südafrikanischen Botschaft vorbei. Ein Mädchen wollte mir ein paar Flugblätter in die Hand drücken. Weil ich meinte, dass ich über Südafrika keine Informationen brauchte, schüttelte ich den Kopf. Sie warf mir Beschimpfungen an den Kopf, von denen »Faschistin« noch die harmloseste war.

Eine Commonwealth-Kunstausstellung wurde von sämtlichen Kritikern ignoriert. Freunde aus Westindien baten mich, ich solle doch versuchen, die Kritiker wenigstens dazu zu überreden, dass sie einen Blick darauf warfen. Ich rief Zeitung nach Zeitung an, schrieb Briefe. Das Problem war, diese Räume waren angefüllt mit großen, farbenfrohen Bildern, voller Verve und Vitalität, und das war nicht das, was die Kritiker als Kunst gelten ließen. Selbst die ein oder zwei Kritiker, die kamen, taten sie mit wenigen Worten ab. Die unwissende und nicht informierte Öffentlichkeit kam überhaupt nicht.

In den sechziger Jahren erschien ein Buch über die Fünfziger mit dem Titel *The Fifties*, und die Angaben darin über mich waren zum Teil falsch, also nahm ich an, dass es die über die anderen Leute auch waren. Der Autor hatte sich nicht die

Mühe gemacht, irgendjemanden von uns zu interviewen, und war so unerfahren, dass er sich einzubilden schien, die »Namen« auf den Briefköpfen von Organisationen stünden für die Leute, die die eigentliche Arbeit taten. Ich beschwerte mich brieflich, und seine Antwort war: »Ich habe den Eindruck, dass Sie mich nicht leiden können«, nicht: »Es tut mir leid, dass ich so ein schludriges Buch geschrieben habe.« Ich war schockiert und begriff nicht – niemand von uns tat das damals –, dass diese Gleichgültigkeit gegenüber Tatsachen in der Berichterstattung in Kürze an der Tagesordnung sein sollte.

In Kent gab es eine Gemeinschaft oder Kommune, in den dreißiger Jahren von Architekten begründet, die alle Kommunisten waren oder die sozialistische Leidenschaft jener Zeit teilten. Die Idee war, eine exemplarische Lebensweise hervorzubringen. Die Männer arbeiteten in London und fuhren entweder jeden Tag oder übers Wochenende zurück. Inzwischen wird jeder, der dies liest, sich vorstellen können, was folgte, aber der Versuch scheiterte an etwas, womit damals niemand gerechnet hatte. Die Männer waren glücklich, die Kinder begeistert von dieser Großfamilie auf dem Land, aber die Frauen waren unzufrieden. Das war eine Überraschung und eine Enttäuschung für alle. Ich erfuhr davon durch einen der Männer, der mir mit amüsierter Traurigkeit davon erzählte und die Frage stellte, weshalb etwas, das ein Himmel für die Männer und die Kinder war, ein solches Martyrium für die Frauen sein konnte.

Fernseh- und Radiosprecher bestehen immer noch darauf, ausländische Namen falsch auszusprechen, vermutlich, um unsere Unabhängigkeit zu beweisen. Das war für einige von uns sehr peinlich, die es hassten, wenn sich unser Land wie ein Rüpel unter den Nationen benahm.

Dieses Land wurde von Besuchern immer noch als so sanft und höflich und zivilisiert betrachtet, im Vergleich zu anderen Ländern.

LANGHAM STREET
W 1

Vier Jahre nachdem man mir versichert hatte, es sei ausgeschlossen, dass das Wohnrecht geändert würde, wurde es geändert, und ich genoss keinen Mieterschutz mehr. Als ich meinen Anwalt fragte, wie das möglich sei, sagte er: Solche Dinge passieren eben. Sofort erschien ein Developer, um sich meine Wohnung anzusehen. Aus meinem großen Zimmer, den zwei mittelgroßen, den beiden kleinen und der geräumigen Küche sollten zwölf Zimmer werden; mein großes Zimmer allein sollte vier ergeben. Bald würde ich fort sein und an die jungen Australier denken, die dann, in diese Zellen eingepfercht, hier lebten, denn die ganze Gegend – Earls Court – sollte zu Klein-Australien werden.

Und wo sollte ich leben? 1958, neun Jahre nach meiner Ankunft in London, hatte ich zwar regelmäßige Einkünfte, aber diese lagen immer noch nicht über dem Durchschnittslohn eines Arbeiters, der damals, glaube ich, zwanzig Pfund pro Woche betrug. Die unbekümmerte Letzten-Endes-kommt-schon-alles-ins-Lot-Einstellung zu Geld, die immer meiner Lebensweise entsprochen hatte, erwies sich in diesen Zeiten, wo ich einen Ort zum Leben brauchte, als sehr nachteilig. Wie jedermann weiß, sind die Einkünfte von Schriftstellern vom Zufall abhängig, und man weiß nie, was man im nächsten Jahr verdienen wird. Ich erinnere mich, wie mich ein Steuerbeamter in Joans Haus aufsuchte und fragte: »Weshalb haben Sie Ihre Steuern nicht bezahlt?« Ich erklärte ihm, dass ich im Vorjahr genug verdient hätte, um Steuern zahlen zu können, aber nicht in diesem Jahr, in dem mein Verdienst sich lediglich auf dreihundert Pfund belaufen habe. Er war sehr nett, fand Möglichkeiten, mich hindurchzulavieren, aber wie allen Gesetzesvertretern und Aufsichtsbeamten flößte ihm meine ungesicherte Lebenssituation Unbehagen ein, und er fand, dass ich mich nach einem regelmäßigen Einkommen umsehen sollte, vielleicht als Sekretärin.

Inzwischen hatte ich Möglichkeiten, Geld auch auf andere Weise als durch das Schreiben von Romanen und Geschichten zu verdienen: Radio und Fernsehen lockten. Aufs Ganze gesehen, widerstand ich ihren Schmeicheleien. Damals glaubten wir, dass Schreiben für Geld gleichbedeutend war mit dem Verkauf der Seele, dem Verwässern des kostbaren Honigs, dem Beleidigen der Muse, die einen dafür bestrafen würde, indem sie es einem unmöglich machte, den Unterschied zwischen guten und schlechten Texten zu erkennen, sodass man als Schreiberling endete. Wir hatten recht, aber heutzutage ist das Klima derart, dass man zögert, diese altmodischen Ideen überhaupt auch nur zu erwähnen. Und wir glaubten immer noch, dass ein Autor ein stilles Leben führen und kein Aufsehen erregen sollte.

Meine Mutter hatte mir tausend Pfund hinterlassen. Darüber hinaus ein Haus in einem Vorort von Salisbury, das sie vermietet hatte. Ich schrieb meinem Bruder, dass ich meinen Anteil an dem Haus nicht wolle, er könne es haben. Ich wusste, die Aufteilung des Hauses und des Mobiliars hätte zu Problemen und unerfreulichen Auseinandersetzungen geführt. Ich schrieb ihm auch, dass ich von den Fotos, den Kästen voller Silberbesteck, den silbernen Serviertabletts nichts haben wolle. Das war ein schwerer Fehler, nicht zuletzt deshalb, weil mein Bruder diesen Sachen so wenig Wert beimaß, dass er, als ich ihn viele Jahre später danach fragte, nicht einmal wusste, wo sie geblieben waren; er hatte vergessen, wo, um das Englische zu betonen, das große Silbertablett in dem alten Farmhaus auf dem (aus Benzinkisten gebauten) Schreibtisch gelegen hatte oder wie die Fotos in ihren silbernen Rahmen neben den kannelierten Silbervasen für Wicken gestanden hatten – neben Pflugteilen und Steinbrocken, von denen mein Vater hoffte, dass sie Gold enthielten.

Ich würde imstande sein, eine bescheidene Miete oder eine

Hypothek aufzubringen. Ich stürzte mich in eine dieser Perioden täglicher Wohnungssuche, die mich in so viele Teile Londons geführt haben, dass ich kaum durch irgendeine Straße gehen kann, ohne denken zu müssen: »Da, dieses Haus habe ich mir angesehen; ich hätte schon die ganze Zeit hier wohnen können.«

Zwei Bauwerke stechen aus dieser Zeit hervor. Das eine war ein Haus in der Flood Street, Chelsea, in dem es zwei Stockwerke mit verblichenen, zerbröckelnden, schäbigen und verstaubten Zimmern gab. Es war billig, aber obwohl in der Flood Street so viele berühmte Leute gelebt hatten, deprimierte es mich. Ich würde abermals Wochen mit Malerarbeiten, Reparaturen und Färben verbringen müssen, und außerdem war da der Name Flood (Flut) – die Themse floss am unteren Ende der Straße vorbei. Das andere Haus stand am Royal Crecent am Holland Park, damals alles andere als die vornehme Gegend, die es heute ist. Es hatte einen Bombentreffer erhalten oder sah jedenfalls so aus. Das Haus war sauber und frisch gestrichen. Aber weshalb war es so billig? Ich war versucht, es zu kaufen, sagte, ich würde wiederkommen, aber als ich die Pforte passierte, winkte mich die Frau aus dem Nebenhaus heran und sagte mir mit leiser Stimme – mit einem Auge auf den Makler, der missmutig dabeistand –, wenn ich das Haus kaufte, würde ich binnen eines Jahres bis über beide Ohren in Schulden stecken: Wände und Decken seien von Trockenfäule und Schwamm befallen, und die Handwerker hätten einfach alles abgekratzt und weiß überstrichen.

Mein Verleger rettete mich. Inzwischen hatte ich zwei Verleger, was damals nicht so alltäglich war, wie es bald werden sollte. Da ich Geld brauchte, hatte ich um einen Vorschuss für einen Band mit Kurzgeschichten, *The Habit of Loving*, gebeten, aber Michael Joseph wollte ihn mir nicht geben. Das war dumm von ihm, denn der vorausgegangene Band, *This Was the Old Chief's Country*, war gut gelaufen und verkaufte sich immer noch. Tom Maschler, noch bei McGibbon & Kee, wartete nur auf eine derartige Chance und gab mir das Geld; ich vermute allerdings, dass Howard Samuels – der Besitzer des Verlags – konsultiert worden war. Howard Samuels war Millionär, aber kein gewöhnlicher Millionär, denn er war Sozialist, ein enger Freund von Aneurin Bevan, und er unterstützte die *Tribune*, das Organ des linken Flügels der Labour Party. Er hatte sich selbst hochgearbeitet, und die Verlegerei war nach der Politik seine wahre Leidenschaft. Ihm gehörten die Holbein Mansions in der Langham Street, nahe der BBC. Er bot mir für fünf Pfund pro Woche eine Wohnung darin an. Das war eine sehr niedrige Miete, nicht nur für diese Gegend – nur einen kurzen Fußmarsch vom Theaterbezirk, Soho, der Oxford Street, Mayfair, dem Fluss entfernt –, sondern für damals sämtliche Gegenden Londons. Die Wohnung war winzig, sechs kleine Zimmer, und das Gebäude war hässlich und hatte ein nacktes graues Treppenhaus aus Beton. Im vierten Stock gelangte man durch die Wohnungstür auf einen schmalen Korridor, der die Wohnung durchschnitt. Der Tür gegenüber lag eine winzige Küche, dann kam das Badezimmer mit einer klappernden und zischenden Gastherme und zwei weitere kleine Zimmer auf dieser Seite. Hin zur Straße befanden sich mein winziges Schlafzimmer und ein größerer Raum, das Wohnzimmer. Es gab keine Möglichkeit, die Wohnung mehr als gerade eben noch so erträglich zu machen. Sowohl Clancy als auch Tom Maschler halfen mir beim Umzug. In der Warwick Road standen viel zu viele Möbel, also verschenkte ich sie an jemanden, der schlecht genug dran war, um sie haben zu wollen, und nahm nur zwei Betten, einen Tisch und ein paar Stühle mit. Und die Bücherschränke. Mein Schlafzimmer war eine Zelle. Drei Wände waren grellrosa, die Kaminwand mit neckischen Vögeln dekoriert. Ich strich das Zimmer weiß, eine Arbeit von einem Vormittag, da es so klein war. Den Kamin, so grässlich, dass ich kaum aufhören konnte, auf ihn zu starren, strich ich in einem dunklen Pflaumenblau – der vergebliche Versuch die Vögel verschwinden zu lassen. Noch heute werde ich gefragt: »Erinnern Sie sich, wie Sie Ihr Schlafzimmer schwarz gestrichen haben?« Ich glaube, die Analogie hierzu ist, wenn ein Maler einen kleinen Klecks Rot auf seine Leinwand setzt und man selbst nicht sonderlich genau hingeschaut hat, dann denkt man: das Bild mit all dem Rot darin. Das einzig Hübsche an diesem Zimmer war ein großes Fenster mit wunderschönen dunkelblauen Vorhängen, und sie sorgten für ein gutes, beruhigendes Licht. Ich nähte alle Vorhänge auf meiner alten Singer-Nähmaschine selbst.

Ich fand, die geringe Miete und das Wohnen in dieser Gegend machte jede Hässlichkeit wett, aber Peter hasste die Wohnung. Er hatte auch die in der Warwick Road gehasst. Sobald wir in die neue Wohnung eingezogen waren, flehte er mich an, ich solle mir ein Haus kaufen. Er wollte Sicherheit. Ein Haus bedeutete Sicherheit. Auch die Bank drängte mich, ein Haus oder eine Wohnung zu kaufen. Erstaunlich, denn in den anderen europäischen Ländern gibt es das nicht. In Großbritannien ist man ein guter Bürger, wenn man eine Hypothek hat, und die Banken lächeln. Ich hatte Angst, regelmäßige Verpflichtungen einzugehen, und außerdem musste ich das Schulgeld aufbringen. Peter war jetzt im Internat. Er war zwölf, als er hinging. Mir war nicht wohl dabei, als ich ihn anmeldete, weil ich mich daran erinnerte, wie mir zumute gewesen war, als ich ins Internat kam, aber zwölf Jahre sind nicht sieben. Und letzten Endes war es eine gute Entscheidung. Viele Kinder, die todunglücklich sind, wenn sie mit sechs oder sieben Jahren in ein Internat geschickt werden, fühlen sich dort wohl, wenn sie älter sind.

In dem Gebäude in der Langham Street lebten zwei Prostituierte, aber das fiel mir nicht auf, bis Clancy es mir sagte. Beide entsprachen den gängigen Klischees, wenn auch auf sehr unterschiedliche Weise. Die eine war eine mollige kleine Blondine, und in ihren Zimmern wimmelte es von rosenroten Winkeln, rosa Vorhängen, rosa Puffs, rosa Daunendecken, koketten Puppen und Plüschtieren. Sie pflegte an der Tür auf mich zu warten, um mich überfallen und sich über Helen beschweren zu können. Ich habe sie in einer Geschichte mit dem Titel *Mrs. Fortescue* porträtiert. Helen war dunkelhäutig, mit schwarzem Gauguin-Haar und dunklen Augen, die erfüllt waren von dem wissenden »Zweifel«, den Clancy und andere Amerikaner, die ich kannte, so schätzten. Dieser »Zweifel« einer Frau signalisierte, dass sie Bescheid wusste, auf sich aufzupassen verstand, und das bedeutete

Schadensbegrenzung für beide Partner. Ich brauchte amerikanischen Besuchern gegenüber nur zu erwähnen, dass zwei von den »Mädchen« im Haus wohnten, und schon hatten sie das Gefühl, der Quelle wahrer Erfahrung nahe zu sein. Ich mochte Helen, und wir wechselten freundliche Worte. Sie war, so erzählte man mir, eine gute Freundin von Howard Samuels gewesen, als er ein einsamer und verlorener junger Mann war, und das war der Grund dafür, dass sie die beste Wohnung im Gebäude hatte und weshalb er sich immer um sie kümmern würde. Manchmal konnte man unten auf der Straße vor dem Haus sehen, wie eine alte Hure, die aussah wie ein Terrier mit einer Schleife um den Hals, und eine träge, elegante, dunkle, welterfahrene Hure mit kalten, missbilligenden Blicken aneinander vorbeigingen.

Die Straßen um die Langham Street herum erweckten Neugier und luden zu gemächlichem Herumschlendern ein. Hier war das Zentrum des Konfektionshandels. Man konnte, wenn man in die Souterrainwohnungen hinunterschaute, halb unterirdische Räume voll schlecht bezahlter Frauen sehen, die auf ihren Nähmaschinen Kleider und Blusen fertigten. Aber den größten Teil dieser Arbeit hatte man anderswohin verlagert. Die Geschäfte waren Großhandlungen, die nicht Einzelkunden, sondern Einkäufer anzogen, und wenn man hineinschaute, sah man Szenen intensiven Feilschens. Diese Branche war fast ausschließlich jüdisch, und es gab ein Restaurant für die Händler. In der Warwick Road war das billige Essen indisch gewesen, aber hier war es jüdisch. Vier Jahre später, als ich abermals umziehen musste, sollten die billigen Restaurants Griechen gehören. Das jüdische Restaurant war immer voll. Ich nahm eine Menge Leute dorthin mit, aber der, an den ich mich am besten erinnere, ist Mordecai Richler, der mich dazu zu überreden versuchte, gefüllte Hühnerhälse zu mögen, aber ich sagte, was er da esse, müsse nostalgische Erinnerungen an seine Kindheit wecken. Clancy war oft dort. Amerikanische Besucher liebten das Restaurant, weil in jener Zeit ein großer Teil der Leute im Showbusiness und in der Buchbranche Juden waren und aus der Bronx kamen. Und das in einem Ausmaß, dass es, wenn man hörte: »Ich bin in der Bronx aufgewachsen«, wie eine Art Refrain eines Liedes klang oder wie in einem dieser Romane, in denen eine große, arme Familie ums Überleben kämpft, aber die intelligenten Kinder, alle vollgestopft mit Literatur und literarischen Ambitionen, dazu bestimmt sind, zu entkommen und die Welt in Erstaunen zu versetzen. Und die amerikanischen Besucher, die keine Juden waren, sagten, diese Art von gemütlichem Restaurant mit seiner Familienatmosphäre, einst in New York allgegenwärtig, sei jetzt am Verschwinden, und deshalb hätten sie das Gefühl, ihrer eigenen Geschichte einen Besuch abzustatten.

Die Gegend war tagsüber laut und voller Leben, aber nachts verlassen, von ein paar Pubs und einem Restaurant abgesehen, das das Gesetz ausnutzte, dem zufolge Nacktheit dann unmoralisch war, sobald die Nackten sich bewegten, hingegen moralisch nichts einzuwenden sei, wenn sie sich regungslos verharrend einem Publikum präsentierten. Den Kunden wurde Papier und Bleistift ausgehändigt, und sie wurden eingeladen, ihrem künstlerischen Talent zu frönen. Ein nacktes Mädchen wurde hereingekarrt und behielt zwanzig Minuten lang eine Pose bei, danach entfernte man es wieder, während die Speisenden applaudierten und sich gegenseitig ihre Skizzen zeigten, ehe neuerlich ein anderes Mädchen eintraf, nicht selten mit einer Gänsehaut von der Kälte. Die Speisenden wurden aufgefordert, weiterzuzeichnen, denn wenn ein Polizist erschien, um sich zu vergewissern, ob das Mädchen auch wirklich keinen Muskel bewegte, dann bewiesen all diese fliegenden oder zögerlichen Bleistifte künstlerische Absicht. Die Polizei schaute oft herein. Das Restaurant war bei allen Amerikanern ein großer Erfolg. Es ist eine erstaunliche Sache, dass sämtliche Amerikaner, die in den fünfziger und sechziger Jahren London besuchten, sich sofort auf den Weg nach Soho, zu Prostituierten und Nacktclubs, machten. Wenn man sagte, um Gottes willen, ihr habt in euren Großstädten doch massenhaft Prostituierte, dann sagten sie, das sei nicht dasselbe. Die Russen gleichfalls. Jede russische Delegation – dies war die Ära der Delegationen, alle unter der Aufsicht eines Reiseleiters, der in Wirklichkeit vom KGB war – wurde sofort nach Soho geführt, um die kapitalistische Degeneration in Aktion zu sehen, genau wie damals in Moskau das Ballett *Roter Mohn* eine lange und wollüstige Szene in einem kapitalistischen Nachtclub enthalten hatte, um zu zeigen, wie verabscheuungswürdig der Westen war. Im kommunistischen Russland waren solche Genüsse verboten; Prostitution und Sexshows waren nur unter dem Kapitalismus möglich. Die Scharen von Russen auf dem Weg nach Soho waren also nur zu verständlich.

Die Sexclubs in Soho hatten mehr als nur eine Attraktion zu bieten. Nach dem geltenden Schankrecht mussten Orte, an denen man trinken konnte, nachmittags für ein paar Stunden schließen, aber den Clubs war die Abgabe von Alkohol gestattet. Trinker traten einem dieser Clubs bei, wenn sie diese Form von Entbehrung nicht ertragen konnten. Reuben Ship nahm mich in einen dieser Clubs mit, und ich war die einzige Frau im Publikum. Ich saß da und sah mir die Show an, Reuben war an der Bar, mit dem Rücken zur Bühne. Ein Mädchen ist mir im Gedächtnis geblieben: Es war eine Irin, groß und schön und neu im Geschäft. Es wurde von ihr erwartet, dass sie tanzte und dabei ihre Brüste so hüpfen ließ, dass die Quasten an ihren Brustwarzen rotierten. Sie fand das alles jedoch so komisch, dass sie der Versuchung nicht widerstehen konnte, einen Witz daraus zu machen. Es endete damit, dass sie lachend ihre großen, mit Quasten verzierten Brüste auf Händen den Gästen wie Pudding darbot. Die Männer waren ganz und gar nicht erfreut: todernst in ihrer Konzentration und voll von latenter Feindseligkeit, so gaben sich die Männer hier üblicherweise; das alles zerstörte das Mädchen und machte sie, die Männer, zudem noch lächerlich. Der Wirt zerrte sie weg und beschimpfte sie, während sie nur kicherte. Sie verlor ihren Job, wurde dann aber Barfrau in einem Lokal, in dem ihr Sinn für Humor ein Gewinn war.

Ein anderes Restaurant in der Nähe meiner Wohnung war der Spanish Club, den ich mir damals unmöglich hätte leisten können, aber Howard Samuels pflegte seine Autoren dorthin einzuladen. Der Club bestand nur aus glänzend dunkelbrauner Täfelung und rotem Leder, sehr maskulin, sehr schwer im Stil. Dort saßen Howard Samuels und Aneurin Bevan und Jenny Lee* und die Linke der Labour Party – aber nicht die Neue Linke – oft stundenlang bei solidem spanischem Essen und tranken Pfirsichschnaps. Howard liebte es, den Gastgeber zu spielen. Er war ein gut aussehender, gefühlsbetonter, lebhafter Mann, und solch ein Mann muss ganz einfach einen Sancho Pansa haben, und hier war er, Reginald Davis-Poynter, bei McGibbon & Kee seine rechte Hand. Reggie war ruhig, vernünftig, groß und freundlich, und er kümmerte sich um Howard. Und auch um mich, seine Autorin, jedenfalls solange ich das war, das heißt, bis Tom Maschler ging.

Und nun zu der Zeit als ich eine Frau in mittleren Jahren war, die im Spirituosenladen literweise Whisky kaufte – widerwärtig.

Als ich in die Langham Street zog, hatte das keinerlei Ähnlichkeit mit dem Umzug in die Warwick Road, wo ich so töricht gewesen war zu glauben, dass ich dort mit Jack zusammenleben würde. Clancy und ich gingen auseinander – wir taten das bereits seit Monaten, man könnte auch sagen, von dem Moment an, in dem wir uns kennenlernten. Zum einen hatten wir so wenig gemeinsam. Und er hatte nie ein Geheimnis daraus gemacht, dass er sein eigenes Leben führen und andere Frauen haben wollte. Aber das, was mein Verstand wusste, lief auf der Ebene der Intelligenz ab, also auf einem weit von jenen Tiefen entfernten Niveau, bis zu denen meine Emotionen – nein, dies ging tiefer als Emotionen oder Gefühle – reichten. Wieder wurde ich fortgezerrt wie ein Fisch an der Angel. Mit Clancy begegnete ich meinen Extremen, hatte es von Anfang an getan, und das hatte wenig mit Clancy als Person zu tun. Das lag zum Teil daran, dass er in einer Phase des »Scheiterns« steckte – wieder dieses nützliche Wort, das ich hier nicht definieren will. Ich habe es im *Goldenen Notizbuch* beschrieben (nicht definiert). Man kann nicht mit jemandem zusammenleben, der »scheitert«, und sei es auch nur auf beiläufige, anspruchslose Art, ohne selbst hinein-

* Kultusministerin und Aneurin Bevans Frau.

gezogen zu werden, selbst wenn das nur in der Einbildung geschieht. Es war die alte Geschichte des Mitgezerrtwerdens, willenlos. Es war dasselbe Gefühl, das ich hatte, als ich zum ersten Mal heiratete, 1939, unter dem Klang der Kriegstrommeln. Ich schien keinen eigenen Willen zu haben; mein Verstand verfolgte, was ich tat, aber ich war hilflos. An der Oberfläche besagte mein Verhalten: »Oh nein, Clancy und ich sind gute Freunde; das ist jetzt alles.« Und wir waren gute Freunde. Aber darunter war ich die betrogene Frau, die im Stich gelassene, ich litt und trauerte und schleppte mich herum, mit gerade so viel Willenskraft, dass ich mich in Gang halten konnte, und die Tatsache, dass ich mich dabei auch noch selbst verachtete, machte alles nur noch schlimmer.

Und da war Peter, der, anstatt zu kommen und zu gehen, wie er es getan hatte, als er noch in London zur Schule ging oder über längere Zeit hinweg zu Hause war, jetzt im Internat war und feste Ferienzeiten hatte. Mir war, als wäre das der Anfang vom Ende. Peter war die einzige Konstante in meinem Leben gewesen, mein innerer Halt, an dem ich durch dick und dünn festgehalten hatte – was natürlich der Grund dafür ist, dass er von zu Hause fortmusste, weil das nicht gut für ihn war – aber jetzt war er nicht mehr da.

Ich arbeitete schwer – es war *Das goldene Notizbuch* –, weil es nie eine Zeit gegeben hatte, wo ich das nicht getan hatte, und traf mich mit Freunden und Bekannten. Aber die ganze Zeit über wurde ich von etwas Dunklem, Unsichtbarem mitgezerrt.

Und da war noch etwas. Clancy hatte beschlossen, einem Arzt zu vertrauen, der große Dosen LSD verschrieb. Er behandelte seine Patienten nicht im Krankenhaus; sie erschienen morgens in seiner Praxis, erhielten eine Dosis – und wurden am Abend gegen sechs wieder hinausgeworfen, das heißt, während sie immer noch high, verrückt, außer Kontrolle waren. Ich hielt das damals für kriminell und tue es noch heute. Die Behandlung fand zweimal die Woche statt, und ich war jedes Mal fast verrückt vor Angst. Auch Joan machte sich Sorgen. Wir pflegten uns gegenseitig anzurufen.

»Ist Clancy bei dir?«

»Nein, ich dachte, er wäre bei dir.«

Es konnte sein, dass er auftauchte und zu einer von uns beiden sagte: »Ich muss mich hinlegen.« Oder wir wussten überhaupt nicht, wo er steckte. Nun, er hat es überlebt, also könnte dieser Arzt vermutlich sagen: »Weshalb regen Sie sich so auf? Es geht ihm doch gut, oder etwa nicht?« Aber es hätte leicht sein können, dass es ihm nicht gut ging. Ich wusste, dass ich unter dieser Panik, dieser ständigen Angst litt, weil ich das Schicksal meines Vaters noch einmal durchlebte, der in den Tod davondriftete, aber, als es zu Ende ging, mit Injektionen von Insulin und Gott weiß welchen Drogen am Leben erhalten wurde. Aber was nützt es, etwas zu wissen, wenn es keinen Einfluss darauf hat, wie man sich verhält? Ich scheine viel zu viele Zeiten durchlebt zu haben, in denen ich mein Verhalten oder meine Gefühle mit dem Verstand beobachtet habe – satirisch, missbilligend, besorgt –, aber nicht imstande war, mein Verhalten zu ändern.

Ich ging wieder zu Mrs. Sussman, nach einer Unterbrechung von drei oder vier Jahren. Sie saß da, hörte mir zu, mit ihrer auf die Hand gestützten Wange. Das Band zwischen uns war eindeutig zerrissen. Sie schien sehr weit weg zu sein. Sie sagte: »Es tut mir leid, dass ich es nicht geschafft habe, Sie mehr Vernunft zu lehren.« Dann sagte sie: »Ich bin eine sehr alte Frau. Ich werde bald sterben. Ich bereite mich auf meinen Tod vor. Guten Morgen.« Es war eine heilsame Erfahrung, dass man ein Stadium erreichen würde, in dem alle Gefühle schlicht und ergreifend belanglos waren.

Diesmal war mein Trinken bedenklich. Das Trinken während meiner ersten Ehe habe ich nie als bedenklich empfunden. Es war dumm, unüberlegt, und es zielte, wie man hätte meinen können, darauf ab, den größtmöglichen Schaden anzurichten – manchmal stundenlanges Trinken, ohne zu essen. Aber das war Trinken, weil ich mit Leuten, die ihrerseits tranken, zusammen war, und das in einer Kultur, die starkes Trinken nicht nur gestattete, sondern sogar bewunderte. Als ich meine erste Ehe hinter mir ließ, hörte ich mit dem Trinken auf. Ich war über zwei

Jahre oder noch länger in London, als mir der Gedanke kam: »Ich habe kaum etwas getrunken, seit ich hierhergekommen bin.« Ich hatte kein Geld, und niemand um mich herum trank. Dann lernte ich die Kanadier kennen und begann abermals zu trinken, aber bei Weitem nicht so viel wie im alten Südrhodesien mit Frank Wisdom.

Es gibt vermutlich einen anerkannten klinischen Zustand: die Frau in mittleren Jahren, die sich dem Trunk hingibt, weil sie sich verlassen, ungeliebt, unerwünscht fühlt. Genau so eine Frau war ich geworden. Ich ging zum nächsten Spirituosenladen, kaufte mir eine Literflasche Whisky und hatte sie geleert, bevor ich einschlief. Nicht jeden Abend. Und ich tat das vor allem dann, wenn ich Peter in seiner Schule besucht hatte. Aber diesmal war es kein geselliges, sondern ein süchtiges Trinken. Eines Morgens wälzte ich mich aus dem Bett und kroch auf Händen und Knien ins Badezimmer, um mich zu übergeben. Das ließ mich schlagartig wieder nüchtern werden. Ich dachte: Diesmal bist du wirklich eine Alkoholikerin. Hör auf damit. Und ich tat es. Ich zog nicht mehr los und kaufte Whisky. Ich betrank mich nicht mehr. Aber in dieser Zeit, schätzungsweise drei oder vier Monate lang, war ich genau das – eine Alkoholikerin.

Will ich damit sagen, dass Männer nicht dem Alkohol verfallen? Doch, natürlich, aber nicht auf diese Art. Es kommt häufig vor, dass man einer Frau begegnet, deren Ehe oder irgendein Liebesverhältnis zerbrochen ist oder deren Kinder erwachsen und aus dem Haus sind, die zur Trinkerin geworden ist, und die Leute, die es miterleben, sagen: »Nun, sie wird darüber hinwegkommen.« Und in der Regel tut sie es.

Ich weiß, dass ich mir mit diesen Worten – »Doris Lessing kroch auf Händen und Knien ins Badezimmer, um sich zu übergeben« – ins eigene Fleisch schneide. In diesen Worten liegt ein Problem für Schriftsteller: Gewisse Ideen, Worte, Redewendungen ragen gewissermaßen aus der Seite heraus, weil wir für sie sensibilisiert sind. Manchmal steht man als Schriftsteller vor der Wahl, etwas überhaupt nicht zu erwähnen, weil man weiß, dass es wahrscheinlich übertrieben aufgenommen werden wird, oder es hinzuschreiben im Interesse der eigenen Wahrheit.

Ich habe dieses Problem im *Goldenen Notizbuch* erwähnt. Zum Beispiel Menstruation. Ich glaube nicht, dass Menstruation vor diesem Buch als Gegenstand der Betrachtung Eingang in Romane gefunden hat. Im Fall des *Goldenen Notizbuches* erregte sie bei den Rezensenten unverhältnismäßig starkes Aufsehen. Aber dann verlor die Menstruation, was die gesellschaftlich akzeptierte Form von Wahrnehmung des eigenen Körpers anbelangt, ihre Schockwirkung, und das Wort (und die Idee) nahm wieder seinen angestammten Platz im Satzspiegel eines Buches ein und wurde kaum noch bemerkt. Masturbation ist ein weiteres Wort, das die Macht zu schockieren verloren hat. Jedenfalls beinahe. Das hängt vom Kontext ab. In *Ada oder Das Verlangen* beschreibt Nabokov, wie sein Held onaniert, weil er ein Mädchen, das sich nach ihm sehnt, nicht verführen will, und sich auf diese Weise gegenüber seinem eigenen Begehren immunisiert. Das schockiert aufgrund seiner Grausamkeit gegenüber dem Mädchen. Nicht wegen des Akts. Aber vor gar nicht langer Zeit wäre es noch der Akt selbst gewesen.

Drei oder vier Monate lang zu viel getrunken zu haben erscheint mir heute als das am wenigsten Interessante an Erinnerungen aus jener Zeit, denn das, was mir eigentlich in den Sinn kommt, ist etwas, das mehr dem Licht eines Wetterleuchtens gleicht, ein heller Glanz. 1958 war das Internationale Geophysikalische Jahr, und es hat, was Aufregung und »Wunder« angeht, kein vergleichbares Jahr gegeben. Wir erhielten ständig neue Informationen über den Weltraum und die Raumfahrt und außerdem über die Antarktis, die für mich schon immer »Ultima Thule« war. Es war das Jahr, in dem die Menschen beschlossen, die Antarktis zum Eigentum der gesamten Menschheit zu machen und überall, nicht nur in der Antarktis, bei Forschung und Entdeckungen zusammenzuarbeiten, ihr Wissen zu teilen. Manchmal treffe ich Leute, und das Jahr 1958 kommt zur Sprache: »Mein Gott, was für ein Jahr das war! Etwas so Aufregendes hat es seither nicht wieder gegeben.«

In der Langham Street war ich nur einen kurzen Spaziergang von den Neuen Linken und ihrem Revier auf der anderen Seite der Oxford Street entfernt, und manchmal schauten sie bei mir herein. Ich war zu einer Art Tantenfigur geworden, definitiv ein Mitglied der Alten Garde.

Inzwischen hatten die Neuen Linken die *New Left Review* gegründet, von der ich gestehe, dass ich sie für unlesbar hielt, obwohl ich offiziell zu ihren Unterstützern zählte und dem Komitee angehörte. Es gibt eine Art von akademisch polemischer Schreibweise, die leblos ist. Ein Wort, das sich leicht verwenden, aber nur schwer definieren lässt. Das Schreiben entspringt Vernunftschlüssen, als ob eine Maschine Ideen produzierte, die von anderen Ideen genährt werden und nur selten etwas zu tun haben mit dem, was »im wirklichen Leben« vorgeht. Aber diese Tatsache gehört zu etwas, das Polemiker selten registrieren. Was haben all diese Hekatomben an Analysen, Argumenten und Debatten wirklich bewirkt? Oder verändert? Haben sie den britischen Sozialismus beeinflusst? Ein neues Großbritannien geschaffen? Sind sie Bestandteil der Programme der politischen Parteien geworden? Es gilt als selbstverständlich, dass, wenn eine »neue Welle« da ist, sie auch ihr Publikationsorgan haben muss, und die neuen jungen Leute zerpflücken die Logik des Seienden und schreiben gedankenvolle Artikel, aber das meiste davon geht in einem Vakuum vor sich. Die Antwort darauf lautet für gewöhnlich: »Aber es schafft ein Meinungsbild und verändert indirekt unser Denken.« Es brachte in der Tat Leute hervor, die später Bücher schrieben, deren Ideen sich nicht in der *New Left Review* gefunden hatten, denn sie hatten sich weiterbewegt, und ich nehme an, man könnte argumentieren, dass diese Bücher Weiterentwicklungen dieser tapferen neuen Artikel waren. Wenn eine »neue Welle« hochgeschwappt oder über einen hinweggedonnert ist und man die Leute fragt, die sie ausmachten: »Also, was habt ihr eigentlich erreicht?«, dann lautet die Antwort fast immer: »Ich habe eine Menge gelernt.« Und genau das sage ich, wenn man mich nach der Kommunistengruppe in Südrhodesien fragt. Was haben das Herumrennen und Redenhalten, die Zeitungen und das Taktieren tatsächlich bewirkt? »Ich habe eine Menge gelernt.« Heute glaube ich, dass das Bedürfnis, etwas zu lernen, die mächtigste Leidenschaft ist, die wir haben, und die tiefste, und dass junge Leute, wenn sie eine Zeitung oder »neue Wellen« oder Kommunen ins Leben rufen, in Wirklichkeit Situationen schaffen, in denen sie in kurzer Zeit sehr viel lernen können. Fast alle diese jungen Leute endeten auf den Universitäten und sind heute Professoren und schreiben Bücher und Artikel, treten im Fernsehen und im Rundfunk auf. Von den alten Gewissheiten ist bei ihnen nichts mehr übrig geblieben.

Einer der Männer, die in meine Wohnung kamen und als Werber für eine gute Sache um Geld baten, genau wie ich es vor fünfzehn Jahren getan hatte, war Ralph Samuels. Da saß er, berauscht von seiner eigenen Überredungskunst, und ließ atemberaubende Fakten und Zahlen um unsere Köpfe wirbeln. Er war ein netter junger Mann, dessen leidenschaftliche Beschreibungen des Großbritannien, zu dessen Entstehen mein Geld beitragen würde, ihn plötzlich und mitten in seinen Fantastereien veranlassten, abzubrechen, den Kopf zurückzulegen und zu lachen.* Über sich selbst. Nun, dachte ich, unser Verein wäre auf dem Höhepunkt der Selbstberauschung zu diesem ehrlichen Lachen nicht imstande gewesen. Diese jungen Leute waren durchweg aufgeschlossener und weniger fanatisch, als wir es gewesen waren, selbst wenn sie in Trotzki keine geringere Leuchte für die ganze Menschheit sahen, als Stalin es einst für uns gewesen war. Sie waren ausgeglichener, sie waren nicht verrückt, im Gegensatz zu uns, wie ich heute glaube. Der Grund dafür war, sie steckten nicht in einem Krieg, lebten ohne all das Töten, die Katastrophen und die Propaganda. Denn so sehe ich unsere Leute heute – kriegsverrückt, auch wenn wir Hunderte oder Tausende von Meilen von den eigentlichen Kämpfen entfernt waren.

Unabhängig von den Leuten, die die Neue Linke bildeten, spielten sich die Aktivitäten ab, die zu den Aldermaston-Märschen

* Ralph Samuels starb 1996.

und danach zum »Komitee der Hundert« führen sollten. Ich wurde zu einer Versammlung im Haus von Canon Collins in der Nähe der St. Paul's Cathedral eingeladen, wo die »Kampagne für atomare Abrüstung« ins Leben gerufen wurde. An diesem Abend waren eine Menge Menschen in diesem Zimmer, fast alle namhafte Persönlichkeiten von der Linken und jenseits davon. Ich saß da und dachte: Mein Gott, nicht schon wieder, etwas, das ich in Versammlungen immer dachte. Keine neue Organisation, einerlei, wie gut gemeint, einerlei, welchen Ruf ihre Gründer haben, entwickelt sich wie erwartet. Ich wunderte mich, dass diese (für mich grundlegende) Tatsache von niemandem begriffen wurde. Und je älter ich werde, desto mehr wundere ich mich darüber. Ich nahm nicht an der Diskussion teil; ich war Zuhörerin und Sympathisantin. Als ich das Zimmer verließ, stand Bertrand Russell an der Tür, und er hielt mich an und sagte mit einem autoritären Nicken, wie eine Gouvernante: »Und nun, hoffe ich, gehen Sie nach Hause und mit Ihrem Geliebten ins Bett.« Ich war ihm nie zuvor begegnet. Ich fand ihn impertinent und albern. Ich verstand die Bemerkung nicht. Später habe ich sie verstanden. Er hatte zur Bloomsbury Group oder ihren Randfiguren gehört. Diese Leute stellten für mich alles das dar, was bewundernswert und hervorragend war, vor allem in ihrer lebenslänglichen Loyalität füreinander, aber sie hatten diese alberne Macke. Sie reagierten auf die Heuchelei und das Stillschweigen der Viktorianischen Zeit über alles, was mit Sex zusammenhing, indem sie bei jeder Gelegenheit das Wort »bugger« benutzten, um zu beweisen, dass sie keine Heuchler waren, und sie galoppierten durch die Salons und wechselten unanständige Worte. All das war im damaligen Kontext verständlich, hatte aber an unpassenden Orten einen Nachgeschmack von Albernheit. Ich dachte: Dämlicher alter Philosoph.

Wenig später fand der erste der Aldermaston-Märsche statt, der von London nach Aldermaston führte, nicht in umgekehrter Richtung wie die späteren Märsche. Es hatte seit Jahren fast jedes Wochenende Märsche und »Demos« gegeben, von den Kommunisten und von der Labour Party, und ich befand mich in einem Dauerzustand neurotischen Schuldbewusstseins, weil ich so selten daran teilnahm. Aber das war etwas anderes, es ging um »die Bombe«, und ich war nicht die Einzige, die so empfand. Nur eine kleine Gruppe von etwas über hundert Marschierern verließ London an diesem Tag, wie bei so vielen Märschen und Demos – der Kern der Getreuen mit ihren Kindern. Aber dieser Marsch hatte etwas Besonderes an sich, und überall auf der Route schlossen sich weitere Leute an. An jeder U-Bahn-Station standen mehr, Leute sprangen aus Bussen, um sich anzuschließen, und am Ende waren es Tausende. Nachrichten über den Marsch erreichten die Zeitungen und das Fernsehen. Und so wuchs und wuchs der Marsch, und die Organisatoren waren völlig überrascht. Ganz zum Schluss, als wir in Aldermaston einzogen, stand das gesamte Komitee der Kommunistischen Partei an beiden Seiten der Straße und schaute zu. Sie hatten sich verkalkuliert: Die atomare Abrüstung stand nicht auf ihrem Programm, aber hier waren diese Unmengen von Bürgern. An diesem Tag fiel eine Menge unschöner Bemerkungen über die Genossen, die, wie wir sagten, im Begriff waren, die »Linie« den Ereignissen anzupassen und damit ihre Schwäche endgültig unter Beweis zu stellen.

Dieser erste Marsch zog Leute aus ganz Großbritannien an, die Märsche in den folgenden Jahren auch Leute vom europäischen Kontinent und aus Amerika. Sie vereinigten das gesamte Spektrum der Linken und weit darüber hinaus. Wenn man eine Stunde lang dastand und die Marschierer beobachtete, dann bildeten die Transparente eine Karte des sozialistischen Großbritannien. Es gab sogar Gruppen von Konservativen. Vielfalt, das war das Motto der Märsche. Und viele nahmen nicht in erster Linie wegen »der Bombe« an ihnen teil, sondern aus einer allgemeinen Sorge wegen der Zustände im Land. Mit jedem Marsch wurden die Marschierer jünger, und am Ende hätte man glauben können, dies wäre ein neuer Kinderkreuzzug. Die Teilnahme an einem Aldermaston-Marsch wurde zum Äquivalent eines Initiationsrituals; erst kürzlich traf ich eine Frau, die sagte: »Meine Mutter ließ mich nicht mitmachen, und das werde ich ihr *nie* verzeihen.« Aber bei den ersten paar Märschen gab es Leute jeden Alters, jeder Größe, Sorte und Farbe, und es war eine fröhliche, optimistische und oft sehr lustige Menge. Um nicht zu sagen, eine respektlose. Die Songs von Tom Lehrer waren ebenso die Hymnen dieser Märsche wie *We Shall Overcome*, *Down by the River Side* und *Jerusalem*. Christopher Logue hatte ein eigenes Transparent, auf dem »Esst mehr« stand, was ihm satirische Beifallsrufe einbrachte. John Wain, der von dem Marsch überhaupt nichts hielt, stand auf einer Brücke, die die Route überspannte, und schaute herab, und als Freunde zu ihm hochwinkten und riefen: »Komm herunter und schließ dich an«, schüttelte er tragisch den Kopf. Kenneth Tynan marschierte mit, zog Schüler an, und als wir am Mittag für ein Picknick haltmachten, scharten sich kleine Grüppchen von Theaterleuten um ihn, um seinen witzigen Bemerkungen zuzuhören. Oft war eine ältere Person von jüngeren umgeben und hielt so eine Art Seminar über Politik, Bürgerrechte, Geschichte, Literatur oder Film ab. Ich sah in diesen Märschen so etwas wie die wandernde Erweiterung einer Universität oder einer Schulstunde.

Das herzzerreißendste und beglückendste aller Transparente war ein ganz kleines, das an einem zerbrechlichen Rollstuhl befestigt war, den eine hübsche junge Frau schob, das tapfere Bemühen eines Amateurs, tief unten zwischen den großen Transparenten der Gewerkschaften, der Labour Party und Atomare-Abrüstung-Transparenten: »Clydeside sagt NEIN« … »Cornwall sagt NEIN« … »Greenwich sagt NEIN« … »Ächtet die Bombe«, alles in Schwarz auf Weiß, aber auf ihrem Transparent stand: »Caroline sagt NEIN«. Wenn ich ein Bild heraufbeschwören müsste, das der Inbegriff all dieser Märsche ist, dann würde es dieses Bild der jungen Frau mit ihrem Transparent sein. Oder vielleicht Wayland Young und seine Frau, umgeben von ihren großen und kleinen Kindern, in Karren und Kinderwagen, auf seinem Rücken und auf ihren Armen.

Auf einem der Märsche begrüßte Randolph Churchill die Marschierer mit einem aufziehbaren Grammofon, auf dem er patriotische Musik abspielte, aber der Lärm war so groß, dass er für einen Sympathisanten gehalten und dann, als seine wütenden Gesten seine Position klargemacht hatten, aufgefordert wurde, sich uns anzuschließen und seine Ansichten zu ändern.

Journalisten schlossen sich den Märschen an, um Zitate aufzuschnappen, die die ganze Sache lächerlich machten.

Es wurde geschätzt, dass, als nach dem ersten Jahr die Märsche auf dem Trafalgar Square endeten, ungefähr eine halbe Million Menschen erschienen waren. Einige schwächere Seelen gaben im Hyde Park auf, der einem Meer von Picknicks glich, aber manchmal gab es auch Festivitäten in gastfreundlichen Häusern. Im Haus von Peter Piper* und Anne Piper gab es Kessel voller Suppe und Sandwiches für, wie es schien, Dutzende von Leuten, von denen etliche unterwegs sehr unbequem in Schulen und Rathäusern geschlafen hatten. Die meisten von uns Älteren gingen nach Hause, um in ihren eigenen Betten zu schlafen, und fuhren dann mit dem Zug zu dem Ort, den der Marsch am Vorabend erreicht hatte. Ich habe über das Aldermaston-Phänomen in der *Viertorigen Stadt* geschrieben.

Inzwischen hatte sich das »Komitee der Hundert« gebildet, dessen Ziel es war, diese riesige und zusammenhanglose Bewegung in eine Waffe (ihr Wort) umzuschmieden, die atomare Einrichtungen und relevante Botschaften direkt angreifen, beschädigen und auf jede nur erdenkliche Art unterminieren und gegen die Polizei vorgehen sollte, wenn sie versuchte, dem Komitee Einhalt zu gebieten. Es war offensichtlich, dass diese Hunderttausende von Leuten, von denen viele nur ein geringes Interesse an Politik hatten, sich niemals für »direkte Aktionen« hergeben würden, und deshalb hätte es ebenso offensichtlich sein müssen, dass dies ein Plan war, die Bewegung für atomare Abrüstung zu spalten und zu zertrümmern. Mit anderen Worten, die Erben Lenins waren wiederauferstanden. Man braucht nicht Lenin gelesen oder auch nur von ihm gehört zu haben, um sein Erbe zu sein.

* Das war David Piper, von seinen Freunden Peter genannt.

Es lag auf der Hand, dass die »Kampagne für atomare Abrüstung« schon sehr bald von Meldungen und Gerüchten über Gewalttätigkeiten in Misskredit gebracht werden würde, und es gab massenhaft Journalisten, die nur auf eine Gelegenheit warteten.

Es fand eine entscheidende erste Versammlung des »Komitees der Hundert« statt. Drei Arten von Leuten nahmen an ihr teil. Erstens ein paar Leute wie ich, die Kommunisten gewesen waren, der Partei den Rücken gekehrt hatten und jetzt herausfinden wollten, ob ihre schlimmsten Befürchtungen zutrafen. Zweitens Leute, die sich zwar über den Kommunismus keine Illusionen mehr machten, aber immer noch an der Idee der Revolution und Gewalt als »Waffe« festhielten. Und drittens waren da ein paar Unerfahrene, die zum ersten Mal Blut leckten. Einen von ihnen – er spielte jahrelang eine wichtige Rolle im »Komitee der Hundert« – habe ich kürzlich gefragt, was er heute von all diesem Schall und Wahn hält und was wir seiner Meinung nach erreicht hätten. Seine Antwort: »Wir haben einer ganzen Generation ein politisches Bewusstsein verschafft.« Mit anderen Worten, für ihn bestand die langfristige Leistung und Errungenschaft des »Komitees der Hundert« darin, dass es mehr Leute wie ihn selbst geschaffen hatte.

Das große Zimmer, bis auf den letzten Platz gefüllt, und die verschwörerische Atmosphäre waren mir nur allzu vertraut. Auch hier gab es wieder einen mächtigen und charismatischen Anführer, diesmal Ralph Schoenman, einen jungen Amerikaner. Er war es, der sprach, in diesem von der Geschichte selbst perfektionierten Stil, einer Kombination aus Idealismus und kalter, knapper Präzision und voller Verachtung für Gegner, die natürlich Feiglinge, Hasenfüße und moralisch völlig unzulänglich waren, denn die Menschen in diesem Zimmer trugen auf ihren Schultern die Verantwortung für die Zukunft der gesamten Menschheit.

Die Alte Garde saß da, hörte zu und ging frühzeitig. Ich saß zufällig neben Michael Ayrton, dem Bildhauer. Ich war ihm nie zuvor begegnet und sollte ihn auch nicht wiedersehen, aber unsere Beziehung war die zwischen zynischen alten Soldaten. Als wir uns auf der Straße voneinander trennten, sagte er: »Ich glaube, wir können sagen, dass wir das schon öfter erlebt haben. Es ist ein Jammer.«

Das im Lauf dieser Versammlung gegründete »Komitee der Hundert« gab sich nachdrücklich als der gesunde, ehrliche und *gute* Teil der Bewegung für atomare Abrüstung aus, und sein Leitstern war – aus Propagandagründen – Bertrand Russell.

Bei den verschiedenen Gruppen und Untergruppen wurde eine Menge Proselytenmacherei betrieben, und es wurden Versuche unternommen, die Unterstützung von Leuten wie mir zu gewinnen, denn ein Vertreter der Alten Garde ist wertvoll als Spender seines Namens für einen Briefkopf und – nicht zuletzt – als Spender von Geld.

In einem Buch mit dem Titel *The Protest Makers*, so etwas wie eine offizielle Geschichte dieser Bewegungen, werde ich als Podiumsrednerin für die »Kampagne für atomare Abrüstung« und das »Komitee der Hundert« beschrieben. Ich war es nicht. Es sei denn, die Teilnahme an den Aldermaston-Märschen zählt als aktives Demonstrieren. Natürlich wollte Ralph Schoenman mich als Unterstützerin des »Komitees der Hundert« vereinnahmen.

Ralph dominierte das »Komitee der Hundert«. Er hatte keine offizielle Funktion. Der Grund? Es gab beim Komitee keine Funktionäre, teils, weil man das für »alte Politik« hielt, aber teils auch deshalb, um mögliche Verhaftungen durch die Polizei zu erschweren.

Ralph Schoenman suchte mich auf. Das hört sich recht harmlos an, aber diesem Besuch waren Berichte von Leuten vorausgegangen, bei denen er sich nach der besten Methode erkundigt hatte, an mich heranzukommen. Da saßen wir in diesem hässlichen kleinen Zimmer, wo das Geschrei vom Straßenmarkt vor dem Haus und der Verkehrslärm uns zwangen, das Fenster zu schließen, damit wir uns überhaupt gegenseitig hören konnten. Oder vielmehr, Ralph sagte mit einem strengen Nicken und soldatischem Gehabe: »Ich glaube, es wäre ratsam …«, und stand flott auf, um das Fenster zu schließen. Dann setzte er sich wieder, lehnte sich vor und schaute mir mit einem strengen Blick in die

Augen, der mich an frühere Verkörperungen Lenins erinnerte, Lügner aus Prinzip, aber das gab immerhin Anlass zu einer interessanten Frage, die ich mit mir selbst erörterte, während ich mit freundlicher Miene seiner Polemik zuhörte. Nun, er wusste, dass ich genau wusste, was vor sich ging. Rannte er nicht in ganz London herum und brüstete sich damit, dass er Bertrand Russells Briefe nicht nur unterschrieb, sondern oft sogar diktierte? »Er tut, was ich ihm sage.« (Es gibt noch eine Menge Leute, die sich daran erinnern.) Wussten wir nicht, dass, wenn man zu Russell sagte: »Soll ich Ihnen diese Akte bringen … Ihnen ein Glas Wasser holen … diesen Anruf entgegennehmen?«, er zu antworten pflegte: »Nein, das tut Ralph für mich.« Ralph hatte Russell in der Hand – und rühmte sich dessen. Und trotzdem saß Ralph jetzt vor mir, malte ein düsteres Bild von Canon Collins, dem Präsidenten der »Kampagne für atomare Abrüstung«, der, wie er behauptete, Intrigen spann und versuchte, Russell mit schmutzigen Tricks und Schlichen auszubooten, die in Wirklichkeit zum Arsenal kommunistischer Taktiken gehörten – leninistischer Taktiken. Ralph wusste, dass ich wissen musste, dass das, was er sagte, unwahr war, und trotzdem strahlte er Aufrichtigkeit aus, während er log.

Und das bringt mich – und brachte mich damals – zu der Frage: Zählt es als Lüge, wenn der Lügner ganz genau weiß, dass sein Zuhörer weiß, dass er lügt? Wenn sowohl Redner als auch Zuhörer mit dem leninistischen »Arbeitsstil« vertraut sind, der Lügen und alle Arten von schmutzigen Tricks vorschreibt?

Ich saß da, lächelte, grübelte über diese und ähnliche Fragen nach, während Ralph weiterredete.

Wirkliches Lügen, pures und perfektes Lügen, scheint mir in der folgenden Geschichte verkörpert zu sein: In den Siebzigern beschließt eine erfolgreiche Frau in einer leitenden Stellung beim Fernsehen zu heiraten; sie hat das Alter erreicht, in dem es jetzt oder nie heißt, wenn sie Kinder haben will. Ihr begegnet – endlich – der richtige Mann. Sie ist glücklich, sie blüht regelrecht auf. Und kann es kaum fassen, dass sie so problemlos geschafft hat, was ihr unmöglich erschien. Plötzlich ruft sie an, völlig schockiert und in Tränen aufgelöst. Während der ganzen Zeit, seit sie einander gefunden hatten, mehrere Monate lang, hatte es zwischen ihnen die Vereinbarung gegeben, dass sie ihn nicht bei der Arbeit oder in seiner Wohnung anrufen würde. Er würde sie anrufen. Aber es tritt eine Krise ein, und sie ruft an seinem Arbeitsplatz an, aber dort hat man nie von ihm gehört. Sie ruft in dem Mietshaus an, in dem er wohnt; dort kennt ihn niemand. Sie konfrontiert ihn damit. Er ist wütend. »Wir hatten eine Abmachung, dass du mich nie anrufen würdest.« *Sie* ist ins Unrecht gesetzt. Es stellt sich heraus, dass er einen Job hat, einen genauso wichtigen und gut bezahlten, wie er ihr erzählt hat, aber in einer anderen Firma als der, in der er angeblich arbeitete. Er lebt in einer guten Wohnung, in einer guten Gegend von London, aber nicht dort, wo er angeblich wohnte. Sein Leben, sein Status entsprechen genau dem, was er ihr erzählt hat, aber in Parallelen. Sie ist fassungslos, kann es nicht begreifen, fühlt sich betrogen, ist schockiert. »Warum, aber *warum*?«

»Ich wollte nicht, dass du weißt, was ich tue und wo ich wohne«, sagt dieser kurz vor der Heirat stehende Mann, vermutlich mit Plänen für ein gemeinsames Leben, und er droht ihr tatsächlich, sie wegen des Bruchs ihres Versprechens zu verklagen. Dies ist gewiss das perfekteste Beispiel für pures Lügen, das sich finden lässt.

Monatelang brodelte die Kampagne gegen Canon Collins vor sich hin, ein widerwärtiges Gebräu, Gerüchte wurden in die Welt gesetzt, Verleumdungen ausgestreut. Das »Komitee der Hundert« schuf sich einen überaus befriedigenden schlechten Ruf.

Ich ging zu einer Versammlung im Haus von Canon Collins, bei der die Taktiken des Komitees diskutiert wurden. Ich sage nicht, dass dort niemand war, der begriff, dass wir es mit stalinistischen Taktiken unter anderem Namen zu tun hatten, denn wie in jeder Versammlung von an Politik interessierten Leuten musste es auch hier einige geben, die in der Partei gewesen waren oder ihr nahegestanden hatten, wahrscheinlich sogar die Mehrheit. Aber ich begegnete dort einer Art verwirrter und hilfloser Unschuld. Und vielleicht war das eine durchaus verständliche

Reaktion, denn es gab nicht viel, was man an ihrer Stelle hätte tun können. Das Team von Canon Collins spielte nach ordentlichen demokratischen Regeln, Fair Play, ehrliche Berichterstattung und so weiter, aber das »Komitee der Hundert« entsprang einer andersgearteten Tradition und spielte nach »anderen« Regeln. Die Alte Garde war bestürzt, denn währenddessen hatten die Massen in der Bewegung für atomare Abrüstung keine Ahnung von dem, was vorging, aber das würde nicht mehr lange so bleiben.

Ich wurde von Mervyn Jones angerufen, der damals für den *Observer* arbeitete. Ralph Schoenman hatte Bertrand Russell überredet, eine – von ihm aufgesetzte – Erklärung zu unterschreiben, die am nächsten Sonntag im *Observer* erscheinen sollte und in der Canon Collins jeder nur erdenklichen Gemeinheit beschuldigt wurde. Durchaus möglich, dass Russell sie nie zu Gesicht bekommen hatte. Es war bekannt, dass er über sehr vieles im Dunkeln gelassen wurde, und man glaubte, dass auch Lady Russell nicht informiert wurde. Die andere Möglichkeit war, dass Ralph Schoenman und Lady Russell Bertrand Russell gemeinsam im Dunkeln ließen, denn erstaunlicherweise bewunderte sie Ralph gleichfalls.

Inzwischen arbeiteten Canon Collins und seine Anhänger an einer Erklärung, in der die Aktivitäten von Bertrand Russell – oder vielmehr die von Ralph Schoenman – beschrieben wurden, aber in einem wesentlich kühleren Stil und auf Fakten basierend.

Mervyn Jones fragte mich, ob ich nach Nordwales fahren, Bertrand Russell aufsuchen und ihn bitten würde, diese Erklärung nicht zu veröffentlichen. Was nämlich unbedingt vermieden werden musste, war eine öffentliche Konfrontation zwischen den beiden Stars der Bewegung, denn – und das war der entscheidende Punkt – die Leute, die sich so leidenschaftlich nach atomarer Abrüstung sehnten, darunter etliche sehr junge, interessierten sich überhaupt nicht für diese Stars, diese Persönlichkeiten, diese Primadonnen. Dies war eine demokratische Bewegung, und sie würden empört sein, wenn sie erfuhren, dass die Anführer in persönliche Streitereien verstrickt waren. Zumindest einige von ihnen – oder ihre Eltern – hatten die grauenhaften Machtkämpfe des Kommunismus gerade hinter sich und würden sagen: »Oh, nicht *schon wieder*«, und der Sache desillusioniert den Rücken kehren. Denn das wunderbarste an diesen neuen, zumeist jugendlichen Massen war die Tatsache, dass an die Stelle von Zynismus und Desillusionierung ein frisches, brennendes Interesse und ein Glaube an sich selbst getreten waren. Zu einer Auseinandersetzung in der Presse durfte es einfach nicht kommen. Aber das Problem war, dass die beiden Kontrahenten und ihre Anhänger die Menschen längst vergessen hatten, denn genau das passiert, wenn man sich Tag für Tag, sogar Minute für Minute nur mit den Missetaten seiner Gegner beschäftigt.

In jener Zeit war es einfacher als heute, mir zu schmeicheln. Und sogar jetzt noch hält sich mein Missfallen über mich in Grenzen: Ich machte mir echte und leidenschaftliche Sorgen um all diese jugendlichen Unschuldigen, die heute im mittleren Alter sein müssen und ihre Illusionen in Sachen Politik längst verloren haben. Aber damals schien es mir wichtig, ihnen ihre Unschuld so lange wie möglich zu erhalten. Ich sagte Mervyn Jones, ich würde fahren. Ich hatte keinen Wagen – sollte noch vier weitere Jahre keinen haben. Eine junge Frau aus Australien, Janet Hase, die zur Gruppe um die *New Left Review* gehörte, sagte, sie werde mich hinfahren. Es war keine angenehme Fahrt. Sie hatte einen kleinen Wagen, kannte die Route nicht, und es regnete die ganze Zeit diesen grauen, stetigen, kalten Regen, mit dem England einen so traurig machen kann. Die Scheibenwischer schoben ständig Massen schmutzigen kalten Wassers auf der Windschutzscheibe hin und her, und wir beiden »Colonials« waren in der Stimmung, in der man sich fragt, was das hier überhaupt sollte. Die großen, schnellen Straßen waren noch nicht gebaut. Janet beklagte sich die ganze Zeit, dass die Männer in dieser neuen revolutionären Bewegung die Frauen wie Dienstmädchen behandelten und dass sie das restlos satthabe. Sie hatte *Das goldene Notizbuch* für die *New Left Review* besprechen wollen, aber man hatte es ihr nicht erlaubt. Dort interessierten sie sich nur für Theorien und akademische Ideen.

Wir verirrten uns mehrere Male. Es war schon spät, als wir Nordwales und Plas Penrhyn erreichten – Stunden später, als wir eigentlich hatten ankommen wollen. Bertrand Russell und Lady Russell empfingen uns steif und förmlich. Natürlich hatten sie mit Schoenman gesprochen, und der hatte gesagt, dass sie uns nicht trauen dürften. Russell fing sofort damit an, gehässige Bemerkungen darüber zu machen, wie er die Strecke von London hierher in zwei Stunden hinter sich brachte, und zeigte sich überrascht, wie unfähig wir waren. Wir gingen ins Wohnzimmer. Lady Russell beobachtete uns, als wären wir Attentäter oder Giftmörder. Russell glich einem tatkräftigen alten Gnom. Dieses alte Streitross, das tausend politische Schlachten hinter sich hatte, erkannte in mir ein ebensolches, und wir verfielen sofort in eine Art von scherzhaft polemischem Stil. Schließlich war meine Aufgabe eine ziemlich unmögliche. Das Einzige, was ich nicht sagen konnte, war: »Sie werden von einem skrupellosen jungen Politiker ausgenutzt, der jedermann in London erzählt, dass Sie genau das tun, was er Ihnen sagt.« Ich konnte nicht sagen: »Man verschweigt Ihnen die Wahrheit über das, was vorgeht.« Und ich wusste nicht, wo Lady Russell bei alledem stand. Ich konnte nicht sagen: »Es gibt Leute, die glauben, dass Ihre Frau (die uns mit einem zornigen Lächeln gegenübersaß) mit Schoenman konspiriert, um Sie hinters Licht zu führen, aber andere sind der Ansicht, dass sie gleichfalls manipuliert wird.« Ich versuchte, einen Scherz daraus zu machen, indem ich sagte, dass all diese jungen Leute irgendwo dort draußen, in all den Gruppen für einseitige atomare Abrüstung, kaum etwas von Canon Collins oder ihm selbst wüssten und dass sie voll törichtem Idealismus steckten, genau wie wir, als wir noch jung und in politischen Dingen unerfahren gewesen seien, und es würde ihnen nicht guttun, von all diesen Kämpfen zu erfahren, die zwischen dem »Komitee der Hundert« und seiner Dachorganisation ausgetragen würden. Ich wagte zu sagen, dass sowohl er als auch Canon Collins die Stimmung, den Ton oder den Stil dieser neuen Bewegung völlig missverstünden, der es völlig gleichgültig sei, wer die Sache leitete oder wer die Anführer seien.

Und nun gelangte ich zum entscheidenden Punkt: Wenn seine – Bertrand Russells – Erklärung mit den Anschuldigungen gegen Canon Collins am nächsten Sonntag im *Observer* herauskäme, dann würde sie großen Schaden anrichten, sie würde Hunderttausenden von Anhängern der »Kampagne für atomare Abrüstung«, zumeist sehr jungen, sämtlicher Illusionen berauben. Ich sei zu ihm gekommen, um ihn zu bitten, sie zurückzuziehen, dafür zu sorgen, dass sie nicht im *Observer* stehen würde. Sofort wurde Russell sehr grob und sagte, ich sei völlig falsch informiert, es gebe keine Erklärung, er wisse nichts von irgendeiner Erklärung. Auch Lady Russell sagte, es sei keine Erklärung geplant oder aufgesetzt worden, aber ihrer Meinung nach solle Canon Collins irgendwann als das bloßgestellt werden, was er sei.

Während dies ablief, wurden uns Sandwiches und Kaffee serviert. Russell sagte, er sehe keinen Sinn darin, diese Diskussion fortzusetzen, und er sei sicher, dass wir müde seien. Er werde uns am Morgen nicht sehen, aber die Haushälterin anweisen, uns mit Frühstück zu versorgen. Lady Russell und er eskortierten uns zu unserem Schlafzimmer, und die Atmosphäre war so, dass wir nicht überrascht gewesen wären, wenn man uns eingeschlossen hätte. Es war neun Uhr.

Die arme Janet Hase hatte dieses Ungemach nicht verdient; schließlich hatte sie sich aus Herzensgüte erboten, mich zu fahren. Sie war, da bin ich sicher, von dieser ganzen Sache ziemlich deprimiert, und wenn diese scheußliche kleine Reise zu ihrem Entschluss beigetragen hatte, Großbritannien so schnell wie möglich wieder zu verlassen, dann kann ich ihr daraus keinen Vorwurf machen.

Am nächsten Tag krochen wir nach London zurück, und ich teilte Mervyn Jones mit, dass mein Versuch gescheitert war. Inzwischen war ich wütend auf mich selbst, dass ich ihn überhaupt unternommen hatte, denn ich hatte nicht das Geringste erreicht.

Am nächsten Sonntag sollte der *Observer* mit den beiden Erklärungen erscheinen – die, in der Bertrand Russell Canon Collins attackierte, und die, in der Canon Collins Russell attackierte.

So jedenfalls würden es die unschuldigen Massen sehen. Aber dazu kam es nicht. Die Erklärungen verschwanden, gingen verloren. Und so haben die Unschuldigen nie etwas von all diesen schmutzigen Vorgängen und dem Streit zwischen ihren Anführern erfahren. Aber der Abscheu, der immer noch in mir steckt, ist so stark, dass ich sogar heute noch nervös werde und fürchte, alte schlafende Hunde zu wecken, wenn ich sage, dass Canon Collins meiner Meinung nach ein Mann war, an dem mehr gesündigt wurde, als er selbst sündigte, und dass der Fehler, den seine Seite machte, nicht in Doppelzüngigkeit und schmutzigen Tricks, sondern – ganz einfach – in der Tatsache bestand, dass sie nicht verstand, wie wenig sich das Fußvolk für die Anführer und die Führung interessierte. Er tat mir leid.

Das »Komitee der Hundert« hatte regen Zulauf, zog Leute an, die »direkte Aktionen« liebten oder, anders formuliert, Konfrontationen mit der Polizei suchten. Das hatte zur Folge, dass die Dachorganisation, die »Kampagne für atomare Abrüstung«, geschwächt wurde. Die Aldermaston-Märsche gingen weiter, wuchsen, was die Zahl der Teilnehmer anbelangt, wurden unkontrollierbar und schwanden dann schließlich dahin. Aber obwohl es einfach ist, zu sagen, dass eine große Volksbewegung aus diesem oder jenem Grund schwächer wird und untergeht, glaube ich nicht, dass wir die Dynamik wirklich verstehen, begreifen, weshalb eine Massenbewegung wächst, Zulauf hat und dann dahinschwindet. Wenn man zu Leuten, die das »Komitee der Hundert« unterstützt haben, sagt, man glaube, es hätte einen schlechten Einfluss gehabt, dann lautet die Antwort oft: »Aber es hat die Proteste und Märsche gegen den Vietnam-Krieg in Amerika hervorgebracht.« Es trifft zu, dass das eine das andere beeinflusst hat, aber zu behaupten, die Amerikaner wären nicht imstande, ihre eigenen Antikriegsbewegungen hervorzubringen, erscheint mir absurd.

Manchmal treffe ich Leute aus den Tagen der »direkten Aktionen« und frage sie, was sie von Ralph Schoenman hielten. Einige sagen, sie hätten ihn bewundert, andere, dass er ihnen Unbehagen einflöße. Aufs Ganze gesehen, sind die Bewunderer

Leute, für die er die erste Begegnung mit Politik darstellte. Doch der Mann war eindeutig verrückt; oder wenn nicht er selbst, dann sein Verhalten. Ein wichtiger Unterschied, den man in der Politik machen muss, wenn man es mit so »erleuchteten« Charakteren zu tun hat.* Das Problem ist, dass Leute, die tatsächlich total verrückt sind, in politischen oder religiösen Kontexten keineswegs als verrückt angesehen werden. Wenn dieselben Leute sich in einem anderen gesellschaftlichen Zusammenhang befänden, würde man es auf den ersten Blick bemerken. Aber einige Leute, die verrückt sind, zieht es zu politischen oder religiösen Bewegungen hin, wo ihre Verrücktheit unbemerkt bleibt, und ob sie dies bewusst oder unbewusst tun, spielt keine Rolle. Manche Leute wissen genau, was sie tun – Hitler, Stalin. Andere stellen, wie ich glaube, fest, dass tief gründende Neigungen und Tendenzen, derer sie sich kaum bewusst sind, in einer verständnisvollen Atmosphäre aufblühen, und sind darüber sogar entsetzt; ich bin ziemlich sicher, dass viele der jungen Leute, die sich aus idealistischen Gründen dem »Komitee der Hundert« anschlossen, später bestürzt waren über das, was sie fanden – in sich selbst ebenso wie in ihren Gegenübern. Wir haben die giftigen Miasmen jener Zeit vergessen – genauso, wie wir den kraftvollen Idealismus vergessen haben. Unsere Zeit ist zufällig ein stilles, halbwegs unparteiisches, verhältnismäßig vernünftiges Interregnum in der Geschichte der Menschheit. Wenn man die fiebrige Atmosphäre und die Anschuldigungen beurteilen will, die im »Komitee der Hundert« und um es herum damals wie Pilze aus dem Boden schossen, müsste man diese Zeit wieder zum Leben erwecken: unmöglich.

* Es gab damals Hunderttausende – Millionen? – dieser Polit-Heiligen auf der Welt, unnachgiebig, skrupellos, militärisch im Stil, alle begleitet vom Geist Lenins – diesem »vollkommenen Menschen« –, alle Hauptrollen spielend in den von der Revolution selbst geschriebenen Dramen heroischen Märtyrertums, die Tag und Nacht in ihren Köpfen abliefen wie Tonbänder, die sich nicht abschalten ließen. Manchmal frage ich mich, wie diese Charaktere das alles heute sehen. Sagen sie: »Ich weiß nicht, was in mich gefahren war?«

Wie lässt sich die Tatsache erklären, dass Bertrand Russell, ein Mann, der sich sein ganzes Leben mit politischen Dingen beschäftigte, beginnend mit seinem tapferen Kampf gegen den Militarismus des Ersten Weltkriegs, ein erfahrener Mann, der hundert verschiedene Arten von Politikern kennengelernt hatte, Ralph Schoenman nicht durchschaute? Und sich weigerte, die Wahrheit zu sehen, obwohl andere Leute ihn warnten, ihm genau sagten, was vor sich ging und wie er benutzt wurde? Russell wollte einfach nicht zuhören, jedenfalls lange Zeit nicht, und danach war es zu spät. Die ganze Zeit fragten sich die Leute: Wird Ralph Schoenman von der CIA bezahlt? Vom KGB? Man sah doch den Schaden, den er anrichtete. Heute kommt einem das ziemlich verrückt vor, aber damals war es das nicht. Fast jedermann konnte beschuldigt werden, auf der Lohnliste der CIA oder des KGB zu stehen, und natürlich passierte das den unmöglichsten Leuten.

Das Alter bringt alle möglichen Risiken und Gefahren mit sich, aber diejenige, die ich für die schlimmste halte, wird kaum registriert. Sie tritt ein, wenn ein alter Mensch mit einem Abklatsch seines jugendlichen Selbst konfrontiert wird, einem höhnischen Schatten, einem Echo einstiger Möglichkeiten, und seine moralische Unabhängigkeit verliert.

Tolstoi verlor seinen Stolz und sein Gleichgewicht an Tschertkow, einen zweitklassigen Menschen, der sich selbst als Schüler des alten Mannes bezeichnete und ihm sagte, was er denken, wen er in seinem Leben behalten und wen er ausschließen sollte.

Maxim Gorki gestattete Pjotr Krytschow jahrelang, über sein Leben zu verfügen. Krytschow wurde vom KGB bezahlt und hatte vermutlich auch bei Gorkis Tod seine Hand im Spiel. Offenbar schöpfte Gorki gegen Ende seines Lebens Verdacht, aber die Frage bleibt: Weshalb hat er sich so einem Mann überhaupt ausgeliefert?

Jean-Paul Sartre lieferte sich in seinen letzten Lebensjahren Pierre Victor (oder Benny Levy) aus, einem jungen Mann, der seine sämtlichen Eigenschaften dermaßen karikierte, dass sogar die guten monströs wurden. Und die Franzosen sagten: Unserem großen Sartre passiert dasselbe wie Bertrand Russell mit Ralph Schoenman; das muss verhindert werden. Es wurde nicht verhindert.

Es gibt eine Ausnahme von dieser traurigen Regel, aber vielleicht liegt das daran, dass es hier nicht um zwei Männer geht, einen alten und einen jungen, sondern um eine alte Frau und einen jüngeren Mann. Die Schauspielerin Louise Brooks lernte gegen Ende ihres Lebens den jungen Kenneth Tynan kennen, und es entwickelte sich eine tiefe Freundschaft, zärtlich, verspielt und launenhaft, voller Sehnsucht nach unmöglicher Liebe.

Alte Freunde, alte Genossen – alte Leute ganz allgemein – müssen in dem Augenblick auf der Hut sein, in dem ein junger Mensch erscheint, mit glänzenden Augen und mit »Ich habe Sie schon immer so sehr bewundert«. Daraus erwächst mit ziemlicher Sicherheit nichts Gutes.

Bertrand Russell hatte auch, abgesehen von Ralph Schoenman, ein schwerwiegendes Problem: Er war heiliggesprochen worden, galt als dieser reizende alte Mann, reich an Jahren und an Weisheit. Der Appetit nach Heiligen beiderlei Geschlechts, Gurus, weisen Männern und Frauen ist unstillbar, und das bedeutet, dass die unmöglichsten Leute heiliggesprochen werden. Ich selbst habe mich gegen Versuche zur Wehr setzen müssen, mich zu einer weisen alten Frau abstempeln zu lassen. Alles, was passiert, ist, dass desillusionierte Fans und Schüler auf unfaire Art über die Leute herfallen, die sie einst so unweise verehrten. Genau das ist Bertrand Russell passiert.

Ich wohnte vier Jahre in der Langham Street und habe lebhafte Erinnerungen an diese Zeit (im Gegensatz zur Warwick Road, an die ich gar nicht zu denken versuche). Das lag nicht nur daran, dass mein Leben einfacher geworden war, mit mehr Geld, weniger Sorgen und den Anfängen emotionaler Freiheit, sondern auch daran, dass die allgemeine Atmosphäre freundlicher geworden war. Das vom Krieg beschädigte und verdunkelte Großbritannien lag in einer anderen Zeit und konnte nur unter Mühen ins Bewusstsein zurückgeholt werden. Zehn Jahre hatten dazu ausgereicht, und schon jetzt war da eine Generation, die nicht wusste, was man meinte, wenn man von Trümmergrundstücken, rissigen Fassaden, schäbigen, ungestrichenen Gebäuden sprach, von Utility-Kleidung, fürchterlichem Essen, ungenießbarem Kaffee und Leuten, die schon um zehn zu Bett gingen. In den Cafés wimmelte es von jungen Leuten, die die Welt neu erschufen, es gab die ersten guten, billigen Restaurants, und die Kleidung war jugendlich und einfallsreich. Alle möglichen kleinen, erfreulichen Dinge passierten, die zehn Jahre zuvor noch undenkbar gewesen waren. So spielte zum Beispiel eine Band, die sich »Happy Wanderers« nannte, auf der Oxford Street traditionellen Jazz, was das Einkaufengehen zu einem Vergnügen machte. In frisch gestrichenen Straßen erschienen Blumenkästen und Kübel mit dekorativen Bäumchen. Heute ist man allgemein der Ansicht, dass das Wiedererstarken des vom Krieg verheerten Europa ein Wirtschaftswunder war, denn nicht nur Großbritannien erholte sich so rasch, sondern alle europäischen Länder, von denen viele in Trümmern gelegen hatten. Von Ruinen und Hunger zu Wohlstand in fünfzehn Jahren, sogar noch weniger, aber wir, die wir diese Zeit durchlebten, empfanden das als selbstverständlich und nahmen kaum Notiz davon, sodass wir ausdrücklich darauf hingewiesen werden mussten. Wie zum Beispiel von Eric Hobsbawn in seinem Buch *Das Zeitalter der Extreme*, das ich verwundert las und dachte: Weshalb ist uns eigentlich nicht bewusst geworden, wie gut es uns gegangen ist?

Wieder war eine neue Zeit angebrochen, und ihr dramatischstes Symbol war der russische Sputnik (das Wort bedeutet »Reisegefährte, Begleiter, Genosse«), denn er war die erste der technischen Erscheinungen am Himmel, und eine Menge Leute blieben die ganze Nacht auf, um einen Blick zu erhaschen, wie er über sie hinwegzog. Ich war auf dem Dach und hoffte, dass mir keine Wolken den Blick versperren würden. Ich habe ihn nicht gesehen. Aber was für eine Begeisterung, was für ein Gefühl, etwas erreicht zu haben, denn wir empfanden, dass dies ein Fortschritt für die gesamte Menschheit war. Die Amseln sangen. Aus irgendeinem Grund liebten die Amseln diese Gegend, und ihr

Gesang beschwört in mir immer das Bild der Morgen- und Abenddämmerungen in der Langham Street herauf.

Das Dach war über eine tückische kleine Leiter zu erreichen. Ich nahm dort oben Sonnenbäder und benutzte den Schatten des Schornsteins, um der Hitze zu entgehen. Die Kurzgeschichte *Die Frau auf dem Dach* stammt aus dieser Zeit. Es war eine andere Welt, weil ich nicht die Einzige war, die von einem Dach Gebrauch machte; es gab Topfpflanzen, kleine Gärten und Liegestühle. In der Nähe der BBC wurde gebaut, und die großen gelben Maschinen ragten empor und schwangen himmelwärts, und die Männer, die die Maschinen bedienten, winkten und riefen uns Komplimente und Einladungen zu.

Der kleine Straßenmarkt bestand nur aus ein paar Ständen, aber von der BBC kamen Leute, um Gemüse einzukaufen. Die Geräusche vom Markt – Rufe, deren Bedeutung sich verflüchtigt hatte, sodass sie wie Schreie aus der Vergangenheit klangen, als die Straßen voll waren von Händlern und Trödlern – führten zu einer Geschichte, einem bloßen Hauch von einer Geschichte, *Ein Zimmer*, die daraus entstand, dass ich bei Tag auf meinem Bett lag, hinter den dunkelblauen Vorhängen aus dichter, weicher Baumwolle, die mich beim Befühlen daran erinnerten, dass wir jetzt derartiges Material kaufen konnten, was es vor Kurzem überhaupt noch nicht gegeben hatte, und … ich lag da im Halbdunkel, mit den Rufen von der Straße in den Ohren, ich versank in einen Traum und besuchte – oder bildete mir ein, dass ich es tat – dieses Zimmer, wie es in der grauenhaften, schäbigen, kalten Armut des Ersten Weltkriegs gewesen war.

Ich ging häufig ins Theater und kehrte oft allein zu Fuß zurück, aus der Shaftesbury Avenue, der St. Martin's Lane, dem Haymarket, sogar vom Old Vic. Es waren Leute auf den Straßen, genug, um sich in Gesellschaft zu fühlen, obwohl es noch nicht so wie heute war, wo es auf den Straßen im Zentrum Londons von jungen Leuten nur so wimmelt, die noch lange nach Mitternacht ihr Leben genießen und nach Abenteuern Ausschau halten. Mir kam immer noch nicht der Gedanke, dass ich eigentlich Angst haben sollte, wenn ich spätabends so allein dahinwanderte und gelegentlich für einen kurzen Wortwechsel stehen blieb. »Wo kommen Sie so spät noch her?«

»Ich habe Laurence Olivier gesehen in ...«

»Ach, wirklich. Wie schön. Hat es Ihnen gefallen?«

Es war die Zeit, in der Joan Littlewood in Stratford East Theater machte. Ich habe dort Inszenierungen gesehen, die origineller, brillanter waren als alles, was ich bis dahin erlebt hatte: Inzwischen ist allgemein das Niveau der Inszenierungen gestiegen, was zum Teil ihr zu verdanken ist. Das Theater war fast immer leer, nur ein Dutzend bis zwanzig Zuschauer, alle von uns, Linke, die die weite Reise vom Zentrum Londons dorthin gemacht hatten. Joans Idee war es gewesen, Theater für die Arbeiter der Umgebung zu machen, aber sie kamen nicht. Joan war damals eine lärmende Kommunistin oder gab zumindest laute kommunistische Töne von sich. Mir fiel es nicht leicht, in ihr ein tatsächliches Parteimitglied zu sehen, und die Partei tat nicht mehr, als sie zu tolerieren.

Ein paar Jahre lang wusste lediglich eine Handvoll von uns, dass dies das außerordentlichste Theater in Großbritannien war, aber dann sah Kenneth Tynan ein paar Inszenierungen, berichtete den Lesern des *Observer* davon, und danach war die U-Bahn nach Stratford im Londoner East End voll von eleganten Londonern, und es wurde schwierig, eine Eintrittskarte zu bekommen.

Joan Littlewood ist nie die Anerkennung zuteil geworden, die sie verdiente. Das liegt zum Teil daran, dass sie die Mittelschicht verabscheute, die in Wirklichkeit ihre Anhängerschaft bildete. Sie konnte nicht damit aufhören, die Bourgeoisie, das Establishment, die BBC und die Theater im West End und ihr Publikum zu beleidigen. Das war für sie eine Notwendigkeit, ihr Stil, ihr Markenzeichen. Wenn sie im Fernsehen auftrat, ließ sie ein Taschentuch über die Rückenlehne ihres Stuhls fallen und bückte sich dann, um es wieder aufzuheben, sodass sie der Kamera ihren Hintern als Beleidigung darbot. Kindisch. Aber sie musste solche Dinge tun. Sie und ihre Truppe standen im Grunde in der Tradition der Wanderschauspieler, und sie hatte in Provinzstädten

Theater gemacht, ohne Geld, ohne Ressourcen, politisches Theater, satirische, politische Moritaten, improvisiertes Theater.

Nelson Algren besuchte mich. Den Zeitungen und dem allgemeinen Klatsch zufolge war er wütend, weil er in *Die Mandarins von Paris*, Simone de Beauvoirs Roman über das Nachkriegs-Paris, als der ständig ausweichende amerikanische Liebhaber porträtiert worden war – wie aus dem Leben gegriffen. Aber das konnte eigentlich nicht stimmen, denn als Clancy, der sich immer das Air eines erfolgreichen Heiratsvermittlers gab, ihn in meine Wohnung mitbrachte, war Nelsons Lächeln ganz schüchterne sexuelle Willigkeit, wie ein sehr junger Bräutigam. Aber schließlich war ich Schriftstellerin und eine Linke – und damit doch bestimmt Gift. Aber dieses rätselhafte Gebräu enthielt noch eine andere Zutat. London faszinierte damals die Amerikaner auf eine Art, die es seit dem Ende der sechziger Jahre nicht wieder gegeben hat. Manchmal, wenn ich einem Amerikaner durch einen anderen als eine gute Sache präsentiert wurde: »Sie ist ein richtiger Mensch, verstehst du« – denn eine Frau konnte ebenso ein Mensch sein wie ein Mann –, dann hatte ich das Gefühl, eine Art Trophäe zu sein, ein wertvolles Stück Engländertum. Tatsache ist, dass Nelson im Grunde ebenso wenig scharf auf mich war wie ich auf ihn, aber wir mochten einander und verbrachten ein paar interessante Tage zusammen. Er erzählte von den Erfahrungen, die in *Der Mann mit dem goldenen Arm* und *Wildnis des Lebens* eingeflossen waren, und zwar so, dass es sich pikaresk und faszinierend anhörte. In London war er auf der Suche nach der Romantik der Armut, über die er schreiben wollte. Wo sind eure Slums?, wollte er wissen. Er fuhr mit Clancy ins East End, aber die alten Arbeitergemeinden waren verschwunden. Er kehrte enttäuscht zurück. Er hatte gehofft, die Slums aus Dickens' London zu finden, genauso, wie noch heute Leute kommen, die hoffen, einen dicken Nebel, einen richtigen »pea-souper«, eine Londoner Spezialität, zu finden, und dann enttäuscht sind, wenn man sie über den Clean Air Act informiert. Ich erklärte Nelson, dass in sämtlichen Straßen dieser Gegend bitterarme Leute lebten, in schlechten Wohnungen oder sogar Häusern, aber dass die Armut in London oft verborgen sei; neben einem Haus mit gut situierten Leuten könne eines stehen, in dem sich arme Leute zusammendrängten. Er brauche nichts anderes zu tun, als ein bisschen herumzuwandern. Er tat es, konnte nicht verstehen, was er sah, also begleitete ich ihn. »Siehst du das Haus dort? Siehst du die kleine Straße da drüben?« Aber die Zeiten waren vorüber, in denen Menschen in Großbritannien verhungerten oder sich von Tee, abgetropftem Bratenfett, billiger Marmelade und Brot ernährten und Kinder barfuß laufen mussten. Er suchte nach dem dramatischen und unübersehbaren Elend bestimmter Slums in Amerika. Das Wohlwollen, das wir füreinander hegten, musste also eine sehr grundlegende Schwierigkeit überwinden. Inzwischen war ich zu der Überzeugung gelangt, dass die romantische Verklärung der Armut als Stil – denn das ist sie oft – überaus irritierend und kindisch war. Und sie geht ständig vor sich. Die Mittelschicht hat Elend immer geliebt – *La Bohème* zum Beispiel. Nelsons Romane waren vor allem anderen eine Verherrlichung der romantischen Seite der Armut, der Drogenkultur, der Prostitution. Um die gleiche Zeit jagten die erbärmlichen Townships in Südafrika, in denen wirklich grauenhafte Armut und Mangel herrschten, manchen Leuten einen wohligen Schauer über den Rücken: Wie aufregend, sich vorzustellen, dass in einem Slum wie der Township Alexandra nur Prostituierte mit einem goldenen Herzen leben, unverschämt stehlende Kinder mit nicht einer Sorge auf der Welt, Gassenjungen, singende und tanzende Vagabunden.

Ich hatte eine Eingebung und schickte Nelson nach Glasgow, damals noch weit davon entfernt, jene attraktive Stadt zu sein, die es heute ist, wo die »Gorbals« alles waren, wonach er gesucht hatte. Sein Wunsch war in Erfüllung gegangen. Heutzutage würde er die Drogenkultur vorfinden und sich sofort zu Hause fühlen. Er hatte das leicht benommene, zurückhaltende, gedämpfte Wesen, das wir damals mit einer bestimmten Art von Amerikanern assoziierten, die Folge, wie wir glaubten, des Versuchs, sich einer überstarren Gesellschaft anzupassen, aber in seinem Fall waren es Drogen.

Ich habe ein Problem. In der Warwick Road und in noch stärkerem Maße in der Langham Street lernte ich Unmengen von Leuten kennen, die wohlbekannt waren oder auf dem bestem Wege, es zu werden. Ich könnte mühelos eine Liste mit Namen aufstellen. Das wäre dann das Äquivalent dessen, was ich empfinde, wenn jemand zu mir sagt: »Ich habe einen guten Bekannten von dir getroffen.«

»Ach, wen denn?« Aber ich kann mich an ihn oder sie nicht erinnern.

»Aber er hat gesagt, er kennt dich sehr gut.« Mit dieser Person habe ich mich auf einer Party fünf Minuten unterhalten, oder sie wurde von jemandem in mein Haus mitgebracht, wo eine Menge Leute anwesend waren, und jetzt läuft er – oder sie – herum und erklärt: »Oh ja, ich bin ein guter Freund von ihr.« Man wird zu ihrem Besitztum, sie wissen alles über einen. »Sie hat mir erzählt, dass …«

(Es sind exakt diese Leute, die sich nur allzu gerne erinnern, wenn Biografen herumschleichen.)

Der entscheidende Punkt ist meiner Meinung nach der, dass damals viel mehr Leute der unterschiedlichsten Art zusammenkamen als heute. Das gesellschaftliche Leben war beweglicher. Das lag zum Teil an den Aldermaston-Märschen, wo die unwahrscheinlichsten Leute sich begegneten. Wenn ich eine Liste der Leute aufstellen würde, die ich auf diesen Märschen kennengelernt habe, dann wäre das eine Art Handbuch der progressiven Angehörigen der Gesellschaft. Gibt es heute ein Äquivalent dafür? Vermutlich nicht. Da waren noch immer dieser Nachkriegsüberschwang, das Gefühl, dass unterdrückte Energien explodierten, das Erscheinen von Talenten in der Kunst, die aus der Arbeiterklasse oder zumindest nicht aus der Mittelschicht stammten, und vor allem der politische Optimismus, der inzwischen gänzlich verflogen ist.

Ich meine, den Aldermaston-Märschen ist nicht die Aufmerksamkeit zuteil geworden, die sie als einzigartiges soziales Phänomen eigentlich verdient hätten. Man überlege einmal: Ein halbes Dutzend Jahre lang versammelten sich jedes Jahr im Frühling

Hunderttausende von Menschen aus ganz Großbritannien, vom europäischen Kontinent, aus Amerika und noch weiter entfernt liegenden Weltgegenden in Aldermaston und machten sich dann auf einen viertägigen Marsch nach London, verbrachten die Nächte in Schulen und irgendwelchen Sälen, wurden von den Orten, durch die sie kamen, willkommen geheißen oder auch nicht, erregten die Aufmerksamkeit der Weltpresse, die überwiegend feindselig berichtete, gewannen Freunde, lernten, hatten eine gute Zeit – Leute, die sich sonst nie begegnet wären. Wissenschaftler, Künstler, Schriftsteller, Journalisten, Lehrer, Gärtner, Politiker, alle nur erdenklichen Leute trafen sich, marschierten zusammen, unterhielten sich – und blieben oft auch hinterher Freunde. Welcher andere gesellschaftliche Prozess, vom Krieg einmal abgesehen, könnte eine solche Vermischung scheinbar inkompatibler Menschen bewirken? Noch heute treffe ich Leute, neben denen ich vor so langer Zeit auf einem der Märsche hergelaufen bin oder die sagen: »Ich habe den und den Professor von einer amerikanischen Universität kennengelernt, und daraufhin habe ich vier Jahre dort verbracht.« Oder: »Ich habe meine Frau bei dem Marsch von 1959 kennengelernt.«

Eine Zeit lang traf ich ziemlich oft mit Joshua Nkomo zusammen, der heute einer der führenden Politiker in Simbabwe ist. Er absolvierte die für künftige afrikanische Führer obligatorische Zeit in London, lebte von der Hand in den Mund und machte sich Sorgen über die Zukunft. In seinem Fall mit gutem Grund, denn er sollte in Südrhodesien zehn Jahre in einem Internierungslager verbringen, das, ohne Bücher und Zeitungen, so öde und grauenhaft war, als wäre er zu einer Gefängnisstrafe auf dem Mond verurteilt worden. Aber damals machte ihm etwas anderes zu schaffen: Er wurde als Verräter gebrandmarkt. Der Grund dafür war, dass zu jener Zeit die »Moralische Aufrüstung« Afrikaner umwarb, die vielleicht einmal Führer werden würden, und er hatte ein paar Tage in ihrer Zentrale in Caux in der Schweiz verbracht. Er konnte nicht begreifen, was daran falsch sein sollte. »Aber das sind gute Leute. Sie haben mich gut behandelt. Und ich bin auch religiös.« Ich erklärte ihm die Feinheiten der Situation. Er sagte, er hasse die Politik. Was er sich wünsche, sei, seinen eigenen Laden in seinem Dorf zu haben und mit seiner Familie zusammenzuleben. Er hatte Heimweh und fühlte sich in London verloren und einsam. Joshua war nicht der einzige afrikanische Führer, der mir seine Ambitionen anvertraute. Er war ein großartiger Redner und war deshalb von der Politik vereinnahmt worden. Ich hatte schon lange vorher von ihm gehört; damals begeisterte er in Bulawayo die Massen mit Reden, auf einer Seifenkiste stehend.

Ich war natürlich nicht die einzige Frau, die Joshua Ratschläge erteilte und ihn unterstützte. Wir telefonierten miteinander und diskutierten über knifflige Probleme; das wichtigste war, dass wir alle das Gefühl hatten, dass Joshua seinem Wesen nach nicht zum Politiker geeignet war. In meinem Leben hat es Zeiten gegeben, in denen ich so etwas als Kritik empfunden hätte, aber jetzt tue ich das nicht mehr.

Joshua wurde zum Beispiel von unserem Geheimdienst verfolgt. Er kam völlig aufgelöst zu mir, um mir zu erzählen, dass er bei einer Versammlung gewesen sei, dort sei ein Mann an ihn herangetreten, habe ihn in ein Privatzimmer mitgenommen, ihm einen Koffer voller Papiergeld gezeigt und gesagt, das ganze Geld werde ihm gehören, wenn Joshua ihm alles erzähle, was er über die Araber wisse – wieder kommen die Araber ins Spiel, eine ebensolche Absurdität wie im Fall des bereits erwähnten Cousins von Babu Mohammed. Joshua war nie mit irgendwelchen Arabern zusammengekommen. Ich erzählte ihm, dass unser Geheimdienst von den Arabern geradezu besessen sei. Man habe mich des Umgangs mit Arabern beschuldigt, und ich sei gleichfalls nie einem begegnet. Das Problem war, dass Joshua bitterarm war. Ihm all dieses Geld zu zeigen, war grausam. Ich sagte leichthin, er hätte das Geld nehmen sollen und dann bestreiten, dass er es je bekommen habe. Dieser Scherz bewies, wie weit ich von seiner harten Realität entfernt war; er hatte fürchterliche Angst. Dieser Agent, wer immer er auch gewesen sein mag, vermutlich ein Mann vom MI 6, tauchte mehr als einmal auf, mit Geldversprechen und auch mit Drohungen.

Nachdem ich mich telefonisch mit anderen Mentoren beraten hatte, schrieb ich an einen Freund und bat ihn um Aufklärung über Joshuas Begegnung mit der Welt der Geheimdienste. Und jetzt kommt eine kleine Geschichte, die ebenso gut ist wie ein Vortrag über nationale Ethik. Der Vater meines Freundes – nennen wir ihn John – war ein Opfer der Wirtschaftskrise in den dreißiger Jahren gewesen, und deshalb hatte John eine ziemlich ärmliche Kindheit gehabt. Aber er hatte eine Privatschule besucht. Der Krieg begann, und er traf, scheinbar zufällig, einen Mitschüler wieder, der sich erkundigte, ob er, John, Lust habe, seinem Land wirklich von Nutzen zu sein – anstatt, wie mitschwang, *lediglich* in einem der Heeresteile Dienst zu tun. Ob man es glaubt oder nicht, John wurde angewiesen, zur Lunchzeit mit einer zusammengerollten *Times* unter dem Arm in einem bestimmten Herrenclub zu erscheinen. Sein Gesprächspartner erkundigte sich nicht nach seiner politischen Einstellung; John stand sehr weit links, aber ich weiß nicht, ob er Parteimitglied war oder nicht. Er diente während des Krieges als Spion, mit Erfolg. Damals arbeiteten viele Männer mit seinem Hintergrund für die Geheimdienste, und viele waren Kommunisten oder Sympathisanten. Nach dem Krieg wurde John zu einem Kritiker des Britischen Empire und all seiner Erscheinungen und ein Afrikaexperte. Ich hatte ihn als Mitstreiter im Rahmen von Kampagnen gegen den Kolonialismus kennengelernt. Ich wollte von ihm wissen, weshalb man es ausgerechnet auf den armen Joshua abgesehen hatte. War es rechtens, dass ein unglücklicher, im Exil lebender Politiker von den Geheimdiensten verfolgt und ihm das Leben noch schwerer gemacht wurde, als es ohnehin schon war, indem man ihn mit Koffern voller Geld zu bestechen versuchte? Und was sollte diese ganze Geschichte mit den Arabern?

John zog los, konsultierte seine wahren Herren, die Meisterspione, und fragte sie, was er tun solle. Der Brief, den ich daraufhin bekam, hätte von einem Abteilungsleiter im Ministerium für Drumherumreden verfasst worden sein können. Er besagte nichts, einfach überhaupt nichts: Er war ein Meisterwerk an Nichtinformation, und ich behielt ihn jahrelang und las ihn von

Zeit zu Zeit voll Bewunderung für diese Leistung. Er ist bei einem meiner vielen Umzüge verloren gegangen. Sein Äquivalent auf einem angrenzenden Gebiet würde ungefähr folgendermaßen lauten:

»Sie behaupten, die Polizei habe die Familie in der X-Straße drangsaliert, aber erstens können wir auf der Karte die X-Straße nicht finden, und zweitens, welche Beweise haben Sie dafür? Wir verfügen über keinerlei Informationen, die Ihre Anschuldigung stützen, welche ohnehin nicht richtig formuliert ist. Wie Sie wissen, besteht unsere Politik darin, alle Bürger dieses Landes gleich zu behandeln, und da es unmöglich ist, dass ein schwarzer Bürger für diese Art von Behandlung herausgegriffen wird, entbehrt Ihr Schreiben jeglicher Grundlage.«

Die Sache mit den Arabern ist bis heute ein Geheimnis geblieben.

Joshua war zum Essen bei mir, und während wir uns über die Methoden dieses unseres ach so großartigen Landes unterhielten, sagte er: »Du bist eine gute Köchin, ich möchte, dass du meine Frau wirst. Und es ist eine Wohltat, dass ich dir nicht die afrikanische Politik erklären muss.«

»Aber ich habe schon einen Mann«, sagte ich.

Joshua lachte. Er war ein sehr großer, liebenswerter Mann mit einem guten, tiefen Lachen, das seinen ganzen Körper erschütterte. »Dann gib ihm den Laufpass und nimm stattdessen mich«, sagte er.

Diesen romantischen Antrag machte er noch mindestens zwei weiteren seiner anderen Beraterinnen – denen, mit denen ich in Verbindung stand –, mit denselben Worten und unter denselben Umständen, das heißt, während einer guten Mahlzeit.

Bald bekam ich Joshua nicht mehr zu Gesicht, weil die Exilpolitik ihn mit Beschlag belegte. Aber ich hörte ihn sprechen. Was für ein Redner! Was für ein großartiger Mann! Wenn je ein Mann sein Publikum in Bann geschlagen hat, dann war er es. Und dann kamen die Jahre des Exils in seinem eigenen Land, abgeschnitten von allem, was gut, freundlich, erfreulich und anständig war, in einem Internierungslager, das genauso gut auf dem Mond hätte liegen können. Diese brutale Behandlung geht auf das Konto von Ian Smith.

Ein Besucher verdient eine spezielle Erwähnung. Es war ein Hexer aus Brighton, einer Stadt, die aus unerfindlichen Gründen immer ein Lieblingsort von Hexen und Hexern war. Ein weißer Hexer, betonte er; ich musste wirklich begreifen, dass es gute und böse Hexen gab, und er war ein Hexer und kein Zauberer, was etwas völlig anderes war. Er musste unbedingt Sex mit einer Jungfrau haben, um seine spirituelle Entwicklung zu fördern, aber er konnte kein Mädchen finden, das wirklich noch Jungfrau war, makellos, mit einem unversehrten Hymen. Er hatte ganz Großbritannien nach einer abgesucht. Ich fragte ihn: »Aber wie machen Sie das? Gehen Sie herum und fragen Mädchen: Ist dein Hymen noch intakt?«

»Sie sind so ignorant, was ihre Körper angeht, dass sie nicht einmal wissen würden, was ein Hymen ist. Nein, Sie verstehen das nicht. Wenn man offen und ehrlich mit jemandem spricht, wird man ebenso behandelt. Ich erkläre meine Situation, und sie hören zu, ich stelle ein paar Fragen, aber dann stelle ich fest, dass sie keine wirklichen Jungfrauen sind.« Er war ein magerer, mausgrauer Mann mit glattem, farblosem Haar und grünlichen Augen, die meiner Erfahrung nach nicht auf dem Gesicht seines Gesprächspartners ruhten, sondern einen Punkt seitlich davon fixierten, während er angesichts der Schwierigkeiten seiner Situation die Stirn runzelte. Dies war ein gequälter Mann. Er lächelte nie. Gott behüte, dass ich lachte oder lächelte. Verzweifelnd, dass es ihm nie gelingen würde, in England eine wahre Jungfrau zu finden, ging er nach Irland, weil, wie er sagte, die irischen Mädchen eine frische und natürliche Einstellung zum Sex hätten, die in England seit Langem verloren gegangen sei. Dort fand er eine vierzehnjährige Jungfrau, im County Clare. Er hatte vor, sie zu heiraten, und teilte ihr das mit; er sagte, sie müsse für ihn unberührt bleiben, denn von Rechts wegen durfte er sie nicht heiraten, bevor sie fünfzehn war. Er sagte zu ihr: »Mach dich dort unten nicht kaputt. Bleib mit deinen Händen fort. Es ist eine Tragödie; Mädchen begreifen es nicht, aber sie haben einen Schatz, ihre Jungfräulichkeit ist von unschätzbarem Wert, und sie behandeln sie, als wäre sie nur ein Stückchen Fleisch.« Eine sehr, sehr lange Wartezeit, beklagte er sich bei einem Besuch – oder zweien oder dreien –, bei denen er voll verdrießlicher Ungeduld dasaß, mit zuckenden Knien, und ununterbrochen einen Knopf oder seine Krawatte befingerte, denn er war immer ordentlich angezogen, sauber und respektierlich. Das Gesetz war dumm. Mädchen sollten heiraten dürfen, sobald die Menstruation eingesetzt hatte. In den alten Zeiten war man klüger. Mädchen heirateten mit zwölf oder dreizehn, wie von der Natur vorgesehen.

Er war sehr beschäftigt, denn er war Vorsteher seines Zirkels und Berater aller Mitglieder in emotionalen und magischen Angelegenheiten. Er konnte nicht so oft nach Irland fahren, wie er es gern getan hätte. In Hexenangelegenheiten in Brighton festgehalten, schickte er seinen besten Freund ins County Clare, damit er dem Mädchen sagte, es solle abwarten, die Zeit vergehe, wenn auch langsam, und bald ... Ja, die klassische Geschichte ... und er besuchte mich, ganz Bitterkeit und Betrogenheit. »Und er ist nicht einmal ein Hexer, er ist keiner von uns, für ihn macht es keinen Unterschied, ob er Sex mit einer Jungfrau hat oder nicht. Und es war nicht einmal eine ernste Sache, es war nur eine Affäre, und nächstes Jahr geht sie auf die Universität.«

Das war nicht seine einzige Besessenheit. Er wollte Sex mit kleinen Mädchen haben; das war kein Teil seiner Suche nach einer Jungfrau, da kleine Mädchen für seinen Weg zur spirituellen Entwicklung nicht von Nutzen waren. »Jeder kann sehen, was kleine Mädchen wollen«, sagte er. »Sogar ein Mädchen von fünf oder sechs lässt einen zusehen, wie es Pipi macht, zappelt herum, fordert einen heraus. Nun, wenn es nicht das ist, was sie wollen, was ist es dann?«, fragte er, aber immer, ohne mich direkt anzusehen, sondern stets etwas anderes, eine Wand vielleicht, auf die seine Fantasien projiziert waren, und inzwischen redete seine erbitterte Stimme immer wieder: »Man kann sehen, was sie wollen, aber wenn man sie nur mit dem kleinen Finger berührt, landet man im Gefängnis.«

Ich weiß nicht, was aus ihm geworden ist. Ich habe seinen Namen nie in den Zeitungen gesehen. Manchmal frage ich mich, ob diese traurige Seele, inzwischen mindestens siebzig Jahre alt, zwischen Nächten, in denen er nackt unter dem Mond tanzt, immer noch seinem Traum durch ganz Großbritannien und Irland folgt. »Bist du noch Jungfrau? Willst du dich für mich bewahren?« … Begreifen Sie denn nicht, wenn man ihnen etwas fair und unumwunden darlegt, dann verstehen sie immer.

Doch hier ist ein echtes Problem. Man ist sich allgemein darüber einig, dass die sexuelle Befreiung in den sechziger Jahren einsetzte. Der Dichter Philip Larkin hat es so ausgedrückt: Sex begann 63. Das war sarkastisch gemeint, aber wenn man ihn zitiert, scheint das in Vergessenheit geraten zu sein. Ich treffe Leute, die sagen, wie gehemmt, wie »sexscheu« sie in den Fünfzigern waren, und wenn ich ihnen meine kleine Geschichte von dem Hexer auf der Suche nach einer Jungfrau erzähle, dann wollen sie sie einfach nicht glauben. Aber ich kann mich an keine Zeiten der Entbehrung erinnern und auch nicht an Leute, die ängstlich neben mit Verboten eingezäunten Betten hockten. Während des Krieges blühte der Sex natürlich, weil er das in Kriegszeiten immer tut, aber er war romantisch, wegen der kurz bevorstehenden und möglicherweise todbringenden Trennungen. Und in den Fünfzigern schien jedermann »damit beschäftigt« zu sein. »Das kann nur bei Ihren Freunden in London so gewesen sein«, kommt der Protest. »Oh, wenn ich nur in den Sechzigern im richtigen Alter gewesen wäre. Ich habe meine ganze Zeit damit verbracht, von Mädchen zu träumen.« Oder Männern, je nachdem.

Die Romane aus dieser Epoche aus der Provinz – immer ein akkurates Zeitbild – berichten nicht über sexuelle Hungersnöte.

Diese ganze Sache ist für mich ein Mysterium. Manche Dinge müssen Mysterien bleiben. Ich kann nur berichten, dass die Leute eine ziemlich gute Zeit zu haben schienen: Das Vergnügen war keinen Beschränkungen unterworfen – wenn Vergnügen das richtige Wort ist. Aber darüber später mehr.

Mein unwahrscheinlichster Besucher war Henry Kissinger. Das kam so. Wayland Young*, noch weit davon entfernt, Lord Kennet zu sein, war zu einer Art Verbindungsmann zwischen der amerikanischen und der britischen Linken geworden, vermutlich deshalb, weil er in so vielen Zeitungsfotos über die Aldermaston-Märsche aufgetaucht war; niemand konnte seiner attraktiven Familie widerstehen – der gut aussehende Wayland, seine reizende Frau, all die hübschen Kinder –, die so demokratisch mit den Massen marschierte. Henry Kissinger wollte repräsentative Mitglieder der »Kampagne für atomare Abrüstung« treffen. Der größte Teil der Linken steckte im Wahlkampf. Ich hatte rundheraus erklärt: Nein, ich werde nicht für die Labour Party agitieren, kein Geld für eine gute Sache erbetteln, nicht die *New Left Review* verkaufen, keine Reden halten (»Wohin steuert die Linke?« oder »Welchen Preis zahlt Großbritannien?«). Mein Job ist es, zu schreiben, und wenn euch das nicht passt, dann müsst ihr euch eben damit abfinden. Ich hatte diese Schlacht in Salisbury, Südrhodesien, geschlagen, gegen wesentlich zähere Opponenten, als London aufbieten konnte. Mit anderen Worten, es war Zeit vorhanden, sich mit Kissinger zu treffen. Ich war keine typische Repräsentantin der Neuen Linken, wohl aber der Kampagne für »einseitige atomare Abrüstung« (was keinen Unterschied machte, der die Amerikaner hätte beeindrucken können, denn für sie waren wir ohnehin alle Kommunisten). Mochte Henry Kissinger auch wie ein Deutscher wirken – denn es war ein gesunder junger Deutscher, der diese grässliche Betontreppe hinauf und in meine Wohnung stürmte –, er blieb doch stets der wohlhabende Amerikaner mit kurz geschnittenem Haar, der in dieser unansehnlichen Umgebung zu groß, zu frisch und zu brillant wirkte. Es ist schwer, die Atmosphäre dieser Begegnung zu schildern, weil die Zeiten sich inzwischen von Grund auf geändert haben. Über die Vergangenheit zu berichten ist immer ein Problem. Tatsachen *sind* einfach: Dies und das ist passiert; aber im Kontext einer Zeit gesehen,

* Wayland Young war damals ein sehr bekannter Journalist.

wirken viele Verhaltensweisen – Tatsachen –, gesellschaftliche wie persönliche, einfach geisteskrank. Während der Kalte Krieg in Großbritannien keine große Rolle mehr spielte – ganz einfach, weil die neue Jugend ihn für albern hielt und er in Großbritannien außerdem nie so mörderisch gewesen war –, befand er sich in den Vereinigten Staaten auf einem Höhepunkt. Amerikaner, die ihre Heimat aus politischen Gründen verlassen hatten, erzählten, was dort vorging, und die britische Jugend fand das alles unglaublich. Die Kommunistische Partei war in den Vereinigten Staaten immer winzig gewesen, und ihr Denken und Fühlen blieb, der Wirkung nach zu urteilen, auf die Partei selbst beschränkt. In Europa aber war »jedermann« Kommunist gewesen oder hatte dem Kommunismus nahegestanden. Früher Kommunist, aber jetzt keiner mehr zu sein – das galt für die meisten Leute, denen man begegnete. Aber das haben die Amerikaner nie begriffen. Wenn man heute liest, was Edgar Hoover vom FBI oder Angleton von der CIA damals geschrieben haben, wird einem klar, dass diese Herren gegen Windmühlen kämpften, da sie keine brauchbare Vorstellung davon hatten, wie gewöhnliche Kommunisten dachten und handelten. Das ist das, was mich in der Rückschau am stärksten beeindruckt. Hoover und seine Mannen beziehungsweise Angleton und die Seinen bekämpften den Feind Kommunismus, aber wenn ihnen ein Kommunist über den Weg gelaufen wäre, hätten sie ihn nicht erkannt. In Europa gab es eine schier unendliche Zahl von Abstufungen und Schattierungen, von Ansichten, von Erfahrungen. Wenn man in Europa sagte: »Aber ich habe aufgehört, Kommunist zu sein, wegen der Säuberungen ... des Hitler-Stalin-Pakts ... der Invasion Finnlands ... der Schauprozesse in der Tschechoslowakei ... der Unterdrückung des Aufstands in Ostberlin ... in Ungarn« – war das eine Via Dolorosa, die jedermann verstand. Für die Amerikaner hingegen galt: Einmal ein Roter, immer ein Roter.

Henry Kissinger erinnerte mich an den Hans Eysenck des inzwischen schon so lange zurückliegenden Vortrags in Oxford. Er hatte einen starken deutschen Akzent, strahlte Energie und Tatkraft aus – und darüber hinaus Misstrauen und Missbilligung. Laut den amerikanischen Zeitungen war die gesamte Bewegung für atomare Abrüstung kommunistisch, und ihm erklären zu wollen, dass nur eine verschwindend kleine Minderheit der Beteiligten Kommunisten waren, wäre in seinen Augen bloße Haarspalterei gewesen.

Unsere Unterhaltung drehte sich bald nur noch um ein Wort. Er sagte, man habe eine Atombombe entwickelt, die so gezielt einzusetzen sei, dass sie genau hunderttausend Menschen töte. Er nannte sie »kitten bomb« (»Kätzchenbombe«). Ein Ausdruck, den er immer gebrauchte. Ich war schockiert und sagte, dass jeder, der das Wort »Kätzchen« zur Beschreibung einer Kriegswaffe gebrauche, beweise, dass ihm jedes Moralgefühl und jede Sensibilität abgehe und dass das typisch sei für all das, was an der amerikanischen Außenpolitik nicht stimme. Er erwiderte, ich sei sentimental und unrealistisch und hätte keine Ahnung von *Realpolitik.* Wir stritten nicht miteinander; um mit jemandem streiten zu können, muss man etwas mit ihm gemeinsam haben. Ich sah in ihm eine grausame, aufreizende und aggressive Macht, furchteinflößend wegen dem, was er repräsentierte. Er sah in mir eine scheinheilige, verschreckte Idiotin, die sich im Dienste des Weltkommunismus humanistischer Vokabeln bediente. Das Gespräch dauerte ungefähr eine Stunde und bestätigte die schlimmsten Vorurteile, die wir füreinander hegten.

Im Grunde bewunderte ich den Mann für den Versuch, den er unternommen hatte. Kein anderer konservativer Amerikaner versuchte damals, den Feind – die Linke – zu verstehen. Und es war eine tapfere Tat. Kissinger hatte den Höhepunkt seiner Erfolge noch nicht erreicht, hatte aber trotzdem eine Menge zu verlieren. Ich konnte mir die Schlagzeilen in Amerika lebhaft vorstellen: »Kissinger unter dem Einfluss des Kreml« – »Kommunismus korrumpiert Kissinger« – »Das kommunistische Trojanische Pferd und Kissinger«. Nein, ich übertreibe keineswegs. Wie kann man den Wahnsinn jener Zeit beschreiben? Am nächsten kommt ihm vielleicht das, was wir erfahren, wenn uns heute Berichte über die innerparteilichen Auseinandersetzungen bei den moslemischen Fundamentalisten erreichen: eine dunkle Unvernunft, ein mörderischer Hass auf das Unbekannte. So sahen die Amerikaner damals den Kommunismus in den kommunistischen Ländern ebenso wie außerhalb davon. Und so sahen sehr viele Europäer, nicht nur die Linken, die Vereinigten Staaten: eine gewalttätige und beängstigende Unvernunft.

Ein anderer Amerikaner, den Wayland Young zu mir schickte, war William Phillips, der in den dreißiger Jahren die *Partisan Review* gegründet hatte und sie seither herausgab. Er hegte eine sehnsüchtige Bewunderung für die britische Neue Linke und sah in ihr eine Bewegung, der es gelingen konnte, ein sozialistisches Großbritannien zu schaffen. Er wurde und blieb ein guter Freund. Die Ironie: Ich war einst Stalinistin und er eher Trotzkist gewesen. Er hatte in den Staaten den Stalinismus bekämpft. Eine Schlacht, die, von außen betrachtet, wie ein grell ausgeleuchteter Boxkampf in einem zu kleinen Ring wirkte. Die Differenzen von früher schienen jetzt irrelevant geworden zu sein; aber es passierte damals sehr schnell, dass Differenzen von früher irrelevant erschienen.

Die *Partisan Review* war ursprünglich als Organ der antistalinistischen Linken konzipiert worden und war auf die leidenschaftlichsten politischen Polemiken abonniert, hatte aber von Anfang an auch ein anderes Gesicht. Einige der besten und bekanntesten amerikanischen Dichter und Schriftsteller wurden zuerst in der *Partisan Review* veröffentlicht, ebenso ausländische Autoren. Deshalb habe ich die *Partisan Review* gelesen – und tue es noch heute. Die Literaturbeilage war auch der Grund dafür, weshalb so viele Briten die *Partisan Review* lasen, die von der Linken ebenso wie solche, die durchaus keine Sozialisten waren. Ich überflog die Polemiken – mit dem Gefühl, dass ich mich für sie eigentlich interessieren sollte –, um an die Literatur zu kommen.

William Phillips war ein nüchterner, sehr belesener, ironischer Mann, sehr amerikanisch und trotzdem stark von Europa beeinflusst. Als ich ihm viele Jahre später gestand, dass mich die politische Argumentation der *Partisan Review* nie interessiert hatte, war er, glaube ich, enttäuscht. Aber Tatsache ist: Die bösartigen Beschimpfungen, die Polemiken, die Dialektik, die Sophistereien der Politik, mit denen ich in meinem Leben immer wieder konfrontiert worden bin, sind zu Dunst und Nebel verblasst; geblieben sind Kunst und Literatur, die zu jener Zeit von den »Politikern« vermutlich bestenfalls geduldet wurden.

J.P. Donleavy war um dieselbe Zeit in London, als Autor des skandalösen *Ginger Man*, einer weiteren Inkarnation des respektlosen, aufs Schockieren versessenen Außenseiters in der Art von *Glück für Jim* und dem Protagonisten von *Hurry On Down.* Aber Donleavy präsentierte sich mit seinem feinen Gespür für das Unerwartete als eine Art Herzog im Exil, ein ernster, traurig wirkender, eleganter Mann, der, zusammen mit Murray Sayle, unsere Tage mit Geschichten über die unwahrscheinlichsten Abenteuer belebte. Am besten erinnere ich mich an ihn dank eines überaus zärtlichen kleinen Augenblicks. Es ist früher Abend, die Stare lärmen auf den Dächern, und Donleavy taucht auf. Er war in der BBC gewesen, wo ihn das Verlangen überkam, einer Muse zu huldigen, in Form meiner Person. »Oh, setz dich, trink etwas – meine Muse ist für heute erschöpft.« Er deutete auf eine Tragetüte, in der vier große Flaschen »milk stout« standen. »Großer Gott, du bist doch nicht etwa zum Säufer von dem da (ich deutete auf die Flaschen) geworden?«

»Nein, ich bin auf dem Heimweg und will sie meiner Frau mitbringen. Jede Frau, die ihren Tag mit kleinen Kindern verbringen muss, braucht das, und wenn es so etwas wie Ambrosiamilch gäbe, dann würde ich sie für sie kaufen, jeden Tag, die arme, arme Frau. Und außerdem tut ihr ein bisschen zivilisierte Unterhaltung gut, wenn die Kinder im Bett sind.«

Ganz der geborene Komiker, der von Zeit zu Zeit einfach sein Publikum braucht, erschien gelegentlich Murray Sayle. Einmal rief er mich an und sagte, es sei ungeheuer dringend, wir müssten uns sehen, und als er erschien, stellte sich heraus, dass er gerade dreißig geworden war. Wir saßen fast den ganzen Tag im Garten eines Pubs – auf jeden Fall irgendwo im Freien –, wo er mir erklärte, Frauen hätten ja keine Ahnung, wie schrecklich es für einen Mann sei, dreißig geworden zu sein. Es sei das Ende der Jugend. Ich bin sicher, dass ich Mitgefühl bezeugte, denn sein Kummer war echt, auch wenn er wie immer sehr komisch wirkte. Erst später kam mir der Gedanke, dass ich selbst gerade vierzig geworden war und überhaupt nicht daran gedacht hatte, von ihm oder sonst jemandem Mitgefühl zu erheischen. Ich sagte nicht: »Verdammt noch mal, Murray, was sind deine Sorgen im Vergleich zu meinen?«

Ähnliches galt auch für Kenneth Tynan, der mich zu sich bestellte, um mit mir über das Vergehen von Zeit zu philosophieren. Wir saßen fast einen ganzen Tag in seiner Wohnung, während die Sekretärin dies oder jenes an Stärkungsmitteln brachte. Ken sagte, er sei erst dreißig, habe aber als Theaterkritiker des *Observer* bereits alles erreicht, was es für ihn zu erreichen gebe. Anfangs dachte ich, er spottete über sich selbst, was er oft tat, aber nein, es war ihm bitter ernst damit. Ich deutete an, dass es doch bestimmt noch andere Gipfel gebe, die zu erklimmen sich für ihn lohnten; wir wechselten Worte, aber tauschten keine Gefühle aus, denn es gibt Zeiten, während derer die Engstirnigkeit der Briten Beobachter so lähmt, dass diesen nur noch ein hilfloses Achselzucken bleibt. Er meinte es ernst, jedes einzelne Wort: Er sah sich selbst als eine Art brillantes Geschoss, das gegen das Philistertum des britischen Theaters geschleudert wurde, aber bereits im Sinkflug begriffen war, weil es zu früh eine zu große Höhe erreicht hatte.

War ich eine besondere Freundin von Ken? Ich bin nie dieser Ansicht gewesen. Das lag daran, dass seine Deckung, der funkelnde Witz, so perfekt war und man nie das Gefühl haben konnte, ihm näher gekommen zu sein. Ich nehme an, dass ich für ihn so etwas wie eine Art ältere Schwester gewesen sein musste, denn mehrere Male rief er mich zu sich, um mit mir »Von-Herz-zu-Herz« oder dem, was er dafür hielt, zu reden.

Ken wohnte mit Elaine Dundy, seiner damaligen Frau, in der Mount Street in Mayfair. Die Wohnung war auf triviale Art schick eingerichtet. Die Tapete zeigte Boschs *Garten der Lüste*, und es gab einen Stuhl, der mit imitiertem Tigerfell bezogen war. In der Wohnung wimmelte es oft von Leuten, die gerade das waren, was wir heute für gewöhnlich mit »angesagt« zu bezeichnen pflegen. Wenn man zu einer Party hinging, war jeder dort entweder bekannt aus den Nachrichten oder entsprach irgendeiner anderen Art von Ruhm. Leute, die Bekanntheiten um sich herum versammeln müssen, leiden in Wirklichkeit unter Unsicherheit, aber das habe ich damals nicht begriffen.

Ich habe Ken mit seinen großen, vorstehenden, grünlichen Augen und seinem knochigen Gesicht immer als zerbrechlich und verletzlich empfunden, ganz wie einen – metaphorisch gesprochen – eleganten Seidenspinner. Er war hochgewachsen und viel zu dünn. Mich drängte es immer, die Arme um ihn zu legen und ihm ein paar beruhigende Worte zu sagen. Kaum die richtige Einstellung einem jungen König des Theaters gegenüber. Die Leute hatten Angst vor ihm, weil er so viel Macht besaß. Ich genoss seinen Esprit, fand aber, dass er in seinen Urteilen zu oft dem Dogma folgte anstatt dem gesunden Menschenverstand. Er war das Musterbeispiel eines Mannes, der die Leute mit der Behauptung zu schockieren liebte, dass er eigentlich Kommunist oder Marxist sei, aber eher sterben würde, als in die Partei einzutreten. Derartigen Leuten ist immer eine Art politischer Unschuld oder Ignoranz eigen, da ihr Denken völlig abgehoben von jeder Realität ist. So passte zum Beispiel Athol Fugard, der zu den wirklich originellen Stückeschreibern unserer Zeit gehört, nicht in Kens politisches Schema. Es gab noch andere Irrtümer. Aber Kens Artikel über das Theater waren brillant, sie funkelten, und es hat seither nichts Vergleichbares mehr gegeben.

Wenn man ihm auf einer Party oder sonst irgendwo begegnete, dann machte er ein paar geistreiche Bemerkungen, aber nur unter Mühen, wegen seines Stotterns und seines schweren Atmens, wobei er einem ins Gesicht schaute, um die Reaktion abzulesen. Es kam vor, dass er erklärte, er habe den ganzen Tag daran gefeilt: »Ihr dürft nicht glauben, dass geistvolle Leute wie ich und Oscar Wilde nicht daran arbeiten müssen.«

Kens Ehe mit Elaine Dundy ging dem Ende zu, mit lautstarken Auseinandersetzungen, die oft in Restaurants stattfanden, wo man dann Ken an einem Tisch sitzen sehen konnte, mit bleichem Gesicht, bitter, aber erfüllt von kämpferischer Energie, wie er Elaine, an einem anderen Tisch sitzend, lautstark Vorwürfe machte. Sie war in diesen Situationen mehr als nur imstande, es ihm mit gleicher Münze heimzuzahlen.

Er genoss die öffentliche Zurschaustellung seiner selbst, als wäre er ein Ableger des Theaters. Er war ein Mann der Öffentlichkeit. Oft, wenn er mich anrief, wusste ich, dass ich eine gute Rezension erhalten hatte oder zumindest in den Zeitungen stand. Damals reagierte ich kritisch darauf, aber heute halten wir diese Dinge für selbstverständlich, denn wir werden in immer stärkerem Maße von außen manipuliert. Fans mögen schreiben: »Mir hat dieses Buch gefallen«, oder unfreundliche Leute: »Ich konnte dieses Buch nicht ausstehen«, aber gewöhnlich heißt es doch: »Ich habe die Rezension gelesen.« Der Stimulus ist die Rezension, nicht das Buch.

Ken fuhr nach New York, und sechs Wochen lang war ich Theaterkritikerin für den *Observer*; danach sollte ich vom nächsten seiner Freunde abgelöst werden, die er bis zu seiner Rückkehr dazu ausersehen hatte, die Stellung für ihn zu halten. Es hat mir Spaß gemacht, vor allem deshalb, weil ich Stücke sah, die ich mir normalerweise nicht angeschaut hätte. Ich hatte keine Ahnung von der Vielfalt der Stücke, die gespielt wurden. Das war lange vor dem Fringe-Theater und den vielen Inszenierungen und Shows in den Pubs. Manche Form von Stück ist inzwischen völlig verschwunden, so zum Beispiel bestimmte Arten von Farcen wie die Whitehall-Farcen, gekonntes, brillantes Theater. Ich nehme an, ihr Publikum gibt sich heute mit dem Fernsehen zufrieden. Es gab damals bei Weitem noch nicht so viele Musicals. Am Ende dieser sechs Wochen war ich überzeugt, dass einige Kritiker die Inszenierungen nicht so besprachen, wie es deren Klasse und Charakter entsprach, sondern sich herablassend über Stücke äußerten, die zwar auf ihre Art gut, aber nicht für ein anspruchsvolles Publikum gedacht waren. Es ist doch unsinnig, wenn man etwas wie *Carry on, Nurse* so bespricht, als wäre es ein gescheiterter Versuch, *Hedda Gabler* zu inszenieren.

Es konnte einem das Herz brechen. Ken starb grauenhaft und viel zu jung an einem Emphysem. Meine Gefühle über seine stets als bedrohlich empfundene Brillanz erwiesen sich als gerechtfertigt. Ein schwacher Trost. Es gibt Leute, deren Tod eine unausfüllbare Leere hinterlässt.

John Osborne. Er steckte ebenso in einer im Scheitern begriffenen Ehe wie Ken. Ich saß in einem Restaurant beim Essen, mit John, Mary Ure und … wem? Es war eine vierte Person dabei. John hackte während des Essens ständig auf der schönen Mary herum, die in Tränen aufgelöst war. Eine Szene genau wie die zwischen Jimmy Porter und Alison, die Mary erst kürzlich gespielt hatte.

Ich kannte drei von Johns Frauen. Penelope Gilliat besser als die anderen. An einem Essen in der Gilliat-Wohnung in Mayfair nahmen John Osborne teil, seine Geliebte Jocelyn Rickards, Ken Tynan und eine seiner Geliebten. Auch Clancy war dort; wir hatten uns zwar getrennt, wurden aber oft zusammen eingeladen. Eine Zeit lang war Clancy, ob es ihm gefiel oder nicht, ein Teil der Londoner Schickeria. Die Gilliat-Ehe ging in die Brüche, die Osborne-Ehe war bereits zerbrochen. Penelope war mehr als nur hübsch, sie war schön, die klassische rothaarige Schönheit: milchweiße Haut, grüne Augen, schlanke Figur. John war auf die Art in sie verliebt, wie manche Männer verliebt sind – also so, als würden sie sich auf einen Zahnarztbesuch gefasst machen. Doktor Gilliat schätzte und bewunderte ich sehr; er war ein stiller Mann, der zusah, wie ihm seine Frau entrissen wurde, sich aber nicht anmerken ließ, was er dabei empfand.

Bei diesem Essen gratulierte mir Penelope zu meinem Unternehmungsgeist beim »Sammeln von Material« für *Auf der Suche*, das damals gerade erschienen war. Ich gab zur Antwort, ich hätte kein Material *gesammelt*, es seien ganz einfach die Umstände gewesen. Ich hatte praktisch kein Geld gehabt, musste für ein kleines Kind sorgen, und die einzigen Leute, die sich bereitfanden, mich und ein kleines Kind aufzunehmen, waren diese warmherzigen Italiener in der Denbigh Road. Penelope war immer reich gewesen. Ich war wütend. Dieser Vorfall markierte die Ursache, weswegen ich mich in diesen Kreisen gelegentlich sehr unbehaglich fühlte, während ich bei, sagen wir, den Leuten vom Royal Court zu Hause war: Keinem von diesen hätte ich eine Erklärung liefern müssen.

Später lernte ich auch Jill Bennett kennen. Ich dachte damals und denke noch heute, dass jede Frau, die sich gestattet, John Osborne zu lieben, verrückt sein muss. Dennoch waren alle seine Frauen bemerkenswert, und alle trauerten ihm nach, wenn er ihnen den Laufpass gegeben hatte. Mein Urteil ist das einer Nichtkombattantin. Zu mir war er nie anders als höflich und liebenswürdig. Immer freundlich. Gentleman John, das war seine wahre Natur – und dann zwang ihn etwas Tiefes und Gehässiges, Gift zu verspritzen.

Ich fühlte mich John verwandt, dieser Qualen wegen, die von einem »Abszess« tief drinnen zu kommen schienen. Ich verstand das Pochen des Schmerzes, das einen reizbar macht. Ich bin einoder zweimal mit John zum Essen in Jocelyn Rickards Haus gewesen. Nach Mary Ure, aber vor Penelope Gilliat. Das bringt mich auf den Gedanken, dass die Herrschaft von Geliebten oft sicherer ist als die der Ehefrauen. Zumindest war Jocelyn diejenige seiner Frauen, für die er noch gute Worte fand, nachdem sie sich getrennt hatten. Tony Richardson war auch dabei. Dies war die Zeit der Woodfall Productions. Sie arbeiteten an ihren Filmen und verbrachten sehr viel Zeit miteinander. Die beiden Männer waren reizbar, einander zugetan und konkurrierten miteinander, und bei jeder Versammlung waren sie der Mittelpunkt, wegen der Spannung, die von ihnen ausging. In seinen Erinnerungen hat John es eine *mariage blanche* genannt, aber ich finde, sie waren eher wie Brüder, und wie bei Geschwistern steckten hinter allem, was gesagt oder nicht gesagt wurde, Andeutungen langjähriger, intensiver, gemeinsamer Erfahrungen, obwohl sie sich damals noch nicht lange kannten. Wie unsicher, zufällig und kurz diese Freundschaften waren; was ich sehe, wenn ich zurückschaue, ist, dass wir alle in schnelle, intensive, vertrauensvolle Kameradschaften hineingewirbelt wurden, als wären wir Mitglieder einer Großfamilie: ein Schütteln des Kaleidoskops, und wir lebten – scheinbar grundlos – ein neues Arrangement von Leuten. Ich traf John hier und da, mit Penelope, mit Jill Bennett. Er entwickelte ein Faible für zweideutige Postkarten und schickte mir mehrere davon, ich glaube, das war nach seiner Zeit mit Penelope, aber noch vor Jill, oder vielleicht war es auch nach Jill und vor seiner letzten Frau. Die Postkarten zogen einen an und stießen zugleich ab. Zum Beispiel das Foto einer düsteren Straße in einem Badeort mit Häusern, an denen »Zimmer frei« oder »Zu vermieten« stand. Er schrieb: »Ich wollte, Du wärest hier.« Ein paar Küsse, aber auf den ersten Blick hätte man denken können, es wären Kreuze auf Gräbern. Ohne Unterschrift. Oder nur wenn, dann »J«. Dann: »Weshalb hast Du nicht angerufen?« Worte nach langem Schweigen. Ich habe nichts unternommen. Ich hatte John sehr gern. Aber wenn es je einen Mann gegeben hat, dem man nicht nur Zugeständnisse machen und Aufmerksamkeit widmen, sondern bei dem man immer auch auf der Hut sein und Angst haben musste, dass man etwas sagen könnte, das er als verletzend empfand, dann war das John, und ich hatte damals selbst so viele Probleme, dass eine Beziehung mit ihm zu viel des Guten gewesen wäre. Ich habe gesagt, dass ich mit einer zu dünnen Haut auf die Welt gekommen bin, aber John schien überhaupt keinen Schutzschild zu haben. Er erinnerte mich an einen jungen Hund, den man schlecht behandelt hatte. Er stellt sich tapfer der Welt, leckt einem die Hände, ist dankbar für eine Liebkosung, aber sein Fell zittert, und wenn ihm eine Hand zu nahe kommt, weicht er ängstlich vor einem möglichen Schlag zurück. Ich habe jahrelang von John geträumt. Es waren interessante Träume. Eindeutig sexuelle Träume sind nicht interessant: Man wacht auf und denkt: Ach, einer von denen. Aber es gibt eine Art von Traum über einen Mann, der zärtlich ist, freundschaftlich, mit einer Spur Verliebtheit, ungefähr so, wie wenn sich alte Liebende wiedersehen, und in ihnen Bedauern, Humor und Zauber schwingt. Zauber – die Hauptsache; Landschaften, die zu lächeln scheinen und nichts mit dem gewöhnlichen Leben zu tun haben.

Zwei Geschichten gehen auf diese Zeit zurück, *Zwischen Männern*, die später die Vorlage für ein brillantes, halbstündiges, sehr lustiges Fernsehspiel abgab, das einen Preis erhielt, und *Nebenerträge eines ehrbaren Berufs*.

Ich fand all diese Leute, die sich links gaben, weil es gerade Mode war, aufreizend, einerlei, wie sehr ich sie persönlich mochte. Es gibt so etwas wie einen revolutionären Snobismus: Welches Recht hast du, dich als Soundso zu bezeichnen? Sie hatten sich alle den Marxismus wie das allermodernste Jackett angezogen und genossen es, Leute zu schockieren. Sie hatten keine Ahnung von der Geschichte des Kommunismus und dachten nicht daran, jemandem zuzuhören, der tatsächlich in der Partei gewesen war.

Sie waren Romantiker, sentimental. Bei allen möglichen herzzerreißenden Themen füllten sich ihre Augen mit Tränen. Da war ein Roman über die Armut in Süditalien, *Christus kam nur bis Eboli*, von Carlo Levi. Er lag auf Tony Richardsons Schreibtisch immer ganz obenauf. Ken Tynan war tief bewegt von Dr. Schweitzer, wie alle Leute damals. Ich wies darauf hin, dass Leute wie Schweitzer in Hospitälern in ganz Afrika arbeiteten und gearbeitet hatten, ohne dass jemand Notiz von ihnen nahm, aber wir brauchen eine Galionsfigur, ein Vorbild; eine Vielzahl von bewundernswerten Persönlichkeiten können wir nicht verkraften. Irgendein bescheidener Arzt oder eine Nonne oder ein Missionar, die jahrelang in einem kahlen und schlecht ausgerüsteten Hospital im Busch arbeiten, ohne Spendengelder, isoliert – das ist nicht aufregend. Wir brauchen Dr. Schweitzer, der den europäischen Freuden demonstrativ den Rücken kehrt. In ganz Indien, so hat man mir erzählt, arbeiten Menschen unter unerträglichen Verhältnissen gegen die Armut, aber es braucht eine Mutter Teresa, damit unsere Augen sich mit Tränen füllen.

Ein Ereignis fasst all dies für mich zusammen. Eine Gruppe von Theaterleuten, alles Linke, fuhr nach Deutschland, um das Brecht-Ensemble kennenzulernen und mit ihm zu arbeiten. Die Mauer stand inzwischen. Sie wurden von einer Frau begleitet, die als Kind aus Deutschland flüchten musste. Ihre Verwandten waren tot oder hatten unter Hitler gelitten; ihr ganzes Leben war erst von Hitler und danach von Stalin aus der Bahn geworfen worden. Es kam ein Moment, in dem die Theaterleute begriffen, dass diese unbedeutende Person, dieses Nichts von einem PR-Mädchen, die wahre Verkörperung der Tragödien Europas darstellte.

»Sie sind nicht wieder in Deutschland gewesen, seit Sie es als Flüchtling verlassen haben?«

»Nein, das ist das erste Mal. Ich hatte nicht das Geld dazu«, sagte sie. Die Gesichter ihrer Gegenüber, erzählte sie mir, seien erstarrt. Das war mehr, als sie verkraften konnten. Sie wussten nicht, wie sie auf die Wirklichkeit reagieren sollten, ein wirkliches Opfer, eine Überlebende. Und damit war die Sache erledigt; sie behandelten sie weiter wie zuvor, als nützliche Idiotin.

Etwas Merkwürdiges passierte mir mit Lindsay Anderson. Wir hatten uns längere Zeit nicht gesehen, und er rief an und sagte, es sei dringend. Er und David Storey hatten seit einem Jahr an dem Drehbuch für *This Sporting Life* gearbeitet und sich festgefahren. Ob ich den Roman lesen und ihnen sagen könne, was ich davon hielte? Ich las den Roman über Nacht und rief am nächsten Morgen an, um zu sagen, dass ich ihn großartig fand. Lindsay kam mit drei dicken Schnellheftern – drei Drehbüchern. Er wollte nicht, dass ich ein eigenes Drehbuch schrieb; ich sollte die drei missratenen Drehbücher lesen und daraus ein neues zusammenschustern. Ich hätte eine Woche Zeit dafür. Ich war wütend; etwas Unprofessionelleres konnte ich mir kaum vorstellen. Wenn ich gewusst hätte, dass ich aus drei unbrauchbaren Drehbüchern eines machen sollte, hätte ich von Anfang an Nein gesagt. Und ich war enttäuscht, denn inzwischen hatte mich die Story gepackt. Aber niemand konnte lange auf Lindsay wütend sein. Er war ein liebenswerter Mensch, immer, sogar als er krank und alt und unvernünftig wurde, denn wie bei so vielen von uns traten auch bei ihm seine Schwächen mit zunehmendem Alter deutlicher zutage. Lindsay zu mögen war ein dorniges Geschäft. Er war einer jener Menschen, die zutiefst und auf nicht wiedergutzumachende Weise verletzt worden waren. Er sagte, es sei sein Internat gewesen. Er riss Witze darüber, aber Witze heilen keine Wunden.

Bei den wenigen Gelegenheiten, bei denen wir uns trafen, stritten wir miteinander. Von all den Mode-Linken war er für mich der aufreizendste. Jede zweite Person, behauptete er, sei ein »sell-out«, ein Verräter. Wen oder was sollte er verraten haben? Niemand, und Lindsay schon gar nicht, vermochte das zu sagen. »Sell-out« war jahrelang ein Schlagwort. Es gibt Wörter, die dazu bestimmt sind, Denken zu verhindern, und »sell-out« gehört dazu. Ein anderes derartiges Wort ist »committed«, engagiert, damals sehr in Mode. Es charakterisiert jemanden, der dieselben politischen Ziele oder Aktionen befürwortet. Ein weiteres war »cause«, Sache, Anliegen. Es hat moralinsaure Obertöne, denn eine »Sache« war per definitionem gut. »Fascist« ist erst vor relativ kurzer Zeit in der Versenkung verschwunden. Ein Faschist war jeder, der auch nur vage zur Rechten tendierte.

Es gab Dutzende von Schlagworten aus der Sowjetunion. Eine Zeit lang waren Edward Thompson, John Saville und wir anderen »Revisionisten«, was bedeutete, dass wir Abweichler von der Parteilinie darstellten und als Leute galten, die versucht hatten, die Parteilinie zu verändern, die sich als einzig korrekte begriff. »Korrekt« – ein weiteres ihrer Wörter.

Mir gefiel der Film *This Sporting Life**, als er herauskam. Ich fand aber, dass er nicht genug aus dem Stolz auf den eigenen Körper der Männer aus der Arbeiterklasse machte, die sich selbst auf dem Gipfelpunkt ihres Lebens wähnen, aber nichts als einen Abstieg in graue Gewöhnlichkeit vor sich haben.

* Dieser Film gehörte zum neuen britischen Film: Tony Richardson, Lindsay Anderson, Carol Reisz.

Reuben Ship war zu der Zeit mit Elaine Grand verheiratet. Sie war das »glamour girl« in der Anfangszeit des kanadischen Fernsehens gewesen. Sie ähnelte Lucille Ball und Lana Turner, mit einem festen, runden Hintern (oder Arsch), straffen, kess vorstehenden Brüsten, einer netten, schwesterlichen Sinnlichkeit. Eine Zeit lang sahen Frauen, die aus Kanada und Amerika herüberkamen, so aus, aber dann verlangten die Sechziger neue Körperformen: kämpferisch, mitwirkend. Der größte Teil der kanadischen Gemeinde hatte die Partner gewechselt. Reuben war ein außerordentlich netter Mann … meine ich »gut«? Nein. Er hatte etwas an sich, etwas Menschliches. Es gibt eine Menge Leute, zu denen man alles sagen kann, wenn die jeweiligen Toleranzgrenzen ein spezielles Thema zulassen, aber es kommt kein Echo aus ihren Erfahrungen oder aus ihrem imaginativen Begreifen zurück. Bei Reuben konnte man alles sagen, und er verstand es. Ein Grund dafür, weshalb ich ihn so gern besuchte, war, dass er Peter mochte und nett war zu diesem Jungen, der so dringend einen Vater brauchte.

Reuben hatte Pech mit seinem Timing. Er schrieb ein paar Drehbücher, und sie wurden verfilmt, eines davon mit Norman Wisdom, aber sein Talent lag eindeutig auf dem Gebiet der »zornigen« Satire, wie man an *The Investigator* sehen konnte. Er war für die Satirerevolution der Sechziger zu früh dran. Er starb, weil er zu viel trank, aber ich weiß nicht, ob er das aus Enttäuschung über sein Werk tat.

Wenn Peter im Internat war, hatten Reuben und Elaine Zeit, ihre Pläne, mich wieder unter die Haube zu bringen, weiterzuverfolgen. Besuchte ich sie in ihrer Wohnung in Chelsea, kam es vor, dass dort dieser männliche Gast auf mich wartete, den überzählige oder alleinstehende Frauen bei Bekannten so oft vorfinden – heute seltener als damals. Aber ungebundene Frauen machen selbst gute Freunde nervös. Reuben und Elaine versuchten mich mit zu Besuch weilenden Kanadiern oder Amerikanern zusammenzubringen. Sobald es irgend möglich war, pflegte ich dem Mann zuzuflüstern: »Keine Angst – ich will nicht heiraten.« Danach benahmen wir uns wie zwei Kinder, die vor den Erwachsenen ein Geheimnis haben. »Was gibt es da zu lachen?« Zwischenzeitlich saßen die beiden Zukünftigen Seite an Seite und schauten schuldbewusst, aber mit sich äußerst zufrieden drein.

Einer der Männer, mit dem sie mich verkuppeln wollten, ist aus Gründen einer Erinnerung wert, die mir selbst damals schockierend vorkamen. Er war Witwer mit einer sehr kleinen Tochter, zwei oder drei Jahre alt. Er erzählte mir, dass sie im selben Bett schliefen und er dafür sorge, dass sie mit seinem Körper vertraut war, und sie dazu ermutige, seine Geschlechtsteile zu untersuchen und sogar damit zu spielen. »Sie wird nie unter Penisneid leiden«, sagte er, stolz auf sich selbst und im Glauben, den Obskurantismus zu bekämpfen. Ich sagte ihm, dass diese Praxis unvorhersehbare Folgen für sie haben könne, dass sie zum Beispiel später vielleicht nie in der Lage sein werde, sich so weit von ihm zu befreien, dass sie jemand anders lieben könne. Er war enttäuscht über meinen Mangel an wirklichem Verständnis. Er war ein großer, dicht behaarter, sorgenvoller Mann, schwerfällig im Sprechen und Denken und völlig im Banne Freuds. Wir haben heute vergessen, welche Tyrannei Freud in jener Zeit ausübte. Man konnte mit jemandem, der »Freud« sagte, ebenso wenig diskutieren wie mit einem Stalinisten. Besagter Gast und ich passten ungewöhnlich schlecht zusammen, und unsere heimliche Übereinkunft, dass keiner von uns beiden vor Heiratsabsichten des anderen Angst zu haben brauchte, hatte mehr Gewicht als üblich.

Da gab es noch einen anderen jungen Witwer. Seine Frau war plötzlich gestorben, und man war sich einig, dass er so schnell wie möglich wieder heiraten sollte. Das war unsinnig, denn er war von Kummer zerfressen und stand unter Schock. Ich verliebte mich in ihn. Aber nicht allzu sehr. Genug, um den gesunden Menschenverstand über Bord zu werfen. Ich zog sogar in sein kleines Haus in Chelsea, ein kleines Schmuckstück, in dem sich ein wunderschöner Setter befand, der sein Frauchen heftig vermisste, und Schränke voller Kleidungsstücke der toten Frau. Wieder wurde ich von etwas Unterbewusstem mitgezerrt, einer

Fortsetzung der schlaffen Willenlosigkeit der Zeit nach der Trennung von Clancy. In Wirklichkeit war es das Ende von etwas anderem, das Ende der Passivität.

Er arbeitete für den *Daily Express.* Ich befand mich plötzlich in einer Welt, die von meiner eigenen so weit entfernt war, dass ich das Gefühl hatte, in die Welt eines Romans einzutreten. Seine Freunde gingen zu Pferderennen, wetteten, hatten Lieblingspubs und waren alle Torys. Beim *Express* war er ein vielversprechender junger Mann, den seine Vorgesetzten und vor allem der »Große Boss« selbst im Auge behielten. Wenn Beaverbrook ein Artikel gefiel, ließ er durch einen Boten hundert Pfund überbringen. Dieses anmaßende Verhalten amüsierte mich, aber dem strebsamen Lehrling gefiel es. Außerdem arbeitete er, ich habe vergessen, warum oder wie, für Bernstein bei Granada Television. Er gefiel sich in dieser Position als Lieblingssohn mächtiger Männer. Eines Nachts klingelte gegen drei Uhr das Telefon. Bernstein. Am nächsten Tag sollte bei Granada gestreikt werden, und Bernstein war empört, aber seine Fassungslosigkeit darüber war noch weitaus größer. »Wie können sie mir das antun?«, fragte er immer wieder. »Lieben sie mich denn nicht?« *Lieben sie mich denn nicht?* – das war schon immer der Aufschrei der Despoten. Ich hörte zu, wie mein Geliebter auf Zeit sagte: »Doch, natürlich bewundern sie Sie, das tun wir doch alle.« Das war damals keineswegs der Fall, aber Frauen sehen Geschichte oft aus der Froschperspektive. Bernstein ist ein weiteres Beispiel für einen Mann, der zu Unrecht vergessen worden ist. Er hatte sich vorgenommen, das Niveau der Fernsehproduktionen zu heben, und er tat es. Keiner unserer jetzigen Fernsehgewaltigen hat den Mumm dazu, so abenteuerlustig und mutig zu sein, wie Granada Television es damals war.

Es kam ein Augenblick, in dem mir meine Situation schlagartig klar wurde. Ich war in Chelsea, von einkaufenden Frauen umgeben, mitten am Vormittag, und machte mit dem Hund einen Spaziergang. Was zum Teufel tat ich hier eigentlich? *Was für einen Sinn hatte das Ganze?* Ich machte Schluss mit ihm und kehrte nach Hause zurück. Sein Panzer aus echtem Kummer war zu stark, als dass ihn das hätte verletzen können. Was mich betraf, so war ich zu dem Schluss gelangt, dass ich ein »Falling-in-love«-Junkie geworden war. Ich war süchtig nach dem Zustand des Verliebtseins – ein Highsein, ein Fix. Das heißt, dem leichten Rauschzustand, der nichts mit wirklicher Liebe zu tun hat. Wie kam es, dass mir das vorher nicht bewusst geworden war? Schließlich brauchte ich mir doch nur ein paar der Dinge anzuschauen, die ich geschrieben hatte, *Aus Gewohnheit lieben* zum Beispiel. Geschrieben nach dem Rückzug aus den vergeblichen Versuchen, die Geschichte mit Jack – nur aufgeregter und unbesonnener – zu wiederholen.

Diese Erkenntnis war ein echter Schock für mich. Eindeutig das Ende von etwas. Ich schrieb *Wie ich endlich mein Herz verlor.* Dann kehrte ich zum *Goldenen Notizbuch* zurück, fügte es aus Material zusammen, das sich bereits, mehr oder minder geordnet, in meinem Kopf befand.

Ich schrieb ziemlich viel in der Langham Street, vor allem *Das goldene Notizbuch* und *Landumschlossen.* Ich stand morgens früh auf. Ich zog Hose, Bluse und Pullover an; bürstete mein Haar, putzte mir die Zähne – machte Tee. Dann eine Tasse Tee nach der anderen, den ganzen Vor- und Nachmittag, unterbrochen von kurzen Abschnitten erfrischenden Schlafs. Manchmal schrieb ich mit kleinen Unterbrechungen den ganzen Tag. Es kam vor, dass die ganze Arbeit eines Tages im Papierkorb landete. Abends sackte ich erschöpft vor dem Fernseher zusammen oder wanderte allein durch die Straßen. Woche um Woche. Nicht sonderlich aufregend, das Leben einer arbeitenden Autorin. Das ging ungefähr ein Jahr lang so, aber wenn Peter nach Hause kam mit einem Freund, fuhr ich mit ihnen nach Cornwall. Die Wohnung war für die Energien halbwüchsiger Jungen ganz einfach zu klein.

In diese Zeit fallen zwei Erlebnisse mit Ärzten, nicht ohne Bezug zum Thema Passivität.

Ich liege in einem Bett in einem unserer angesehensten Lehrkrankenhäuser, um mich einer gynäkologischen Untersuchung zu unterziehen. Ich bin ständig müde, und man ist der Ansicht, dass der Zustand meiner Gebärmutter die Ursache dafür sein könnte. Zwölf Frauen liegen in ihren Betten, und wir warten auf die Visite. In dem Bett neben mir liegt eine Frau, die sich verzweifelt bemüht, ihr Schluchzen zu unterdrücken. Eine junge Schwester behält uns im Auge. Der Chefarzt tritt ein, gefolgt von ungefähr einem Dutzend sehr junger Männer. Er spricht mit kalter, sarkastischer Stimme – schon wenn man sie hört, zuckt man unwillkürlich zusammen. Er fängt mit der Frau im Bett neben mir an. »Ich sagte Ihnen bereits, Mrs. – wie heißt sie? – Mrs. Jones, Ihnen fehlt nichts. Sie müssen Ihren Mann zu mir schicken. Es liegt an ihm, dass Sie nicht schwanger werden. Haben Sie ihm das gesagt?«

»Er wird so wütend«, weint die Frau.

»Ach, er wird wütend? Weshalb verschwenden Sie dann meine Zeit? Und öffentliche Gelder? Wissen Sie, was Sie den Steuerzahler kosten? Nein? Das sollten Sie aber wissen.« Die kalte, sarkastische Stimme fährt fort. »Kommen Sie nicht wieder her, Mrs. … Sagen Sie ihm, dass er kommen muss.«

»Aber er wird es nicht tun, Doktor«, weint sie.

»Das ist Ihr Problem, nicht meines.«

Inzwischen stelle ich fest, dass die junge Schwester verlegen ist. Und ich denke: Man erwartet doch hoffentlich nicht von mir, dass ich vor all diesen pickligen Jünglingen die Beine breit mache? Ich hatte zwar immer entschlossen gegen Prüderie gekämpft, aber das ging zu weit. Die jungen Studenten sind schon jetzt nervös, grinsen, wechseln Blicke. Ich bin die jüngste Frau in diesem Zimmer. Die Schwester hat ein Tuch oder eine Serviette in der Hand, ungefähr einen halben Quadratmeter groß. Was hat sie damit vor? In dem Augenblick, in dem der Arzt ans Fußende meines Bettes tritt, zieht sie die Decke herunter, die meinen Unterleib bedeckt. Er wirft einen Blick auf seine Unterlagen, dann starrt er auf mich herab. »Erwarten Sie von mir, dass ich meine Studenten unterweise, während Ihre Beine übereinandergeschlagen sind?« Die Schwester zischt: »Machen Sie die Beine breit«, und hält mir das armselige Stückchen Stoff vors Gesicht. »Vergeuden Sie nicht meine Zeit, Mrs. …«, sagt der Doktor. Ich mache die Beine breit, obwohl ich eigentlich aufspringen, ihm ins Gesicht schlagen, die gaffenden Studenten beschimpfen sollte. Ich tue nichts dergleichen. »Hier haben wir ein Beispiel für eine perfekte Multiparia«, sagt der Doktor. »Drei Kinder …« Er schaut wieder auf seine Unterlagen. »Ja, drei. Ein Jammer, dass wir so etwas nicht öfter sehen.« Da steht er breitbeinig auf seinen hingepflanzten Beinen, wie Cecil Rhodes, der von Kapstadt aus über den afrikanischen Kontinent nach Norden blickt, und erhebt seine Stimme und sagt zu dem Zimmer ganz allgemein: »Frauen sollten ihre Kinder jung bekommen. Das ist es, was die Natur verlangt. Der Grund dafür, dass sie all diese Beschwerden haben, ist, dass sie ihre Kinder nicht jung genug bekommen haben.« Er wandert weiter, gefolgt von seinem mit Stolz gesalbten Gefolge. Ich hätte ihn natürlich umbringen können, aber das jammervolle Wehklagen und die Anschuldigungen des feigen Opfers bleiben immer unausgesprochen. Die Schwester, sich schämend und auf meiner Seite, auf die Serviette ebenso wütend, wie ich es bin, sagt mit leiser Stimme: »Sie sollten sich jetzt anziehen. Es ist alles in Ordnung.« Sie geht rasch zu der Frau im Nebenbett, die hemmungslos weint. »Schhh …«, sagt sie. »Ziehen Sie sich an. Ich bringe Ihnen eine Tasse Tee. Er bellt zwar, aber er beißt nicht.« Die Frau und ich verziehen uns deprimiert in die Kabinen. Während ich mich anziehe, höre ich, wie sie unter ihrem Übermaß an Kummer zusammenbricht. Ich sehe durch den Vorhang, dass sie auf einem Untersuchungsbett liegt, mit einem Arm über dem Gesicht. Ihr lautes Schluchzen macht uns allen zu schaffen. In mir toben wütende Emotionen. Wie konnte ich mich nur so einschüchtern lassen? *Warum*? Was haben Ärzte an sich, dass sie mich so hilflos machen?

Vor meiner Reise von Salisbury nach London, in jener langen, schlimmen Zeit, von der ich glaubte, dass sie nie enden würde, sagte ich zu einem Freund, einem Arzt, dass ich immer müde sei. Es könnte sein, dass du Bilharziose hast, sagte er. Er war ein Experte für Bilharziose. Eines der Symptome ist Lethargie und

Müdigkeit. Nennen wir ihn Matthew. Als ich ihn kennenlernte, stand er noch ganz am Anfang, aber der Erfolg und seine Patienten hatten ihn sich ein langsames, gelehrt wirkendes Auftreten aneignen lassen. Wir zogen ihn damit auf. Er testete mich auf Bilharziose. Negativ. Nun, man kann Bilharziose durch die Haut bekommen, schon der flüchtigste Kontakt mit verseuchtem Wasser kann sie auslösen, und ich war während meiner ganzen Kindheit ständig im Wasser gewesen. Nein, ich hatte nicht in einem Teich mit stehendem Wasser gebadet, in dem es von Pflanzen wimmelte, an denen die Schnecken klebten, aber ich hatte möglicherweise Hände und Füße hineingesteckt, weil man damals glaubte, die Erreger könnten nur durch die Harnröhre eindringen. Es war die allerwahrscheinlichste Sache der Welt, dass ich Bilharziose hatte. Ein negativer Test bedeute noch nicht, dass ich keine hätte, sagte Matthew. Die Behandlung war langwierig und scheußlich; mindestens einen Monat lang tägliche Injektionen von Antimon. Der größte Teil der schwarzen Bevölkerung hatte Bilharziose; es war eine der in Afrika endemischen Krankheiten. Wenn die lange und schmerzhafte Behandlung vorbei war, war damit zu rechnen, dass der Leidende die Krankheit abermals bekam, wenn er in diesem Land lebte, was bei den meisten passierte, denn in den Flüssen und Teichen, in denen sie sich alle wuschen und aus denen sie Wasser schöpften, wimmelte es von Bilharzia. Heutzutage genügen ein paar Tabletten, und man ist geheilt – einfach so. Ich sagte, ich könne es unmöglich aushalten, einen Monat lang täglich eine Injektion zu bekommen, aber Matthew sagte, er habe gerade eine neue Behandlungsform entwickelt, die darin bestehe, dass die gesamte Antimon-Dosis an drei Tagen verabreicht werde. Ob ich sie nicht versuchen wolle? Sie sei drastisch, aber sie funktioniere. Außerdem würde ich auf diese Weise einen Beitrag zur Wissenschaft leisten, weil die Methode noch erprobt werde. Ich begab mich in ein Krankenhaus mit engelhaften jungen Nonnen mit himmelblauen Habits und Schleiern. Ich bekam vier Injektionen am Tag. Nach jeder klopfte und pumpte das Herz und zitterte, als ob es explodieren wollte, ich lag da, rang nach Atem, dachte, dies sei der Tod, schwor mir, ich würde nicht zulassen, dass sie mir eine weitere Dosis verabreichten, und dann, gerade wenn es unerträglich geworden war, hörte der Tumult im Körper auf. Die jungen Engel standen herum, besorgt, aber lächelnd, während ich viermal am Tag glaubte, sterben zu müssen. Eines Tages erschien Matthew, ernst, autoritär. »Du siehst gut aus.«

»Aber ich fühle mich grauenhaft, Matthew. Bist du sicher?«

»Es ist alles in bester Ordnung. Die Behandlung der Zukunft.«

Vier Tage später kroch ich aus dem Hospitalbett, mitgenommen, zitternd, vergiftet, krank. Aber vermutlich ohne Bilharziose. Aber ich war nicht weniger müde als zuvor. Dann bekam ich mein drittes Kind, schrieb die *Afrikanische Tragödie*, kam nach London.

Einige Zeit später sollte auch Matthew nach London kommen; er arbeitete am Institut für Tropenkrankheiten und anderen Spezialkrankenhäusern, ein weltweit bekannter Experte für Bilharziose. »Wie geht es dir?«

»Gut, abgesehen davon, dass ich ständig müde bin.«

»Vielleicht hast du Bilharziose.«

»Aber du hast mich von Bilharziose kuriert.«

»Ach, wirklich? Habe ich dich behandelt?«

»Du hast mir die Drei-Tage-Blitzbehandlung verpasst.«

»Die wird nicht mehr angewendet. Wir haben etliche Leute damit umgebracht. Allerdings nur Eingeborene. Die haben nicht die Widerstandskraft, um sie durchzustehen.«

Ja, ich muss leider zugeben, dass ich ihm erlaubte, mich abermals zu testen. Das Ergebnis war wieder negativ, und abermals wurde behauptet, das brauche nicht unbedingt etwas zu bedeuten. Es war fast so, als wäre ich begierig darauf, allem und jedem zuzustimmen, zu gefallen, unfähig, das simple Wort Nein auszusprechen. Ich nutzte die Zeit, während Peter im Internat war, und erklärte mich bereit, ins Institut für Tropenkrankheiten mit dem berühmten Arzt zu gehen. Ich war einen Monat lang dort. Kostenlos natürlich. Die Behandlung beschränkte sich jetzt wieder auf eine Dosis pro Tag; das war zwar nicht angenehm, aber auch nicht schmerzhaft oder beängstigend. Die Ruhe tat mir gut.

Ich lag im Bett, las, dachte über das *Goldene Notizbuch* nach und rauchte. Man versicherte mir, dass niemand, der die Antimon-Behandlung bekam, länger als ein oder zwei Tage rauchte. Ich rauchte während der gesamten Zeit. Matthew pflegte an meinem Bett zu erscheinen, hochgewachsen, langsam und mit gelehrtem Gestus, versicherte mir, dass alles in bester Ordnung war; dann begab er sich zu der anderen Frau in dem Zimmer, die sämtliche Ärzte faszinierte. Sie war Nonne, eine Engländerin, die in Nigeria gearbeitet und sich dort eine mysteriöse Krankheit geholt hatte, die bewirkte, dass ihre Beine immer wieder anschwollen und sich rosa, scharlach- oder himbeerrot färbten. Es war das zeitweise Auftreten dieser farbenprächtigen Heimsuchung, was die Ärzte fesselte. Offensichtlich irgendein der Wissenschaft noch unbekannter Wurm. Schwester Lucy lag im Bett, las in Frauenzeitschriften und der Bibel, mit einer Klingel neben ihrem Bett, auf deren Knopf sie drücken sollte, sobald ihre Beine anfingen, anzuschwellen und sich zu verfärben. Mehrmals täglich hallte der Flur von hastigen Schritten wider, wenn Ärzte und Schwestern aus dem ganzen Krankenhaus angerannt kamen. Sie scharten sich um die rot werdenden Beine, nahmen Haut- und Blutproben, sagten: »Faszinierend ... unglaublich ... erstaunlich«, und dann verließen sie widerstrebend das Zimmer, denn oft hatten die Beine bereits begonnen, wieder abzuschwellen. Schwester Lucy war eine ungefähr fünfzigjährige Frau, die jahrzehntelang in Nigeria gelebt und an irgendeinem abgelegenen Ort gearbeitet hatte; sie hatte die Heiden gelehrt, Gott zu lieben, aber auch Lesen und Schreiben. Wie ich hatte sie Zeit, sich auszuruhen. Andere Nonnen kamen zu Besuch, brachten ihr Zeitschriften, Liebesromane, Pralinen, rosa Flauschpantoffeln, ein rosa Bettjäckchen. Dann wurde sie zur Behandlung auf eine andere Station gebracht, und an ihrer Stelle kam Mrs. Ada Dimitrios, eine große, stille, unscheinbare Engländerin mit glattem, hellem Haar und perfekt rosa lackierten Fingernägeln; sie hatte sich Frisur und Fingernägel maniküren lassen, bevor sie ins Krankenhaus kam. Sie lehnte sich gegen keusche weiße Krankenhauskissen und geblümte Kissen, die sie mitgebracht hatte, und las den

Daily Mirror, den *Daily Express* und massenhaft Unterhaltungsromane. Sie könne nicht genug davon bekommen, sagte sie; sie war ausgehungert nach Lesestoff.

Das war ihre Geschichte: Zwei muntere englische Mädchen waren allein nach Griechenland gefahren, um dort Ferien zu machen. Das war Anfang der fünfziger Jahre gewesen und für die damaligen Verhältnisse ungewöhnlich und mutig. Ihre Schwester Maureen hatte sie dazu überredet. »Sie hat Ausländer schon immer gemocht. Ich eigentlich nie.« In Athen saßen sie an einem Tisch in einen Café, wo sie von einem griechischen Kaufmann beobachtet wurden, der nur einen Blick auf dieses rosaweiße, blonde englische Mädchen zu werfen brauchte, um sich in sie zu verlieben, einfach so, *peng*, ein Kopfsprung. Er überschüttete die Mädchen mit Blumen und Pralinen und verlangte, dass Ada ihn sofort heiratete. Sie sagte: »Weshalb fragen Sie nicht Maureen? Sie lebt gern im Ausland.« Aber Ada heiratete ihren Aristide. »Nenn mich Ari.« – »Nein, ich werde dich Harry nennen.« Sie ging mit ihm nach Nigeria, nach Kano, einer Stadt im Norden, deren Name an Kamele, Karawanen, Muezzins und Märkte voll mit Gewürzen und allen möglichen Verlockungen denken lässt. Kano ist eine alte Handelsstadt, war es schon immer gewesen, und Adas Geschichte ist Romantik pur. Ada aus Croydon fand sich in einem großen, alten Haus mit riesigen, luftigen Zimmern wieder, vor der Hitze durch hohe Bäume eines riesigen Gartens geschützt, und mit einem Flachdach, auf dem sie in den meisten Nächten schlief.

»Zuerst liebten wir uns«, sagte sie. »Dann gingen wir aufs Dach. Harry hat immer gesagt: ›Nun komm schon, wir können uns auch auf dem Dach lieben, alle tun es.‹ Ich habe Nein gesagt. Ich kenne den Unterschied zwischen Richtig und Falsch.«

»Lieben Sie ihn?«, erkundigte ich mich, weil ich keinen Grund dafür sah, nicht zur Sache zu kommen.

»Die Leute reden über die Liebe. Ich habe nie gewusst, was sie damit meinen. Ich könnte mich nie mit einem anderen Mann als Harry einlassen, wenn das Liebe ist.«

Es dauerte eine ganze Weile, bis sie begriffen hatte, dass er sehr reich und erfolgreich war. Er war Händler. Er arbeitete schwer. Tagsüber bekam sie ihn kaum zu Gesicht.

»Sind Sie einsam?«

»Einsam? Das Wort verstehe ich auch nicht. Ich bin gern für mich. Bin es schon immer gewesen.«

Manchmal war sie zu den Märkten hinuntergegangen, in Begleitung eines Dienstboten, weil Harry ihr sagte, sie müsse von Zeit zu Zeit aus dem Haus gehen, aber was sie am liebsten tat, war, allein in ihrem riesigen Zimmer zu sitzen, in dem auf Gestellen am Fenster Unmengen von Blumen standen, sodass der Luftzug von dem großen Deckenventilator ihren Duft durchs Zimmer wirbeln konnte, und den *Daily Mirror* zu lesen, der per Luftpost aus London kam. Sie hatte keine Freundinnen. Sie verköstigte die Geschäftsfreunde ihres Mannes, wenn er sie bat, ein Mittag- oder Abendessen zu arrangieren, aber die Dienstboten taten die ganze Arbeit, sie war ihnen nur lästig, wenn sie sie aufforderte, dieses oder jenes zu kochen. Mit den Frauen von Harrys weißen Kollegen hatte sie nichts gemeinsam und auch nicht mit den schwarzen Frauen seiner schwarzen Geschäftspartner. Es gab Ärzte und Missionare und Lehrer, aber: »Ich kann Leute, die Gutes tun, sowieso nicht ausstehen«, sagt sie, poliert die perfekten Nägel, inspiziert ihre perfekte blasse Haut, die nie auch nur mit einem Strahl der nigerianischen Sonne in Berührung gekommen war.

Ihr Leben gefiel ihr, aber dann hatte sie sich diese Infektion geholt und hatte ständig Durchfall und konnte es kaum abwarten, dass das Institut für Tropenkrankheiten sie kurierte, weil sie wieder nach Hause wollte.

Mit jeder Post kamen Briefe von Harry. Leidenschaftliche Briefe.

»Er vermisst mich«, bemerkte sie, beim Lesen errötend. »Er ist völlig verrückt nach Sex. Das sage ich ihm immer wieder. ›Du hast einfach eine zu große Libido. Das ist nicht gut für dich in dieser Hitze.‹ Aber er hört nicht auf mich. Er würde es dreimal am Tag tun, wenn er könnte. Manchmal ist er um die Lunchzeit heimgekommen, aber nicht, um zu essen. Er sagt: ›Ich liebe dich,

ich liebe dich, ich liebe dich, komm mit ins Bett.‹ Aber die Temperatur ist über vierzig Grad. ›Liebst du mich nicht?‹ fragt er. Er bettelt, und ich gebe nach, weil ich nicht mit ansehen kann, wie ein Mann bettelt wie ein Hund. All dieser Schweiß, die klatschnassen Laken, und dann muss ich mich schnell umziehen, weil ich nicht will, dass die Dienstboten Bescheid wissen.«

Sie sagte dies zu ihm: »Hör zu, mein Lieber, besorg dir ein Mädchen für den Sex; ich habe nichts dagegen.« Er begann zu weinen und sagte: »Du liebst mich nicht.« Sie sagte zu ihm: »Ein Mann wie du sollte zwei Frauen haben. Es ist nicht deine Schuld. Du hast einfach zu viel.«

»Er war so außer sich«, sagte sie, und ihre gelassenen blauen Augen verschleierten sich kurz. »Mir war klar, dass ich das nie wieder sagen durfte. Aber ich möchte wissen, was dagegen einzuwenden ist. Ein Mädchen für den Sex und mich für alles andere. Weil ich ihn nämlich wirklich gernhabe; sonst hätte ich ihn nicht geheiratet.«

»Würde es Ihnen etwas ausmachen, wenn er ein nigerianisches Mädchen hätte?«

»Ein schwarzes Mädchen? Mir wäre es lieber, wenn es ein weißes wäre, aber mich würde es nicht stören. Ich mag die Schwarzen dort. Ich mag das Essen. Das Einzige, was ich nicht mag, ist der Lärm. Die Schwarzen machen eine Unmenge Lärm. Aber es ist ihr Land.«

»Wofür geben Sie Ihr ganzes Geld aus?«

»Ich habe wunderschöne Kleider. Ich trage sie abends für ihn. Das gefällt ihm. Ich habe sogar ein Kleid von Dior. Aber sonst haben wir keine Möglichkeit, das Geld auszugeben. Das meiste davon schickt er seiner Familie in Griechenland. Ich mag Leute, die sich um ihre Familie kümmern. Ich kann keine Kinder haben. Ich hatte damit gerechnet, Kinder zu bekommen, aber es ist nichts passiert, und ich habe ihn gefragt: ›Macht es dir etwas aus?‹ Und er hat gesagt, nein, alles, was er auf der Welt wolle, sei ich, und wenn wir Kinder bekämen, hätte ich keine Zeit mehr für ihn.« Sie sitzt da und trägt Tagescreme auf ihre hübsche Haut auf, hebt ihr malvenfarbenes Satin-Nachthemd an, um ihren

Hals und ihren Brustansatz einzucremen. »Man muss die Dinge nehmen, wie sie sind«, sagt sie ernst und seufzt.

Ich bekomme ziemlich viel Besuch, und Ada liegt da, liest und hört zu, wie wir uns unterhalten.

»Ich mag Unterhaltungen«, sagt sie. »Sie haben interessante Freunde. Sie sind ein wirklicher Bohemien. Haben Sie das gewusst?«

»Das hat man mir schon öfter gesagt«, erwidere ich, »aber nur in Afrika. Und wie würden Sie einen Bohemien definieren?«

Sie denkt ernsthaft darüber nach. »Nun, ich bin keiner. Harry ist auch keiner. Seine Familie nicht. Meine Familie auch nicht. Aber Sie sind einer. Ihre Freunde sind es. Ihr habt einfach Spaß daran, anders zu sein«, verkündet sie. Sie dreht sich um. »Und nun will ich ein bisschen schlafen. Lassen Sie nicht zu, dass die Schwestern mich wecken. Zu Hause bekomme ich nie viel Schlaf, weil Harry es nicht zulässt. Wissen Sie was? Manchmal wache ich auf, und da ist er, beugt sich über mich und weint. Er sagt, ich bin so schön, dass er einfach weinen muss. Ich sage zu ihm: ›Wenn du das oft genug sagst, fange ich an, es zu glauben.‹«

Habe ich je Bilharziose gehabt? Das werde ich wohl nie erfahren.

Diese kleinen medizinischen Reminiszenzen sind Beweis für eine ziemlich pathologisch wirkende Passivität unter dem Druck von Autorität. Ich habe nicht »weibliche Passivität« geschrieben, denn wenn es um Ärzte geht, gibt es, wie ich glaube, kaum Unterschiede zwischen den Geschlechtern. Man hat uns allen beigebracht, das zu tun, was uns gesagt wird. Das Erste, was ein Baby und dann ein Kleinkind hört, ist: »Hier ist der Doktor … der Doktor hat gesagt … nimm deine Medizin, der Doktor will es … der Doktor hat gesagt, du musst im Bett bleiben.« Er – und neuerdings auch sie – ist von Anfang an die höchste Autorität in der Familie, und in der Ära der Hausbesuche konnte ein Kind beobachten, wie ein ganzer Haushalt darauf wartete, dass der Doktor erschien und ihnen sagte, was sie tun sollten. Aber jetzt, da diese Ära der Hausbesuche vorbei ist, wird sich das vielleicht wieder ändern.

Was mich heute verwundert, ist, dass meine Mutter, obwohl sie den Ärzten zu sagen pflegte, was sie zu tun und was sie zu verschreiben hatten, dennoch deren Autorität gegenüber ihrem jeweiligen Patienten gebrauchte – meinem Vater, meinem Bruder, mir. Das lag an der überaus strengen Disziplin, die den Schwestern damals beigebracht wurde, denn sie durften nie auch nur das Geringste tun, es sei denn, der Arzt hatte es angeordnet. Auf der Farm, als mein Vater sehr an Diabetes litt oder den daraus resultierenden Beschwerden, setzte sie ihn in den alten Wagen und stieg neben ihn ein, um sein Gesicht auf Anzeichen von Koma oder Kollaps hin zu beobachten, und ich fuhr den Wagen nach Salisbury. Was sind schon siebzig Meilen? Nichts. Aber die Straße war auf der ganzen Strecke wellig, große, flache Wellen in der kiesigen, sandigen Oberfläche, über die man entweder so schnell hinwegfahren musste, dass der Wagen und seine Insassen ratterten und vibrierten, oder so langsam, dass man vom Kamm einer Erhebung hinunterschlitterte und die nächste hinauf. Es musste die langsame Fahrweise sein, weil mein Vater so krank war. Die Fahrt konnte fünf bis sechs Stunden dauern, mit Ruhepausen für meinen Vater. Auch als man wegen der Fahrspuren – anstelle des die ganze Straße bedeckenden Asphalts gab es Fahrspuren für die Räder – schneller vorankam, war es immer noch ein schwieriges Geschäft, denn die Kanten der Fahrspuren waren zerklüftete kleine Klippen, und wenn man nicht aufpasste, rutschte man ab und landete in lockerem Sand. Mein Vater saß da, blass und schwitzend, hielt sich mit einer Hand an der Seitenwand des Wagens fest und mit der anderen an meiner Mutter. Und im Krankenhaus wurde er dann für einen Vormittag oder einen Tag aufgenommen, für Tests, die meine Mutter bereits auf der Farm durchgeführt hatte, und der Arzt erzählte meiner Mutter, was sie bereits wusste, denn es war das, was sie ihm gesagt hatte. Mein Vater wurde für eine Nacht in einem Hotelbett untergebracht, und dann am nächsten Tag ging es die qualvoll lange Fahrt zurück zur Farm. All das nur der Autorität des Arztes wegen. Verrückt. Aber so war es. So musste es damals sein.

Das goldene Notizbuch gilt allgemein als mein bester Roman. Vielleicht ist er das, aber ich habe meine eigenen Ansichten darüber. Autoren gelten durchweg als schlechte Richter, was ihre eigenen Arbeiten betrifft. Fast vierzig Jahre nachdem er geschrieben wurde, verkauft er sich immer noch gut und wird oft nachgedruckt, und das nicht nur in europäischen Ländern. Seine Geschichte illustriert das Auf und Ab, das einem Roman widerfahren kann.

Leute fragen immer: »Weshalb haben Sie diesen Roman geschrieben, jenen Roman, diese Erzählung, wie ist es dazu gekommen?« Aber die Antwort ist nie einfach zu geben. Es kommt vor, dass man jahrelang über einen Roman nachdenkt, weil man keinen Weg findet, ihn zu schreiben, und dann kann die Lösung plötzlich da sein, vielleicht in einem Traum oder in einer Reihe von Träumen; jedenfalls ist das, was schwer erschien, mit einem Mal ganz einfach geworden. Das ist mir bei *Die Ehen zwischen den Zonen Drei, Vier und Fünf* passiert. Die Reihe »Canopus im Argos: Archive« hat aus irgendeinem Grund den zehn Jahren Unvermögen ein Ende gemacht. *Ehen* ist der zweite Band der Reihe und sticht ziemlich aus ihr hervor. Wie so oft war die Lösung schlicht: Ich benutzte die uralte Stimme des Geschichtenerzählers, und alles war, wie es zu sein hatte. Ein Roman kann einem plötzlich in den Sinn kommen, wie *Die Terroristin.* Die Entstehung des *Goldenen Notizbuchs* war nicht langwierig, aber komplex, nicht nur wegen dem, was darin eingegangen ist, sondern auch aufgrund meines Zustands in jener Zeit. Ich war an einem Scheideweg angekommen, an einem Wendepunkt; ich war im Umbruch und bereit für Neues. Ich wusste, dass es so war – es war nichts Unbewusstes. Zum einen war ich fest entschlossen, dass mein Gefühlsleben von nun an anders aussehen musste. Zum anderen war da die Politik, der Zusammenbruch des Kommunismus als moralischer Kraft. Rings um mich herum kränkelten Leute an gebrochenem Herzen, hatten Zusammenbrüche, litten unter religiösen Bekehrungen, oder – was sehr oft vorkam – ehemals kommunistische Hardliner entdeckten ihr Talent fürs Geschäft und

»machten« Geld, weil besessen zu sein von den Prozessen des Kapitalismus die beste Voraussetzung für eine Karriere im Geschäftsleben ist. Worauf es hinauslief, war, dass ich miterlebte, wie Leute, die alles auf ein Pferd gesetzt hatten, schwer zu leiden hatten. Was vorher aus ihrem Denken vollständig ausgeschlossen war, stürmte jetzt auf sie ein, manchmal in Gestalt von regelrechtem Wahnsinn. Ich war in einer Gesellschaft aufgewachsen, die scharfe Trennlinien zog – Weiß, Schwarz –, und die Folgen davon traten in den Nachrichten aus dem südlichen Afrika bereits offen zutage: gesellschaftliche Verkrustungen brachen auf in Gewalttätigkeiten und Krieg. Und aus noch größerer Ferne kamen die Stimmen meiner Eltern: die meines Vaters – jedenfalls, als es ihm noch halbwegs gut ging, er noch er selbst war –, vorurteilsfrei, human, menschlich, tolerant; meine Mutter war immer bereit, zu kategorisieren, zu verdammen, zu verurteilen. Ich wusste, dass eine bemerkenswerte Zeit in der Geschichte der Welt zu Ende ging. Ich wusste, dass sie schon bald als verrückt gelten würde. Ich hatte gelernt, dass Atmosphären und Meinungsklimata, die zu ihrer Zeit unvergänglich erscheinen, über Nacht verschwinden können. Meine extremste Erfahrung dieser Art war der Ausbruch des Kalten Kriegs unmittelbar nach dem Ende des Zweiten Weltkriegs, als alte Freundschaften über Nacht zerbrachen und aus Verbündeten Gegner wurden. Etliche Jahre lang hatte ich gedacht, dass die Romane, die ich über das neunzehnte Jahrhundert gern lesen würde, nie geschrieben worden waren. Es gab massenhaft Geschichtsbücher, aber nur wenige Romane. Wo waren die Romane über die intellektuellen Debatten, die Diskussionen, die Leidenschaften und den Hass, die so oft die wahre Geschichte hinter der von Historikern dargestellten Ereignisgeschichte sind? Wo das Leben, das in sozialistischen Kreisen gelebt wurde?

Ich wollte einen Roman schreiben, den Menschen später lesen und mit ihm herausfinden konnten, wie Leute sich selbst sahen, diejenigen, die Kommunisten waren und von einem goldenen Zeitalter träumten, das – daran muss erinnert werden, wie wir eine kurze Zeit lang geglaubt haben – unmittelbar vor uns lag. Wie hatten wir so etwas Törichtes nur glauben können? Zumindest diese Wahnvorstellungen mussten aufgezeichnet werden.

Ich brauchte einen Rahmen, eine Form, die dem Leben zwischen extremen Politik- und Weltentwürfen und ihrem anschließenden Zusammenbrechen Ausdruck verlieh – etwas, das ich schon einmal durchlebt hatte und jetzt wieder durchlebte. Die Ideologien waren nicht nur strikt politisch, sie betrafen auch die Art, auf die Frauen sich selbst sahen. Heute ist man überzeugt, dass die Frauenbewegung in den sechziger Jahren begann. Wie der Sex. Tatsache ist aber, dass es in der Kommunistischen Partei und ihrem Umkreis bereits in den vierziger und fünfziger Jahren zahlreiche Gruppendiskussionen, Versammlungen und Gesprächsrunden über das Frausein gab, ebenso in den sozialistischen Parteien. Frauen standen auf der Tagesordnung. Frauen haben schon immer herumgesessen und über Männer geredet. Diese Stimmen kamen auch aus meiner frühesten Kindheit. In meinen Erinnerungen wimmelte es von Unterhaltungen über Männer, über Frauen, die Unterschiede zwischen ihnen, Liebe, Sex, Ehe. Neu war nur die Idee, dass diese alten Gewichtungen sich ändern mussten.

Zum Beispiel die Gespräche in Joan Rodkers Küche, die ich für Molly und Anna im *Goldenen Notizbuch* ausbeutete. Joan war Molly, stark abgewandelt natürlich, und ich Ella. Es sollte eigentlich nicht nötig sein, darauf hinzuweisen, dass dies keine strikte Verwendung dessen war, was dort passierte oder gesprochen wurde; der Hunger der Leser nach Autobiografischem ist so stark, dass man ständig wiederholen muss: Nein, es ist nicht einfach so gewesen.

Erstaunlich, dieses Verlangen nach Autobiografischem. »Nein, Molly war ein Konglomerat aus verschiedenen Frauen, die ich kannte. Ellas Situation im *Goldenen Notizbuch* war meine eigene, nicht aber ihr Charakter, wirklich nicht.« Sofort – Enttäuschung. Ein Bedürfnis nach dem Buchstäblichen, den Fakten, dem Exakten. Virginia Woolf hat einmal zu Recht gesagt, dass von hundert Lesern eines Romans nur einer wirklich an der imaginativen

Arbeit interessiert ist, die ein Autor in sein Werk investiert hat; alle anderen wollen wissen, ob der Autor »sich selbst geschildert« hat und ob dies ein Porträt von Freddy oder Jane ist.

Wie sehr wir lernen, diesen hundertsten Leser zu schätzen!

Aber weshalb wollen sie Charaktere in einem Roman immer zu etwas Autobiografischem machen? Wie oft habe ich erlebt, dass sich Enttäuschung auf einem Gesicht breitmachte, wenn ich sagte: Nein, dieser oder jener Charakter ist ein reines Fantasieprodukt oder wurde aus einem Dutzend ähnlicher Leute kombiniert oder aus einer anderen Umgebung in diese versetzt. Was wir sehen, ist eine Abneigung gegen die Fantasie. Was verlangt wird, ist das Reale, das Tatsächliche, das, was »wirklich« passiert ist. Wenn ich sage: »Ja, das alles habe ich tatsächlich erlebt«, dann, oh, die Erleichterung, das Lächeln, die Freude. Weshalb ist das so? Einst beruhte unser gesamtes Geschichtenerzählen auf Fantasie, war Mythos, Legende, Parabel und Fabel, denn auf diese Weise haben wir uns gegenseitig und übereinander Geschichten erzählt. Aber diese Fähigkeit ist unter dem Druck des realistischen Romans verkümmert, jedenfalls so weit, dass sämtliche auf Fantasie oder Imagination beruhenden Aspekte des Geschichtenerzählens in die ihnen entsprechenden Kategorien abgeschoben worden sind. Da gibt es magischen Realismus, Space-Fiction, Science-Fiction, Fantasy, Folklore, Märchen, Horrorgeschichten, denn wir haben die Literatur ebenso in Schubladen eingeordnet wie alles andere. Auf der einen Seite der Realismus – die Wahrheit. Auf der anderen, in einer anderen Schublade, Imagination – Fantasie. Aber die meisten Leser möchten beim Lesen heute denken: Das hat der Autor oder die Autorin *wirklich* erlebt. Und der Autor oder die Autorin, die sich so sehr bemüht haben, die Geschichte aus dem bloß Persönlichen herauszuholen, persönliche und private Erfahrungen zu verallgemeinern, haben manchmal das Gefühl, dass sie sich diese Mühe hätten sparen und ebenso gut einen einfachen und genauen Bericht dessen liefern können, was passiert ist – mit anderen Worten, Autobiografie.

Wenn sich in einem realistischen Roman diese andere Dimension ihren Zutritt erzwingt, weil sie irgendwie darin enthalten sein muss, dann nimmt sie oft die Form von Wahnsinn an. Wenn Jane Eyre die Stimme der ersten Mrs. Rochester hört, wird viel mehr heraufbeschworen als nur die Geräusche, die eine arme, verrückte Frau macht; es ist die gesamte groteske und irrationale, von den Feuern von Himmel und Hölle grell angestrahlte Welt, die wir aus unserem Leben am Tag ausschließen. Auf eigene Gefahr. Dem Wahnsinn in der realistischen Literatur wird zu viel Gewicht beigemessen, und das ist der Grund dafür, dass Wahnsinn gestattet ist. Träume spielen eine überaus wichtige Rolle, weil Träume »realistisch« sind. Schließlich träumen wir alle. Es wäre leicht, eine endlose Liste von »realistischen« Romanen aufzustellen, in denen das Irrationale auftaucht oder sogar von entscheidender Bedeutung ist, aber ausschließlich in seiner akzeptierten Gestalt, wie zum Beispiel Träumen oder Wahnsinn.

Das goldene Notizbuch wurde unter starkem Druck geschrieben – Druck von innen, was mich auf ein weiteres schwer durchschaubares Gebiet bringt. Manchmal ist der emotionale Druck, der einen Roman vorantreibt, sehr weit von seinem Thema entfernt. Alle Schriftsteller verstehen das, aber wohl nur sehr wenige Leser. *Das fünfte Kind* entstand aus purer Frustration und Wut darüber, dass es unmöglich war, die Zeitungen dazu zu bringen, die Wahrheit zu schreiben über das, was passierte, als die Sowjetunion in Afghanistan einfiel: Eine ganze Generation von Redakteuren und Journalisten (Leuten, die einst am äußersten Rand der öffentlichen Meinung gestanden hatten, aber jetzt mit dem Strom schwammen) hegte immer noch eine sentimentale Loyalität für die Sowjetunion, die es zuerst unmöglich und danach schwierig machte, auch nur ein kritisches Wort über ihr geliebtes Land zu äußern. Mein »Überdruck« angesichts dieser *Realität* trieb mich, bildlich gesprochen, bei der Niederschrift von *Das fünfte Kind* an, aber das bedeutet nicht, dass es ein Buch »über« die sowjetische Invasion in Afghanistan ist. Die Antriebskraft für *Das goldene Notizbuch* waren Gefühle des Verlusts, der Veränderung; dass ich von Jack und dann von Clancy bis an meine emotionalen Grenzen »gezerrt« worden war – oder vielmehr, dass es meine eigenen emotionalen Bedürfnisse, die im Grunde mit ihnen als Individuen nichts zu tun hatten, gewesen waren, die mich »mitgezerrt« hatten. Ich hatte mein Verlangen nach dem verwundeten Helden, dem leidenden Mann begriffen und wusste, dass damit Schluss sein musste. Peter, das dritte und letzte Kind, wurde allmählich erwachsen. Verlust, Trennungen, das Ende von Dramen, die vor langer Zeit begonnen hatten, das Verlangen, einen Schlussstrich zu ziehen – *finis.* All diese dynamische Energie floss in *Das goldene Notizbuch* ein: *emotionale* Energie, die erheblich stärker ist, als wir zu glauben gewohnt sind. Außerdem müssen wir uns eingestehen, dass das, was so oft als »intellektuell« bezeichnet wird, in Wirklichkeit gefühlsgeleitet ist. Was ist stärker emotionalisiert, leidenschaftlicher – und giftiger – als ein Zimmer voller Intellektueller, in einer ideologischen Debatte begriffen? … Aber ich lasse dieses gefährliche Thema auf sich beruhen, halte den Atem an.

Das Gerüst des Romans war ein gedachtes. Meine Grundannahme war, dass es gefährlich ist und unweigerlich zu Schwierigkeiten führt, das Leben Einteilungen zu unterwerfen und es zu kategorisieren. Alt, jung; schwarz, weiß; Männer, Frauen; Kapitalismus, Sozialismus: Diese großen Dichotomien sind unser Verderben, sie zwingen uns zu irrealen Kategorisierungen, lassen uns nach dem, was uns trennt, viel intensiver Ausschau halten als nach dem, was wir gemeinsam haben. Das ist der Gedanke, der der Form oder dem Modell des *Goldenen Notizbuchs* zugrunde liegt. Aber die Gefühle waren stärker als der Gedanke. Das ist der Grund dafür, weshalb ich *Das goldene Notizbuch* immer für misslungen gehalten habe: misslungen in meinem Sinne, in dem, was ich damit erreichen wollte. Denn hat dieses Buch auch nur ein Jota an unserem Hang geändert, wie Computer zu denken und alles – Menschen, Ideen, die Geschichte – in Schubladen einzuordnen? Nein, das hat es nicht. Wieso bin ich überhaupt auf einen derart hybriden Gedanken gekommen? Aber mich hatte die Möglichkeit der Entdeckung, die Möglichkeit zur Offenbarung in ihrer Gewalt. Ich hatte die Wahrheit gerade erst erkannt: Ich hatte zugeschaut, wie mein eigener Verstand wie eine Sortiermaschine arbeitete, und ich war bestürzt.

Das goldene Notizbuch wurde nicht sofort zur »Bibel der Frauenbewegung«; als solche wurde es Land für Land beschrieben. Die Rezensionen sowohl in Großbritannien als auch in den Vereinigten Staaten, von Frauen ebenso wie von Männern, waren bitter, voller Groll und feindselig. Eine Journalistin kam zu mir und sagte, sie sei erstaunt, wie schlecht die Rezensionen des *Goldenen Notizbuchs* seien; ob mir das bewusst sei? Seltsamerweise ja. Diese Rezensionen haben mich auf eine Art schockiert und erbost, die ich mir seither nie wieder gestattet habe. Zum einen hatte ich bis dahin viel Glück gehabt: Alles, was ich bisher geschrieben hatte, war, aufs Ganze gesehen, gut angekommen, oder die Ereignisse hatten mir recht gegeben. Meine frühen Arbeiten, über die Zustände im Süden Afrikas, waren als »unfair« gegenüber den Weißen kritisiert worden, aber diese Zeit war vorbei. In den Rezensionen zum *Goldenen Notizbuch* schwang ein Ton mit, der bewies, dass ich irgendeinen Nerv getroffen hatte. Wenn man dem nachgeht, dann bemerkt man, dass der Rezensent oder die Rezensentin nicht über das Buch schreibt, sondern über sich selbst. Wenn ein Rezensent mit einer Art bitteren Gehässigkeit schreibt, dann heißt es nicht: »Dieser Roman regt mich auf, weil ich dabei an meine Mutter, meinen Mann, mein Kind denken muss«, sondern: »Das ist ein fürchterlicher Roman.« Um das zu verstehen, muss man erfahrener sein, als ich es damals war. Und das Niveau der Rezensionen war bestürzend. Damals wusste ich noch nicht, dass es auf jedem Gebiet nur sehr wenig wirklich gute Leute gibt und die übrigen zweitklassig und ungebildet sind. Kein einziger der Rezensenten hat bemerkt, dass *Das goldene Notizbuch* eine interessante Form hatte, und das zu einer Zeit, als die Kritiker sich über die Konventionalität des englischen Romans beklagten. Die im Roman behandelten Aspekte des Geschlechterkriegs verstörten sie dermaßen, dass sie nichts anderes mehr wahrnahmen. Man muss sich darüber im Klaren sein, dass Rezensenten – meistens – sehr gefühlsbetonte Menschen sind. Man sollte annehmen, ihre Aufgabe wäre es, abzuwägen, nachzudenken, Überlegungen anzustellen, aber oft lassen sie lediglich ihren Gefühlen freien Lauf.

Das Gleiche passierte, wenn auch weniger offensichtlich, mit *Und wieder die Liebe.* Genauso, wie das vermeintliche Thema des *Goldenen Notizbuchs*, Frauen und Männer, alles war, was die Rezensenten sehen konnten, war auch das vordergründige Thema von *Und wieder die Liebe*, Liebe in fortgeschrittenem Alter, verblüffend und schockierend, und die Tatsache, dass der Roman eine ziemlich vielschichtige Struktur hat, wurde kaum bemerkt.

Eine Kritik, dass die männlichen Charaktere so unerfreulich seien, damals lautstark geäußert, ist seither wesentlich schwächer geworden. Der Ansicht war ich nicht. (Dahinter hört man: »Schriftstellerinnen können nicht über Männer schreiben«, diesen Rückzug auf die letzte aller Verteidigungslinien.) Damals hieß es, *alle* Charaktere seien so unerfreulich. Dabei fragt man sich sofort, was für außerordentlich wundervolle Menschen der Kritiker kennen muss, ganz anders als jedes menschliche Wesen, das man selbst kennengelernt hat. Und in welch schmeichelhaftem Licht er oder sie sich selbst sehen muss, ganz und gar nicht so, wie andere ihn oder sie sehen. Über genau diesen Punkt hat Proust einen hinterhältigen und lustigen Kommentar geliefert. Er stellt sich einen liebenswürdigen und schmeichelhaften Bericht über die Verdurins und ihren Kreis vor, die er aus der Froschperspektive porträtiert hat, ungefähr im Stil eines Gesellschaftsreporters, aber auf den Tagebüchern der Brüder Goncourt basierend. Als ob die Zeitschrift *Hello* beschlossen hätte, *Les Liaisons Dangereuses* zu schreiben.

Vielleicht ungefähr so:

Ich schlenderte die Church Street hinunter, vorbei an Molly Jacobs Haus, und dort saß am Fenster im ersten Stock Anna Wulf, die reizende Verfasserin von *Frontiers of War*. Ihr Blick war ins Zimmer gerichtet. Dann lachte sie, also musste sie sich mit jemandem unterhalten, vermutlich mit Molly selbst. Ich konnte nicht anders, ich war ein wenig neidisch auf diese beiden Frauen, die eine eine vielbeachtete neue Autorin, und Molly Jacobs, deren Karriere als Schauspielerin mit *The Wings of Cupid* gerade wieder einen neuen Höhepunkt erreicht hatte, einem Stück, das vermutlich ewig laufen wird. Dann traf aus einer Seitenstraße der Milchmann ein, und Molly hörte ihn und trat neben Anna Wulf ans Fenster. Der Milchmann schaute hinauf und grüßte die beiden jungen Frauen. Sie gaben ein reizendes Bild ab. Molly sah mich und winkte. Ich mimte eine Bitte, und sie sagte etwas zu Anna Wulf, die mich kurz musterte, mich wiedererkannte – wir waren uns nur einmal kurz im Foyer des Theaters begegnet –, und einen Moment später fiel ein in ein Seidentuch eingewickelter Schlüssel neben mir aufs Pflaster. Reizende Boheme-Manieren … Ich stieg die Treppe hinauf – wobei mir auffiel, dass die Harfe immer noch auf dem Absatz stand – und hörte beim Eintreten ins Wohnzimmer von Molly: »Ja, aber ich bin keine Frau, die zum Theoretisieren neigt; ich mache mir einfach Sorgen um Tommy.« Ganz offensichtlich war ich in ein Gespräch über die Zukunft des Jungen hineingeplatzt, und ich sagte: »Ich bin nur gekommen, um den Damen meine Aufwartung zu machen.« Molly sagte: »Der Sohn des Milchmanns hat ein Stipendium bekommen, er war gestern hier und hat es mir erzählt.« Ich konnte mich nicht daran hindern zu sagen: »Molly, du solltest vorsichtiger sein; du darfst einfach nicht alle Leute in dein Haus lassen.« Noch während des Sprechens fiel mir ein, dass ich ihr gegenüber diesen Ton angeschlagen hatte, seit sie ein kleines Mädchen auf meinen Knien gewesen war. Jetzt verzog sie einfach das Gesicht und zuckte die Achseln. Sie ist nicht umsonst eine Schauspielerin, und ich fühlte mich zurückgewiesen, als hätte ich etwas Taktloses getan. Dann ertönte von der Straße der Ruf: »Frische Erdbeeren vom Land.« Beide Frauen winkten dem Verkäufer zu, er solle warten, und Molly lief die Treppe hinunter. Ich stand neben Anna, betrachtete die Szene und beobachtete Anna, die über das lächelte, was sie sah. Molly lud den Erdbeerverkäufer laut ein, mit heraufzukommen und ein paar von seinen Erdbeeren mit ihnen zu essen, der Mann lehnte ab, und Molly rannte die Treppe hinauf, mit einer großen Schüssel Erdbeeren, die wirklich erstklassig aussahen. Molly sah aus, als fühlte sie sich vor den Kopf gestoßen. Sie sagte, sie sei erst kürzlich aus Italien zurückgekehrt, und es sei ein Kulturschock, dass sie sich jetzt wieder dem englischen Klassensystem anpassen müsse. Anna sagte zu Molly, dass sie die Gefühle des Mannes verletzt habe. Und Molly ist ganz eindeutig nie auf die Idee gekommen, wie schockierend ihre ungehemmte Art wirken kann.

Ich sagte, ich wolle keine Erdbeeren, ich müsse weiter.

»Du musst sowieso gehen«, sagte Molly, »weil Richard kommt. Wir wollen ein Palaver über Tommys Zukunft abhalten. Aber setz dich, bis er kommt.«

Ich setzte mich und betrachtete eine Szene, wie von Bonnard gemalt, zwei hübsche Frauen mit ihren weißen Schüsseln voll roter Erdbeeren und Schlagsahne und der auf dem gelben Wein funkelnden Sonne, beide unverhohlen und gierig ihr kleines Festmahl genießend.

Ich dachte, welche anderen Sorgen Molly Jacobs auch haben mochte, Geld konnte keine von ihnen sein. Richard steckt nicht nur hinter Skies Unlimited, einer weltbekannten Firma, sondern auch noch hinter einem weiteren Dutzend anderer internationaler Unternehmen. Und er und Molly sind, wie ich mit Freuden sagen kann, gute Freunde, auf die zivilisierte, moderne Art.

Die Türglocke läutete, und Molly warf den in das Seidentuch eingewickelten Schlüssel hinunter. Sie und Anna lächelten sich an, ein Lächeln, das ich nicht zu interpretieren wusste – und dabei habe ich mir auf meinen psychologischen Scharfsinn immer etwas eingebildet –, bis sie sagte: »Er ist immer verärgert, wenn ich das tue. Er ist ein solcher Wichtigtuer.« Aber ich bin sicher, dass sie es liebevoll meinte.

Ich stand auf und sagte: »Ich hoffe, ihr nennt mich nicht Wichtigtuer, sobald ich euch den Rücken gekehrt habe.«

Aber Richard war eingetroffen. Er begrüßte mich nur flüchtig, und ich konnte sehen, dass er nur Augen für die beiden Frauen hatte. Ich beneidete ihn darum, dass er seine Probleme mit zwei so mitfühlenden Freundinnen erörtern konnte. Er war sportlich gekleidet, und Molly zog ihn auf: »Willst du einen Tag auf dem Land verbringen?«
Ich ging. Ich muss gestehen, dass ich es ungern tat. Es war eine so hinreißende Szene – diese ganz spezielle Freundschaft, die zwischen einem Mann und einer Frau nur möglich ist, wenn sie miteinander intim gewesen sind, und die hübsche kleine Anna Wulf, von der die literarische Welt so viel erwartet, und diese Sonntagmorgen-Szene, träge, langsam, bezaubernd.
Ich schlenderte weiter die Church Street hinunter und dachte, dass ich am nächsten Sonntag wieder vorbeikommen und mir die Ansprüche einer sehr alten Freundschaft gestatten würde.

Aus *The Journals of Philip Maxbury Westbourne*,
Theaterkritiker, Literat, Kolumnist

Das goldene Notizbuch wurde von den Frauen anfangs keineswegs begeistert aufgenommen. Im Gegenteil, einige distanzierten sich von ihm, darunter auch solche, mit denen ich befreundet war, mit dem Tenor: Weshalb gibst du deine Geheimnisse preis? Aber dass die Frauen den Männern damals sehr kritisch gegenüberstanden, war kaum ein Geheimnis. Es waren Männer, die das Buch als Erste guthießen: Nicholas Tomalin, Edwin Muir, der mir ein paar Zeilen darüber schrieb, und in den Vereinigten Staaten Irving Howe, dann, ein wenig später, Hugh Leonard und, noch später, Robert Gottlieb, der mein Lektor wurde, zuerst bei Simon & Schuster und dann bei Knopf.

Ein unmittelbares Problem war, dass der Aufruhr bei Michael Joseph mit der Veröffentlichung des Buches zusammenfiel; das heißt, als die Firma über die Köpfe der dort arbeitenden Leute hinweg verkauft wurde, obwohl man ihnen versprochen hatte, dass sie jedem Verkauf zustimmen oder ihn ablehnen könnten, und daraufhin die Hälfte der Lektoren kündigte. Mein eigener

Lektor mochte *Das goldene Notizbuch* nicht; er hatte es mir nie gesagt, aber ich habe es von anderen in der Firma erfahren.

Dann entdeckten die Feministinnen das Buch, in Großbritannien, in den Vereinigten Staaten, in Skandinavien, und es wurde zur »Bibel der Frauenbewegung«. Ein Buch, das so kühl geplant worden war, wurde, wie ich fand, hysterisch rezipiert. Das extremste Beispiel hierfür war, als in Schweden eine Schauspielerin zu mir sagte: »Ich habe nie etwas anderes gelesen als das blaue Notizbuch – oh nein, es gehört mir; mit Ihnen hat das nichts zu tun.«

In Deutschland und Frankreich wurde der Roman erst knapp zehn Jahre später veröffentlicht, weil man ihn für zu aufrührerisch hielt. Als man endlich den Mut dazu hatte, war er sofort ein Erfolg und wurde von den Feministinnen vereinnahmt. In Frankreich erhielt er den Prix Medici für übersetzte Bücher. Mein Lektor in dem französischen Verlag Albin Michel war ein Amerikaner, Peter Israel, und er erzählte mir, dass er, als er *Das goldene Notizbuch* zum ersten Mal gelesen habe, so wütend gewesen sei, dass er es durchs Zimmer geschleudert und damit beinahe seine Freundin getroffen habe. Aber später freundete er sich damit an. *Das goldene Notizbuch* hat ihm seinen Erfolg in Frankreich zu verdanken.

Es waren nicht nur Frauen, die den Roman als Abhandlung über ausschließlich ein Thema sahen. Während Frauen mich als eine der Ihren vereinnahmten und in dem Buch nichts sahen als das, was für sie von Interesse war, bekam ich Briefe von Männern und von Frauen über die Frage nach der so rasch in die Geschichte zurückweichenden Politik und über das Problem Wahnsinn. Die sechziger Jahre waren über uns hereingebrochen und damit die romantische Verklärung des Wahnsinns. Das Thema von Leuten, die »zusammenbrachen« und dadurch zu einem besseren Verständnis ihrer selbst und ihrer Zeit gelangten, war ganz nach dem Geschmack der sechziger Jahre. Ronnie Laing und seine Kollegen standen unmittelbar bevor. Angeblich waren sie es, die das Thema aufbrachten, es entdeckten, seine Urheber waren. Aber da bin ich nicht so sicher. In den fünfziger Jahren erschien ein Buch von einem gewissen Haimi Kaplan mit dem Titel *The Inner World of Mental Illness.* Es ist ein wundervolles Buch – menschlich, anständig, ausgeglichen –, mit Beispielen von Wahnsinnigen aus früheren Jahrhunderten ebenso wie aus unserem Jahrhundert. Ich glaube, dass sehr viele Leute dieses Buch gelesen haben, von ihm inspiriert wurden – aber es sich nicht eingestanden. So etwas kommt oft vor: Leute zollen jeder Quelle ihrer Inspiration Anerkennung, nur der wichtigsten nicht. Ich glaube, der Grund dafür ist weniger ein Widerstreben, jemandem Anerkennung zu zollen, der sie verdient hat, als vielmehr der, dass der ursprüngliche Eindruck so stark ist, dass er zu einem Teil des Inspirierten wird und es schwerfällt zu sagen: »Das war der Impuls, von diesem Punkt aus breche ich auf.«

Ich bekam auch Briefe von Männern über den Krieg der Geschlechter, anerkennende Briefe. Ich habe immer Briefe von Männern über *Das goldene Notizbuch* bekommen. Regelmäßig, jahrein, jahraus, bekomme ich diesen: »Ich bin auf *Das goldene Notizbuch* gestoßen. Ich habe es meiner Frau/Freundin/Tochter gegeben.« Kürzlich erhielt ich einen Brief aus Mexiko: »Ich habe gerade *Das goldene Notizbuch* gelesen. Ich habe nie gewusst, dass Frauen auch über etwas anderes reden als nur über Männer und Babys. Ich habe es meiner Frau gegeben.«

Dieser Brief an Edward Thompson, die Antwort auf einen, in dem er *Das goldene Notizbuch* vom linken Standpunkt aus kritisiert, spricht für sich selbst:

> Lieber Edward,
> vielen Dank für Deinen Brief – es war reizend von Dir, anzurufen, und reizend von Dir, mir zu schreiben.
> Gehen wir davon aus, dass es in Anbetracht unserer Temperamente gefährlich ist, eine solche Diskussion zu führen, zumal brieflich.
> 1. Ich verstehe nicht, wie jemand das G. N. als subjektiv bezeichnen kann – subjektive Einstellungen werden objektiviert und in Bezug zur Gesellschaft gesetzt – das ist jedenfalls das, was ich versucht habe.

2. Was die vergangene Geschichte der *New Left Review* angeht – nein, Edward, das ist keine akkurate Beschreibung dessen, was passiert ist, aber lassen wir das.
3. Ich bin der Überzeugung, zu behaupten, dass ich etwas sei, das aus dem Busch gekommen ist und dann von grellem Licht geblendet wurde, ist doch ein zu bequemer Ausweg, wenn man über die Perspektive des Außenseiters nachdenkt, die jemand mit meiner Vergangenheit über Europa haben muss.
4. Nein, mein lieber Edward, ich habe für meine imaginären Rezensionen nicht Texte aus sowjetischen Zeitungen kopiert. So seltsam das auch erscheinen mag, ich habe sie erfunden.
Wenn ich einen Nachruf auf mich und *Das goldene Notizbuch* schreiben müsste, dann würde er darin bestehen, dass ich sehr schroff, ungefähr so wie eine ziemlich energische Gouvernante, mit den Worten in einer Sprechblase über meinem Kopf, sagen würde: »So seltsam das auch erscheinen mag, ich habe es erfunden …«
Oder um das den Roman strukturierende Prinzip *theoretischer* gefasst ins Spiel zu bringen – weil der Roman als Idee im Sterben liegt, weil wir alle ganz verrückt nach *Informationen* sind, weil wir irrtümlicherweise glauben, unsere Rettung bestünde in mehr Wissen über verschiedene Aspekte unserer fragmentierten Welt. Niemand, buchstäblich niemand, nicht einmal die Literaten, die Leute, die sich eigentlich für Romane als Romane interessieren sollten, liest ein Buch so, wie es gelesen werden sollte; Leute lesen *Das goldene Notizbuch*, wie sie eine Autobiografie lesen. Erstaunlich. Dies ist wahrlich das Zeitalter des Journalismus.
Mein lieber Edward, das war ein überaus *konstruiertes* Buch, in dem es um das Verhältnis seiner Teile zueinander ging. Es war ein Roman über die Art von intellektuellen und emotionalen Einstellungen, die heute produziert werden, die die Leute heute haben, und ihre Beziehungen zueinander.
Nenne das Subjektivismus, und Du gibst zu, dass Du das Buch nicht gelesen hast.
…

Alles Liebe Euch beiden, lass uns Freunde sein und komm und besuch mich.

Ich habe mich gefreut, Deinen Freund Tom kennenzulernen. Er war nett.

Mit herzlichen Grüßen
Doris

Es führt ein überaus seltsames Leben, das *Goldene Notizbuch.*

Ich begegne Frauen, die sagen: »Ich habe *Das goldene Notizbuch* in den Sechzigern gelesen. Es hat mein Leben verändert. Meine Tochter hat es gelesen und jetzt meine Enkelin.«

Diese Sache, dass ein Buch das Leben eines Menschen verändert. Das kann nur bedeuten, dass jemand bereit ist, sich zu ändern, und das Buch das Zünglein an der Waage ist.

In Rio saß ich einmal vor meinem Hotel auf dem Gehsteig, wie man das in südlichen Gegenden oft tut. Junge Frauen aus den *favelas* kommen hierher und lassen sich nieder, manchmal den ganzen Tag bei einer einzigen Tasse Kaffee oder einem Glas Obstsaft, denn für den Preis eines anständigen Kleides sind sie für eine Weile – eine Woche oder so – aus Elend und Armut heraus. Die Kellner tolerieren sie und drücken ein Auge zu, wenn sie – nicht sehr oft – einen Kunden finden. Zu viele junge Frauen, nicht genügend Kunden. Zwei von ihnen saßen an einem Nebentisch, und eine rief herüber: »Meine Freundin möchte Ihnen etwas sagen. Sie spricht nicht Englisch. Sie liebt Sie.« Aber nein, was sie mir sagen wollte, war, dass sie *Das goldene Notizbuch* liebte. Wie hat das Buch seinen Weg in eines der schlimmsten Slumgebiete der Welt gefunden? Ich war unendlich gerührt, dankbar.

In China ist das Buch zweimal gedruckt worden, in Auflagen von achtzigtausend, klein für China mit seiner gewaltigen Einwohnerzahl, riesig für uns. Beide Male war es binnen weniger Tage ausverkauft, an Frauen, denn auch dort ist es ein Frauenbuch. Das Leben der Frauen ist dort so hart, dass ich glücklich bin, wenn das Buch ihnen von Nutzen ist, einerlei, um was es in diesem Buch »eigentlich« geht.

Aber das ist China. Ich erhebe Einspruch, wenn die Feministinnen in den Vereinigten Staaten oder in Großbritannien mein Buch zu ihrem Eigentum erklären, denn in anderen Briefen, die ich gleichfalls häufig bekomme, steht: »An der Universität habe ich Sie nicht gelesen, weil die Feministinnen ›Zutritt verboten‹ sagten. Aber dann habe ich eines Ihrer Bücher gelesen und festgestellt, dass sie nicht nur für Frauen sind.«

Und auf diese Weise ist dieses umstrittene Buch, das Verleger und Rezensenten dermaßen aufgebracht hat, jetzt, vierzig Jahre später, zu einer Art Klassiker geworden und wird akzeptiert. Neulich kam ich mit Sechzehnjährigen von einer Londoner Schule zusammen, die mir erzählten, ihre Lehrerin habe gesagt, sie müssten *Das goldene Notizbuch* lesen. »Es ist großartig«, sagten sie.

Und eine andere junge Frau, aus Osteuropa, erklärte mir, nachdem ich irgendeinen Vortrag gehalten hatte, sie und ihre Freundinnen läsen *Das goldene Notizbuch* und: »Es ist faszinierend, über diese alten Zeiten zu lesen.«

Manchmal höre ich, dass das Buch Pflichtlektüre in Geschichts- oder Politikseminaren ist, und das freut mich, denn schließlich war das der Punkt, an dem alles begann – ich wollte eine Chronik der Zeit schreiben. Und das ist genau das, was dem Buch, wenn es Bestand haben sollte, seinen Wert verleiht. Denn ich glaube, ganz gleich, wie weit es mir gelungen oder misslungen ist, dass es ein ehrlicher, wahrheitsgemäßer und verlässlicher Bericht darüber ist, wie wir alle zu jener Zeit waren. Jetzt könnte es nicht geschrieben werden, weil ein Roman aus einer Grundsubstanz von Atmosphäre, Gefühl oder Denken hervorgehen muss, und heute scheint das alles so weit zurückzuliegen, und man kann nur schwer glauben, dass es »diese alten Zeiten« überhaupt gegeben hat.

Und jetzt das bizarrste der vielen Leben des *Goldenen Notizbuchs.* Es wurde zu einem Text für Vertreter poststrukturalistischer Literaturtheorie. Dieses Buch, aus so viel Blut, Schweiß und vor allem Tränen geboren, ein intellektuelles Spielchen? Es ist zum Lachen. Was soll man dazu sagen?

Das Schreiben des *Goldenen Notizbuchs* veränderte mich. Das Schreiben jedes Buches bewirkt Veränderungen; das muss so sein, wenn man genauer darüber nachdenkt. Auf der untersten Ebene scheinen, wenn man angestrengt über ein Thema nachdenkt, Informationen und Einblicke in dieses Thema von überall her zu kommen: Bücher tauchen auf, man hört darüber im Radio, in Unterhaltungen und im Fernsehen. Das ist eine Tatsache, sie entspricht der Wahrheit, man kann sich darauf verlassen – und dafür gibt es keine wissenschaftliche Erklärung. Jedenfalls noch nicht. Aber ich rede nicht über diese Art von schneller Informationsbeschaffung. Das Schreiben dieses Romans änderte meine Art zu denken und darüber hinaus etwas noch Fundamentaleres als mein Denken. Als ich mit der Arbeit begann, hatte ich zwar den Kommunismus hinausbefördert, aber sämtliche Denkschablonen des Kommunismus existierten noch. Diese Denkschablonen waren nicht nur Kommunisten und Exkommunisten eigen, sondern auch in den Besitz von Leuten übergegangen, die nie Kommunisten oder auch nur Sozialisten gewesen waren. Noch bevor die fünfziger Jahre zu Ende gegangen waren, las ich Leitartikel in der »kapitalistischen Presse«, makellos konservative Artikel, die sich des kommunistischen Jargons bedienten: konkrete Schritte, Widersprüche, Demos, die wechselseitige Durchdringung von Gegensätzen, der Klassenkampf und all das andere. Wir beobachteten diesen sich ständig wiederholenden Prozess, bei dem sich die Denkweisen einer ausgeschlossenen oder sogar geächteten Minderheit allmählich in alle Richtungen ausbreiteten, bis sie zu einem Teil des »Meinungsklimas« geworden sind.

Seit ein paar Jahrzehnten gibt es etwas, das ich »das Paket« nenne, das allgemeingültige, »modische Paket«, das als das einzig Mögliche zu akzeptieren allen jungen Leuten beigebracht worden ist, die unser westliches Erziehungssystem absolviert haben. Das gilt heute in geringerem Maße als früher, da das »Paket« von Erfahrungshorizonten gesellschaftlich nicht akzeptierter Minderheiten beeinflusst wird. Da ist erstens der Marxismus, eine der siebenundfünfzig Spielarten des Marxismus, und das sogar dann, wenn er nicht als Marxismus erkannt wird. Dann die Überzeugung, dass es der menschlichen Gesellschaft vorherbestimmt ist, sich in jeder Hinsicht zu verbessern, insbesondere materiell; immer mehr materieller Wohlstand in jedermanns Zukunft – es wird immer mehr Autos, Kühlschränke, Komfort, Sicherheit geben, eine sich ständig aufwärtsbewegende Rolltreppe, auf der alle Menschen der Welt stehen. (Aber das hat an Überzeugungskraft verloren.) Das ist Materialismus, »ein Huhn in jedem Topf«. Ein Huhn in *jedem* Topf, überall – aber das ist so unerreichbar wie eh und je. Und schließlich der größte Gegenstand in dem »Paket«, der philosophische Materialismus, der »Gott-ist-tot-Wissenschaft-ist-König«-Materialismus.

Jeder, der sich nicht dieser letzten Ansicht anschließt – denn sie ist so stark wie eh und je –, gilt als schwachsinnig und feige. Es ist mit einem Hohnlächeln, heimlich oder offensichtlich, verbunden, wenn jemand sagt: »Ich kann Leute nicht verstehen, die an Gott glauben.« Vielleicht sagen sie sogar: »Ungebildete Leute, ja.« Für sie ist Gott zu einer Art Versicherungspolice gegen die Schrecken der Ewigkeit all jener Leute geworden, die den Gedanken an den Tod nicht ertragen können. Dennoch scheinen diese Leute, die sich mit dieser Art von Verachtung aufblasen, nie zu bedenken, dass viele dieser Leute, die an Gott glauben, nicht nur an das Feuer der Hölle und alle Arten von qualvoller Verdammnis glauben, sondern auch an das Paradies. Die Moslems zum Beispiel und bestimmte extreme christliche Sekten. Sollte man darin nicht viel mehr Mut als Feigheit sehen? Es ist ein Stadium, das die Menschen durchmachen und in dem sie die Gottgläubigen verachten. Ich habe es selbst durchgemacht. Ich erinnere mich an meine Überheblichkeit und mein Gefühl, etwas Originelles zu sagen, etwas, das Nachdenken gekostet hatte.

Unabdingbare Unterklauseln dieses »Pakets« waren, dass Südafrika eine bösartige Tyrannei war – richtig; die nur in einem Blutbad, in einer »Nacht der langen Messer« enden konnte – falsch. Südrhodesien war im Begriff, im selben Licht gesehen zu werden. Die Vereinigten Staaten waren der Hauptfeind der Welt, eine viel schlimmere Tyrannei als die Sowjetunion, die trotz all der Enthüllungen im Denken vieler Menschen immer noch einen von einem Heiligenschein umgebenen Platz einnahm. Verachtung für unser eigenes Land, Großbritannien, so tief empfunden, dass sie damals überhaupt nicht untersucht wurde, zeigte sich in einer ständigen, nörglerischen Verunglimpfung von allem, was britisch war. Das war die andere Seite von »das Britische ist das Beste«. Man war allgemein der Ansicht, dass die *wirkliche* Politik irgendwo anders gemacht wurde, weil *wirkliche* Politik Unruhen, Gewalttätigkeiten, Aufstände und Revolution bedeutete, und in Großbritannien – damals – so etwas nicht vorkam; wir waren friedliche Menschen, nicht gewalttätig, glaubten an die Lösung von Problemen durch Abstimmung – verachtenswert; und hielten – damals – überhaupt nichts von extremen Ansichten. Beim leisesten Anzeichen von Revolution oder auch nur Unruhe irgendwo anders, reisten sämtliche britischen »Aktivisten«, die es sich leisten konnten, nach Polen, nach Ungarn, in die Tschechoslowakei oder für einen Moment an Aufregung nach Paris.

Als ich mit dem Schreiben des *Goldenen Notizbuchs* fertig war, hatte ich mir meinen Weg aus dem »Paket« herausgeschrieben, aber es war nicht so, dass ich beim letzten Satz ankam und schrie: »Heureka, endlich habe ich es geschafft!« Es begann damit, dass mir auffiel, dass, wenn ich mit gewissen Genossen und Exgenossen oder sogar politisch relativ neutralen Freunden zusammen war, diese Behagen, um nicht zu sagen, Selbstgefälligkeit ausstrahlten wegen dieses »Pakets«. Der Glaube an ständigen Fortschritt, die materialistische Rolltreppe, war der Beweis für gute Absichten und Sorge um die menschliche Rasse; Gott aus dem Fenster geworfen zu haben und im Angesicht des kalten Universums allein dazustehen bedeutete, dass man tapfer und unbezwingbar war. An Revolution zu glauben bedeutete, dass man Mut hatte, vor allem dann, wenn man in seinen geheimen Fantasien Folterungen standhielt und Konzentrationslager überlebte.

Ich bin sicher, dass es nirgendwo auf der Welt einen Kommunisten gab, der sich, in seiner Fantasie, nicht auf Verhöre,

Folter, Gefängnisse, Lager einstellte, und dies in Ländern, in denen Revolution überhaupt kein Thema war. »Da ist nur eine Sache, Genosse Verhörer« – mit sarkastischer Stimme gesprochen. »Wir alle wissen Bescheid über den Verhörer, der nett und freundlich ist, und dann von einem sadistischen Schwein abgelöst wird. Sie vergessen, dass wir in Ländern leben, in denen es Informationsfreiheit gibt. Ja, natürlich werde ich alles gestehen. Jedermann weiß, dass niemand der Folter widersteht. Aber was Ihnen offensichtlich nicht klar ist – niemand außerhalb dieses Landes wird auch nur ein Wort davon glauben. Jedermann weiß, wie Sie (die Sowjetunion, China und so weiter) Geständnisse aus Leuten herausfoltern. Sie sollten wirklich nicht so dumm, so naiv sein.« Wenn diese Art von Fantasien in Millionen (vielen Millionen?) Köpfen steckten – welche Wirkung hatte das auf das Denken der Allgemeinheit?

Es ist eine merkwürdige Sache, seine Meinung über das, was man denkt, zu ändern – oder vielmehr, sie geändert zu bekommen. Man wacht eines Morgens auf und denkt: Großer Gott, das habe ich einmal gedacht – aber man weiß kaum, was passiert ist. Es ist ein Prozess, der ständig abläuft, ganz gleich, ob man Ideen und Überzeugungen angehangen hat oder nicht.

Das »Paket« schien leichter geworden zu sein, wertlos, oberflächlich und vor allem überaus willkürlich zusammengestellt, Fetzen von der Französischen Revolution und der Aufklärung, Brocken und Fragmente aus Cromwells Zeit oder der industriellen Revolution, Glaubensartikel von Marx oder von Lenin. Ich wusste genau, in welchem Moment ich die Religion und Gott abgeschüttelt hatte: Das war, als meine Mutter, empört darüber, dass ihre Tochter in die Jungfrau Maria verschossen war – darauf lief es hinaus –, eine Liste der Missetaten der Katholiken rezitierte, die alle ihre Entsprechung bei den Protestanten hatten; und mit welcher Erleichterung ich diese ganze juckende und lästige Last von meinen Schultern hievte und gegen den tapferen Stoizismus des Atheismus eintauschte. Ich wusste, dass ich das marxistische »Paket« aus keinem tieferen Grund akzeptiert hatte als dem, dass die Kommunisten, denen ich in Südrhodesien begegnete, dieselben Bücher gelesen hatten wie ich, in die Literatur verliebt waren, und weil sie die einzigen Leute waren, die ich kannte und von denen ich wusste: Sie hielten es für selbstverständlich, dass das weiße Regime zum Untergang verurteilt war. Aber wenn ich an einem anderen Ort, zu einer anderen Zeit geboren worden wäre, hätte ich mit derselben Mühelosigkeit auch jedes andere »Paket« akzeptiert, das dort und damals das korrekte war.

Und da war noch etwas. Beim Schreiben des Buches machte ich Erfahrungen, die nicht zu den Dogmen des »Pakets« passten. Ich hasse das Wort »Inspiration«, misstraue allen Behauptungen über übersinnliche Wahrnehmungen, aber ich hatte Dinge geschrieben, die außerhalb meiner persönlichen Erfahrungen lagen und sich trotzdem als wahr erwiesen. Ich will sie nicht auflisten, weil der Hunger der Menschen nach dem Seltsamen so stark ist, dass auch die bescheidensten Behauptungen zu ganzen Kosmologien aufgebläht werden.

Viele Schriftsteller haben erleben müssen, dass sie Ereignisse oder Gedanken beschrieben, die, wiewohl erfunden, sich später aber als wahr erwiesen haben. Um die Möglichkeit auszuschließen, dass ich von Menschen, die in dem »Paket« immer noch die einzige Möglichkeit der Wahrnehmung von Welt sehen, ernst genommen werde: Ich meine, dass das, was die Qualität unserer Gedanken ausmacht, mitunter von ihnen losgelöst, sie dann auch wieder durchkreuzend, die Struktur unseres Denkens oder unseres Seins ist, gewissermaßen ihre Wellenlänge, und dass Schriftsteller sich ihr oft anvertrauen, und sollte es auch nur für Augenblicke sein. Das ist meiner Meinung nach die Erklärung für das weitverbreitete Phänomen, dass Schriftsteller gleichzeitig mit anderen Schriftstellern auf dasselbe Thema, dieselbe Idee oder denselben Titel kommen, überzeugt, dass sie einzigartig und originell sind und unmöglich jemand dasselbe gedacht haben kann. Das ist mehr als nur einmal passiert. Irgendwo in unserer Nähe ist ein Meer von Ideen, sind feinere Schwingungen, und das macht sich bemerkbar, auch wenn dünkelhafte Materialisten dies heftig zu bestreiten pflegen.

Mir scheint, dass ich, als ich *Das goldene Notizbuch* schrieb, definitiv das Ende eines ganzen Spektrums von Ideen, Gedanken und Gefühlen erreicht hatte, dass die Welt, die ich als »unmöglich«, als »reaktionär« ausgeschlossen hatte, mich umhüllte, auf mich eindrängte, ihre Ansprüche stellte.

Ich begab mich auf die systematische Suche nach etwas anderem. Ich wusste nicht, wo oder wie ich danach Ausschau halten sollte. Da diese ausgeschlossene Welt in unserer Kultur oft nur von dubiosen Praktiken und Überzeugungen repräsentiert wird, wie Séancen, Horoskopen, Prophezeiungen und dergleichen, wurde ich immer wieder zurückgestoßen, folgte aber trotzdem beharrlich jeder nur denkbaren Spur – einem Hinweis in einem Buch, etwas zufällig Gehörtem, einer Bemerkung im Radio. So führte mich zum Beispiel Yeats zur »Golden Dawn«, aber Madame Blavatsky und Aleister Crowley führten mich wieder heraus. Ich wusste, dass es nicht das war, was ich suchte – Magie und Mysterien und bizarres Verhalten. All das zog sich über Monate hin und verlief parallel zu meinem normalen Leben; es gab niemanden, mit dem ich darüber hätte reden können, denn alle Leute, die ich kannte, klammerten sich fest an das »Paket«, egal ob sie zur Linken oder zur Rechten gehörten. Ich habe diese Suche in der Gestalt der Martha in *Die viertorige Stadt* beschrieben, aber verkürzt, bereinigt, vereinfacht – man kann einfach nicht die Irrungen und Wirrungen eines Lebens in einem Roman unterbringen, wenn man nicht will, dass die Leser gähnen und ihn beiseitelegen. Ich befand mich wieder in einer Situation, in der ich schon als junges Mädchen gesteckt hatte: Ich musste verschweigen, was ich dachte.

Mir wurde sofort eine grundlegende und überwältigende Tatsache bewusst – dass es eine Welt aus Ideen und Überzeugungen gab, von der ich kaum je etwas gehört und mit der ich mich schon gar nicht ernsthaft beschäftigt hatte. Obwohl ich keineswegs eine gute Schulbildung genossen hatte, hatte ich doch sehr viel gelesen, war Teil der intellektuellen Erregtheit jener Zeit gewesen, hatte sehr viele verschiedene Leute kennengelernt, war aber nirgendwo auch nur auf die Andeutung dessen gestoßen, was ich damals zu entdecken mich anschickte – das heißt, wenn ich von dem jämmerlichen »Spiritualismus« in meiner Schlussphase bei der kommunistischen Gruppe in Südrhodesien absah.

Nirgendwo in unserem Bildungswesen, unserem Kulturkreis war auch nur andeutungsweise die Rede von den großen Religionen, den großen spirituellen Traditionen des Ostens. Im Zentrum unserer eigenen Kultur findet sich die spirituelle Tradition des Christentums, von Autoren wie Johannes vom Kreuz oder Mutter Juliana von Norwich, von Büchern wie *The Cloud of the Unknowing* getragen. Aber das waren außergewöhnliche Individuen, mit einem besonderen Temperament begabt, über das, wie ich meine, nur sehr wenige Menschen verfügen. In der Regel sind sie lediglich religiösen Menschen ein Begriff.

Ich glaube, dass diese Lücke im Zentrum unseres Bildungswesens – damals absolut, aber inzwischen haben sich die Dinge ein wenig geändert – der Grund dafür war, dass junge Leute, die mit dem kessen, hochnäsigen, dünkelhaften und seichten Intellektualismus des Westens aufgewachsen waren, über keinerlei Schutzvorrichtungen verfügten, wenn sie einer östlichen Tradition und geschweige denn einer ihrer stark verwässerten Formen begegneten. In den gerade anbrechenden sechziger Jahren erlebten wir immer wieder, wie hochgebildete junge Leute plötzlich Scharlatanen, Gurus und allen möglichen Kulten verfielen, zur Verwunderung und Verzweiflung ihrer Eltern. Der Grund dafür war, dass ganze Regionen ihres Denkens brachlagen, sodass jedes Unkraut Fuß fassen konnte. Ich habe das in meiner Geschichte *Die Versuchung des Jack Orkney* darzustellen versucht.

Ich las zuerst über die verschiedenen Traditionen des Buddhismus. Der Buddhismus sollte für eine große Zahl von Menschen attraktiv werden und ist es noch heute. (Damals hatte noch kaum jemand etwas von ihm gehört. Es ist wirklich schwer, sich heute die absolute Ignoranz und die Sterilität unserer Ideen kurz vor dem Anbrechen der sechziger Jahre vorzustellen.) Der Buddhismus übt einen großen Reiz auf den gewalttätigen und kriegerischen Westen aus. Danach las ich über verschiedene Aspekte des Hinduismus, für mich faszinierend wegen seines

Polytheismus, seines Heteromorphismus, genau wie der Katholizismus, der Götter und Heilige aus der Kultur in sich aufnimmt, in der er existiert. Aber ich bin keine Inderin. Ich weiß, dass es Unmengen von Seelen gibt, die Lungis, Saris und rote Stirnmale tragen und in Indien und anderswo in Ashrams leben. Aber ich las all die großen Klassiker des Ostens – die Vedas, die Bhagavadgita, die verschiedenen Zen-Schriften; ich las sie, um mich zu informieren, mit Genuss und Vergnügen, und vor allem zur Belehrung, aber immer kam ich zur gleichen Tür wieder heraus, durch die ich eingetreten war. Aber es gab eine Tatsache, die sich aus alledem ergab, eine grundlegende Tatsache, und das war die, dass man einen Lehrer braucht. Kein Lehrer, kein Führer, und man kann sich darauf verlassen, dass man in Schwierigkeiten gerät. Damals war es einfach das einzig Handfeste, an das ich mich in der Überfülle aus sehr unterschiedlichen Stimmen und Wegen anklammern konnte, aber seither ist es weit über das Theoretische hinausgegangen, denn jahrelang sollte ich immer wieder erleben, wie ungestüme Leute diese gefährlichen Regionen ohne einen Führer zu erkunden trachteten und auf alle möglichen Arten Schaden nahmen, von denen das Wahnsinnigwerden, zeitweise oder für immer, der häufigste war.

Wenn es etwas gibt, auf das wir Menschen im Westen stolz sind, dann ist es unsere Unabhängigkeit. Dessen war ich mir nicht einmal bewusst, bevor ich mich selbst herausforderte. Es fällt einem schwer, kostbare Selbstsicherheit aufzugeben, vor allem dann, wenn man sein Leben lang um sie gekämpft und sie verteidigt hat, sich bemüht hat, sie zurückzugewinnen, weil sie zeitweise abhandengekommen war, zum Beispiel als Kommunist. Wenn man eine Frau ist, fällt es besonders schwer, weil der Druck, dem man sich ausgesetzt sieht, so stark ist, vor allem der innere, emotionale Druck, der tückischer ist als der Druck von außen.

Die »Gurus«, die Ende der fünfziger und Anfang der sechziger Jahre auftauchten, boten keine überzeugenden Gründe, sich ihnen zu unterwerfen. Ich habe einen ausprobiert, teils aus Neugierde, und saß seinem hiesigen Vertreter gegenüber, der mir etwas offerierte, das auf Psychotherapie auf einem so niedrigen

Niveau hinauslief, dass ich Mrs. Sussman im Nachhinein bewunderte. Psychotherapie war damals »völlig out«, ganz im Gegensatz zu heute, wo jeder zweite Mensch, den man trifft, ein Berater ist, in der Regel Leute (es fällt schwer, diesen Hinweis zu unterlassen), deren eigenes Gefühlsleben sich besonders chaotisch gestaltet.

Ich beschloss, Augen und Ohren offenzuhalten und meine Suche fortzusetzen. Inzwischen machte ich Bekanntschaft mit einer unangenehmen Wahrheit über mich selbst – die erste von sehr vielen. Ich meine das Faktum, dass diese Pfade oder Wege, die ich erforschte, gelegentlich auch »Disziplinen« genannt wurden. Ich hatte keinerlei Disziplin im Umgang mit mir selbst – ja, ich überschätzte mich in jenen Tagen, in denen mich die schiere Größe dessen, dem ich mich gegenübersah, überwältigte –, abgesehen davon, dass ich über das Maß von Selbstdisziplin verfügte, mich jeden Tag an die Arbeit zu machen. Ich war imstande gewesen, mir mein Leben, meinen Arbeitsrhythmus so einzurichten, dass mein Sohn darin Platz fand. Ich konnte mit Recht behaupten, dass im Zentrum meines Lebens immer seine Bedürfnisse gestanden hatten, sein Aufenthalt in der Schule und seine Ferien, sein Kommen und Gehen. Aber was sonst noch? Nichts, wenn ich mich kühl betrachtete.

Essen nahm einen großen Platz in meinem Denken ein, sei es, dass ich es aß oder nur kochte. Das ist nichts Ungewöhnliches in unseren Zeiten des Überflusses, aber mir wurde immer stärker bewusst, wie viel Zeit ich mit dem Nachdenken übers Essen verbrachte. Und es ist durchaus möglich, eine Diät zu machen und trotzdem ans Essen zu denken, ganz einfach, weil es einem als gute Köchin Spaß macht, andere Leute zu bewirten. In jedem Fall gilt, man denkt trotzdem ans Essen.

Ich war keine Trinkerin mehr, wie ich es eine kurze Zeit lang gewesen war, aber Wein war ein Bestandteil meines Lebens, und ich kann nicht behaupten, dass ich mir etwas versagte.

Ich rauchte fünfzig oder sechzig Zigaretten am Tag und hätte nie geglaubt, dass ich eines Tages einfach damit aufhören würde.

(Sämtliche Wege, die ich bis zu diesem Zeitpunkt erforscht hatte, gingen von der Notwendigkeit des Asketentums aus.)

Ich war körperlich in schlechter Verfassung. Das besagte nicht viel, das wusste ich, aber ich beschloss trotzdem, jeden Morgen meinen Körper zu trainieren. Ich war mir natürlich bewusst, wie absurd es war, Liegestütze und Ähnliches zu machen und dabei zu hoffen, dies könnte ein Schritt auf dem Weg zu den höheren Dingen sein.

Ein Gedanke begann in mir zu nagen – es war wirklich erst ein Beginn –, dass mein Verhalten, seit ich den Kinderschuhen entwachsen, mein »Lebensstil«, etwas war, das man zu jeder anderen Zeit in der Geschichte korrupt, dekadent, sogar degeneriert genannt hätte. Dennoch war es dieses Verhalten, für das ich mich eingesetzt und schmerzliche Kämpfe geführt hatte, um es zu erringen und zu behalten, und von dem ich das Gefühl hatte, dass es mich im Grunde definierte. (Und eine ganze Generation mit mir.) Aber die Schwierigkeit bestand darin, dass, wenn das Pendel zu weit nach der anderen Seite ausschlug (was man immer wieder erleben kann, die Umschwünge von einem Extrem ins andere), die Gefahr des Abgleitens in den fanatischsten und unfruchtbarsten Puritanismus drohte. Und da viele von uns in Richtung sexueller und anderer Freiheiten vorgestoßen waren, lag die Annahme nahe, dass das Pendel schon in die Regionen der Genusssucht ausgeschlagen hatte … Gedanken dieser und ähnlicher Art waren schwierig – und konnten wie gewöhnlich mit niemandem geteilt werden –, ich schob sie einfach von mir.

Heute empfinde ich es als peinlich, wie ich damals über »die Suche«, »den Weg« dachte, und dennoch weiß ich, dass von einem Kind unseres Kulturkreises nichts Besseres erwartet werden konnte, dass ich eine von vielen war.

Wir im Westen und in den vom Westen dominierten Kulturen erwarten stets *alles*. Uns ist *alles* versprochen worden, explizit oder implizit. Wir glauben, dass wir das Gute verdienen. Wenn man uns sagt, dass es noch etwas gibt, etwas Wünschenswertes – einen großen, vergrabenen Schatz –, dann müssen wir es haben. Es steht uns gewissermaßen rechtmäßig zu. Als ich wusste, dass es diese andere Welt gab, die »spirituelle« – obwohl es mir schwerfällt, dieses Wort zu gebrauchen, weil es mittlerweile so verkommen ist –, erfuhr ich zwei starke Reaktionen an mir. Die erste war Empörung über meine eigene Kultur, weil sie diese andere Welt ignorierte – aber ich empöre mich ziemlich leicht und war noch weit davon entfernt, ebendas zu begreifen. Die andere Reaktion stellte ein starkes, besitzergreifendes Verlangen dar, ein geheimes Frohlocken. Es war Gier, aber das wusste ich nicht. Ich hielt es für lobenswert, dieses heimliche »Gib-her-Gib-her«, an das ich mich klammerte. Noch schlimmer als dieses »Gib her« war mein »Ich *will* das tun, *will* das erreichen. *Ich* will«.

Fast alle Leute, die einem »Weg« folgten, haben die Erfahrung gemacht, dass sie voller Scham auf ihre ersten Schritte zurückblicken und bedauern, wie sie sich in ihnen so sehr irren konnten.

Und nun stellt sich ein wirkliches, ein schwerwiegendes Problem. Von dieser Zeit an – das heißt, seit dem Ende der fünfziger Jahre – hat es in meinem Leben eine Hauptströmung gegeben, tiefer als jede andere, mein, wenn man so will, wahres Bestimmtsein. Ein paar Leute werden es nachvollziehen können, weil sie etwas Ähnliches durchlebt haben, die meisten aber werden vermutlich desinteressiert oder gelangweilt sein. Und so werde ich nur erklären: Das war mein wahres Leben.

Es gibt eine kleine Geschichte aus dem Sufismus, aus dem Buch mit dem Titel *Die Sufis* von Idries Shah. Aber ich war noch nicht auf den Sufismus gestoßen.

Ein Mann ist Gefangener auf einer Insel, aber er weiß nicht, dass er ein Gefangener ist und dass das Leben aus mehr besteht als dem Leben eines Gefangenen. Ein Retter bietet ihm eine Fluchtmöglichkeit an, auf einem Schiff, aber er sagt: »Oh, danke, danke, ich werde kommen, aber ich muss meine Tonne Kohl mitnehmen.«

Als ich die Geschichte zum ersten Mal las, dachte ich, *ich* wäre nicht so dumm, eine Tonne Kohl ... – aber leider fällt es einem sehr schwer, sich von *dieser* Tonne Kohl zu trennen. Damals sagte ich viel zu oft: »Natürlich wäre *ich* nicht so dumm, um ...«, was immer es auch gerade sein mochte. Und das führt mich zu einer weiteren Schwierigkeit. Wenn man auf einem Gebiet gut ist, dann setzt man unbewusst voraus, dass man es auch auf anderen Gebieten ist; wenn man auf einem Gebiet Erfolg gehabt hat, dann nimmt man an, dass dieser Erfolg auch als gute Note bei einem anderen »zählt«.

Auch die kleine Geschichte über den Gefangenen wird einigen viel bedeuten, anderen überhaupt nichts. Und deshalb genug hiervon. Leute, die sich dafür interessieren, können selbst nachlesen, was mich beschäftigte. Es war der Gelehrte des Sufismus, Idries Shah*, dem ich die Entdeckung dessen verdankte – wie ich es damals sah –, was der Suche, *meiner* Suche lohnte. Seine Bücher kann man kaufen.

Das »Aufgeben« von Unabhängigkeit habe ich falsch gesehen, aus Unwissenheit und Überheblichkeit, wie ich bald herausfand. Was es gab, war echte Bestürzung und Verdruss. Als ich damit anfing, nach einem »Weg« oder einer geistigen Schule Ausschau zu halten, behielt ich es für mich, weil die Atmosphäre jener Jahre so grundsätzlich dagegen war. Immerhin waren die kultverrückten Sechziger mühelos vorherzusehen, vor allem dann, wenn ich mich daran erinnere, wie unsere streng dogmatisch-atheistische Gruppe in Gespenstergeschichten und Séancen endete.

Ein Ereignis während einer Party im Jahr 1963. Das Zimmer war voller Leute. Alle waren in der Kommunistischen Partei gewesen oder hatten ihr nahegestanden. Jemand nahm ein Buch in die Hand und fragte mich fassungslos: »Was liest du da?«

»Es ist ein Buch über Hatha Yoga«, sagte ich. Hatha Yoga ist die den Körper betreffende Disziplin von Yoga. Stumme Blickwechsel, gerunzelte Stirnen, taktvoller Wechsel des Themas. Nur fünf Jahre später hätte es keinem dieser Leute etwas ausgemacht zu sagen: »Nein, Mittwoch kann ich nicht, da gehe ich zum Yoga.«

Das wirklich Peinliche an diesem Vorfall, der Ausdruck eines Zustands, bedarf einer raschen und natürlich unbefriedigend bleibenden Generalisierung. Wenn man praktizierender Christ ist oder Bücher wie *The Cloud of the Unknowing* ihrer literari-

* Er starb am 23. November 1996.

schen Qualität wegen gelesen hat, dann bedeutet das Wort »Mystizismus« einem etwas Ernsthaftes. Aber das lässt sich nicht als geistiges Gebildetsein bezeichnen, wie wir es in einigen östlichen Kulturen antreffen, wo es ganz selbstverständlich ist, dass die Menschen nach einem Führer, einem Lehrer, einem Weg, einem Pfad – einer geistigen Heimat – suchen. Hier im Westen werden die meisten Leute, wenn sie hören, dass man sich für Mystizismus interessiert, sofort anfangen, von Gespenstern zu reden, von Poltergeistern, Reinkarnation, Wahrsagen, dem *I Ging*, UFOs und dem Erstellen von Horoskopen. Sie glauben, Mystizismus bedeute aufregende Erlebnisse irgendwelcher Art. Aber es gibt in keinem Kulturkreis eine ernst zu nehmende geistige Schule, die ihre Schüler nicht anweist, Erscheinungen wie ESP zu ignorieren und, wenn sie tatsächlich »supranormalen« Phänomenen begegnen, diese als vom Wesentlichen ablenkend und für irrelevant zu erachten.

Es hat mir nicht gefallen, für schwachsinnig gehalten zu werden.

Doch abermals – genug davon.

Ich füge hier zwei Gedichte ein, weil Gedichte mit ein paar Zeilen sagen können, wozu sonst ganze Seiten von Prosa erforderlich wären. Beide stammen aus den frühen sechziger Jahren, aber sie gehören hierher. Als Gedichte sind sie weder sonderlich gut noch schlecht. Altmodisch, das ja. Aber trotzdem aussagekräftig.

HIER

Hier, da stehe ich,
hier, wo sie gestanden haben,
all die mit den uns blühenden Zweigen.

Hinter uns verschlossene Türen,
fünf an der Zahl.
Hinter denen die Tiere knurren,
die die Hände uns leckten zuvor.

Dunkel ist es, und dunkel.
Herr, wie seltsam, mich dem so nahe zu bringen.

Auch sie standen und fragten:
Wer schloss die Türen?
Wer lehrte unsere Tiere das Knurren?

Wer brachte mich hierher, was?

Hier, wenn ich dann stehe,
wo das Dunkel mir nahte,
darf das Dunkle ein Ende finden.
Ja, hier muss das Dunkle enden.

DIE INSELN

Gut geht es den Inseln, den
Sagenumwobenen, wie stets.
Doch übermächtger Wind von dort fragt Dich,
Ob Engel oder Teufel sie beherrschen.

Das leichte Naserümpfen zur rechten Zeit weist den Weg wie stets,
Solange rettende Hände ein Kind zu unterrichten wissen
Oder neue Pflanzen wachsen lassen.

Schlägt Leben viel zu stark,
Mehr versprechend, als der Verstand sich träumt,
Dann löscht die Trägheit
Mit des Schlafes schmutzgen Wassern
Beginnenden Lichterglanz.
Dann bleibt den sorgenden,
Den wissenden Händen
Nur, die weißen Laken glatt zu streichen.

Einst hielt ich das tägliche Häufen kleiner Taten
Für Nahrung, die das Herz beschwichtigt,

Hielt Kummer und Gewalt für die rechte Kost des Heiteren.
Doch nun, mit jedem Atemzug
Bewahrt vor der Narrheit der Extreme,
Bewahrt, von dem, was zu tun ist,
Hier,
Wo Geduld nach dem Krieg die Grenzen hegt,
Tritt ein der stille Freund, als meine durch die Zeit
Erfahrenen Hände das Brot kneten,
Ich ein Haus bestelle.

In diesen Versen sollte man nicht mehr sehen als ein Stadium oder eine Stufe. Die Schwierigkeit besteht darin, dass Leute, die keinen Pfad oder Weg suchen, sich vielleicht für diejenigen interessieren, die es tun, aber oft Stationäres, sogar das, was von den Suchenden selbst als Irrweg oder abträglich angesehen wird, als höchste Errungenschaft oder Gipfel betrachten. Die Parallele auf literarischem Gebiet ist, wenn ein Leser oder Kritiker einem eine Seite unter die Nase hält und sagt: »Sehen Sie her, das haben Sie 1953 geschrieben, Sie haben es selbst gesagt, wie können Sie das jetzt bestreiten?«

Ich habe gesagt, ich mag keine Partys, ich gehe nicht zu ihnen, aber es gab eine Menge Partys. Viele fanden im Haus der Pipers am Fluss statt, in dem es von hübschen Kindern nur so wimmelte. Heute kommt es mir vor, als hätte ich an einer Idylle teilgehabt. Nein, das Leben ist nicht so, aber es gibt Orte und Menschen, die einen solchen Charme haben, dass man nichts anderes sieht. Und außerdem hatte ich, dieser Flüchtling aus jeglichem Familienleben, ironischerweise das Gefühl, für immer ausgeschlossen am Rande eines magischen Landes zu stehen, wo sämtliche unangenehmen Begleitumstände einer Familie mit einem Zauberstab ausgelöscht waren.

Eine Szene: Peter und Anne liegen im Bett und haben die Arme umeinandergeschlungen, ich sitze am Fußende des Bettes, und wir unterhalten uns über dieses und jenes. Die Tür fliegt auf, eine Tochter erscheint und kreischt mit dramatisch erhobenen Händen: »Was *macht* ihr da?«

»Wir schmusen«, sagt Anne.

»Aber …« Was die Tochter gern sagen würde, ist: Aber warum darf ich nicht mitmachen? »Das ist abscheulich«, verkündet sie.

»Wir Eltern haben unsere Rechte«, bemerkt Peter friedlich.

»Ich komme mit ins Bett«, sagt die Tochter.

»Dann musst du auch alle anderen holen«, sagt Anne. »Sonst ist es Bevorzugung.«

Das Mädchen stöhnt laut auf und rennt davon. »Ich *hasse* euch.«

Theatralisches Gelächter aus allen Ecken des Hauses. »Oh, sie sind wirklich *fürchterlich*!«

In dieser Familie schienen die unerfreulichen Aspekte des Heranwachsens mühelos in reizvolle und selbstbewusste Theatralik umgewandelt zu sein.

Manchmal sitze ich da und denke über die ganz besonders guten und netten Leute nach, die ich gekannt habe, eine Methode, mich in schlechten Zeiten in eine bessere Stimmung zu versetzen, und David Piper – Peter – ist immer dabei. Er war still, ironisch und ein Beobachter, sodass er auf den ersten Blick nicht bemerkenswert schien. Er starb viel zu jung, vermutlich deshalb, weil er ein paar Jahre in einem japanischen Gefangenenlager verbracht hatte, was nie ein Rezept für ein langes und gesundes Leben sein konnte. Zu der Zeit, als ich ihn kannte, war er Direktor der »National Portrait Gallery«.

Beim Schreiben dieser Memoiren habe ich eine Menge über die kleinen Streiche gelernt, die einem das Gedächtnis spielt, vor allem, wie es vereinfacht, bereinigt, scharfe Kontraste aus Licht und Schatten schafft. Es kann einfach nicht wahr sein, dass die vier Jahre in der Warwick Road so schlimm waren, wie ich sie in Erinnerung habe, ebenso wenig, wie es sein kann, dass in der Langham Street alles nur aus Kommen und Gehen und erfreulichen Begegnungen bestand. Und trotzdem, das langsame

Durchleben der fünfziger Jahre war für mich wirklich so etwas wie das Herauskriechen aus einer Grube.

Ich blicke zurück auf Szenen in meiner Wohnung, meiner kleinen, hässlichen Wohnung, angefüllt mit Menschen. Ich bereitete extravagante Mahlzeiten zu, weil es mir Spaß machte. Die Gesichter sind mir im Gedächtnis geblieben, aber leider nicht die Namen. Und was für eine Mischung von Menschen, und noch dazu solche jedes Alters, denn da waren Peters Freunde und die Kinder von Freunden. Ich habe immer alle Bekannten und sogar Leute, die ich nur flüchtig kannte, zu meinen Partys eingeladen, und es pflegte stets zu funktionieren. Manchmal gab es hitzige Diskussionen, und dann: Wie *können* Sie diesen faschistischen / kommunistischen / neurotischen / psychopathischen Idioten kennen? Aber nicht oft.

Bei einer Party – aber jetzt eilen wir voraus in das Haus in der Charrington Street und zu einer großen Versammlung von ungefähr dreißig Leuten zum Lunch – durchquerten zwei Frauen nebeneinander das Zimmer, um zu sagen: »Ist Ihnen klar, wie ungewöhnlich es für uns ist, zu erleben, dass eine Frau das tut?«

»Was tut? Ich verstehe nicht.« Eine Frau aus New York, die andere aus Moskau, und sie hatten miteinander beratschlagt.

»In New York veranstaltet man keine Partys, wenn man eine alleinstehende Frau ist, man wartet darauf, von verheirateten Freunden eingeladen zu werden. Man geht in eine Art ›Purdah‹, bis man einen Mann gefunden hat.«

»Und bei uns würde keine Frau ohne einen Mann es wagen, eine solche Party zu veranstalten.«

Ich war nie auf den Gedanken gekommen, dass ich etwas Ungewöhnliches tat, und musste mich auf ihr Wort verlassen. Aber mir kamen zwei Gedanken, von denen der eine alles andere als neu war: Wenn man etwas tut, dann akzeptieren es die Leute, ob es in der Gesellschaft Brauch ist oder nicht. Der andere Gedanke war der, dass wir alle New York für den Gipfel gesellschaftlicher Weltläufigkeit hielten und Moskau doch eigentlich von allen derartigen Mittelschichttabus frei sein müsste. Die feministische Revolution würde bald ausbrechen, und dann würde es doch – bestimmt? – selbstverständlich sein, dass eine alleinstehende Frau eine Party geben und einladen durfte, wen sie wollte.

Eine Szene: Eines Abends, ziemlich spät, erschien Lindsay Anderson mit einer Gruppe von Schauspielern vom Royal Court in meiner Wohnung; einer davon war Robert Shaw, der in Kürze Mary Ure heiraten sollte, die gerade von John Osborne abserviert worden war. Ich war Robert Shaw bis dahin noch nie begegnet, aber er erzählte mir sofort, als setzte er eine Unterhaltung fort, die wir miteinander gehabt hatten, dass er mit Soundso schlafe und dass das dem Sex mit seiner Frau sehr zuträglich sei; Ehefrauen sollten nie etwas dagegen haben, dass ihre Männer mit anderen Frauen schliefen, denn das sei ebenso gut wie ein Aphrodisiakum. Frauen wüssten einfach nicht, was gut für sie sei. Er war erfüllt von dem rastlosen Gefunkel, das Schauspieler hinter der Bühne so an sich haben. Was mich anging, er habe mich immer angebetet, endlich lerne er mich kennen, und so ging es ein paar Minuten lang weiter, während Lindsay mit schulmeisterlicher Miene zuhörte und von Zeit zu Zeit sagte: »Das reicht, Robert, Schluss damit.« Und dann verschwanden sie alle wieder in die Nacht, von Lindsay dirigiert. »So, und nun kommt … es reicht … Zeit zum Schlafengehen.« Lindsay wusste, dass er sich absurd benahm, indem er die Rolle einer pedantischen Gouvernante spielte, wusste, dass er aufreizend, unmöglich war. Trotzdem war er immer liebenswert, aber ich habe keine Ahnung, worin seine Liebenswürdigkeit bestand. Und das war das Letzte, was ich von Robert Shaw sah, bis sie im Royal Court *The Changeling* gaben und Robert Shaw zusammen mit Mary Ure spielte und im Theater jedermann wusste, dass er irrsinnig in sie verliebt war. »Ich liebe diese Frau!«, wurde mit einer derartigen Leidenschaft gesprochen, dass das Leben selbst das Stück über den Haufen warf, und alle applaudierten.

Edward Thompson besuchte mich. Weshalb? Er muss einen Grund gehabt haben. Er wäre nicht einfach auf eine Tasse Tee hereingeschneit. Hinterher steht er vor meiner Wohnung auf der

Straße. Es ist eine hässliche Wohnung und ein hässliches Gebäude, und die Straße hat auch nichts Inspirierendes an sich. Edward hebt die rechte Faust und deklamiert himmelwärts: »Babylon! Was tue ich in Babylon? Ich muss fort.« Und er schüttelt den Staub Londons von seinen Füßen und reist in den gesunden Norden.

Edward Thompson war damals ein Gefangener seiner Zeit, war als marxistischer Historiker der britischen Arbeiterklasse »eingefroren« in die Vergangenheit. Aber seine Zeitgenossen erinnern sich an ihn als jemanden, der von größerem geistigem Format war als die meisten Leute um ihn herum, romantisch, immer voller Leidenschaft in Debatten verstrickt, und mit jener Art von Fantasie begabt, die jede Szene erhellt, von der er entweder ein Teil ist oder die er mit grandiosen Hoffnungen für die Menschheit zu beschreiben sucht. Ich wollte, ich könnte glauben, dass in Großbritannien junge Edward Thompsons heranwachsen, die seinen Platz einzunehmen imstande wären, aber wir leben leider in einer missgünstigen, kalten, vorsichtigen Zeit.*

Kurz bevor ich aus der Langham Street auszog, wurde *Spiel mit einem Tiger* endlich aufgeführt, und ich verbrachte eine Menge Zeit bei den Proben, vor allem deshalb, weil ich mich mit Ted Kotcheff angefreundet hatte. Ich mochte Siobhan McKenna, aber es war unmöglich, sich mit ihr anzufreunden, weil sie nach der Vorstellung sofort mit trinkfreudigen Freunden zu Partys aufbrach, die die ganze Nacht dauerten, wilden Besäufnissen, jedem nur denkbaren erratischen und herausfordernden Verhalten, denn sie musste das wilde Kind sein, eine tolle Frau. Das war es, was Irland aus ihr gemacht hatte, die Rolle, die man ihr zugewiesen hatte, und sie spielte sie bis ins letzte Detail aus; das wundervolle dunkelrote, lange Haar war meistens ungekämmt, die klangvolle Stimme im ganzen Theater (oder wo immer sie sich auch aufhalten mochte) zu hören. Auf die Gefahr hin, mir alle möglichen Vorwürfe einzuhandeln, behaupte ich, dass iri-

* Edward Thompson starb 1993.

scher Künstler oder irische Künstlerin zu sein eine zusätzliche Belastung bedeuten kann. Man ist in Spanien, bei einer Dinnerparty, und anwesend ist der typische Ire mit seinen wilden poetischen Reden, seinem Charme, und er ist betrunken, er sagt, er ist auf einer Sauftour, ist seit drei Tagen nicht mehr zu Hause gewesen, und was wird seine arme Frau sagen? Seiner armen Frau bleibt nichts anderes übrig, als das zu tun, was sie schon so oft getan hat – sie muss ihm verzeihen, wenn er schuldbewusst zurückkehrt. »Oh, wie konntest Du nur?« Aber er konnte es tun, er hat es getan und wird es immer wieder tun, weil das im Drehbuch steht oder vielleicht eine Art Fluch ist; wenn man Ire ist und ein Dichter, dann ist einem vorgeschrieben, was man zu tun hat.

Ich war in Dublin und besuchte den Dichter John Montague. Er war mit einer französischen Aristokratin verheiratet, für die das Leben in dieser kleinen Wohnung nicht leicht gewesen sein kann, und er saß mit einer Flasche irischen Whiskeys in den Händen da, und wir unterhielten uns und lachten, während seine Frau staubsaugte; er bewegte seine Beine in diese und jene Richtung, um dem Gerät zu entgehen, und sagte: »Französische Aristokraten, im Grunde sind sie Bauern, ist es nicht so, mein Liebling?«, und sie sagte: »Dein Glück, dass ich es bin, und wenn noch mehr von deinen betrunkenen Freunden vor der Tür stehen, dann lasse ich sie nicht herein.« Daraufhin schwang er seine langen, dünnen Beine auf den Fußboden und sagte: »Kommt, wir gehen Behan besuchen.« Ein paar Straßen entfernt lebte Brendan Behan, der Dramatiker. Es war ungefähr zehn Uhr morgens. Brendan war nüchtern, als wir ankamen. Wir saßen da und unterhielten uns über – was sonst – das Royal Court und das Theater von Joan Littlewood, und die Unterhaltung war von gesundem Menschenverstand und Theaterwissen geprägt. Man erwartete einen Journalisten aus London. Er hatte sich für zwölf Uhr angekündigt. Wir durften erleben, wie Brendan sich in die Rolle des betrunkenen Iren hineinarbeitete. Ich sah, wie Brendan sich dabei beobachtete, als er, Brendan, seine Rolle, einstudierte, diesen Charakter schuf, der neuerdings so oft in den Zeitungen auftauchte, manchmal sogar auf der Titelseite. Brendan nahm einen Mundvoll Whisky aus der Flasche, die er in seiner Hand hielt, sprach ein paar Sätze, gestattete ihnen, Betrunkenheit anzudeuten, und nahm dann einen weiteren Mundvoll Whisky. Als der Mann aus London eintraf und wir die beiden verließen, war Brendan auf dem Höhepunkt seiner Vorstellung als wilder irischer Poet angekommen. Ich nehme an, wenn der Journalist nicht gekommen wäre, dann hätten wir einen angenehmen, halbwegs nüchternen Tag verbracht, zur Unterhaltung fähig und weit vom Zertrümmern von Gegenständen und wilder poetischer Raserei entfernt. Aber das Drehbuch schreibt vor, dass ein irischer Dramatiker trinken muss, und die Medien bestätigen es. Die Medien ließen sich nie eine Gelegenheit entgehen, Brendan als wild und trunksüchtig zu beschreiben, und deshalb war es am Ende der Alkohol, der ihn umgebracht hat – und das war ein großer Verlust für das Theater und uns alle.

Die Person aus dem Ensemble von *Spiel mit einem Tiger*, mit der ich öfter zusammenkam, war Maureen Prior, diejenige, die krank war, als das Manuskript bei ihr eintraf, sich aber trotzdem an einem eiskalten Tag zum Vorsprechen ins Theater schleppte und die Rolle bekam. Maureen Prior war warmherzig, impulsiv, dazu begabt, sofort Freundschaften zu schließen. Ihr Mann dagegen war bedächtig, kalt, intellektuell. Ich dachte: Da haben wir's wieder einmal. Was würde passieren, wenn es der Natur tatsächlich gefiele, zwei zueinanderpassende Menschen zu verheiraten – zum Beispiel zwei warmherzige, offene, überschwängliche Menschen, dann wäre das Glück bestimmt grenzenlos –; aber andererseits, wenn zwei kühle, leidenschaftslose, gehemmte Leute heiraten würden, dann wären sie vermutlich nie imstande, sich zu umarmen.

Eine Zeit lang war ich viel mit Theaterleuten zusammen, und das nicht nur, weil ein Stück von mir auf dem Spielplan stand. Ein überaus idealistischer Plan wurde ausgeheckt, mit dem Ziel, dem Londoner Theater seine, wie wir es sahen, Steifheit zu nehmen. Es gab glänzende – hell strahlende – Orte: das Royal Court,

Bernard Miles am Mermaid Theatre in der City, das Arts Theatre, Oscar Lowenstein. Aber die meisten Theater wurden von kommerziellen Managern geleitet. Die Theaterszene damals unterschied sich erheblich von der, die wir heute haben. Sie wurde geprägt von vielen kleinen innovativen und abenteuerlustigen Theatern, von Theaterstücken, die in Pubs aufgeführt wurden, und vor allem von dem National Theatre und dem südlichen Themseufer. Heute ist es für uns selbstverständlich, dass ein Theater ein gesellschaftliches Zentrum ist, mit den vielfältigsten Aktivitäten – Vorträgen, Studiengruppen, Seminaren, Musik, Restaurants, Buchhandlungen. Aber damals gab es nichts dergleichen.

Die Idee war, ein Lagerhaus in Covent Garden in die Hand zu bekommen und ein Gebilde zu schaffen, das einen Raum schuf für alle nur denkbaren Arten von experimentellem Theater, neue Autoren, Workshops und Stücke aus anderen Ländern, denn damals gelangten nur sehr wenige ausländische Stücke ins Land.

Wer waren wir, diese hoffnungsvollen Träumer? Die Idee stammte von Gareth Wigan. Er war damals Agent (heute hilft er, Warner Brothers in Hollywood zu leiten), und wir trafen uns in seinem Haus in Belgravia. Ted Kotcheff, Ted Allan, Sean Connery, Mordecai Richler, Shelagh Delaney, der Bühnenbildner Sean Kenny, der zu jung starb, Clive Exton. Für einige Wochen kamen wir 1960 rund ein Dutzend Mal zusammen, und unsere Pläne wurden sehr konkret. Es versammelte sich eine Menge Wissen über Theater, Film, Fernsehen, Rundfunk in diesem Zimmer. Wir zweifelten nicht daran, dass es uns gelingen würde, Geld aufzutreiben. Gespräche mit potenziellen Geldgebern ergaben, mit wie viel Unterstützung wir würden rechnen können. Ich glaube auch heute noch, dass Geld das geringste unserer Probleme gewesen wäre. Was uns anging, so würden wir alle unentgeltlich oder gegen ein symbolisches Entgelt arbeiten, denn wir wollten ein lebendiger Vorwurf für das kommerzielle Theater sein. Wir fanden ein Lagerhaus. Es war in schlechtem Zustand, aber das spielte keine Rolle, weil wir es so leichter unseren Vorstellungen entsprechend herrichten konnten. Eines Sonntagmorgens beriefen wir dort eine Versammlung ein. Mundpropaganda und eine kleine Anzeige lockten ein paar hundert Leute an – Schauspieler, Stückeschreiber, Bühnenbildner, Regisseure. Viele von ihnen waren irgendwo unter Vertrag; es war keineswegs eine Sache von Leuten, die das Gefühl hatten, verschmäht worden zu sein. Die Atmosphäre war so ermutigend, wie wir gehofft hatten. Es war insofern eine politische Atmosphäre, als unser aller Feind die Managements der Theater im West End waren, die wir von ganzem Herzen und instinktiv verachteten (genau wie Joan Littlewood, die diese als verfault, wenn nicht sogar böse, in Grund und Boden verdammte). Das lag zum Teil an der weitverbreiteten Einstellung, dass alles, was kommerziell erfolgreich war, schlecht sein musste; sie existiert noch heute, und ich glaube, sie ist ein Ersatz für die Verachtung, die die Aristokraten dem Kommerz entgegenbrachten, die seltsamerweise zu einem Bestandteil des linken Denkens geworden war. Zum Teil war es auch ein Überbleibsel des Kommunismus. Viele der Leute in den Künsten waren in der einen oder anderen Form Kommunisten gewesen und wollten mit diesem neuen Theater nicht nur gegen das West End Front machen, sondern gegen alle Tyrannei im Theater, insbesondere der kommunistischen Parteilinie. Man hat inzwischen vergessen, dass viele, vielleicht die meisten Schauspieler jener Zeit zeitweise im Unity Theatre – dem kommunistischen Theater – gearbeitet hatten und dort hatten miterleben müssen, wie ein für seine lebendige Bilderstürmerei berühmtes Theater durch King Street vernichtet wurde. Außerdem wurde die Theater-Gewerkschaft »Equity« von Kommunisten geführt, die sich aller nur erdenklichen Tricks bedienten, und die meisten Schauspieler konnten sie nicht ausstehen. An diesem Vormittag in Covent Garden gab es eine Menge Begeisterung, Optimismus, Einverständnis: Alles war an Ort und Stelle, wir waren bereit loszulegen. Bei unserem ersten Treffen nach diesem Sonntag wussten wir alle, dass wir an dem Punkt angelangt waren, an dem wir darüber entscheiden mussten, wer die Leitung übernehmen sollte. Keiner von uns wollte es; wir hatten alle unsere eigene Arbeit. Wir würden auf jede nur denkbare Weise mitarbeiten, aber wir konnten es nicht leiten. Also wen sollten wir fragen? Niemand schien der Richtige zu sein. Heute wäre das einfach, denn es gibt eine Menge tatkräftiger, flexibler Leute von der Art, wie wir sie damals so nötig gehabt hätten, in einer wundervoll talentierten Generation.

Na schön, also wer? Einer Menge Leser dürfte die Situation vertraut sein. Es ist dasselbe, wie wenn Schriftsteller beschließen, dass sie bessere Arbeit leisten können als Verleger, sich versammeln, um einen Verlag zu gründen, vielleicht sogar einen ins Leben rufen – und dann zu ihrer wirklichen Arbeit, dem Schreiben, zurückkehren, nachdem sie jemanden angeheuert haben, der den Job erledigt. Aber in welcher Hinsicht unterscheidet sich diese Neuschöpfung von irgendeinem Verlag? Ich habe das mehr als einmal miterlebt, und es funktioniert nicht. Im Herzen eines solchen Unternehmens muss jemand sitzen, der kein »Mietling« ist, sondern jener leidenschaftliche, inspirierte, engagierte Wahnsinnige, der weiß, wie man Berge versetzt.

Da standen wir nun mit unseren grandiosen und romantischen Plänen, wurden mit Briefen und Anrufen von Leuten bombardiert, die mitmachen wollten, aber im Zentrum herrschte ein Vakuum.

Und nun: Auftritt Arnold Wesker. Ich begegnete ihm irgendwo, erzählte ihm, dass ich an einem Plan beteiligt sei, der ihn interessieren könne – er beschäftigte sich selbst mit ähnlichen Plänen, alle noch im Anfangsstadium. Er kam spät zu einer Versammlung, als wir alle sanft und entspannt waren, voller Zuversicht, weil unser Plan so gut lief und alles organisiert war bis auf das Entscheidende. Arnold saß da, ohne zu lächeln, und verkündete dann: »Es gibt nur einen Menschen, der diese Sache leiten kann, und dieser Mensch bin ich.« Ted Allan witzelte, Stalin habe gesprochen. Und das war das Ende – das heißt, das Ende des Unternehmens, wie wir es uns vorgestellt hatten. Arnold zog los und gründete das »Centre 42«, Opposition von uns erwartend. Aber jeder Einzelne von uns hatte von politischen Konfrontationen mehr als genug, und wir ließen Arnold einfach weitermachen. Was wir empfanden, war so etwas wie: »Na schön, er wird daraus herauswachsen.« Ich bin sicher, wir begriffen nicht, wie absurd diese Haltung war; schließlich waren wir selbst erst kürzlich daraus herausgewachsen. Es ist nur fair, festzuhalten, dass er in uns allen einen Haufen abgenutzter alter Marxisten sah.

Und so ist es in Wirklichkeit zur Gründung des »Centre 42« gekommen. Wie Joan Littlewood vor ihm, musste auch Arnold Wesker feststellen, dass die Arbeiterklasse von seinen Bemühungen alles andere als begeistert war. Aber immer, wenn in Diskussionen, wie sie dann auszubrechen pflegen, die Rede auf diesen Punkt kommt, erinnere ich mich an die Bergleute in Armsthorpe, die mit Tränen in den Augen davon erzählten, wie Sybil Thorndike und andere in das Bergarbeiterdorf kamen, um für sie Shakespeare zu spielen. Und nur ein paar Jahre später erlebte ich, wie zwei idealistische junge Lehrer mit ein paar Fünfzehnjährigen aus der Arbeiterklasse Ferien machten, bevor diese mit der Arbeit und dem Erwachsenenleben begannen, und diese Ferien bestanden nicht nur aus einer Reihe von Ausflügen in die Umgebung von Oxford, sondern auch aus drei Besuchen des Theaters in Stratford. Und diese Kinder, deren Eltern nie auch nur in die Nähe eines Theaters gekommen waren, waren vom Theater begeistert, von Shakespeare begeistert. Offenbar war die organisierte Gewerkschaftsbewegung der falsche Weg; der Name »Centre 42« entstammte einer Resolution, die 1960 auf dem Gewerkschaftskongress verabschiedet worden war und verlangte, dass der Zustand der Künste untersucht werden sollte.

Was mir heute, in der Rückschau, so erstaunlich erscheint, ist, für wie wichtig wir das alles hielten, unsere Pläne zur Schaffung eines »neuen« Theaterstils, der sich schließlich bestens ohne uns entwickelte.

Ein trauriger Witz: Das »Round House*«, auf das Arnold Wesker seine Bemühungen konzentrierte, bis er aufgeben musste,

* Das Round House im Norden Londons, ein riesiges Gebäude, hat vielen Zwecken gedient; bevor es ein Theater wurde, war es der Ort, an dem die Zollbehörde Wein und Spirituosen unter Verschluss hielt.

wurde so ziemlich das, worauf wir bei unserem ursprünglichen Plan gehofft hatten. Eine Menge Leute waren daran beteiligt, und es gab Workshops, Vorträge, eine Buchhandlung und Restaurants und viele Inszenierungen aus anderen Ländern. Das »Round House« war ein liebenswürdiger Ort, um dort seine Abende zu verbringen. Es würde noch heute florieren, aber die kalte Hand der Ideologie schlug abermals zu. Der »Camden Town Council« entschied, dass es genau der richtige Ort für ein künstlerisches Zentrum für Schwarze war. Weshalb, wo doch die meisten Schwarzen in anderen Teilen Londons lebten, weit vom »Round House« entfernt? Aber gegen Ideologien kann man nicht argumentieren. Sie haben ihr Schwarzen-Zentrum nie in Betrieb genommen, aber sie hatten zerstört, was da war, und das »Round House« hat jahrelang leer gestanden und steht immer noch leer. Manchmal, wenn ich daran vorbeifahre, frage ich mich, was diese linken Stadträte empfunden haben mögen über das, was sie getan haben: vermutlich ein kleines, geheimes Gefühl der Befriedigung, denn ich bin sicher, dass sie im Grunde ihres Herzens vor der Kunst Angst haben. Vermutlich hassten sie die anarchische, lebendige, florierende, jugendliche Atmosphäre des »Round House«.

Das »Komitee der Hundert« organisierte eine große »Demo« auf dem Trafalgar Square für Sonntag, den 18. September 1960. Sie wurde sofort von der Polizei verboten. Das war nicht sonderlich intelligent. Zum einen benahm sie sich damit genau so, wie ihre schlimmsten Feinde es von ihr behaupteten. Zum anderen hatte es seit mehr als einem Jahrhundert schon immer große Demonstrationen auf dem Trafalgar Square gegeben, und eine von ihnen ausdrücklich zu verbieten, war eine Beleidigung dieser ganzen Geschichte. Dann war da noch der praktische Aspekt. Auf den Trafalgar Square münden so viele Straßen, dass Hunderte von Polizisten erforderlich waren, um die Leute fernzuhalten. Und da war eine Kleinigkeit, die die Polizei übersah: Am Trafalgar Square liegt die National Gallery, aber die war als Ort vermutlich nicht auf ihrer geistigen Landkarte verzeichnet.

Ich weiß von Leuten, die die obersten Ränge der Polizei kennen, dass jene die intelligentesten, reizendsten, bewundernswertesten Leute der Welt sind, aber die meisten von uns begegnen der Polizei auf der Ebene Alltag, und meinen Erfahrungen zufolge sind die Leute dort nicht sonderlich intelligent. Ich bin weiß, gehöre zur Mittelschicht und bin jetzt, nach zehn Jahren in London, im mittleren Alter und stelle deshalb nicht die Art von Person vor, die die berüchtigte Brutalität der Polizei auf sich lenkt, aber ich habe Freunde unterschiedlichster Hautfarbe und verschiedenen Alters, die ihre Opfer wurden. Zudem verfüge ich über ein großes Repertoire an Ereignissen, bei denen Polizisten beteiligt waren und sich nicht als roh und gefühllos, sondern lediglich als dumm erwiesen haben.

Eine kleine Sache, sehr aufschlussreich. Ich war Zeugin eines Verkehrsunfalls; ein Polizist kam und befragte mich und merkte dabei an, dass er aus dem Polizeidienst ausscheiden wollte, dem er noch nicht lange angehörte, weil ihm nicht gefiel, was er tun musste. »Zum Beispiel?«

»So viel lügen«, sagte er.

Die Polizei ist seither mehr als nur einmal reformiert worden.

»Wie kann die Polizei nur so dämlich sein?«, schallten in der Woche vor der Konfrontation freudig empörte Stimmen durch das Fußvolk. Denn jedermann wusste, dass es zu einer Konfrontation kommen würde. Eine Menge Leute freuen sich darauf. Ein Zusammenstoß. Eine Auseinandersetzung. Zu viele Leute haben Spaß an so etwas.

Vor diesem Sonntag hatte ich zwei Besucherinnen. Die eine war Shelagh Delaney, die sagte, sie hasse Demos und Unruhen, ja sogar schon größere Menschenansammlungen, aber sie müsse wohl mitmachen. Ich teilte ihre Auffassung. Die andere war Vanessa Redgrave, fiebrig erregt wie eine wunderschöne junge Johanna von Orléans oder Boadicea, die sich über die Brutalität der Polizei ausließ. Sie richtete sich zu ihrer ganzen eleganten Größe auf und fragte: »Wie können Sie nur daran denken, an einem solchen Abend schlafen zu gehen?« Es ist ein Klischee, dass das Stadium, dem man gerade entwachsen ist, einem unerträglich ist, wenn man es bei jemand anders entdeckt, und ich dachte: Oh mein Gott, genauso war ich vor gar nicht langer Zeit, wie haben die Leute mich nur ertragen?

Am Sonntagmittag, kurz bevor der Trafalgar Square abgeriegelt wurde, begaben sich Hunderte von uns in die National Gallery. Dort traf ich John Osborne, und wir vertrieben uns auf recht angenehme Weise miteinander die Zeit. Kurz vor dem Beginn der Demonstration scharten wir uns alle zusammen, und ich ergriff Johns Arm, um ihn zu stützen, denn ihm war zuwider, was wir taten; er fühlte sich miserabel. Wir gingen inmitten einer großen Menge die Treppe der National Gallery hinunter, wanderten auf den Platz und setzten uns hin. Um uns herum Polizei. Viele von denen, die sich hingesetzt hatten, beleidigten und verhöhnten wie gewöhnlich die Polizisten, und wie gewöhnlich fanden einige von uns das kindisch und sinnlos. So ging es weiter und weiter. Jeder von uns wusste, dass die Polizei in dem Augenblick, in dem Fernsehen und Presse abzogen, auf den Platz vordringen und anfangen würde, uns zu verhaften. Ich saß neben John. Oscar Beuselink, sein Anwalt, mit dem er sich später zerstritt, war gleichfalls dabei. Oscar sagte zu mir: »Wie kommt es, dass da Hunderte von Leuten sind, aber John behandelt wird, als wäre er ein Invalide oder ein Rekrut, der zum ersten Mal in die Schlacht zieht?« Stimmt, aber Menschen werden so behandelt, wie sie es verlangen oder brauchen. Tatsache ist, dass John sich krank fühlte. Die meisten Leute hatten einen Mordsspaß. Da saß Bertrand Russell wie ein kleiner Terrier mit seinem Gefolge. Da war Lindsay Anderson, ernst, martialisch, wie immer jedermann missbilligend. Fast alle Leute, die ich kannte, schienen da zu sein. Mir war aus verschiedenen Gründen nicht wohl zumute; einer davon war Peter, der direkt hinter dem Polizeikordon wartete, sehr nervös, obwohl ich ihm versprochen hatte, dass ich mich nicht in eine Situation bringen würde, in der auf mich eingeschlagen werden würde. Und er war nicht das einzige Kind dort, das Angst um Eltern oder ältere Geschwister hatte. Und außerdem fing ich an, den Wert von Demos oder »sit-downs« und Zusammenstößen mit der Polizei in Frage zu stellen, weil viele Leute so viel Spaß daran hatten. War es wirklich so, dass ihr erster Impuls der Spaß und die Aufregung war, die Spannung, das Zusammentreffen mit anderen Leuten, und die Politik erst an zweiter Stelle stand? Heute glaube ich, dass es so war. Die Kameras wurden weggerollt, die Journalisten rutschten auf ihren Hintern herbei, um ihren Interviewpartnern näher zu sein, die Schmähungen der Polizei wurden immer lauter, man konnte sehen, wie die Polizei bestimmte Leute beobachtete, die sie aufs Korn zu nehmen gedachte, und dann verschwanden die Presse und die Kameras – die Zeugen –, und die Polizei stürmte vor. Sie hoben sitzende Leute hoch, die nicht aufstehen wollten, und führten sie zu den Wagen, ignorierten aber Leute wie mich, die aufstanden und davongingen. Ich hörte, wie die Bürgermeisterin von einem Stadtteil Londons den Polizisten »Dreckige Schweine« zubrüllte, obwohl sie sie nicht angerührt hatten. Ich ging neben Oscar Beuselink her, der in seiner beruflichen Eigenschaft beobachtete, wie die Wagen mit ihren Ladungen davonfuhren. Die Polizisten achteten sehr darauf, dass sie berühmte Leute nicht grob behandelten, aber sie stießen diejenigen herum, von denen sie verhöhnt worden waren. In einem der Wagen wäre ein junger Mann fast gestorben: Er war mit seiner Jacke über dem Kopf so hineingeschleudert worden, dass er nicht mehr richtig atmen konnte. Andere in dem Wagen, denen auffiel, dass er sich nicht bewegt und nichts gesagt hatte, zogen die Jacke herunter und stellten fest, dass er bereits blau angelaufen und bewusstlos war. Sie sagten zu den Polizisten: »Ihr hättet ihn fast umgebracht«, aber diese erwiderten: »Dann ist es ja ein Glück, dass ihr da wart, stimmt's?«

Ich wusste damals nicht recht, was ich von diesen »Demos« halten sollte und weiß es auch heute noch nicht. Hatte diese eine die Regierungspolitik verändert? Irgendjemand anderen Sinnes werden lassen, der sie im Fernsehen sah? Habe ich damals gesagt, sage ich heute, dass die Tatsache, dass es Leute gibt, denen es Spaß macht, sich mit der Polizei anzulegen, bedeutet, ihre Bemühungen hätten keinerlei Wert? Aber eines weiß ich mit Sicherheit: Bei späteren Demonstrationen des »Komitees der

Hundert«, die bald darauf begannen, wo es zu einer regelrechten Schlacht vor der amerikanischen Botschaft kam und zu Konfrontationen vor atomaren Einrichtungen, war ein harter Kern von Leuten aus purer Kampfeslust dabei.

Was dieses von mir erlebte »sit-down« anging, so nahm es sofort seinen Platz in der Liste der großen Schlachten zwischen Bürgern und Polizei auf dem Trafalgar Square ein.

Wenig später nahm ich als Zuschauerin an einer anderen politischen Konfrontation teil. Man hatte beschlossen, sich vor Downing Street Nr. 10 »hinzusetzen«, um gegen »die Bombe« zu protestieren. Ich stand auf dem Gehsteig und beobachtete das, was vor sich ging. Ernest Rodker setzte sich hin, inmitten einer Masse von Menschen. Er war bis dahin unpolitisch gewesen, vermutlich als Reaktion auf seine politische Mutter. Als die Polizei erschien, um die Sitzenden zu vertreiben, beging Ernest seine erste politische Tat. Er kippte den Helm eines Polizisten nach vorn, was nicht sonderlich klug war. Sofort fielen sechs Polizisten über ihn her, die ihn traten und schlugen, während er zwischen ihren Beinen lag und versuchte, seinen Kopf vor ihren Angriffen zu schützen. Am nächsten Morgen war ich in der Bow Street, wo der Richter, der ihn verurteilte, zu ihm sagte: »Sie sind offensichtlich ein junger Mann mit einem eingefleischten Hang zur Gewalttätigkeit.« So begann Ernests Karriere als politischer Aktivist. Er war jahrelang ein prominentes Mitglied des »Komitees der Hundert«.

Irgendwo in diesen Zusammenhang gehört das Denken über »die Bombe«. Das war die Art, auf die die atomare Bedrohung gesehen wurde: als eine einzige, alles entscheidende und endgültige Explosion, die alle Menschen töten und die Erde wahrscheinlich für Jahrhunderte verwüsten würde. Es gab zwei Beispiele, Hiroshima und Nagasaki. Zwei Bomben. Trotzdem war es »die Bombe«, die unser Denken beherrschte, unsere Lieder, unsere Reden, die Manifeste. Der idiotische Daumen drückt auf den Knopf, die Bombe fällt, und das ist das Ende von allem. In sehr ferner Zukunft werden ein paar mutierte Überlebende auf der vergifteten Erde herumkriechen, und das Leben wird erneut beginnen.

Aber wo kam dieses Modell her – das Modell in unserem Denken –, denn das musste es sein, ein Modell, das allen gemeinsam war, die da marschierten, demonstrierten, schrieben. Die Apokalypse, Armageddon, das alles vernichtende Feuer.

Ich bekam einen Brief von einigen jungen Wissenschaftlern – aber das war in den siebziger Jahren –, die mich fragten, weshalb ich dazu beitrüge, eine falsche Sicht der Bedrohung zu verbreiten, die nicht in einer einzelnen, endgültigen Katastrophe oder Apokalypse bestehe, sondern in einer Vielzahl von Gefahren wie zum Beispiel der Tatsache, dass große Gebiete der Sowjetunion durch Explosionen, über die nie offiziell berichtet worden sei, verheert, vergiftet und unbewohnbar geworden seien. Derartige Dinge stellten eine viel größere Gefahr dar als eine einzelne Bombe. (Tschernobyl lag natürlich noch in der Zukunft.) Wenn ich mich nützlich machen wolle, schlugen sie vor, dann solle ich aufhören, über »die Bombe« zu reden, und stattdessen darauf hinweisen, dass es sehr viele verschiedene Gefahren gebe.

Als ich *Shikasta* schrieb, den ersten Band von »Canopus im Argos: Archive«, und die Bombe fallen ließ, war es die nördliche Hemisphäre, die verheert und unbewohnbar wurde – aber es war nicht das, was die Leute »aufnahmen«, als sie das Buch lasen, denn Leser redeten, als hätte ich die Zerstörung der ganzen Erde beschrieben. Es ist nicht die Story, die Handlung, die mich heute interessiert, sondern die Tatsache, dass es überhaupt keine Zweifel daran gab, dass, wenn die Bombe fiel, die ganze Erde verheert werden würde. *Die* Bombe – und *das* Ende.

Steckt dieses Modell immer noch im kollektiven Bewusstsein, und wenn ja, wo und wie arbeitet es? Was hat es zu dem beigetragen, was tatsächlich passiert ist – was trägt es noch dazu bei? Auf alle Fälle lenkte es meine Gedanken auf Südafrika, denn jahrzehntelang hatte jedermann geglaubt, es würde die »Nacht der langen Messer« geben, das »Blutbad« – etwas anderes war nicht möglich.

Hushabye baby on the treetop,
When the wind blows the cradle will rock,
When the wind blows, the cradle will fall,
And down will fall baby and cradle and all.

Irgendwann gegen Ende der sechziger Jahre ertappte ich mich dabei, dass ich lachte, völlig unvermutet, zuerst hilflos, ein ungläubiges und fassungsloses Kläffen, und dann ein echtes Lachen, hahaha, oh mein Gott, es ist so komisch …

Was war komisch? Der Sex war es. Dieses Lachen steht nur chronologisch am falschen Platz, denn es waren nicht nur die sechziger Jahre, auf die ich zurückschaute, sondern auch die fünfziger: Wie ich bereits andeutete, hat der Sex nicht erst in den Sechzigern »begonnen«.

Was die fünfziger und dann die sechziger Jahre auszeichnete, war, dass es keine Beschränkungen gab. Dies muss das erste Mal in der Geschichte – in der Geschichte, an die wir uns erinnern – gewesen sein, wo es keine allgemein akzeptierten Konventionen gab und gleichzeitig die Möglichkeit der Geburtenkontrolle bestand. Alles war erlaubt. Und es gab auch weiterhin keine Gesetze, bis Aids kam und die Tugendhaftigkeit auf einen Schlag wiederherstellte.

Ich würde sagen, dass in den Fünfzigern, was Liebe oder Sex anging, das Offensichtlichste – später offensichtlich – war, dass Leute miteinander ins Bett gingen, weil man es von ihnen erwartete. (Der Zeitgeist verlangte es.) Manche Leute paarten sich wie hypnotisierte Fische, die gegeneinanderprallen. Neugierde? Vielleicht ein wenig. Sexuelles Fieber – ganz und gar nicht. Diese Umarmungen hatten nichts mit Liebe zu tun und auch nicht viel mit Sex. Ich meine, echter sexueller Anziehung. Das Ganze hatte eine Art Passivität an sich.

Niemand wusste, wie er sich verhalten sollte, weder Männer noch Frauen. Und das ist der Grund dafür, dass es so viel unglückliche Leute, so viel Verständnislosigkeit gab. Übertreibe ich? Ja, das tue ich, denn ich lasse hier die erfreulichen und glücklichen Beziehungen außer Acht.

Heute verfügen wir alle über Bücher, in denen die grundlegenden Unterschiede zwischen Männern und Frauen erklärt werden, aber die Sechziger fielen mit einem Stadium der feministischen Bewegung zusammen, in dem man alle Unterschiede zwischen Männern und Frauen bestritt. Oder, wie D. H. Lawrence es ausdrückte, Frauen waren genauso gut wie Männer, nur besser.

Heute ist nicht damit zu rechnen, dass es zu hitzigen ideologischen Auseinandersetzungen kommt, wenn gesagt wird, dass Männer und Frauen biologisch dazu programmiert sind, unterschiedliche Dinge zu wollen – an der Wurzel ihrer Natur, ganz gleich, wie Zivilisation oder Kultur oder die jeweiligen Moralbegriffe uns zu zähmen beschließen. Es gibt keinen Mann, der nicht von der kurzen Begegnung geträumt hat, in der Emotionen keine Sekunde lang ins Spiel kommen, diesem schnellen Fick ohne irgendwelche Verpflichtungen und auch nicht mit einer Prostituierten. Ich glaube, dahinter steckt irgendeine Fantasie von einem goldenen Zeitalter. Und es gibt keine Frau, deren erste Emotion nicht »Ist das der Mann, nach dem ich suche?« ist, und das sogar, wenn sie beschlossen hat, diese Emotion beiseitezuschieben und einfach ein oder zwei Nächte lang den Spaß zu genießen. Ich bin bereit, darauf zu wetten, dass es keine Frau gibt, die nach einer Nacht, wie sie erfreulicher nicht vorstellbar ist, und sogar wenn keiner den Namen des anderen weiß oder wissen will, wenn er sie verlässt – voller Liebe, Bewunderung und Dankbarkeit für ihren Aplomb –, nicht plötzlich ein dumpfes und leeres Gefühl hat, denn sie hat gegen ihre eigene tiefste Natur gehandelt und muss dafür bezahlen, und sei es auch nur für eine halbe Stunde.

Wie oft haben Frauen, die mit den ehrlichsten, offenherzigsten Absichten eine Nacht mit einem Mann verbracht haben, sich nicht hinterher dabei ertappt, dass sie fluchten und wüteten: »Du verdammter Kerl! Hättest du nicht wenigstens anrufen können? Kannst du mir nicht einmal ein paar Blumen schicken?« Denn die Blumen würden ausreichen, ein psychisches Gleichgewicht wiederherzustellen. Und inzwischen denkt der Mann, voller Zuneigung und Glück: Endlich einmal eine Frau, die weiß, wie man das Leben genießt, und nicht fragt: »Liebst du mich wirklich?«

Die Menschen der Viktorianischen Zeit wussten, was sie zu tun hatten mit ihren verordneten Blumentributen von Mann zu Frau. Ich bin versucht zu sagen, dass sie gerade deshalb so viele Gesetze und Beschränkungen erließen. Romantische Liebe ist das Kind des Verbotenen. Aber lassen wir die romantische Liebe außer Acht, denn es gibt etliche Teile der Welt, in denen es sie überhaupt nicht mehr zu geben scheint. Und schon in den Fünfzigern setzte das Gefühl ein, dass Sex etwas war, das man tun musste, und dass mit Vorwürfen zu rechnen war, wenn man es unterließ.

Ich wandere mit Donald Ogden Stewart die Church Street hinunter, und wir wollen zusammen essen, auf seinen Vorschlag hin. Er muss an die sechzig sein, ein magerer, kahl werdender, sommersprossiger Mann mit sandfarbenem Haar, und ich bin in den Dreißigern. Er sagt zu mir: »Ich muss dir sagen, dass mich in letzter Zeit Essen mehr interessiert als Sex.« Ich war stinkwütend. Das war so taktlos – aber was hatte ich denn erwartet, und auch noch von einem Amerikaner? Es hatte nie, nicht einmal eine Sekunde lang, auch nur das geringste Anzeichen sexueller Attraktion gegeben, und außerdem war er alt. Heute sehe ich darin eine recht vernünftige (wenn auch taktlose) Art, mit der Situation umzugehen. Schließlich kam er aus Hollywood und der amerikanischen Linken und hatte vermutlich Dutzende von Affären gehabt. Für seine Altersgenossen muss er ein attraktiver Mann gewesen sein. Keinem von uns fällt es leicht zu begreifen, dass wir nicht mehr so attraktiv sind, wie wir einmal waren. Er hatte gedacht: Ich denke nicht daran, während des ganzen Essens dazusitzen, während sie sich fragt, ob ich einen Annäherungsversuch unternehme.

Ein andermal hatte mich ein hochrangiger Manager von Granada Television zum Essen eingeladen, weil ich für sie schreiben sollte. Er trinkt den ganzen Abend über ziemlich viel. Aber damals tranken alle Leute ziemlich viel; wenn man heutzutage Leute zum Essen oder zu einer Party einlädt, beträgt die Alkoholmenge, die getrunken wird, nur ein Zehntel dessen, was damals konsumiert wurde. Er fährt mich nach Hause und sagt: »Tut mir leid, ich schaffe es nicht mehr. Ich bin zu betrunken.« Und das, obwohl zwischen uns keine Spur von sexuellem Interesse aufgeflackert war. Ich bin wütend. Der Flegel. Der Idiot. Der eingebildete Affe. Die Geschichte *Abgehakt* ist diesem Thema gewidmet.

Ich blicke zurück und sehe mich, eine direkte, offen auftretende junge Frau, oft taktlos aus einer echten Empörung über das, was ich immer noch für Unehrlichkeit hielt. Ich verabscheute alle weiblichen Listen als Beleidigung wahrer Freundschaft, der Menschheit und des ganzen menschlichen Wesens. Es wäre mir zutiefst zuwider gewesen, mich unnahbar zu geben, zu kokettieren, »Heiß und kalt« zu spielen. Ich würde sagen, das ist in der Regel bei Frauen aus dem Westen der Fall, und ich war zudem noch außerhalb von Großbritannien aufgewachsen und deshalb noch freier von den heuchlerischen Fesseln der Vergangenheit – so sah ich es jedenfalls. Eine kumpelhafte Gleichheit, das war mein Stil, ungezwungene Freundlichkeit, sogar Intimität.

Um den Unterschied zwischen den emanzipierten Frauen aus dem Westen und, sagen wir, Inderinnen zu erkennen, braucht man nur eine Stunde in einer gemischten Gruppe zu verbringen und die Frauen zu beobachten. Schmachtende Augen, tiefe Blicke, Seufzer, kleine flatternde Rückzugsmanöver, kokette Schleier und Tücher sind ständig am Werk. Es ist nicht so, dass es solche Manipulatorinnen im Westen nicht gibt, und wenn sie auftauchen, dann müssen die emanzipierten Frauen hilflos zurücktreten und zusehen, wie die Männer auf jene hereinfallen, denn die traditionellen Unehrlichkeiten beruhen auf einer gründlichen Kenntnis der Natur von Männern und Frauen. Eine Frau, die »Heiß und kalt« spielt, spielt das älteste und erfolgreichste Spiel der Welt – die Regeln werden auf bewundernswerte Weise in Stendhals *Über die Liebe* dargelegt. Wie kann man diese ideale, perfekte, *ehrliche*, liebevolle Freundschaft mit einem Mann genießen, wenn man sich solcher Tricks bedient? Aber für manche Frauen sind das keine Tricks, sie tun nur, was ihnen die Natur eingibt … und so geht es weiter und weiter.

Bei Frauen aus dem Westen, insbesondere den Engländerinnen, wissen die Männer nicht, woran sie sind – ausgenommen diejenigen Männer, die über einen ausgeprägten Instinkt für das Wesen der Frauen verfügen, bei denen man sofort das Gefühl einer glücklichen Komplizenschaft hat.

Um diesem Herumpaddeln in trüben Gewässern ein Ende zu bereiten: Die kumpelhafte und hilfreiche Gleichheit bedeutete (und bedeutet), dass ein Mann vielleicht glaubt, dass eine Frau ihn liebt – einfach deswegen, weil sie ihm eine ungezwungene Intimität gestattet hat –, und dann innerlich jubelt oder die Flucht ergreift. Aber ebenso gut kann es sein, da sie immer noch eine Frau ist und unter all dieser Freundlichkeit immer noch ein Rest von Schüchternheit steckt, dass sie ihn heiß und innig liebt und er keine Ahnung davon hat.

Ich blicke zurück auf einen Wirrwarr von Missverständnissen. Männer, die ich mochte, die ich zu Freunden haben wollte, bildeten sich ein, ich liebte sie, und waren verwirrt, wenn ich ablehnte, nahmen es mir übel, waren verletzt: *Weshalb hat sie mir Avancen gemacht?* Männer, von denen ich hoffte, dass sie erkennen würden, dass ich an ihnen interessiert war, wussten es nicht, weil die Anzeichen durch allgemeine Kumpelhaftigkeit so gut getarnt waren. Die Ungezwungenheit, das zwanglose »Alles ist möglich« der fünfziger und dann der sechziger Jahre verhüllte echte Gefühle, Angezogensein und Widerwillen. Wenn es eine Konvention gibt, der zufolge ungezwungener Sex ein Anzeichen einer allgemeinen Befreiung, Zivilisation und Gleichheit ist, was wird dann aus dem subtilen Hin und Her, den natürlichen Zuneigungen und Antipathien – mit anderen Worten, dem wahren Sex?

Um die Konfusion noch zu steigern: Ich flirtete gern, sehe darin aber nicht mehr als ein nettes Spiel, eine angenehme Konvention. In anderen Weltgegenden ist es jedoch mehr als nur das. Kürzlich lernte ich zwei junge Frauen aus Mexiko kennen, die ihren Urlaub in Kanada und den Vereinigten Staaten verbracht hatten. An die schmeichelhaften Aufmerksamkeiten von Männern und das Vergnügen des Flirtens gewöhnt, fragten sie sich bald, was mit ihnen nicht stimmte: Hatten sie ihr gutes Aussehen und ihren Charme eingebüßt? Sie fragten einen mitfühlenden Freund, und der sagte: »Das versteht ihr nicht; Männer dürfen nicht mehr zeigen, dass sie Frauen attraktiv finden; sie könnten im Gefängnis landen.«

Mein bizarrstes sexuelles Erlebnis hatte ich mit Ken Tynan. Wir waren zusammen im Theater gewesen und dann auf einer Party mit Schauspielern, die sich nach einer Vorstellung abreagierten. Ken war der Star, er versprühte Witz, wohlwollende Ratschläge und Kritik. Dann war es sehr spät, und er schlug mir vor, die Nacht in der Mount Street zu verbringen. Die jungen Leute jeder Generation müssen sich einbilden, sie hätten die Ungezwungenheit erfunden, aber das unschuldige Teilen von Betten hat nicht in den Sechzigern begonnen. Ich habe nicht nur ein- oder zweimal eine freundschaftliche Nacht mit einem Mann verbracht, weil wir unser Gespräch noch nicht beendet hatten oder er den letzten Zug verpasst hatte. Zwischen mir und Ken hatte nie eine sexuelle Anziehung bestanden, nicht einmal für den Bruchteil einer Sekunde. Ich kann mir keine zwei Menschen vorstellen, bei denen die Wahrscheinlichkeit geringer gewesen wäre, dass einer den Puls des anderen zum Flattern bringt. Ich war oft im Schlafzimmer der Tynans gewesen, denn dort ließen wir bei einer Party unsere Mäntel. Ich kehrte aus dem Badezimmer zurück, um mich neben Ken ins Bett zu legen, als ich feststellte, dass die Schlafzimmerwände sich auf groteske Weise verändert hatten, denn an ihnen hingen nun alle möglichen Arten von Peitschen, wie in einem Peitschen-Museum. Jetzt sollte man meinen, dass Ken gesagt hätte: »Wunderst du dich nicht, was all diese Peitschen hier sollen?« Oder dass ich gesagt hätte: »Was ist mit diesen Peitschen, Ken?« Nichts davon; wir lagen da, Seite an Seite, unterhielten uns angeregt über alles Mögliche, bestimmt aber über Politik, weil das unser Lieblingsthema war. (Ich pflegte zu ihm zu sagen, er sei romantisch, um nicht zu sagen, sentimental, und unwissend, und er beklagte sich, ich sei eine Zynikerin und mir fehle es am Glauben an die Menschheit. Ich erinnere mich an einen Tag, an dem er mich aufforderte, an einer Versammlung mit einer Reihe von prominenten Leuten teilzunehmen, bei der gegen irgendetwas protestiert werden sollte, ich weiß nicht mehr, wogegen. Ich sagte zu ihm, ich fände diese Sache, dass sich Berühmtheiten in der Öffentlichkeit hinsetzten, um ihrem Protest durch Fasten Ausdruck zu geben, absurd und lächerlich, weil jedermann wisse, dass sie, sobald das »Fasten« beendet sei, alle in ein Fünf-Sterne-Restaurant gehen würden. Ken fand, mir fehle es an Instinkt für Publicity, und meinte, ich ließe oft reaktionäre Tendenzen erkennen.)

Und so schliefen wir ein und wurden am nächsten Morgen von einem Dienstmädchen geweckt, das Frühstück auf zwei Tabletts brachte. (Ken lehnte es ab, zu kochen, und Elaine Dundy gleichfalls. Sie behaupteten stolz, dass keiner von ihnen wisse, wie man ein Ei kocht, und sie aßen immer in Restaurants. Sogar das Frühstück wurde ins Haus gebracht.) Dann räumte das Mädchen die Peitschen weg.

Ähnlich eindeutig Uneindeutiges ist mir auch mit anderen bekannten Männern passiert (Namen tun nichts zur Sache), aber Ken machte nicht nur kein Geheimnis aus seinen Vorlieben, sondern prahlte sogar mit ihnen. Er übertrieb das Bedürfnis des Lehrmeisters, zu glauben, alle anderen Leute wären genauso wie er selbst, indem er sein ziemlich perverses Musical *Oh! Calcutta!* als »Abendunterhaltung für zivilisierte Leute« beschrieb.

Eine Szene: eine Party in der Mount Street. Ken hat sich eine junge Schauspielerin vorgenommen, die gerade in der Londoner Szene eingetroffen ist. Er versucht sie zu überzeugen, dass ihre Weigerung, Peitschen und damit verbundene Freuden zu akzeptieren, darauf zurückzuführen ist, dass man ihr Vorurteile beigebracht hat.

»Du bist konditioniert worden«, sagt Ken, wobei sein Stottern sein pädagogisches Selbst verstärkt. Er ragt über ihr auf, während sie zu ihm emporlächelt.

»Aber Ken«, murmelt sie, »mir macht es keinen Spaß.«

Er ist gebremst, aber die Kraft seines Bedürfnisses, den Lehrmeister zu spielen, reißt ihn mit sich. »Man hat dir beigebracht zu denken, dass es nur eine Art gibt, Sex zu haben.«

»Ich würde nicht gerade sagen, nur eine …« Sie lächelt und bekommt Applaus von den zuhörenden Partybesuchern.

»Nur eine Art«, sagt Ken und ist wahrscheinlich im Begriff, eine Reihe von lehrreichen Anekdoten von den Griechen und Römern und Gott weiß wem sonst noch zum Besten zu geben, aber sie sagt entschlossen: »Ken, mir macht es keinen Spaß.«

Und nun konnte man beobachten, wie er vom Lehrer auf den geistreichen Mann umschwenkte. »Ich muss protestieren. Du hast mich auf unfaire Weise zum Schweigen gebracht«, sagt Ken. »Ich habe nichts mehr dazu zu sagen. Wie könnte ich, wenn man es logisch betrachtet? Wie könnte ich dir meinen Segen verweigern. Tu, was dir Spaß macht, Darling.«

Es ist eine ziemlich verstörende Sache für eine mehr oder weniger normale Frau, die gerade ein Dinner genossen hat und eine Unterhaltung über Literatur, das Theater, Politik, wenn der Gastgeber plötzlich einen kleinen Zeitvertreib mit Peitschen vorschlägt, als sagte er: »Wie wäre es mit einem Glas Portwein? Oder vielleicht einem guten Wein zum Abschluss?« Oder sogar die Peitschen vorzeigt – einmal war es eine Nilpferdpeitsche, für Sadomasochisten immer unwiderstehlich – und auf eine Weigerung reagiert, als wäre es die Frau und nicht er, die ein bisschen seltsam ist.

Die folgende kleine Geschichte erscheint hier wegen des Geredes über die Überlegenheit schwarzer Männer im Bett. Dass es weiße Frauen nach einem schwarzen Penis gelüstet, ist einer der Mythen, die im kolonialen Denken breiten Raum einnehmen, und in meiner Jugend habe ich verschiedene Variationen dieses Mythos gehört. Und dann kam es zu diesem speziellen Ereignis gerade zu einer Zeit, als von den Heldentaten schwarzer Männer viel Aufhebens gemacht wurde, weil aus irgendeinem Grund die Überlegenheit der Sexualität der Schwarzen (Männern und Frauen gleichermaßen) zu einem Teil des »fortschrittlichen« Denkens geworden war.

Ein schwarzer Schriftsteller verbrachte einige Zeit im Exil in

London. Er setzte mir monatelang zu, voller Inbrunst, er liebte mich, konnte nicht schlafen, weil er immer an mich denken musste. Seufzen und Leiden, die Sprache romantischer Verzweiflung – alles, was dazugehört. Nun, ich war noch nie mit einem Schwarzen ins Bett gegangen, weil ich mir nichts aus ihnen machte. Man könnte sagen, das läge an meiner frühen Konditionierung, wenn es nicht so wäre, dass dieselbe Konditionierung Leute, aber wohl überwiegend Männer, hervorgebracht hat, die es nach schwarzem Fleisch gelüstet. Es geschah aus Mitleid mit ihm, dass ich schließlich nachgab, wobei ich erwartete, eine schmerzhafte Leidenschaft zu stillen. Der eigentliche sexuelle Kontakt dauerte vielleicht drei Minuten, und dann schlief er ein. Er schnarchte so laut, wie ich es nie zuvor gehört hatte oder jemals wieder hören sollte. Ich verzog mich in ein anderes Bett und schlief friedlich bis zum Morgen. Als ich ihm eine Tasse Tee brachte, war er unterwürfig und zufrieden. Dann sah er, dass ich nicht neben ihm geschlafen hatte, und wollte den Grund dafür wissen. Die Hemmungen einer anständigen Erziehung – »Du darfst *nie* die Gefühle eines Menschen verletzen« – kamen zum Tragen, und ich murmelte: »Du hast geschnarcht.« Er schien überrascht. Nachdem er seinen Tee getrunken hatte, zog er sich an und sagte, er sei ja so glücklich. Dann setzte er seine romantischen Nachstellungen fort – Anrufe, leidenschaftliche Briefe, Begegnungen auf der Straße, wo er auf der Lauer gelegen hatte. Ich kann mich des Gefühls nicht erwehren, dass er all diese romantische Leidenschaft aus der Literatur abgeleitet hatte. Ich habe manchmal auf den Gesichtern schwarzer Freundinnen einen gewissen ironischen Blick bemerkt, wenn vom amourösen Ruhm ihrer Partner die Rede war. Aber vielleicht habe ich auch nur Pech gehabt.

An eine andere Sache erinnere ich mich voller Scham. Auch er war ein Schwarzer, und er kam aus Jamaika. Er war wahnsinnig in mich verliebt und umwarb mich lange und erschöpfend. Mich an mein vorhergegangenes Erlebnis erinnernd, sagte ich immer wieder Nein, und dann sagte ich mir schließlich, wie bei Frauen vielleicht üblich: Ach, um Gottes willen, weshalb mache ich einen solchen Aufstand, wenn es ihm so viel bedeutet? Ich zog mich vollständig aus – und dann zog ich mich wieder an, denn inzwischen dachte ich: Weshalb, zum Teufel, sollte ich, wenn ich es nicht will? Das war gemein. Grausam. Wie meine Mutter gesagt hätte, wenn auch in einem anderen Kontext: Es gibt Dinge, die eine anständige Frau nicht tut.

Da war ein Theaterregisseur, so schwul, wie man nur sein kann, und berühmt dafür, mit dem mich jene Art von ungezwungener Freundschaft verband, die Frauen manchen Homosexuellen entgegenbringen. Es wurde eine ausgelassene sexuelle Balgerei von einem Stück gespielt, mit dem Titel *Lock Up Your Daughters*, und darin kam der Satz vor: »Wann geht's *endlich* zur Sache?« Ich gehe eine Treppe hinunter, mit einem Glas in der einen und einer Zigarette in der anderen Hand, und dieser Freund hält mich an, indem er meine beiden Arme ergreift und dann, vor mir stehend, fragt: »Und wann geht's *endlich* zur Sache?« Ein Witz, sollte man meinen, aber nein, eine Zeit lang stürzte er sich jedes Mal, wenn wir uns trafen, auf mich und sagte immer vorwurfsvoller: »Es ist deine Pflicht, mich in die Freuden dieses heterosexuellen Sex einzuführen, von dem wir so viel hören.«

Und nun ein umstrittenes Thema, amerikanische Männer. Die Dinge mögen sich geändert haben, weil sie das immer tun, aber damals wurden massenhaft Vergleiche angestellt, mehr oder minder boshaft. Eine Frau kann als Partner nicht zuerst einen Mann aus Mitteleuropa und dann einen aus Amerika haben, beide Schürzenjäger aus Prinzip, ohne über die Unterschiede nachzugrübeln. Ich sage hier »Schürzenjäger« und nicht »Liebhaber von Frauen«, denn niemand hätte – damals – den Amerikanern diese willige, wenn auch manchmal launenhafte Unterwerfung unter die Magie und den Irrsinn der Liebe vorwerfen können, die wir romantisch nennen. Alle Amerikaner, die ich kannte, hatten eine ganz bestimmte Einstellung zum Sex – wir wollen es nicht Liebe nennen –, und alle spielten sie eine Rolle. Mannsbild. Zäher Bursche. Wo kam das her? Ich glaube, wie der Jazz und eine Menge anderes in der amerikanischen Kultur aus der Kultur der Schwarzen. Ein echter Mann nimmt sich, was ihm zusteht, und verschwindet – nein, fickt die Frau und verschwindet. Es lag etwas Gewolltes darin und etwas Freudloses. Sie sind praktische Männer, die mit beiden Beinen auf der Erde stehen. Oder waren es. Und die Essenz dieses maskulinen Frauenbezwingers und -unterwerfers ist – mit ziemlicher Sicherheit – etwas Aktives, Dominantes, das, was das Tempo bestimmt und die Grenzen zieht. Aber wie wir alle wissen, können sich Extreme begegnen und in ihr Gegenteil umschlagen.

Man stelle sich ein Zimmer vor und darin etliche Frauen, alle Europäerinnen, und es ist Mitte der sechziger Jahre. Wir haben alle amerikanische Liebhaber genossen – nein, Bettgenossen erlebt –, und zwei von uns haben tatsächlich denselben Mann gehabt oder sind von ihm »besessen« worden. Solche Gespräche unter Frauen sind ziemlich ungewöhnlich – sie waren es jedenfalls damals, und alles passierte zufällig. Da saßen wir, ungefähr zehn von uns; die Unterhaltung wanderte von einem Thema zum anderen. Die Schlussfolgerungen, die ich liefere, sind zu vielfältig, um das Ergebnis der Recherchen nur einer einzigen Frau zu sein.

Waren wir alle der Ansicht, dass amerikanische Männer mit dem Kopf und nicht mit dem Herzen liebten? Ganz eindeutig; ihre Herzen waren nicht beteiligt. Waren wir alle der Ansicht, dass in diesen Köpfen eine Vorlage für das Verhalten gegenüber Frauen herumgeisterte, im Bett und außerhalb davon, und dass sie nicht aus einem tiefen Instinkt heraus agierten – oder fickten – oder (Gott behüte) dem Verlangen nach Liebe Ausdruck gaben, sondern aus dem Bedürfnis, sich selbst zu beweisen, dass sie wirklich tolle Burschen waren? Hier wurde D.H. Lawrence zitiert: »warmherziges Ficken« zum Beispiel. Es ist interessant, wie oft dieser Schriftsteller in Unterhaltungen dieser Art zitiert wird. Denn wenn er auch nur sehr wenig über Sex wusste, so wusste er doch eine Menge über die Liebe. Aber in Klammern: Vielleicht sollten wir uns alle daran erinnern, dass die Fachkenntnisse in Sachen Sex, auf die wir alle so stolz sind, jüngeren Datums sind; an der Unwissenheit von Lawrence war damals nichts Ungewöhnliches; sie war allgemein.

Es war, als ob – darin waren wir uns alle einig – im Solarplexus unserer männlicher Akteure ein kalter Ort steckte, ein eisiges Vorgebirge, der Fortsatz eines Kontinents, der nur aus Tundra bestand. Da war der intelligente Kopf, da waren der heiße Pimmel und die heißen Eier, aber dazwischen – eine kalte, defensive Stelle.

Die Unterhaltung schweifte auf das Erbe der Troubadours und Trouvères in Frankreich ab, im herrlichen Frankreich, denn sprach nicht vielleicht etliches dafür, dass das Lieben auf eine gewisse poetische und sogar fantasievolle Art niemals Deutschland erreicht hatte, dessen Kultur Amerika und vor allem seine Universitäten so nachhaltig beeinflusst hatte …? Nun, das war die Art von Unterhaltung, und ihr Höhepunkt wurde erreicht, als eine Frau vom Fernsehen eine kleine Geschichte von einem amerikanischen Filmemacher erzählte, ein Musterbeispiel für Pimmel und Eier, der über ihr hing wie ein gespannter Bogen, aber bewegungslos, und sie aufforderte: »Benutze ihn, verdammt noch mal, benutze ihn.« War das nicht das Extrem der Passivität, der Mann als Fickmaschine, zum Vergnügen der Frau, etwas, das sie benutzen sollte (aber war das Wort »Vergnügen« mit seinen frivolen Assoziationen hier überhaupt angebracht?). Hier war die totale Verkörperung des tollen Kerls, aber im Augenblick der Wahrheit gab es Passivität und Instruktionen, wie man ihn benutzen sollte. War das nicht ein Fall von einem Extrem, das sich ins Gegenteil verkehrt? Ja, das war es so ziemlich – zumindest zu jener Zeit, denn wenn man Romane und andere Zeugnisse der amerikanischen Kultur liest, stellt man fest, dass es nicht immer so war. Nein, eine bestimmte Zeit brachte die Fickmaschine hervor, die, wie es nun einmal der Lauf der Dinge ist, inzwischen verschwunden ist. Oder etwa nicht? Hat der Feminismus das warme Herz wiederhergestellt, den männlichen Solarplexus, der heißes Verlangen ausstrahlt wie eine kleine Sonne?

Vermutlich das Interessanteste an dieser lange zurückliegenden Unterhaltung ist ihr Ton, so weit von der Gehässigkeit der »Grausamen Schwestern« entfernt. Viele Jahre – Jahrzehnte, vielleicht Jahrhunderte – lang haben sich Frauen über den Mangel an Sensibilität bei den Männern beklagt und über ihre Lieblosigkeit, aber kaum haben die Frauen ein bisschen Macht errungen, da gestatten sie sich schon einige der gemeinsten Manifestationen der menschlichen Natur und heißen sie sogar gut.

Ein Fernsehprogramm: Vor etlichen Millionen Zuschauern sagt eine emanzipierte Frau: »Mein Mann ist ein ziemlicher Schwächling.«

Man drehe es um: »Meine Frau ist eine sehr ängstliche Seele. Keine Spur von Mut.« Oh, das *gemeine* Schwein.

Eine Dinnerparty. Die Frau, beiläufig: »Meine beiden Ehemänner …« Der Ehemann: »Aber es waren doch drei, Darling.« »Oh, dich habe ich nicht mitgezählt; von dir habe ich kein Kind.«

»Meine Frau ist eine Enttäuschung für mich. Sie ist unfruchtbar.« Der *Dreckskerl.*

Eine andere Party: »Mein Mann bekommt ihn oft nicht hoch. Er ist semi-impotent.« Und das mit lautem Lachen.

Monsieur Sorel in *Rot und Schwarz*, der Archetyp des beschränkten, gefühllosen, flegelhaften Ehemanns, höhnisch: »Die empfindliche Maschinerie der Frauen …«

Erst vorige Woche bekam ich einen Brief von einer Amerikanerin: »Denken Sie jemals über die weiblichen Monster nach, die Sie mit dem *Goldenen Notizbuch* von der Kette gelassen haben? Sie hassen die Männer und hassen Frauen, die Männer lieben.«

Eine Szene: Eine berühmte amerikanische Feministin besucht London, und ich suche sie auf, zusammen mit einem Mann, der beharrlich eine feministische Position vertritt und das schon getan hat, bevor es Mode wurde. Während wir durch das Hotel gehen, schlägt sie ihm absichtlich eine Tür nach der anderen vor der Nase zu.

Eine Szene: In einem Gebäude, in dem ein feministischer Verlag residiert, gibt es noch andere Büros, von denen eines regelmäßig von einem meiner Freunde aus dem Mittleren Osten aufgesucht wird, der zufällig ein Musterexemplar von Ehemann und Vater ist. Er brauchte lange Zeit, sagte er, um zu begreifen, warum jedes Mal, wenn er an der Tür des Verlags vorbeiging, eine der Frauen herauskam und ihm mit aller Kraft auf den Fuß trat. Er war Moslem, und Moslems versklaven Frauen.

Und besonders deprimierend war, dass die »Grausamen Schwestern« Derartiges für *politische* Aktionen hielten.

Vor Kurzem beklagte sich eine Gruppe von Frauen im Fernsehen darüber, wie rüde die Männer sie behandelten, und stellte fest, alle Männer seien Drecksäcke.

Hätten wir dieses Aufblühen gemeiner Dummheit vorhersehen können? Ja, das hätten wir, weil jede politische Massenbewegung im menschlichen Verhalten das Niederträchtigste freisetzt und es bewundert. Jedenfalls eine Zeit lang.

In den letzten dreißig Jahren war es wahrlich nicht leicht, Feministin zu sein.

Heute sind Engländer, sofern das überhaupt möglich ist, ein noch umstritteneres Thema als Amerikaner; englische Frauen sitzen ständig zusammen und beklagen sich über englische Männer. Sie mögen im Grunde keine Frauen, sie mögen im Grunde keinen Sex. Englische Frauen suchen bei ihren Landsleuten nach wahrer Liebe, finden sie aber oft bei Männern, die keine Engländer sind. Es kommt des Öfteren vor, dass englische Frauen ins Ausland reisen, um sich Liebhaber zu suchen, »nur um mich daran zu erinnern, dass ich immer noch eine Frau bin«. Das wahre Problem ist nicht, dass kein Mangel an einfallslosem Sex herrscht, sondern dass es am richtigen Umgang mit der Einfallslosigkeit in den Betten mangelt. Aber sind diese unromantischen Engländer nicht nur die Gegenstücke zu den »schwesterlichen«, direkten Frauen, die, wenn sie wüssten, wie man sich weiblicher Listen bedient, sie verachten würden?

Sie sind Homosexuelle, kommt die Klage; das liegt an den reinen Jungenschulen, die sie besuchen. Aber ich finde, dass Engländer die romantischsten Männer auf der Welt sind, und zwar gerade, weil sie in Jungenschulen eingesperrt waren, schon als Siebenjährige, und mit dem Kopf unter der Decke nach ihrer Mama geschluchzt haben. Nichts trägt stärker als Entbehrungen in der frühen Kindheit dazu bei, Leute (Männer und Frauen) heranzubilden, die gründlich und mehrmals einer unerreichbaren Liebe verfallen. Einige verbringen ihr ganzes Leben mit ihren romantischen, von unerreichbarer Liebe bevölkerten Fantasien. Doch wenn sie endlich einen passenden Partner gefunden haben, sind sie die besten Liebhaber, die intelligentesten und – was am wichtigsten ist – die lustigsten. Was mit den Engländern nicht stimmt, ist nicht, dass sie Frauen hassen oder sie nicht leiden können, sondern dass sie ihre prägenden Jahre ausschließlich mit männlichen Wesen verbracht haben. Das Leben in einer privaten Jungenschule ist hart. »Wenn man in einer englischen Privatschule war, dann ist das Leben im Gefängnis oder als Geisel eine bloße Bagatelle« – das haben wir erst kürzlich wieder gehört. Und wenn die Privatschulen heute auch weniger brutal und einschüchternd sind als damals, so sind sie doch immer noch vor allem Hierarchien mit einer militärischen Struktur. Nach Jahren des Heranwachsens in einer »Humanitätslücke«, anfangs krank vor Heimweh und dann emotionale Kälte lernend; eine Art von Wärme im Sex mit anderen Jungen oder in intensiven emotionalen Freundschaften findend … flüchten sie sich in die romantische Liebe zu Frauen, angetrieben von Erinnerungen an die Entbehrungen ihrer Kindheit und Jugend. Und sie werden älter, heiraten oder auch nicht, und immer fehlt etwas, und das ist das Zusammensein mit Männern. Frauen, die mit einem Engländer verheiratet sind, müssen weitaus weniger befürchten, sie an eine andere Frau zu verlieren als an den Club oder die Kameraderie des Büros oder irgendeines anderen Ortes, wo Männer in Gruppen beieinander sind. Der Grund dafür ist, dass keine romantische oder sentimentale oder häusliche Liebe je an die Intensität dieser Jahre in der Schule, mit der Kameradschaft unter Soldaten vergleichbar, heranreichen kann. Inzwischen wissen wir alle, dass schmerzhafte und unangenehme Erfahrungen nachhaltige Eindrücke hinterlassen; was uns auf tausenderlei Arten beigebracht wird, ist Masochismus. Es ist eine grauenhafte Tatsache, dass Soldaten grausame Offiziere anbeten können: »Ich würde dem brutalen Kerl bis in die Hölle und zurück folgen.« – »Die besten Jahre meines Lebens«, sagen alte Soldaten, wenn sie auf den Horror des Krieges zurückschauen, aber sie waren überaus lebendig und vor allem in enger und ungefährlicher Gesellschaft von Männern.

Aber Sie reden von Jungen, die Privatschulen besucht haben, und das ist doch bestimmt nur eine kleine Minderheit, könnten sich Leser beschweren. Stimmt. Aber das betrifft keineswegs nur die oberen Gesellschaftsschichten. Der aufschlussreichste Schlüssel zu den dunklen Tiefen der Psyche des englischen Mannes, ein kleines Stück Beweismaterial, ist diese ständig wiederkehrende britische Komödiensituation: Ein unzugänglicher oder unwissender oder – und hier ist die eigentliche Essenz – *ernsthafter* Mann wird von einer Frau bedrängt, die ihn liebt oder es auf ihn abgesehen hat. Das kann gutmütig sein oder auch grausam, aber die Frau ist eine Witzfigur, sie ist lächerlich. Es ist eine rituelle Demütigung, und sie findet immer und immer wieder statt; es gibt kaum eine britische Komödie ohne sie. Oder da ist dieser aufrechte Engländer, und er findet sich in einem Harem oder einer Gruppe von sexy Frauen, aber er reagiert mit stoischer Gleichgültigkeit auf ihre absurden Listen. Und gewiss ist es kein Zufall, dass »*Nicht heute Abend, Josephine!*« ein beliebter und immer wieder zitierter Witz ist. Nur in Großbritannien – oder vielleicht sollte ich sagen, in England ... Und trotzdem muss ich jetzt gestehen, dass es zwei Männer gab, die ich heiraten oder mit denen ich mein ganzes Leben hätte verbringen können, und sie waren Engländer.

Es gibt eine Klage von Frauen, ich glaube, eine neue, eine Begleiterscheinung der sexuellen Gleichheit, und sie lautet so: Hier bin ich, eine attraktive Frau, ich koche wie ein Engel, ich bin gut im Bett, ich bin finanziell unabhängig – bestimmt ein guter Fang für jeden Mann. Aber obwohl sie sich scharenweise in mich verknallen, gehen sie los und ziehen mit irgendeinem grünen Mädchen zusammen.

Als das zuvor erwähnte hoffnungslose und hilflose Gelächter mich überfiel, war genau dies das Beste daran; und es war die längst überfällige Erkenntnis einer Absurdität. Wie es einer unserer berühmtesten Dichter ausgedrückt hat, mit einer wundervollen Ehrfurcht vor dem Reichtum der Natur: »Jedes Jahr purzeln sie aus ihren Schulen heraus, diese reizenden Mädchen, so sicher wie Blumen im Frühling, und ich frage mich immer, was haben wir getan, um sie zu verdienen?«

Eine traurige kleine Geschichte am Rande: Eine Freundin von mir, Ende vierzig, attraktiv, klug, kompetent, belesen, in politischen Dingen gut informiert und finanziell unabhängig, empfand es als unfair, dass eine Frau wie sie nicht höher eingeschätzt wurde als irgendein Nymphchen. Nach zu vielen unglücklichen Erfahrungen verkündete sie ihren Freundinnen, dass ihr ein Licht aufgegangen sei. Was sie wollte, war ein Mann in mittleren Jahren, intelligent, belesen und an Politik interessiert, nicht, um mit ihm zu leben oder um ihn zu heiraten, sondern mit ihm Spaziergänge, Mahlzeiten, Theaterbesuche und das Bett zu teilen, »wenn es uns überkommt. Ich will nie wieder mit einem Mann in meinem Bett aufwachen und dann Frühstück für ihn machen müssen. Und eines kann ich euch versichern: Ich bin für meinen allerletzten vielversprechenden Dichter oder Musiker ein Hafen im Sturm gewesen.«

Gleichzeitig erklärte ein gut aussehender, belesener, begehrenswerter Mann in mittleren Jahren, er habe die Nase restlos voll von diesen Mädchen, die er immer wieder geheiratet und von denen er sich dann wieder habe scheiden lassen, und er wolle eine reife, finanziell unabhängige, belesene Frau, die nicht bei ihm einziehen wolle. Was er jetzt am meisten schätze, sei seine Unabhängigkeit.

Und nun machte sich eine Gruppe von uns ans Werk – und mit wie viel Takt, Vorsicht und Verschlagenheit. Keiner der Protagonisten hatte auch nur eine Ahnung von dem, was da vorging. Wir planten eine Party, eine lockere Angelegenheit, mit so vielen Leuten, dass nichts auffiel. Und Folgendes passierte: Betty – so wollen wir sie nennen – kam gleichzeitig mit ihm, den wir Jeffrey nennen wollen. Sie fielen einander sofort auf und verfielen sofort in eine hitzige Diskussion. Wir, die Beobachter, waren erfreut, da unterschiedliche Ansichten oft zu einem Happy End führen. Aber leider: Eine ganze Weile später erschien die uneingeladene Tochter einer der Verschwörerinnen, ein sich für sein Erscheinen entschuldigendes, ungefähr zwanzigjähriges Mädchen, das von seinem Schicksal angezogen wurde wie ein kleines Boot von einem Wasserfall, und sie und Jeffrey gingen gemeinsam, um sich auf eine weitere unglückliche Beziehung einzulassen, während Betty mit einem jungen, gerade aus den Midlands in London eingetroffenen Schauspieler abzog. Er war hungrig, er sagte laut: »Um Gottes willen, nimmt mich denn keine gute Frau mit nach Hause und füttert mich?«

Damals lebten in London zwei Männer, die sich beide schon seit langer Zeit den Gefahren, als Ehemann oder »Partner« erwählt zu werden, entzogen hatten, die einander in jeder Beziehung unähnlich waren, und trotzdem hätte in beider Pässe unter der Rubrik »Beruf« *Sex* stehen können.

Der eine war Südafrikaner, und er hatte die klassische schlimme Kindheit hinter sich, brutaler Vater, Schläge, Kälte und ein frühes Entkommen in die Unterwelt einer großen Stadt. Er hatte sich ein Haus gebaut, das einem Tempel glich – nicht für die Liebe, ganz und gar nicht, sondern für Sex. Wie hatte dieser arme Junge das geschafft? Es war ein sehr schönes Haus. Lieber nicht fragen. Es war ein gewalttätiges und sentimentales Haus; wieder stoßen wir auf die Verbindung zwischen Sentimentalität – die Tränen in den Augen, als ob ein unsichtbarer Beobachter die Tränen zählte, von denen jede ein Beweis für übergroße Sensibilität war – und Schmerz, aber nicht notwendigerweise körperlichem Schmerz, denn dies war in erster Linie eine psychische Beherrschung. Die Frauen – jeglichen Alters – wurden angebetet, wurden verehrt und unterworfen. Diese Art von Sex ist nicht jeder Frau Sache.

Der andere Mann stammte aus Südamerika, halb Japaner, halb Spanier. Er hatte eine sehr große Wohnung, und jeder Gegenstand darin wäre eines Museums würdig gewesen. Er war sehr reich. Er hatte sexuelle Praktiken der subtilen und esoterischen Art in vielen Kulturen studiert und tat es noch. Im Gegensatz zu dem Mann auf der anderen Seite Londons sammelte er keine Frauen, denn ihm ging es darum, endlich die Frau zu finden, die in Sachen Liebe seine einzige Gefährtin sein würde, denn er behauptete, wahre Vollendung in der Liebe sei nur möglich, wenn zwei Körper und zwei Herzen und – darauf legte er großen Wert – auch zwei Seelen sich in vollständigem Einklang befänden, und das könne Monate und sogar Jahre dauern. Er verachtete Leute mit mehreren oder vielen Sex-Partnern oder sogar nur mehr als einem, er konnte sie nicht ernst nehmen. Bloße Amateure; sie verstanden überhaupt nichts. Seine Frau war seine Kollegin gewesen, sein Ideal, aber sie hatte darauf bestanden, Kinder zu bekommen, und deshalb hatten sie sich mit Bedauern getrennt. Sie lebte in einer Wohnung in der Nähe, und er war ihren Kindern ein guter Vater, aber wie er sagte, Kinder vertragen sich nicht gut mit dem erotischen Leben. Mit ihr hatte er Sex auf utilitaristische Art. Ich bin natürlich versucht, hier eine Chronik amouröser Abenteuer zu erfinden, ein Tagebuch geheimer Freuden, aber ich musste mir meinen Lebensunterhalt verdienen und für ein Kind sorgen. Mein interessanter Freund verstand das Problem gut; das Streben nach wahrer Liebe setzte, wie er oft sagte, ein verlässliches privates Einkommen und Kinderlosigkeit voraus. Wir trafen uns, bevor er London verließ und sich nach Spanien begab, von Zeit zu Zeit zu einer Mahlzeit und einem Gespräch, und ich erfuhr alles über seine augenblicklichen Recherchen und seufzte gelegentlich ein wenig, denn bestimmt gibt es erfreulichere Möglichkeiten, seine Zeit zu verbringen – aber schon diese Wortwahl erklärt, weshalb ich nie eine geeignete Kandidatin hätte sein können. Außerdem muss ich gestehen, vielleicht ein wenig beschämt, wie jemand, der eine wichtige Prüfung nicht bestanden hat, dass es für mich *auf die Dauer langweilig werden würde.* Er hatte ganz eindeutig recht, wenn er sagte, man müsse sich der Sache völlig hingeben, als suchte man nach dem Heiligen Gral oder dem Schlüssel zu einem mysteriösen, verborgenen Bereich – dem Wachstumszentrum –, andernfalls würde man die Verheerungen der Vergeblichkeit erleben, eine bittere Wüste.

Vier Jahre nach meinem Einzug in die Langham Street starb Howard Samuels. Ich wurde ins Büro von Basil Samuels, Howards Bruder, zitiert und begegnete dem typischen hartherzigen Geschäftsmann, der auch noch stolz darauf war. »Ich sehe nicht ein, weshalb Künstler unterstützt werden sollten. Ich war immer anderer Ansicht als mein Bruder, er hat euch Leuten immer Almosen gegeben. Ist Ihnen klar, dass ich für Ihre Wohnung zehnmal so viel Miete bekommen könnte, wie Sie jetzt zahlen?« Was ich sah, war ganz eindeutig nur eine weitere Episode einer langjährigen Meinungsverschiedenheit oder sogar Gegnerschaft zwischen Brüdern, und sie war leicht zu verstehen, wenn man diesen schmallippigen, zornigen Geschäftsmann ansah und sich an den umgänglichen, charmanten, geistreichen – und linken – Howard Samuels erinnerte. Ich fragte, ob ich eine dreimonatige Kündigungsfrist haben könne, weil ich jeden Grund zu der Annahme gehabt hätte, dort auf Dauer bleiben zu können, und Zeit brauchte, um mir etwas anderes zu suchen. Endlich erklärte er sich bereit. Er tat es widerwillig, aber ich war ihm trotzdem dankbar.

Und jetzt musste ich ein Haus finden: Zum Teil, weil Peter es sich so sehr wünschte, weil er dieses berühmte Dach über seinem Kopf brauchte, unser Dach, sicher und für immer; und zum Teil auch deshalb, weil ich, wie in Großbritannien üblich, einem so starken Druck ausgesetzt war, etwas zu besitzen. Wenn ich mein Konto überziehen musste, hieß es immer: Weshalb kaufen Sie kein Haus? Und alle Leute sagten: Weshalb wirfst du dein Geld für Miete aus dem Fenster? Steck es in eine Hypothek. Denn in diesem Land genügt es nicht, wenn man sein Geld für Miete ausgibt: Der Mangel an Ehrgeiz, sein eigenes Dach zu besitzen, verrät unseriöse, wenn nicht sogar bohemehafte Tendenzen.

Diesmal suchte ich nach einem Haus in nur einer Gegend, in Camden Town. Ich fand eines in einer Straße, in der wenig später viele berühmte Theaterleute und Künstler leben sollten, aber der Makler sagte: »Ich würde meine Mutter oder meine Schwester nicht in so einer Straße wohnen lassen.« Camden Town musste erst noch Mode werden, aber inzwischen war es für eine Menge kluger Leute ein angenehmer Ort zum Leben. Tom Maschler hatte Probleme gehabt, das Geld zum Kauf eines billigen Hauses am Chalcot Square zu bekommen, der in Kürze das Neueste an Schick werden sollte. Eine Freundin konnte keine Bank finden, die ihr das Geld für ein riesiges Haus in der Regent's Park Road lieh, aber sie borgte sich welches, kaufte es für 6000 Pfund und verkaufte es fünfundzwanzig Jahre später für über eine Million. Die Experten irren sich immer und immer wieder. Wer behält recht? Unpraktische Künstler mit dem Kopf in den Wolken, die es nicht kümmert, ob es Mode ist, die nur etwas finden wollen, das billig und gut zu erreichen ist.

Nicht nur der Makler, sondern auch die Bank wollten nichts davon hören, dass ich mir ein Haus im schäbigen Camden Town kaufte, und ich war halb von Sinnen vor Sorge. Dann tauchte ein gewisser Herr auf, den ich Len nennen will. Zehn Jahre zuvor wäre er ganz eindeutig ein dubioser Typ gewesen, ein Schieber, ein Gauner, immer auf der Suche nach einer guten Gelegenheit – *mir* macht niemand etwas vor –, aber dies war 1962, der Beginn der kumpelhaften, klassenlosen Sechziger, und wenn ich zurückblicke, kann ich aus einer ziemlich buntscheckigen Liste von Charakteren etliche herauspicken, die keine Gauner waren, sondern lediglich im Einklang mit der Zeit lebten. Und wenn dies die Achtziger gewesen wären, dann wären sie die Lieblinge der Nation gewesen. Len war »unsichere« Mittelschicht, er trug einen Dufflecoat, er hatte einen schicken Haarschnitt, und er warf mit den Namen von Schauspielern und Leuten vom Fernsehen um sich. Er brachte mich in die Charrington Street in Somers Town, heute berüchtigt für Unruhen und Verbrechen, aber früher einmal kamen dort Flüchtlinge aus Frankreich unter, die Hugenotten.

Mary Wollstonecraft lebte in Somers Town mit William Goodwin, und ihre Namen stehen auf den Grabsteinen auf dem kleinen Friedhof gleich um die Ecke. Shelley muss zu Besuch gekommen sein. Die Charrington Street ist eine kurze Straße, und auf der einen Seite wurden die Häuser abgerissen, um Platz zu schaffen für eine neue, große Schule. Die ganze Straße war schäbig und ungestrichen. Nr. 60, das verkauft wurde, weil die alte Frau, der es gehörte, nicht mehr für sich selbst sorgen konnte, war 4000 Pfund billiger als alles andere, das ich mir angesehen hatte. Es kostete 4500 Pfund. Billig aus gutem Grund. Es war seit Jahrzehnten nicht mehr gestrichen worden, vermutlich nicht, seit es gebaut worden war, und seine Fassade war so rissig wie das Bett eines ausgetrockneten Flusses und mit dunkelbraunen Schuppen bedeckt, die aussahen wie schale Schokolade. Im Inneren war nichts getan worden, seit es 1890 erbaut worden war.

Meine Bank sagte Nein, kommt gar nicht infrage, nicht in dieser Gegend, hatten sie mir das nicht bereits gesagt? Aber Len sagte, er könne mir eine Hypothek verschaffen, überhaupt kein Problem, und ich könne mich auf sein Wort verlassen, denn das Haus sei von seiner Substanz her gut, denn damals habe man auf Dauer gebaut. Nein, ein Gutachter sei nicht nötig; er habe es bereits begutachten lassen. Und so wurde ich Kundin der National Westminster Bank. So sehr hatten sich die Verhältnisse geändert, dass der Manager, als ich ihm erzählte, der große Albtraum meines Vaters sei immer gewesen, dass er sich in Schulden stürzen müsse oder seine Schulden noch größer werden würden, als sie ohnehin schon waren, regelrecht schockiert war und sagte, der einzige Sinn des Bankgeschäfts sei es, Geld zu verleihen. Und so bekam ich eine Hypothek und ein Darlehen zur Renovierung des Hauses. Dies war alles andere als eine bedenkliche und dubiose Finanzierung, ganz im Gegenteil; was dubios war, war Lens Vagheit über den Status von Nr. 60. Es bestehe die Möglichkeit, sagte er, dass sein Abriss und die bauliche Neugestaltung der Gegend geplant seien, aber schließlich komme es oft vor, dass der Greater London Council den Abriss von Häusern jahrelang plane. Außerdem würde er mich entschädigen müssen. Ich bin immer Risiken eingegangen, und das tat ich auch jetzt wieder, denn andernfalls hätte ich mir nie ein Haus in einer Gegend leisten können, in der ich leben wollte, und so tat ich diesen Schritt fort vom freibeuterischen, unbekümmerten, eines Darlehens unwürdigen Bohemedasein, was genau das war, was mir lag, hin zum Dasein einer Grundstücksbesitzerin, die Respekt und Kredit verdiente, auch wenn jeder Penny geliehen war. Aber ich konnte nicht in diesem Haus leben, bevor es renoviert worden war, und Len kannte einen Baumeister, nennen wir ihn Doug, einen Mann, der so umgänglich war wie er selbst, und der würde dafür sorgen, dass alles Erforderliche getan wurde.

Ich nahm Peter und einen seiner Freunde mit in die Straße. »Das ist das Haus, das ich gekauft habe.« Die beiden Jungen waren stumm, betrachteten die Fassade mit den dunkelbraunen Schuppen in der schäbigen Straße. »Es wird bestimmt sehr hübsch werden, ihr werdet es erleben«, flehte ich.

Dieses Haus hätte als Museum bewahrt werden können, als eine Zeitkapsel. Das Erste, was einem Außenseiter auffallen musste, war der extreme Mangel an Komfort. Es hatte drei Stockwerke mit je zwei Zimmern über einem riesigen Keller. Es gab keine vernünftige Heizung, nur winzige Kamine. In einem solchen Haus, sagte ich mir immer wieder, hatten Mary Wollstonecraft und William Goodwin gelebt und ihre hochfliegenden Gedanken niedergeschrieben, und dabei müssen sie die ganze Zeit gefroren haben. Vor jedem der zugigen Fenster hingen schmutzige Cretonnelumpen. Die vier Zimmer in den oberen beiden Stockwerken waren Schlafzimmer und in der letzten Zeit vermietet gewesen, denn in jedem hing ein Münzautomat für elektrischen Strom. Auf den beiden Treppenabsätzen gab es Gaslampen, deren Flamme nur zehn Zentimeter von der Tapete entfernt war, und sie waren immer noch in Gebrauch. Die Stromleitungen waren gefährlich; Kabel hingen herunter, die Fassungen waren beschädigt. In jedem Zimmer gab es eine Deckenbeleuchtung. Eine Toilette für das ganze Haus, ein Zementbecken unten im Keller mit einem gesprungenen Spülkasten aus Porzellan und einer Ziehkette. Der Keller war früher einmal die Küche gewesen; der Kohleherd funktionierte noch, ebenso der alte Kupferkessel zum Wäschekochen, ein großes, kegelförmiges, in Beton eingebettetes Monstrum mit einer Feuerstelle darunter. Hier standen die Wäschemangel, der Bügeltisch und die alten Bügeleisen. Es gab eine Badewanne, unbenutzt, riesig, braunfleckig und gesprungen. Die großen Emaillekrüge, die einst, mit heißem Wasser gefüllt, die wackelige Treppe hinaufgeschleppt worden waren, standen immer noch, verfärbt und angeschlagen, auf dem Herd. Ebendiese Treppe hinauf waren auch Mahlzeiten in das kleine Esszimmer befördert worden, das auf einen verwahrlosten Hintergarten hinausging, mit Aussicht auf das Dach des Unity Theatre. Während der ganzen Zeit, in der ich in diesem Haus wohnte, bin ich nicht ein einziges Mal ins Unity Theatre gegangen, weil es sich in jener Zeit einer dogmatischen Parteilinie verschrieben hatte.

Zuerst musste der Keller gegen Feuchtigkeit abgedichtet werden. Dann wurde ein Korkfußboden verlegt, und schon bald wurde der Keller zu einem warmen und angenehmen Ort mit niedriger Decke, dem nettesten im ganzen Haus. Das große, nach vorn hinausgehende Zimmer im Erdgeschoss wurde zur Küche mit einem der großen Esstische, die wir in den Sechzigern alle zu haben schienen. Das hintere Zimmer, früher das Esszimmer, wurde ein Badezimmer, groß und nach den damaligen britischen Standards luxuriös. Der erste Stock wurde zum Wohnzimmer. Die Verbindungstür wurde herausgerissen; später sollte ich es bedauern, dass ich diese rot und golden bemalte Falttür entfernt hatte, ebenso wie die hölzernen Fensterläden, die einbruchsicher waren, und noch später die Kamine. Denn wie damals üblich, wurden die Kamine zugemauert und die dazugehörigen Simse abgerissen.

Mit den Installateuren musste ich um jeden einzelnen Heizkörper kämpfen.

»Im Schlafzimmer brauchen Sie keinen Heizkörper. Das ist ungesund.« So dachte man damals, und manche Leute denken noch heute so.

»Ich will zwei Heizkörper, denn hier in Ihren Berechnungen steht, dass zwei erforderlich sind, um ein bestimmtes Maß an Wärme zu erreichen.«

»Das wird Ihnen noch leidtun.«

Und im Badezimmer: »Im Badezimmer brauchen Sie keinen Heizkörper. Das wird vom Dampf erwärmt.«

»Ich will aber einen haben, und außerdem einen beheizten Handtuchhalter. Bitte bauen Sie beides ein.«

»Na schön, Sie bezahlen dafür, aber ich finde, Sie werfen Ihr Geld zum Fenster hinaus.«

Und weshalb diese Kämpfe? Weshalb überließ ich das alles nicht einem Architekten?

Ich wollte Geld sparen, denn Doug hatte gesagt, ein Architekt sei nicht nötig, vertrauen Sie mir.

Dougs Firma war klein. Er beschäftigte zwei festangestellte Arbeiter und Elektriker und Zimmerleute, sofern er sie benötigte. Er hatte die grundlegenden Arbeiten ausgeführt: die Abdichtung, den Kellerfußboden aus Kork, die Ausbesserung der meisten Fußböden, einen Teil der Neuverkabelung und die Fenster. Dann machte er Pleite. Er kam, um es mir zu sagen, schien deshalb aber keineswegs unglücklich zu sein. »Ich habe Pech gehabt«, sagte er. Und dann verschwand er mit seiner Freundin, um am Mittelmeer Urlaub zu machen. Er hatte schon mehrmals Pleite gemacht. Ich wusste so wenig von den Zeiten, dass ich schockiert war.

Da stand ich nun mit einem halbfertigen Haus, ohne Bauunternehmer, niemandem, mit dem ich mich anlegen konnte, aber dann kam alles in Ordnung. Die beiden Leute, die für Doug gearbeitet hatten – er schuldete ihnen noch zwei Wochenlöhne, als er sich aus dem Staub machte –, sagten, sie würden das Haus für mich fertigstellen, ich könne sie selbst entlohnen. Alle Leute, die ich kannte, Freunde und Experten jeder Art, sagten, ich sei verrückt, wenn ich das täte, ich würde es bedauern, sie würden mich betrügen. In Wirklichkeit waren es prächtige Männer, und alles lief wie am Schnürchen. Ich zahlte ihnen den höchsten Gewerkschaftslohn und noch etliches darüber, weil sie mir die Kosten einer Baufirma ersparten, und sie händigten mir die Rechnungen für das Material aus, das sie verwendeten. Sie nannten sich die »zwei Piraten«, sie hießen Jack und John, und sie hatten zusammengearbeitet, seit sie vor zwanzig Jahren von der Schule abgegangen waren. Jack war ein großer, bedächtiger, blonder Mann mit gelassenen blauen Augen, die er auf mein Gesicht richtete, während er von seiner Mum erzählte, die ihn versorgte, denn er hatte nie geheiratet, und die ihm all seine Lieblingsgerichte kochte, also wozu brauchte er eine Frau. John war verheiratet gewesen. Er war lebhaft, steckte voller Energie und war offensichtlich in dieser Partnerschaft der Boss, aber wenn sie Entscheidungen treffen mussten, dann standen sie nur da und schauten einander an, dann kamen sie zu einer stillschweigenden Übereinkunft, und John drehte sich zu mir um und sagte: »Nein, hier brauchen Sie kein Regal; es wäre sehr mühsam zu erreichen; dort drüben wäre besser.« Oder sie zeigten mir, weshalb ein Fußboden nicht erneuert, sondern nur ausgeflickt zu werden brauchte, oder weshalb eine Steckdose da und nur da angebracht werden konnte.

Als die Zeit für einen Tischler gekommen war, brachten sie einen Freund mit, Jimmy, an den ich noch heute eine gute Erinnerung habe. Er war ein hochgewachsener, viel zu dünner grauer Mann, und er war traurig, weil ihm seine Frau davongelaufen war, seine beiden Kinder waren erwachsen, und nun war er allein. Er hatte einen bösartigen Husten und dieses schattenhafte Aussehen, das besagt: Der hier macht es nicht mehr lange. Die drei Männer hatten schon oft zusammengearbeitet. Sie tranken in der Küche Tee, an den Gerüstböcken sitzend, die sie zum Streichen der Küchendecke aufgestellt hatten. Sie forderten mich auf, mich zu ihnen zu setzen, und wir unterhielten uns über dies und jenes. Jack und John sagten mir beide, einzeln, dass Jimmy das Salz der Erde sei, und ihr Verhalten ihm gegenüber war beschützend, rücksichtsvoll, zärtlich. Jimmy erledigte sämtliche Tischlerarbeiten im Haus, wobei er mich oft korrigierte, wenn ich Vorschläge machte, die er für verkehrt hielt. Und dann war da noch ein weiterer Mann, der Elektriker, Bill Connolly. Ich blieb mit Bill in Verbindung, bis er zwanzig Jahre später starb, und von Zeit zu Zeit erinnerte er sich, wie sie zu dritt in der Küche gesessen hatten und plötzlich meine Füße durch die Decke kamen, weil die Dielen herausgenommen worden waren und nur noch Gipskarton da war. Für diese Füße erntete ich noch Jahre später große Heiterkeitserfolge.

Und es gab eine Menge Gelächter, und meine klugen Freunde, die herausfinden wollten, wie es mir ergangen war, konnten feststellen, wie wir alle in der Küche beisammensaßen, und manchmal wollten sie sich selbst dazusetzen, aber die Männer sagten: »Zeit, wieder an die Arbeit zu gehen«, und verschwanden. Sie wussten, dass man mich vor ihnen gewarnt hatte.

Jack, der dicke »Pirat«, tat mir furchtbar leid, aus Gründen, die er nie auch nur ahnte. Er liebte es, zu zeichnen und zu malen, und er wollte in jedem Zimmer Friese mit Bambis und Donald Ducks anbringen. Er war enttäuscht, als ich Nein sagte, und erzählte mir von den Häusern, die er mit Blumen und Kaninchen und Rotkehlchen dekoriert hatte. Er schenkte mir Karten mit Cartoon-Tieren. Sobald wir uns hinsetzten, kamen Papier und Bleistift zum Vorschein, und er machte sich ans Werk. Er sei ein Künstler, sagte er, aber als er das Wort gebrauchte, meinte er damit nur, was er wusste, denn er war nie wirklichen Gemälden, wirklicher Kunst begegnet. Er war noch nie in einem Museum oder einer Kunstgalerie gewesen. Als ich ihm sagte, sie seien kostenlos und jeder könne hingehen, schaute er schuldbewusst drein, aber gleichzeitig vorwurfsvoll. Ich zeigte ihm Reproduktionen, und er bewunderte sie, aber nicht so, als könnten sie irgendetwas mit ihm zu tun haben. Dennoch hatten seine Mickymäuse und seine Bambis etwas Originelles an sich. Wenn es je den Fall eines Dorf-Hampden gegeben hat, dann war er es.

Aber ich verbrachte nicht meine ganze Zeit in der Charrington Street, denn ich musste Geld verdienen. Ich hatte noch nie zuvor für Geld geschrieben – das heißt, nicht aus einem inneren Drang heraus, sondern aufgrund an mich herangetragener Forderungen. Denn die wahre Arbeit, die eine für andere unsichtbare Wachstumskurve ist – das Wachstumszentrum –, ist eine Sache, die wahre Sache, und der Rest ist Lohnschreiberei, ganz gleich, wie viel Können man hineinsteckt und wie gut sie wird. Abgesehen von ein paar Skizzen, die ich für *The New Yorker* geschrieben hatte, hatte ich noch nie für Geld geschrieben … Nein, die Wahrheit zwingt mich zu dem Eingeständnis: Zweimal hatten eine mittellose Freundin und ich versucht, eindeutig kommerzielle Filmdrehbücher zu schreiben, aber man kann nicht erfolgreich für Geld schreiben, wenn man mit dem Herzen nicht bei der Sache ist, und diese unehrlichen Versuche waren gescheitert. Geschieht mir recht, hatte ich damals gedacht. Jetzt sah ich mich insgeheim als gefallene Seele, aber es war nichts falsch an dem, was ich fürs Fernsehen schrieb. Im Gegenteil. Schon bald war ich eine der drei Autoren, die die Granada-Serie von Maupassant-Geschichten schrieben, gemeinsam mit Hugh Leonard, dem irischen Autor, und Dennis Mackay, einem der führenden Leute von Granada. Wir saßen um einen großen Tisch herum und teilten die Geschichten aus wie Spielkarten. »Ich möchte *Boule de Suif*!«

»Nein, *Boule de Suif* nehme ich.«

»Dann nehme ich *Die Diamantenkette.*«

»Ich will *La Maison Tellier.*« Wir verfügten alle über ausreichende französische Sprachkenntnisse, benutzten aber auch die Übersetzungen ins Englische.

Es war eine wundervolle Serie. Granada Television ging damals Risiken ein, die heute keine Fernsehgesellschaft mehr eingehen würde. Sie produzierten Serien mit Erzählungen von Saki, A.E. Coppard, Somerset Maugham, Maupassant und anderen, jede über dreizehn Stunden gehend. Erstklassige Regisseure, Schauspieler, Autoren und Bühnenbildner waren an der Arbeit. Das Fernsehen maß sich damals so wenig Wert bei, dass es sie alle vernichtete, obwohl diese Serien zum Besten gehörten, was das Fernsehen je hervorgebracht hat. Auch ITV konnte in jenen Tagen mutig sein. Stella Richman tat wundervolle Dinge für sie und machte von den besten verfügbaren Talenten Gebrauch. *Half-Hour Story* und *Blackmail* sind noch in guter Erinnerung. Aber sie wurden ebenfalls vernichtet.

Manchmal möchte man die Hände vors Gesicht schlagen und weinen oder heulen, weil man einfach nicht glauben kann, wie es in diesem unserem großartigen Land zugeht. Wenn Fernsehfilme von dieser Qualität in irgendeinem anderen europäischen Land gedreht worden wären, dann hätte man sie gehätschelt, ausgezeichnet, bewahrt, als nationale Schätze betrachtet. Es würde Festivals für sie geben, genauso, wie es heute bei uns Festivals für klassische Schwarz-Weiß-Filme gibt. Zumindest würde es Archive für die Arbeit der besten Regisseure, Schauspieler, Bühnenbildner und Autoren dieser Zeit geben. Aber nein, dies ist Großbritannien – also ab in den Mülleimer mit dem Zeug.

Ich schätze, dass das Leben in London ein gutes Drittel der Ressourcen eines Menschen verschlingt – das heißt, an Geld. Dann ist da die Zeit, die man darauf verwendet, sich nach einem Ort zum Leben umzusehen, und sobald man einen hat, dann kommen die ständigen Reparaturen, Wasserleitungen, Dach, Fenster und so weiter – die Kosten, die nur bei Hausbesitzern anfallen. Und ist es die Sache wert? Tausendmal ja. London ist ein Füllhorn der Freuden.

Meine Zeit in der Langham Street lief ab. Ich musste die Wohnung verlassen, und das Haus war immer noch nicht renoviert. Während die »Piraten« sich mit ernsthaften Dingen wie Fußböden und Wänden beschäftigten, stand eine Gruppe von uns, Freunde und Peter und ich, auf Stühlen und Gerüstböcken und entfernten die alten Tapeten, sieben, acht, neun oder sogar noch mehr Schichten, und die untersten Schichten stammten noch aus der Viktorianischen Zeit, hübsche Muster auf dickem, schwerem Papier. Mit einem Packen hielt man siebzig Jahre Sozialgeschichte in der Hand, aber sämtliche Stücke und Fetzen der alten Tapeten landeten in einem Feuer auf dem Hinterhof, ebenso das gesprungene und verrottende Linoleum, das einst gut und glänzend gewesen war, und die wurmzerfressenen Dielenbretter, die alten Regale und die zerfetzten Vorhänge. Aber die Substanz der Wände war solide, und wenn man unter den Putz schaute, waren die Latten neu und sauber und die Ziegelsteine neu und hell. Dies war ein solides altes Haus, für eine kleine Ewigkeit gebaut.

Keine fünfhundert Meter entfernt wurden solche Häuser straßenweise abgerissen. Es war der Beginn der sechziger Jahre und der Gipfelpunkt des offiziellen Vandalismus. Als ich zu den »Piraten« sagte, es sei eine Tragödie, dass diese guten Häuser in Wolken von Staub und Trümmern verschwänden, dachten sie nach und sagten: Ja, wenn man sich's recht überlegt, sie sind genauso wie die Häuser in Chelsea, wo wir bei unserem letzten Job gearbeitet haben, stimmt's, Jack, stimmt's, John? Ja, das stimmt, John, ja, das stimmt, Jack. Jetzt kann man diese Häuser in Chelsea nicht mehr kaufen, es sei denn, man hat mehr Geld, als du oder ich in unserem Leben je haben werden, stimmt's, Jack, stimmt's, John? Ja, das stimmt, John, das kannst du laut sagen, Jack.

Ich ging oft hin und schaute zu, wie diese Häuser einstürzten, und mir tat das Herz weh. Ich sah, wie das Haus zu Staub zerfiel, das die Sommerfields zu einem kleinen Paradies gemacht hatten. Wo es einst stand, stehen jetzt Hunderte von Metern kalte, scheußliche, graue Sozialwohnungen.

Ich stand in der neu eingerichteten Küche, als eine Beamtin von Camden erschien, eine linke Stadträtin, und sagte, mit einer verächtlichen Geste auf das kleine Gewirr von Straßen deutend, in dem wir uns befanden: »Je eher wir all diese Leute in den neuen Sozialwohnungen unterbringen, desto besser.« Und ich sagte: »Aber das hier ist eine alte Arbeitergegend. Die Leute leben seit Jahrzehnten hier zusammen.«

»Wir holen sie alle hier heraus«, sagte sie. »Wir werden hier Ordnung schaffen.«

Was die Leute in der Gegend sich wünschten, sofern irgendwelche Beamten sich darum gekümmert hätten, was sie dachten, war, dass ihre Häuser renoviert, Badezimmer und anständige Toiletten eingebaut und die gefährlichen elektrischen Leitungen erneuert wurden. Sie sagten: »Aber wir leben doch alle seit Jahren hier. Meine Mutter ist hier geboren. Meine Kinder sind hier geboren.« Solche Worte wurden an mich gerichtet, denn ich gehörte zur Mittelschicht und war demzufolge jemand, der Bescheid wusste, sich auskannte und vermutlich Einfluss hatte. Aber die Geschichte war gegen sie. Überall in diesem glücklichen Land sagten Leute, deren Herzen Tag und Nacht vor Liebe und Fürsorge für die Arbeiterklasse schlugen: »Wir holen sie alle da heraus, wir schaffen Ordnung«, und genau das haben sie getan, und vermutlich registrierten sie mit Sorge, wie ihre Schutzbefohlenen, die sich plötzlich in irgendeinem kalten grauen Turm wiederfanden, fern von ihren alten Nachbarn, wegstarben und Schlaganfälle und Herzinfarkte hatten. »Sie wollen uns einfach loswerden, das ist es, was dahintersteckt«, sagte Mrs. Pearce aus Nr. 58. »Das spart ihnen Mühe. Sie freuen sich über jede Beerdigung.«

An dem Tag, an dem ich beschloss, Nr. 60 zu kaufen, klopfte ich an die Tür von Nr. 58. Bei meinen Besuchen in der Straße und in dem Haus wurde ich aus Fenstern in der ganzen Charrington Street beobachtet. In Nr. 58 stützte eine große, bleiche Frau mit bleichem, gewelltem Haar Arme und Busen auf die Fensterbank und beherrschte die Straße mit ihren Blicken. Inzwischen haben uns tausend Untersuchungen über die Rolle der Matriarchinnen der Arbeiterklasse aufgeklärt, die über ihre Familien und die ganze Nachbarschaft regierten, und hier war eine, Mrs. Pearce, die meine Nachbarin werden würde. Es fiel mir nicht leicht, an diese Tür zu klopfen, weil ich glaubte, eine derart eng gefügte Gemeinschaft würde Neuankömmlinge nicht willkommen heißen, und schon gar nicht jemanden wie mich. Ich stellte mich vor, sagte, ich sei ihre neue Nachbarin und hoffe, eine gute zu sein. Das war ganz im Geist der Zeit, der kumpelhaften Sechziger, aber auch Taktik. Und ich meinte es ehrlich. Mrs. Pearce saß am Fenster, ausnahmsweise einmal mit dem Rücken dazu, und sagte: »Setzen Sie sich doch. Wir freuen uns, dass Sie dieses Haus wieder in Ordnung bringen. Es ist seit Jahren immer mehr vor die Hunde gegangen, oder etwa nicht?« Ein winziger Mann, fast ein Nichts von einem Mann, aber so muskulös, mager und krummbeinig wie ein Jockey, pflichtete ihr bei: »Vor die Hunde gegangen«, und grinste mich freundlich an, und ein uraltes Weib, ganz in Schwarz, zahnlos und schlecht riechend, wackelte mit dem Kopf und kreischte: »Vor die Hunde, vor die Hunde.« Außerdem war wirklich noch ein Hund da, ein munterer Mischling, der darauf achtete, niemandem unter die Füße zu kommen, das sauberste, hübscheste Ding im Zimmer.

»Tee«, befahl Lil Pearce, und der kleine Mann setzte sofort den Kessel auf.

»Er ist mein Mann«, sagte Lil Pearce, »aber das ist er nicht immer gewesen. Und das ist meine Freundin, Mrs. Rockingham.« Ich glaube, das war der Name. »Ich habe sie von der Straße hereingeholt. Ich habe sie aus der Gosse geholt. – Du hast in der Gosse gelebt, stimmt's?«, brüllte sie der Alten zu. »Sie ist taub. Sie ist taub und fast blind. Aber ich bin gut zu ihr.« Sie lehnte sich vor, stemmte die Hände auf die Oberschenkel und brüllte: »Ich bin gut zu dir, stimmt's?«

»Ja, ja«, kreischte die Alte zurück, »du bist sehr gut zu mir.« Sie arrangierte Kekse auf einem Teller und schnippte dem Hund Kekskrümel zu, der sie wie Fliegen aufschnappte.

»Kümmern Sie sich nicht um sie«, sagte Lil. »Sie ist nicht mehr ganz richtig im Kopf. Du bist ein bisschen verrückt«, brüllte sie der alten Frau zu, die zurückbrüllte: »Ja, du hast recht.«

»Und nun fragen Sie mich alles, was Sie wissen wollen, und ich erzähle es Ihnen«, sagte sie. Und sie tat es. Sie wohnte seit Kriegsende in dem Haus neben Nr. 60. Die alte Frau, von der ich Nr. 60 gekauft hatte, war eine gute Freundin von ihr gewesen. Lil kannte jedes Detail von dem, was in dem Haus passiert war – wer dort geboren war, wer dort gestorben war, wer sich aus dem Staub gemacht hatte, ohne die Miete zu bezahlen, sämtliche Hunde und Katzen, die dort gelebt hatten.

Mrs. Pearce hatte ihr Haus vom Greater London Council, aber es bestand auch ein kompliziertes Verhältnis zum Camden Council, und sie hatte die beiden Zimmer im obersten Stockwerk vermietet. Der Zustand von Nr. 58 war derselbe wie der von Nr. 60, als ich es das erste Mal besichtigt hatte – Gasbeleuchtung, gefährliche Stromleitungen, kein Badezimmer, eine einzige scheußliche Toilette und natürlich keine Zentralheizung. In dem zur Straße liegenden Wohnzimmer, in dem die drei praktisch lebten, brannte ständig ein Feuer im Kamin.

Lil Pearce hätte bis zum nächsten Morgen weitergeredet, wenn ich so viel Zeit gehabt hätte, und gewiss hat mich selten etwas so fasziniert wie diese Chronik, die von Dickens hätte stammen können. Als ich ging, sagte sie, sie sei froh, dass nebenan jetzt ein bisschen Leben einziehen würde, und sie befahl der Alten: »Sag ihr, wir freuen uns, dass sie da ist«, und die alte Frau krächzte gehorsam: »Das stimmt, dass sie da ist.«

Was Len Pearce angeht, so gehört er zu den Leuten, an die ich denke, wenn mich der Zustand der Welt und der Menschen darin deprimiert. Er steht auf meiner privaten Liste der Kandidaten für den Himmel ganz obenan. Er war ein guter, freundlicher, großzügiger, liebenswerter Mann, und er wurde von seiner Frau wie ein Hund behandelt. Tu dies, hole das, bring mir jenes. Er beklagte sich nie. Er hatte fast sein ganzes Leben als Markthelfer gearbeitet, aber jetzt war er dazu zu alt und erledigte kleine Jobs für den Stadtrat. Er war Analphabet. Er war so klein und dünn und krummbeinig, weil er das Produkt jener fürchterlichen Armut war, die England seiner Arbeiterklasse zwischen den beiden Weltkriegen zugemutet hatte. Es hatte viele Tage gegeben, erzählte er mir, wo er und seine Brüder und Schwestern nichts zu essen hatten, außer einem Stück Brot mit Margarine und Zucker darauf, und er war ohne Schuhe an den Füßen zur Schule gegangen. In der Ehe mit Lil hatte er endlich Sicherheit und genug zum Essen und einen Platz zum Leben gefunden, aber jetzt musste er diesen Platz mit Mrs. Rockingham teilen, die inkontinent war, aus dem Mund stank und überhaupt eine widerwärtige Person war, aber er bediente auch sie, wenn Lil es befahl. Wenn sie mich dabei beobachtete, wie ich etwas anzuheben versuchte, von dem sie meinte, es wäre zu schwer für mich, sagen wir, im Garten, dann rief Mrs. Pearce, die immer wusste, was ich tat, nach Mr. Pearce, und dann stand er grinsend neben mir und sagte: »Lassen Sie mich das machen«, und er tat es, als täte ich ihm einen Gefallen. Er leuchtete, dieser kleine Mann leuchtete wie ein Licht an einem dunklen Ort. Wie der Tischler Jimmy. Ich denke oft an beide, dankbar dafür, dass ich sie gekannt habe.

Nur einmal, Jahre später, als das Alter aus Lil wirklich eine keifende Tyrannin gemacht hatte, kam er auf seine Situation zu sprechen. Er sagte traurig zu mir: »Wenn Sie Lil gekannt hätten, als sie noch jung war, würden Sie jetzt nicht schlecht von ihr denken. Ich erinnere mich immer an sie, wie sie damals war. Sie war so nett. Sie war so eine nette junge Frau. Ich sah sie das erste Mal, als sie bei Woolworth die Fußböden scheuerte, um ihre Kinder ernähren zu können, und sie hatte keine Strümpfe an den Beinen, und sie waren rot und wund. Ich durfte ihr ein Paar Strümpfe kaufen und dann ein Paar Schuhe für ihre Füße. Das war der glücklichste Tag meines Lebens. Sie hatte damals all diese Kinder, und ich durfte ihr helfen.«

Lil Pearce erwartete, dass man sie auf dem Laufenden hielt. Wenn allzu viel Zeit, sagen wir drei Tage vergangen waren, seit ich bei ihr hereingeschaut hatte, winkte sie mich von ihrer Fensterbank aus mit einem herrischen Zeigefinger heran. »Was sollen Sie für diesen Herd bezahlen? ... Das ist zu viel. Ich weiß, wo Sie einen zehn Pfund billiger kriegen können.« Sie hatte die »Piraten« bei sich, zusammen und getrennt, und gab ihnen Anweisungen, wie sie mich zu behandeln hatten. Sie sagte mir, sie seien anständige Leute, und ich könne mich auf sie verlassen. Sie schickte tassenweise Tee herüber, für die »Piraten« und für Jimmy, wenn er da war, mit einer Flasche Hustensaft für ihn oder einem Kuchen, den er mit nach Hause nehmen sollte, weil er nicht richtig auf sich aufpasste. »Der macht es nicht mehr lange«, schrie sie der Alten zu. »Genau wie du.«

»Das stimmt«, kreischte die Alte zurück.

Ich kannte Lil Pearce, bis sie starb, ungefähr zwanzig Jahre später. Ich habe kein einziges Mal dieses Haus oder später die Sozialwohnung betreten, in die man sie gesteckt hatte, ohne mit einer Hiobsbotschaft begrüßt zu werden. Es fing bei meinem zweiten Besuch an. »Es ist meine Brust«, verkündete sie. »Ich habe da dieses Geschwür. Es ist so groß wie eine Apfelsine. Sie wollen es herausschneiden.« Und dann zog sie aus ihrem Kleid, über dem sie eine Cretonneschürze trug, einen langen, weißen, fetten Klumpen Brust hervor. »Hier, sehen Sie diesen Klumpen?« Ein andermal war der Automat aufgebrochen und das Geld für drei Monate Strom gestohlen worden, die Katze hatte Würmer, der Hund hatte ein zerfetztes Ohr, sie selbst war durch die Dielenbretter im zweiten Stock hindurchgebrochen, weil sie verrottet waren und der Stadtrat sie nicht reparieren ließ, und sie hatte nach einer Pfanne über dem Herd gegriffen, und die schwere Pfanne war ihr auf die Hand gefallen – sehen Sie diesen blauen Fleck? Es war unmöglich, Lil Pearce zu besuchen, ohne die Geschichte eines Missgeschicks zu hören, das sie oder Mrs. Rockingham oder eines ihrer Kinder befallen hatte, die immer krank waren oder ihr Sorgen machten. Ich erzählte meinen Freunden davon, zuerst ein wenig nervös, weil es schwer war, sich auf dieses Niveau von Pech einzustellen. Später dann, wenn sie ihren Namen hörten, erkundigten sie sich: »Und was war es diesmal?« Es war eigentlich unmöglich, dass ein einziger Mensch mit einer derartigen Anhäufung von Missgeschicken aufwarten konnte, aber Lil Pearce konnte es, und sie tat es, Jahr für Jahr. Es habe alles damit anfangen, dass sie unehelich sei, sie sei ein Kind der Liebe, und deshalb habe ihre Mum sie gehasst und ihr nicht genug zu essen gegeben, aber ihre Großmutter habe sie geliebt, und so sei sie nicht an der schlechten Behandlung gestorben. »Und deshalb bin ich gut zu Mrs. Rockingham, verstehen Sie? Weil ich es meiner Großmutter schuldig bin.«

Ich saß da bei meinen Besuchen und versuchte mich zu beherrschen, weil ich spürte, wie Gelächter in mir emporstieg, bis es meine Miene bedrohte. Sie war aus dem Bett gefallen und hatte sich das Handgelenk verstaucht. Ihre Beine waren schwarz und blau, weil ihre Venen so empfindlich waren. Der Hund hatte ein Tablett mit kochend heißem Tee auf ihren Schoß heruntergestoßen, und jetzt hatte sie Brandblasen, Sie wissen schon, wo. In ihren Knien steckten schlechte Knochen, und der Doktor sagte, daran lasse sich nichts mehr machen; sie hatte ihr Portemonnaie mit ihrer ganzen Miete darin verloren; sie war beim Gemüsehändler überfallen worden, aber glücklicherweise hatte sie nur ein Pfund bei sich gehabt; sie hatte gerade erfahren, dass ihr Sohn sich einer schrecklichen Operation unterziehen musste. Man glaube mir – ich lernte von Lil Pearce, wie eng die Wurzeln von Tragödie und Komödie miteinander verflochten sein können, denn ich konnte fühlen, wie in mir hilfloses, hysterisches Gelächter anschwoll, während dieses dramatische, vom Schicksal heimgesuchte Gesicht die nächste kummervolle Geschichte von sich gab, bis ich mich entschuldigen und nach nebenan rennen musste, wo ich am Küchentisch den Kopf auf die Arme legte und lachte und lachte. Nichts davon war erfunden, sie dachte sich diese Dinge nicht aus; es war alles wahr. Es gibt Leute, die auf eine Rolltreppe mit Namen Unglück steigen und sie nicht wieder verlassen können. So etwas war bei ihr der Fall.

»Und da war ich nun mit den drei Kindern, es war der Blitz, die Bombe traf die Straßenecke nahe bei uns, und die Kinder wurden von der Detonation umgeworfen, und ich hatte die Augen voller Putz, aber das Krankenhaus sagte, sie hätten in dieser Nacht viel schlimmere Fälle, und sie gaben mir ein paar Aspirin. Aber der Luftschutzkeller war voller Wasser, und deshalb mussten wir unters Bett kriechen, die Kinder und ich, während die Bomben auf uns fielen, und dann fiel das Dach aufs Bett und ...« Aber wir befinden uns mitten in der Katastrophenbrandung, die kennzeichnend ist für derartige Lieblingsopfer des Unglücks, und deshalb muss die Geschichte weitergehen: »... und eine Bettfeder hat mir das Gesicht aufgerissen, und das Blut tropfte auf uns, und wir hatten keine Sachen mehr, die wir anziehen konnten, nur die blutigen, und am Morgen sah uns der Luftschutzwart und sagte: ›Schnell ins Krankenhaus, Lil‹, und das Krankenhaus hatte keine Zeit für uns gehabt, als wir es letzte Nacht brauchten, Aspirin, das war alles, was sie mir gegeben haben, und was wir jetzt alle brauchen könnten, wäre eine gute Tasse Tee, aber die Gasleitung ist kaputt, und ich habe nichts, was ich den Kindern geben kann, und ich komme nicht an meinen Herd, weil ein Schrank darauf gefallen ist, und die Druckwelle hat mein Handgelenk nach hinten gebogen, und deshalb konnte ich den Schrank nicht selbst beiseiteschieben. Und Ron sagte zu mir, er sagte: ›Lil, du bist wirklich eine Heldin, das habe ich schon immer gesagt, aber jetzt musst du aus diesem Haus heraus, weil es sonst über deinem Kopf zusammenstürzt.‹ Und ich habe gesagt: ›Und wo sollen wir hin?‹ Und er hat gesagt: ›Ich würde sagen, in die Kirche, damit ihr Suppe und Sandwiches bekommt, aber die Kirche hat auch eine Menge abbekommen, als die Bombe fiel, also solltet ihr in diesen Bus steigen und zum Hauptbunker fahren.‹ Aber ich habe zu ihm gesagt: ›Ich habe keinen Penny auf der Welt, Ron, weil mir die Bombe die Handtasche aus den Händen gerissen hat …‹«

Ich pflegte mit einer dieser Geschichten anzufangen und dabei die Gesichter meiner Freunde zu beobachten und auf den Moment zu warten, in dem mir ein Ausdruck bekümmerten Schuldgefühls anzeigte, dass sie sich fragten, wie sie sich in derart hartherzige Monster hatten verwandeln können, die über diese Geschichte lachen konnten.

Aber kein noch so großes Unglück konnte Lil daran hindern, ein wachsames Auge auf ihre Nachbarn zu haben. Sie ließ mir durch John oder Jack ausrichten, sie habe gehört, ich wolle im hinteren Zimmer im zweiten Stock gelbe Tapete anbringen lassen, und ich solle wissen, dass an sonnigen Tagen die Sonne stundenlang in dieses Zimmer falle, und ich solle darauf achten, dass die Tapete das vertrage; oder sie rief mir, wenn ich auf der Straße vorbeiging, zu, sie habe gesehen, dass die Klempner das neue Abwasserrohr genau an der Stelle verlegten, wo Hunde begraben worden seien, sechs Hunde seien dort begraben, und ich solle zusehen, dass die Knochen nicht in den Mülltonnen landeten, sonst werde die Polizei Fragen stellen. Und sie schleppte sich die Straße entlang und meine Treppe hinauf, auf ihren beiden Krücken, wegen ihrer schlimmen Beine, um an meine Tür zu klopfen, weil sie von dem Mann, der den Gemüseladen an der Ecke hatte, gehört hatte, dass er am nächsten Tag in Covent Garden einkaufen wollte, und er würde mir dieses ausgefallene Zeug mitbringen, nach dem ich ihn gefragt hatte. »War es Knoblauch? Laufen Sie schnell hin, und sagen Sie ihm, was Sie wollen; er wird es für mich tun.«

Ein paar Tage vor dem vorgesehenen Umzugstag bekam ich »Deutsche Masern« – die Röteln. Aus irgendeinem Grund bringen »Deutsche Masern« die Leute zum Lachen. Ist es das Wort »Deutsch« in diesem Kontext? An welche seit Langem vergessene, wandernde Epidemie soll es erinnern? Angenommen, wir sagten »Peruanische Masern«? Auch da lauert ein Lächeln. (Italienische Masern? Russische Masern?) Masern sind in Ordnung, Mitgefühl ist angezeigt, aber »Deutsche Masern« sind komisch. Dies war das zweite Mal, dass ich sie bekam, beide Male ziemlich schwer, mit einem scheußlichen Ausschlag am ganzen Körper, hohem Fieber, Kopfschmerzen. Ich legte mich in einem abgedunkelten Zimmer ins Bett und wartete, nachdem ich die »Piraten« angerufen und ihnen gesagt hatte, sie sollten einfach weitermachen. Ich steckte tief in diesem elenden Ozean der Krankheit, als die Türglocke läutete. Fluchend taumelte ich zur Tür, und da stand eine junge Frau mit einem mürrischen Gesicht, zornigen Augen und einem Kleinkind in einem Kinderwagen, den sie diese Treppe hatte heraufschleppen müssen. Ich sagte, ich hätte Röteln und sei damit eine Gefahr für sie: Sie war schwanger. Es kümmerte sie nicht. Das obligatorische Lachen wurde von ihrem Zorn zu einer höhnischen Miene gedämpft. Sie sagte: »Ich bin wegen Geld gekommen. Sie sind reich und erfolgreich, und ich brauche es.« Ich sagte wahrheitsgemäß, dass ich im Augenblick sehr knapp bei Kasse sei. Sie sagte: »Kommen Sie mir nicht auf die Tour.« Mir ist selten jemand mehr zuwider gewesen. »Ich brauche das Geld für meine Kinder.« Sie wollte fünfhundert Pfund. Jedenfalls glaube ich es. Das Problem ist, dass der Geldwert sich geändert hat. Ich weiß nur noch, dass es so viel war, dass ich mein Konto noch weiter überziehen musste. Nur ein paar Wochen später bezahlte ich zehn Pfund für ein Bild, das ich einer Freundin schenken wollte, und war in Panik, weil ich es mir im Grunde nicht leisten konnte. Vielleicht waren es fünfzig Pfund gewesen oder hundert. Ich schrieb an den überaus reichen und berühmten Onkel dieser jungen Frau und fragte ihn, ob er vielleicht in Erwägung ziehen würde, mir das Geld zurückzuzahlen, aber er sagte, er sehe dazu keine Veranlassung.

All das ist nicht so einfach, wie es scheinen mag.

Im Dunkeln, mit tränenden Augen und sehr krank, dachte ich über bestimmte Tatsachen nach. Ich konnte nur schwer Nein sagen. Dafür gab es gute Gründe. Vor allem meine Eltern, die selbst in ihren ärmsten Zeiten, wie in der Bibel vorgeschrieben, zehn Prozent ihres Einkommens an Almosen gaben. Ich erinnere mich an Gespräche über diese zehn Prozent.

Mein Vater, gereizt, lachend: »Aber wir haben überhaupt kein Einkommen. Wenn das Geld für die Ernte hereinkommt, geht es direkt an die Land Bank, zur Tilgung unserer Schulden.«

Meine Mutter: »Nun ja, ich nehme an, wir könnten sagen, dass wir kein Einkommen haben, aber das würde bedeuten, dass wir nie etwas geben.«

Sollte die Kriegsrente meines Vaters einbezogen werden, wenn sie diese zehn Prozent ausrechneten? Was war mit dem Geld, das sie für die Hühner und die Eier bekamen, die sie an den Laden in Banket verkauften?

Sie gaben jedes Jahr Geld an die Liga für in Not geratene Damen, an einen Fonds für mittellose Seeleute und an einen für die Hinterbliebenen von Soldaten des Ersten Weltkriegs. Mir wurde gesagt, ich solle zehn Prozent von meinem Taschengeld spenden, von dem Geld, das ich mit den Perlhühnern verdiente, die ich zu dem Laden brachte, und von dem Geld, das ich mit dem Schreiben von Reklametexten verdiente. Ich fühlte mich permanent schuldig, weil ich das nicht tat; aber war ich nicht zu dem Schluss gelangt, dass es Gott nicht gab?

Seit ich dem respektablen Leben der Mittelschicht Adieu gesagt hatte, als ich Frank Wisdom verließ und mich mit den Genossen zusammentat, war ich mit großzügigen Leuten zusammen gewesen; nach meinen Erfahrungen sind die Kommunisten das immer gewesen. Und außerdem fiel meine Anfangszeit in London mit einer allgemeinen Verachtung von Geld zusammen, vermutlich deshalb, weil keiner von uns welches hatte. Seit ich angefangen hatte, ein bisschen Geld zu verdienen, wurde ich immer wieder um »Darlehen« angegangen. Eine Menge davon ging an junge Männer. Armen jungen Männern wird oft von älteren Frauen geholfen, was richtig und vernünftig ist, denn es ist für beide Parteien ein psychisches Bedürfnis, und das hat nur wenig oder gar nichts mit Sex zu tun. Wenn ich wollte, könnte ich mittlerweile eine sehr lange Liste von »Schuldnern« aufstellen. Ich bedauerte nichts von alledem, aber ich war wütend auf mich selbst, weil ich dieser widerwärtigen jungen Frau überhaupt etwas gegeben hatte. Aber ich hatte ihr Geld geben müssen, und deshalb lag ich nun im Dunkeln, krank und fiebernd und wütend, und dachte über meinen Charakter nach. Jetzt, Jahrzehnte später, ist es leicht, einsichtsvolle Gedanken über den eigenen Charakter in jungen Jahren zu Papier zu bringen, aber schon damals hatte ich einen Schimmer von etwas Grundlegendem in meiner Persönlichkeit. Das ist mir wiederholt in meinem Leben passiert: dass ich lange vor jedem bewussten Verstehen einen Schimmer von Begreifen *fühlte*, was mich und mein Selbst anging. Damals gelangte ich zu dem Schluss, wenn ich schon diese Schwäche in meiner Natur hatte, dann würde ich sie zumindest unter Kontrolle halten. Ich würde, wenn ich mich in dem Haus eingerichtet hatte, mir ganz bewusst jemanden aussuchen, für den ich verantwortlich sein würde, es würde meine Wahl, meine Entscheidung, unter meiner Kontrolle sein – Agieren anstelle von Reagieren. Das Haus würde zu groß sein – das dachte ich damals. Peter, mittlerweile ein Teenager, benahm sich inzwischen so wie alle Jugendlichen in den Sechzigern; er war gelegentlich ein Ehrenkind in anderen Familien, genauso, wie seine Freunde oft mehr Zeit bei mir als bei ihren eigenen Eltern verbrachten. Bald würde es in dem Haus von jungen Leuten wimmeln.

Dieser Zwischenfall mit der widerwärtigen jungen Frau kündigte mehr an, als ich damals wissen konnte. Zum einen ihr Verhalten, eine allgemeine, bösartige Verachtung. Sie verkörperte einen grollenden Neid, und der begann mich bereits damals zu interessieren – und heute interessiert er mich sogar noch mehr. Sie hatte eindeutig das Gefühl, ihr wäre etwas versprochen worden, das sie nicht bekommen hatte. Das ist für ganze Generationen von jungen Leuten ein Hauptmotiv gewesen. »*Sie* haben mich um das betrogen, was mir zusteht.« Diese junge Frau mit ihre Bürde von vaterlosen Kindern war ein Opfer, nur das; ihre Lage hatte nichts mit irgendwelchen Fehlern ihrerseits zu tun, und sie war berechtigt, die Welt zu hassen. Ihre bloße Existenz war eine Anklage, und ja, ich hatte gerade angefangen zu verstehen, wie viel von dem, was ich sagte und vor allem dachte, genau das war: Eine Anklage. *J'accuse.* Ich klage die Welt an.

Und dann war da die Art, auf die sie herausspie: »Sie sind reich und erfolgreich.« Sie war auf mich verfallen, weil mein Name in den Zeitungen gestanden hatte. Da war es wieder, unser Nationallaster, der Neid, das Missgunst-Syndrom.

Ich zog um. Es war keine große Sache. Genau wie in meiner Jugend – das heißt, als ich mit Frank Wisdom und danach mit Gottfried Lessing zusammenlebte und wir ständig umzogen, ohne uns etwas dabei zu denken – nahm ich Bücher, ein paar Betten, einen Tisch, Bettzeug, die Vorhänge, Küchengerät mit. Das ganze hässliche Mobiliar ließ ich zurück.

So. Das waren die Fünfziger, wie ich das Jahrzehnt erlebt habe, das an beiden Enden überschwappte – 1949 bis 1962 –, wie Jahrzehnte das zu tun pflegen. Im Herbst 1962 zog ich in mein Haus ein. Unmittelbar vor uns lag der berühmte Winter von 1962/63 mit sieben Wochen strengem Frost im ganzen Land. Außerdem gab es einen schlimmen Nebel; nicht so schlimm wie die fürchterlichen dunklen Nebel der früheren Zeiten, die vom Clean Air Act beseitigt worden waren, aber meine blendend weißen Wände verloren ihre Unschuld. Dazu kam es nicht, weil die neuen Fenster schlecht gebaut worden waren, sondern weil ich geschlossene Fenster nicht ertragen kann. Sämtliche Wasserleitungen in unserer und in allen anderen Straßen in Somers Town froren ein, nur meine nicht, also lieferte ich Wasser an Nr. 58, als der Hydrant, den das Wasserwerk an der Straßenecke aufgestellt hatte, gleichfalls einfror. Von dieser Frostperiode habe ich in meinem kleinen *Katzenbuch* erzählt.

Ich gab eine große, laute Einweihungsparty und lud dazu alle Leute ein, die am Haus mitgearbeitet hatten. Auf ihrem Höhepunkt kam der Mann von drei Häusern weiter auf die Straße und beschimpfte mich. Ich dachte: Also gut, ich wohne in einer Arbeitergegend, da muss man tun, was die Römer tun, und ich ging hinaus auf die Vortreppe, stützte die Hände in die Hüften und rief ihm zu, er solle den Mund halten und aufhören, ein Spielverderber zu sein, weshalb er nicht hereinkäme und mitfeierte?

Peter und sein Freund, Zeugen dieses undamenhaften Benehmens, waren bestürzt.

»Völlig richtig«, sagte Lil Pearce aus ihrem Fenster heraus. »Lassen Sie sich von diesem gemeinen alten Kerl nichts gefallen. Und in Ihrem Haus hat er auch nichts zu suchen.«

Ein paar Monate später bekam ich einen Zwangsverkaufs-Bescheid vom Stadtrat. Das bedeutet, man muss sein Haus an jede Behörde verkaufen, die es verlangt. Es gelang mir, sie bis gegen Ende der sechziger Jahre hinzuhalten, aber dann kam ein Tag, an dem ich mit einem Vertreter des Stadtrats in einem leeren Zimmer stand, um ihm die Schlüssel zu übergeben. Meiner Mutter Tochter hätte das Haus nicht anders als blitzsauber übergeben können, also war es von oben bis unten geschrubbt. Der Mann, voll von offizieller Bonhomie, gratulierte mir zu dem sauberen Haus.

Wir waren kaum ausgezogen, da kamen die städtischen Arbeiter, die ein Haus in der Nebenstraße instand setzten, und holten aus meinem Haus sämtliche Heizkörper, die Rohrleitungen und die Boiler heraus. Lil Pearce rief zuerst mich und dann den Stadtrat an. Daraufhin setzte der Stadtrat einen Wachmann vors Haus, von sechs Uhr morgens bis sechs Uhr abends, ließ aber die Hintertür offen, sodass die Arbeiter auch weiterhin eindringen und sich alles holen konnten, was sie vielleicht übersehen hatten. Als Lil Pearce den Stadtrat informierte, dass die unbewachte Rückseite des Hauses Dieben Zutritt gewährte, bei denen es sich um seine eigenen Arbeiter handelte, lautete die Antwort, dass sie sich um die Sache kümmern würden.

Das Haus stand acht Jahre leer. Während der Stadtrat darüber diskutierte, was mit der Gegend geschehen sollte, und immer wieder seine Meinung änderte, hätte ich die Sache vor Gericht bringen können, aber welcher vernünftige Mensch lässt sich auf so etwas ein? Ich lebe jetzt seit über dreißig Jahren unter dem Camden Council und habe ein schwindelerregendes Ausmaß an Inkompetenz und Korruption erlebt. Ich habe niedergeschrieben, was ich beobachten konnte – eine Anklage –, beginnend mit der Behandlung der Leute in Somers Town, die gegen ihren Willen »umgesiedelt« wurden. Dann musste ich mich fragen: Weshalb diese Besessenheit? Und mir wurde klar, dass dies ein berühmter sozialistischer Stadtteil war und sie voller Stolz auf sich waren, genau wie die kommunistischen Länder, prahlerisch und großspurig, aber wie bei einem betrunkenen Prahlhans, der sich in schicke Klamotten geworfen hat, konnte man sehen, dass er vergessen hatte, seine Hose zuzuknöpfen, und da trat die Wahrheit zutage, ein haariger, warziger, stinkender roter Arsch. Weshalb hatte ich etwas Besseres erwartet? Wegen des Wortes »sozialistisch« natürlich. Würde ich diese bittere Chronik schreiben, wenn es ein Tory-Stadtteil wäre? Bestimmt nicht; das wäre *Well, what can you expect?* Also *basta.* Es reicht. Schluss damit. Leute meines Alters finden sich immer in dieser Situation: Ein junger Mensch schaut einen an, versucht, sich seine Ungläubigkeit nicht anmerken zu lassen. Die taktvolle, verlegene Frage: »Aber, Doris, glaubst du wirklich, ein sozialistischer Stadtteil müsste besser sein als einer unter den Torys? Das verstehe ich nicht.« Was er oder sie versteht, ist, dass sie nur eine weitere alte Schachtel vor sich haben, die nicht alle Tassen im Schrank hat. Und man selbst versteht, dass wieder einmal Jahrzehnte – ein paar Jahrhunderte? – voller Idealismus und Optimismus verschwunden sind, als hätten sie nie existiert.

Wir standen alle immer noch auf der Rolltreppe Fortschritt, die ganze Welt fuhr in Richtung Wohlstand nach oben. Hat irgendjemand diesen glücklichen Optimismus infrage gestellt? Ich kann mich nicht erinnern. Am Ende eines Jahrhunderts großartiger romantischer Verklärung von Revolution; entsetzlicher Opfer für das Paradies und den Himmel auf Erden und das Dahinwelken des Staates; leidenschaftlicher Träume von Utopia, Wunderländern und perfekten Städten; Versuchen mit Kommunen und Gemeinschaften, mit Kooperativen und Kibbuzim und Kolchosen – hätte nach alledem irgendjemand von uns geglaubt, dass die Welt sich dankbar mit ein bisschen Ehrlichkeit, ein bisschen Kompetenz bei den Regierungen begnügen würde?

Während einer Zeit von ungefähr sechs Jahren in den Sechzigern stellte ich meine Zeitgemäßheit unter Beweis, indem ich eine »Hausmutter« für Teenager oder junge Erwachsene wurde, die entweder in 60, Charrington Street wohnten oder kamen und gingen. Alle von ihnen steckten in irgendwelchen Schwierigkeiten; sie waren »gestört«, drogenabhängig, Alkoholiker, hatten schwere Zusammenbrüche erlitten, waren der Polizei bekannt. Das war, für diese besondere Zeit, mein Wachstumszentrum, das, was ich tat, obwohl ich gleichzeitig angestrengt schrieb, vor allem *Die viertorige Stadt.*

Die Sechziger werden heute verklärt; sie werden, manchmal fälschlicherweise, als Ausgangspunkt für alle möglichen Verhaltensweisen angesehen, die ihren Anfang in Wirklichkeit in den Fünfzigern hatten. Aber eines gibt es, das erst in den Sechzigern anfing: Drogen. Drogen kamen aus dem Osten ins Land, für jedermann erhältlich, und das hatte es in unserer Kultur noch nie gegeben. Ich glaube, dass auf lange Sicht, wenn genügend Zeit verstrichen ist, offenbar werden wird, dass dies das wirklich Bleibende der Sechziger darstellt. »Sie sind im Grunde völlig harmlos«, sagen die Leute noch heute. Ein Freund aus Zentralasien sagte damals zu mir: »Ihr Menschen im Westen kennt euch mit diesen Drogen nicht aus. Das alles ist neu für euch. Ihr seid wie ein Kind, das versucht, eine Schlange zu streicheln. Schau, was für eine hübsche Schlange. Wenn ihr in einer Kultur leben würdet, in der Drogen seit Jahrhunderten endemisch sind, dann wüsstet ihr, dass es nur die Versager, die Verlierer, die hoffnungslos Armen sind, die Drogen benutzen.«

Mein Blick auf die Sechziger ist von dem getrübt, was ich durchlebt habe. Und jetzt leben wir mit ihren Nachwirkungen. So viele Leute sind in Nervenheilanstalten und Gefängnissen gelandet, und bei Unterhaltungen tritt gelegentlich eine plötzliche Stille ein, weil man sich an jemanden erinnert, der Selbstmord begangen hat, und jede Woche hört man von einem allzu frühen Tod.

Aber das ist eine zu düstere Sichtweise *from the shaded side of the street,* denn erst diese Woche wieder hörte ich einen jetzt in mittleren Jahren stehenden Mann sagen: »Das war die Zeit, in der alles möglich war, wir standen im Begriff, Berge zu versetzen, wollten die Welt verändern. Und was die Leute vergessen, es gab dieses großartige Aufbranden von Vitalität in der Arbeiterklasse und in der unteren Mittelschicht – das haben die öffentlichen höheren Schulen bewirkt. Wo man auch hinschaute, gab es Jungen von den öffentlichen Schulen wie mich, oft in künstlerischen Berufen. Das war das erste Mal, dass sich das in diesem Land ereignete.«

Aber gewöhnlich, wenn ich jemanden nostalgisch über die Sechziger reden höre – »Wenn du dich an sie erinnern kannst, dann hast du sie nicht miterlebt« –, fällt mir eine Zeile aus einem Gedicht ein, das ich geschrieben habe, als ich noch sehr jung war, im Grunde fast noch ein kleines Mädchen. »Blick ich zurück, dann ist mir, als hörte ich Gesang.« Also, ja, so ähnlich wird es wohl gewesen sein.

DANKSAGUNG

Mein besonderer Dank gilt Jonathan Clowes für seine guten Ratschläge und seine Unterstützung und, bei diesem Buch, die Auffrischung meiner Erinnerungen aufgrund der seinen, denn obwohl wir uns damals noch nicht kannten, haben wir doch bestimmte Ereignisse gleichermaßen erlebt.

Ferner danke ich Stuart Profitt, meinem Lektor bei Harper-Collins, für seine hervorragende und einfühlsame Redaktion.

Sehr dankbar bin ich auch Dorothy Thompson, die mir freundlicherweise geschrieben und angefragt hat, ob ich Kopien meiner Briefe an Edward Thompson möchte. Ich hatte vergessen, dass ich sie geschrieben hatte.

Endlich danke ich Joan Rodker, Tom Maschler und Mervyn Jones für nützliche Korrekturen und Vorschläge.

NACHWORT

Schritte im Schatten, der zweite Band von Doris Lessings Autobiografie, erschien 1997 sowohl in englischer (*Walking in the Shade*) als auch in deutscher Sprache. Lediglich drei Jahre waren seit der Veröffentlichung von *Unter der Haut* vergangen, dem ersten Band der Autobiografie. In *Schritte im Schatten* erzählt Doris Lessing aus den Jahren 1949 bis 1962: von ihrer Ankunft im London der Nachkriegszeit bis zum Erscheinen des *Goldenen Notizbuchs*, das allgemein als ihr Hauptwerk gilt. In diesen Jahren stand Doris Lessing im Zentrum des vom Kommunismus geprägten intellektuellen Lebens in London und musste sich darüber hinaus als Schriftstellerin und als alleinerziehende Mutter behaupten. Zum Zeitpunkt des Erscheinens von *Schritte im Schatten* befand sich Doris Lessing im achtundsiebzigsten Lebensjahr und blickte auf ein überaus umfangreiches, vielgestaltiges Werk zurück.

Im ersten Band der Autobiografie, *Unter der Haut*, der ebenfalls im Rahmen der vorliegenden Werkauswahl neu aufgelegt wurde, hat Doris Lessing aus den ersten drei Jahrzehnten ihres bewegten Lebens berichtet, aus der Zeit von 1919 bis 1949. Gegenstand ihrer Betrachtungen waren Kindheitsjahre in Persien und im afrikanischen Busch, eine Jugend in der Hauptstadt der britischen Kolonie Südrhodesien, zwei gescheiterte Ehen, politische Arbeit, die ersten Versuche als Schriftstellerin sowie der langsam reifende Entschluss, die Kolonie zu verlassen und nach England zu gehen. Durchzogen war der erste Band der Autobiografie auch von Überlegungen zu der Frage, wie es gelingen könnte, in einer Autobiografie »die Wahrheit« zu sagen, von Überlegungen zur Frage der Authentizität. Resümierend schrieb Doris Lessing Ende der neunziger Jahre dazu: »Unser Blick auf das eigene Leben verändert sich unentwegt, er fällt in verschiedenen Lebensaltern verschieden aus. … Früher glaubte ich, Autobiografien enthalten, was die Autoren über ihr Leben denken. Inzwischen glaube ich: ›Das haben sie *zu diesem Zeitpunkt* gedacht.‹ Ein Zwischenbericht – genau das ist eine Autobiografie.« Entsprechend stellte Doris Lessing sich selbst und ihre Betrachtungsweise während des autobiografischen Erzählens immer wieder in Frage, wodurch sie den vorläufigen, temporären Charakter ihrer Darstellung betont. Diese reflektierende Art des autobiografischen Erzählens ermöglichte es, über das unmittelbar Persönliche hinauszugehen und das Erlebte zu verallgemeinern, in einen größeren Zusammenhang zu stellen: Der erste Band von Doris Lessings Autobiografie war somit, wie die Kritik anerkennend hervorhob, auch die »Biografie einer Zeit«.

Der Gedanke, dass eine Autobiografie in erster Linie als Zwischenbericht zu lesen ist, lässt sich auch bei der Lektüre von *Schritte im Schatten* nachvollziehen. Betrachtet man jedoch die strukturellen und inhaltlichen Unterschiede, die zwischen den beiden Bänden der Autobiografie bestehen, so liegt es nahe, in *Schritte im Schatten* weniger die »Biografie einer Zeit« als vielmehr ein Stück Sozialgeschichte und darüber hinaus die Geschichte der *Éducation sentimentale* einer Autorin zu sehen: Der Kommunismus und seine Auswirkungen auf das intellektuelle Leben der fünfziger Jahre stehen im Zentrum des Erzählens, die schriftstellerische Arbeit wird immer wieder hinsichtlich ihrer gesellschaftlichen Relevanz befragt, und nicht zuletzt reflektiert Doris Lessing ihre Position als Frau und als alleinerziehende Mutter auch mit Rücksicht auf deren politische Dimension.

Was die Form des Erzählens angeht, so nutzt Doris Lessing in *Schritte im Schatten* eine andere Gestaltungsstruktur als in *Unter der Haut*. Hatte sie sich im ersten Band der Autobiografie einer Einteilung in einundzwanzig Kapitel bedient, die mehr oder minder – unterbrochen von Reflexionen über das autobiografische Schreiben selbst – der Chronologie ihres Lebens folgten, so untergliedert sie den Text des zweiten Bandes quasi geografisch in vier große, nicht nummerierte Abschnitte, die nach den wechselnden Londoner Adressen der Autorin benannt sind. Eingeschoben werden zum einen Abschnitte, die mit »Zeitgeist« überschrieben sind und zeittypisches, verallgemeinertes Gedankengut wiedergeben, und zum anderen Quellen wie beispielsweise Zeitungsartikel, die einen direkten Bezug zum politischen Tagesgeschehen herstellen.

Die fünfziger Jahre waren die Zeit, in der sich Doris Lessing als Autorin etablierte. Der erste Band der Autobiografie endete damit, dass sie 1949 mit ihrem ersten, seinerzeit noch unveröffentlichten Roman *Afrikanische Tragödie* im Gepäck Afrika verließ und nach England aufbrach. Zwischen der Veröffentlichung von *Afrikanische Tragödie* 1950 und dem Erscheinen von *Das goldene Notizbuch* 1962 liegen jene Jahre, von denen Doris Lessing in *Schritte im Schatten* erzählt und in denen sie als Schriftstellerin ungeheuer produktiv und zunehmend erfolgreich war. Entsprechend werden wir hier, anders als im ersten Band, tatsächlich Zeugen schriftstellerischen Schaffens – und Zeugen eines tiefgreifenden Wandels, der sich in dieser Arbeit vollzog. Werfen wir also zunächst einen Blick darauf, was genau in jenen Jahren entstand.

Über die Veröffentlichung von *Afrikanische Tragödie* hatte Doris Lessing noch in Afrika einen Vertrag mit einem in Johannesburg ansässigen Verleger abgeschlossen. In *Unter der Haut* war bereits davon die Rede, dass ihre englische Agentin, entsetzt über die Vertragsbedingungen, dem afrikanischen Verleger ein Telegramm schrieb, woraufhin dieser die Rechte sofort wieder freigab und das Buch in England erscheinen konnte. Dieser Roman sowie ein Band mit Kurzgeschichten verkauften sich gut und warfen für Doris Lessing allmählich ein bescheidenes Einkommen ab.

Neben insgesamt drei Bänden mit Kurzgeschichten und zwei Theaterstücken entstanden im Lauf der fünfziger Jahren auch zwei Werke mit ausdrücklich autobiografischem Bezug: Zum einen schrieb Doris Lessing unmittelbar nach einer Südrhodesienreise 1956 ihren Bericht *Heimkehr*, in dem sie eine Bilanz dieser

Reise zieht. *Heimkehr* ist nicht nur eine Erinnerung an Doris Lessings Kindheit und eine politische Bestandsaufnahme, sondern auch eine Liebeserklärung an Afrika und seine Bewohner – und eine zornige Anklage der weißen Diktatur. 1960 veröffentlichte Doris Lessing schließlich *Auf der Suche*, ein Buch, in dem sie von ihren Erfahrungen in den ersten Londoner Jahren berichtet und das, wie die Autorin selbst betont, als Ergänzung zu *Schritte im Schatten* gelesen werden kann. Der mit dem Untertitel »Eine Dokumentation« versehene Bericht beginnt zwar durchaus im dokumentarischen Stil, gerät aber bald zum erzählerischen Feuerwerk und nimmt romanhafte Züge an.

Im Zentrum der schriftstellerischen Arbeit der fünfziger Jahre stehen allerdings die ersten Bände von Doris Lessings Romanpentalogie »Kinder der Gewalt«, in der sie das Leben der Hauptfigur Martha Quest von deren Kindheit in Afrika bis in das Großbritannien eines fiktiven Dritten Weltkriegs verfolgt. Der erste Band, *Martha Quest*, erschien 1952 und erzählt vom Heranwachsen der Titelfigur in Afrika und von ihrem Kampf um Freiheit und Anerkennung. 1954 setzte Doris Lessing die Pentalogie mit dem Band *Eine richtige Ehe* fort, in dem Martha Quest erkennt, dass ihre frühe Heirat ein Irrtum war, und sich von ihrer jungen Familie abwendet, um in der Politik Erfüllung zu finden und ein eigenverantwortliches Leben zu führen. Der dritte Band, *Sturmzeichen*, wurde 1958 veröffentlicht und erzählt von Marthas Leben in den revolutionären Kreisen Südrhodesiens und von dem Glück, das sie in einer Affäre mit einem anderen Parteimitglied findet – getrübt allerdings von Trauer darüber, ihre kleine Tochter verlassen zu haben. In *Schritte im Schatten* reflektiert Doris Lessing immer wieder über die Arbeit an diesen drei Bänden; sie bilden, wie wir sehen werden, den Schlusspunkt einer Schaffensphase.

Die beiden letzten Bände der Pentalogie, *Landumschlossen* und *Die viertorige Stadt*, erschienen in großem zeitlichem Abstand erst 1965 beziehungsweise 1969. Dazwischen liegt als Block, als Bruch und Wendepunkt in Doris Lessings Leben und Schaffen ihr unbestrittenes Hauptwerk, *Das goldene Notizbuch* von

1962, dem Jahr, mit dem *Schritte im Schatten* schließt. Über das Verhältnis der Pentalogie »Kinder der Gewalt« zum *Goldenen Notizbuch* und über den Stellenwert, den sie ihrem großen Roman beimisst, spricht die Autorin 1984 im Rückblick und hebt zunächst hervor, der Ton der Pentalogie habe sich nach dem dritten Band verändert: »Das kommt daher, dass ich zwischen Band drei und Band vier eine Menge schlimme Erfahrungen gemacht hatte, und im Laufe des Schreibens ließ das Autobiografische immer mehr nach. … Die letzten beiden Bände sind ganz anders. In der Zwischenzeit hatte ich nämlich *Das goldene Notizbuch* geschrieben, was mich wirklich vollkommen verändert hat.«

Die Autorin spricht hier ausdrücklich von einer Abkehr vom Autobiografischen, und wir wollen einen Blick auf diese Veränderungen, auf den schon erwähnten grundlegenden Wandel werfen, zu dem es offenbar im Zuge der Arbeit am *Goldenen Notizbuch* kam.

Die Frage, was aus der erlebten Realität in den literarisch gestalteten Text einfließt und welche Auswirkungen diese Einflüsse auf den Wahrheitsgehalt des literarischen Werkes haben, hat Doris Lessing immer beschäftigt. In autobiografischen Werken wie auch in zahlreichen Essays und Gesprächen beleuchtet sie immer wieder das Verhältnis von tatsächlich Erlebtem und literarisch Gestaltetem, wobei sie grundsätzlich zwischen atmosphärischen und faktischen autobiografischen Motiven unterscheidet. Wahrheit, so betont sie vor allem in späteren Jahren im Rückblick auf ihr umfangreiches Werk, müsse sich nicht unbedingt in faktischer Korrektheit und Genauigkeit manifestieren – sie könne sich durchaus auch im Heraufbeschwören eines Lebensgefühls, einer Atmosphäre niederschlagen. Dass und wie sich die Autorin im Laufe der überaus produktiven fünfziger Jahre von der Benutzung faktischer autobiografischer Motive abwendet und zu einer neuen Form der Verwertung autobiografischer Materialien findet, lässt sich in *Schritte im Schatten* nachvollziehen.

Dort setzt sich die Autorin sehr häufig mit bestimmten Personen und Ereignissen auseinander, die Eingang in ihre literarischen Werke gefunden haben. Sie gibt zahlreiche Hinweise, was ihre Kurzgeschichten, die Romanpentalogie »Kinder der Gewalt« und insbesondere *Das goldene Notizbuch* betrifft. Für dieses Werk nennt Doris Lessing zum Beispiel die Therapeutin Mrs. Sussmann, die das Vorbild für Mother Sugar war; die Gespräche mit ihrer Freundin Joan Rodker am Küchentisch, Freunde und Liebhaber, die Wohnung in der Warwick Road und manches mehr. In der Art und Weise aber, wie diese Personen und Ereignisse im *Goldenen Notizbuch* verarbeitet werden, hat sich offenbar früheren Werken gegenüber etwas verändert. Ihre Darstellung ist hier sehr viel weniger direkt. Dieser Wandel in der Arbeitsweise der Autorin ist ein so faszinierender wie aufschlussreicher Vorgang, dessen Fazit Doris Lessing 1994 zieht, als sie gebeten ist, für eine Neuausgabe des *Goldenen Notizbuchs* ein Vorwort zu schreiben. Dort heißt es: »... wenn ich über manche Leute oder Ereignisse nachdenke, die Eingang in das *Goldene Notizbuch* gefunden haben, dann muss ich feststellen, dass Literatur ›die Wahrheit‹ besser wiedergibt als ein Tatsachenbericht. Warum das so ist, ist allerdings eine sehr große Frage, und es ist mir nicht einmal im Ansatz klar.«

Wie aber stellte sich die Verarbeitung autobiografischer Motive vor dem *Goldenen Notizbuch* dar? Wie genau sehen Anfangs- und Endpunkt des erwähnten Wandels aus?

Im Rückblick auf ihre erste Zeit in London, in der sie *Martha Quest* konzipierte, schreibt Doris Lessing in *Schritte im Schatten*: »Ich gelangte an einen Punkt, an dem mir bewusst wurde, dass mein frühes Leben außerordentlich gewesen war und den Stoff für einen Roman abgeben würde.« Sie beschloss, diesen Stoff zu nutzen, und stattete die Geschichte ihrer Hauptfigur entsprechend mit autobiografischen Zügen aus – und in entsprechend enger Parallelität verlaufen die Lebenswege der Autorin und ihrer Protagonistin Martha Quest, zumindest, wie oben erwähnt, in den ersten drei Bänden der Pentalogie. Hier gleichen die Lebensstationen, die Lebenspartner der Martha Quest denen der Doris Lessing aus *Unter der Haut* bis ins Detail.

Gegen Ende der fünfziger Jahre, bei der Arbeit am *Goldenen Notizbuch*, stehen andere Überlegungen im Vordergrund. Im letzten Teil von *Schritte im Schatten* berichtet Doris Lessing detailliert über ihre Situation beim Schreiben des *Goldenen Notizbuchs* und über die Konsequenzen, die diese Arbeit für sie hatte. Hier gewährt sie uns Einblick in ihre Werkstatt und zeigt, wie sich ihre Abkehr von jenem faktisch autobiografisch inspirierten Schreiben vollzog, das für die ersten Bände von »Kinder der Gewalt« maßgeblich war.

Am Beginn der Arbeit am *Goldenen Notizbuch* stand der Wunsch, einen Roman zu schreiben, dem die Leser der Zukunft entnehmen konnten, wie sich die Menschen, in diesem Fall die der fünfziger Jahre des 20. Jahrhunderts, selbst sahen und wie sie lebten: »diejenigen, die Kommunisten waren und von einem Goldenen Zeitalter träumten«. Der Roman sollte eine »Chronik der Zeit« darstellen – eine Funktion von Literatur übrigens, die Doris Lessing auch in Äußerungen späterer Jahre und Jahrzehnte immer wieder hervorgehoben hat. Zugleich erhob sie für dieses Romanprojekt den Anspruch, Einteilungen, Polarisierungen und Kategorisierungen zu vermeiden: »Diese großen Dichotomien sind unser Verderben, sie … lassen uns nach dem, was uns trennt, viel intensiver Ausschau halten als nach dem, was wir gemeinsam haben.«

In Doris Lessings damaliger Lebenssituation bestimmte der Wunsch nach einem Neuanfang die Arbeit an diesem Roman. Die Entstehung des *Goldenen Notizbuchs* sei, so schreibt sie, nicht langwierig, aber komplex gewesen: »Ich war an einem Scheideweg angekommen, an einem Wendepunkt; ich war im Umbruch und bereit für Neues.«

Dieses Bedürfnis nach Neuem zusammen mit dem zuvor formulierten Gestaltungs- und Wirkungsanspruch an den Roman wirkte sich auf die Form des Erzählens aus, denn mit Formen des herkömmlichen realistischen Romans war die beabsichtigte Wirkung erklärtermaßen nicht zu erzielen. Die Lösung fand Doris Lessing im Aufbrechen der linearen Erzählstruktur: Formales Prinzip des Romans *Das goldene Notizbuch* ist nicht das lineare Erzählen einer Geschichte, sondern deren Aufspaltung in Fragmente von graduell unterschiedlicher Fiktionalität, in Einzelaspekte von Figuren und Ereignissen, wodurch ein Kaleidoskop von Eindrücken, Gedanken, Reflexionen und Emotionen entsteht – ein, wie Doris Lessing resümiert, »überaus *konstruiertes* Buch, in dem es um das Verhältnis seiner Teile zueinander ging«.

Im Verhältnis der Teile zueinander also, in der *Form* des Romans (und nicht im Rückgriff auf tatsächlich Erlebtes) liegt seine Wahrheit, sein »Realismus«: Nicht nur die Gedanken- und Erlebniswelt der Protagonisten ist wie die der Autorin zersplittert, auch ihr Abbild, die Form des Romans, ist fragmentiert. Mit dieser Korrespondenz trägt die Autorin ihrem Prinzip der Vielfalt des Erzählens Rechnung und reagiert zugleich auf das von ihr formulierte Problem von Wahrheit und Realismus: Sie verweist mithilfe der fragmentarischen Form auf die Komplexität erlebter Wirklichkeit. Die Zeit, in der Doris Lessing den Weg ihrer Figuren in unbefangener, linearer Engführung mit der eigenen Biografie nachzeichnen konnte, war also mit *Sturmzeichen*, dem dritten Band der erwähnten Pentalogie »Kinder der Gewalt«, zu Ende gegangen.

Doris Lessing beschreibt in *Schritte im Schatten* auch eine Veränderung, die sich durch die Arbeit am *Goldenen Notizbuch* wiederum in ihrem Leben vollzog und weitreichende Folgen hatte. Wie die Autorin im Anschluss an ihre Reflexionen über das *Goldene Notizbuch* darlegt, war es dieser Veränderung zuzuschreiben, dass sie aktiv begann, sich von einmal erkannten Denkschablonen zu befreien, von dem, was sie in *Schritte im Schatten* »das Paket« nennt – von einem Konglomerat anerkannter und eigentlich unantastbarer Denk- und Lebensweisen. Welche Vielfalt diese Befreiung in Hinsicht auf literarische Themen und Gestaltungsformen nach sich ziehen sollte, konnten wir in den nunmehr fünfundvierzig Jahren seit dem Erscheinen des *Goldenen Notizbuchs* bei der Lektüre von Doris Lessings Werken nachvollziehen.

Beide Bände der Autobiografie sind unentbehrliche Schlüssel für Doris Lessings erzählerisches Werk. Bereits in *Unter der Haut*, ihrem Bericht über die ersten drei Lebensjahrzehnte, klingen Motive an, auf die Doris Lessing in späteren Werken immer wieder Bezug genommen hat. Dort werden vor allem jene Motive sichtbar, die mit ihren Jahren in Afrika zusammenhängen: das Leben im Busch, das Freiheitsstreben des jungen Mädchens, die Euphorie der ersten Jahre unter politisch Gleichgesinnten, Kolonialismus und Rassismus, die den Alltag prägten.

Doch auch in *Schritte im Schatten* gibt es Motive, die sich in Werken aus den späteren Jahren nach 1962 wiederfinden. Hier treten sie allerdings auf mehr oder minder stark vermittelte Weise in Erscheinung, denn wie wir gesehen haben, hatte sich Doris Lessing im Zuge der Arbeit am *Goldenen Notizbuch* von der direkten Verwendung autobiografischer Details abgewandt. So taucht vor allem die autobiografisch geprägte mütterliche Figur der künstlerisch tätigen Frau, die in ihrem Haus eine Gemeinschaft von Zufluchtsuchenden betreut, in späteren Romanen und Erzählungen immer wieder auf; bisweilen dient dort auch die Welt des Theaters als Hintergrund, in der Doris Lessing mit zwei Theaterstücken reüssierte, ohne je ganz heimisch darin zu werden; das Phänomen der psychischen Grenzerfahrung, der sich Doris Lessing, wie sie in *Schritte im Schatten* beschreibt, nie selbst ausgesetzt sah, die sie aber bei zahlreichen Zeitgenossen miterlebte, klingt in zahlreichen Romanen an; Partnerschaft und Sexualität in den von Revolutionen und Experimentierfreude gekennzeichneten frühen sechziger Jahren sowie das Phänomen des Kommunismus mit allen damit zusammenhängenden Verwerfungen sind wiederkehrende Themen; und nicht zuletzt hat Doris Lessing die alte Heimat Afrika auch in späteren Jahren stets mit quasi »journalistischem« Blick betrachtet. All das tritt in unterschiedlichen Ausprägungen auch in Doris Lessings Werken nach 1962 in Erscheinung, ohne dass die Autorin allerdings noch einmal so unbefangen wie vor dem *Goldenen Notizbuch* auf Personen und Ereignisse der eigenen Biografie zurückgegriffen hätte.

Doris Lessings Neugier auf alle Dinge jenseits eingefahrener Denkschablonen führte sie nach dem Abschluss der Pentalogie »Kinder der Gewalt« in den siebziger und achtziger Jahren zunächst einmal weg vom realistischen Erzählen und hin zur fantastischen Literatur. Im Anschluss daran begegnen uns in ihrem Werk sowohl realistische als auch fantastische Formen in unterschiedlichen Ausprägungen wieder. Einen Schwerpunkt der neunziger Jahre bildeten dann die beiden Bände der Autobiografie. Auch wenn mit dem Roman *Ein süßer Traum* aus dem Jahr 2001 erklärtermaßen so etwas wie ein aus Rücksicht auf noch lebende Zeitgenossen in Fiktion übersetzter »dritter Band« ihrer Autobiografie bereits vorliegt, in dem Geist und Atmosphäre der sechziger und siebziger Jahre gegenwärtig sind, scheint es im Augenblick nicht, als würde Doris Lessing das autobiografische Erzählen in dieser Weise fortsetzen wollen. Doch schon mit *Unter der Haut* und *Schritte im Schatten* hat sie uns einen einzigartigen Einblick in ihr komplexes Werk gewährt, denn wir haben gesehen, aus welchen Quellen es sich speist, und wurden Zeugen der dynamischen Prozesse, denen es unterliegt. Warum also nicht auch in Zukunft befolgen, was die Autorin empfiehlt, wenn sie schreibt: »Vor allem finde ich, dass man von einem Schriftsteller nehmen sollte, was er anbietet. … Sie wissen das ja, ein Buch ist eine große Gabe an den menschlichen Geist, an den menschlichen Verstand. Die sollte man sich zuerst anschauen, zuerst einmal nehmen.«

Barbara Christ